二見文庫

赤い薔薇は背徳の香り

シャロン・ペイジ／鈴木美朋＝訳

Engaged in Sin
by
Sharon Page

一冊の本を書きあげるまでには、物語の進むべき正しい方向と理想の道筋を見つけるために、何度も迷わなければならないこともあります。山あり谷ありの執筆中、ずっと支えてくれた次の方々にお礼を申しあげます。

まず、本書があたうかぎり最高のものになるよう尽力し、いつも熱心に応援してくれた編集者のショーナ・サマーズ、ほんとうにありがとう。

〝ぼろぼろの小説家〟がたびたび愚痴メールを送ろうが、つねに励ましてくれたエージェントのジェシカ・ファウストにも、特大の感謝を。

それから、わたしの批評仲間にも、助言やアイディア、精神的なサポート、手作りのお菓子のお礼を。

いつものように、すばらしく協力的な夫と、締切前のママに辛抱強くつきあってくれた子どもたちにも、ありがとう。

そしてなにより、読者に感謝します。みなさんのおかげで、すべて報われます。

赤い薔薇は背徳の香り

登　場　人　物　紹　介

アン・ベディントン	ノーブルック子爵家出身の娼婦
デヴォン・オードリー	マーチ公爵
トリスタン・ド・グレイ	デヴォンの友人。アシュトン伯爵
キャロライン	デヴォンの妹。 キャヴェンディッシュ伯爵夫人
リジー	デヴォンの妹
ウィン	デヴォンの妹
トレッドウェル	マーチ公爵家の執事
ベケット	マーチ公爵家の従僕
セバスチャン・ベディントン	アンのいとこ。現ノーブルック子爵
マダム・シン	娼館の女主人
ミック・テイラー	マダム・シンの用心棒
コーディーリア・ド・モーネイ	アンの母方の曾祖母。ロスシャー侯爵夫人
キャット・テイト	アンの友人。貴族の愛人

1

一八一五年八月

生まれてはじめてドルリー・レーン劇場の前で身を売ろうとしたとき、アン・ベディントンが近づいたのは、黒い髪の美貌の紳士だった。そのときは、彼が何者かは知らなかった。彼はやさしく親切だった。それに、若かった――おそらく、アンよりほんの何歳か年上なだけに見えた。当時十七歳のアンに対して、二十一歳くらいではなかっただろうか。彼はアンの誘いを断わりながらも、辛抱強い笑みを浮かべていた。アンが処女であり、売春を試みるのもはじめてだということは、なぜかすぐにわかったようだ。震えているアンの両手に数枚のコインを握らせると、アンのおとがいを持ちあげ、顔を見つめた。

アンはそれまで、殿方の目をまっすぐに見つめたことなどなかった。彼の瞳はすみれ色だった。この世のものとは思えないような色で、謎めいた雰囲気を醸していた。それに、黒々とした濃いまつげ。アンはひと目で魅入られてしまった。

「天使《エンジェル》さん、こんなことは二度としてはいけないよ」彼は厳しくいった。「きみはまだ子どもだし、身なりは汚れていても素顔はきれいじゃないか。そのお金で、家族のもとへ帰りなさい」

彼は、アンが多くの娘たちと同じように、田舎からロンドンへ家出をしてきたか、仕事を探しにきたのだと思ったようだ。そのどちらも、真実にはほど遠かったが。

自力でお金を稼ぐ覚悟だったのにほどこしを受けてしまい、アンは情けない思いでコインを――二枚のソヴリン金貨を握りしめたが、自尊心を呑《の》みこみ、すりきれたスカートを持ちあげ、逃げるようにして病床の母親のもとへ帰った。

金貨二枚は、あっというまになくなってしまった。母親の痛みを抑えるために、大量の阿片チンキが必要だったからだ。結局、アンはあの紳士が二度としてはいけないといったことをするはめになった。

あれから五年たったいま、アンはドルリー・レーン劇場の前で失敗したことを、もう一度しようとしている。あのときの紳士――マーチ公爵を口説いて彼のベッドへ入れてもらうのだ。

今度は、ロンドンではなかった。そして、マーチ公爵は獲物だ。アンはいま、彼の狩猟用の別荘――レスターシャーのマナーハウスだ――の書斎に立ちつくしている。その手はまだ、ドアノブにかかったままだ。アンの目の前、絨毯《じゅうたん》の上で、マーチ公爵がうつぶせに倒れている。身長百八十センチを超す、たくましく日焼けした裸の男が。長い脚は大きく広げられ、むきだしの尻は弛緩《しかん》している。黒い髪は波打ちもつれ、肩をおおっている。伸ばした手のそばに転がっているのは、からのブランデーのデカンタだ。

公爵は完全にこときれているように見えた。

アンの胸のなかで心臓が跳ねた。気絶しているだけかしら？　胸は絨毯にぴったりくっつき、口はむこうを向いているので、息をしているのかどうかわからない。

あのデカンタに入っていたブランデーをひとりで飲み干したとして、そのせいで死ぬなんてことがあるのだろうか？　わからない。スラム街では、飲んだくれている男たちをさんざん見てきたけれど、死んでしまうほどたくさんの酒を飲めるものだろうか？

アンは書斎のドアに目をやった。人目を避けるために、ドアは閉めてあった。先ほど玄関で会った、あの一風変わった気味の悪い執事を呼ぶべきだろうか？　執事は腰が曲がり、背中に大きなこぶがあり、耳の穴からは黄ばんだ白い毛がふさふさと突きでているうえに、前歯があるべき場所に大きな隙間《すきま》があった。執事はアンを追い払おうとした。アンはひるまなかった。自分はアシュトン伯爵からの〝贈り物〟で、いますぐ公爵にお目にかかりたいと告げると、執事に大笑いされてしまったけれど。

あの執事をまた相手にするのはいやだ。

アンはドレスの裾を持ちあげ、裸で倒れている公爵に駆け寄り、かたわらにしゃがんだ。

自分の体で彼の顔に影が落ちたが、黒い無精ひげから覗《のぞ》いた頬に傷痕があるのがわかった。唇はふっくらとやわらかそうだ。だが、ぴくりとも動かない。

アンののどはからからに渇いていた。顔の上にかがんでみると、頬にかすかな吐息を感じた。そのとき、彼が低くしわがれたいびきをかいたので、アンは思わずくすりと笑いそうになった。

公爵を揺り起こそうか？　娼婦《しょうふ》であるアンにとって、男の体に触れるのは平気だが、屋敷に侵入者がいるのも知らずに気を失っている公爵が相手では、どうすればよいのかわからない。助けを呼べば、ここからたたきだされるかもしれない。公爵の頭を殴ったのではないかと、あの執事に疑われたらどうしよう？　アンは身震いした。八月も終わりなのに、室内はひんやりとしている。目の前にある、日焼けした裸の肩に、指先をかすめてみた。肌は冷えきっていた。公爵の肌の冷たさを実感すると寒くなり、今度は、公爵のせいで体が震えた。ウイングチェアに、絹のカバーがかかっている。アンはそれをむしり取った。

アンは、たくましくなめらかな背中に、そっとカバーをかけた。贅肉《ぜいにく》のないウエストから腰、脚までカバーでおおう。男の尻は見慣れているが、公爵のそれは見たことがないほど丸く引き締まっていて、脚は長く屈強そうだった。

こんなにも美しい男性の姿を前にしたら、どんな女もぞくりとするだろうが、アンは自分の肩が震えているのは恐怖のせいだと知っていた。これほどたくましい男なら、女ひとりくらい簡単に組み伏せられるだろう。かつて遠い昔、公爵はやさしくしてくれたけれど、アンはいま、嘘《うそ》をついて彼のベッドにもぐりこもうとしている。

まずは、彼を起こさなければならない。アンは彼のひたいにごく軽く触れ、髪のはえぎわまでなでた。前髪がひと房、目にかかり――。

彼の手がさっとあがり、アンの手首をつかんだ。室内に悲鳴が響いた。アンの悲鳴だ。公爵の動きはすばやく、アンは考えるひまもなく、床に押し倒された。大きな手でアンの肩を押さえつけ、彼は両膝で腰を挟むようにしてのしかかってくる。彼の膝頭がスカートを押さえた。アンは公爵の目を見あげた。いまもすみれ色のまま、その息を呑むほどの美しさは五年前と変わらない。

「公爵閣下」かろうじてかすれた声が出た。「公爵閣下――わたしは怪しい者ではありません。アシュトン伯爵から送られてまいりました」唇から嘘が転がりでた。信じてくれますようにと祈る。アシュトン伯爵は、別の女に公爵のもとへ行ってくれないかと頼んでいるのをアンに盗み聞きされていたとは、まったく知らないはずだ――その女とは、アンの友人のキャットで、すでにパトロンがいる。

アンの乳房のすぐ上で、公爵の心臓が拍動していた。視線はあいかわらずアンの頭の上あたりに据えられている。その目は、すこしも傷ついているようには見えなかった。アンの顔に焦点を合わせないことで、完全に視力を失っているのがわかるけれど。戦争の英雄であるマーチ公爵が頭を銃剣で刺されて瀕死《ひんし》の重傷を負い、奇跡的に一命を取りとめたものの、失明したことは、イングランドじゅうに知れ渡っている。豊かな髪の下に、深い傷痕が隠れているはずだ。

「くそっ」公爵がつぶやいた。がくりとうなだれ、アンの上からどいた拍子に、床に脇腹をぶつけた。「アシュトンに送られた？　つまり、きみは娼婦で、アシュトンはきみなら快楽でおれを癒せると見こんだわけか」

アンはたじろいだ。いまだに〝娼婦〟といわれるとたじろいでしまう。娼婦になって、ずいぶん長いというのに。公爵の迷惑そうな口調に、アンの胃はむかついた。「そうですわ」できるだけ自信たっぷりに聞こえるよう答えた。いかにも高級娼婦らしく不遜な口調で。

「トレッドウェルはきみを怖がらせて追い払おうとしなかったのか？」

「あの方の努力は賞賛に値します。けれど、わたしも負けませんでした。なんといっても、公爵閣下にお目にかかるよう、アシュトン伯爵にいいつかっておりますもの。不思議ですわ、なぜあんな変わった方を執事になさるの？　訪ねてくる方々を追い払いたいのかしら？」

「そのとおりだ、天使さん」

アンは苦労して体を起こしたが、コルセットが胸の下に食いこんだ。痛みに小さな声が漏れた。

公爵が手を差しのべてくれた。アンはその手を取り、立ちあがった。

「いきなり飛びかかったりしてすまない。だが、きみもどうして名乗りもせずにこっそり忍び寄ってきたりしたんだ？」

「執事さんは、書斎へ行けとだけおっしゃって、わたしを置いて引っこんでしまわれたんです。ひとりでここへ来ると、あなたは眠っていらした」

「気絶していた、というべきかな」公爵はまつげを伏せた。あごの無精ひげをなでる——いや、無精ひげというよりも立派なあごひげだ。もう何日もひげを剃《そ》っていないのだろう。

「二度とここそこ近づかないでくれ。きみを殺していたかもしれない」

「わたしを殺していた？」アンは大声をあげた。

「そうだ」公爵ははっきりといった。「きみの細いのどに手をかけて、つぶしてしまったあとになって、正気に戻っていたかもしれない。戦争のみやげさ。不意にさわられると、殺されると思いこんでしまうんだ」

　アンの背筋に悪寒が走った。「あの、わたしはちがいます」なんと恐ろしいことだろう。公爵に殺されたあとになって、なんの危険もない、ただの娼婦だったと気づかれるはめになっていたかもしれないなんて。彼に襲われる前に、いますぐ逃げだすべきだろうか？

　尻込みした自分の愚かさに、もうすこしで鼻を鳴らすところだった。ほかにどこへ行くというの？　ロンドンへ帰り、絞首台と対面する？　用心さえすれば、公爵を恐れることはないはず。

「天使さん、きみはすこし変わった娼婦のようだ」公爵が首をかしげた。アンの言葉を真剣に聞き取ろうとしている。「きみはおれの妹たちと変わらないくらい、育ちがよさそうな話し方をする。ロンドンの洗練された高級娼婦でも、そんな上品な話し方はしないだろう」

育ちがよさそうな話し方であるのも当然だ。母親とともに追いだされるまでは、貴族の令嬢として育ったのだから。マダム・シンの娼館でも、この話し方のおかげで売れっ子だった。〝かわいい公爵夫人《リトル・ダッチェス》〟と呼ばれていたくらいだ。

公爵の目がすっと細くなった。表情は冷たく、声には疑念がまじっていた。「まさかこれは、おれに結婚という鉄の足枷《あしかせ》をはめようとする陰謀じゃないだろうな?」

「ちがいます」アンはあえいだ。「わたしはほんとうに娼婦です、嘘じゃありません」ほんとうの意図は隠しているけれど、結婚ではないことはたしかだ。「レディがお好みでしたら、レディを演じますわ、閣下。お相手した女たちのだれよりも大胆で生意気な妖婦になってくれとおっしゃるなら、そのとおりにいたします」しゃべっているうちに、頬がほてってきた——いまいったとおりのことを、もう何年もしてきたというのに。ありがたいことに、公爵にはこちらの顔が見えない。でも、わたしはいったいどうしたのだろう?

公爵が長く鋭く息を吸いこみ、裸の胸が持ちあがるのが見えた。どうやら、アンのいったことに興味をそそられたらしい。だが、彼は吸いこんだ息をふーっと吐き、うめいた。

「アシュトンがきみに仕事を頼むのはおかしい」

アンは凍りついた。「い、いま、なんとおっしゃいました？」

「アシュトンは、おれに必要なものは色事だけだと思っている。だが、それはまちがいだ」

まちがい？　冷たい恐怖がふくらんだ。ふと、アシュトン伯爵がキャットにマーチ公爵のもとへ行き、慰めてやってくれないかと頼んでいたときのことを思い出した。「アシュトン卿は心配していらっしゃるわ、閣下が……ここに隠れておいでだから。アシュトン卿がそうおっしゃいました。すこしは楽しんだほうがいいとお考えなんです。楽しめば……気が紛れるかもしれないと」最後はとってつけたようになってしまった。

「天使さん、おれにはきみの顔も見えない。会ったこともないような、イングランドでいちばんの魅惑的な美女かもしれないのに。きみが見えないと、いらいらするだけだ」

あいにく、アンはイングランド一の魅惑的な美女ではない。恐怖がアンのなかを駆けめぐり、全身が氷のように冷たくなった。たしかに自分はアシュトン伯爵が雇いたくなるような女ではないが、マーチ公爵が女をほしがっているのはまちがいないと信じていた。ドルリー・レーン劇場前で断わられたときのように、今回も拒絶されるとは、思ってもいなかった。どうすればいいのだろう。マダム・シンの娼館では、男を必死に誘う必要はなかった。顧客が決まっていたのだ。マダムはアンを上客専用の高級娼婦にし、法外な料金を取っていた。男たちはアンを求め、けたはずれの金額を払うのもいとわなかった。

「アシュトン卿はとても心配していらっしゃいますわ」内心では不安がベルのようにじりじ

りと鳴っていたが、なんとか猫なで声を出すことができた。「閣下をよろこばせてさしあげたい一心なんです。わたし、腕はいいんですのよ」公爵の腕に指を走らせた。いままで触れたこともないほど筋肉の盛りあがった腕に。公爵のいうとおりだ。その気になれば、彼はアンに大けがをさせることもできる。新たな恐怖が全身に広がったが、アンはやっとのことで口をひらいた。「暗くすればいいでしょう。暗闇なら、わたしが見えないのは当たり前ですもの」

「おれにとって見えないことは当たり前じゃないんだ、天使さん」

公爵はアンの手をつかんだ。今度はそっと。そして、自分の腕からアンの手を持ちあげた。触れてもほしくないということか。公爵はうめいて体を引き、椅子の脇に背中をぶつけた。その顔はうつろだった。「せっかくここまで来てくれたが、無駄だったな」

「お願いです」どうしても公爵の愛人にならなければならないのだ。いま彼を口説き落とさなければ、愛人にはなれない。床を這《は》っていき、公爵のたくましい腕に乳房を押しつけ、手入れのされていない長い黒髪に隠れた耳に唇を寄せた。「あなたをよろこばせてさしあげたいの」

公爵は音をたてて息を吸いこんだ。「ああ……きみはほんとうにいい声をしている。それは認めよう」

この声が公爵を誘惑している。彼はアンの姿が見えなくても、声は聞こえる。声と手だけが、アンの武器なのだ。アンは甘くハスキーな声でささやいた。「ありがとうございます」

「でも、声だけではものたりない」公爵はアンから体を離した。

アンはここで希望を放り捨てるつもりはなかった。それにしても、なぜ公爵は誘惑に屈しないのだろう？　目が見えなくても肌を重ねることはできるのに。それに、たいていの男は部屋を暗くしたがる。

「うちの馬車でウェルビーの宿まで送らせよう。付き添いの者に、ロンドン行きの切符を買ってきみを安全に出発させるよういいつけておく」

アンの唇から、知らず知らず空疎な笑い声が漏れていた。

安全とロンドンは、アンのなかでは結びつかなかった。ロンドンには帰れない。だから、いますぐ必死で行動を起こさなければならない。こうなったら、いきなり公爵にのしかかってしまおうか。それとも、彼自身を口に含み、あらがいようがないまでに欲望を駆り立てようか。いったん体を重ねてしまえば、彼も目が見えないことなど忘れて、快楽だけを追い求めるようになるはず――。

突然、公爵が椅子の脇をつかみ、流れるような動作でたくましい長身を起こし、裸足《はだし》で優美に立ちあがった。

公爵はアンよりかなり背が高かった。公爵の顔を見あげたアンは、自分の口がぽかんとひらくのを感じた。この五年間、はじめはある子爵の愛人として、その後は娼館の女に身を落として生きてきたが、男の完全な裸体を見たことは数えるほどしかなかった。広い胸板と硬い筋肉でできた腹の持ち主となると、一度も会ったことがない。公爵のように、引き締まった体と荒々しい魅力を持つ美しい男には。

アンの奥深くで、長いあいだ忘れていた奇妙な渇きのようなものがうごめいた。ばか。これは仕事よ。感情は捨てなさい。

公爵が一歩足を踏みだそうとしたが、わずかによろめいた。口汚く毒づき、両手でこめかみをきつく挟んだ。「憎らしい頭だ。斧《おの》があったら切り落としたい。いまのおれにとって、頭などなんの役にも立たない」

アンは、きっとブランデーの飲みすぎで頭痛がするといっているのだろうと思ったが、公爵の声には激しい怒りが感じ取れた。マーチ公爵は怒りにさいなまれ、苦悩しているのだ。なぜアシュトン伯爵が公爵を慰めてほしいとキャットに頼んだのか、アンにもわかっている。まともに考えれば、公爵のいうとおりだ——戦争で傷を負い、視力を失ったことを、たかが情事で忘れられるものではない。それでも、うまくいくと自分にいいきかせ、公爵を説得しなければならない。もしもできなければ、おめおめとロンドンへ帰り、おそらく絞首台へ送られることになる。

やり方を変えなければ。

アンはよろよろと立ちあがったが、とにかく公爵にはそのぶざまな姿を見られずにすんだ。

おずおずと彼の肘に触れる。ふわりと触れたせいか、公爵は驚かなかった。逃げようともしなかった。

「あなたに抱かれるためにここまで来たんです、このままではわたしの気がすみませんわ、閣下。アシュトン卿にお聞きしましたの、長いこと女を抱いていらっしゃらないんでしょう。もう何カ月も。そろそろ気晴らしが必要でしょうに、なぜ抵抗なさるの?」

アンが着ているドレスはシンプルなものだった——キャットの古いドレスだ。すべてのボタンは手に届く位置にある。手早くボタンをはずすと、ボディスの胸もとが大きくひらいた。勇気を振り絞り、アンは手袋をはめた手で公爵の手を取り、左の胸のふくらみに重ねた。

彼の手のひらが触れた瞬間、アンは息を呑んだ。思いがけず、急に胸がじわりと疼《うず》いたのだ。ちょっと触れられただけなのにこれほど感じたのは、体のなかで恐怖が暴れているせいに決まっている——いままで胸をさわられても、なにも感じなかったのだから。それなのに、むきだしの乳首を彼の手のひらのまめにこすられたとき、強烈な感覚が全身を駆け抜けた。

「ただの情事ですわ」アンはささやいた。「閣下も女をほしがっていらっしゃるはずよ」

ところが、公爵はアンの乳房をつかみもせずに手を引っこめ、その手で髪をかきあげた。うっかり火のなかに手を突っこんでしまったかのようなしぐさだった。

もっと強引にいかなければ。

公爵の口がひらき、アンは彼が帰れというつもりだと察した。とっさに近づき、もう何年もしていないことをした。つま先立ち、彼の唇にくちづけをしたのだ。

彼の首に両腕をまわす。強靭《きょうじん》なのどの筋肉が腕をはねかえしてくるのを感じた。彼の味が舌を刺す——ブランデーの味だ。唇は熱く張りつめていたが、アンの奇襲にも閉じたままだった。きつく結ばれた唇の合わせ目を舌で押しても、なかへ入れてくれない。それどころか、彼は顔をそむけてキスをやめてしまった。

アンはあきらめたくなくて、無理やり詰め寄り、ふたりのあいだに隙間がなくなるほど体を押しつけた。やがて、それが感じられた——彼の股間のものが起きあがり、スカートを押し返すのが。長く硬く、アンの下腹をつついている。勝利のよろこびがわきあがった。やった。彼をその気にさせることができた。

息を弾ませて公爵の肩をなでおろし、胸の強い毛《こわ》からへそのあたりのやわらかくしなやかな繁み、その下へと手をすべらせていく。彼自身をつかみ、愛撫《あいぶ》するために。

「やめろ」公爵が声を荒らげた。

アンは手を止めた。けれど、温かく引き締まった肌から指先は離さなかった。彼はアンの手をはねのけなかった。アンを追い払おうという決意が鈍っている証拠だ。

突然、アンはおかしなことにうしろめたくなった。こんなふうに計算高く公爵を誘惑するのはいけないことのように思えてきた。普段、アンが相手をする男たちは単純でわかりやすい。もちろん、マダムの娼館には規則がある。アンを買う男は、アンがどんなことならするのか――そして、どんなことなら許されているのか――承知している。それ以外のことをしたければ、べつの女を買わなければならない。アンは手管を使って男が望まないことを無理強いする必要はなかった。

五年前は公爵に拒絶された。けれど、今度は成功しなければならない。命がかかっている。アンは、裸の公爵の腰骨をくすぐるようになでた。「閣下をよろこばせてさしあげたいの。とにかく楽しんでほしい。それだけです」

「金もほしいんだろう」公爵は乾いた口調でいった。

「もちろん、生きていくのにお金は必要ですもの」アンは素直にいった。「でも、閣下にも気晴らしが必要です。久しぶりに女を抱きたいはずですわ」

「わからない人だ、さっきおれはきみを襲ったんだぞ。怖くなかったのか、それともきみはおれがどんな男かわからないほどばかなのか？」

「あなたは傷ついていて――」

「くそっ」公爵はアンの両腕をつかんで押しやった。しっかりとした足取りで一歩あとずさる。椅子のアームに腰をぶつけたが、顔をしかめもしなかった。「手負いの獣《けもの》がなにをするか知っているのか？　それとも、おれのような獣に街で会ったことがあるとでも？　おれたちは嚙《か》みつく。相手を嚙み殺すかもしれないんだ」

「でも、わたしには傷ひとつ負わせなかった」そう、アンは、ほんとうに殴られ、痛めつけられるのがどういうことか知っている。いま歯を食いしばれば、殴られたあごがずきりと痛むはずだ。マダムに平手打ちされた頬も、まだひりひりしている。マダムの用心棒に殴られた胸と背中には、紫がかった黄色い痣《あざ》が残っている。唯一の救いは、公爵にはこのぼろぼろの姿が見えないことだ。

傷ひとつひとつの痛みが、死と向かいあわせになっていることをちくちくと思い出させてくれる。公爵に殺されようが、法によって殺されようが、それとも飢え死にしようが、死ねば同じことではないだろうか？　いや、公爵こそ頼みの綱だ。

アンは声を一オクターブ低くした。「どんなやり方がお好みなの、閣下？　激しくて性急で、最後は大爆発するようなものかしら？　それとも、ゆるゆると、いやらしくするのがお好き？　一時間でも二時間でも、わたしのなかでゆっくりしてくださって結構よ」

「くそっ……くそっ、くそっ」公爵の息が乱れていた。彼の腰まで視線をおろすと、いまの提案と公爵自身の妄想がどんな影響を及ぼしているか、ひと目で見て取れた。

「わかった」公爵は吐き捨てるようにいった。

アンは耳を疑った。「では、承知してくださるのね？」

「ああ。承知しなければ、きみは帰ってくれないようだからな」一瞬、彼の唇がゆがんだが、またすぐにいかめしい直線に戻った。

アンは次の段階に向けて覚悟を固めた。乾いた唇をなめ、胸もとがはだけたドレスを腰までおろし、コルセットに支えられた乳房をあらわにした。薄いシュミーズを引っぱり、乳房を完全にさらした。大胆で自信に満ちた女を装い、公爵に尋ねた。「なにかご希望はあるかしら、閣下？　あなたの好きになさって」

2

公爵は髪をかきあげたが、何日も櫛《くし》を入れていないらしく、もつれた髪に手が引っかかった。

「どうしたいのか、自分でもわからないんだ。アシュトンがいったとおり、久しぶりなのでね」

アンは公爵のほうへすっと近づいた。なまめかしく見せようとまつげを伏せたとたん、そんなやり方は公爵には役に立たないのを思い出した。声と手を駆使しなければならない。半裸でいると、ますます落ち着かない気分になった。公爵のほうは一糸まとわぬ裸で、そのことを気にしているようすもないのに。アンはさらに近寄り、むきだしの乳房を公爵の胸に押しつけた。彼の両手がウエストに置かれた。だが、アンが偽りのあえぎ声をあげるより先に、彼の手が動いた。右の乳房を手のひらで包み、乳首をそっとつまむと、親指と人差し指でこねた。

アンは息を呑んだ。いつもは乳首をいじられると痛みを感じる。だから、男の手が胸に触れた瞬間に、感覚を遮断するようにしている。ところがいまは、頭のなかでべつのことを考えるという、いつものやり方に逃げることはできない。いまだけは。公爵に集中しなければならない。動きのひとつひとつに気をつけ、彼が求めていることを感じ取るのだ。上手に相手をつとめれば、手もとに置きたいと思ってくれるかもしれない。

「し、寝室に行きません？」アンはいった。ひどく緊張した話し方になってしまった。緊張してはだめだ。経験の浅い未熟な娼婦などいやがられるのはわかりきっている。

乳首にかかった圧力が弱まった。それはやさしい愛撫に変わった。ほとんど……快いほどだ。

「ここでかまわない。ここはおれの書斎だな？」

妙なことを訊《き》かれて、アンは眉をひそめた。目が見えなくても、ここがどこかくらいはわかってもいいはずだ。「ええ」

「よかった。ひょっとしたら廊下で気を失って、使用人たちの目の前できみの胸をさわっているんじゃないかと、ちょっと気になった」

アンは驚いた。「ほんとうに、ここがどこかおわかりじゃなかったの？」

「念のために確かめただけだ。廊下に椅子はないだろう？　おれが廊下に放りだしていればべつだが」

廊下に椅子を放りだす？

「はっきりいえば、おれにとって世界は青みがかった灰色一色でしかない」公爵はいきなり乳首を強くつまんだ。

アンは小さく声をあげた。

「痛かったか？　すまない」公爵の声はしわがれていた。「きみだって目の見えない男に抱かれるのは気味が悪いだろう」

公爵は怒りと苦痛を抱え、弱っている。だからこそ、因縁をつけるのだ。いつもなら男にこんなことをされると、アンはおびえてしまう。だが、傷を負った目の見えない公爵が他人につっかかるのは無理もないと思えた。彼の目が見えないことに困惑したり不安になったりする女もいるだろうが、アンはちがった。祖父が晩年、失明したからだ。「閣下」しっかりとした声でいった。「目が見えなくなったのは戦闘でけがをなさったからでしょう。見えないのがうつるなんて思ったりしません」

「そうか」公爵は身をかがめ、アンの乳房の上側に唇をかすめた。「でも、見当ちがいの場所をさんざんなめなければ、乳首も見つけられない」彼の舌が肌を濡《ぬ》らした。その熱さと、下腹へと伝わるちりちりとした感覚に、アンはわなないた。いつもはこんなふうに感じないのに。

「あなたに探索されるのもいい気持ちよ」とささやく。

舌が乳首をなで、押しこんだ。熱く濡れた力が通りすぎたあとに顔を出したそれは、さらに硬くぽってりとなり、興奮に震えだしそうだった。アンの膝はたちまちゼリーに変わってしまった。倒れそうになったアンは、公爵の突きでた腰骨につかまった。

これまで相手をした男はベッドに入るとまずアンの体を勝手にいじるのだが、そんなとき、これほど……ふわふわと頼りない、奇妙な感覚を味わったことはなかった。娼館では、アンはいつも主導権を握る側だった。いつも完璧に自分の役を演じた。そうしていれば、マダムの罰をまぬがれた。いまも冷静でいられるはずなのに。

自分が主導権を握っていることを、そして不安にも、めまいがするような不思議な感覚にも屈しないと証明するため、アンはみだらなうめき声をあげた。精いっぱいの声だ。

公爵はアンの尻をさすり、舌先で乳首をなめた。アンは下腹のあたりに、奇妙な……温かく疼くような感じを覚えた。公爵がずっと目を閉じているのを見た瞬間、急に悲しくなった。目を閉じているのは、わたしに触れているあいだ、見えないのを思い出さないため？

アンの唇のあいだから、小さなあえぎ声が漏れた。はからずも、本物のあえぎ声だ。甲高くて、すこしもなまめかしくなかった。

公爵は息を継いだ。「きみを抱く前に名前を知りたい」

アン。なんて地味な響きだろう。どちらにしても、マダムの死後、本名はボウ・ストリートに伝わっているはずだ。偽名を答えたほうがいい。新しい名前――新しい人生のための新しい名前を。「セリーズ」アンは小さな声でいった。マダムがアンに選んだ色の名前だ。スキャンダラスな紅色。いまのアンは、真っ赤なドレスを好んで身にまとい、誇らしげに男に胸を見せつけるような、大胆な女になりきらなければならない。

「素敵だ」公爵がささやきかえし、口を大きくあけて左の乳房をすっぽりと含んだ。ほめられたのはセリーズという名前だろうか、それとも胸？

公爵が強く吸った。耐えられない、刺激が強すぎる。大胆になるはずだったのに。反対に体がこわばり、動かない。もはや快感などどこにもないが、目をつぶり、懸命に我慢した。彼を止めれば、この場がしらけてしまう。不興を買ってはいけない。

公爵は目を閉じたまましきりに乳房を吸っていた。黒檀色《こくたんいろ》の長いまつげが頬に触れている。

彼の口が胸から離れ、アンはほっとした――とたんに、彼が右の乳房に取りかかった。乳房の下側をそっと包み、やさしくさすりはじめる。きっと、彼はよろこびの声を聞きたがっているはずだ。アンは唇をひらき、ふたたび偽りのあえぎ声をあげようとした。今度は完璧にしなければ。息を弾ませ、驚きに満ちた声で、いままで味わったこともなかった快楽を体験しているというふうに。けれど、正直なところ、彼の愛撫は……上手だ。

彼は低い笑い声を返してきた。「気に入ったか?」

「ええ、とても」このうえなく感じていると思わせたい。ピンク色の乳輪はどちらも唾液で光っている。レースの縁取りをほどこしたボディスは、ふたりのあいだでくしゃくしゃにつぶれ、コルセットがアンの胸郭に食いこんでいた。「全部脱ぎましょうか?」

「いや、いい」公爵は首をめぐらせた。「カーテンは引いてあるか? 部屋は暗いか?」

「ええ」アンははじめて書斎のなかをじっくりと見まわした。村から荷馬車でこの屋敷に着いたときは驚いた。大きく、左右対称の堅牢《けんろう》そうなマナーハウスで、芝生と森に囲まれている。アンが子どものころに住んでいた屋敷もそうだった。いまはつとめて思い出さないようにしているあの屋敷も。

建物自体は、公爵の住まいにしては、さほど豪華でも派手でもないように見えた。だが、書斎は美しいものでいっぱいだった。カーテンを引いた窓際にある大きな地球儀は、金箔《きんぱく》で飾ったスタンドに支えられ、地図も地名を表わす字体も美しい。壁には、馬を描いた巨大な絵が何枚もかかっている。椅子はみな革張りのクラブチェアだ。見るからに座り心地がよさそうで、腰をおろしてみたくなる。そこらじゅうに本があった。本棚、テーブル、そして椅子の上にも積み重なっている。

ここはまさに紳士の部屋であり、大事にされている部屋だ。けれど、持ち主が室内を埋めている愛用品をもう見ることができないのは、ひどく悲しいことのように思えた。

「うしろからしてもいいか」公爵が露骨にいった。「机の前がいい」

彼の望みにはなんでも応じなければならない。アンは、最初からこんなことをさせられるとは思っていなかったが、あえて拒否しなかった。

「どうぞ」アンは公爵の両手を取った。片方を持ちあげ、思わせぶりに人差し指を吸いながら、壁際でつややかに輝いている大きな机のほうへあとずさった。こうすれば、彼の自尊心を傷つけずに誘導できる。なめらかに磨きあげられた板にお尻が触れ、足を止めた。公爵がアンの背後に手を伸ばし、彫刻をほどこした机の端に触れた。

「むこうを向け」興奮した男はよく邪険になるが、彼もそうだった。娼館の女たちはみな、男のぶっきらぼうな要求にそそられるらしい。欲望に駆り立てられた男が好きなのだ。アンはそんなふうに感じたことはなかったが、いまは心から安堵《あんど》していた。彼の荒々しいものいいは、アンのもくろみが成功した証拠だから。彼は、一刻も早くアンをわがものにせずにはいられなくなっている。

「かしこまりました、閣下」アンは猫なで声でいった。机に両手をつくと、公爵がドレスの裾をめくりあげた。絹地の重みが脚をすべっていく。アンは自分の前に布地をまとめ、おなかと机のあいだで押さえた。公爵の両手がむきだしの太腿《ふともも》をなであげる。アンは目をつぶった。そして、彼の指先が秘所をとらえた瞬間、お決まりのあえぎ声をあげた。

「ああ、とても熱い」公爵がつぶやいた。「絹のようにやわらかだ」

アンは一気に貫かれるのを覚悟して身構えた。ところが、公爵はアンの股間に手を当てたまま、首筋にキスをし、肌にそっと鼻をこすりつけた。背筋にさざなみが走った――かすかな快感のわななきだった。変だ。なぜ入ってこないのだろう？　まだ準備ができていないから？　マダム・シンの娼館では、男たちはほとんど前戯をしない。大枚はたいて前戯に労力を使いたくはないというわけだ。

アンはのけぞり、腰を振って公爵の硬い一物をなでた。すると、彼はかすれたうめき声をあげた。肩越しに振り向くと、息を弾ませている。きつく結んだ口の両脇に深いしわが寄っている。どう見ても興奮しているが、まだ刺激が足りないらしい。

もう一度腰を揺すり、お尻をこすりつけたが、彼は両手でアンを制した。

「やめろ。まだいい」公爵はアンの股間に手を戻し、そっとなではじめた。こんなふうに、愛撫に時間をかけ、丁寧に扱ってくれた男はいままでいなかった。

アンは小さくよろこびの吐息を漏らした。こんなふうにさわられるのは素敵……。

そのとき、公爵の指が感じやすい粒を探りあて、こすりはじめた。

アンの全身がこわばった。それを感じているしるしと思ったのか、公爵はさらに強くこすった。乳首に触れられるよりずっと強烈な感覚に、アンは耐えられなかった。でも、顔をしかめてきつく目を閉じ、あらがいたいのをなんとかこらえていることは、彼には見えていない。指で押し広げられながらも、求められている役割のとおり、かすれたうめき声をしだいに強く大きくしていった。

突然、彼が入ってきた。深く、奥まで入ってきた。

アンはいつものように、むなしい気持ちに襲われた。これほどまでに体を密着させても、こんなに……相手と遠い感じがするのはやりきれない。そのときふと、いますべきことを思い出した。高級娼婦になりきるのだ。ただの欲望のはけ口ではなく。この人をよろこばせなければ。楽しませて、魅了して。

背後にいる公爵の脚のつけねがお尻に当たっている。彼は大きすぎて痛いくらいだったが、アンは小さな声でいった。「ああ、いいわ。素敵」

公爵が腰を揺すりはじめた。ゆっくりと、大きく動かす。アンは腰を突きあげた。われを忘れているように見せかけるため、部屋じゅうにあえぎ声を響かせた。

彼の手が伸びてきて、乳房をもんだ。アンは虚を突かれ、リズムを崩してしまった。すると、彼は予想どおりのことをした――アンの腰をつかんで動けなくし、突きこんできた。よかった。これで、次はどうすればよいのかわかった。

うめき声を悲鳴に変えた。「ああ」と叫ぶ。「すごい」めちゃくちゃに腰を突きあげ、ほんとうに快感を覚えているかのように声を張りあげた。彼の呼吸に耳を澄ます。息が荒くなり、彼が絶頂に近づいているのがわかると、アンは泣き声をあげた。「わたし、いくわ」オーガズムに達したふりをするやり方は心得ている。でも、相手の目が見えないのに、身もだえしてみせてもしかたがないのでは？　公爵には、アンの腰が激しく動いていることしかわからない。

公爵はさらに強く突いてきた。もっと速く。

やがて、公爵が低く深くうなった。腰を突きだし、アンの裸の尻にぶつける。全身を何度も前後させ、アンのなかで果てた。

「ああ」アンはあえいだ。

公爵がアンの上にぐったりとおおいかぶさり、両腕を突っぱった。「すばらしかったよ、天使さん」

よかった、満足してくれたのだ。

彼は体を起こし、アンのなかから出ていった。太腿の内側がべとついている。ここでは体を洗えないのを忘れていた。ともかく、妊娠の心配はない。酢に浸した海綿を挿しこんである。マダムの娼館で得た知識だ。

公爵がアンの腰をふわりとなでた。「水を持ってこさせよう」

「ありがとうございます、公爵」アンは不意に、心の準備がまったくできていないのを思い知った。公爵の愛人になりたいけれど、どうすればよいのかわからない。ロンドンでいちばんの高級娼婦であるキャットの話では、愛人はパトロンの気まぐれにとことん奉仕し、ベッドのなかでも外でも、王さまのような気分にさせてあげなければならないという。けれど、実際どうすればよいのだろうか。そのとき、先ほど公爵が倒れていた場所近くの椅子に打ち捨てられた、くしゃくしゃの青い絹地が目にとまった。「ローブをお持ちしましょうか？」

公爵の口もとに悲しげな笑みが宿った。「ありがとう」

ローブを持ってきて公爵に着せたが、彼はたったそれだけの助けを受けることにさえ、顔をしかめた。公爵はベルトを締め、考えこむように動きを止めた。「娼婦なのにどうしてそんな上品な話し方をするのか、教えてくれないか、セリーズ。出身は？」

「じつは、わたしはロンドンでも評判の謎の貴婦人《インコグニータ》ですの」アンは陽気にいった。インコグニータとは、上流階級のレディのようにふるまう娼婦を指す。「ロンドンで指折りの高級娼婦でなければ、アシュトン卿が閣下のもとへよこすわけがありませんわ」

「正直いうと、アシュトンなら最高のご婦人をひとりじめして、おれにはほかの女をあてがうと思うね」

「だったら、あの方は見る目がありませんのね」

公爵は笑った。「きみのおかげで、楽しいひとときだった。礼をいうよ」アンの手を持ちあげ、指に軽くキスをした。その唇は、しばらくそこにとどまっていた。アンの胸は躍った。

「もっと楽しませてさしあげましょうか、閣下」

「もうじゅうぶんだよ、セリーズ。アシュトンに、報酬をはずむようにいっておく」

またアンを追い払おうとしているのだ。アンはあわてた。「ほかにももっといろいろなことを――」

「ひとりにしてほしい。きみは楽しませてくれた。満足したよ。でも、ふたりの時間はもう終わりだ」公爵はため息をついた。「おれにはいまが昼か夜かもわからない。たぶん夜だと思うが。きみがここへ来たときには夜になっていただろう?」

「え、ええ。八時三十分でした」不意に、公爵がそんな早い時刻からブランデーのデカンタをからにし、酔いつぶれていたのだと気づいた。

「今夜はウェルビーの宿に泊まるといい。食事もそこでとりなさい。きみがきちんとしたサービスを受けられるよう、うちの者によくいいつけておく。おれの名前を出せば、手厚くもてなしてもらえるはずだ」

親切な申し出だが、アンは下唇を噛んでいた。なんとかして、ここに泊めてもらわなければ。簡単にあきらめるわけにはいかない。

「ベルを鳴らしてくれ」公爵がいった。

アンは動かなかった。彼は目が見えない。自力では、ベルを鳴らしてアンを追い払うこともできないのだ。

「いまさらおれをいらだたせないでくれよ」彼の声は低くなめらかだったが、そこはかとなく冷淡だった。彼を怒らせれば、愛人にしてもらうためにふたたび誘惑することすらできなくなる。けれど、いわれたとおりにすれば、数分後には彼の馬車のなかだ。

「帰ってくれ、セリーズ」

戦地へ部下を送っていた男の最後通牒《さいごつうちょう》だ。だが、恐怖がアンの唇からことばを押しだした。「帰れません。ロンドンには帰れないんです」

おそらくその口調のせいだろう、公爵はさっと顔をあげた。「なぜ?」

ああ、どうしよう? ばか正直に、真実を話そうか。けれど、すべては話せない――最寄りの村の治安判事に突きだされるかもしれない。そうなったら、だれも信じてくれないだろう。娼婦のことばなど、だれも聞いてくれないだろう。いたいけな少女を守るため、やむをえずマダムを火かき棒で殴り、いまや殺人犯と疑われている女の話など。マダムを殺すつもりはなかった。ただ、あの冷酷なマダムが十三歳の少女を撃ち殺すのを阻止したかった。だから、マダムの手からピストルをたたき落とそうとしたのだ。ところが、マダムを殺《あや》めてしまった。このままでは、殺人罪で絞首刑にされてしまう。

「う、嘘をついたんです」震えながらいった。「わたしは高級娼婦なんかじゃありません。雇われ娼婦で、逃げてきたんです。ロンドンへ帰れば、娼館のマダムに見つかってしまいます。そうでなければ、見せしめに、用心棒にわたしを殺させるわ」ああ、嘘がすらすらと口をついて出てくる。命が懸かっているからだ。

「天使さん、まさか殺されはしないだろう。きっと、マダムは心配して――」

「あの人ならやりかねないわ」いまでは、あのマダムもなにもできないが。もう死んでしまったのだ。恐ろしい死にざまは新聞沙汰になっている。だれかに新聞を読みあげさせていなければ、公爵はロンドンのできごとなど知らないだろう。だが、まだマダムが殺されたことを知らなくても、いずれ耳にするはずだ。娼館から逃げてきたのを話したのは、大きなまちがいだったのでは？　公爵は当然、アンを殺人犯と疑われている娼婦だと考えるに決まっている。

アンはごくりと唾を呑みこんだ。公爵がまだ事件のことを知らないのなら、このまま隠しおおせるかもしれない。公爵の耳に入らないかぎり安全だ。「お願いです。わたしをここに置いてください、そしてアシュトン伯爵のお望みどおり、あなたを楽しませることをお許しください。あなたには見えないけれど、わたしの体には――マダムに殴られた痕が残っています」そこまで打ち明けるのは、ほんとうに切羽詰まっていたからだ。公爵の手を取り、ウエストに、背中の下に、肩に触れさせた。「おわかりですか。いま触れたところは全部、痣《あざ》なんです」そういって、息を止めた。

公爵が手を差しのべてきたとき、アンの心臓は安堵でとけそうになった。「おいで、セリーズ」

殺人犯だと疑われていたら、ここまでやさしくされることはないだろう。それでも、アンは公爵に近づきながら震えていた。

紳士らしく落ち着いた物腰で、公爵はアンの手を口もとへ運んだ。やはり、マダムが殺されたことは知らないのだ。どうしたらこんなやさしいキスができるのだろう？

「今夜はここに泊まっていい」公爵はぶっきらぼうにいった。「明日、きみをどうするか決める」

3

すぐそばでなにかが爆発し、マーチ公爵デヴォン・オードリーは、一人前の兵士ならだれでもすることをした——とっさに伏せたのだ。

両手とあごがやわらかい絨毯にぶつかった。とたんに、ぶつかった痛みをしのぐ衝撃とともに思い出した。ここは戦地ではないのだ。つまり、いまの大きな音は砲声ではなく、フランス軍の銃撃でもない。見えるのは青みがかった灰色の虚無だけだが、自分はたったいま屋敷の廊下で、使用人の目の前で床に伏せてしまったのだとわかった——使用人のだれかが、なにかを取り落としたにちがいない。

デヴォンは荒い呼吸をととのえ、勝手に激しく拍動している心臓を鎮めようとした。

「ご主人さま！　申し訳ありません。まったく、あたしはなんて間抜けなんでしょう、トレイを落として、ブランデーのグラスを割っちまったんです。でも、大丈夫ですよ——からっぽでしたからね」

そう謝ったのは、トレッドウェルの粗野な声だった。せかせかと足を引きずって歩く音が近づいてきた。この屋敷で暗闇のなか二週間も暮らしたころから、デヴォンは執事の足音を聞きわけられるようになった。トレッドウェルは右脚が不自由で、床を引きずって歩く。デヴォンは以前から、歩くのはさぞ難儀だろうと思っていたが、案外、トレッドウェル本人はほがらかに苦難を引き受けている。

ああ、トレッドウェルが助け起こそうとしてくれている。体が不自由なのは彼のほうなのに。デヴォンは杖《つえ》を取り、それを支えに立ちあがった。できるだけ動作を身軽にした。もう何度もこんなことがあったので、執事はデヴォンの奇妙なふるまいに慣れているだろうが、だからといって、恥ずかしくないわけではない。もはや、トレッドウェルは主人がすっかり正気を失ってしまったと思っているにちがいない。

「そうそう」トレッドウェルがにこやかにいった。「お食事の用意ができたので、お知らせしにいくところだったんですよ。勝手ながら、食堂に準備させました。あの……お客さんも、お食事なさるんでしょう？」

お客。デヴォンは壁を探し、手のひらをつけた。手探りでなければ前に進むこともできない。あとどれくらい廊下を歩けばよいのかもわからないのだが。まったく、女を抱けば男の悩みはすべて解決すると思っているとは、アシュトンはなんという愚か者だろう。もっとも、アシュトンには効き目があるのかもしれない。第五代アシュトン伯爵トリスタン・ド・グレイは、以前のデヴォンもかなわないほど、ロンドンの娼館の上得意として悪名を馳《は》せているのだから。

目が見えないのに女を抱いても、トリスが期待したようなことにはならなかった。目が見えないのを忘れることはできなかった。客がつけていた薔薇《ばら》の香水のにおいは嗅ぎ取れたし、こんもりとした尻や張りのある乳房にも触れられたけれど、その美しさを目で見ることはできないのだと、あらためて思い知らされた。とはいえ、あの女にそそられたことは認めなければならない。彼女はデヴォンに抱かれたいといって譲らなかった。トリスはどこで見つけたのだろう？

女は娼館から逃げてきたといっていたが、だとすれば、トリスとはどこで出会ったのだろうか。デヴォンがよく通っていた安手の売春宿にいたような女たちとは、話し方がまったくちがう。それに、あのひたむきな誘惑には、思いのほか清純そうな感じがあった。大胆なそぶりでさえ、驚くほど……かわいらしかった。彼女は本気で娼館のマダムに追われていると思っているのだろうか？　デヴォンの経験からすると、娼館のマダムとは現実的で抜け目のない商売人だ。たかが見せしめのために娼婦を殺すだろうか？　けれど、彼女はほんとうにおびえていた——それは、声でわかった。ただ、ほかにもまだ、話していないことがありそうな気がする……。

くそっ。早く彼女を追い払って、さっさと忘れよう。トリスには、二度と女をよこすなといっておかなければならない。あのかわいそうな女にいったとおり、あっというまに殺してしまうところだった。現に、上着を脱がせてくれようとした近侍、ワトソンの手首を折ってしまった。近侍は、その場で暇《いとま》を願いでるや、逃げてしまった。

自分は正気を失いかけている。戦闘の後遺症。野戦病院に入院していたころ、軍医がそういっていた。あのときは笑った——おれは正気ではなく視力を失ったんだぞ、と。戦争が終われば、心の平穏を取り戻すのが当然だろう？　だが、いまはわかる。戦争はけっして忘れられない。戦争は放っておいてくれない。そのせいで、万が一あの娼婦にけがをさせるようなことがあってはならない。

「ご主人さま？」

デヴォンはトレッドウェルの声のほうへ首をめぐらせた。「いや、食事は一緒にしない。彼女に使ってもらう部屋に、ひとり分を運んでくれ。いいシェリーも一本つけるんだぞ。それから、おれのローブを貸してやってくれ」

「ローブが入り用ですかね？　今夜はずっと、ご主人さまの……お相手をするんじゃないんですか？」

「トレッドウェル、いらぬ世話だぞ」最初は友人、今度は使用人か。

「あいすみません、ご主人さま、だけどアシュトン卿がおっしゃってましたよ、ずっと屋敷に閉じこもってるご主人さまが心配だって。あたしも心配です。ご主人さまみたいなお若い方が、不健康ですよ」

「差し出口はよせ」デヴォンは不機嫌にいった。「求められてもいない助言を繰りだすのがおまえの仕事のひとつだったとは知らなかったな」

デヴォンはもともと、使用人に厳しい主人ではない。いまさら変わるのも難しい。相手がどこにいるのかもわからないのに、いかにも公爵らしいしかめっつらで使用人を怖がらせることなどできない。

「たしかに出しゃばりすぎました、ご主人さま。ご主人さまのおじいさまにこんな口をきいたら、鞭《むち》で打たれてましたよ。だけど、ご主人さまは先々代とはちがいます。先々代はまさに暴君でしたからね、使用人が話しかけるのを許したりしませんでしたよ」

そのとおり、デヴォンは祖父とはまったく似ていない。そのことが、祖父をひどくいらだたせた。父親ともちがう。デヴォンは、祖父のようにわがままな放蕩者《ほうとうもの》でもなく、父親のように穏やかな学究肌でもない。

「あたしもみんなも――ご主人さまはすばらしい方だって知ってますから、心配してるんです。さて、厩《うまや》へ来いとおっしゃるならそうしますよ、でもあたしだっていいたいことをいう権利はありますからね」

トレッドウェルはマーチ公爵家につかえて六十年になる。最初はデヴォンの祖父の靴磨き係だった。いつでも老人の足を尻にのせなければならないような少年時代を過ごしたのだから、年老いてすこしは差し出口をきく権利もあるだろう。トレッドウェルは、おしゃべりを許されたときがいちばんいきいきとしている。「鞭打ちは勘弁してやるさ、トレッドウェル」

「では、ご主人さま、食堂へお連れしましょうか」

「連れていってもらう必要はない。引き綱につながれた犬みたいに、食堂まで引っぱっていってもらわなくても結構だ」

「そりゃそうですね、ご主人さま。じゃあ、最後にもうひとこと。お客さんは別嬪《べっぴん》ですよ。たいした上玉だ」

教えてもらうまでもない。第一、彼女の姿は見えないのだ、美人だろうが不器量だろうが関係あるまい？　だが、好奇心をそそられた。いまいましいが、たまらなくそそられた。

「ほう、どんなふうにきれいなんだ？」

「髪はつやつやした絹糸みたいで、あたしの好きな色ですよ、公爵。たしか、ティツィアーノ風の赤毛ってやつだ。瞳は緑色。エメラルドみたいな明るい緑じゃなくて、ツタの葉みたいな暗い緑。あれだけの美人は、ひと晩だってほっとかれたら気を悪くしますよ」

デヴォンはトレッドウェルの話に陶然としていたが、はたとわれに返り、ぶっきらぼうにいった。「気を悪くしようが関係ない。彼女のためだ」

アンは寝室のなかを――公爵の寝室だ――うろうろと歩きまわっていた。公爵は、アンがくつろげるよう、きめこまかな配慮をしてくれた。暖炉では勢いよく火が燃え、調度の金箔や磨きあげられた木の表面を山吹色の光で照らしていた。従僕に命じ、自分が使っているローブまで届けてくれた。深緑のやわらかなベルベットで、アンがふたり入りそうなほど大きく、裾は床を引きずった。

同じ従僕が、先ほどシェリーと繊細なクリスタルのグラスも持ってきた。食事を運んできたのは、べつの従僕だった。無表情な従僕が暖炉のそばのテーブルに大皿を置き、銀のカバーを取ると、金の縁取りがほどこされた皿にはローストビーフとゆでたじゃが芋や野菜が山盛りになっていたが、アンの心はつま先まで沈んだ。

アンは、公爵が食堂へ呼んでくれるのを期待して――いや、呼んでくれるものと思いこんでいた。いいえ、

だが、そのあと従僕が教えてくれたことこそ、アンをどん底までがっかりさせた。公爵はこの屋敷へ帰ってきてからの二週間、毎晩書斎で眠っているというのだ。つまり、寝室はまったく使われていないということだ。

従僕はつづけて、追い打ちをかけるような公爵からのことばを伝えた。今夜はこの部屋でゆっくり休むように、わざわざ書斎まで来ていただかなくとも結構、というものだった。従僕は、ご主人さまは朝までおひとりになりたいそうです、とよそよそしく告げた。

アンはまたローブの裾を引きずりながら、部屋を突っ切った。料理からおいしそうなにおいがまだ漂っていたが、手をつけることができなかった。度を失い、胃がきりきりと痛んで

いたからだ。朝になったら、公爵はわたしを〝どうするのか〟決める。愛人にしてもいいと思わせるチャンスは今夜しかない。

唯一思いつくのは、やはり色欲に訴えるやり方だ。公爵になにか――なにか快楽をもたらすような、彼があらがえないようなことをするしかない。一度経験したら、それなしでは生きていけないと思わせるようなことを。

けれど、すでに公爵には精いっぱいみだらなことをしている。それなのに、効き目はなかった。ずっとここにいてくれと頼まれはしなかった。

どうすれば、もう一度公爵を誘惑できるのだろう？　そばに近づかせてもくれないのに。

アンは親指の爪を嚙んだ。公爵を誘惑しようと決め、キャットに短い書き置きを残し、あり金をはたいて馬車を雇ってからはじめて、この計画は失敗なのではないかと思いはじめていた。

マーチ公爵は悪名高い女たらしだ。一方、アンは平凡な女だ。目をみはるような美女ではない。マダムの娼館でもてはやされたのは、慎み深いレディのような外見と金色の髪、礼儀正しい態度や話し方だった。二十三歳にして、オールマックスでダンスをしている令嬢のような雰囲気を漂わせているのに、金さえ払えば、男が望む罪深い行為をほとんどなんでもさせることができるというので人気があった。それがいままでは、何日も食べ物がのどを通らなかったためにやつれ、ヘナで染めた髪はブロンドから安っぽい赤毛に変わってしまった。

頭の奥で小さな声がささやいた。あなたじゃだめだったってことよ。要するに……わたしには魅力がなかったということ？　それとも、あんなにあえぎ声をあげて感じているふりをしたけれど、ほんとうはなにも感じていなかったのが伝わってしまったのだろうか？　キャットは、愛人になるのも娼婦になるのもたいして変わらないといっていたけれど、ちがうような気がする。

アンはしきりにかぶりを振った。自信を失ってあきらめてはいけない。あきらめれば、死刑台にあがるはめになる。わたしではだめだなんてことはない。今度はもっとあの人を魅了し、翻弄《ほんろう》して、楽しませれば……。

公爵の命令を無視しなければならない。サイコロはあと一度しか振れないのだ。命令にそむけば、朝が来るまでに追いだされるかもしれないけれど、やってみるしかない。

アンは部屋を突っ切り、ドアをあけた。書斎へ行くつもりで廊下に出たが、そのとき、苦しげな悲鳴のような大声が聞こえた。

いまのは気のせいだろうか？　それとも、ほんとうにだれかが叫んだの？　アンは待った。それ以上、なんの音もなかった。走ってくる足音も聞こえない。人の声も。だれかが助けを求めていたとしても、だれも駆けつけてはこない……。

そのとき、また声がした。しわがれた大きな叫び声。一階から聞こえてきたのはたしかだ。男の声であることに疑いの余地はない。公爵だ。けれど、なぜ使用人たちは急いで主人を助けにいかないのだろう？　なにがあったのだろう？

しばらくして、ようやくアンは知恵を働かせはじめた。いまこそチャンスだ。叫んだのがほんとうに公爵かどうかはともかく、彼だと思ったといいはることはできる。彼だと思ったから、もちろん急いで無事を確かめにいかなければならない。つまり、書斎に突入する正当な理由ができたわけだ……。

でも、公爵がほんとうに倒れていたらどうしよう？　またブランデーを飲みすぎたのかもしれない。酔っぱらってわけがわからなくなっているかもしれない。酔っぱらって暖炉に倒れこみ、火に包まれた男の話は一度ならず聞いたことがある。公爵も危ない。

アンはローブの裾をたくしあげ、階段めざして走った。


温かい手がデヴォンの腕をつかんだ。デヴォンはさっと目をあけたが、見えるのは暗闇ばかりだった。ついさっきまで砲火に囲まれていたのに、いまあたりを満たしているのは不気味な沈黙だ。二の腕にかかっている重みがなにかはわかりきっている。だれかに押さえつけられているのだ。

デヴォンは、自分を押さえつけている兵士に力いっぱい抵抗した。驚いて咳《せ》きこむような音が返ってきた。今度は銃剣で地面に突き刺されるかもしれないが、あと数秒の猶予がある。デヴォンはすばやく敵の両腕をつかまえ、ぐいと引っぱった。

つかんだ腕がやけに細く、思いのほか軽いことに気づいた。子ども、だ。頭のなかでそう叫ぶ声があり、苦い罪の意識がこみあげたが、そのときだれかが大声をあげた。「やめて！」おののきに満ちた声。女の声だ。「おやめください、公爵閣下！　お願いです。腕が折れてしまうわ」女の恐怖心が暗闇を貫き、デヴォンの興奮した頭と、耳を聾《ろう》する激しい鼓動の音を切り裂いた。

しまった。この清らかな美しい声はセリーズだ。彼女の声は頭のなかの靄《もや》を散らし、幻を砕いた。ここは戦地ではない。書斎のソファに横になっていたのだ。先ほど腕をつかんだ手はセリーズのもので、敵兵に押さえつけられ、殺されかけたわけではなかった。

デヴォンはやりきれない思いにうめき、セリーズを放した。そして、やわらかなクッションにどさりと倒れこんだ。

「どうなさったの、閣下？」

デヴォンはさらに何度か深呼吸し、動悸《どうき》を鎮めようとした。「悪い夢を見ただけだ」そう答えるのが精いっぱいだった。悪夢から覚めたいま、全身をおおっている汗は引きかけている。裸の胸を冷気がなでた。

セリーズのやわらかい手が頬をなでた。そのまま指先がやさしく顔をすべる。「わたしも悪い夢をよく見ます」セリーズは小さな声でいった。

デヴォンはセリーズの手を顔からどけた。手探りでソファの背をつかみ、体を起こそうとしたとき、なにかが胸の上にのった。驚いて動きを止めると、温かく重みのあるものが太腿にかぶさった。どうやら、セリーズがまたがっているらしい。デヴォンは体を硬くした。

「ほんとうに、ご自分のベッドで寝なくてもよろしいの？」セリーズがささやいた。「閣下にご迷惑をおかけしたくないの」

迷惑。そのことばに、乾いた笑い声がガラス片のようにのどをかきむしった。「おれがベッドで寝ないのは、きみとはなんの関係もない。だから、早く寝室に帰れ。今夜はそんな気分じゃないんだ」

「そんな気分にしてさしあげるわ」

「だめだ」妄想にさいなまれているからといって、セリーズののどをつぶしてよいわけがない。セリーズの重みが太腿の下のほうへ移動した。彼女の尻が脚の上をすべっているのがわかった。「ベッドに戻れ」デヴォンは厳しくいった。「おれは悪夢には慣れている。ほとんど毎晩、見ているからな」

「毎晩？　まあ」

驚いてあきらめてくれればいいのに、セリーズは誘うように低くいった。「くたくたにしてさしあげます、そうすればよく眠れますでしょ」

腰のあたりでローブがさっとはだけた。下腹がいきなり冷たい夜気にさらされた。

セリーズを止めなければならないのに、不意に温かく濡れたものが眠りこんでいる股間の一物をなでおろした。興奮が全身を駆け抜ける。見えないからさだかではないが、たぶんセリーズが舌を這わせている。デヴォンは刺すような快感にのけぞった。熱くやわらかな舌がやさしくなであげ、先端をくるりとなめた。デヴォンの体は求めている。突然、一物は硬くなり、デヴォンの言葉が嘘だったことを証明した。デヴォンの体は求めている。渇望している。

「うーん」セリーズの賞賛のうめき声がしたとたん、不意にデヴォンの股間は熱いものにすっぽりと包まれた。セリーズの口だ。

デヴォンは目をつぶった。一面の青灰色よりほかになにも見えないのを忘れたかった。だが、おびえた少年兵の狼狽《ろうばい》した黒い瞳がたちまち眼前に浮かびあがり、男の頭を狙ったライフルが――。

セリーズが吸った。熱くやわらかい唇にこすられ、デヴォンは急に戦地から現在へ引き戻された。この書斎へ。書斎のソファに寝そべり、いきりたったものをセリーズになめまわされている。セリーズは巧みだった。デヴォンの腰は勝手に動きだし、さらによろこびを求め、心地よく濡れた熱い口のなかへ突き進んだ。

「ああ」デヴォンはうめいた。「とてもいい」

「あいがとう」舌足らずな返事に、デヴォンはつい笑い声をあげてしまった――短く粗野な笑い声を。セリーズのせいで火がついた欲望は、いまにも大きな炎となって燃えあがりそうだ。

そろそろと手を伸ばすと、ふわふわした絹糸の房のようなものに触れた。セリーズの長い髪だ。その髪はデヴォンの下腹をおおっていた。だが、そのすぐ下で強烈な快楽が生まれているため、彼女の髪が肌をくすぐる甘い感覚に気づいていなかった。

さらに手を動かすと、セリーズの頰とおぼしきやわらかな曲線が見つかった。セリーズをそっと押し戻し、ベルベットの唇がすべっていく感覚に、危うく精を放ちそうになった。「おれに乗れ」つっけんどんにいった。「めちゃくちゃにしてくれ、なにもかも頭のなかから追いだしてくれ」

セリーズはくすくす笑った。デヴォンはなにひとつ聞き逃すまいと耳を澄ましていたので、彼女の軽く涼やかな笑い声のなかにやわらかな慎ましさを聞き取ることができた。その声は大胆というより、むしろ恥じらっているように聞こえた。きれいな声できちんとした言葉を使い、けれど心許なげでもある彼女は、娼婦にしてはかなりの変わり種だ。

そのとき、セリーズの手に股間のものを握られ、デヴォンはとたんになにも考えられなくなった。感じるのは、一物を起こす彼女の手、そしてなめらかに熱い最初のひと触れ。やわらかく、みずみずしく、甘美なまでに快い。天国だ。

デヴォンはさらに求めずにはいられず、腰を持ちあげた。セリーズが沈みこみ、彼女の尻とデヴォンの太腿がぶつかった。同時にデヴォンは腰を突きあげてセリーズを持ちあげ、できるかぎり密着させた。

乗ってくれと頼んでおきながら、デヴォンはセリーズに腰を振る余裕も与えず、ひとりで動いた。力を振り絞って腰でセリーズを持ちあげ、一物を根元まで埋めた。汗がひたいを流れ落ち、胸板にもにじんだ。そうせずにはいられなかった。獣のように突き立てずにはいられなかった。セリーズの奥深くまで貫き、きつく締めつけられるよろこびを、引き抜くときの甘い抵抗を感じたかった。

まさに天国だ。みずからのおこないのために、地獄に堕ちると定められている男の天国。開いた両脚の上でセリーズの尻が弾む感触に、そして彼女があえぎ、うめき、すすり泣く声に、デヴォンは声をあげて笑った。セリーズはにぎやかな女だ。彼女の悲鳴や叫び声が、屋敷じゅうに響き渡っているにちがいない。

デヴォンはセリーズの声を聞いていたかった。セリーズが甲高い声をあげ、泣き声を漏らし、天にも届かんばかりに「ああ！」と叫んでいるあいだは、すさまじい砲声やライフルの銃声を思い出さずにすむ。

セリーズがデヴォンの胸板にぴしゃりと手をつき、体を支えた。彼女の声は甘いが、腰の動きは激しく容赦なく、なにもいわなくてもデヴォンの望みを正しく知り抜いているかのようだった。

けれどデヴォンは、腰を突きあげるたびに揺れるセリーズの乳房や腰を自分の目で見たかった。貫かれた痛みにゆがむ彼女の顔を見たくてたまらなかった。ふわりとやわらかな髪の色を確かめたかった。そして、絶頂に達した瞬間のセリーズの瞳を。

ああ、セリーズをこの目で見たい。くそっ、見たいのに。

体の内側で不満が煮えたぎっていた。きつく目をつぶり、ますます激しく腰を振った。もっとやさしく、もっとゆっくりすべきだが、セリーズもデヴォンの肩に爪を立てて跳ねている。

「素敵」セリーズが声をあげた。「わたしも激しいのが好き」

そして、セリーズの両手が――たぶん手だ――デヴォンの太腿を伝い、尻をつかんだ。デヴォンの一物はますますふくらんで張りつめ、いまにも爆発しそうになった。デヴォンはのけぞり、天に向かって吠《ほ》えた。このまま死ぬまでセリーズとつながっていられたら。そうしたら、なにも考えず、なにも思い出さずにすむ。

セリーズをよろこばせたい。まだ我慢しなければ。セリーズを恍惚《こうこつ》のなかで叫ばせるために、なんとかこらえ、もたせなければならない。

「セリーズ、どうしてほしい？」しわがれた声が出た。「おれはもうすぐいきそうだ」

「このままで！」セリーズが叫んだ。そして、息を呑んだ。「ああ、閣下！」セリーズは苦しげなうめき声を長々と漏らしながら、デヴォンの上で奔放に跳ねた。

セリーズのうるわしくエロティックな悲鳴に引き裂かれ、デヴォンはわれを忘れた。ソファから腰を浮かせ、セリーズにたたきつける。頭ががくりとのけぞった。体がこわばった瞬間、オーガズムがうなりをあげて全神経に広がり、残っていた力をすべて奪い取っていった。

筋肉が液体に変わってしまったかのようだった。頭のなかはからっぽになった。永遠にも思われる快感に打ちのめされ、感じるのはよろこびと、自分の体のわななきだけだった。

デヴォンはセリーズを乗せたまま、ソファにどさりと腰を落とした。胸の奥から、ざらついた笑い声がわきあがった。そのさらに奥では、心臓が暴れている。

セリーズもあえぎながらデヴォンの上でくずおれた。熱く湿り気をおびた乳房がデヴォンの胸にぶつかる。彼女の自然な香りがデヴォンを包む。まるで、快楽のためだけに作られた世界にふたりを閉じこめるかのように。デヴォンはセリーズに両腕をまわし、ほかの女にはしたことがないほど強く抱きしめた。

「閣下、眠くなりました？」セリーズの声は、さんざん叫んだあとでかすれていた。「それとも、もう一度いかが？」

「ようし。もう一回だ」デヴォンはセリーズのなかに入ったまま、そっと腰を揺すった。ふたたび勃起するまで時間がかかりそうだ。目をつぶり、セリーズの背中をさする。このほうがずっといい。目で見ることができなければ指に探索させればいい。セリーズの背中は完璧だった。すらりとして、背骨のつけねに小さなくぼみがある。デヴォンは彼女が痣のある場所を教えてくれたことを思い出しながら、丁寧に愛撫した。丸みをおびた腰のふくらみに手を添える。かわいらしい尻だ。丸い丘に軽く指を走らせ、熱くなめらかな肌を味わっていると、セリーズはあの愛らしく涼やかな笑い声をあげた。

セリーズの豊かな髪が、絹の布のようにデヴォンの胸と肩をおおっていた。デヴォンはその髪をひとつかみ取り、顔の上にたらして香りを吸いこんだ。また勃起してきた。これでセリーズに打ちこむことができる。これで彼女を爆発させることが——。

いきなり幻に頭を殴りつけられ、デヴォンはソファから転がり落ちなかったのを意外に思った。ふたたびあちこちで煙が立ちのぼり、耳をつんざく銃声の響く戦地に引き戻されていた。巨大で重たいものに、両脚を押さえつけられて動けない——死にかけているデヴォンの馬の胴だ。黒い灰燼《かいじん》と、倒れてもがいている人間たちのあいだに、あの少年兵が見えた。フランス人の少年。ぼろぼろの軍服。ライフルを構えた彼が、やせた体を緊張にびくりと震わせ、デヴォンの部下に狙いをつけた。デヴォンはいつのまにかピストルを手にしていた。

一瞬の判断だった。まだ子どもの兵士を撃つか、よい部下をむざむざと殺されるか——妻子を残して戦地へ来た部下を。

決断しなければならない。いまわしく、簡単には忘れられない、残酷な決断——。

セリーズが体の上で動いた。

だめだ。できない。いまは無理だ。セリーズの腕をつかみ、乱暴に膝の上におろすと、彼女は驚き、おびえたような声をあげた。戻ってこようとした彼女の手首を押さえ、動けないようにした。

「い、痛いわ」

「こんなことをしてもなにもならない。きみにはおれの悪魔を追い払うことはできないんだ。早くそこをどいて、二階の寝室へ戻れ」

「悪魔？」セリーズがかすれた声でつぶやいた。「悪魔って、なんのことです？」

「早く行け」

「悪い夢のこと？　そうなのね？　どんな悪夢なのか話して。助けてさしあげたいの」甘く誘うような声。この愚かな女は、おれに魂の重荷をおろせというのか。自分が引き受けるというのか。

「だめだ」

「そんなことをおっしゃらないで、できるかぎりのことをしますから」セリーズはデヴォンの胸から腹へ、そして股間へと両手をすべらせた。そして、一物をなではじめた。「話してくださるまで、慰めてさしあげるわ」

デヴォンをじらしているつもりなのだ。アシュトンと同じで、ちょっとおしゃべりして抱きあえば、すべて解決すると思っているのか。「きみにはわからない。おれは人間が砲弾や銃弾でばらばらになるのを目の当たりにしてきたんだ」

セリーズがあえいだのは、恐怖のせいにちがいない。だが、怖がらせてでも追い払わなければ、彼女はあきらめないだろう。

「聞いただけで、頭のなかが陰惨な絵でいっぱいになっただろう？　これ以上、聞かないほうがいい。あんなものを一度でも見てしまったら、死ぬまで忘れることはできない。おれはもう自分の手の甲の色さえ覚えていないけれど、人間の血の色はどうだ？　忘れられないね」酒がほしい。ひとりにしてほしい。いまはもう、これ以上話したくない。だれも抱きたくない。デヴォンはセリーズの両腕をつかまえ、腰の上から立たせた。床におろしてやるつもりだったが、手を離した瞬間、彼女がはっと息を呑み、床に転がり落ちた音がした。

「おれに近づくな」デヴォンは自分に腹が立ち、声を荒らげた。「部屋に戻れ」

「いいえ、ここにいます。また閣下が悪夢を見たら――」

「起こしてくれるのか？　その細い首をおれの手の届くところへ差しだすのか？　おれに絞め殺されるぞ。いや、取り乱したおれに殴り殺されるかもしれない」

「そ、そんなことはありません」

だが、セリーズは疑っている。そして、デヴォン自身もそうだ。「すでにおれは人に大けがを負わせているんだ、セリーズ。忘れたのか、きみがはじめてここに来たとき、ちょっとさわられただけでおれはきみに襲いかかり、床に押さえつけた。きみはあのとき、おれにどんなふうにさわった？」

「どういうことでしょう？」

「つまり――おれに飛びかかられて、床にたたきつけられる前に、きみはなにをしたんだ？」

「か、閣下の目にかかっていた髪をどけただけです」

「そうだろう。ごく軽く触れただけだった。それなのに、火薬樽《かやくだる》に火がついたように、おれは逆上した。おれはおかしい。戦争、殺しあい、失明したこと、人を殺したこと、悲しみ——そういうものをすぐに忘れられるほど、おれは強くなかった。戦争の英雄なんかじゃない——あのいまいましい戦争のあいだずっと、おれは苦しみ、怒り、悲しみ、疑ってばかりいた。英雄とは自信に満ち、ひたすら行動し、くよくよ悩んだりしないものだろう。暗がりに隠れたりしない。けっして自分を見失わない。だが、おれはだめだった。すっかりおかしくなってしまって、日に日にひどくなっていく。すこしもよくならない、悪くなる一方だ。だから、トレッドウェルに客を追い払わせているんだ」

「閣下はお酒を飲みすぎです」セリーズは断言した。「だから、どんどん悪くなるんです。お酒をやめれば——」

「おれは酒が好きなんだ」デヴォンは嚙みつくようにいった。セリーズはなにを考えているんだ？　差し出口はやめて、さっさとおれから離れなければならないのがわからないのか？

「でも、お酒は助けにはならない——」

「おれを助けてはくれる。だから、いまから飲むつもりだ。きみはこの部屋から出ていってくれ、もう放っておいてくれないか。朝まで寝室から出るんじゃないぞ。おれが呼ばないかぎり出てくるな」

デヴォンはドアへ向かう足音が聞こえてくるのを待った。これだけいえば、どんな女も逃げるように出ていくはずだ。ところが、セリーズはなんと強情なのだろう、動こうとしない。

「早くしろ」デヴォンはどなった。「いますぐ出ていけ」

セリーズの足が床板をぱたぱたとたたく音につづき、ドアが閉まる音が聞こえ――どうやら、出ていったようだ――デヴォンは満足するはずだった。ところが、いま酒がほしいのは、自分が悪者になったような気がするからだ。戦争の英雄か。デヴォンの高笑いが書斎に響いた。まったく、趣味の悪い冗談だ。

4

目を覚ましたアンは、うちに帰ってきたんだわ、とぼんやり思った。ロングズワースの屋敷に。雨が興奮した心臓の鼓動のように、窓ガラスをぱたぱたとたたいていた。窓はほんのすこしあいていて、室内にはアンの記憶にある田舎のにおいが立ちこめていた。早朝のひんやりとさわやかなにおい、濡れた乾《ほ》し草の豊かな香り、野の花が種をつけている草地の、鼻をくすぐる芳香。

アンは寝ぼけたまま目をこすった。真上に、深緑の絹の天蓋《てんがい》があった。父親のベッドの天蓋とそっくりだ。小さな子どものころ、乳母とかくれんぼをして、よく父親のベッドの下に隠れた。居心地がよすぎて、そこで何時間も眠りこんでしまい、家じゅうが大騒ぎになった――。

アンはさっと起きあがり、重い上掛けと絹のシーツを蹴飛ばした。そして、かぶりを振った――胸を詰まらせ、怒濤《どとう》のようなせつなさをもたらす記憶を振り払った。

過去のことは考えてはだめ。あの時代はもう終わったのだ。あの屋敷に住んでいた娘はもういない、死んでしまったのと同じこと。公爵の決断によっては、ほんとうに死ぬことになるかもしれない。子どもの命を救うために、やむをえず犯してしまった罪のせいで。人を殺めてしまったとはいえ、そもそも殺意があったのは相手のほうなのに、絞首刑に処されるのだ。いやだ。死にたくない。いままで、生き延びるために罪を重ねてきた。いまさら生きることをあきらめたくない。

裸足で触れた敷物は温かく心地よかったが、冷たく湿った朝の空気が、薄いシュミーズを通り抜け、むきだしの肌にしみた。アンは震えながら、つややかなオーク材に緑のベルベットを張った椅子にかけておいたドレスを取りにいった。コルセットは座面に置いてある。コルセットはそのままにしておいて、ドレスを着た。

ああ、面倒だ。このドレスは、隠れ場所を求めてキャットの家に行き、彼女にもらったものだ——緋色の絹のドレスで、襟ぐりが深い。キャットは、流行遅れだからもう着ないのだといって、あっさりゆずってくれた。でも、それは嘘だ。キャットは気に入っているドレスを気前よくくれたのだ。親身に、ほんとうに親身になって、アンをかくまってくれただけでなく。アンは、長居はできないと承知していた——自分をかくまったために、キャットは逮捕されるかもしれない。そんなとき、アシュトン伯爵がキャットを訪ねてきた。アンは客間のドアのうしろに隠れ、金髪の伯爵がキャットに公爵を助けてくれないか、〝性的療法〟をほどこしてやってくれないか、と頼みこむのを聞いていた。キャットは拒んだが、アンは完璧な方法を思いついた。わたしが公爵のところへ行けばいい——出ていけば、キャットに迷惑がかからないし、自分の命も救える。

ドレスは胸もとが広くあき、裾は床を引きずった。当世風のデザインなので、コルセットをつけなくても、なんとか着られる。ひとりではコルセットの紐《ひも》を締められない。だれかがドアを軽くノックし、廊下からおいしそうなにおいが漂ってきた。アンはしかたなくドレスを床に落とし、借りたローブをはおった。「どうぞ」メイドだとよいのだが——ドレスを着るのを手伝ってもらえる。

しかし、ドアをあけて入ってきたのは従僕だった——ゆうべ、公爵のことづてを伝えにきた大きな目の若者だ。何枚もの皿をのせたトレイを持っている。彼の前から湯気があがっていた。

「こちらへお持ちするようにと、ご主人さまのいいつけです。それから——」従僕は、髪粉をかけたかつらの下で頬を赤らめた。「急いでお召しあがりになってほしいとのことです」

そして、さっさとロンドンへ帰れ、といっているのだ。

いま、なによりも見たくないものは食べ物だった。アンは手を振ってトレイを遠ざけるまねをした。「お食事はいただけません。公爵のご厚意に甘えすぎたわ」

従僕はぽかんとしている。「このままおさげしては、ご主人さまに叱られてしまいます。ご主人さまを怒らせたくありません」

若い従僕は見るからにおびえていた。なぜだろう？　公爵はゆうべアンに襲いかかったが、あれは悪夢のせいだ。それ以外は、冷静でやさしく、自制心があるように見えた。もったいないほど親切にしてくれた。アンは山ほど嘘をついたのに。でも、公爵は椅子を放り投げたとかいっていた……。

ひとつ、わかったことがある――朝食を持っていけと命令したのなら、もう起きているということだ。「公爵はどこにいらっしゃるの？　書斎かしら？　それとも食堂でお食事中？」

「たぶん、図書室にいらっしゃると思います」

図書室？　それは……変だ。本を読むことはできないのに。でも、ひょっとしたら居心地のいい部屋なのかもしれない。「身支度したいから、メイドを呼んでください」

従僕はしきりにかぶりを振った。また頬が真っ赤になった。「ご主人さまはよくこちらでパーティを――不道徳なパーティをひらいていたんです。だから女の使用人はこの屋敷には入れない、そうおっしゃっていました。ぼくの母と姉たちが週に一度、掃除にくるだけです。ご主人さまは、お食事のあとでお会いしたいそうです。お食事がすみましたら、ベルを鳴らしてください。ご主人さまのもとへご案内します。なにかお訊きになりたいことがあるそうですよ」

従僕はお辞儀をし、アンは手を振ってさがらせた。いらいらする。銀の蓋《ふた》を二枚打ちあわせたら、さぞすっきりするだろうに。メイドがいなければ身支度できない。

公爵の訊きたいこととはなんだろう？　おなかのあたりで不安が渦巻いた。公爵は疑っているのだろうか？　疑うのも当然だ――アンの作り話は穴だらけで、嘘くさい。ゆうべから公爵は見るからに怪しんでいた。結局、公爵のいうとおりなのだ――ロンドンの娼館のマダムは、アンのような娼婦がどこへ行こうが、気にもとめない。ひとり逃げようが、街でいくらでも処女を拾ってくればいいのだから。だが、公爵がマダムの事件を知っているはずはない。アンがボウ・ストリートに追われているのを知っていたら、泊めてくれるわけがないのだ。忘れないで、アン、ほんのいっときでいいのよ。若く美貌の公爵なんて、愛人を囲ってもせいぜい数カ月。しばらくしたら、公爵からもらった宝石やお手当を逃亡資金にすればいい。

アンはちらりと窓を見やった。地面までは遠いが、芝生の庭は深い森に囲まれている。森に逃げこめば、たやすく姿をくらますことができる。いま試してもいい……。

でも、追いかけてくるボウ・ストリートの捕り手たちをまくことができたとして、お金がないのにどこまで逃げられるだろう？　娼館から三人の少女を親元に帰すため、なけなしのお金は全部使ってしまった。ほんとうに逃げるなら、イングランドを脱出するしかないけれど、船の切符が買えない。

ひょっとしたら、唯一残された手段は正直になることではないだろうか。公爵にすべてを打ち明けるべきなのかもしれない。

そう、三人の少女を逃がそうとしたら、マダム・シンにそのひとりが撃たれそうになり、誤ってマダムの頭を殴ってしまったのだと、公爵に話すのだ。ボウ・ストリートに追われているということも、アシュトン伯爵に雇われていないことも話さなければならない。真実をすべて打ち明ければ、きっと公爵も信じてくれる。少女の命を救ったために処刑されなければならないいわれはないと考えてくれる。きっと——。

アンは自分のばかさ加減に笑いだしそうになった。〝公爵〟ともあろう人が助けてくれるわけがない。でも、マーチ公爵なら、アンがマダムを殺めたのは少女たちを守り、自分を守るためだったと斟酌《しんしゃく》してくれないだろうか？　それとも、アンは殺人者であり、どんな事情があったにしろ、処刑されるべきだと決めつけるのだろうか？

「くそっ、なぜこんなことをするんだ？　二度と読めない本をさわっても、じれったいだけだろう？」

デヴォンはうめいた。自分でもわからない。それにしても、ひとりごとも正気を失いかけている兆候のひとつではないだろうか？

棚に並んだ本を一冊つかみ、抜き取った。ひびの入った革の表紙、なめらかな型押しの題名に指を這わせた。だが、手触りでは題名もわからなかった。自分に残っている感覚はこれだけだ——触覚、嗅覚、聴覚。デヴォンにいわせれば、残されたこれらの感覚が鋭くなるというのは誤信だ。触覚も嗅覚も聴覚も鋭くなったようには思えない。けれど、使える感覚はこれだけしかないのだ。

デヴォンはいろいろなにおいを吸いこんだ。古い本のかびくさいにおい、新しい革装本の豊かな香り、部屋の手の届かない場所にたまっている埃《ほこり》のかすかなにおい。友人たちには、乱交パーティをするための屋敷だと思われているが、デヴォンはここで毎晩のように本を読んで過ごすのが好きだった。本棚には、何千という本が詰まっている。父親は、デヴォンがこれだけの本を所有するようになるとは思ってもいなかっただろう。父親には、賭博《とばく》と酒と女にうつつを抜かしていると思われていたから——たしかに、そのとおりだったけれど。ところが、だれもが驚いたことに、デヴォンは恋に落ちた。レディ・ロザリンド・マーチャントと。まるで足もとの世界が大きく揺れたような、激しく性急な恋だった。

ロザリンドは、デヴォンが出征する前に亡くなった。父親は、デヴォンが戦地にいるあいだに逝《い》った。父親と話をすることはもうかなわない。最後の口論についても、もはや謝ることはできない——みずから軍隊に志願したと告げると、父親は公爵家の跡継ぎがなんと愚かで勝手なことをするのかと怒ったのだ。

デヴォンは、広々とした図書室の中央に据えた長方形のテーブルのほうへ本を投げた。不意に、ガラスの割れる音がした。青みがかった灰色の虚無のまんなかで、デヴォンは自分がなにをしでかしたのかを知った。どちらを向いているのかもわからず、窓に向かって本を投げてしまったのだ。

「ご主人さま、あの——お手紙をお持ちしました。ご主人さまあてでございます」あわてた足音が部屋のむこうから近づいてきた。若い従僕の声だ——それも、怖がっている。

「だれからだ?」尋ねたものの、早口のおびえた返事が返ってくるより先に、答はわかっていた。デヴォンに手紙をよこす人間など、ひとりしかいない。

「お——お母さまからです、ご主人さま。その……マーチ公爵夫人です」

どうして母はしつこく手紙を送ってくるのだろう? 息子が読めないのを知っているくせに。

もちろん、理由はわかっている。デヴォンが実家に寄りつかないのだから、手紙を書くよりほかに連絡のしようがないではないか。けれど、どんなに帰りたくても帰ることはできない。いきなり錯乱し、愛する人を傷つけるおそれがあるうちは。自分はあまりにも危険だ。手紙が届くと、罪悪感で胃がきりきりと痛むが、母と妹たちがつつがなくやっていることはわかる。「読んでくれ。なんと書いてある?」

「字が——字が読めないんです、ご主人さま」なんとばかげたことを頼むのだといわんばかりに、若い従僕は驚いた声で答えた。

いままでは、近侍のワトソンが手紙を読んでくれた。だが、ワトソンがやめてしまい、屋敷に字の読める者はいない。

「ちょうどいい機会だ、読み方を習ったらどうだ」デヴォンはぶつぶつといった。手を差しのべ、前に進みでた。なぜそんなことをしたのか、さっぱりわからない。どちらへ行けばいいのかわからなかったが、とっさに手紙のほうへ向かって歩いたつもりだった。ところが、なにか堅く角張ったものにむこうずねをぶつけてしまった。

「ちくしょう」デヴォンはどなった。痛みが脚全体に走った。さっきは本、今度はこのざまだ。自分の屋敷のなかも自由に動けないとは。手を伸ばすと、なめらかな木の板に当たった。手探りで、それがなにか確かめた。小さな八角形のテーブルだった。やくたいなしの、ただの飾りものだ。くだらないしろものめ。デヴォンはすばやくそのテーブルを高く持ちあげた。数秒後、テーブルはけたたましい音をたてて床にたたきつけられ、ばらばらになった。木の割れるパンッという痛快な音が室内に響き、木の床をすべっていく音がした。従僕が悲鳴をあげた。

「そいつをたたき割って、たきつけにしてしまえ」デヴォンは吠えた。「さっさとしろ」

「か――かしこまりました」

急いで歩く音がした。従僕があえぐ音、木が折れる音。デヴォンは手探りでマントルピースのほうへ歩いていった。右手でマントルピースの端をつかんだ。これで、自分の位置が把握できた。ここにいれば、愚か者の役立たずには見えまい――。

「ほかになにか壊してさしあげましょうか？」

やわらかな女の声に、デヴォンはさっと振り返った。声の持ち主は、あの自称高級娼婦だ。ゆうべデヴォンを悪夢から引っぱりだし、そのお返しに、デヴォンに殴られかけた女。彼女がこの屋敷に来てまだ半日しかたっていないのに、デヴォンはその声の微妙な特徴をすでに覚えている。誘惑するときは官能をくすぐる甘い声だが、笑い声はかろやかな音楽にも似て、ときにはいまのように、青いリンゴさながらに歯切れよく、意外なほど厳しい。やはり、彼女はいままで会ったどの娼婦ともちがう。娼婦になる前はなにをしていたのだろう？

「お手伝いしましょうか？」彼女はつけくわえた。「ただ壊すためだけにものを投げるのって、どんな気分がするのかしらって、ずっと思っていましたから」

「なんでも好きなものを壊せ」デヴォンは不機嫌にいった。「なにを壊そうが、おれにとっては同じだ」


アンの心臓は飛びだしそうだった。

手厳しいものいいを後悔した。皮肉をいうのではなく、同情すべきだった。思わずあんなことをいってしまったけれど――男がいきなり無意味な暴力をふるうのは大嫌いなのだ。いとこのセバスチャンは暴力でアンと母親を怖がらせ、屋敷を奪った。ロンドンのスラムのならず者たちは、暴力で女をおびえさせ、服従させた。マダム・シンの用心棒ミック・テイラーは元ボクサーで、暴力で娼婦たちを抑えつけた。

だがいま、公爵のつらそうにゆがんだ顔を見ていると、哀れみで胸が疼いた。公爵はズボンとシャツだけの姿だった――しわの寄った白い麻のシャツの裾が、引き締まった尻のまわりにたれている。黒い髪は肩に届いていた。昨日からあごをおおっている濃いひげは、ひと晩でさらに伸びたようだ。今朝は、手入れのされていない、れっきとしたあごひげに見える。アンは、体を売ってはいけないと二枚のソヴリン金貨を恵んでくれた、あざやかなすみれ色の瞳をした美貌の紳士を思い出した。あのやさしい笑顔はもうない。彼はひどく……憔悴《しょうすい》している。

母親を失い、とうとう愛する人がひとり残らずいなくなってしまったのを思い知ったとき、どんな気持ちがしたかよく覚えている。怒り。恐怖。絶望。あまりにも深い痛みに、アンは二日のあいだ動けず、母親と暮らした粗末な部屋の床に座りこんでいた。公爵も、戦地で目をあけたとたん、なんの前触れもなく失明したのを知って、あのときの自分と同じような悲しみを感じたのだろうか？

アンは公爵のそばへ行きたくなった。彼の腰に両腕をまわし、しわくちゃの麻のシャツに唇を押し当て、広い胸板にキスをしたかった。見るからに女の愛情こもった抱擁を必要としている男がいるとすれば、それはマーチ公爵にほかならない。

部屋を突っ切り、長方形のテーブルと、まっすぐな背の椅子の列のむこうへまわった。だが、マントルピースの手前、公爵のわずか二メートルほど前で、アンは足を止めた。ばかみたいだ。昨日は公爵の体にあれだけ触れておきながら、いまこうしておどおどと両手を握りしめて突っ立っているなんて。公爵を抱きしめたいけれど、いやがられないだろうか？　アンは小さな声でいった。「ほんとうは、ご自分のおうちやものを大事にされているんでしょう」

公爵は振り返らなかった。濃いまつげが目を隠している。「すまない」

アンは耳を疑った。父親が他界して実家を追いだされてからというもの、男に謝られたことは一度もなかったからだ。

「テーブルにぶつかりましたね。それは痛かったでしょう。だから、腹が立って逆上してしまわれたのね」父親を思い出したことでまた記憶がよみがえり、いまの自分はロングズワースに暮らしていたころの母のような話し方ができているだろうかと、アンは思った。きっぱりとしていて、冷静かつ率直な話し方が。

公爵の黒い眉がぴくりと動いた。今度は彼も首だけアンのほうへひねった。「きみには最悪なところを見られてばかりだ――きみに飛びかかったり、手首を乱暴につかんだり。今度は家具を放り投げるところまで見られてしまった。だから、きみはここにいてはいけないんだよ。無理なんだ。きみをどうするか、朝になったら決めるといってあったが、もう決めた。やはり、きみにけがを負わせることはできない」

「そんなふうに決めつけないでください」

「天使さん、おれは自分がなにをやりかねないかわかっているんだ。自分がなにをしたのかもわかっている。きみをここに置いてあげるわけにはいかない。うちの馬車で、好きなところへ行ってくれ。金がほしいのなら、きみの奉仕に対して報酬を払うから、それで行きたいところへ行けばいい」

二度ほど体を重ねた程度で、いくらもらえるのだろう？　アンは一瞬承諾しようかと考え……却下した。足りるわけがない。公爵を説得して愛人となり、相応の贈り物や手当をもらわなければ、逃亡は不可能だ。

「わたしの望みは……」望みは、公爵の役に立つこと。彼の悪夢を止めること。視力に頼れない生活の手助けをすること。祖父は、何年もかけてすこしずつ視力を失っていった。それでも、アンが一緒に散歩し、庭園や敷地のようすをことばにすると、祖父は楽しんでくれた……あのころは、あそこがアンの家だった。それに、祖父は本を読んであげると、とてもよろこんでいた。

もちろん、祖父は恐ろしい悪夢にも癇癪《かんしやく》の発作にも悩まされてはいなかった。田舎の生活を愛する老紳士だった祖父と、ロンドンでも名うての遊び人だった男盛りの公爵はちがう。アンは指を噛んだ。昔のことは思い出したくなかったし、いまの暮らしとはなんの関係もないと思っていた。けれど、もしかしたらそうではなかったのかもしれない。祖父をよろこばせたようなささやかなことを、公爵も気に入ってくれるのでは？　心を癒やすのに役に立つのでは？　試す価値はありそうだ。

「べつのことで、閣下のお役に立てないかしら？」アンはささやいた。公爵の右手が握っている白い長方形のものに、ちらりと目をやった。「手はじめに、そのお手紙を読ませてください」

デヴォンがひとことも返せないうちに、手紙は手から抜き取られた。「きみは字が読めるのか?」

「読めますとも」セリーズははきはきといった。みだらな娼婦というより、家庭教師のような口ぶりだった。「ええと――マーチ公爵夫人からですわ」小さなカサカサという音がした。

「結婚していらっしゃるの、閣下?」そう尋ねたセリーズの声は、ためらいがちだった。

デヴォンはまたマントルピースのほうを向き、堅い大理石の角を両手でつかんだ。「いや、天使さん。それは母だ」

「そう、よかった」

「おれに母がいるとわかって安心したか?」とはいえ、母親に関しては恵まれていると、自分でも認めざるをえない。母親は愛情深くやさしく、たった一度だけデヴォンに腹を立てたことがあるが、それはよその男の許嫁《いいなずけ》に手を出して醜聞《スキャンダル》になったときだ。

「もし奥さまがいらしたなら、わたしはゆうべのことをひどく後悔したでしょうから」

心からほっとしたようすと、ささやくような口調に、セリーズがずっと罪悪感にさいなまれていたのが伝わってきた――デヴォンのよく知っている感情だ。だが、デヴォンには意外だった。「きみは娼館で働いていたのに、なぜそんなにやさしいんだ?」

「わたしは――たくさんのお客さんがついていたわけではなかったので。ごく少数の、決まった人だけ」今度は、セリーズは早口でそわそわと話した。「結婚していないから、わたしのところへ来るのだと思っていました」

そのうぶさ加減に、デヴォンは驚いた。娼館にいたのに、よくもここまで世間知らずでいられたものだ。

「たしかに、個人的なことは一度も訊いたことがなかったわ……お客さんには」セリーズは小さな声でいった。「そういう話はしたくないようだったし」

そのことばは、デヴォンの口からゆがんだ笑いを引きだした。

公爵にくっくっと笑われ、アンは身震いした。うっかり口にしてはいけないことはなにもいっていないはずだが、もっと用心しなければ。正体を知られてはならない。ここは、彼の気をそらすのがいちばんだ。

「お待ちくださいね、封筒をあけますから」

床から天井まである窓の前に小さな書き物机があり、アンはその上に置いてあるペーパーナイフに目をとめた。ナイフを手に取ったとき、窓の外に目をやらずにいられなかった。図書室の前は、なめらかな石を敷き詰めた半円のテラスになっていて、石の欄干がぐるりを囲んでいた。雨粒がガラス窓を伝い、きちんと刈りこんだ芝生や、整然とした花壇のみずみずしい緑はますます濃くなっている。秋が近づいているのに、花々の黄色や赤はまだあざやかだ。

美しい眺めだった。ロングズワースに似ている。

アンは震える指で封印を切り、ナイフを机に置いた――それはずっしりとした銀製で、おそらく高価なものだろう、みごとなサファイアが二粒はまっていた。これを盗むのは簡単だ。売ればひと財産になる。

だめだ。そんなことはできない。母親は縫い子にはじまり、最後は一度、たった一度だけ男に体を売るところまで、はしごを一段ずつおりるように落ちぶれたが、それでも誇りと品位は失わなかった。盗みを働けば――たちまちはしごを踏みはずし、地獄へ落ちることになる。

アンは几帳面《きちょうめん》に折りたたまれた便箋《びんせん》を開いた。全部で二枚あり、日付は二日前のものだった。小さく咳払いし、声に出して読みあげはじめた。「愛する息子へ……」ああ、このひとことだけで、のどの奥に小さな塊がこみあげた。アンはごくりと唾を呑みこみ、先に進んだ。

あなたのことで、あらゆる気持ちを味わったような気がするわ、デヴォン。三年ものあいだ、わたしは不安と恐怖を抱え、戦地にいるあなたの無事を祈っていました。それが、あなたから当分この家には帰らない、訪ねるつもりもないという知らせが届いて、どんなにがっかりしたことか。あなたを思うたびに愛と希望と幸せを知り、あのかわいらしかった、頑固で賢い男の子を思い出しては、顔がほころんでしまうのに。でもいまのあなたは、自暴自棄になってわたしをこらしめている。

どうか、わたしたちがあなたに愛想をつかしたり迷惑がったりするなんて考えないで。わたしたちは精いっぱい、あなたのお世話をするわ。もう一度、あなたと一緒に暮らしたいの。わたしは三年間も、あなたを抱きしめるのを待っているのよ。そろそろ我慢も限界に近づいているわ。

うちに帰っていらっしゃい。それだけのことよ。あなたは戦地で指揮官だったわ、だれが見てもすばらしい指揮官だった。英雄です。でも、わたしは母として、あなたにいくつかの命令をすることにしたの。

アンは読むのを中断した。息を継ぎ、内容をじゅうぶん理解するために。これは私的な手紙だ。読み進めてもいいのだろうか？　けれど、これを読める人はほかにいないのだ。アンは唇を噛み、次を読んだ……。

あなたの妹ふたりが、それぞれの新しい家族を連れてきているのよ。あなたの甥《おい》っ子がふたりに姪《めい》っ子がひとり。デヴォン、ちびちゃんたちはみんなおじさまに夢中よ。何度も話は聞いていても一度も会ったことのないおじさまにね。シャーロットはまた身ごもったの。キャロラインは、もうすぐはじめての赤ちゃんを産むわ。みんなあなたを心配しています。わたしは、あなたを心配することがふたりの体に障《さわ》るのではないかと心配しているの。

アシュトン伯爵から、あなたは元気だけれど、狩猟用の屋敷に引きこもって出てこないとお手紙をいただきました。かわいい息子よ、そんなことをしていてもなんにもならないわ。家族と一緒にいるほうが、あなたのためにはずっといいの。あなたがイングランドを離れて以来、家族が急に増えたけれど、みんなあなたに会いたがっているのよ。

デヴォン、あなたには愛情が必要です。家族の愛情が。そしてわたしは、あなたが近いうちに愛する花嫁を見つけることを心から願っています。愛に満ちた毎日はあなたの悩みを軽くする。わたしはそう確信しているの。

うちへ帰っていらっしゃい、家族で素敵なお嫁さんを探すお手伝いをするわ。あなたも愛を見つけなければなりませんよ、デヴォン。愛はなによりも貴いものだから。愛は幸せを運んできてくれるわ。

あなたが必要としているものは、あなたを心から愛してくれる奥さんよ――。


「やめろ」公爵がどなった。

アンは顔をあげた。手紙の文字がぼやけ、アンはまばたきして二粒の涙をこぼした。公爵は吐き捨てるような口調だった。母親が手紙に心情を託し、帰ってきてほしいと懇願しているのに、公爵は腹を立てたように斬り捨てた。アンは険しい目で公爵を見据えた。「お母さまが会いたがっていらっしゃいます。ずっとさびしい思いをしていらっしゃる。ご家族のもとへお帰りになったらいかがですか」

「帰れないんだ」

「目が見えないから？　ご家族は気にしていませんわ」アンは、母親を思い出していた。病に倒れたのを恥じていた母――すっかり落ちぶれてしまったことを恥じ、娘の面倒も見られないのを恥じていた。アンはただ、母親に元気になってほしかった。ほかに望みなどなかった。「ご家族はただ、閣下と一緒にいたいんです」

「アシュトンがきみに金を払ったのは、おれに奉仕させるためじゃなかったのか」公爵はにべもなかった。「説教させるためじゃないだろう」

頬を平手打ちされたようだったが、公爵のいうとおりだ。アンはわれを忘れていた。「申し訳ありません。あなたをよろこばせるためだけに舌を使うようにします、閣下」

公爵はうめいた。「くそっ。きみが従順になると、こっちが悪者のような気がしてくる」

それ以上いいかえすべきではなかったが、アンは黙っていられなかった。「もうひとことだけいわせてください。お母さまは正しいわ。ここにいてはいけません。閣下は幸せになるべきです」

「ひとことだけじゃなかったな。相手の姿も見ることができないのに、結婚などできるか」

「外見なんかよりもっと大事なことが――」

「おれは自分の屋敷のなかでさえ、つながれた犬よろしく手を引いてもらわなければならないんだぞ、だから結婚はしないんだ」公爵は顔をしかめた。「自分の妻を震えてばかりいる臆病者にしたくない。ここの使用人のほとんどは、おれを怖がってびくついている。愛する女ができたとして、おまえが人生をともにするのは怒りを抑えられない危険な男だ、妄想のなかで砲火を浴びてあたりを這いずりまわるような男だといいわたすのか？　おれがそんなことを望んでいると思うか？　悪夢を見て隣に寝ている妻を絞め殺しかねないのに、結婚などできるわけがない」

「心の傷はいつかきっと癒えます」

「天使さん、負けを認めてくれ。きみの声は美しいし、すばらしい体をしていると思うけれど、もう決めたんだ――きみは安全な場所へ行け」

安全ではあっても、お金も希望もない場所。「わたしは一ペニーも持っていないんです」

そこまでいうつもりはなかったが、アンは切羽詰まっていた。

「アシュトンに金をもらうことになっているんだろう？」

そのことは忘れていた。もちろん、報酬など存在しないからだ。アシュトン伯爵は、アンがここにいることを知りもしない。「アシュトン卿は払ってくださらないわ。閣下がわたしを拒めば」

「拒んではいない。きみに出ていってもらうしかないというだけだ」

「わたしはアシュトン卿にいいつかったとおりにしたいんです。でも閣下、正直にいいます、有能な愛人になれると証明させていただけませんか」

さらにたたみかけたかったが、アンの胃が動き、なによりも恥ずかしい音をたてた。

公爵が眉をあげた。「朝食を運ばせただろう、食べなかったのか?」

「ええ。閣下とお話ししなければと思ったら、緊張のあまり食べられなくて」

公爵はため息をついた。「やれやれ、なにか食べておいで」


とりあえず、もうしばらくここにいられる。

アンがベルを鳴らし、公爵がおびえた面持ちの従僕に命じると、すぐに朝食が運ばれてきた。その後、公爵はアンの大胆な申し出をどうするか、答えるのを慎重に避けた。アンが有能な愛人になれると証明する機会を手にする見こみは薄いが、言下に断わられなかっただけでもありがたい。

娼館では、待つことを身につけた。次の客を待つこと。逃げるのを待つこと。子どものころは、けっして辛抱強いほうではなかった。待たされると、いつもいらいらし、まったくレディらしくないふるまいに及んだ——足で小刻みに床をたたいたり、ぐるぐると歩きまわったり、もうだめだといわんばかりに両手をもみ絞ったり。

いまもそんな気持ちでいると、三人の従僕がコーヒーのカラフェ、金縁の皿、銀器などをのせた大きなトレイを運んできた。

アンははじかれたように立ちあがり、公爵にコーヒーを注いだ。「なにをお取りしましょうか、閣下？」

公爵は手を振って断わった。どうやら、ハムもソーセージもパンも燻製《キッパー》の魚も、アンのためだけに用意されたらしい。「きみが食べろ。かわいそうなおなかがひもじそうに鳴っているぞ」

そのとおりだが、恥ずかしい。キャットもアンに食べさせようとしたが、緊張で食べものがのどを通らなかった。だがいま、食べものが並んだ光景や、皿から立ちのぼるおいしそうなにおいに、アンのあごは期待に疼いた。おずおずとひと口食べてみる。ハムの甘味と香ばしい風味を舌に感じたとたん、空腹感がはじけた。公爵はじっと黙りこくっている。アンは彼を見あげ、食べる音に耳を澄ましているのだと気づいた。きっと、ほんとうにアンが食べているのを確かめたいのだろう。

しばらくして、アンはフォークとナイフを置き、コーヒーのカップを取った。そしてつい、下品にすする音をたててしまった。公爵の口もとに笑みが浮かんだ。

「よし、セリーズ、おれにどうしてほしいんだ？　アシュトンが金を払ってくれないというのなら、おれからなにか贈ってもいい。それを元手に、べつのパトロンを探しにロンドンへ帰ったらどうだ。金があれば、マダムにも捕まらずに——」

「いいえ！」叫び声が大きくなりすぎてしまい、公爵が驚いたように眉をあげた。

アンはごくりと唾を呑みこんだ。ロンドンへ帰れないというだけではない。正直なところ……べつのパトロンなど探したくないのだ。公爵が好きだから。父親と祖父を除けば、公爵はだれよりもやさしく思いやりがある。「ほどこしは受けたくないんです、閣下。公平に取引をしませんか」

「愛人は持てないんだ。きみは素敵だけれど、愛人にはできない」

「わたしは……閣下を楽しませるのが好きです」そういいつつも、いっても無駄だと思った。

「ロンドンがきみにとって危険なら、帰れとはいわない。だが、ほんとうのことを聞かせてくれないか。まずはそれが大事だと思うんだ。なにもかも話してくれ」

「なにもかもとは、どういうことかしら……？」アンはぐらかした。

公爵は低くうなった。「きみが働いていた娼館とはどこだ？　マダムの名前は？　いったいなにをして命をねらわれているんだ？　ただ逃げたからじゃないだろう。盗みを働いたのか？」

「ちがいます！」ああ、泥棒になっていたら、どんなに楽な人生だっただろう？

「では、なにをしたんだ？」

いいい、人を殺したのよ。でも、公爵にはいえない。「マダムのものはなにも盗んでいません。逃げただけです」

「きみを追っているということは、マダムはきみから取り戻したいものがあるんじゃないのか？　もしくは、報復したがっているのか」

目は見えなくても、公爵は鋭い洞察力の持ち主だ。アンは狼狽してあえぎ、もっともらしい話を必死に考えた。真実はいえない。マダム・シンが誘拐した三人の少女の純潔を競りにかけようとしていたということは。あのとき、おびえた少女たちの行く末を思ったとたん、アンのなかでなにかがぷつりと切れた。そして、三人が閉じこめられている部屋を探し、鍵《かぎ》をあけ……。

公爵にはなにひとつ話せない。どこまで新聞に載ったのかわからないからだ。けれど、なぜマダムのもとから逃げたのか、公爵が信じそうな話をでっちあげなければ。「マダムはわたしたちを囚人のように閉じこめていたんです」

「囚人？　外に出してもらえなかったというのか？」

公爵は見るからに怪しんでいた。「ええ、一度も。マダムは、わたしたちが逃げると思っていた。だから、部屋のドアに鍵をかけて、けっして逃げられないということをわたしたちにたたきこんだんです」

公爵はあごをこすった。「おれも一度はフランス軍に囚われたことがある。あのときはほんとうにつらかった。きみたちには同情するよ。だが、それだけではないだろう？」

アンのなかで、相反する感情がわきあがった。公爵のやさしい口ぶりに、どっとこみあげる温かな安堵。そして、もっと深く冷たい恐怖。「ほんとうにそれだけです。わ、わたしが逃げたせいで、その気になれば逃げられることに、みんな気づいてしまった。ほかの娘たちもわたしのまねをするかもしれない。そうなったら、マダムは働いている女の子たちを支配できなくなる。権力を失ってしまいます」

たしかに、マダム・シンは娼婦たちを支配していた。用心棒のミック・テイラーに、三人の少女たちと娼館の事務室へ連れていかれたとき、勝ち誇ったように笑ったマダムの顔を、アンは忘れていない。マダムは、女を鞭打って痛めつけるのが大好きな客の相手をさせようかと、アンを脅迫した。そして、いちばん年下の少女を平手打ちし、年長のヴァイオレットはもっとも乱暴な客にやるといいはなった。アンはおびえた少女たちを渡すものかと引き寄せた。すると、マダムは静かにピストルを出し、ヴァイオレットの頭をねらった。三人をお放し、アン、その子の眉間を撃ってもいいの？　とマダムはいったのだ。

気づいたときには、アンは火かき棒を握りしめ、怒号とともにそれをピストルに振りおろしていた。ところが、火かき棒は彼女の頭に当たり、マダムがうしろによろめいて——。

「セリーズ？」公爵が慎重にコーヒーカップを置いた。

アンは深呼吸した。「マダムはわたしを殺すわ、とにかく信じてくださいとしかいえません。あの人は虚仮《こけ》にされるのが大嫌いなんです。人を雇ってでもわたしをつかまえて殺すわ」

「そのきれいな声と、レディのような話し方。きみはどういう家の娘なんだ？　なぜ娼館で働くようになったんだ？」

ああ、なんて危険な質問だろう。新聞には、〝小さな公爵夫人〟というあだ名が載っているはずだ。気をつけなければならない。まったくちがう経歴を作りあげなければ。「ロンドンのスラムの出身です、でも――でも、生まれは田舎なんです。母は父が亡くなったあと――家政婦になったのだけど、仕事を失って、わたしを連れてロンドンへ仕事を探しに出てきました。わたしはまだ子どもだったけれど、きちんとした話し方を身につけていました」

すべてでっちあげだ。

「母上が娼館で働くことになって、きみも一緒に連れていったのか？」

「いいえ、母は縫い子をしていました。しばらくして、母が死に、わたしは娼館に――ほかに行き場がなかったから」これはほんとうだ。

五年前、ドルリー・レーン劇場の前で公爵を呼び止めた夜から数日後、お金が底を突き、アンはしかたなくふたたび劇場の前に立った。今度は、あとでわかったのだが、ラトリー子爵に声をかけた。ラトリーは公爵ほど高潔ではなかった。アンに愛人になってくれといい、アンは子爵を信じた――彼にもらった手当で、母親の薬代を返すことはできた。だが、ラトリーはだんだんアンに飽きていった。そして、アンに手切れ金を払いもせずに、マダム・シンの娼館のつけを払うかわりにアンを引き渡したのだった。

「すまなかった」

アンはさっと顔をあげた。同情を引きたかったわけではない。どうすれば、公爵にこれ以上質問するのをやめさせ、愛人にしようと思わせることができるのだろう?

「閣下のお手伝いをさせてください」アンはひたむきにいった。「閣下は図書室のなかを歩いていて、テーブルにむこうずねをぶつけていらだっていらした。わたしの祖父も目が不自由だったから、祖父がどんな工夫をしていたか知っています。もしかしたら、お役に立つかも――」

「天使さん、助けは必要ない。おれが〝元気になる〟方法はただひとつ、視力を取り戻すことだ。きみはたしかに楽しい人だし、魅力もあるが、おれの視力を回復させることはできないだろう」

「祖父は、失明したのは神さまの贈り物だと思うといっていました」

「きみのおじいさまはよほど変わり者だったんだな」公爵がコーヒーに手を伸ばしたが、カップをひっくり返しそうだ。アンは急いで公爵より先にカップを取りあげた。いまのようなことをすれば、公爵を説き伏せることはできない。でも、説き伏せるしかないのだ。マダムを殺めてしまったことを思い出すたびに、首筋に鋭い刃を押し当てられている気がする。生き延びたいのなら、急がなければ。

「祖父がどうしてそんなふうに思ったのか、わたしなら教えてさしあげられるかもしれない。目を治してさしあげることはできないけれど――ほんとうに、できればいいと思うけれど

――でも、よろこんでいただくことはできる、そう信じています。閣下がスポーツや賭け事がお好きだったのは存じています。だったら、わたしに賭けてみませんか？　わたしなら閣下を元気にしてさしあげられるし、目が見えなくなる前の閣下に戻してさしあげることもできると思うんです。きっとできるわ！　わたしには、閣下が想像もできないような武器があるんですよ」

「賭ける？」公爵は椅子の背にもたれ、疑るように眉をあげたが、とにかく彼に話を聞く気になってもらえた。そして、いままでの質問攻めをやめさせることもできた。

アンは、自分が手袋を投げて戦いを挑んだのを知った。この戦いに勝たなければならない。でも、どこから手をつければいい？

公爵はあごをなで、剃っていないひげを梳《す》いた。

そうだ！　アンは十五歳まで、てきぱきとしてしかつめらしい子守係たちや、きまじめな家庭教師にしつけを受けたのだ――父親が他界するまで。アンが顔を汚し、髪をくしゃくしゃに乱して帰宅したら、子守はどうしていたか？　断固とした手がアンを猫足のバスタブへ連れていき、湯のなかに沈め、全身をごしごし洗ったものだ。スラムの生活のおかげで、不潔でだらしのない身なりから抜けだせなければ、不幸からも抜けだすのはむずかしいとよく知っている。

手はじめにやるのはこれだ。公爵をきれいにするのだ。

5

「おれののどに剃刀《かみそり》を当てさせろというのか？」

「おひげを剃らせてくださいといっているんです」アンは公爵の背骨のつけねに両手をあて、マホガニーのドレッサーの前にあるスツールへ押していった。緊張していたが、かえってきびきびと動くことができ、主導権を握ることができた。ひげ剃りの道具がタオルの上に並んでいる。おそらく近侍が置きっぱなしにしていったのだろう。アンは、洗面器に水をくんでくるよう従僕に頼んでおいた。「まずはおひげをきれいに剃りましょう。さあ、座ってください」

「おい、やめておいたほうがいいぞ」

「そんなことありません。もじゃもじゃの無精ひげをしょっちゅうかいているじゃありませんか。なくなったらさっぱりしますよ」

「そうだろうか」公爵は疑うようにいった。「刃物でおれののどをさわるのはまずいと思うぞ」

「ばかおっしゃらないで、ちゃんと気をつけます」アンは約束した。公爵に歯向かって、みずから墓穴を掘ったのでなければよいけれど。公爵のいうとおり、アンは生意気をいうのではなく、彼のいいなりになるために雇われたことになっている。

幾人もの貴族の男を渡り歩いてきたキャットが、愛人のすべきことを詳しく教えてくれたことがある。パトロンに逆らわないようにするのは、愛人の義務のなかでも重要らしい。賢い愛人は寝室以外でも手腕を発揮しなければならないようだ。やり手の女は、パトロンをおだて、崇拝されている気分にさせるすべを心得ている。口うるさい乳母のように男を化粧室へ追い立てるのは、おだてるのに最良の方法ではない。

なんて厄介なのだろう。でも、やるしかない――ベッドでうまくいかなかったのだから、ほかの手を使って、この女には価値がある、とても手放すことなどできないと思わせなければならない。「絶対に、わざと傷つけたりしません。それに――」自分でもおそろしくなるほど、すらすらと嘘が出てきた。「何度も殿方のひげを剃ったことがあるの。とても……みだらな感じでしょう」

「なるほど」公爵はつかのまにやりとしたが、すぐに真顔に戻り、不安そうな目をした。「のどに剃刀を当てられたら、なにをするかわからないぞ」

ああ、忘れていた。「とにかく、わたしがひげを剃っているだけだということはお忘れにならないで。なにも危険はない、ここは戦地じゃありませんせん、化粧室です。覚えていらしてね、なにひとつ危険はありません」

「わかったよ、やってみる。だが、できれば切れ味のよくないやつでやってほしいね」

公爵のささやかなユーモアに、アンはほっとし、ほんとうにうまくいきますようにと祈った。男のひげを剃るのは生まれてはじめてで、父親が近侍にひげを剃ってもらっているのを何度か垣間見た程度なのだ。彼ののどに傷をつけないよう、細心の注意を払わなければならない。

アンが朝食を食べているあいだ、公爵は図書室の巨大な窓の前へ移動していた。杖を手がかりにそこまで歩いていき、しっとりと濡れた冷たいガラスに手のひらをあて、頭をあずけた。見るからに、つらくせつなそうだった。不意に、アンは理解した。公爵は、ほんとうは家族のもとに帰りたがっている。ドラゴンを斬り殺してでも帰りたい。どんな危険を冒してもいい。帰る家はない。あれば、ドラゴンを斬り殺してでも帰りたい。どんな危険を冒してもいい。でも、だれかほかの人間を傷つけるのは？　公爵は、家族を傷つけるのを恐れているのだ。

もはや自分の身を守るため、逃げるためだけではない。アンはほんとうに公爵を助けたかった。いまから、彼ののどを傷つけずにひげを剃らなければならない。勇気を振り絞り、ドレッサーに向かう。従僕が、二個の洗面器に湯を用意してくれた——一個は剃刀を洗うため、もう一個は公爵の顔を洗うため。どちらの洗面器からも湯気があがっている。

祖父だったら、アンの声を聞き、どこにいるのか知ろうとするだろう。アンは公爵の頬にそっと触れながらいった。「では、取りかかります」

公爵はもったいないほどの信頼を寄せてくれ、頭をうしろにかたむけた。両の拳は膝の上にのっている。

アンはごくりと唾を呑みこみ、ひげ剃り用の粉石鹸《こなせっけん》の泡を取り、公爵のぴんと張ったのどが真っ白になるまで塗りつけた。指の下でのどがこわばった。彼はきつく目をつぶり、ゆっくりと息を吸っては吐いている。懸命に自分を抑えようとしているのだ。アンは背後から彼に近づいた。「いまから剃刀を当てます」

突然、公爵が腕をあげ、アンは恐怖に息を呑んだ。ちょうど剃刀を前に動かしていたのだ。危うく彼の前腕を切ってしまうところだった。

「だめだ。おれには無理だ」公爵は怖い顔でいった。

「わたしを信じてください」アンは緊張しながらも小さな声でいった。公爵に追いだされずにすんだのは、アンが自分は役に立つほうに賭けたからだ。賭け金は決めていないが、ひげ剃りをさせてもらえなければ、出ていかなければならないということではないだろうか？

「おれはだれも信じられない。残念だが、ほんとうのことだ」公爵は手を差しだした。「自分でやるよ。戦地では、しょっちゅう鏡なしでひげを剃っていた。ひげ剃りくらい、いまでもできるはずだ」

アンはためらった。そして、屈服した。ごく慎重に、剃刀の柄を公爵の手のひらに当てた。長い指が柄を握ったとき、その手の甲に何本もの傷痕が走っているのが見えた。硬いまめのある手のひらに乳房をそっとこすられ、ちりちりと疼いたのを思い出す。彼は公爵なのに、これは紳士の手ではない。

公爵は剃刀を手に、首をうしろにかたむけ、なめらかでしっかりとした手つきで、鋭い刃をのどにすべらせた。石鹸の泡が刃にたまっていく。公爵は手を伸ばして洗面器を見つけ、剃刀を湯につけ、泡を洗い落とした。ふたたび刃がひとかたまりの泡を取り去り、ひとすじ目のきれいな肌のとなりに、ふたすじ目が表われた。

アンは固唾《かたず》を呑んで見守っていた。こんなふうに、公爵がひげを剃るのを見ているのは、とても親密なことのように思えた。彼と肌を重ねるよりもずっと。

公爵はのどのひげを剃り終え、次に頬とあごに取りかかった。アンは、公爵があごのくぼみにも引っかからず、唇の曲線や高い頬骨にもやすやすと刃を合わせるようすに目をみはった。もちろん、公爵が十年ものあいだ毎日してきたことではある。ロンドンで聞いた噂話《うわさばなし》から、彼が二十七歳だということは知っている。

公爵が剃刀を洗面器で洗い、ドレッサーに置いた。もう一個の洗面器を手探りで見つけて顔を洗い、タオルで水気をぬぐった。「ドレッサーにウィッチヘーゼルのローションがないか?」

アンはローションの瓶を公爵に手渡した。彼はローションを手のひらに取り、両手をこすりあわせると、その手で顔やのどをはたいた。ローションのやわらかな香りが広がった。公爵が顔をしかめるのを見て、アンは彼が触れたところからにじみでている血に気づいた。「案外、だめだな」公爵は不機嫌にいった。「きみにやってもらったほうがよかったのかもしれない」

それはつまり、わたしを置いておく理由を見つけたという意味でありますように、とアンは祈った。ためらいがちに、公爵の頬に触れる。「すべすべになりましたね。ベルベットのよう」

公爵は笑った。「きみの頬ほどやわらかくない」笑顔が消えた。「おかしいな、おれはまだ、ちゃんときみに触れていなかった」

アンは公爵がどこに触れたか覚えている。ばかげているが、頬が熱くなった。「そんなことないでしょう」

「手できみの顔を確かめていないということだ。はじめて自分の顔をさわって確かめたのは、一週間前だ。どんなひどい傷痕があるか、知りたくなかった」

自分の顔に傷があるかどうか、両手で確かめている公爵を想像すると、急に胸の鼓動が速くなった。「お顔は無傷よ」アンはきっぱりといった。「目をみはるほどハンサムな方だわ」

「おいで。きみの顔にさわらせてくれ。どんな顔をしているのか知りたい」

祖父もよくそうした。アンの顔のすみずみまで触れた。アンは公爵の手を取り、頬へ持っていった。

公爵は指先でそっとアンの頬をなぞった。祖父が手でアンの顔を包み、頬に指を広げていたのが思い出された。祖父は、きれいになったな、きっと素敵なレディになるぞと、よくいってくれた。だれもがアンはしとやかで礼儀正しいレディにはならないとあきらめていたのに、祖父はちがった。おてんばな女の子はじつにおもしろいレディになるんだと、耳打ちしてくれた。皮肉にも、アンがレディになる可能性はなくなってしまったのだが。

アンはそんな思いを押しやり、心の奥底に封じこめた。

「きれいな肌だ」公爵がつぶやいた。彼の指はあごの線をたどり、唇にたどりついた。唇を軽くなぞられた瞬間、小さな快感がはじけた。

こんなふうに触れられたことはない。とてもゆっくりで。とても丁寧で。こんなにやさしく触れられたら、緊張のしようがない。公爵の触れ方は、ゆるやかで官能をそそり、アンの膝は震えた。

「わたしは目をみはるような美人ではありません」それだけは正直にいわなければならない。どっちみち、すぐにわかることだ。「それに、取り立てて豊満でもないし――それはもうご存じね。閣下をがっかりさせるのは忍びないけれど」

顔をさわらせないほうがよかったのかもしれない。そもそもアシュトンはキャットに公爵のもとへ行くよう頼んだのだが、キャットは黒檀色の巻き毛にふくよかな唇、アーモンド形の目と高い頬骨を持ちあわせた、魅惑的な美女だ。もしキャットのような美人が公爵の好みなら、アンははなから勝負にならない。

アンにも長所がないわけではない。だが、鼻は長すぎるし、まつげの色は薄すぎるし、あごはとがりすぎている。娼館では、はかなげなところがいいといわれていた。もっとも、しとやかな小さなレディではなくおてんば娘のようにふるまっていた子ども時代は、だれもアンを〝はかなげ〟とはいわなかったけれど。

公爵が指先でアンの眉をなぞり、そっとまぶたに触れる——ああ、まぶたがこんなに感じやすいなんて。それから、公爵はアンの顔を手で包むようにした。視線は合わないが、彼は低くいった。「きみの肌は新鮮な桃のようにふんわりとしている。唇は誘うようにやわらかい。鼻の先にはかわいらしいでっぱりがあったな。すこしもがっかりなどしていないよ。きみの手触りは素敵だ」

「あ、ありがとうございます」

公爵は、アンの後れ毛に触れ、ゆるく指に巻きつけてから放した。「きみの髪はどんな色をしてるんだ?」

「ブ——」アンはふと口をつぐんだ。髪を染めたので、もうブロンドではない。「赤毛です」

「執事がティツィアーノ風の赤だといっていた。それから、瞳はツタのような深緑だとね」

それを聞いて、アンは驚いた。自分の濃い色の瞳をそんなふうに考えたことはなかったけれど、いわれてみればそのとおりだ。「意外だわ、執事さんがそんなふうに……」

「詩的なことをいうのが？」

「ええ」あの風変わりな執事が、そこまでよく見ているとは思ってもいなかった。「あの方を雇っているのは、ただお客さまを追い払うためだけではないんですね。きっと——きっと、執事さんも閣下を心配しているわ」

「そうだな。心配しすぎだ。心配しすぎて、お節介なくらいだ」公爵はアンの首へ指を這わせた。指先が首に触れているだけなのに、アンの全身が彼の愛撫を待ち受けているようだった。彼はのどの付け根の脈を打っている部分をなでた。それから、ベルベットの襟を見つけると、両手で左右にわけた。

「ドレスを脱いで」

アンは命じられたとおりに、ドレスの襟を肩からおろした。

シュミーズ姿で公爵の前に立つと、彼は尋ねた。「なぜここまでしてくれるんだ？　手紙を読んでくれた。おれのむさ苦しいなりをなおそうとしてくれた。そこまでして、おれのところにいようとするのはなぜなんだ？　もとの雇い主から逃げるためだけじゃないだろう？」

「マダムのことがほんとうに怖いの。それに、貧乏も怖い。だから、閣下の愛人になりたいんです」すらすらとことばが出てきた。ほんとうのことをいうのが怖く、うっかり真実を漏らしてしまうのが怖く、だからこそ、ぺらぺらとまくしたてた。秘密というものは胸に重く、隙あらば外に出ようとするが、それはどうしてなのだろうか。

公爵に秘密を打ち明けてはいけない。つい打ち明けたくなるなんて、どうかしている。

「わかっています、わたしのような女は、だれかの愛人にでもならないかぎり、自立と自由を手に入れることはできない。自分の家がほしいし、服や食べものだっているわ。いつか自分の人生を自分で動かせるようになると思えるようになりたい。それに、わたし――あなたが好きなんです、閣下」

公爵はすこしあおむき、目をつぶった。「おれが好き、、？ おれは目が見えないし、正気を失いかけているし、きみにいわせればひげもじゃのだらしない男だ。変わった趣味だな」

「だらしない男なんていってません！ ただ、おひげが伸びすぎていただけです」

公爵が笑ったので、アンの胸の鼓動はすこし落ち着いた。

「さて、天使さん、もじゃもじゃのひげがなくなって顔がさっぱりしたから、今度はきみをよろこばせるためにしたいことがある」

公爵がまたベッドのことを考えるようになったのはよい兆候だが、さっぱりした顔でなにをしたいのか、アンにはわからなかった。わからないので、尋ねてみた。

「わからないのか？」公爵の声は、すっかりみだらな低いものに変わっていた。「わかっているはずだぞ」

「いいえ、さっぱりわからないわ」

「きみもきっと気に入る。どんな女もそうだ」彼の口もとに、まぶしい笑みが浮かんだ。「そのへんにスツールがあるだろう。ここへ持ってきて、座ってくれ。それから脚をひらくんだ」

「どうぞ」アンは準備を終えて、おずおずといった。シュミーズのなめらかな生地をウエストまで持ちあげ、スツールに浅く腰かけた。

アンの短いひとことを頼りに、公爵は前でひざまずいた。小首をかしげる。「もうわかっただろう」

「いいえ」

公爵は手を伸ばし、アンの膝頭を探してしっかりとつかんだ。「これなら目が見えなくてもできる。とても上手に」断固とした輝きが、すみれ色の瞳に宿った。シャツの胸もとをはだけ、伸びて乱れた黒い髪に裸足の彼は、海賊のように見えた。いまこのときは、思いやりを捨てた男にも、なにかに取り憑《つ》かれたような男にも見えなかった。ひたむきに自分を証明しようとしている男そのものだった。

「きみをよろこばせたい」と公爵がいった瞬間、アンははっとした。

いままで公爵と肌を重ねたとき、アンはあえいだり声をあげたりして感じているふりをし、公爵をだましたつもりだった。だましたつもりだったけれど。

アンは一度も本物の快楽を感じたことがなかった。どういうわけか、感じることができなかった。男とベッドにいるときはなにも感じない。けれど、できるだけ感じているふりをしていた。

公爵は、あの声や激しいもだえ方が演技だと気づいていたのだろうか？　絶頂に達したことがないので、ほんとうに達したらどうなるのか、アンは知らない。娼館の女たちに聞いたことをもとに演技をしていた。

両脚をさらに広げられ、アンは太腿の内側が引きつれるのを感じた。両手はスツールの端をしっかりとつかみ、背筋はこわばっている。公爵がひどいことをしないのはわかっているが、こみあげる不安を押しとどめることはできなかった。

公爵が身を乗りだし、太腿の内側にキスをした。

くすぐったい。アンは不意を突かれた。公爵のすべすべした頰に肌をなでられ、くすぐったくてたまらない。太腿の内側を軽く嚙まれ、息を呑んだ。公爵は甘く歯を立てたり舌を這わせたりしつつ、脚の付け根にある金色の繁みへと近づいていく。ほどなく、アンは驚きに悲鳴をあげた。

いったい、なにをするの？　どこに唇をつけているかわかっているの？　やはり目が見えないのだ。ほかのところにキスをするつもりだったのでは？　そう、胸とか。教えてあげたほうがいいのだろうか？

「あの、閣下の……閣下の唇が、もうすぐわたしの……大事なところにさわるわ」口ごもりながらいったとたん、とんでもないまちがいを犯してしまったことに気づいた。もちろん、公爵は承知のうえなのだ。アンは自分自身から立ちのぼるみだらなにおいを吸いこんだ。彼の唇が、そこに繁っている縮れ毛に一瞬触れた。アンは公爵の目が見えないことを指摘してしまった。彼は中断し、アンの膝にあごをのせた。

アンは乾いた唇を舌で湿らせた。

ところが、公爵は怒っているようすではなかった。黒い髪がひたいに落ちかかるのもかまわず、瞳をアメシストのようにあざやかに輝かせ、いたずらっぽく首をかしげている。「ほんとうに、おれがこうするのがわからなかったのか？　いままでこれをされたことは？」

アンはしきりにかぶりを振った。「一度も」

「まったく、男とは勝手なものだ、そうだろう？」

アンは眉をひそめた。公爵の意図がわからず、答えようがなかった。返事に気をつけなければならない質問のような気がする——下手に答えると、口論になりそうな。

ヘアをくすぐられ、アンは神経質な笑い声をあげた。「急に黙りこまないでくれ、セリーズ。男ってものは自分さえ満足すればよくて、相手にすこしも気を遣わないんだなっていいたかったんだ」

「閣下はちがいます」

公爵は笑った。「そうでありたいね。きみをよろこばせながら、こっちも楽しませてもらうよ」

　アンの息が止まった。「わたし――男の人がそんなことをするなんて知らなかった」

「きみだってゆうべ同じことをしてくれただろう」

「閣下のお気に召すようなことをするのが務めですもの」

「でも、見返りは期待しないのか」公爵が真顔になり、アンは不安になった。だが、このままで満足なのだといおうとしたとき、彼がささやいた。「気に入ったらそういってくれ」そして、彼は身をかがめ、アンの秘所の入口に、ふっくらとした唇に舌先をかすめた。小さなつぼみは、触れられたとたん強い刺激に悲鳴をあげた。

　アンはスツールから跳びあがりそうになった。いままでそんなふうに触れられたことはなかった――我慢できない。彼の舌にもっとも感じやすいところをなでられ、アンは体を硬くして耐えた。ああ。その感覚は激しすぎた。目がくらむ。慈悲を請い、哀れな声が漏れる。すばやい舌の動きに、アンは泣き声をあげた。彼が硬く小さな粒を唇で軽くつまんだとき、アンはすこしだけほっとして力を抜いた……とたんに、彼がそこを吸った。アンは叫んだ。

　公爵は中断し、アンを放した。彼の小さな吐息がかかり、アンはスツールの上で急いで身を引いた。「力を抜いて。気持ちがよくなるから」

　力を抜く。アンは懸命にそうしようとした。けれど、ふたたびなめられたとたんに、また体がこわばり、堅い木の座面を握りしめていた。

公爵はアンをよろこばせようとこんなことをしている。気持ちよくはないし、よくなることもないだろうけれど、公爵に悟られてはならない。彼は熱いうめき声を期待しているはずだ。それから、適当な頃合いにオーガズムに達することも。

ところが、公爵にそこを何度もなめられているうちに、頭のなかがぼうっとしてきた。もっともらしいあえぎ声をあげることもできず、首を絞められたガチョウのような声が出るばかり。

あまりにも強烈だ。アンは、やめてほしくなった。公爵の頭をつかんで押しのけたくなった。つま先がほとんどボールのように丸まり、両手は拳になっていた。この感覚はすごすぎる。耐えるために、全身を突っぱらなければならない。もうたくさん。けれど、公爵にはいえなかった。

公爵が唇を離したとき、アンは安堵のすすり泣きをこらえることができなかった。

「どうした？　とても緊張しているようだが。もっとやさしくしてほしかったか？」

「あ、あなたの好きにしていいの」

「セリーズ、どうされるのが好きか教えてくれ」

「閣下、よろこばせるのはわたしのほうでしょう。あなたが望むことならなんでもします」

「やれやれ」公爵はつぶやいた。「セリーズ、きみが楽しめないことはおれもしたくない。もっとやさしくしようか？」

「いえ、じゅうぶんやさしくしてくださっているわ」アンはそわそわと息を吐いた。

公爵が内側の太腿を噛んだ。アンはびっくりした。「どうしたい？」公爵がうなった。

「わ、わからない」それはほんとうだ。自立と自由と安心がほしい。将来に希望を持ちたい。住むところと食べものの心配がない、安全な暮らしがほしい。でも、これは——こんなふうにされることは——望んでいなかった。

「では、もっとやさしくしよう」公爵は温かな息を敏感な突起に吹きかけた。唇だけで、それを挟む。ごく軽くやわらかく、ふっくらと張りのある唇で、このうえなくそっと。

アンは身震いした。これは……それほど怖くないし、強烈でもない。スツールの上でうしろに体を傾け、ドレッサーに背中をあずけた。心地よいといってもいい。いや、とても素敵だ。

力の抜けた両脚がさらに広げられた。やさしくじらすようになめられているうちに、たてつづけにシェリーを三杯飲み干したような、頭のなかに脳味噌《のうみそ》ではなくリボンが詰まっているような気分がしてきた。

しっかりしなければ。いつもはこちらが主導権を握るのに。一世一代の演技ができるかどうかに、将来がかかっているのだ。それなのに、意味のないすすり泣きを漏らすのが精いっぱいだなんて。

公爵の舌がおりていき、濡れて疼いている秘所とうしろの入口のあいだの、驚くほど敏感な部分をなめた。アンはスツールごと倒れそうになった。スツールは危なっかしくかしいでいる。公爵は目が見えないにもかかわらず、アンをつかまえた。

「自分でさわってごらん」公爵が低い声でいった。「どうするのが好きか教えてくれ」

アンは顔を赤らめながらも、手を太腿へ伸ばした。自分で……さわる？　男の前で、そんなことをしたことはなかった。おずおずとヘアを梳く。アン自身の水分と公爵の唾液で、それはぐっしょりと濡れていた。脈を打っている小さな粒はなめらかに潤っている。アンは指先でそっとなでてみた。公爵の指が手首に触れ、そのまま指先へすべっていき、そこでやさしくとどまった。

公爵は、アンがみずからをまさぐるのを感じていた。アンは恥ずかしくてくすくす笑い、手を止めた。

「見せてくれ」公爵はしわがれた声でいった。「きみはどんなふうに自分をよろこばせるのか」

「だめ。そんなことをしてはいけません」ああ、なんだかみじめだ。たった一度だけ、自分でしたことがあるけれど、そのときはうしろめたさに途中でやめてしまった。少女時代のアンはたしかにおてんばだったけれど、罪深くみだらなことは怖くてできなかった。だが、娼館で働くようになり、ひとりぼっちの夜、悪夢を見ずにぐっすり眠りたくて試してみたのだった。

「いけない？　きみは娼婦じゃないか」

娼館の毎日がどんなものかほのめかしたつもりだったけれど、公爵には伝わっていなかったのだろうか。男たちに体を売ってきたのは、飢え死にしないため、路上で凍え死なないためだ。ひたすら生き延びるためだ。

「おれのために頼む。悪いことじゃないだろう」

「罪深いことだわ」ああ、われながらばかばかしいことをいっている。

「おれをよろこばせるためならなんでもするんじゃなかったのか」公爵はからかうようにいった。「一緒にきみをよろこばせるのは、おれにとってもよろこびなんだが」アンの手に手を重ね、もっと速く動かしはじめた。アンは思わず目を閉じた。ベルベットのような闇にまばゆい光が散らばるのが見えた。

「速いのが好きなんだな」

アンはうなずいた。未熟で無知でぶざまな、情けない姿をさらしてしまった。けれど、公爵はなんとしてもアンを楽しませるつもりでいる。ふたりの速い手の動きにアンが体を揺らすと、スツールが揺れた。公爵は、このままアンにのぼりつめてほしがっている。早く達すれば、それだけ早く終わる。いまこそ頃合いだ。公爵は期待に息を弾ませ、きつく目を閉じ、長く濃いまつげが頬に重なっている。興奮してオーガズムに近づいた男が、よくこんな表情をする。

アンは大きな叫び声をあげた。「ああ！　ああ！　すごい！　いくわ」

すかさず、公爵がアンの脚のあいだにかがみこんだ。舌を挿しこまれ、アンは自分の感じやすい場所に何度も指を往復させた。

すべてを懸けて演技した。まずスツールの上で身もだえし、腰を激しく揺らした。それから、公爵の頭をつかみ、絹糸のような髪に指を突っこんだ。恍惚にわれを忘れているように見せかけなければならない。腰をあげて彼の口に押しつけ、そのあいだずっと甲高い声をあげた。

アンがどんなに動いても、公爵は離れず、舌を使いつづけた。

アンは勢い余って横ざまに傾いた。お尻の下でスツールがぐらりと倒れかけた。驚いて叫んだが、公爵に腰をつかまれ、ふたりして床に倒れた。アンは公爵の口に股間を押しつけたまま、彼の上におおいかぶさってしまった。だが、公爵はアンをつかまえたまま、なめるのをやめなかった。

アンはこれ以上耐えられなかった。公爵を満足させなければならないのだ。

公爵の手を押しのけ、押しとどめられないようにすばやく移動した。あわてているせいで、公爵のズボンのボタンをあけるのに手間取った。震える手で勃起したものを握ったものの、緊張しすぎて手つきが荒っぽくなってしまった。痛い思いはさせなかったようだ――アンになかへ導かれながら、公爵は心地よさそうにうなっただけだった。ありがたい、ここからはどうすればいいかわかる。アンが公爵の上で繰り返し跳ねると、彼はかすれた声でつぶやいた。「とてもいいよ、天使さん」

ゆうべのように力強く性急に突きあげられながら、アンは公爵の肩に両手を置いて体を支えていた。彼は果てた瞬間、きつく目をつぶって敷物に頭がぶつかるほどのけぞり、腰を高くあげてさらに深く貫いた。

アンは安堵のあまりくすくすと笑った。公爵を楽しませることができたのだ。

セリーズは楽しんでくれたようだ。

デヴォンは深く長く息を吸い、腰を落とすと、しっとりと汗ばんだセリーズの熱い体をゆっくりと自分のほうへ傾けた。彼女の激しい胸の鼓動を感じた。快楽の余韻で体に力が入らず、重たくけだるく感じる。安堵のせいでもある。

セリーズをよろこばせることができた。目が見えなくなっても、どうやらこの技術はまだ衰えていないようだ。はじめてセリーズを抱いたときは、見えないことが耐えられなかった。彼女がオーガズムに達するのを見たかったからだ。じれったくて、わずかな怒りが快楽にまじってしまった。怒りは内側に閉じこめておこうとしたのだが。

今度は、セリーズをよろこばせることだけを考えていた。セリーズが世界のすべてだった。彼女の芳醇《ほうじゅん》な味、ひだのなめらかさ、縮れたヘアのくすぐったい感触、われを忘れたかわいらしいあえぎ声。戦争のことも、失ったものへの悲しみも思い出さなかった。頭のなかにあるのは、セリーズだけだった。

最初は、彼女が緊張しているのが感じられた。デヴォンがひざまずいて脚のあいだに口づけたときは、ほとんど怖がっているようだった。どうしてだろう？　尋ねたかったが、彼女がつらい体験をしたのなら、思い出させたくない。安心させたいだけなのだ。すると、そのうち彼女も反応しはじめた。あの声からすると、かなり楽しんでくれたはずだ。

デヴォンはセリーズの胸にキスをした。「ありがとう、天使さん」静かにいった。「ひげを剃ってくれて」いったい、自分はなにをしようとしているのだろう？　ゆうべはほとんど眠っていない——悪夢を見ないよう、無理やり起きていたのだ。もうセリーズを行かせなければならないが、いまは彼女の隣で横たわっていたかった。彼女の隣に寝転び、両腕をまわして眠りたい。

だが、それはできない。悪夢を見て、誤ってセリーズを襲ってはならない。眠っているあいだに体が触れあえば、理性のたががはずれてしまうのはわかっている。彼女に触れられて、敵兵に殺されると勘ちがいしたように。

「まだ終わりじゃないわ」セリーズが体の下でつぶやいた。「その素敵な髪もきちんと刈りましょう」

だれかが訪ねてきたら、追い払わなければならない。それが相手のためだ。デヴォンはトレッドウェルにそう指示し、屋敷にはほんの数人しか使用人を置いていない。

それなのに、デヴォンはいま、スツールに座ってドレッサーの上に頭をあずけ、セリーズに髪を洗ってもらっている。セリーズはデヴォンを無理やり座らせると、洗面器の上であおむかせ、髪を湯にひたした。

それから、石鹸の泡をデヴォンの頭皮にもみこんだ。しっかりと円を描くようなマッサージを、デヴォンは目をつぶって味わい、うめき声を漏らした。

デヴォンは大勢のフランス兵と戦ったが――ウォータールーでは、七万人が相手だった――このほっそりした女が化粧室のなかでデヴォンにあれこれ指示するやり方は、上官よりよほどてきぱきとして的確だった。

女に頭皮をマッサージしてもらうのがこれほど心地よいとは意外だ。いや、セリーズだからか。いやらしい手つきではなかった。そんな気分になる余裕もないほど、セリーズはデヴォンの頭を力強く洗い、くまなくマッサージする――こめかみ、耳のうしろ、うなじまで。

雨粒が窓ガラスを激しくたたく音が聞こえた。

「もうすこし頭を下にかたむけていただけますか」セリーズが、デヴォンの閉じた目の上に手を置いた。その手をおおいのかわりにして、デヴォンの顔に水がかからないようにしながら、髪をゆすいだ。流れ落ちてきた湯が目に入りそうになり、デヴォンはとっさに体を起こそうとした。

「じっとしていてくださらないと」セリーズがいった。「うっかりお顔にお湯をかけてしまうわ」

「わかったよ」デヴォンはおとなしく答えた。

セリーズはうしろでデヴォンの髪をまとめてねじり、水気を絞った。手を離すと、濡れた髪が首筋に張りついた。彼女はタオルでデヴォンの頭をごしごしとふいた。

デヴォンは笑い声をあげそうになった。これが、巧妙に誘惑する手管ではないことはたしかだ。セリーズはデヴォンの髪を引っぱり、タオルに挟んでパンパンとたたき、生えぎわから伝い落ちる水滴を押さえる。それから、デヴォンの肩をタオルでおおった。

突然、セリーズがデヴォンの髪を引き抜こうとしているかのように強く引っぱった。デヴォンは逃げようとした。

「ごめんなさい。でも、櫛で梳かさなければ」謝罪というよりも、怪訝《けげん》そうな口ぶりだった。

「いつから髪を梳かしていないんです？」

「ワトソンがやめる前だ。もう二週間はたっている」

セリーズは舌打ちした。「ここまで身なりにかまわないなんて、よくないわ」

手に負えないいたずらっ子を諭す家庭教師のようだ。彼女の話す生い立ちはどうも漠然としていたが、デヴォンは詳しく聞きたくなった。彼女はロンドンのスラムで育ったようには思えない。「父上が亡くなったあと、おじいさまは援助してくれなかったのか？　なぜきみたちを引き取らなかったんだ？」

「祖父も亡くなっていたからです。祖父のほかに身寄りはありませんでした。母とわたしは、ほんとうに行き場がなかったんです」セリーズの声は震えていて、それ以上話したくなさそうだった。

そのとき、冷たいものが首筋に当たり、デヴォンはまたぎょっとした。「いまのはなんだ？」

「鋏《はさみ》です」セリーズはデヴォンの首をかたむけた。櫛が髪をすき、まっすぐ引っぱる感覚ののち、最初に鋏を入れるジャキッという音がした。セリーズはいまなにをしているのか説明しながら、デヴォンの頭をあっちこっちに向け、髪をどんどん切っていった。

「天使さん、ロンドンではしょっちゅう客のひげ剃りや散髪を頼まれていたのか？」

セリーズは手を止めた。デヴォンは、髪の束にそっと頰をなでられるのを感じた。「いいえ」彼女はのろのろといった。「殿方って、そういうことを頼むんですか？」その口調は、どこまでも無邪気で、ほんとうに驚いているようだった。

「だったら、なぜここまでしてくれるんだ？」

「閣下がさっぱりするだろうと思って」セリーズは静かにいった。「愛人の仕事って、ブランデーを温めてさしあげたり、口で……フェラチオ、だったかしら、それをしてあげることなんでしょう。でも、閣下にはひげ剃りと散髪が必要だと思いました」セリーズがデヴォンの髪を梳かすたびに、櫛の歯が頭皮をやさしくなでた。「これで、自分らしくなったような気がしませんか？」

セリーズのいうとおりだった。むずがゆいひげや、汚れてもつれたままの髪がなくなると、すっかり自分らしくなったような気がする。カチャッという小さな音がして、セリーズが鋏を置いたのがわかった。それに、彼女が〝フェラチオ〟と口にしたとき、たしかに赤面していたのも聞き取れた。それほど純情なところを残しているのが驚きだ。

「よかったら、一緒に行きましょう」セリーズがいった。「お散歩に」

思いもよらない誘いだった。「散歩？　雨が降っているじゃないか。それくらいはおれにもわかる。雨音が聞こえるからな」

「ええ。雨だから出かけましょうとお誘いしているんです。きっと、閣下のためになると思うの。さあ、わたしの考えどおりか、確かめにいきましょう」

6

アンが寒い雨の夜に適した服装をするまでは、公爵は外に出してくれなかった。アンは苦労してドレスを着るよりも、公爵のシャツとズボンを借りることにした。そのあと、年配の従僕がフード付きのマントを着せてくれた。公爵は分厚いオーバーコートをはおり、ぴかぴかに磨きあげられた長いブーツをはいた。昨日ここに到着して以来、アンは靴をはいた公爵をはじめて見た。彼のブーツはいまから舞踏会に出かけてもおかしくないくらい、きちんと手入れされていた。

服を着た公爵は、息を呑むほど美しく、威厳があった。ただでさえ背が高いうえに、三十センチほどもあるビーバーハットをかぶっている。アンは、裸かシャツ一枚の公爵には慣れている。だが、いかにも公爵らしい、りゅうとした姿の彼をまのあたりにすると、のどがからからになった。

「すこし待っていてくださいね」声がすこし震えてしまった。図書室からテラスへ出る。ひんやりとさわやかなにおいに、声をあげずにはいられなかった。「いい気持ち」

公爵は敷居の前で待っていた。「天使さん、土砂降りのようだな」

「ええ。だから完璧なんです」

アンは敷石で造られたテラスを囲んでいる石の欄干まで歩いていった。身を乗りだし、テラスの天井のないところへ顔を出す。目を閉じてあおむき、雨粒に頬を打たれた。舌を突きだし、冷たい水滴を味わう。

地面と濡れた草のかぐわしく濃厚な香りを吸いこんだ。森からは、雨を浴びた落ち葉や朽ちた木のじめじめしたにおいが漂ってくる。鼻にしわを寄せる者もいるだろうが、アンはこのにおいが好きだった。ロングズワースの記憶が大波のように押し寄せてきた。とどめようがない。

「天使さん」公爵が静かにいった。「ひょっとしたら、おかしいのはおれだけじゃないのか?」

アンはさっと振り返った。公爵のいうとおりかもしれない。わたしもおかしいのかもしれない。そうでなければ、土砂降りの雨のなかに、いやがる公爵を引っぱりだそうとするだろうか。これがうまくいかなければ、きっと正気を疑われる。そして、すぐさま追いだされるだろう。

唇を噛み、外に背を向けて足早に公爵のそばへ戻った。肘につかまってもらい、テラスの端へ連れていった。吹きつける雨風に打たれて帽子を飛ばされそうになり、公爵は顔をしかめた。とっさに帽子を押さえてかぶりなおした。それから、ふっくらとした唇を濡らす雨粒をさっとなめた。

「本気で散歩したいのか、セリーズ？　びしょ濡れになるぞ」

「ええ、本気です」ほんとうは、迷っているけれど。

屋敷のいくつかの部屋から、明るい光が漏れていた。アンは公爵の手をしっかりと握ると、テラスの階段をおりた。ふたりのブーツが、同時に砂利道を踏む音をたてた。アンは公爵を連れて屋敷から数メートル離れた。

「足を止めて、耳を澄ませてみてください」アンは低くいった。

公爵は眉をひそめた。すこしあおむく。さっきのアンのように、舌で雨粒を受けた。それから帽子を脱ぐと、黒い髪を雨に濡らした。切ったばかりのさらさらとした豊かな髪はたちまち濡れそぼち、漆黒に輝いた。唇から滴がしたたる。

アンは息を止めた。髪が頰に貼りつき、濡れたマントが重い。きっと、濡れ鼠《ねずみ》のような姿にちがいない。

公爵は、濡れても堂々として見えるのに。

アンはいま、公爵そのものを見ていた――アンを助け、自由にしてくれる富と権力を持った公爵ではなく、息を吞むほど美しい、ひとりの男として。めずらしいすみれ色の瞳、官能をそそるふっくらとした唇をまじまじと見つめ、水滴が彼の頰や貴族的な鼻から離れたくないといっているみたいだと思った。顔がかっと熱くなる。公爵に借りたサンダルウッドの香りがする麻のシャツの下で、胸が張りつめた。

娼館の客相手に、こんな気持ちになったことはなかった。だれかを見ているのがよろこびで、ただそのよろこびのためにずっと見ていたいと思うのははじめてだ。

公爵の指先がアンの腕をなでおろし、手をつかむと、指をからめた。その手は温かくて力強く、指は太いけれど優美だった。彼にはもっとも秘めやかな場所にもさわられたけれど、こんなふうにするのは、なにか特別で、めったにないことのように感じた。雨のなかで彼と手をつないで立っているのは。

半信半疑ながらもアンの提案に乗ってくれたということは、公爵はそれだけ信頼してくれているのだ。そんな男がいままでにいただろうか。「どんな音が聞こえますか？」アンはそっと尋ねた。

公爵は首をかしげた。「雨が地面を打つ音がする」

もっと説明が必要だ。「雨が葉をたたく音に耳を澄ませて。わたしたちのそばに木がたくさんあるわ――薔薇です。雨が葉に当たったときの音は聞こえますか？　砂利道をたたくのよりずっとやわらかい音がするでしょう？」

彼の黒っぽい眉が寄った。「バタバタという音は――雨が窓を打つ音か？」

アンは公爵と同じように音を聞くため、目を閉じた。彼のいう音を追い、それから目をあけた。屋敷に向かいあっていた。「ええ、そうだわ」

「なにか堅いものを打つような、大きな音は……なんだろう？」

「雨が道に降る音かもしれない。いいえ、石の泉かしら。三メートルほど離れたところに泉があるわ」

「わかった。おれはどうやら、水面に雨が落ちる音を聞きわけられたんだ」

アンは周囲になにがあるか、そこまでの距離はどれくらいか、丁寧に話していたが、そのうち濡れた手のひらを公爵に親指でなでられはじめ、声がうわずった。たったそれだけの触れあいなのに、びりびりと感じた。こんなふうに手のひらに愛撫を受けたのははじめてだった。

「美しい」公爵がかすれた声でいった。「おれには見えない世界を魔法の布でおおったようだ。目が見えたころは、まわりのものを一瞬で見て取れた。いまは頭の上に木の枝が伸びているのか、それとも天井があるのか、空があるだけなのか、それさえもわからない。でも、雨がそれを変えてくれる」

それこそ、アンが公爵に気づいてほしいと願っていたことだった。だが、こんなふうにことばにされると、のどもとにこみあげてくるものがあった。

「きみはどうしてこんなことを知っていたんだ？」

「祖父が雨のなかを散歩するのが好きだったんです。雨が葉に落ちる音、屋根をたたく音、窓ガラスにぱらぱら降りかかる音が好きだといっていたわ。雨が降ると、なにもかもが生き返るんですって。閣下は戦争の記憶と一緒に真っ暗な空間に閉じこめられているような気がするとおっしゃっていたでしょう、だから、すこしはこの経験が役に立つかもしれないと思ったんです」

公爵は黙っていた。ふたたび雨の音に耳を澄ませているのだろう。

「雨が降ると、祖父に散歩に誘われました。でも、みんなには土砂降りの雨のなかを出かけるなんて変だと思われていた。父は、わたしが風邪をひくんじゃないかって心配したわ。でも、わたしは気にしなかった。髪や服が濡れても、乾かせばいいことですもの。祖父はわたしが散歩に連れていくととてもよろこんでくれたし、わたしも雨の散歩は好きだった。雨に濡れた芝生や庭のにおいが大好きだったんです」

公爵はアンのおとがいを持ちあげた。伏せた濃いまつげの端に、雨粒が小さなダイヤモンドのように並んでいる。「雨のなかで敵と戦わなければならなかったこともある。だが、目が見えなくなったせいで、自分の屋敷がどこにあるか、頭の上になにがあるか知るために、土砂降りのなかを歩かされるはめになるとは、思ってもいなかった」

ああ、しまった。公爵のことばには皮肉の色が濃かった。やっぱりこんなことをするのは愚かだったのか——。

そのとき、大きな両手がアンのあごを挟み、彼の唇がおりてきた。つかのま、アンはすみれ色の穏やかなまなざしに見とれた。すると突然、彼のまつげが最後までおり、目が隠れた。はっとしたとたん、唇をふさがれた。彼がキスをしたのだ。甘く、やさしく。アンの心臓は、爆発するのではないかと心配になるほど激しく鼓動していた。こんなふうにキスをされるとは夢にも思っていなかった。あんなに激しかった彼が、こんな……だれよりもやさしいキスをするなんて。

ゆうべ、アンは公爵を誘惑するためにキスをした。あのときに拒まれてからいままで、もう一度キスをしようとは思わなかった。そっと唇を合わせただけで、そこから動けなくなり、すべての音が消え、雨が消え、時間が止まるとは、思いもよらないことだった。さっき、手のひらを親指でなでられたとき、びりびりすると思った――けれど、今度はまるで雷に打たれたようだ。くらくらする。全身が熱くなる。燃えさかる炎に近づきすぎたような、めまいがするほどの熱さだ。冷たい雨に打たれているのに……汗ばんでいる。

キスが深くなった。公爵はアンにまわした腕に力をこめて抱き寄せた。乳房が彼の胸板で押しつぶされ、息もできなくなった。こんなふうに抱きしめられたことはない。公爵の気が変わらないよう、首に両腕をまわしてつかまえた。男というものはめったにキスをしない、それはまちがいない。男たちはいつもキスより直接的なことをしたがる。どのみち、公爵もキスをやめようとするはず。でも、やめてほしくない……。

公爵が唇を離した。アンの心臓はつま先まで落ちこんだが、ふと、彼がまだ抱きしめてくれていることに気づいた。公爵はアンを放そうとせず、ふたりの弾む吐息はもつれあっている。「ありがとう」公爵はまた低くいい、もう一度アンとはすかいに唇を合わせた。

アンはふたたびとろけた。このくちづけの感じ……官能をかきたてるこの刺激に……鍋のなかでぐつぐつと煮えているチョコレートのようになってしまう。目を閉じ、よろこびに心を捧《ささ》げた。またしてもせつない声を漏らしてしまった直後、彼の舌がすべりこんできた。

　そのとき、不意にわかった。公爵はまず、こちらの反応を耳で知りたかったのだ。反応を得たいま、彼はさらにキスを深くし、アンの知らない陶酔の境地へ連れていこうとしている。

　またうめくと、公爵は舌をからめてきた。彼はアンとくちづけたまま、満足そうにうなった。アンは目をつぶった。閉じたまぶたの奥で花火がぱっと光り、胸のなかで大きな音がとどろいたとき、あることを悟った。彼は前戯としてあわただしく唇を合わせているのではない。ずっとキスをつづけたがっているのだ。

　アンは公爵のつややかな髪を指で梳いた。われながら、いい仕事をしたと思う――彼の髪は清潔で指どおりがよく、サンダルウッドのかぐわしい香りがする。ばかみたいだが、自負がこみあげた。アンは陶然とし、舌をすべりこませることで公爵の誘惑に応えた。

　ああ、素敵。熱くて。みだらで。公爵を深く味わうのは、なんというよろこびだろう。歯磨き粉の味にコーヒーの苦み、そして心地よい熱さ。

　公爵はマント越しにアンの背中をなでおろし、尻をつかんだ。そのまま自分のほうへ引き寄せる。アンはとっさに片方の脚をあげ、公爵の腰に巻きつけた。そのせいですっかりバランスを崩した。公爵が揺らいだり手を離したりすれば転んでいただろうが、それでもかまわなかった。

このままいつまでもキスをしていたい。ここで。空の下で。雨に打たれながら。灰色の薄明かりが消えて夜の闇がおりるまでキスをしていたい。雨がやんでまた日がのぼるまで。夏が秋に変わるまで。

公爵が体を引いたが、アンはものたりずに寄り添った。だが、公爵はもう、かがんでアンの唇を探しはしなかった。アンを胸に抱き寄せ、髪にキスをした。

どうしてキスひとつでこんなことができるのだろう？　アンの両手も両脚も震え、心臓は胸のなかで〝薔薇のまわりで輪になろう〟を踊っている。

きっと、怖いからだ——精いっぱいのキスを返したつもりだけれど、いまほど自信がなく、不安な気持ちになったことはない。ぼうっとした頭で、懸命にこの数分間のことを思い出した。あえぎ声が小さかった？　キスに情熱が足りなかった？　彼を満足させられた？

有能な愛人になれると証明できただろうか？

自分の行動に気をつけなければならないのに、それができなかった。演技のことなど考えられなかった。頭のなかにあるのは、どう感じるかということだけ。アンは公爵にぐったりともたれた。唇がまだじんじんしている。

「こっちを見て」公爵が低くいった。

アンが顔をあげると、彼は頬にキスをしてくれた。鼻にも。アンは思わずくすくすと笑った。すると、公爵はアンの唇を見つけ、もう一度キスをした。

アンのキスのレパートリーに、いままでとはまったく異なるものがくわわった。公爵は大きく口をあけ、アンの口も同じくらい大きくひらかせた。こんなに口を大きくあけてキスをするのは、ほとんど衝撃だった。みだらに濡れ、罪深いまでに甘い。ふたりの舌がからみあった。唇を離した公爵は、すこし息を弾ませていた。キスの技術など関係ないのだ。彼はただ、キスを求めている。そしてアンも。いま肝心なのはそれだけだ。


デヴォンは目を閉じ、セリーズの濡れた豊かな髪に顔をうずめた。夏の嵐が過ぎ去ったあとのような、さわやかな香りがした。セリーズは、デヴォンが二度と取り戻せないと思っていたものを取り戻させてくれた。周囲にあるものを感じ取るすべだ。薔薇の葉に降りかかる雨の音が聞こえる。テラスの敷石を雨が打つと、もっと硬質な音がする。窓ガラスをたたくバタバタという音、屋根から流れ落ちる断続的な音、屋敷全体に降る騒々しい音。

セリーズはたぐいまれな、すばらしい女性だ。こんなことができる娼婦がどこにいるだろう？　いままでも何人かの愛人がいたが——どの女も、デヴォンより彼の富のほうが好きだった。土砂降りの雨のなかに立ち、一緒に耳を澄ませてくれる女がほかにいるだろうか？

〝ありがとう〟のひとことでは、感謝したりないように思われた。だから、彼女の顔を探し、キスをしたのだ。

するとセリーズはほかのどんな女もしたことがないようなキスを返してきた。デヴォンと愛をかわすようなキスだった――かぎりない熱意がこもっていた。自分のすべてを純粋なよろこびに捧げ、すこしもひるまなかった。娼館に囚われていたのに、性のよろこびを捨てていない。セリーズほど正直な女はいない。どこまでも自然で、信じられないほどやさしい。

セリーズにキスをしたとき、周囲の世界が完全に消えた。雨の音も、滴《しずく》の感触も。聞こえるのはただ、唇を合わせたままあえいでいるセリーズの息づかいだけ。そして、小さな泣き声とうめき声、短く甲高い声。感じるのは、腕のなかのセリーズの温かい体、胸に伝わってくる鼓動。にわかに広がったデヴォンの世界は、たちまちセリーズ一点に絞りこまれた。

デヴォンと同じくらい濡れそぼっているはずなのに、セリーズは雨など降っていないかのようにキスをした。不安も悩みもなく、いまこの瞬間だけが存在しているかのように。

デヴォンはセリーズの顔に手を添えた。指先の感触から、なんとか彼女の顔立ちを想像しようとした。卵型の顔、やわらかな頬に貼りついた、濡れた巻き毛。とがったあご。セリーズの顔を思い浮かべる。はかなげな顔のまわりを囲む豊かな赤褐色の巻き毛。大きくて美しい、風変わりな濃い緑色の瞳。だが、表情を思い浮かべようとしたところで、途方に暮れてしまった。妖艶な娼婦のようなセリーズなら、欲望に輝いている顔を思い浮かべればいい。けれど、辛抱強くてきぱきとした彼女には、真顔が似合うような気がする。彼女のほんとうのイメージがつかめない。それがいらだたしい。

そのとき、デヴォンの頭のなかでひらめいたものがあった。「きみは、幼いころにロンドンへ出てきたわけじゃなかったのか？　そうだとばかり思っていた。それに、きみはいま、その屋敷がきみのものであるかのような口ぶりだった」

「あら。そこまで幼くはなかったということですわ」セリーズは小さな声でいった。「だから、祖父を散歩に連れていけたわけだし。閣下に勘ちがいさせるつもりはなかったんです。もちろん、住んでいたお屋敷はわたしの家ではなかったけれど、大好きでした。祖父もそのお屋敷で働いていました。祖父は——庭師でした。祖父の紹介で、母はそこで家政婦をするようになったんです」

デヴォンを納得させようと必死になっているようだ。デヴォンの鼓動は急に速まった。セリーズが幼いときにロンドンへ出てきたといったのは、はっきりと覚えている。どちらにせよ、彼女が苦労してきたことに変わりはない——あげくのはてに、娼館の囚人となって。セリーズは魅力的だ。彼女を愛人にしてもよいのだろうか？　デヴォンの最悪のときを見ているにもかかわらず、逃げはしなかった。いざとなったら、自力で逃げるといってくれた。思いきって、ここにいてもらうか？

「ずぶ濡れだな」公爵がようやくつぶやいた。「そのマントでは、もう雨を防げないだろう？　濡れて重くなっている——雨を吸ってしまったんだな」

だいじょうぶだという言葉がアンの舌先まで出かかっていた。雨などもう感じていなかった。もはや、頭のなかがすっかり混乱していた――みずからの失言に動揺し、キスのせいでくらくらしている。ところが、突然マントが地面にはらりと落ちた。公爵が、自分のオーバーコートをアンの肩にかけた。遠くで雷鳴がとどろき、ああ、嵐が来るわ、といおうとした瞬間、稲妻がひらめいた。光のフォークが空を割り、一気に水があふれでたように、豪雨のシーツがふたりをおおった。雨はすさまじく、むこう側も見えないほどだった。

だが、ふたりとも雨の当たらない場所へ走りはせず、同じことをした。驚いて、その場で凍りついてしまったのだ。公爵の白いシャツに、たたきつける雨がみるみる染みこんでいく。

アンはあとずさり、公爵の手を取った。「たいへん。ずぶ濡れだわ」

濡れた麻の生地が、広い胸板や腕に貼りついていた。生地が肌に触れている部分はほとんど透明になり、こっくりとした赤銅色に日焼けしたたくましい肌が透けて見えた。ああ、このままでは公爵が風邪をひいてしまう、そうなったらわたしのせいだ。

アンは、ドアがきしみながらあく音を聞きつけた。「ご主人さま、いらっしゃいますか？」トレッドウェルだった。

「ここだ」公爵が大声で応えた。

「だいじょうぶ――だいじょうぶなんですか？」

「おれの気はたしかだ」公爵の返事に、アンは口を手で押さえて笑いをこらえた。

くて、そうしたら閣下がご親切につきあってくださったの。いますぐお部屋にお連れします」

「でも、ご主人さま……大雨が降ってますよ」

「だから、ついにベドラム行きかと思ってるのか。もしそうなら、その心配はないぞ」

アンは不意に自分のしでかしたことを思い知った。公爵はいずれ正気をなくすのではないかと恐れている。それなのに自分は、彼がほんとうに錯乱してしまったかのように見せてしまった。「わたしがいいだしたことなんです」アンは声を張りあげた。「新鮮な空気を吸いたくて、そうしたら閣下がご親切につきあってくださったの。いますぐお部屋にお連れします」

「おお……じゃあ、頼みますよ」ドアががたがたと閉まった。

「これで、執事さんもだれがおかしいのかわかってくださったわ」アンはいった。「わたしよ」

「天使さん、きみはおかしくなんかない」公爵はアンとひたいを合わせた。「ありがとう。辛抱強くおれにつきあってくれて。おれはほんとうに愚か者だったな」

「いいえ」アンは当惑し、なんとか応えた。「愚か者だなんて、ちがいます」

「きみの意図がわかったよ。目が見えないからといって、閉じこもっているおれはばかだと教えたかったんだろう。そんなことはとうに知っていた。でも、見えない不自由さにどう対処すればいいのか、どう生きていけばいいのかがわからなかったんだ、セリーズ。きみのおかげでわかったような気がする。どうか――そばにいてくれないか」

やった。そばにいてくれといわせることができた。「そうおっしゃってくださるかぎり、おそばにいます、閣下」

7

アンはどこにいるんだ？　くそっ、捜すのにもいい加減飽きたぞ。

ノーブルック子爵セバスチャン・ベディントンは、屈強そうなドアマンに目もくれなかった。ドアマンの脇を大股で通り抜け、濃厚な香水のにおいが染みこんでいる玄関に入った。壁紙は不快な赤で、趣味の悪い中国風の飾りものでいっぱいだ。どぎつい色使いに胸がむかつき、セバスチャンは静かに腹を立てていた。この胸くその悪い娼館には二度と来るつもりはなかったのに、やむをえず戻ってくるはめになった。この一週間、いとこのアンを捜し、調査員を雇ってホワイトチャペルのスラムを調べさせた。連中に大枚をはたいたにもかかわらず、なんの結果も得られなかった。

アンは五日前に逃げだした娼館からそう遠くないところに隠れているにちがいなかった。金もなく、友人もパトロンもいないのに、遠くへ行けるわけがない。だから、セバスチャンは自分で捜せばすぐに見つけられるだろうと思ったのだ。

それがまちがいだった。馬糞《ばふん》だらけの汚い路地を歩きまわった。小便と汗のにおいがぷんぷんする安酒場にも行ってみた。そういういかがわしい店で、酔っぱらった歯のない娼婦たちにあれこれ尋ねるため、つきあいたくもない酒につきあった。女たちは、セバスチャンの仕立てのよい服や貴族的な物腰にすぐさま気づき、媚びを売った。おかげでくさい息が顔にかかり、むかつくようなにおいが服に染みついてしまった。ところが、だれひとりとしてほんとうのことをいわなかった。さんざん金をばらまいたあげく、手に入れた情報はことごとくでたらめだったことがわかった。

セバスチャンは、怒りではらわたが煮えくりかえっているいま、今度アンに通じる手がかりだと称して嘘を教えられたら、相手の娼婦を殺してしまうかもしれないとさえ思っている。

「なんか用ですか、旦那？」

くるりと振り向くと、先ほどのドアマンがサロンの入口まで追いかけてきていた。ドアマンは、酒樽のような胸の前で太い腕を組み、セバスチャンを威圧した。だが、杖に仕込んであるナイフをひと振りすれば、こんな愚か者などすぐに始末できる。

「マダム・シンが殺されたからには、新しいマダムがかわりに入っただろう。ノーブルック子爵が会いにきたと告げろ。いますぐだ」

ドアマンは片方の眉をあげた。なにか口実を考えているらしい。セバスチャンはすばやく動いた。ドアマンののどをつかみ、相手がひるんだ隙に、自分より大きなその男を壁に押しつけた。驚いたドアマンの顔の上で、裸の女の絵ががたんと傾いた。ドアマンの不安そうな顔つきに、セバスチャンは勢いづいてどなった。「いますぐだぞ！　わかったか？」

ドアマンは声を絞りだすのが精いっぱいで、その凶悪そうな顔は真っ赤になっていた。セバスチャンが手を離すと、ドアマンは服を直し、あわてて階段をのぼっていった。サロンにいた紳士数人と、彼らをもてなしている胸の大きな娼婦たちも、いまの騒ぎに注目していた。だれもが目を丸くしてセバスチャンを見ている。セバスチャンは、不機嫌のしるしに口角をぐいとさげ、彼らに背中を向けて階段へ歩いていった。

まったく腹立たしい。こんなところへ出入りしなければならないとは。それなのに、ここまで苦労しているのに、アンは見つからない。毎日、セバスチャンを苛んでいる考えがまた浮かんだ。アンはいまごろ死んでいて、このまま見つからないのではないか。

なにがあってもアンを連れ戻さなければならないのに。

セバスチャンは何年もかけて、アンがこの娼館にいたことをようやく突き止めた。だが、あのけちなマダムは、ただではアンを渡そうとせず、法外な金を要求してきた。その金をなんとか払い、これでやっと決着がつくと思ったのもつかのま、マダムのもとにアンがいないことがわかった。

そしてマダムは死に、もはやなんの役にも立たない。

アンをなかなか見つけることができなかったのは、困窮して娼婦になっているとは思ってもいなかったからだ。おそらく、アンの母親はまともな仕事につこうとしたにちがいない。

ミリセントは屋敷から出ていったとき、まだきれいだった。もっとましな暮らしができなかったのか。

あの女に、アンを連れて逃げる権利などなかった。快適な生活と住む場所を提供すると庇《ひ》護《ご》役を買ってでてやったのに。あまつさえアンと結婚してもいいと申し入れもした。

それなのに、ミリセントは娘を連れて逃げるほうを選択した。セバスチャンは娘にふさわしくないとばかりに。ばかな女だ。おかげで、アンは娼婦になった。汚《けが》された。それを思うと、セバスチャンの唇はゆがんだ。吐き気がしてきた。この汚らしい娼館そのものに、吐き気がこみあげる。それにしても、セバスチャンだけでなく、六人の調査員にも見つからないような、巧妙な隠れ場所とはどこだ?

階段がきしんだ。新しいマダムもヘナで髪を染め、派手なアクセサリーをつけた、胸の大きな女だろうと思いながら、セバスチャンは顔をあげた。ところが、現われたのは、筋骨隆々とした禿頭《はげあたま》の男だった。紳士のような格好をして、糊のきいたカラーが頬に食いこんでいる。趣味の悪い真っ赤な縞柄《しまがら》のベストに、仕立ての悪い紺の上着。先ほど追い払ったドアマンほどの巨体ではないが、素性の怪しい荒くれ者にはちがいあるまい。この雄牛のような男を切り裂くのはすこし厄介だが、必要ならそうするまでだ。アンを見つけるためならしかたがない。

紳士の服を着た野獣は、いちばん下の段までおりてきて、さっとお辞儀をした。体を起こしたときには、にやにや笑いを浮かべていた。「ノーブルック卿ですね？　アン・ベディントンをお捜しだってことは、マダム・シンから聞いてますよ」

「おまえはだれだ？」セバスチャンは冷たく尋ねた。

「ミック・テイラーといいます。マダム・シンが生きてたころは用心棒をしてました」

「用心棒じゃ話にならない。わたしの時間を無駄にするな」

テイラーは怒ったように顔を紅潮させたが、それでも粗暴そうな顔にわざとらしい笑みを浮かべている。「マダムが殺されたとき、おれは仕事をしていたんですよ――アン・ベディントンと、あいつがさらった小娘三人を捜していたんです。旦那がアンを捜しているのなら、お手伝いしてもいいですよ」


公爵は、アンにここにとどまるのを許してくれたが、食事は一緒にしないという。若い従僕がアンを食堂へ案内しにきてそういった。

アンは、ディナーにふさわしく髪を結いあげようとしていたが、鏡の前でしょんぼりした。雨のせいで髪がくしゃくしゃに乱れていたのだ。「閣下がいらっしゃらないのなら、わたしは食堂まで行かなくてもいいでしょう？」

若い従僕が鏡に映っていた。いつかのように、彼の頬が赤く染まった。「食堂のほうが気持ちよく召しあがっていただけるだろうと、ご主人さまがおっしゃったので。それに、ご主人さまは豪華なお食事を用意させましたよ。さっき、下で見てきたんです」

アンはためらった。今日の午後、嵐を避けて屋敷に帰ってきてから、アンは熱い風呂に入り、ドレスに着替え、公爵を連れて屋敷内を歩きまわった。そのとき、従僕ふたりについてきてもらった。ロングズワースで母親が祖父のために模様替えをしたときのことを思い出し、公爵が屋敷内で楽に動けるよう、家具の配置を換えさせた。子どものころのこと、祖父のやさしさや父親のぶっきらぼうな愛情、そして母親のやわらかくすべてを受け入れてくれる愛情を思い出すのはつらかった。けれど、しかたがない。とはいえ、また公爵に過去について尋ねられたら、これ以上失敗しないようにしなければ。

公爵が一緒に食事しようとしないことが気になった。彼は、目の見えない生活に適応するすべを身につけようとはしている。食事にも困っているのだとしても、アンが粗相をとがめるはずがないのに。なぜ手助けをさせてくれないのだろう？

男はプライドが高いものだ。紳士中の紳士だったアンの父親でさえ、頑固なプライドに縛られることがあった。父親の死後、爵位を継いだいとこのセバスチャンは、短気で思いやりというものがなく、傲慢で残酷ですらあった。若い娘をおびえさせていうことを聞かせるような男だ。不満をふくらませ、虚仮にされたと思えば、それが事実だろうが思いこみだろうが、相手に嚙みつく。娼館の客も気位が高く、金さえ出せば手に入るモノのようにアンを扱い、使い捨てにした。

アンは気の滅入る記憶を押しやった。もう過去のことだ。いまは公爵の愛人になれたのだから。いや、やさしくて立派な、幸せになるに値する方の愛人になったのだ。

「あなたのお名前は?」アンは従僕に尋ねた。

「ベケットです」

「わかりました、ベケット。閣下のお望みのとおりにしましょう」

食堂はだだっ広く、暖炉が二カ所にあった。テーブルはアンの席しか用意されていなかった。銀器とクリスタルが、シャンデリアの明かりにきらめいていた。従僕の一団が、軍隊もまかなえそうなほど大量の料理を運んできたが、アンはひと皿食べるのが精いっぱいだった。

アンはのろのろと食べものを嚙んでは飲みくだしていたが、そのあいだずっと、ベケットがたびたび壁際から出てきて、ワイングラスにおかわりをついでくれるので、つい飲みすぎてしまった。緊張をほぐしたかったのだ。今夜は愛人として公爵に抱かれなければならない。

今度はなにかちがうことをすべきだろうか? もっとなれなれしくしたほうがいいのだろうか? それとも、距離を置くべき? 公爵が驚くような、なにかとてつもなくみだらなことを考えなければ。それが、よい愛人の仕事だから。でも、ベケットやほかの従僕たちが壁際に立っているのに、いやらしいことなど考えられない。

自分がどうしたいのかはわかっている。もう一度、公爵とキスをしたい。雨のなかでしたように。ひと晩じゅうしていたい。けれど、彼と唇を合わせ、舌をからめてしまえば、その先を求められ、期待されるのはわかっている。

マーチ公爵が愛人に求めるのはどんなことだろう？　どんなみだらなことを頼まれるのだろう？　あまり怖いことでなければいいのだけれど。

アンはワイングラスを置いた。ベケットがたちまち壁際から駆けつけ、お辞儀をした。

「お食事がおすみでしたら、ご主人さまが書斎でお待ちです」

アンはテーブルに手をついて、椅子をさげた。「今夜は書斎にブランデーを持ってこないでね、ベケット。いい？」

髪粉《かみこ》をまぶしたかつらの下の顔が青ざめた。「ご主人さまが怒ります」

「わたしに八つ当たりしていただくわ」

ベケットの砂色の眉が、白いかつらの下でひょいとあがった。

なにごとかつぶやいた彼に、アンがなにをいったのかと尋ねると、彼はまた赤くなった。「ご主人さまはここに何人ものご婦人を住まわせましたけど、わがままな方ばかりだったんです。ホットチョコレートは金縁のカップじゃなきゃいやだ。ケーキは何種類も。風呂には薔薇の花びらですよ。公爵夫人みたいに扱わなくちゃならなかったんです。でも、ご主人さまに逆らうような命令をした方はいませんでした」

何人ものご婦人。公爵がほかの女をここに招き入れたからといって、なぜいらいらしてしまうのか、さっぱりわからない。自分はただの愛人にすぎないのだし、ここに入れ代わり立ち代わり女が来ていたのも知っている。彼はほかの女にも、あんなキスをしたのだろうか？

くだらないことは考えないのよ、アン。これは仕事なのだから。しっかりしなさい！

「わたしは、ここにいらした方たちとはちがうわ」アンはベケットにきっぱりといった。わたしのほうがずっと必死なの。公爵を怒らせれば失うものもずっと大きい。けれど、悪夢を見ないように、書斎の椅子で朝まで飲み明かそうとしている公爵を放っておくわけにはいかない。酒だけが生き甲斐《がい》だった女たちをさんざんスラムで見てきた。みんな、結局は死んでしまった。

「閣下のためになることをしたいの」

熱々のコーヒーが指にかかった。デヴォンはびくりとして歯を食いしばったが、飲みものをつぐ手は止めなかった。いまいましいカップに指を入れなければ、あふれる前に止めることができないのだ。

「まあ！　わたしがおつぎします」

セリーズだ。彼女のスカートが衣擦れの音をたてた。壁に落書きをしている子どもを見つけた家庭教師のように、つかつかと近づいてくる。いや、デヴォンの母親みたいだ。賭博をやりすぎたとか、ひどい二日酔いで昼過ぎまで寝ていたときなどに、説教しようとデヴォンを捜している母親を思い起こさせる。

「ありがとう、天使さん。だが助けはいらないよ。自分でなんとかする練習をしているところなんだ。以前は苦もなくできていたことを、またできるようになりたくてね」やれやれ、なぜこんなところをセリーズに見られなければならないんだ？

今日の午後、セリーズはよいことを教えてくれた。だが、この数時間であらためて思い知った。目が見えなくてもなんとかやっていく方法を考えるだけでは満足できない。やはり、視力を取り戻したいのだ。あきらめなければならないと頭ではわかっていても、あきらめきれない。

「熱いコーヒーを指にかけることが練習なの？」セリーズはぴしゃりといった。「わたしがちょっとお手伝いすればすむことなのに、わざわざ痛い目にあわなくてもいいでしょう」

「まあ、たしかに痛いな。でも、おれがちょっとした痛みをよろこぶことは、複数の女が知っているぞ」

「まあ」

セリーズは驚きを隠そうとしていたが、デヴォンには聞き取れた。セリーズをぎょっとさせ、怖がらせてしまったようだ。自分でも、なぜあんなことをいってしまったのかわからない。デヴォンはため息をついていった。「おれはきみに愛人になってほしいと申し入れた。ついては、契約を結びたい」

「契約？」セリーズは意外そうだった。

見えない相手に向かってこんなことを話すのは、ひどく気詰まりだった。「ああ、そうだ。きみには契約書が必要だ。これからきみが従事する労働に対する報酬をいくらにするか、交渉しなければならない。きみに一軒家を貸すことになれば、契約期間中は自由に使ってもいい。おれが関係を解消したくなったら、最後に特別手当を払う。そういうことを決めるんだ」

沈黙。デヴォンはまたコーヒーに指を突っこんだ。今度はカップを探していただけなのだが。苦い飲み物を半分ほど飲んだ。それでもセリーズが黙っているので、デヴォンはつけくわえた。「きみの権利を守るためだ」

「わかっています」セリーズは小さな声でいった。「賢い女は契約書を作るでしょうね。でも、わたしはなにを要求すればいいのかわからないんです。交渉するって、どういうことですか？　閣下は報酬の額を値切り、わたしはそれじゃ足りないってつりあげるんですか？」

セリーズの声は平板で冷たかった。情事をつや消しにする取引ほどしらけることはない。たいていの高級娼婦は取引をするのが当然のようになっていて、何人もの事務弁護士を立てて条件を交渉する。だが、セリーズは、キスだけではなく取引にも慣れていないようだ。そのことに、デヴォンは感じ入った。セリーズを抱きしめたくなった。励ましたくなった。やさしくなでて、彼女の緊張を解いてやりたかった。椅子に座ったまま彼女の声がするほうへ向きなおり、脚を広げて膝をたたいた。「こっちへおいで、膝に座るんだ」

「まだ交渉は終わっていないでしょう？」

「おれを出し抜くチャンスをあげよう」

「それはどういう……まあ！　細かい条件を決めながら、閣下のお膝の上でもぞもぞ動いて、その気にさせろとおっしゃるのね」

おや、不満そうだ。「そうすれば、きみの権利は最大限に守られるぞ、セリーズ。好きなだけもぞもぞすればいい。おれはきみを愛人にしたいし、そのためにはけちけちしたくない」

セリーズはためらいがちにくすりと笑った。「ごめんなさい。閣下はこれまでだって寛大でいらしたわ」

彼女の声が穏やかになったのがわかった。もう傷ついているようすではなく、冷たくもこわばってもいない。「まだものたりない。ここがロンドンなら、きみはどこの仕立屋ででもドレスを作りたいだけ作っていい。契約のしるしに、なにか宝石を贈ろうか。明日、きみのタウンハウスの装飾を決めて、新しい馬車を買ってもいい」

デヴォンは椅子の背もたれに背中をあずけた。「だが、正直なところ、いままで交渉相手を抱きながら交渉したことはない」低くいう。「おれがどこまで気前よくなるか、確かめたくはないか？　きみがなにを要求するか興味津々だ。おれがいいなりになると思ったら、きみはどうする？」

胃がきりきりして、胸が苦しいのはなぜ？　なにが気にかかるのか、アンはわからなかった。思いどおりになったし、公爵は親切にしてくれる。アンが自立できるよう、心を砕いてくれる。

愚かにも、アンはそんな公爵に反論してしまった。意外なのは、公爵があまりにも寄る辺なさそうなことだ。戦争を生き抜いてきたほどの人なのに、不安そうだ。アンが愚かな感情を抑え、機転を利かせなければ、すべてがだいなしになってしまう。

アンはスカートの裾を持ちあげ、公爵の膝に座った。公爵は目を閉じ、それでいいというように低くうなった。彼がズボンのボタンに手を伸ばすのを見てアンは、わたしを抱いたままどうやって脱ぐつもりだろうと思った。

「やめておいたほうがいいかもしれないわ」アンはできるだけ色っぽい猫なで声でいった。「閣下の弱みにつけこみたくないの、ほんとうよ」

公爵は笑った。ああ、よかった。公爵は、ズボンのボタンはかけたまま、両手を動かしてアンのウエストを抱いた。「では、おれの提示する条件をいおう」と、一年間の契約条件を並べはじめた。いままで何度もこういうことをしたのだろう、言葉はすらすらと口から出てきた。だが、アンは強いてあれこれ考えないようにした。

彼はアンに家を買ってやると約束してくれた。田舎の一軒家、もしくはロンドンへ帰るならタウンハウスだ。一年間は――一年たたないうちに関係を解消することにならなければ――アンは屋根の下で、じゅうぶんな収入を得ながら、安全に暮らせる。

「満足かい？」公爵はそう締めくくった。「それから、宝石も贈ろう」

満足？　「ええ」アンはささやいた。公爵はこのうえなく豪華な暮らしをやすやすと差しだしてくれた。貧しく困窮していたころ、娼館に囚われていたころ、夢見ていたような自立した生活を手に入れたも同然だ。ただ、こんな状況でなければ、殺人犯として追われていなければ、どんなによかったか。公爵のそばで一年も過ごす危険を冒すわけにはいかない。公爵は、関係を終わらせるときには特別手当を払うと約束してくれた――船の切符を買い、新しい生活をはじめる資金が貯《た》まりしだい、イングランドを脱出しなければならない。

これでいいのだ。もうすぐ安全な暮らしが手に入る。自由になれる。「それどころか……これ以上は望めないくらいだわ」

「天使さん」公爵がまじめな顔になった。「自分の価値を安く見るんじゃない。きみはすばらしい女性だし、一緒にいてとても楽しい相手だ」

アンはごくりとつばを呑みこみ、恥ずかしさに顔を赤らめた。最初から、契約期間が終わる前に逃げるつもりなのだ。同意できない条件に同意したのに、公爵はそのことを知らない。だが、いま真実を打ち明け、公爵が信じてくれたら、逃げなくてもいいのだ。公爵が信じてくれれば、もしくはボウ・ストリートがアンの無実を受け入れてくれれば、逃げずにすむのに。アンは公爵の膝の上で向きを変えた。彼はとても気前のよい条件を提示してくれた。見返りに、アンがかわいい愛人らしくふるまうのを期待しているはずだ。

でも、その前に、すべてを打ち明けようか……。

アンは唇を噛んだ。まだ早い。言下に有罪だと決めつけられたらどうなる？　地元の治安判事に突きだされたら？　無実を証明する手立てはない。

公爵がドレスのなかに両手をすべりこませ、乳房を持ちあげた。もちろん、この胸は彼のものであり、好きにしてもいいのだ。彼がたったいますばらしく気前のよい報酬を約束してくれたのは、そのためなのだから。

くだらないことを考えてはだめ。自分が望んでいたとおりになったのに。

娼館で、なにも感じないようにすることを覚えた。いま感情に流されてはいけない。「ありがとうございます」もう一度ささやいた。だが、声が震えてしまい、涙がわきあがってきた。大胆な高級娼婦の演技に全力で没頭した。そうすれば、愚かな過ちをしでかさずにすむ。いきなり泣きだして真実をぶちまけたりせずにすむ。

アンは公爵の顔に手を添えた。彼の唇が微笑の形になり、口角にくっきりとしたしわができた。ああ、なんて美しい笑顔だろう。けれど、アンにほほえみかけているのに、その目はアンを見ていない。そのことに、アンの胸は痛んだ。涙が一粒、アンの意思に逆らってあふれだし、頬を伝い落ちた。

いったい、どうしてしまったのだろう？　長いあいだ、感情を封じこめてきたのに。いま、抑えてきたものがあふれだし、止めることができずにいる。

我慢して、アン！　公爵のきれいな顔を両手で挟み、激しくキスをした。雨のなかで彼が授けてくれたすばらしい技術をことごとく試した。口をあけさせて舌を入れ、彼の熱さを、コーヒーの苦みを味わった。舌をからませては逃げ、口だけで大胆に迫ってみた。

キスはアンの唇からつま先までを焼いた。だが、公爵がもっとエロティックな〝ありがとう〟を求めているのはわかっている。だから、彼の膝からすべりおり、隣でひざまずいた。

「天使さん、どうしたんだ？」公爵は不思議そうに尋ねた。アンは言葉を使わずに答えた。ズボンのボタンをはずしたのだ。

公爵は鋭く息を吸いこんだ。ズボンの下にはなにも着けていない。そして、すっかり勃起している。

アンはかがみこみ、勃起したものにキスをした。唇の下で、公爵自身がびくりと跳ねる。まるで懸命にキスを返そうとしているかのように、その先端が張りつめた。アンは目を閉じ、彼をよろこばせることに専念しはじめた。

ところが、どんなに努力しても、公爵を最後までいかせることができなかった。アンは位置や動きを変え、工夫した。公爵はうめき、腰を揺らしているが、クライマックスには達しない。ああ、どうしたのだろう？　なにかまちがったことをしてしまったのだろうか？

背の高い椅子の上で、公爵はのけぞり、深く息を吸った。「最高だ、天使さん。だが、ちょっと考えていることがあってね。ブランコの上で抱きあったことはあるか？」

8

「こんなブランコははじめてだわ」アンはいい、公爵に大笑いされて頬を赤らめた。変なことをいってしまったかしら……娼婦のくせに上品ぶっているみたいだ。でも、ほんとうのことだった。そのブランコはぎょっとするようなしろものなのだ。みだらな遊戯のためのものだとひと目でわかる。しかも、公爵はそんなものを自宅の主寝室に取り付けている。

いや、ここは公爵の自宅ではない。狩猟用の屋敷だ。乱交パーティのための。そして、アンは大胆な愛人らしいふるまいを求められている。

先ほど公爵がベッドにあがり、天蓋の一部を横へすべらせてあけると、白い絹でできた縄の束が転がり落ちてきた。縄は、天井に取り付けられた木の構造物になにやら複雑な結び方で結んであった。公爵が縄の束をほぐしていくうちに、アンはそれが縄を編んだネット状のブランコだと気づいた。作業を終えた公爵がひと押しすると、ブランコはベッドの上でゆらゆらと揺れた。

「これ、危なくないのですか?」

薄暗い部屋のなかに、公爵の忍び笑いが響いた。ドレッサーに置いた蠟燭《ろうそく》が一本、公爵に金色の光を投げている。「危なくなんかない。安全そのものだ。いや、安全だと聞いている。これを取り付けたのはずいぶん前のことなんだ。戦争へ行くずっと前だ」公爵は真顔になり、考えこむようにまたブランコを揺らした。「一度も使ったことがない」

「なぜ？」公爵がつらそうな顔をしていたので、アンは不思議に思った。

「結婚して、二度と愛人は作らないつもりだった。この狩猟用の屋敷で、二度と乱交はしない、娼婦も呼ばないと決めた」

「結婚するはずだったから？」

「男というものは、愛する女ができたら、ほかの女をベッドに入れたくなくなるんだ」公爵はありていにいった。

世間知らずかもしれないが、アンは彼の言葉を信じた。それにしても、なにがあったのだろう？　愛する人がいたのなら、なぜ結婚しなかったのだろう？　キャットは、答えづらい質問、たとえば恋愛に関することをパトロンに尋ねてはいけないし、詮索してもいけないといっていた。殿方は、なんでも聞いてくれる女、悩みを忘れさせてくれる女を求めているのであって、うっとうしい女は嫌う。

けれど、この人に愛されたのに結婚しなかったなんて、いったいどんな女なのだろう？

公爵がベッドの上でひざまずき、ブランコを止めた。愉快そうな大きな笑みのほかはなにも着けていない、素っ裸だ。彼の裸には誘惑する力がある。

子どものころのアンはおてんばだった。木のぼりをしたり、すべりやすい橋の欄干を渡ったり、裸馬に乗るような大胆なこともした。だが、数年間の娼館暮らしで生気を吸い取られ、すっかりひよわになってしまった。こんなことができるのだろうか？　あの不安定なしろものに乗って、たがいにけがをしないように公爵とまじわることが。

「手伝ってあげよう」公爵がアンを安心させるようにいった。期待に満ちた顔つきに、アンは観念した。公爵は雄々しい騎士のようにアンの手を取った。無事にブランコに乗るまでに、アンは何度も小さく悲鳴をあげ、落ちそうになってひやりとしたが、そのたびに公爵は欲望にかすれた低い笑い声をあげた。

わたしのせいで雰囲気がだいなしだ、とアンは思った。たぶん、こうするのは公爵の夢なのに。男にとって性的な空想がとても大事なものであることは知っている。いつまでも悲鳴をあげたり、転がり落ちそうになっていては、しらけさせてしまう——。

「ほら、座って」公爵のしわがれた声に、アンは絹の縄でできたネットに裸の尻をつけた。ブランコ全体がアンの重みでさがり、ネットは尻の丸みにぴったり添った。ネットは意外なほどやわらかく、その感触は思いがけず興奮を煽《あお》った。

つま先がベッドをかすめた。アンは注意深くブランコを揺らした。公爵の脇でブランコが揺れはじめた瞬間、思わず唇を嚙んだ。なんの屈託もなく、奔放ではつらつとしたふりをしなければならないのに。

公爵が下で横たわったとたん、アンは息をするのも忘れた。ブランコはかなり低いところまでさがり、アンの股間が公爵の下腹に触れた。恥ずかしいことに、秘めやかな場所がネットの穴からあらわになっている。

公爵がアンの腰をつかんだ。欲望のせいで表情が険しい。「入れてくれ。おれの上で揺れるんだ。好きなだけ大胆になっていい」

「わかりました」ブランコに乗ったまま、アンは下に手を伸ばしたが、バランスを崩した。

「あっ!」

「セリーズ?」

「だいじょうぶよ」もぞもぞとブランコに乗りなおす。大胆《デアリング》というよりもにしんの《ヘリング》――網につかまった魚の気分だ。「ご自分で……その……支えてください。手が届かないの」

「ああ、おれのは短すぎるか?」

「まさか、そんなことありません!」アンは失言にあわてて叫んだ。「とても立派だわ、でも手が届かない――」そのとき、公爵の瞳がいたずらっぽく輝いていることに気づいた。彼は右手で一物の根元をつかみ、驚くほど長いそれを垂直に立てた。そして、アンの奥まですべりこませた。ああ、ほんとうだ――彼の上で浮かんだまま挿入されるのは、怖いような楽しいような感覚だった。奥深くまで埋めこまれた太い一物だけで、かろうじてつながっている。とても新鮮な感じで、アンはほかのことなど考えられなくなった。いや、考えたくなかった。最初は公爵を楽しませるために引き受けたことだが、アンも気に入ってしまった。公爵はアンをそっと押して揺らした。その美しい顔が心地よい痛みにゆがむ。「きみが見えたらいいのに。揺れているところが見たい。ふたりがつながっているところも。くそっ、きみの顔を見ながらこうしたかった」

視力を失った悲しみを思い出させるために、こんなことをしたいのではない。「わたしもあなたを見たいけれど、どうしても目をきつくつぶってしまうの」

沈黙に、アンは息を止めた……やがて、公爵はやさしく笑った。ブランコを押してアンをくるりとまわしたり、左右に揺らしたりした。アンの体のなかで、爆発するような感覚が一気に広がった――それはあまりにも強く、アンは思わず縄を放してしまいそうになった。そのとき、大きな楕円形《だえんけい》の鏡に映る自分が見えた。

白いブランコの上で髪を振り乱した野生の生きものが、宙で揺れている。乳房も頬も桃色にほてらせて。お尻の丸みにブランコのネットが食いこんでいる。

「ああ、だめ。なんて恥知らずな」アンはそうつぶやき、はっとした。うっかりしていた。急いでつけくわえる。「いいえ、わたしったらすごいありさまで、ちょっと……ばかみたいだって思ったんです、ブランコに閉じこめられているなんて。見えないほうがいいわ」

「そんなことはいわないでくれ」公爵はブランコを止めた。アンは公爵の上で揺れる快感が恋しくなったが、彼はそれを味わわせてくれない。「きみの姿は見えないが、きれいなのは知っている。どんなときでもきれいだ」

とてもやさしい言葉に、アンののどに塊がこみあげた。泣いている場合ではない、もっとみだらにならなければならないのに。「ねえ、揺れましょう」できるだけ大胆にいった。「一緒に天まで行くの」

公爵はアンを前後に動かした。アンの両脚とお尻は、公爵の上を行ったり来たりした。体のなかで、快い緊張が高まっていく。疼くような欲求が強くなる。もっと……もっと激しく……。アンはブランコの上で身をくねらせ、みずから完璧な揺れ具合を作りだした。どこよりも感じやすい部分が彼の一物でこすられる。思いも寄らないよろこびがどっとわきあがった。その瞬間、公爵が敏感なところに触れた。触れられたまま、アンは彼の上を滑空する。思わず目をつぶってしまった。絹の縄がほつれんばかりに爪を食いこませる。

今度こそ、そこに触れられるのを我慢するだけではいやだ、楽しみたい。でも、そのためにはどうすればいいのだろう？　自分のなかにいる公爵を感じることだけに努める。目を閉じ、彼の上で揺れる。懸命に。ただ一心に。それなのに、感じようとすればするほど、快感は逃げていく。目を見ひらき、公爵の美しさをむさぼるように確かめた。これがどんなにみだらで不道徳で、完璧な状況か……。

けれど、手遅れだった。だめだ。いつものように、感じているふりをするしかない。失望はあまりにも深く、叫びだしそうだった。でも、とにかく公爵をがっかりさせてはならない。「ああ!」アンは叫んだ。体の内側をひくつかせ、彼をきつく締めつけた。まるでもうすこしで絶頂に手が届きそうだといわんばかりにあえぎ、すすり泣く。公爵はアンの腰をつかんで突きあげてきた。耳をつんざく大声をあげ、彼は達した。のけぞり、わななき、目をつぶってセリーズと叫ぶ。

公爵はぐったりとベッドに横たわり、荒い息で胸を弾ませた。やわらかくなった一物が、熱い液体とともにアンのなかからすべりでた。公爵が両腕をさしのべた。「つかまれ。おろしてあげたいけど、見えない」

アンは公爵の両手を握った。「だいじょうぶです。これでじゅうぶん」裸足をベッドにつけ、ブランコからおりるあいだ、公爵はつかまえていてくれた。アンはバランスを崩して公爵に倒れかかったが、彼は笑っただけだった。「さすが、おれの勇敢なセリーズだ」とささやく。

公爵にほめられて、アンの心はふわりと軽くなり、自己嫌悪を押しやった。公爵がアンを抱きしめたまま寝返りを打ち、ふたりは脇腹を下にして向かいあう形になった。彼はやさしくいとしげにキスをした。「ありがとう」低い声でいい、大きく息を吸いこんだ。「……信じられないほどよかった。どんな感じだったか、教えてくれないか?」

おそらく、くすくす笑うのは最善の応答ではないだろう。だが、ブランコの上の自分の姿や、なんとも落ち着かなかったこと、けれど官能をそそられ、興奮してしまったことを一気に思い出した。そして、公爵の笑い声を聞くとうれしくなったことも。ふと、抱きあいながら男が笑ったのははじめてだと気づいた。「ええと、閣下はまったくいつものとおりでした。とてつもなく素敵だった。生きたギリシャ彫刻みたいで。ただ、立派なものがそそりたっているところはちがうけれど。わたしのほうは、網にかかった魚みたいだった――」

とどろくような笑い声に、アンは口をつぐんだ。突然、公爵はアンのわきの下に指を入れた。「おれをからかっているんだな？　お返しだ」

「閣下――」彼はアンをくすぐった！　アンは我慢できずに笑ってしまった。公爵がくすぐるのをやめないので、アンも笑いを止められない。顔が焼けるように熱い――息もつけないので、きっと真っ赤になっているだろう。謎めいた手練《てだ》れの高級娼婦にはほど遠いだろうが、かまわなかった。かまっていられなかった。楽しさのあまり、頭がくらくらしていた。オーガズムからくる恍惚とはちがう。ほんとうに、ほんとうに久しぶりに感じる、大きなよろこびのせいだ。最後にこんなふうに笑ったのはいつだろう？　思い出せない。もう何年も、声をあげて笑うようなことがなかった。でもいまは心が浮き立ち、笑いが止まらない。どんなにこらえようとしても止められない。

しばらくして、公爵はやっとくすぐるのをやめ、アンはあえいだ。「くすぐったがりだとは思わなかったな」彼がささやいた。肘枕《ひじまくら》をしてアンと向きあう。「最後にこんなに笑ったのはいつか思い出せないくらい久しぶりだ」

わたしもよ。

この笑いがいつまでもつづけばどんなにいいだろう。楽しい気分のままでいるには、もう一度愛をかわせばいいのでは？　起きあがろうとした公爵に、アンは両腕を巻きつけ、ベッドから出られないようにした。「また元気になったら、一緒にブランコに乗ることってできるかしら？」

今度は、黒い前髪に隠れてしまいそうなほど公爵の眉があがった。「おれには危険そうに思えるな。でも、試してみてもよさそうだ。もちろん、きみが上だぞ」


ブランコに座ったデヴォンは、セリーズが膝に乗ってきたとたんに緊張したのを感じ取った。デヴォンがネットの上で座りなおすあいだも、セリーズは膝にまたがりながらまた体をこわばらせた。デヴォンの手が、縄を握りしめているセリーズの拳とぶつかった。なんと、こんなに固く握っていては、指の関節が白くなっているにちがいない。

ブランコに乗るのが怖いのだろうか？

セリーズが腰を沈め、熱くなめらかなひだが、いきりたったむきだしの一物にぴったりと触れた。純粋な快感がデヴォンの全身を駆け抜けた。だが、セリーズはまだ緊張している。はじめて彼女を口で愛したときも、こんなふうに力んでいた。セリーズをじゅうぶんに楽しませ、くつろがせたつもりだったが——のぼりつめたとき、あれほど叫んでいたではないか。ブランコの上では声をあげて笑っていたし。楽しんでくれたはずだ。

だったらなぜ、いまこんなに緊張しているんだ？　なにを恐れている？

デヴォンはふと、セリーズに手を取られ、背中の痣をなでさせられたときのことを思い出した。もちろん、セリーズが不安そうなのは当然だ。娼館にいたのだし、彼女の話ではマダムに打ち据えられていたのだから。デヴォンに殴られるのを恐れているのではないか？　そう気づいたデヴォンは、頭を殴られたような気がした。暴力をふるうかもしれない、マダムよりよほどひどいことをするかもしれない、セリーズにそういったのはほかならぬ自分だ。怖がられているに決まっている。セリーズは、おびえながら抱かれていたのだ。

「怖がらないでくれ」デヴォンはそっといった。セリーズの指がするりと一物に巻きついてきて、鋭く息を吸いこむ。一物は煉瓦《れんが》のように硬くなっている。「おれは絶対に、きみに乱暴なことはしない」

「わかっています」セリーズは脈打っているデヴォンの根元を手で包み、自分の股間にそっとなでつけた。「閣下が乱暴なさらないのはわかっています」デヴォンを自分のなかに導き入れる。デヴォンのなかで炎が燃えあがり、欲求がどっとあふれだしたが、必死に頭を働かせた。

突きあげろ、彼女をよろこばせるんだ。体はそう命じている。だが、セリーズがかちかちに硬くなっているのに、自分だけ楽しむわけにはいかない。懸命に自制した。「なにが怖いんだ？　さっきも緊張していたようだが。それに、きみの大事なところにキスをしたときも、氷のように固まっていたな」

「あら――いいえ、緊張なんてしていません」

「いいや、している。わかるんだ。目が見えない分、ほかの感覚は研ぎ澄ませている」両手をセリーズの前腕にすべらせる。「ほら、緊張でがちがちだ」今度はうなじをやさしくさすった。「全身が凝り固まってるぞ」

「ブランコの上ではバランスが取りにくいもの。それだけです」

ほんとうにそれだけだと信じたい。セリーズの不安をやわらげ、感じさせたい。セリーズは感じるとどんどん声が大きくなっていく。そこがいい。与えてくれたよろこびと同じものを返したい。「だったら、しっかりおれにつかまれ。揺らすぞ」声がしわがれた。

ベッドをそっと蹴ると、ふたりはうしろへ滑空した。セリーズが膝の上で短く悲鳴をあげた。ブランコは前へすべっていく。デヴォンのペニスはブランコの動きに合わせ、セリーズのさらに奥へ入っていった。至福のよろこびがデヴォンの脳天を突き抜ける。それなのに、セリーズはまだ体をこわばらせている。力を抜いて、セリーズ。だいじょうぶだ。楽しんでくれ。いつのまにか口に出してそう懇願していたことに、デヴォンはぼんやりと気づいた。

やがて、セリーズがうめいた。チョコレートのようにとろりとした声。デヴォンのペニスが彼女の奥深くにあるように、のどの奥から響いてきて、デヴォンの声と同じようにかすれていた。ブランコが行ったり来たりするたびに、セリーズはせつない声をあげ、叫んだ。

「ああ！　あ、あ、あ、あ！」

だが、ついにデヴォンは聞き取ってしまった。その声が作りものであることを。セリーズがまたうめいた。そして、いかにも男を駆り立てそうな、低くなまめかしい声であえぐようにいった。「いくわ！　ああ」だが、オーガズムにむせび泣いているはずのセリーズの体は、あいかわらず板のように硬い。あたかも感じているかのような叫び声……だが、ほんとうに感じているのか？　デヴォンは、股間のものがするりと抜けたのを感じた。セリーズのかすれたすすり泣きと、苦しそうな呼吸の音にじっと耳を澄ませる。ふたりのあいだに手をすべりこませ、セリーズのやわらかな股間に触れてみた。濡れていない。もし感じていたのなら、しとどに濡れているはずだが。まったく感じていないのに、あんな声を出していたのか？すべて演技だったのか？

　ほんとうのことが知りたいのかどうかもわからないまま、デヴォンは低い声で尋ねた。

「気に入ってくれたか？」

　そのときにわかった――セリーズがどう答えようが、知らなければならない。肌を重ねるとは、ただ相手に奉仕してもらうことではない。セリーズにも楽しんでほしい。彼女が不快な思いをし、おびえたまま、ただひたすら行為に耐えているのだと思うと、こちらも楽しめない。「セリーズ、どうなんだ？　おれの相手をするのは楽しいか？」くそっ、セリーズは恐怖で答えることもできないのだろうか？

「閣下はとっても素敵ですもの。楽しいに決まってるでしょう。何度もいかせてくださるし」

その声にはおびえが聞き取れた。「ほんとうは、ちがうんだろう？」目が見えないせいか？　それとも、下手になっただけか？　女を抱くのは久しぶりだ。ロザリンドを失い、戦争へ行ってからというもの、一度もなかった。

「そんなことありません」セリーズはいいはった。ほとんどうろたえているように聞こえる。

「わたしも楽しんでるって、証明しましょうか」

「証明なんかいらない。ただ、きみに楽しんでほしいだけなんだ」

どうしてわかったの？　なにか、しくじってしまったのだろうか？

アンは公爵の膝の上で凍りついた。娼館の女たちは、上手に演技すればどんな男も文句はいわないといっていた。男とは、自分がずば抜けた技巧の持ち主だと思いたがるそうだ――だから、女の悲鳴やうめき声をすぐに本物だと信じる。けれど、公爵はアンの声が偽物だと疑っている。緊張しているのを感じたという。抱きあっているあいだも、彼はこちらのようすをそこまで察知していたのだろうか？

なんと皮肉なことだろう。アンはほんとうに楽しんでいた。公爵のことを恐れてはいなかった。だが、もうすこしで感じそうだったのに、オーガズムはけっしてアンのもとには訪れない。そしていま、公爵はアンがいやがっているのではないかと疑っている。「ほんとうに、閣下はわたしを楽しませてくださいます」どうすれば信じてもらえるのだろう？　公爵は……傷ついている。なにをおいても、ベッドで満足してもらうのが愛人の務めなのに。

「おれの目が見えないせいか？」

質問の意味がわからず、アンは思わず「それがなんの――？」とつぶやき、はっとして口をつぐんだ。「閣下はすばらしいわ。してくれることのなにもかもが素敵。完璧です」演技がだめなら、これからどうすればいいの？　わたしが感じるかどうかが、なぜ問題なの？

「閣下はだれよりも素敵な方です。閣下を楽しませることが、わたしの望みなんです」

沈黙のなか、アンの心臓は早鐘を打っていた。いまいったのは、ほんとうのことだ――公爵の愛の技巧はすぐれているし、彼によろこんでもらいたいと本心から思っている。やがて、公爵はうめいた。「わかったよ。それなら、一緒に楽しもう。今度はベッドにしようか？」

アンは公爵の胸に頭をつけてまどろんでいた。

信じられない。丸二日間、抱きあって過ごしたなんて。ほんとうに感じているのかと公爵に尋ねられたあと、朝までに三度まじわった。いまは、感じていると公爵も信じてくれているはずだ。おそらく、娼館の女たちがいっていたとおり、信じたいから信じているのだろう。

ただ、ひとつ不満がある。絶頂の直前まで近づけるのに、けっしてたどりつけないことだ。たぶん、そういう体質なのだ。そうでなければ、娼婦という過去のせい。公爵に抱かれるのは好きだけれど、そこに究極のよろこびを見つけることはできない。けれど、このことは絶対の秘密だ。

この二日間、ふたりがベッドを出たのは、寝室に運ばせた食事をとるあいだだけだった。公爵がなぜひとりで食事をしたがるのか、アンはすぐに察した。彼はまだ、食事のしかたがわからないのだ。

アンは祖父に教わった方法を使い、公爵の食べやすいように、いつも決まった配置で皿を置くようにしたらどうかと提案した。たとえば、肉は三時の位置、じゃがいもは九時、野菜は十二時という具合だ。そして、この給仕の方法を従僕に教えてほしいと、ひそかにトレッドウェルに頼んだ。食事のたびに同じ配置で料理を並べ、どこになにがあるか、公爵にさりげなく教えなければならない。

「天使さん、そろそろベッドから出たほうがよさそうだ」公爵は笑みを浮かべ、アンのしどけなくほどけた髪をなでた。その手の感触が心地よい。

「うーん。どうしても？」

公爵は笑った。「シーツを交換したほうがいい。ぱりっと乾いた清潔なシーツは気持ちいいぞ」

「そうね」アンは大胆な口調を装って尋ねた。「ひと晩じゅう、同じシーツで眠りましょうか？　朝までいてくださってもいいのよ」

公爵が一緒に眠らないのはわかっていた。彼は、アンが眠ったと思われるまで待つ。そして、隣の寝室へ行ってしまう。ドアはかならず閉める。きっと、悪夢を見て叫んだり、ひと晩じゅう、部屋をうろうろしたりしても、声や足音でアンが目を覚まさないようにと気づかっているのだろう。

けれど、アンは声も足音も聞いていた。公爵が叫ぶたびに、ようすを見にいった。彼がどんなに暴れても、ベッドのかたわらに座り、そっとなだめた。公爵は愛の行為で疲れきっているらしく、触れても目を覚まさなかった。そして、アンになだめられながら、ふたたび深い眠りについた。

結局、ベケットはアンの指示を聞き入れていなかった――公爵の寝室にブランデーを持ってきていた。ふた晩とも、アンは公爵が眠っているあいだにブランデーを水で薄めた。だれにも気づかれないよう、すこしずつ。

公爵が黙っているので、アンはもう一度尋ねた。「わたしと一緒に眠ってみませんか、閣下」

彼はため息をついた。「どうしてそこまで危ない橋を渡ろうとするんだ？　一緒に眠る必要はない。きみはひとりでゆっくり休めばいいだろう」アンのもつれた巻き毛を指にからめる。「それが最善だ。おれの両親は愛しあっていたが、寝室はべつだったぞ。父はよくいっていた。その気になってくれるよう祈りながら、母の寝室のドアをノックするのは、いつまでたっても楽しいものだって」

その話には、アンもつい笑ってしまった。たしかに、彼のいうとおりだ――夫婦は普通、寝室をともにしない。なぜ自分は公爵と一緒に眠りたがり、やっきになって彼を説得しているのだろう？　一緒に眠ることができれば、彼が回復しているという証明になるかもしれない。そして、アンは彼が回復すると確信している。でも、悪夢を見た彼が暴力をふるえば、それこそ異常だという証拠になりかねない。

公爵は異常ではない。数日間、彼とともに過ごしたアンには、その確信もある。

彼はアンのお尻を軽くたたいて抱きあげ、くしゃくしゃのシーツの上にそっと横たえた。

「馬車を用意させた。村へ行っておいで。仕立屋と帽子屋がある。好きなだけ選べばいい。すぐに仕立てさせよう。指示書を書いてくれ、署名は自分でする」

「ドレスを買ってくださるの？」

「急に思い出したんだ、おれのローブと、ここに着てきたドレスのほかには、なにもないだろう。ここにいるあいだ、毎日同じドレスを着せておくわけにはいかないからな」

「二日間、あなたは服を着せてくれなかったわ」

「契約を思い出してくれ。おれはきみのパトロンとしての義務を果たしたい」なにげない口ぶりだが、口もとはまじめだった。「きみだって、ロンドンにいれば、契約をかわした次の朝いちばんに最高の仕立屋に直行したんじゃないのか」

どうだろう？　正直なところ、それはありえない。すぐには思いつきもしないはずだ。何年ものあいだ、ドレスを買いたいなどと思ったこともない。けれど、公爵の愛人として、野暮ったい格好をして彼に恥をかかせてはならない。皮肉にも、公爵のお金をぜいたくに使わなければ、面目を失わせることになってしまう。けれど、ほっとしたことに、彼はアンが不安がっているのを忘れてくれたようだ。

「一緒に来てくださらないの？」アンはそっと尋ねた。「トレッドウェルに聞きましたわ、雨の午後にお散歩したのが、何週間ぶりかの外出だったんですってね」四六時中、部屋にこもっているのは健康によくないだろう。

「いや、夜中に戦闘の夢を見て、森に走っていったらしいぞ。結局、川にはまって溺れかけたんだがね。われながら自陣を首尾よく急襲できたから、もう一度試してみるのも悪くないと思ったんだ」

なんということだろう、彼が外出したがらないのも当然だ。「いまから一緒にお出かけしましょう。きっと楽しいわ」

「いや、やめておこう。ひとりで行ってくれ。なんでも好きなものを買えばいい。きみの買い物をこの目で見ることはできないが、よろこんでくれればそれでいい」

公爵の馬車は、屋敷から六キロ半ほどのところにあるウェルビー村のメインストリートをがたがたと走った。アンは窓の外をのぞいた。灰色の雲の隙間から日が差しており、並んでいる小さな店をまだらに照らしている。道端で子どもたちが立ち止まり、たちまち馬車を追いかけてくる。店主たちは、店先に出てきた。女たちは、娘の身なりを手早くなおしている。

この村は、アンのふるさと、ロングズワースの近くのバンベリーそっくりだ。アンは、もう何年も前の生活を思い起こさせるものを、懸命に頭から振り払った。あのころのことは、いくつか選びだしたことのほかは思い出さないと誓ったのだ——公爵の役に立つこと以外は。

だが、パン屋の香りを嗅げば、一ペニー硬貨を手に村のパン屋へ入ったときの記憶がよみがえる。広々とした緑地を目にすれば、村祭りや五月祭《メイポール》を、そして真っ白なモスリンの普段着が草の汁で汚れるのもかまわずに歩いたことを思い出す。父親が心臓発作で急死し、アンが悲しみから立ちなおる前に、セバスチャンが家に入ったのは、もっとあとのことだ。セバスチャンは当主におさまった。そして案の定、アンを自分のものにしようとした。アンと結婚するといいだしたのだ。

アンが八歳のころから、セバスチャンはロングズワースを訪れるたびにつきまとってきた。そのうち、キスをするようになった——いとこらしい、軽いキスではなく、唇にいやらしく濡れたキスをするようになったのだ。アンがひとりでいるところを見つけると、胸やお尻をさわったり、スカートのなかに手を入れ、脚をなでたりした。いまでもあのころのことを思い出すと、アンは悪寒がしてくる。自分がひどく悪いことをしたようで、罪の意識で胸がむかつく。

けれど、アンも母親も、セバスチャンの権力に囚われていた。母親は、アンをセバスチャンと結婚させることに反対した。アンはまだ十五歳だったのだ。ところが、ある晩、セバスチャンはアンの寝室に忍びこんだ。そして、いまここでおまえの純潔を奪えば結婚はまぬがれないといいはなった。アンが恐怖で動けなくなると、彼がのしかかってきた。そのとたん、この男と結婚するなんて絶対にいやだという思いがこみあげ、彼が服を脱ぐのに手間取っている隙に、なんとかベッドから逃げだした。闇雲に、武器になりそうなものを探したとき、手がつかんだのは、寝室用便器だった。アンをベッドに引きずり戻そうと襲いかかってきた彼に、その便器を投げつけた。

母親が使用人たち——家政婦に、数人のメイドや従僕を引き連れてやってきた。だれもがアンの金切り声を聞きつけていた。恐怖ではなく怒りの声だ。そのとき、セバスチャンの顔を見たアンは、今度こそ恐怖で凍りついた。顔色は真っ赤、眼球はいまにも飛びだしそうで、彼はアンを殺してもおかしくないように見えた。その夜、母親は身のまわりのものを鞄《かばん》に詰め、忠実な使用人に馬車を用意させ、アンと一緒に屋敷を出た。どこにも行く当てはなかった。母親の実家とは疎遠になっていた。アンの祖父が——つまり、母親の父だ——身分の低い女性と結婚したためだ。アンの祖母は、かつてショーに出演していた踊り子だった。母親はアンに、実家は頼れないといった——だれひとり助けてはくれない、と。だから、ふたりはロンドンに出てきた。長時間つらい仕事をしているにもかかわらず貧しかったが、母親はロングズワースにいたころと変わらず、アンが愛情に包まれているのを感じるよう、心を砕いてくれた……。

アンは、帽子屋ととなりあう、ショーウインドウに服地を飾った小さな店の前に着いた。それまで知らなかったが、心臓がぎゅっと縮こまったようで、それでいていまにも爆発しそうに感じるなどということがあるらしい。

従僕が馬車をおりるのに手を貸してくれた。仕立屋のドアをあけると、小さなベルがかわいらしい音をたてた。

メジャーを首にかけた仕立屋がいそいそと出てきた。その女は、白髪まじりの茶色の髪をシニョンにし、趣味も仕立てもよいドレスを着ていた。アンは髪にブラシをかけて結いあげ、ドレスの上にマントをはおっていた。だが、ドレスは昼間に着るには派手すぎ、おまけにくたびれている。店には女の客がふたりいて、アンの心は沈んだ。ふたりはもちろん、きちんとしたレディだ。地元のジェントリー階級に属しているのだろう。

アンは仕立屋に来店の目的を告げた——代金はマーチ公爵が払うことも。

仕立屋の眉がひょいとあがった。「そうですか。公爵がうちをごひいきにしてくださるのはありがたいんですけど……」声が気まずそうに途切れた。仕立屋はふたりのレディをちらりと見やった。ひとりは色黒で背が高く、もうひとりは色白でずんぐりしている。仕立屋は声をひそめていった。「うちは堅気の店なんですよ。村のご婦人たちに、気分を害されては困ります」

ふたりのレディは冷ややかな目でアンをじろじろ見ていた。背の高いほうが、手袋をはめた手で口もとを隠し、ずんぐりしたほうになにごとか耳打ちした。金髪女の口が大きなOの字になった。きっと、上品なレディをあきれさせるようなことをささやかれたにちがいない。売春婦よ、とか。ペストにかかっていたとしても、ここまで忌み嫌われることはないだろう。

ツンと顔をあげて公爵の名前を出せばいいのだとわかっていた。けれど、勇気は逃げてしまった。くるりとうしろを向き、あわてて店を出た。ベルが鳴り、背後でドアが閉まり、無表情な従僕がすかさず馬車のドアをあけた。まるで、公爵の愛人が店から走りでてくるのはいつものことだといわんばかりに。

馬車ががたごとと走りはじめたとたん、アンは愚かにも両手で顔をおおってしまった。たしかにわたしはきちんとしたレディではない、でもそんなことはどうでもいいじゃないの。ボウ・ストリートに捕まったら絞首刑になるかもしれないけれど、それがなに？　わたしはなにも悪いことはしていない。三人の少女を娼館から逃がしただけだ。だから、生き延びなければ。肝心なのは、生き延びることだ。

村へ行くより、公爵の屋敷に帰ってくるほうがよほど早かったように感じた。厩番が、玄関階段の前から一頭の馬を厩へ連れていこうとしていた。アンの心臓は落ち込んだ。ひょっとして、ボウ・ストリートの捕り手が来たのだろうか？　うろたえてはだめ。公爵の友人かもしれないのだし……。

アシュトン伯爵かもしれない！　キャットに断わられて、べつの女を探している可能性もある。アシュトンが、そのことを話にきたのだとしたら？　公爵に、いままで話したことが嘘だったのを知られてしまう。

アンは無理やり玄関のほうへ足を動かした。トレッドウェルが出迎え、アンのマントを受け取った。いままではアンもトレッドウェルの奇妙な外見に慣れ、その目がいつも明るく輝いていることに気づいていた。ところが、いまのトレッドウェルは、ひどく深刻な顔をしている。

「お客さまがいらしたの？」いたって普通の声が出た。心臓がこんなに激しく鼓動しているのに、驚きだ。

「そうなんですよ。ロンドンからです。ミスター・ウィンターとかいう方で。元はボウ・ストリートの捕り手だったとか」

安酒場で会った娼婦のだれかを抱いたわけでもないのに、まだ連中のにおいが体に染みついている。セバスチャンは今朝、新しいブーツを注文した。スラムの路地をうろつかなければならないのはしかたがないが、ブーツについた胸くその悪くなるような汚れは、どんなに磨いても取り去ることはできない。

それもこれも、あのいまいましい女のせいだ。アンはいまごろおびえているだろうが、自業自得だ。せっかく結婚してやろうとしたのに、便器を投げつけるとは。くそっ、あんな恥をかかされて、絶対に許すものか。

あれだけひどい目にあわされたにもかかわらず、なぜかセバスチャンはアンを忘れることができなかった。なめらかな首に愛らしく沿うように巻いていたアンの髪。ふっくらとした唇の曲線。ボディスをかわいらしく張りつめさせていた未熟な乳房。どうしても、アン以外の女にはそそられない。

アンを見つけたら……積もり積もった不満の代償を支払わせてやる。だが、とりあえずはアンの曾祖母《そうそぼ》、レディ・コーディーリア・ド・モーネイをなだめなければならない。またしても、まだアンは見つからないのかとせっつきにきているのだ。

セバスチャンが客間へ入ると、レディ・コーディーリアが立ちあがった。首のまわりでルビーがきらめき、やせた体は絹に包まれている。顔は心配そうにやつれていた。「あの子は見つかりましたの？」

「まだです、レディ・コーディーリア」セバスチャンは急いで老女に駆け寄った。「でも、もうすぐ見つかりますよ。ぼくは捜索のためなら、金に糸目はつけません」

悲しげな緑色の瞳が、じっとセバスチャンを見つめた。「あの子と仲なおりしたいのよ。

でも、ひょっとしたらアンはもうこの世にいないのではないかしら。あなたはそんなことないというでしょうけれど、もう手遅れではないかという気がするの。わたしにはほかに身寄りがないのよ、セバスチャン。息子は――アンの祖父にあたるのだけど――もういないし、ふたりの娘も子どもを産まずに死んでしまった。娘婿ふたりは爵位についているけれど、どちらもろくでなし。わたしの遺産を当てにしているのよ。とんでもない、だれがやるもんですか。わたしはね、あの人たちが大嫌いなの。あなたがアンを見つけてくださったら、あの子をただひとりの相続人にするつもりよ。全財産をあの子に譲るわ」

レディ・コーディーリアは、踊り子と結婚した息子と縁を切った。息子の家族に会おうともしなかった――孫のミリセント、ひ孫のアンにも。ところが、ひとりぼっちで生き残ると、この年寄り魔女はロングズワースにアンを捜しにきた。たったひとり残された身寄りであるアンを。

セバスチャンは、アンを見つけて結婚するつもりだ。いまごろ、マダム殺しの容疑をかけられて、アンは追い詰められているにちがいない。今度こそ、セバスチャンと結婚するしかない――結婚すれば逮捕されないようにしてやると持ちかければ、断われないだろう。レディ・コーディーリアは遠からず死ぬ。なんといっても、七十を超しているはずなのだから。だが、じれったいことに、まだかくしゃくとして元気いっぱいだ。いざとなれば、アンと結婚したらさっさと墓場へ送ってやればいい。そして、アンが遺産を相続したら始末する。皮肉なことだ、あのばかで恩知らずのアンが、自分が莫大な遺産の相続人だと知らずにいるとは。

セバスチャンはレディ・コーディーリアの手を取り、紳士らしくキスをした。レディ・コーディーリアの手は震えていた。「この家を出ていきさえしなければ、ミリセントはいまでも生きていて、アンも無事に暮らしていたでしょうに。なぜミリセントがロンドンへ行ってしまったのか、いまもってわたしにはわからないのよ、セバスチャン」

くそっ。このばあさんは何度この話をすれば気がすむのだろう？　セバスチャンは、いつもの嘘を繰り返した。「アンの母親は妻のいる男と浮気をしていたんですよ。その男を追いかけてロンドンへ行ったものの、結局は捨てられてしまった。そして、食うに困ってスラムへ行き着いたわけです。アンは罪のない犠牲者だ。ぼくがかならず見つけてさしあげます。約束します」

9

なんとかしなければならない。なんらかの手を打たねばならないのに、家具にぶつからないよう杖を振り振り、歩数を数えながらのろのろと歩きまわるのが精いっぱいとは。

この目が憎い。

デヴォンは書斎でブランデーのグラスをもてあそんでいた。ロンドンのスラムを調べさせていた元ボウ・ストリートの捕り手、マクシミリアン・ウィンターが、調査の結果を報告しにきた。ウィンターは、デヴォンが捜している母子——ウォータールーで戦死したタナー大尉の妻と子が住んでいた場所を探し当てたが、行ってみるとふたりはいなかったという。

今日はすでにブランデーを二杯あけている。使用人のだれかが、また水で薄めたようだ。デヴォンは従僕をどなりつけ、薄めていないものを持ってこさせた。それでようやく、若い従僕のベケットが、ミス・セリーズの指示だと白状した。階下の者たちは、セリーズをそう呼んでいるらしい。

そのとき、デヴォンは一度にふたつのことを思いついた。ひとつは、愛人のラストネームを知らないことだ。セリーズが署名した契約書を読んで確かめることもできない。一緒に書類を作ったのは数日前のことで、いまさら訊きづらい。

ふたつめ。いつから公爵の愛人がパトロンの酒量に口出しするようになったんだ？　それに、使用人たちが主人より愛人のいうことを聞くとはいったいどういうことだ？

「ミス・セリーズが帰ってきたら、ここへお連れしろ」デヴォンは、ベケットがいるあたりに向かってどなった。「すぐにだぞ」

立ちあがり、毎晩休むことなくのろのろと歩いているのと同じ経路で書斎を行ったり来たりした。歩きはじめから終わりまで、きっかり五十歩。ソファが始点で、五十歩数えたところで方向転換すれば、机の角にぶつからずにすむ。

「閣下」

セリーズの声は、かすれたささやき声だった。官能をそそるその声に、すぐさま欲望に火がついた。だが、セリーズの声が震えているのがわかった。不安そうだ。ブランデーを薄めた件で叱られるのを恐れているのだろうか？　デヴォンは申し訳なく思った。「きみを叱ったりしないよ」やさしくいった。

「まあ！　閣下――待ってください、いまのはなんの話ですか？　わたし――」音楽のような声の震えがだんだんおさまった。「お客さまがいらしたのでしょう……ロンドンの調査員ですって？」

たちまちデヴォンは狼狽した。セリーズは、ウィンターとの話を聞いていたのだろうか？　ブランデーのことでいらいらしていた気持ちはあっさり消えた。衝突に備えて、体が勝手に構えた。全神経がぴりぴりと張りつめ、心臓が駆歩《ギャロップ》でかけだし、呼吸は浅く速くなった。

「ああ、ロンドンから来た」そう答えるにとどめ、セリーズがどこまで知っているのか、なにを立ち聞きしたのか、彼女のことばを待った。くそっ、セリーズが見えたらいいのだが。彼女がどんな目をしているのか。どんな表情をしているのか。

セリーズはいつまでも黙っている。この状況は、ぐちゃぐちゃの脚で野戦病院に入れられたようなものだ。脚を残そうと一縷《いちる》の望みをかけて敗血症で死ぬよりは、切断に同意するほうがましではないか。ウィンターになにを依頼したのか、セリーズが知っているのなら、いますぐとことん話しておきたい。「おれと客の会話を立ち聞きしたのか、セリーズ？」

「いいえ！　立ち聞きなんてしていません。それより、ご気分がすぐれないんじゃありませんか。顔色がよくないわ」

「いつだってそうだろう、セリーズ？　トレッドウェルは、おれはいつも顔色が悪いというぞ」

「そんなことありません！　この二日間、とてもご気分がよさそうでしたもの。顔色だって……ずっとよくなりました」

「ベッドではりきりすぎてほてっていたんだろう」

「それより、悪い知らせではなかったのね……閣下のご気分を害するような？」

デヴォンはしばらく答えず、セリーズの浅く速い息づかいの音に耳を澄ませていた。それから、尋ね返した。「悪い知らせとはなんだ？　心当たりでもあるのか？」

「心当たりなんて。いったい――どういう意味です？」

ウィンターとの話を立ち聞きしていたのなら、その内容についてなにか心当たりがあるのではないかといいたかったのだ。だが、セリーズはほんとうにとまどっているようだ。彼女も話をはぐらかそうとしているのはまちがいないが、いったいなにを隠しているのだろう？

「ウィンター――おれが雇った調査員の名前だ――とおれがなんの話をしていたのか知りたいのか。たいしたことじゃない。ロンドンの仕事の話だ」

「そう」セリーズはほっとしたように小さく息を吐いた。じっと耳を澄ませていなければ聞こえなかったくらいの小さなため息だ。「わたしのことを調べていたのかと思いましたわ」

「ウィンターは、しばらく前に依頼した仕事の報告をしにきたんだ。おれにきみの調査を依頼できるわけがないだろう？　手紙で依頼するのに、きみに代筆を頼まなければならないんだぞ」

「従僕をロンドンへやって依頼することもできるでしょう」

やけに早く切り返され、セリーズがさっきからその可能性を考えていたことがわかった。

「おれに知られて困ることでもあるのか？　きみはなぜロンドンを怖がるんだ？　今度こそほんとうのことを教えてくれ」

「もうお話ししました。わたしはただ、ウィンターという方がわたしの身辺を探っていたのだとしたら、マダムに会ったのではないかしらと思っただけです。マダムに居場所を知られてしまったかもしれないと」

目が見えれば、彼女の顔が紅潮しているのか、それとも青ざめているのかわかるのだが。視線を泳がせたり、唇を嚙んだりしていないか。嘘をついていれば、はっきりと見極められるはずだ。「ウィンターにきみのことを調べてくれなどと頼んではいないよ、セリーズ。きみを怪しむ理由はない。もしまだおれに話すべきことがあるのなら、いま話してくれ」

「お話しすることはありません」またあのなまめかしい猫なで声。「村に行っていたのはほんの短いひとときでしたけれど、一緒に来てくださらなくてさびしかったのよ」衣擦れの音、吐息の音。「これで楽になったわ。ボディスがきつくて」

いまのはどういう意味だ？　ドレスのボタンをはずしたのだろうか？　ベケットに、姉を呼んでくるように命じてある。セリーズのメイドをさせるためだ。

「わたしを呼んだのは、ここで愛をかわしたいからでしょう？」セリーズの口は、最後の部分をことさらゆっくりと発した。愛をかわしたい。まるで魔法だ。この呪文ひとつで、デヴォンを勃起させる。パサッ、という小さな音をたてて、なにかが床に落ちた。

「どうぞ。自分でドレスを脱ぐことはできたわ。でも、コルセットははずせない。手伝ってくださる？　きっと……とてもみだらな感じがすると思うの。あなたはきちんとした格好のままで、わたしだけ一糸まとわぬ裸になって愛しあうのは」

ウィンターと会うため、シルクのベストに燕尾服《えんびふく》を着て磨きあげたブーツをはくのに、デヴォンはトレッドウェルに近侍役をさせていた。セリーズは愛人役を演じている。彼女がわざとらしく息を切らして笑ったりうめいたりするたびに、耳でわかる。声を聞けば、演技だとわかるのだ。

だが、そそられた。どうしようもなかった。頭のなかで、みだらな筋書きがつづけざまに広がった。セリーズを壁に向かって立たせ、背後からスカートを持ちあげて貫こうか。それとも、彼女を壁に押しつけて、腰に脚を巻きつけさせるのはどうだろう。いや、絨毯の上に横たわって彼女を乗せ、なにもかも忘れるまで疾駆するのもいい。

どの場面も、あざやかに思い浮かべることができた。命令さえすれば、セリーズはそのおりに奉仕してくれる。デヴォンの思いのままに。デヴォンの求めるがままに。セリーズを抱くことで、腹のなかをじわじわと焼く罪悪感を追い払うこともできるのだ。だが、自分にそんな権利はない。「やめろ、セリーズ」デヴォンはぶっきらぼうにいった。「いまはやめておこう」

や、やめろ。

アンは深爪になるほど親指の爪を噛んでいた。公爵がマダム殺しの話を聞き、犯人はアンではないかと疑っているのだとしたら、すぐに問い詰めないのはおかしい。だから、疑われているのではない。けれど、怒っている。アンが感じているふりをしていたのではないかと考えて、腹を立てているのだろうか？　でも、なぜいまさら？　今朝、彼はベッドのなかで一緒に笑っていたのに、いまは指一本触れようとしない。

自分がばかだったのだ。公爵の仕事は愛人の自分にはなんの関係もないのに、へたに詮索したせいで怪しまれてしまった。だから、みだらな手で彼の気をそらそうとしたのに、もはやどうすればいいのかわからない。公爵はまたあれこれ訊き、真実に近づいてしまうかもしれない。彼にうっかり手がかりを与えてしまうかもしれない。だから、なんとしても彼をその気にさせなければ。

「わたし、ここで愛をかわす方法をいくらでも思いつくわ」アンはなまめかしくいった。

「おれもだ」

それはつまり、すこしはその気になってくれたということだろうか？「なんだか……ご機嫌がよくないようですのね。このところ毎日、抱きあうたびに満足してくださったみたいだったのに。笑顔になっていただきたいわ」

「それは無理だな」

「まあ」アンはがっかりしたふりをしたが、本物の不安が心のなかに広がりはじめていた。

「だったら、精いっぱいがんばりますわ、閣下」作り声がしらじらしく響いた。

「やめろ」公爵はとげとげしくいいはなった。

わたしがなにをしたの？　アンはぼうぜんと壁を見つめた。壁には何枚もの馬の絵がかかっていた。羽目板の上から高い天井まで、おそらく十枚ほどの傑作が縦に並んでいる。そのときはじめてアンは、馬の絵のなかに一枚だけ、四人の若い女性を描いた小さな絵があることに気づいた。アン女王様式の椅子に品よく座っているひとりは、デヴォンのような黒髪で、大きな瞳はやはり美しいすみれ色だ。ドレスは象牙《ぞうげ》色のサテンと白いレースをふんだんに使ったもので、笑顔はいたずらっぽい。彼女を囲んでいる三人も、それぞれに美しい。ひとりは黒髪で、あとのふたりはブロンドに大きな緑色の瞳をしている。

「あれはみんな、閣下の馬ですか？」場ちがいな質問だが、アンには沈黙が鉛の塊のように感じられた。

「以前、飼っていた。父は、おれが馬に金を使いすぎると文句をいっていた」

「あのお嬢さんたちは？　ひとりは妹さんでしょう」

「四人とも妹だ。もちろん、ここで乱痴気騒ぎをしたときは、絵においをかけていたが」

「それは立派なことですわ」

公爵らしく尊大な表情で、彼の眉がひょいとあがった。「おれをからかっているのか、セリーズ？」

「とんでもない」鼓動が激しくなったが、アンは彼に近寄った。大胆に抱きつき、上着の前に体をこすりつけた。彼の手を握り、胸もとへ導く。

公爵はアンの乳房を手で包み、首のつけねのほうへ顔を近づけた。のどにキスをされたとたん、アンのなかでさまざまに入り乱れた感情がわき起こった。希望、不安、そして、話してはいけないことまで話してしまうのではという恐怖。口をきつく結んだまま、公爵のキスと愛撫を受けた。なぜか公爵の抵抗を封じることができたものの、わけがわからない。

公爵の唇はのどの曲線をたどり、あごとの境あたりをそっとかすめた。舌でさっとなめられ、脚のあいだの奥深いところがずきりとした。「こうされるのは好きか？　胸の鼓動が激しくなったぞ、セリーズ」

「いつもそうなるんですの」アンは急いで答えた。「閣下がそばにいらっしゃると。でも、こうされるのは好きです。とっても」

「気晴らしがしたいんだ。でも、きみを抱きたいのか、それとも遠乗りがしたいのか、自分でもわからない」

「遠乗り？」アンはオウム返しに尋ねた。「馬に乗って？」

彼の手が乳房に戻り、唇がのどから離れた。「おれには無理だと思うのか」

アンは舌を噛んでしまいたくなった。自分の務めは公爵を助けることであり、彼にできないことをいちいち思い出させることではない。ただでさえ、いまの公爵は不機嫌なのに。

「いいえ。でも、ご一緒に散歩したのを除けば、いままで外出なさっていなかったとのお話でしたから」

「ウォータールーからこっち、馬に乗っていない」次の質問に、アンは驚いた。「きみは馬に乗れるか？」

「ええ」正直に答えるのが賢明かどうか、考える前に答えていた。だが、乗れると答えたところで、隠していることが露見するとはかぎらない。

「では、一緒に行こう」

乗馬服は持っていなかったので、アンは公爵のシャツと上着とズボンを借りた。厩まではふたりで歩いていった。道案内をする必要はなかった。公爵はにおいをたどることができた――馬や新しい乾し草のさわやかな香りや、馬糞のむっとするにおいを。

ロングズワースを出て以来、アンは馬に乗っていない。どうやら、公爵のそばにいると、失われたふるさとの記憶をどんどん思い出してしまうようだ。以前、アンは白いアラビア馬を持っていた。その牝馬《ひんば》をミッドナイトと名づけた。真夜中に屋敷の上でまたたく星々のように美しかったからだ。

アンは公爵の表情を観察した。口を引き結んでいて、石像のようだ。当然だろう――きっと、目が見えたころの乗馬の記憶があふれてくるのだ。思い出さないように我慢しているような顔つきだが、たぶんわたしも似たような顔をしているにちがいない、とアンは思った。

厩番が去勢馬を連れてきた。公爵は厩番に礼をいい、アンに向きなおった。「どのくらい、馬に乗った《イン・ザ・サドル》経験があるんだ？」

　アンはそう尋ねられ、〝男に乗った《イン・ザ・サドル》〟という二重の意味を思い出して顔を赤らめた。だが、公爵の真顔を見れば、まじめに質問したのだとわかる。「もう何年も前ですけど、毎日のように乗っていました。機会さえあれば乗っていたの」

　公爵はいなないている馬のほうへ一歩近づき、厩番に止められた。「いまの声はアベデネゴだな。手綱をくれ、ベンソン。ミス・セリーズには、アンジェリカを用意してくれ」

　ベンソンが戻ってくるまでに、しばらく時間がかかった――アンはアンジェリカに鞍《くら》をつけているのだろう。やがて、厩の石の床をひづめが踏む音がして、アンは期待に息を止めた。また馬に乗れるよろこびを嚙みしめる。まもなく、若いベンソンのうしろから、美しい獣が姿を現わし、優美に歩いてきた。アンジェリカは漆黒の馬だった。純血種のアラビア馬で、ていねいにブラシをかけてもらっているのがわかる。

　ベンソンがアンジェリカの手綱をつかんでいた。アンは馬の背にひらりとまたがり、鞍に落ち着いた。レディが馬にまたがるのははしたないかもしれないが、どのみち自分はレディではないし、このほうが速く走らせることができる。アンジェリカの駆けたいままに、野原を疾駆させてみたい。けれど、それは無理だ。公爵がついてこられないから。はやる気持ちを抑えなければならない。だが、アンの下でアンジェリカもそわそわしている。好きなことをするのが待てないという点で、アンとアンジェリカは似た者同士らしい。

公爵がベンソンの手を借りながら馬に乗るのを、アンは息を詰めて見守った。公爵の手袋をはめた手が、馬の肩胛骨《けんこうこつ》のあいだにそっと触れ、ごくやさしくなでる。彼が小さく声をかけるあいだ、馬は旧友の言葉に耳を傾けているかのようにじっとしていた。目が見えないのに、公爵は難なく馬にまたがっていた。

アンはアンジェリカに軽く拍車をかけ、公爵のとなりへ歩かせた。彼の使用人の前で、自分が先頭に立ちたくはなかった。公爵のすぐそばへ寄ると、膝が触れあった。彼はアンに笑顔を向けた。ここに来てからの数日間で、これほど大きくまぶしい笑顔を見せたのははじめてだ。

公爵は、左手を屋敷、右手を森に挟まれ、前方に広がる芝生を指さした。「きみが行く手にあるものを説明してくれ。障害物があれば教えてほしい、きみのいうとおりに進む。まずは南の野原へ行きたい。ちょうどいい踏みわけ道がある」

つまり、先頭に立つのではなく、並んで言葉で案内しろというのだ。公爵にけがをさせないように、上手に案内できるだろうか？　とにかくやってみるしかない。「では、まいりましょう、公爵」

馬に乗るのはほんとうに久しぶりで、最初は鞍がお尻に容赦なく当たった。アンジェリカが軽蔑《けいべつ》したように鼻を鳴らす。公爵に周囲の景色を説明しなければならないのに、アンはつい彼のようすを確かめてばかりいた。そのうち、まじまじと見つめるようになった。官能をそそる口もとの両脇を囲むしわ、上を向いたまつげの長さ、美しい鼻の線。頬骨も、くぼみのあるあごも素敵だ。

「どこへ向かっているか教えてくれと頼んだだろう、きみのきれいな声を聞きたい」公爵がいった。

アンの胸のなかで、愚かにも心臓が飛び跳ねた。公爵は美しすぎて、油断するとあっというまに恋をしてしまう。賢い愛人は恋などしない。だから、アンは公爵を案内することに集中した。

突然、公爵が声をあげた。「止まってくれ」アンが馬を止めると、公爵はアンのほうへ首をかたむけた。「なんて気持ちがいいんだろう。日差しは暖かいし、隣にきみがいて、そのきれいな声を聞ける」

アンにとっては、そのことばが——隣にきみがいて、ということばが——日差しよりも暖かかった。紳士と遠乗りするのははじめてだ。ましてや、夏の太陽の下でのんびりと馬を並べておしゃべりを楽しんだこともない。ひとつひとつ、胸の奥にずっとしまっておきたくなるようなよろこびだった。

「きみが頑固でよかったよ。ロンドンに追い返していたら、こんな楽しみは味わえなかった。だけど、まだしたいことがある」

アンはさっと顔をあげた。「まだ？　なにをなさりたいの？」

「ギャロップで駆けたい」

「なりません」考える前に口走っていた。うっかり手綱を引っぱってしまい、アンジェリカが不満げにいなないた。

公爵の笑みが消えた。「頼むよ、どうしてもギャロップで駆けたいんだ」

「無理です。もし障害物があったら、間に合うように教えてさしあげられないわ。万が一、落馬したらどうなさるの？　首の骨を折ったらどうなさるの？」

「そんなことはどうでもいい」

「いったい、どうしてそんな――」

「おれがウォータールーから生きて帰ってきたのは、是が非でも生き延びようとしたからじゃない。臆病だったからでもない。要するに、戦闘で生き残るかどうかはまったくの運なんだ。あの日、おれは運がよかった。ほかの何千人は運が悪かった。たぶん、おれは自分の運を試したいんだと思う」

「運試し？　だめよ！　せっかく生き残ったのに！　それがどんなに貴いことかおわかりなの？　いまさらどうしてご自分の命を危険にさらすの？」

公爵はにんまりと笑いながら馬上で立ちあがった。「この野原のまんなかに、古いオークの木がまだあるかな？　ここからその木まで、障害物はあるか？」

「わたしが障害物になるわ――」

「よし、勝負しよう。木に先にたどりついたほうが勝ちだ。きみから先にスタートしてもいいぞ」

「勝負なんかしません。まったく――」

抗議が終わるより先に、公爵は馬に拍車をかけた。馬は一気に飛びだし、アンをよけて、木まで一直線にギャロップで駆けていく。結局、アンは障害にならなかった。どうやら、公爵は声でアンの位置をはかり、よけることができたらしい。いまや、公爵は猛スピードで木へ向かっている。ほんとうに、自尊心のためなら命も捨てるつもりなのだ。

アンはアンジェリカの向きを変え、ギャロップで追いかけた。「落馬するわ！　こ、こんなことはやめて！」

公爵に聞こえたのだろうか？　きっと、耳もとでは風がうなっているはず。あのいまいましい木に先にたどりつくことだけを考え、なにも耳に入っていないように見える。アンに逆らっているのではないことはたしかだ。

ビーバーハットが落ち、地面を転がった。公爵は波打つ漆黒の髪をなびかせ、まっすぐに伸びた馬の首のほうへ身を乗りだしていた。引き締まった尻が高くあがり、ズボンの下でたくましい太腿が張りつめている。

行く手に障害物はないだろうか？　あるかもしれない――石、溝、動物の巣穴。彼は禍《わざわい》に向かって突進しているかもしれない。死んでしまうかもしれない。

アンは手綱をひと振りし、生まれてはじめてといってもよいほどの速さでアンジェリカを走らせた。手綱にしがみつく。馬の乗り方を思い出し、かつてないスピードを出さなければ、稲妻のように駆けていく男をつかまえられない。ところが、追いつくどころか、どんどん距離が開いていく。「がんばって、アンジェリカ。ご主人さまを止めなくちゃ、死んでしまう！」

だが、アンジェリカが全速力で走り、アンも馬の首にぴったりと寄り添っていたが、あまりにも一歩の幅が短すぎた。アンは女、アンジェリカは雌だ――ばかげた自尊心に駆り立てられた男と雄には追いつけない。そのとき不意に、アンはひらめいた。とうに木を通り過ぎたと公爵に叫べばいい。勝ったと信じこませれば、彼を止めることができる。

深呼吸して、精いっぱい大きな声で叫んだ。「閣下、木を通り過ぎましたわ！　閣下の勝ちです！　勝負は終わりよ！」もうひとつ嘘を重ねた。公爵にいますぐ止まってもらうために。「止まってください。前方に高い生け垣があります！」

とたんに、公爵は手綱を引いた。アンの叫び声と、とどろくような馬のひづめの音に、雷鳥が驚いたにちがいない――公爵の前の草むらから、ばたばたと翼を羽ばたかせて飛び立った。馬が後肢で立ちあがった。

公爵は馬上ですばやく体を起こし、懸命に手綱を引いて馬を制御しようとした。たくましい太腿と、上着が張りつめるほど広い背中に力をこめ、落馬しまいと踏んばっているのが、アンにも見て取れた。

どさりと音をたてて馬が前肢をおろしたと同時に、アンの下の地面が揺れた。黒い去勢馬は、興奮したことを反省しているかのようにいきなりうなだれ、手綱がゆるんだ。公爵は、馬の首を探すように手で宙をかいた。

公爵は馬の肩をつかみそこね、さかさまに落ちた。なにもかぶっていない頭から地面に激突し、ひっくりかえって背中を打った瞬間、またどさりという音がして地面が揺れた。そして、彼は動かなくなった。

「ああ」それ以外に、言葉が出なかった。何度も何度も、あえぐように息をするたび、そうつぶやいた。アンジェリカを走らせ、公爵の手前で飛び降り、勢い余って膝をついた。あわてて起きあがり、彼に駆け寄った。「閣下!」

彼はじっと横たわったままで、その目は閉じていた。長い脚がだらりと伸び、両腕は投げ出されている。どう見ても、彼は気を失っていた。アンはひざまずいた。脈を見る方法は知っている。息を止め、革の手袋を脱いで彼ののどに指先を当てた。何度か位置を変えると、静かな拍動を感じた。規則的でしっかりとしている。

安堵のあまり、アンは公爵の上に倒れこみそうになり、両手で彼の肩をつかんだ。「目を覚まして。お願い」揺すってはいけない……けれど、めちゃくちゃに揺さぶってやりたいような気もする。よくもこんな、自分の命を粗末にするようなまねを——。

公爵の目が開いた。「くそ……おお、やっぱり見えない。セリーズ、そこにいるのか？ ここはどこだ？」

「野原です」アンはあえぐようにいった。「落馬なさったのよ。てっきり——てっきり、もうだめかと」

公爵はにやりと笑った。「いや、まだ生きてるぞ。少々、こぶや痣ができたが、ぴんぴんしている。正直なところ、闇のなかで宙を飛ぶのはなかなかおもしろかった」

おもしろかった。アンは彼の胸を拳で殴らないよう、右の手首をつかまえた。「それはよかったですね」引きつった声でいう。「わたしは閣下が死んでしまったのかと心配しました。閣下はおもしろかったのでしょうけど、わたしはぞっとしたわ」膝立ちであとずさり、立ちあがろうとしたが、彼の腕が膝に巻きついてきた。

「悪かった。行かないでくれ」

悪かった。こっちは、あなたが大けがをしたのではないか、あなたを……失ったのではないかと心配したのに。いまにも泣きそうで、目がひりひりしていたのに——いまいましいことに、いまもまだ涙があふれてきそうだ。

公爵は首をかしげた。精いっぱい、しおらしい顔を作っている。見ればわかる。

「ここできみを抱きたい。日差しを浴びながら」低くいった。「怒っているきみが相手だと刺激的だろうな。まだその気はあるか、セリーズ？」

その気？　アンは公爵を平手でたたいてやりたくなった。いや、泣いてしまいたい。彼を抱きしめて二度と放したくない、二度と馬に乗せたくない。気晴らしはしてほしかったけれど――そして、たしかに気晴らしにはなったけれど、いまは自分がばらばらに砕けそうな気がする。

　あなたがいまここで抱きあうのがインドのスパイスのように刺激的だと思っても、わたしはそうは思わないといってやろうとしたとき、彼がアンの手を口もとへ持っていった。指先に熱いキスをし、人差し指を口に含み、吸う。

　アンは懸命に怒りを保とうとしたが、怒りは熱気のなかの氷のようにとけてしまった。そして、アンの体も――順番に指を吸われているうちに、全身がすみずみまで熱くやわらかくとろけ、震えはじめた。「やめてください」なんとかいえた。「わたし、閣下に怒っているんです」

　公爵は無視した。いきなり手を引っぱられ、アンは彼の上に倒れこんだ。公爵は寝返りを打ち、ふたりはやわらかい草の上で向かいあった。金色の陽光が降り注ぎ、ふたりのまわりで野の花が揺れている。

「じゃあ、償わせてくれ。機嫌をなおしてほしい」公爵はゆるゆると誘うようにキスをした。

アンの怒りは萎《な》えていたが、心臓を包んでいる氷のような恐怖を追い払うことはできなかった。公爵が忠告を聞いてくれず、そのせいで死ぬほど怖い思いをしたのだ。ここで折れて彼の好き勝手にさせるわけにはいかない。自分は愛人であり、彼のいうとおりにすべきではあるけれど。

それでも、アンは公爵と抱きあいたかった。彼をきつく抱きしめ、無事だということを噛みしめたかった。「わかりました」小さな声でいった。「してもいいわ」

10

上着を脱いで地面に放った瞬間、デヴォンの背中に痛みが走った。上着の上に、セリーズをあおむけに横たえた。体のあちこちがしびれるのも当然だ——危うく首の骨を折るところだったのだから。ベストを脱ぎ、クラヴァットを引きちぎるように取り、シャツを頭から脱いだ。ブーツは脱げなかったので、ズボンは膝までおろすだけにとどめなければならなかった。

どうしてもセリーズがほしい。心臓が拍動し、股間がふくらむのと同時に、その思いが全身を貫いた。ほしい。ほしい。セリーズを怒りや不満のはけ口にはしないと誓ったけれど、いまはだめだ。体内を興奮が駆けめぐっているのは、まだ命があり、欲望に呑まれているからだ。セリーズへの欲望に。

セリーズの脚に、やみくもに手を伸ばした。脚をたどり、貸したズボンの脇あきを探す。「ボタンをはずすんだ。脱いでくれ」もはややさしく誘惑する口調ではなくなっていた。「いますぐきみがほしい」

セリーズがあらわにした、なめらかな柔肌に舌を這わせた——このかわいらしい曲線は下腹だ。両手を彼女の腰の下に入れて持ちあげ、むさぼるように味わった。ここ数日、セリーズは寝室でみごとな演技をしてくれたが、本物のよろこびを感じていなかったことはわかっている。あの激しいオーガズムが偽物だったことは確信している。

おそらく、馬に乗って憑《つ》かれたように野を疾駆する興奮は二度と体験できないだろうが、セリーズを本物のよろこびに叫ばせる勝利の味を知ることはできる。

デヴォンはセリーズをあまさず味わい、舌でじらし、彼女のうめき声を待った。だが、セリーズは押し黙っている。屈服のすすり泣きも、苦しげなうめき声も、よろこびの叫び声も聞こえない——本物も、そうでないものも。だが、今度こそ絶対に彼女をよろこばせたい。だから、デヴォンはやめなかった。

アンのなかで、奇妙なことが起きていた。

公爵に口をつけられたとたん、アンはいつものように体を硬くした。感じているふりをし、迫真の演技をしなければと、心の準備をしていた。ところがいま、ねっとりとなめられ、むさぼるように吸われる感覚は……悪くない。さほど強烈ではない。

アンはすっかり安心し、公爵の上着の素敵なにおいに身をゆだねた。全身から力が抜け、けだるく頼りなく、まるで陽光のなか、宙に漂っているような気分だった。

いますぐきみがほしい。アンは口をきくこともできなかった。声をあげることさえできず、頭のなかで公爵の言葉を繰り返してばかりいた。ぜんまいを限界まで巻いているかのように、体のなかがきりきりとねじれていく感じがする。腰を持ちあげ、彼の口に押し当てていた。なにかを……求めて。

両手は地面を引っかき、草を引き抜いていた。つま先が丸くなった。体が硬くこわばり、目をきつく閉じる。体の奥で、すべてが……爆発した。ちりぢりに砕けていく。怒濤のような快感がアンを襲った。あまりにも激しく荒々しいよろこびに、アンは心臓が止まるのではないかと怖くなる――。

閉じた目に、いくつもの星が散るのが見えた。アンは絶頂に達した。オーガズムはアンの体をわななかせ、目を大きく見ひらかせ、やわらかな草地に頭をぶつけさせた。そして、頭の働きを止めてしまった。純粋な恍惚に、アンは舞いあがった。夏のそよ風に乗って、くるくると空を飛んで――旋回しているようだ。心臓が早鐘を打ち、驚きでことばも出ず、小さな声をあげることすらできない。

アンはぼんやりと思い出した……娼館の女たちがささやいていたことを。ときに、とらえそこなってしまうよろこびについて。それはとてもめずらしく貴重なもので、ダイヤモンドよりまばゆい宝石なのだという。

それがどういうことなのか、アンはたったいま悟った。夢見心地でなかば閉じた目に、公爵がのしかかってくるのが見えた。見るからに硬そうに勃起したものが、アンのほうを向いている。公爵は手を使わずに入ってきた。アンはしとどに濡れていたうえに、彼はとても硬かったので、難なくすべりこんだ。いまだにアンの内側はひくついていて、彼をしっかりと締めつけ、奥へ呑みこもうとしている。

公爵にキスをされ、アンは彼の唇に自分の味を感じた。しょっぱくて素朴で、ずいぶん濃い。公爵にきつくしがみついた。うれしさと驚きにすすり泣いた。この疼きがこんなに長くつづくなんて知らなかった。こんなに力が入らなくなるなんて知らなかった。ひどく感じやすくなって、彼がほんの二、三度、ゆるゆると突いただけでまた達してしまうなんて、すこしも知らなかった。

小さく「ああ」とうめくのが精いっぱいだった。公爵の首から腕がすべり落ち、アンはのけぞった。

突然、公爵が低くしわがれた声をあげた。アンの脚のつけねに自分の股間をぶつけるように、限界まで貫いた。彼のまぶたとまつげが目をおおう。アンの上で、彼の体がとめどなくわなないた。

公爵の強烈な絶頂が終わるまで、アンは彼を抱きしめていた。公爵のオーガズムは、アンのそれよりはるかに体を痛めつけているように見えた。

「ああ、天使さん」公爵はうめき、アンの隣で伸びた。アンと同じくらい疲れ果て、骨抜きになっているようだった。アンは動くこともできず、日だまりで丸くなっている眠たげな子猫のように、体をほてらせ、満ち足りた気持ちで、ぐったりとあおむけに横たわっていた。

公爵に腹を立てていたことを、かろうじて思い出した。きっと、彼も思い知ったはずだ。二度と命を危険にさらすようなまねはしないだろう。

公爵が手をついてアンのほうへ身を乗りだした。低くうなり、伏し目がちになった。「よくなかったのか？　とても静かだったが」

とんでもない、こんなによかったのは生まれてはじめてなのに。いままで絶頂に達したことは一度もなかった。公爵は、はじめてのよろこびを与えてくれた。「いままでのどれよりもすばらしかった――」アンは不意に押し黙った。なにも感じていなかったと思われて当然だ。いつもは天にも届かんばかりに大声をあげていたのだから。それなのに、ほんとうに感じたときは声ひとつ漏らすこともできなかった。そう話せば、いままで感じているふりをして声をあげていたことまで知られてしまう。

公爵を怒らせたり傷つけたりしないいいわけを必死で考えた。「だれかに聞かれるのがいやだったの」

「使用人がうろうろしている屋敷では平気だったのに？　たぶん、昼からずっとおれを案内して、おれのわがままにつきあったせいで疲れたんだな。馬を連れて帰ったら、今日はもう休んでいい」公爵はすばやく立ちあがり、ズボンをあげた。

アンは、公爵の気が変わるだろうと思っていたが、彼は約束を守った――朝までアンは放っておかれたのだ。公爵は、書斎のドアに鍵をかけて閉じこもってしまった。真夜中、アンは書斎のドアをノックしてみたが、ベッドに戻れといわれただけだった。

アンはどなり声で目を覚ました。

ベッドの上で、はっと起きあがった。公爵の声だ——悪い夢を見ているにちがいない。アンはローブの裾を持ちあげ、一階へ急いだ。書斎へ着くと、蠟燭を掲げたベケットをかたわらに、トレッドウェルがドアの鍵をあけようとしているところだった。

「ご主人さまがまた外に出たらどうしましょう?」ベケットがささやいた。「森のなかへ走っていってしまわれたらどうすれば? この前は森を抜けて、川に落ちて溺れ死ぬところだったんですよ」

「だから、お止めするんじゃないか」トレッドウェルはにべもなくいった。「だが、います ぐ書斎に入らなければ、ご主人さまが危ない」

トレッドウェルのことばに応じるかのように、書斎のなかでなにかが割れた。ドアのむこうでどなり声がする。アンには、なんといっているのかわからなかったが、修羅場の最中に大声で命令しているような、有無をいわせぬ口調に聞こえた。

ベケットが蠟燭を突きだし、トレッドウェルの髪に危うく火をつけそうになった。「ご主人さまが暴れているところに入っていったら、けがをさせられるかもしれませんよ。このあいだはトレッドウェルさんにナイフで襲いかかってきたじゃありませんか」

「あたしをフランス兵だと思いこんでいたのさ。いきなりうしろから近づいたからね」

「ご主人さまは病気になっちまったんだ」ベケットがつぶやいた。「だから、ここが戦地だと勘ちがいしてるんですよ」

トレッドウェルの震える手から鍵が落ちた。アンはすばやく拾った。「わたしにやらせてください」

「いけません、ミス――」トレッドウェルがいいかけたが、アンは鍵をまわし、ドアをあけた。ベケットから燭台《しょくだい》を取りあげ、部屋に駆けこんだ。

「閣下」いまにも怖気《おじけ》づいてしまいそうだったが、無理やり気丈な声で呼びかけた。どこにいるのだろう？　室内は真っ暗で、蠟燭の明かりも周囲を照らすだけだ。役に立つどころか、むしろ目がくらんだ。できるだけ腕を伸ばし、蠟燭を遠ざけた。

明かりが前方の床を照らしだし、アンはその光景に胸を突かれた。公爵が床に腹這いになっている。窓に向かって這いながら、そこにいない部下たちに、次々と指示を繰りだしていた。公爵が指示を出している人たちはもうこの世にいないのかもしれないと思い、アンはぞっとした。

おれは正気を失いかけていると思う。公爵のことばに、アンは胸をかきむしられた。彼がそう思うのも無理はない。でも、ずっとこんな悪夢に囚われていなければならないなんて、信じたくない。

アンは蠟燭を掲げて駆け寄り、公爵のかたわらにしゃがんだ。肩に触れると、公爵はびくりとした。殴られるかもしれない。彼の肩を揺さぶった。「目を覚ましてください。夢を見ているのよ。ここはイングランド、閣下の書斎です。なんの危険もないわ！だれもあなたを狙っていません」

「伏せろ」公爵はどなった。「頭を吹っ飛ばされるぞ」

「わたしはアンよ」

「くそっ、やつはまだほんの子どもじゃないか。撃たれる――」公爵はアンの手首をつかんで引っぱった。

蠟燭の明かりで、公爵の目が獰猛《どうもう》な怒りに満ちているのが見えた。アンは、ロンドンのスラムの男たちがこんな目をしているのを何度も見た――邪魔な相手を殺すことに躊躇《ちゅうちょ》しない男の目だ。公爵はアンを絨毯の上に伏せさせ、危険から守るようにおおいかぶさってきた。アンは燭台を床に置き、むこうへすこしずつ押しやった。公爵に抑えつけられつつも、きっぱりといった。「閣下、もうだいじょうぶです。これは夢よ。ここにいるのはアン――」

しまった。本名を口走ってしまった。しかも、二度。公爵は錯乱しているから、たぶん覚えていないと思うけれど。「閣下、目を覚ましてください。セリーズです。悪い夢を見ているのよ。お願いですから、しっかりしてください」さらに公爵を揺さぶった。

だが、揺さぶっても効き目はなかった。公爵は取り憑かれたような目で、すっかり夢の世界に囚われているようだ。肩を揺さぶってもだめなら、抱きしめてみたらどうだろう？　いや、キスは？

アンは切羽詰まって公爵の口に唇を押し当てた。殴られるかもしれないが、とにかく正気に返ってもらわなければならない。なんでも試すしかない。ゆっくりとしたキスで、彼の唇をそっと愛撫した。

公爵はしわがれた低いうめき声をあげた。口もとから力が抜け、唇がひらいた。彼がキスに応じたことに、アンはほっとした。公爵はキスで夢から覚めたらしく、いきなりアンを押し返した。「いったい――？　ここはどこだ？　天使さん、ここでなにをしている？」

「閣下は夢を見ていらしたのよ」アンは静かにいった。

「隠れ場所を探して這いずりまわっていたのか？」公爵は乾いた声でいった。体を起こし、両腕で膝を抱えた。裸で。

アンはトレッドウェルたちに目をやった。「ふたりきりにしてください」ふたりはためらったが、公爵がアンと同じことをぶっきらぼうに命じると、やっと立ち去った。ふたりきりになったとたん、アンは公爵に寄り添った。彼に両腕をまわし、肩に頬をあずけた。「夢を見ながら、子どもがいるとおっしゃったわ。その子に撃たれると――」

「頭のなかで幻を見ているんだ。おれはおかしいらしい」

「そんなことありません」アンは反論した。「わたしも娼館へ来たころは、毎晩恐ろしい夢を見ていました」

公爵はアンを胸に抱き寄せた。「きみはおれよりよほどひどい目にあっていたんだろうな、セリーズ。おれたちはなかなかいい組みあわせじゃないか？　地獄を見て、悪夢に囚われて、ほかに行くところがなくてこんなところにこもっている」

「ほんとうにいい組みあわせだと思っています」アンはきっぱりといった。「あなたはわたしを助けてくださった。だから、わたしはあなたを助けてさしあげたい」もう一度、公爵にキスをした。

公爵はゆっくりと離れた。「いや。今夜はいい。自分の部屋に帰れ」

「いいえ。おひとりで悪夢に耐えていただくつもりはありません」

「では、もうしばらくきみを抱いていたい」だが、公爵の体はわななき、アンの背中に触れた腕も震えていた。

「忘れたくても忘れられないことを、だれかに相談なさったことはある？」アンはそっと尋ねた。

「いや。前にもいったように、だれかに迷惑をかけてまで、つかのまの安心を得ようとは思わない。話したからといって、忘れられるものでもないからな。どうしようもないんだ。だから、この話はやめてくれ」

けれど、アンは公爵がひどく震えているのを感じるのはいやだった。彼の目から、おびえてうつろな表情を取り去りたかった。だが、公爵はいまアンと愛をかわすのをいやがっている。ほかになにをしてあげられるだろう？　以前、祖父のためには、一緒に散歩へ行き、本を読んであげた……。

アンは公爵の腕のなかからすべりでた。「ここでお待ちになって」本棚へ急ぐ――本でいっぱいの図書室があるが、この書斎にもさらに多くの本がある。馬の繁殖に関するもの、畜産関係の学術書、狩猟地を管理するための手引き。だが、棚のいちばんはしにあるのは『高慢と偏見』だ。

紳士の書斎にこんな本があるのは妙な気がしたが、アンはそれを抜き取った。振り向くと同時に、それが目に入った。床に転がっているブランデーのデカンタが。

アンはデカンタを拾った。指ぬき一杯ほどの量が残っていて、強いアルコール臭が鼻を刺した。眉をひそめ、ブランデーを口に含む。なんてこと。生《き》のままじゃないの。

あとで使用人たちに話をしなければならない。いまは、公爵を安心させるのが先決だ。

アンは公爵の手を取り、ソファへ連れていって座らせた。「わたしの膝に頭をのせてください」できるだけローブの布地を集め、公爵を包んだ。

公爵の口もとにかすかな笑みがひらめき、アンはどきりとした。それから本をひらき、小さく咳《せき》払いしてから読みはじめた。

11

浴室のドアをノックする音がして、アンは驚きこそしなかったが、おかげで眠気が覚めた。まばたきして体を起こすと、まわりでザブンと湯が揺れた。バスタブの湾曲した縁を枕がわりに、うとうとしていたのだ。

ふたたびドアをノックされた。いや、ノックというより、怒って激しくたたいているというべきだ。「おれのブランデーはどうした。いったいきみはなにをしたんだ？」

公爵じきじきにやってきたのだ。アンがすばやく膝立ちになったので、バスタブから湯がこぼれた。これですべてを失うかもしれないが、正しいことをしたのだとわかっている――確信している。「これ以上、あなたにブランデーを飲ませないでとみんなに指示したの」

「うちの者がきみの命令を聞くのか、セリーズ？」閉じたドア越しに、公爵の声が響いた。

「きみがブランデーを薄めていたのは知っている。だが、おれは毎晩薄めたものを捨てさせて、ちゃんとしたものを持ってこさせていたんだ。それなのに、今日はボトルごと持ってこさせようとしたら、使用人たちが寄ってたかってだめだという」

「わたしがそうしてくださいとお願いしたんです。みなさんが悪いのではないわ――」

「どうやら」公爵は声を荒らげた。「連中はおれよりきみのほうが怖いらしいな。おれの母のいいつけだってここまで聞かないのに、ましてや――」急に黙りこんだ。

ましてや、娼婦なんか。そうはいっていない。いう必要がない。だが、そういおうとしていたのだ。アンはバスタブから出て、白の分厚いタオルを体に巻きつけた。鈍く輝く木の床に濡れた足跡を残し、ドアへ歩いていった。鍵に触れ、深呼吸した。公爵は激怒している。

アンは震えながらもドアをあけた。

公爵は、豪華な飾りがほどこされたドア枠に寄りかかっていた。白いシャツの袖《そで》をまくりあげている。裾は黒いズボンの外にたれていた。あいかわらず裸足だ。

「わたしを怖がっているからじゃありません」アンはそっけなくいった。「のべつまくなしにお酒を飲ませていたらあなたの具合がどんどん悪くなるだけですと、トレッドウェルさんにいいました。だから、だれもあなたにお酒を持ってこないんです。あなたのためにならないからよ」

「おれはそうは思わない」公爵はドア枠にぐったりともたれた。女を殴ろうとしている男には見えない。むしろ、追い詰められた男のようだ。

「お酒はいりません」アンはしつこくいった。「きっと、お酒のせいで悪夢を見るんです。ゆうべ本を読んでさしあげたときは安心なさっているようだったわ。そのあと、おひとりで眠っても悪い夢は見なかったでしょう？　お酒は必要ないのよ。毎晩、わたしが本を読んでさしあげます」

「ずいぶん長いあいだ読んでくれただろう、セリーズ。夜明けまで読んでくれた。毎晩、そんな大変なことを頼むわけにはいかない」

「どうしてですか？　わたしは愛人ですもの。それくらい、よろこんでしてさしあげます」

「きみは愛人であって奴隷ではない。そんなふうにきみを利用するのはいやだ」

そういうと、公爵はドア枠から体を起こし、背中を向けて立ち去った。

目を丸くしているアンを残し、公爵は杖で前方を確かめながらすたすたと歩いていく。いまではしっかりとした足取りで歩いていた。ほんの何日かで、公爵はたしかに変わった。

ゆうべ、公爵は安心してアンの膝の上で眠ってしまった。『高慢と偏見』を中断させ、だれでも眠たくなりそうな馬の繁殖法の本に替えさせたのだけれど。

アンは公爵の愛人だ――求められればいつでも応じ、どんな望みもかなえるのが務めだ。けれど、公爵はたったいま、アンを利用するのはいやだといった。うれしく思うべきか、それとも憂うべきか？

セリーズのいうとおりではないだろうか？

デヴォンは従僕に手伝わせ、オーバーコートをはおった。ずっしりとした生地の重みを肩に感じた。手を差しだしてビーバーハットを受け取り、適当にかぶった。かつては服装に気を配っていた。だが、いまとなっては見てくれを気にする権利などない。自分のくだした選択が有能な兵士の命を奪い、ひいてはその男の妻子を悲しみと貧困のどん底に突き落としたのだから。ふたりはロンドンのスラムのどこかに消えてしまった。

酒が飲みたくてたまらなかったが、セリーズの言葉が頭のなかで繰り返し響いていた。ブランデーが、薬どころか害になっている？

デヴォンは、アルコールが痛みや悲しみや怒りをやわらげてくれると信じていた。酒まみれの頭でなければ、たいてい悲鳴に満ちた血まみれの悪夢を見る。ブランデーは、悪夢を曖昧《あいまい》でぼんやりしたものにしてくれる。だが、はっきりとは覚えていなくても、ひどく打ちのめされることに変わりはない。正直なところ、酒を飲んでも、ひと晩たりとも安らかに眠れたためしがないのだ。

セリーズのいうとおりかもしれない。

酒で悪夢から逃げられないのなら、べつの方法を考えるべきだ。房事という手があるが、罪の意識にからめ取られた不機嫌な男ではなく、まともな人間らしいふるまいを求められるようなことをする気分ではない。どっちにしろ、セリーズとのあいだには壁を感じている。怒りと罪の意識を酒で紛らすのをやめようとしない自分と、断固として酒をやめさせようとするセリーズ。おもしろいことに、どちらか一方が勝つまでは、壁は崩れない。

そんなわけで、デヴォンは馬に乗ることにした。今度はもっと慎重にするつもりだ。首の骨を折って死にたくはない。

もうすこしで自分自身を死に追いやるところだったのを考えると、はらわたがよじれそうだった。戦争で何万人もの兵士が死んだのだ。死んだ者たちは、いますぐにでも生き残った自分と入れ替わりたいはずだ。それに、母親にしてみれば、事故死するなら跡継ぎを残してからにしろといいたいだろう——。

「ご主人さま」息切れのまじった声は、トレッドウェルのものだ。「お母さまからまたお手紙が届きましたよ。いまご主人さまにお渡ししますか、それともミス・セリーズをお呼びしますか?」

「おれによこせ」トレッドウェルに頭のなかを読まれ、ちょうど家族のことを考えていたことを見透かされたかのようだ。デヴォンは手紙をポケットに突っこんだ。どうせまた、恋をして結婚しろと懇願する手紙に決まっている。くそっ。

ここがどこかはわかっている。たぶん。

デヴォンはでこぼこした木の肌に手をついた。体の下では、アベデネゴがそわそわしている。馬をなだめながら、夕方近くのねっとりと甘い空気を味わい、顔に降り注ぐ日差しの熱さを感じた。目が見えなくても、周囲の木立がしたたるような金色の光に染まっていることはわかる。二度と見ることはないだろうけれど。

もっとも、まったく可能性がないわけではない。ロンドンで何人もの医師に診てもらったが、視力を失った原因はわからなかった。医師の説明では、両目の裏には太い神経があり、それが脳のどこかにつながっているそうだ。デヴォンは頭部に衝撃を受けている。そのときから、なにかが神経のつなぎめを圧迫しているのかもしれないという話だった。おそらく、少年兵に銃剣で斬りつけられたときに砕けた頭蓋骨の破片ではないかと見られている。医師たちは、その破片が移動すれば、視力が戻るかもしれないといっていた。だが、破片が動けば、脳を傷つけるおそれがある。命の保証はない。

「閣下！」

息を切らした心配そうな声がして、デヴォンは馬上でそちらへ振り向いた。「走って追いかけてきたのか、セリーズ？」

「ええ」セリーズはふうっと息を吐いた。「もちろん、コルセットを着けたままですわ。息もできません。おひとりでいらっしゃるなんて、どういうことです？」

公爵は手綱をつかんで馬から降りた。「きみに追いまわされたくなかったのでね」

「わたしは……」セリーズはためらったようすで、きれいな声が途切れた。

「きみの思っていることはわかるよ。ここがどこか、おれにわかっているのか心配してくれているんだろう。だが、そう尋ねておれの気持ちを傷つけたくないんだ」

「わたし、閣下のお気持ちを考えていないと思われているのではなかったかしら」セリーズの皮肉な口調に、デヴォンは苦笑した。セリーズがふと黙りこんだ。「ここがどこか、おわかりなの？」

「ああ。林檎《りんご》のにおいがする。うしろのほうで、川のせせらぎの音がする。さらさらと穏やかで、激しい流れではない。ということは、おれは森のなかにいる。果樹園の南、村へ通じる小道の近くだ。川がいちばん深くなっているあたりだな」

セリーズの沈黙に、デヴォンは頭をぴしゃりとたたかれたような気がした。

彼女が黙っている理由はひとつしかない。「そうか。ここはどこだ？」

「果樹園の北の端だと思います」

では、完全に勘ちがいしていたのか。「くそっ」

「惜しかったですね」セリーズは忠実にもそういった。

「おれを慰めようと、思ってもいないことをいう必要はない」デヴォンはむっつりとしていった。「このばかな頭のなかに、敷地の地図を作りたかったんだ。しかも、まちがいなく――」

「たしかに閣下は視力を失った。だからといって、ばかだということにはなりません。一緒にやりましょう。ともに歩きながら、わたしが周囲のものをご説明します。どこからはじめましょうか？」

てきぱきとした口調に、デヴォンの胸は鋭い罪悪感に疼いた。セリーズがこうも熱心に手伝おうとするとは、思ってもいなかった。だが、セリーズはなんとかデヴォンを助けようと心を砕いてくれる、そうではないか？　デヴォンがいくら自分はおかしいのだと証拠を見せようが、彼女はちがうといってくれる。けがをするかもしれないのにデヴォンを助け、デヴォンの怒りを買うかもしれないのに酒を取りあげた。ゆうべはまた悪夢を見ないようにと、睡眠時間を削って本を読んでくれた。

セリーズは、デヴォンの知っている高級娼婦たちとはちがう。普通の女は悲鳴をあげて逃げていくはずだ。ここまで一生懸命になって助けようとする女など、ひとりもいない。セリーズに八つ当たりするのはまちがっている。

デヴォンは深呼吸した。「おれがばかだった、謝るよ。道に迷ったことではなく、きみに八つ当たりしたことを。きみはおれにはもったいないが、そばにいてほしい」

今度は、セリーズの沈黙をどう受け取ればいいのか、デヴォンにはわからなかった。

セリーズをアベデネゴに乗せ、彼女のうしろにまたがった。鞍の上で安定するために、セリーズを膝に座らせた。それから、森を探索しはじめた。

セリーズの説明はデヴォンをうならせた。木立のあいだの小道の曲がりくねり具合。このあたりでもっとも古く、樹皮を苔《こけ》でおおわれた木々がある場所。ふたたび川のほとりに出ると、セリーズはうれしそうに息を呑んだ。

「なんて……神秘的なの」セリーズが小さな声でつぶやいた。ああ、セリーズがそばにいるだけで、膝の上で彼女が身動きするたびに、彼女の唇から無邪気で甘美な声がこぼれるたびに、そそられてしまう。

「どんなふうに神秘的なんだ？」彼女の声が聞きたいばかりに尋ねた。

「妖精の住む洞窟を思わせますわ。この世のものではない生きものが住んでいるみたいで」セリーズは、古い柳の枝が水面を漂い、背の高い草が川辺でなびくさまや、木立の下に銀色のシダが繁るようすを描写した。岩が川の流れに表面を削られ、すべりやすい天然の飛び石を作っていることも。セリーズのしゃべる言葉のひとつひとつが、デヴォンの胸を高鳴らせた。

「子どものころ、よくこういう川のなかの石をぴょんぴょん飛び跳ねました。一度、川に落ちたことがあります。大変でしたわ、だってそこは教会の前で、いちばんいいドレスを着ていたから――」セリーズは不意に口をつぐみ、体をこわばらせた。

どうしたのだろう？　なにかをうっかり口走りそうになったという感じだった。デヴォンは手を上にすべらせ、セリーズの胸の鼓動を感じた。「田舎の屋敷で、家政婦の娘として育ったという話だったな。それから、ロンドンのスラムで暮らした。だが、きみの物腰、きみの話し方、いかにも監督役に慣れているようにおれを扱うこと――きみがほんとうのことをいっているとは思えない。きみは使用人ではなく、レディのようだ」

「わたしは――ロンドンへ行く前は家庭教師をしていたんです。そのときに、監督役のような態度が身についたんだと思います。でも、どうでもいいことでしょう？　もうずいぶん昔のことですもの」

やけにぎくしゃくした口調だった。「だったら、母上が亡くなったあと、また家庭教師の口を見つければよかったんじゃないのか？」

「そ、それはできなかったんです。母の具合が悪くなったのは、スラムに暮らしていたころでした。わたしはお金を稼がなければならないとわかっていたけれど、盗みか売春以外に、稼ぐ手段はなかった。母には、どちらにも手を出さないと約束させられたけれど。でも、母には鎮痛薬の阿片チンキが必要でした。それも大量に。だから……わたしは約束を破ったんです」

嘘ではなさそうだった。ちょうど、戦闘のあとのデヴォンと同じように——うつろで、ほとんど他人事のような話しぶりだった。

「それで、娼館で働くことになったのか？」

「いいえ。それは、前にもお話ししたとおり、母が亡くなったあとです。わたしはお金持ちの愛人になりたかったの。生きていくにはそれがいちばんの方法だと思ったから。でも、結局は娼館に行き着いた。だけど、いまではこうして望みどおりの暮らしができるようになりました。それより閣下、芝生のお庭に着きましたよ。お屋敷が見えます。さあ、そろそろ帰りましょう」

セリーズは娼館にいたころの話をしたくないようだ。さして鋭い人間でなくても、彼女のそっけない話しぶりを聞けば察しがつく。話したくない理由はデヴォンにも理解できた。だが、彼女のことをもっと知りたい。親族はどこにいるのだろう？　なぜ彼女に手を差しのべてやらなかったのだろう？　でも、無理やり聞きだすのはいやだ。

「わたし――きちんと森の説明ができたかしら」セリーズが震える声でいった。

「すばらしかったよ」デヴォンはいった。セリーズのウエストに腕をまわした。彼女が耐えてきたものを思い、胸が痛んだ。彼女のふわふわした後れ毛を感じるまで身をかがめ、むきだしのうなじにキスをした。「きみの説明はとてもいきいきとしていて、あざやかで、目に見えるようだった」

「ほんとうですか？」胸を疼かせる豊かな声。あらがいがたいほど美しい声。「よかった」

もうひとつ、セリーズにしてほしいことがある。デヴォンはオーバーコートのポケットを探り、手紙を取りだした。「母からまた手紙が来た。読んでくれるか？」

公爵に嘘はつきたくなかった。アンは公爵の顔をちらりと見やり、手紙を受け取った。彼の笑みは消え、ふっくらとした唇の両端がさがっている。母親の懇願に抵抗しているのだろうが、そうすることで彼がどんなに傷ついているか、アンにはよくわかった。

「親愛なるデヴォン」アンは読みはじめた。手紙の内容にすばやく目を通した。公爵夫人は息子をどんなに心配しているか、綿々と書き連ねていた。当惑と胸の痛みが言葉の端々からあふれている。「なぜ一度も返事をくれないのでしょうか、なぜ家に帰ってこないのでしょうか。せめてお友達と会ってくれればよいのですけど。そうすれば、あなたが元気かどうか、お友達に尋ねることができますもの。わたしはあなたが結婚について前向きに考えてくれればと、心から、ほんとうに心から願っているのよ。レディ・ロザリンドが生きていたら、あなたの素敵なお嫁さんになってくれたでしょうに。あなたを元気にしてくれたでしょうに。けれど、愛する人を失った悲しみを知ったからといって、愛を避けてはいけないわ。あれからもう三年がたって――」

「もういい」公爵はアンの手首を押さえた。

アンは命じられたとおり、読むのをやめた。だが、気の毒な公爵夫人が息子のことで悩んでいるのを想像すると、いたたまれなかった。息子が戦地にいる三年間、公爵夫人はどんなに心配しただろう。アンなら死ぬほど気をもんだはずだ。母親の命がじわじわと終わりに近づいていった日々を思い出す。最後には、食事をとるのも入浴するのも忘れ、服を着替えもせず、自分のことなど考えられなくなった。「お母さまにお返事を書きましょうか。書きたいことをおっしゃってください、わたしが代筆して、お母さまにお送りしましょう」

「母になんと返事をすればいいのか、おれにはわからない。きみは女だ。あなたの願いにはなにひとつ添えないという返事を受け取って、きみならうれしいか？　そんな手紙が母を安心させると思うか？」

「思いません」正直に答えるしかなかった。「けれど、お母さまは正しいことをおっしゃっているわ。つまり、結婚のことですけれど」

「天使さん、その話はやめよう。お節介な愛人はいらない――」アンが驚いたことに、公爵はそこで黙りこみ、頬をゆるめた――すこしもおもしろくなさそうな、苦々しくゆがんだ笑みだった。「わかったよ。正直に話せというんだろう。では話そう。ゆうべ、きみが読んでくれた本を覚えているか？」

アンは眉をひそめた。「『ウマ科の繁殖に関する貴重な研究』？」

「そうじゃない、もう一冊のほうだ」

「『高慢と偏見』ね」

「そうだ。もうわかっているかもしれないが、あれはおれの本じゃない。レディ・ロザリンド・マーチャントのものだった」

「お母さまのお手紙に書いてあった方ね。その方と……婚約なさっていたの？」

「いや。ロザリンドを好きになって、親友から奪った。結婚するつもりだったんだ。だが、結婚を申しこむより先に、彼女は熱病で亡くなった。恋に落ち、彼女なしでは生きていけずに、善良な友を裏切った。それから、長いあいだ待ったあげく、彼女を失った」

「おいたわしい」

「『高慢と偏見』はロザリンドの好きな本だった。ピクニックに出かけた先で、よく読んでいた。おれも読んでみた――彼女の気を惹《ひ》き、親友から奪う戦略のひとつだ。彼女が病でベッドを出られなくなってから、あの一冊を買って見舞いにいった。病床の彼女に会うことは許されなかったから、母親に渡してもらった。臨終のときも、部屋には入れてもらえなかったんだ。ロザリンドが亡くなってからやっと、部屋に飛びこんで、ひざまずいて愛していると告げた。力の入っていない彼女の手をとって、心の内をすべて吐きだした。ひょっとしたら彼女に聞こえるんじゃないかと、ばかげた望みを抱いたんだ。たぶん、どんなに愛しているかわかってくれれば、おれのもとへ帰ってくると信じていたんだろう。だけど、手遅れだった。そのあいだずっと、母親がなんてみっともないことをとわめいていたよ。しまいには、父親が使用人を呼んで、おれを部屋から引きずりださせた」

「そんな。あなたは――」

「公爵の息子なのに？」

「その方をほんとうに愛していらしたんでしょう」

「無理もないさ。娘を亡くして、嘆き悲しんでいる最中だったんだ。ふたりともおれを責めたよ――ロザリンドをそそのかして、おれの友人との婚約を破棄させ、とんでもない醜聞にしてくれたとね。おれは会って一カ月もしないうちに彼女を口説いて、婚約者を捨てさせた。だが、彼女はもともと体が弱かった。両親は、醜聞のせいで娘が病気になったと信じていた。ほんとうにそうだったのかもしれない。以前のおれは放蕩者だったけれど、ロザリンドに会ってからはほかの女など目に入らなくなった。ほんとうにほしいもののことだけを考えていた。彼女が亡くなったときでさえ、おれはそうだった——ほしいものを奪ったんだ」公爵は深呼吸した。「部屋から追いだされる前に、ロザリンドの手のなかにあったあの本をつかんだ。彼女が最後に触れたものを手もとに置いておきたかったんだ」

公爵のまつげがおり、せつなげな笑みが口もとに浮かんだ瞬間、アンの鼓動は速まった。「ロザリンドはよく本に没頭していた」公爵は低い声でつづけた。「まわりのことなど忘れているようだった」

公爵が心からレディ・ロザリンドを愛していたのはまちがいない。悲しみをあらためて背負っているかのようにうなだれ、きつく目をつぶっているさまから、よくわかった。「ごめんなさい。わたしがあの本を読んだせいで、きっと思い出してしまわれたのでしょうね……どうしましょう！　途中で馬の繁殖の本を読んでくれとおっしゃったのは、思い出すのがつらくなったからなんでしょう？」自分がよいと思ったことをしようと、それぱかり考えていた。「あなたがなにを読んでほしいのか、訊かなかったわたしがばかだった」愛した女性を失った悲しみを思い出したばかりか、ブランデーまで取りあげられ、公爵はどこにも慰めを見いだすことができなかったのではないか。「きっと、怒っていらっしゃるわね」

「そんなことはない。最初はつらかったよ、きみがあれを読みはじめたときは。おれが戦地へ赴いたのは、ロザリンドが亡くなってすぐだった。そうすることで、悲しみから逃げようとしたんだ。いつも危険と隣りあわせだったら、悲しんだり苦しんだりする余裕もないだろう《*》と思った。だが、愚かな勘ちがいだった。きみに『高慢と偏見』を読むのをやめてくれと頼んだのは、もうひとつ勘ちがいしていたことに気づいたからなんだ。おれは、ほんとうは悲しみから逃れたくはなかった――彼女を忘れたくなかった」

アンは馬上で体をひねり、公爵の頬に手を添えた。ふたりの下で馬がそわそわと足踏みしていたが、公爵の腕がアンの腰をしっかりと抱いていた。「こんなことをすべきではないのかもしれない」アンはささやいた。「もしおいやなら、抵抗してください。でも、どうしてもあなたにキスをせずにはいられないの」

公爵はアンを抱きしめ、唇が触れあわんばかりに顔を寄せた。ふたりは同時にすばやく息を継いだ。「たしかに、心からロザリンドを愛していた」公爵がささやいた。「だが、きみのようにおれの心を慰めてくれる人はほかにいない」そして、わずかに残った隙間を詰め、唇を合わせた。

雨のなかのキスはめくるめく感覚をもたらしたが、いまのは……。

公爵の唇は、このうえなくやさしく軽く触れ、アンは思わず目を閉じ、とろけて馬からすべりおちないよう、彼の肩につかまらなければならなかった。こんなキスをしたのははじめてだった。男の唇に愛撫されて泣きたくなることがあるなんて知らなかった。でもいまではわかる。公爵のキスはすばらしく甘くて、泣いてしまいたくなる。

彼はゆっくりと体を起こした。「今夜もまた本を読んでくれるか？　約束してほしい」

「もちろんお読みしますわ」アンはささやいた。

公爵がここに閉じこもりたがるのも無理はない。悪夢を見るのも、ブランデーを浴びるように飲むのも。アンは自分の部屋——本来は公爵の部屋なのだが——のなかをうろうろと歩きまわっていた。なんとかして公爵を助けたいけれど、どうすればいいのかわからない。

どんなにつらい思いをしてきたのだろう。悲しみから逃れるために戦地へ行ったものの、そこは苦悩と暴力と死に満ちていた。愛する人の死を悼む時間すらなかった。そのことが、いまでも彼を苦しめているにちがいない。心のなかに、戦争で目の当たりにしたものへの嘆きと、失明した痛みとともに、レディ・ロザリンドを失った悲しみがまだ残っているのだ。どうすれば、その悲しみを乗り越えるのに力を貸すことができるのだろう？ 悲痛を止めるすべがわからない。当然だ。アン自身、亡くなった両親と、失った故郷に対する悲しみを乗り越えていないのだから。

アンは、公爵の母親に思いを馳せずにいられなかった。心の目に、書き物机の前で身をかがめ、息子に手紙をしたため、便箋に涙を落としてはぬぐっている銀髪の女性が浮かんだ。トレイに並んだ手つかずの食事、心労でやつれていく公爵夫人。かつてのアンのように、食事もとらず、眠ることも忘れているのではないだろうか？

公爵がレディ・ロザリンドを失った悲しみを乗り越えるために、自分になにができるのかわからないが、彼の母親のためにできることならわかる。公爵には知らせる必要はない。

二日後、アンが食堂で朝食を食べ終えようとしたとき、トレッドウェルが近づいてきた。体の前で両手をもみあわせながら、かしこまって待っている。いまでは、アンも彼が主人を心底気遣っているのを知っていた。その彼が困ったような顔をしているのを見て、アンはたちまち心配になった。

「閣下になにかあったの？」いざとなれば駆けだすつもりで席から立ちあがった。

「いえ、そうじゃないんです。なにも問題ありません。ご主人さまは……お元気です。ただ、このふた晩、ブランデーを持ってこいといわれなかったんですよ。書斎にお引き取りになる前も、夢を見てからも。それで……いや、ご主人さまが心配だったもんですから、すこしぐらい召しあがっても害はあるまいと思ったんです。だから、ミス・セリーズに内緒でお持ちしましょうかって訊いてみました。でも、いらないといわれたんです」

アンはトレッドウェルの告白に眉をあげたが、繰り返さずにいられなかった。「いらないといわれたの？」

「はあ。ミス・セリーズに怒られるからって」

アンはまばたきした。自分の説得で、公爵がブランデーをやめる気になったとは信じられなかった。あんなに頑固だったのに。それでも、彼の心に触れるものがあったのだ。分別を取り戻させることができた。彼の役に立てた。

「それで、今朝は一緒にお出かけしたいとのおおせです。村へ行きたいから、つきあってほしいとのことですよ」

アンのティーカップがソーサーにあたってカチャンと音をたてた。「村へ行きたいですって?」

「そうなんです」トレッドウェルは、がたがたの歯を見せてにんまりと笑い、片方の目をつぶった。「ここにおいでになってから、一度も村へお出かけされてないんですがね。こりゃたいしたことですよ。あたしらみんな——使用人たちみんな、とってもよろこんでるんです」

アンは立ちあがった。「わ、わたしもうれしいわ」そっとつぶやき、トレッドウェルのあとから玄関へ向かった。公爵はそこで黒革の手袋をはめていた。すでに丈の長いオーバーコートを凜《りん》と着こなし、ビーバーハットのかぶり方も申し分なく、美しい顔は雪のように白いカラーに縁取られている。

「どちらへいらっしゃるの?」アンは尋ねた。

公爵の笑顔はまぶしく、アンの胸ははじけそうになった。「すぐにわかるよ、天使さん」

公爵の馬車は、細い通りにある仕立屋の前で止まった。アンは凍りついた。前回のみじめな訪問については、公爵にはひとことも話していない。「なぜここへ？」

「トレッドウェルから、ドレスが一着も届いていないと聞いた。ドレスやボンネット代の請求書もね。きみはおれのいいつけを聞かずに、ここへ来なかったんだな」

アンの頬は恥ずかしさのあまり熱くなった。「来ました、でもすぐに出なければならなかったんです。お店のなかに堅気のご婦人がいて、すぐにわたしは閣下の愛人だと気づかれてしまった。仕立屋のマダムはひどく気をもんで、わたしがいるとほかのお客さまの迷惑だってはっきりいいました。だから、お店を出たんです」

「そうだったのか。では、きみにドレスを買ってあげるのは、れっきとしたパトロンとしてのおれの務めだ。務めは果たさせてもらうぞ」

公爵の気持ちはわかったが、それを見届ける勇気が自分にあるのかどうか、アンにはわからなかった。「閣下、ここでドレスを買おうとしたらいやがられます」

だが、公爵を思いとどまらせることはできなかった。従僕が馬車のドアをあけると、公爵は飛び降り、アンに手を差しのべた。それから、店のドアをあけて待った。アンはおどおどと店に入った。すぐさま、ぽっちゃりした縫い子を連れて店の女主人が出てきた。ふたりは腰をかがめてお辞儀をした。店内では若い娘がふたり、リボンを見繕っていたが、公爵を見るなり目を丸くしてリボンを取り落とした。

「ご機嫌よう、ミセス・ウィンプル」公爵は冷たくいった。その目はミセス・ウィンプルたちの頭の上に向いていた。

体を起こしたミセス・ウィンプルの顔は、モスリンの反物に負けないほど蒼白《そうはく》だった。彼女はうやうやしく挨拶のことばを並べ立てた。公爵は、今度はいかにも貴族らしく傲慢そうに眉をひょいとあげた。「こちらのレディは、わが家の親しい友人だ」

公爵の不気味に穏やかな口調に、ミセス・ウィンプルの肩が小さく震えだした。静かな声にはすごみがあった。嵐が来る直前の空のようだ。

「その大切な友人にこの店をすすめたのだが」公爵は低くとどろくような声でつづけた。「ここではわたしの期待したような礼儀正しい丁重なもてなしは受けなかったと見える」

ミセス・ウィンプルはびくりとした。「閣下、あの――」

アンはミセス・ウィンプルが困っているのを見て取った。公爵はアンのほうへ振り向いた――アンを自分のがっちりした腕につかまらせていたので、位置がわかるのだ。「ミス……ミス・セリーズ、すまないが椅子を持ってきてくれるか？　ドレスの試着には時間がかかるものだろう、座って待ちたいんだ」

公爵がミス・セリーズと呼ぶのに口ごもったことに、アンの顔はかっと熱くなった。せめてラストネームを教えておくべきだった。一瞬にして公爵の嘘が露見してしまった――家族ぐるみで親しくしている友人なら、名前を口ごもるはずがない。けれど、公爵はそんな失態にも平然としている。

ミセス・ウィンプルはあえいだ。「お待ちください！　うちのチェリウェルが椅子をお持ちします」ぽっちゃりとした縫い子に、しきりに手を振ってみせた。「早く、公爵閣下に椅子をお持ちして。ミス・セリーズ、どうぞこちらの試着室へどうぞ……」アンの借り物のドレスに視線を走らせ、声をひそめていった。「あの、そういう大胆なものがお好みですか？」アンは女のしらじらしい笑顔にぞっとした。店から出ていきたいが、それはできない。逃げてもしかたがない。自分は堕落した身であり、そのことは受け入れている。どういう扱いを受けるかは、覚悟していた。ああ、ロングズワースのそばのバンベリー村でも、通りを娼婦が歩いてきたら、堅気の女たちは反対側に渡っていたではないか。まるで、娼婦のまわりに汚いものが広がっているかのように。

公爵が断固とした顔をしているので、逆らいたくはない。そばで椅子に座っている公爵に、アンは声をひそめて耳打ちした。「ここまでしてくださらなくてもいいのに。お怒りにならなくてもいいんです」

「怒るに決まっているだろう。きみがひどい仕打ちを受けるいわれはない」

そのことばに、アンは驚いた。ミセス・ウィンプルのほうへ向きなおる。こうなったら、娼館で着せられていたような派手なドレスが好きなのだと決めつけられたくはない。「シンプルで上品なドレスを……」アンはふと口をつぐんだ。張りつめたいやな空気を壊す手がある。ミセス・ウィンプルに、心からにっこりと笑ってみせた。「あなたはとてもセンスがいいんでしょうね。だからこそ、閣下がこちらのお店をすすめてくださったんだわ」

そのことばはてきめんに効いた。ミセス・ウィンプルは相好を崩した。

「あなたにおまかせします」アンはたたみかけた。「あなたがデザインしてくださるドレスはどれも素敵だと思うわ。ロンドンに帰ったら、きっと評判になってよ」大嘘だ。ロンドンでは、だれにも会うつもりはないのだから。

「かしこまりました」中年のミセス・ウィンプルは、考えこむようにあごをなでた。「お客さまのお気に召していただけそうなデザインがわかりましたよ」

それがほんとうかどうか、アンにはわからなかったが、ミセス・ウィンプルはもはやいやがるどころか、いきいきとしている。マーチ公爵に腕前を見せる機会を与えられてはりきっているのだ。アンは試着室のカーテンのむこうへ入る前に、公爵のほうをちらりと見やった。彼は辛抱強く、チェリウェルの出した紅茶を飲んで待っている。その様子を、作業部屋のドアから若い縫い子たちがこっそりと眺めていた。その光景に、アンはほほえんだ。胸のなかが奇妙に……軽くなったような気がした。「ありがとうございます」アンはささやいた。もちろん、公爵に聞こえたはずはない。いまのありがとうは、ドレスの礼ではなかった。汚《けが》れた女のように扱われるいわれはないといってくれたことに感謝したのだった。

公爵は、婦人服の店ですっかりくつろいでいたように見えた。

いや、最初はそうだった。仕立屋を出たあと、アンと公爵は帽子屋に入った。彼が以前にも、この村ではないが愛人の買い物につきあったことがあるのはまちがいない。ところが、アンはボンネットを試着しながら、公爵がつまらなそうな目をしたのを見てしまった。公爵は不意に立ちあがり、時間をかけて一個選ぶくらいなら店にある帽子を全部買えばいいといいはなち、アンを連れてさっさとドアから出た。

そしていま、公爵は馬車のなかでアンのむかいにじっと黙って座っている。

アンは、公爵がいきなり癇癪を起こすことはないとわかっていたが、こんなふうに不機嫌に黙りこんでいるのを見ているのはつらかった。彼は目が見えないことをあらためて思い知ったのだろうか？　それとも、かつて愛し、失った女性のことを思っているのだろうか？

「閣下――」

「天使さん――」アンと同時に、公爵も口をひらいた。ふたりは引きつった笑い声をあげた。そしてまた、アンが「こちらへいらっしゃる？」と尋ねたと同時に公爵がいった。「おれの膝に座ってくれないか」

「お膝に？　どうなさったの？」アンはつかのまとまどった。すると、公爵は腰をあげた。このうえなくわかりやすいしぐさだ。

「馬車のなかで？」アンはぎょっとして尋ねた。

「セリーズ、きみはかわいいな。そう、馬車のなかでだ」

「だいじょうぶかしら？」

「慎重にやればいい」公爵はからかうようにいった。

アンはむかいの席に移動し、公爵の膝に座った。すでに彼のズボンの脇あきはあいていた。

公爵は身をかがめてアンの髪に唇をかすめ、ざらざらとかすれた声でいった。「抱いてくれ。よくわかったんだ、きみを抱かずにはいられない。きみなしでは生きていけない気がする」

ああ。公爵のことばは、アンの胸を打ち砕くと同時に舞いあがらせた。胸を高鳴らせながら、アンはスカートをまくりあげて公爵の膝にまたがった。両腕を彼の首にまわす。いまほど彼をほしいと思ったことはなかった。「なにをしてほしいのかおっしゃって」

「これがいい」デヴォンはうなった。「おれを入れて、腰を振って。自分で好きなように動いてくれ」

セリーズは、悲しみを忘れさせてくれる唯一の存在だった――ロザリンド、戦死した兵士たち、妻子を残して死んだタナー大尉。たくさんの悲しみを知った。自分が殺したフランス兵すら悼み、彼らの顔は脳裏に焼きついて消えない。そして、戦地に赴いた一年目に、故郷で亡くなった父親を思う悲しみ。

セリーズがやわらかく華奢《きやしや》な腕を首に巻きつけてきた。たった一度、腰をなまめかしくくねらせただけでデヴォンを呑みこむ。デヴォンは目をつぶり、甘美な締めつけと、太腿にかかる重みにうめき声をあげた。もはやデヴォンはセリーズに溺れかけている。ブランデーよりもセリーズがほしい。

今度こそ、デヴォンはセリーズに感じてほしかった。本物のよろこびを。野原の草の上では、絶頂までもうすこしだと思った……あれは思いこみにすぎなかったのか。セリーズはすこしも緊張していなかったし、とても熱く濡れていた。だが、やけに静かだった。ひょっとしたら、痛い思いをしているのに、悲鳴をあげないように我慢していたのかもしれない。今度こそやさしくしなければ。そして、感じてもらいたい。

ほっそりしたウエストを抱き、奥まで貫いた。奥歯を食いしばって自制し、わざとゆっくりとやさしく、じらすようなリズムで腰を突きあげた。やがて、セリーズがかすれた声でささやいた。「もっと。お願い。もっと……強く。速くしてください」

セリーズの望みがデヴォンを動かす。デヴォンは力強くセリーズを突き、勢いあまって座席から跳ね、馬車の車体を激しく揺らした。

セリーズはデヴォンの唇を探し、むさぼるようにキスをした。貪欲なキス。そうしたいからなのか、それとも愛人の役を演じているだけなのか？　デヴォンにはわからなかったが、口をあけて熱いキスで応じた。彼女が膝の上で跳ねるたびに乳房が胸板をこすっているのが、見えなくてもわかる。キスをしたまま息をはずませながらも、セリーズは声をあげなかった。それでも、車内はだんだん暑くなる。野火が広がるように。セリーズを爆発させたい。絶頂へたどりつかせ、歓喜の声をあげさせたくてたまらない。

デヴォンは密着したふたつの体のあいだに手を差しこみ、感触を頼りに彼女のなめらかに熱い突起を探し、親指を当てた。彼女は驚いたように息を呑み、小さくとろけるようなうめき声をあげた。

「そうだ」デヴォンは強く性急に突きあげる合間に、あえぎながらいった。「本物の高みに連れていってやる。どうすればいいのか教えてくれ。きみのいうとおりにする」

「わ、わからない」セリーズはいった。「いまも……とてもいいの。あなたが。わたしには無理だと思っていたのに、いかせてくれた……」その告白は、ほかのどんな愛撫よりデヴォンを感じさせた。セリーズの奥深くまで貫き、彼女がよろこびそうなことを探した。そのうち、セリーズはデヴォンの肩につかまり、最初にいわれたとおりにしはじめた。みずから腰を振り、身をよじり、好きなリズムを見つけた。あえぎ声が馬車のなかを満たした。デヴォンの耳もとで、美しく女らしい「ああ、ああ！」という声が鳴っていたが、ほどなくセリーズはびくりと体をこわばらせ、耳をつんざくような極上の叫び声をあげた。

それが、砲弾の導火線のように、デヴォンに火をつけた。デヴォンは弓なりになって一物を根元まで埋めこんだ。最後の瞬間、全身が蠟のようにとけてしまった気がした。

「ああっ」セリーズがぐったりと体をあずけてきた。「んんん」激しく息を継いでいる。

デヴォンは息を止めていた。セリーズはほんとうに満ち足りているように見える。けれど、いまの素敵な声は本物なのか、それとも偽物なのか、確かめずにはいられない。「いったのか？」自信のない若者のような訊き方になってしまった。

「ええ」

「はじめてか？」

「はじめてじゃありません。わたし――いいえ、ごめんなさい、閣下もおわかりですね。わたしはいままで感じたことがなかったんです。でも、いまはよかった。野原でもそう。わたしが静かだったから、閣下は怒ってしまわれたけれど。あのときがはじめてでした。それまでだめだったのは、閣下のせいではないんです。ほんとうに。わたしはけっして満足できないのだろうと思っていたわ」

「お世辞じゃないのか？」

「まさか！　ほんとうのことです。最後までいったときに自分のなかが震えるなんて知らなかったわ。あんなに胸がどきどきすることも。いちばんすごいときは胸のここがふくらんで硬くなるって、はじめて知りました。これでも信じられませんか？」

デヴォンはセリーズを両腕で包みこんだ。「信じるよ。きみを満足させられてうれしい」

「わ――わたしも」

ああ、やはりセリーズにすっかり溺れてしまった。

馬車の外で騒々しい音がした。男の怒声、そしてガラガラとけたたましい音。デヴォンは座席の上ですばやく体を起こし、セリーズを膝に座りなおさせた。窓のほうを向いたとたん、思い出した。「セリーズ、外を見てくれないか。ひづめと車輪が砂利を踏む音がするということは、馬車だろう。うちの私道でだれかが馬車を飛ばしてるんだな。何者か教えてくれ」

アンはのどから心臓が飛びだしそうな思いで公爵の膝からすべりおり、窓に顔をくっつけた。四頭の灰色の馬に引かれた、優雅な黒い馬車が私道を猛スピードで進んでくる。その馬車は、アンたちの脇で止まった。ドアになにかがくっついている……金箔をほどこした紋章だが、一部は土埃で汚れている。

アンは固唾を呑んだ。ボウ・ストリートではなく、貴族の馬車だ。

ドアがあき、女がひとり降りてきた——たっぷりとした青いベルベットのマントをはおり、顔が隠れるほどつばの広いボンネットをかぶっている。レディはゆっくりとアンたちのほうを向いた。青ざめた卵形の美しい顔が、アンにも見えた。そのレディは、逡巡《しゅんじゅん》するように唇を噛んでいた。

「だれだ？」公爵が尋ねた。

アンはびくりとした。うろたえるあまり、自分が公爵の目になっているのを忘れていた。

「黒い巻き毛のとてもきれいなレディです。たぶん、妹さんではないかしら」

12

公爵がステップを飛び降り、背の高い黒髪の美人のほうを向いた瞬間、相手がうれしそうに甲高い声をあげるのを、アンは馬車の窓から見守っていた。公爵は表情をやわらげ、歓喜の声のほうへ両腕を差しのべた。アンの胸のなかで、心臓がひどく暴れていた。あんなに驚き、心底うれしそうにしている公爵は見たことがない。この瞬間の彼は、いつもより危険なまでに美しく見えた。

思いもよらないことになってしまった。堕落した女である自分は——公爵の妹に近づいてはならない。公爵の妹はきっと、二メートルと離れていないところに兄の愛人がいると知ったら憤慨するにちがいない。アンは恥ずかしくなり、うろたえた。やみくもにスカートのしわを伸ばし、くしゃくしゃになったボディスを引っぱりあげた。公爵には、馬車のなかに隠れているといっておいた。邪魔にならないような場所にたたずみ、公爵の妹に紹介してもらわないとしても、外へ出ていくのは身のほど知らずだ。馬車に乗ったまま屋敷の裏手へまわり、裏口からこっそり入るべきなのだ。

そして、持ちものをまとめ、出ていこう。

「デヴォンお兄さま、よかった！　ほんとうに生きてお帰りになったのね、もうだいじょうぶなのね！」

公爵の妹の叫び声に、アンはもう一度窓のほうを向いた。濃いブルーの絹を翻し、兄に飛びつく妹が見えた。公爵よりすこし背が低い彼女は、勢いよく彼の胸に飛びこんだ。公爵は両腕で妹を抱きしめた。妹もきつく抱きしめかえしたが、すぐに甲高い声をあげてあとずさり、手袋をはめた手を腹部に当てた。

アンには、公爵の妹の目が丸くなるのがわかった。手を当てた腹部は、ゆったりとしたマントにほとんど隠れているが、丸々と突きでている。妊娠しているのだ。それも、臨月に近い。

馬車のなかにいるアンにも、公爵の妹の紅潮した象牙色の頬に涙が光っているのが見えた。公爵の妹は白いサテンの手袋に包まれた優美な手をあげ、じゃれつくように兄の胸をたたいた。「ひどいお兄さまね、どうして帰っていらっしゃらないの？」

罪の意識がアンの胸をちくちくと刺した。公爵に元気を取り戻してもらえるよう、もっと努力していれば、いまごろ彼は現実を受け入れていたかもしれない——異常でもなんでもないのだから閉じこもる必要はなく、家族のもとへ帰るべきなのだ。

それとも、戦争や悪夢とはべつの理由があって、閉じこもっているのだろうか？　実家に帰ろうとしないのは、レディ・ロザリンドの死から立ちなおれず、花嫁を選ぶ気にはなれないからでは？

　これ以上、ふたりを盗み見てはいけないと思ったとき、公爵の妹が叫んだ。「お兄さまったら、ぜんぜんお変わりないように見えるわ。謎のお友だちが教えてくださったように、とってもお元気みたい」

　謎のお友だち？　アンは、胃がずしりと重くなったような気がした。自分が手紙を送ったせいで、公爵の妹を呼び寄せてしまったのだろうか？　そんなはずはない。公爵の家族を安心させるために書いたのに。

「謎のお友だち？」公爵がゆっくりと訊き返した。「なんのことだ？」

「お手紙をくださった方に決まってるじゃない」妹は公爵を笑顔で見あげた。それから手をあげ、甲で涙をぬぐった。「もう、お兄さまったら、わたしに元気かどうかもお尋ねにならないのね！」

「待ってくれ——アシュトンか。アシュトンが手紙を送ったんだな」公爵は、薔薇の造花で飾られたボンネットのてっぺんにキスをした。顔をあげたとき、その美しい横顔には、苦悩と後悔がにじんでいた。「もちろん、おまえが元気かどうか知りたいよ。でも、じつをいうと……おまえをびっくりさせてやりたかったんだ。おまえが妹のうちだれなのか、当ててみせたかった。声でわかると思ったんだが。顔を見る必要はないと思っていた。だが、わからないようだ」

「おばかさんね、尋ねてくだされば いいのに！ もちろんキャロラインよ。この出っぱったおなかでわかったでしょうに」キャロラインが公爵の手を取った。ほほえみながらその手を自分のおなかにあてる。公爵の表情が、驚きから明らかな誇りと愛情に満ちたものに変わるのを見て、アンの目は潤んだ。だが、妹に対する彼の最初のひとことは予想外だった。

「ばかでかい腹だなあ、キャロ。こんな腹でおれに会いにきちゃだめじゃないか」

ばかでかい。いかにも兄が妹にかけそうなことばだ。アンはひとりっ子だけれど、ロングズワースの近くの村の少女たちから、男の兄弟がわざと意地悪なことをいうと聞いていた。いまも公爵の口角にくっきりとしたしわが刻まれていることから、ほんとうは妹を心配しているのだとわかる。

「ええ、でもごろごろしているのには飽きちゃったんですもの。長椅子に寝そべって、生まれてくる気がなさそうな赤ちゃんを待つのはもううんざり」

「疲れただろう。座ったほうがいい」

「何時間も座ってたのよ。まあ、馬車がずっと揺れてたし、コーチハウスがあるたびに止まってお手洗いにいかなければならなかったけれど。赤ちゃんがおなかにいたらどうなるか、お兄さまは知らないでしょう——」

「知りたくもないね、キャロ」

「どっちにしろ、知ることはできないわね。ご自分では、ってことよ。あら、そんなぞっとしたような顔はなさらないで。戦地を経験していらしたくせに——妊婦だからって、わたしを怖がらないでくださる？」

公爵が眉をあげた。「怖がってなんかないさ。さあ、揺れない椅子に座ろう。腹は減っていないか？」

それから矢継ぎ早に質問する公爵に、アンは笑みをこらえきれなかった。お茶でも飲むか？　ビスケットはどうだ？　シェリーは？　キジとポテトのパイはどうだ？　彼はほんとうに妹を気遣っている。アンは、ふたりを見ていると胸がふくらんではじけてしまいそうだと思った。

そのとき、キャロラインが眉をひそめた。兄のくしゃくしゃのクラヴァットに触れる。

「お兄さまがこんな……だらしない格好をなさっているなんて、めずらしいわね」

アンの頰は熱くなったが、公爵は穏やかに答えた。「自分の姿が見えないから、身なりにかまわなくなったのさ」

「お兄さまには女の方が必要だわ」

「そうかもしれない。女はなによりも男を変えるからな」そのとき、御者が馬車はまだ必要かと尋ねた。公爵は肩越しに答えた。「厩へまわしてくれ」

それがなにを意味するのか、アンにはわかった。ここを出ていく潮時だ。

馬車がゆっくりと走りだした。アンは、もう一度だけ公爵のほうを振り返ることを自分に許した。ひづめの音、馬車がわだちを踏む音に、公爵はさっと顔をあげた。馬車の窓越しに、音を追いかける彼の視線とアンの視線がぶつかった。彼にはアンが見えないはずだが、じっと目をそらさなかった。

アンはキャロラインに姿を見られないよう、座席に深く座った。だが、車輪の音にかき消されてかすかではあるけれど、キャロラインのほがらかな愛らしい声が、ひらいた窓から入ってきた。「さっきのお手紙のことだけれど。書いたのはアシュトン伯爵じゃなかったわ」

いけない。馬車のスピードが落ちた。公爵の大きな黒い馬車はキャロラインの黒い馬車をよけるため、馬が曲がろうとしているのだ。車輪の音が小さくなり、アンにもキャロラインのことばがはっきりと聞こえた。いや、聞かずにはいられなかった。

「どうやら、女のお友だちがお母さまに手紙を送ってくださったみたいよ。署名はなかったけれど、女の方の字にまちがいないわ。どっちにしても、アシュトン伯爵はいつも殴り書きみたいな字をお書きになるでしょう。わたし、その女の方がいったいどういう方なのか、とっても興味があるの。お兄さま、おつきあいしている方がいらっしゃるの？」

アンが窓から外を覗《のぞ》くと、公爵が妹から腕を離すのが見えた。彼は急に頭痛がしたかのようにこめかみをもんだ。アンはやはりずきずきと痛みはじめた頭で、もうだめだと覚悟した。

「あら！」キャロラインは手で口を押さえた。すみれ色の目が丸くなり、濃いまつげが眉毛に触れそうなほど高くあがった。「お兄さまの愛人なのね？　びっくりだわ。でも、もしその方が手紙を書いてくださらなかったら、お兄さまのようすがわからなかった。その方のおかげで、お兄さまが戦争の記憶にさいなまれていることも、苦しみを乗り越えようとしていることも知ることができたんだわ」

「母上に手紙を書いたのか」公爵は首をひねり、ごく慎重にそういった。まるで、ちがうといってほしがっているかのようだった。だが、もちろんキャロラインはそういわなかった――アンが手紙を書いたのはほんとうなのだから。

「ええ。でも、その方はどなたなの、お兄さま？」

「キャロ、その手紙のためにわざわざここまで来たのか？　おまえ――もうすぐ生まれるんだろう？」

キャロラインはまだ右手を公爵の肘にかけていたが、左手をひらひらと振った。「あと二週間もあるのよ。もちろん、お兄さまに会いにきたに決まってるでしょう――だって、お兄さまが頑固なせいで隠れてるだけだって、わ、わかったからには――」突然、キャロラインの声が震えてやんだ。目を大きく見ひらいた無邪気な表情が崩れた。キャロラインは公爵のほうへ振り向き、胸に顔を押しつけた。華奢な肩が震えている。公爵は妹を抱きしめたが、顔から血の気が引いていた。「どうした、キャロ？　だいじょうぶか？」

その瞬間、馬がトロットで走りはじめた。御者が鞭を当てたにちがいない。勢いよくまわる車輪の音に、ほかの音がすっかりかき消されてしまった。アンは、公爵が妹の肩を抱くのを見ていた。キャロラインがなにかまくしたて、公爵はじっと耳を傾けている。キャロラインはしきりに両手を振りまわしているが、公爵の表情はだんだん石のように硬くなっていく。やがて、馬車が屋敷の角をまわり、アンにはふたりが見えなくなった。

「どこへ行くつもりだ？」公爵の不機嫌な低い声に、アンはぎょっとし、借りていた銀色のヘアブラシを取り落とした。ブラシは化粧台のガラスの天板に当たり、大きな音をたてた。アンは手早く髪をまとめ、元どおりにピンでとめようとしていたところだった——馬車のなかで抱きあったあと、乱れたままだったのだ。鏡から目を離し、スツールの上でくるりと向きを変えた。公爵は戸口に立っていたが、一歩部屋のなかへ入ってきてドアを閉めた。そして、杖の持ち手に体重をあずけた。

「わかりません」アンは、公爵に会わずに出ていこうと考えていた。「どこへ——どこへ行けばいいんでしょう？」公爵はパトロンだ——これからもパトロンでいてもらいたいのなら、彼のいうとおりにしなければならないのだと、アンはにわかに思い知った。両手を握りしめながら返事を待った。ロンドンではありませんように。ロンドンへ行くくらいなら、着の身着のままで逃げよう。そのとき、ふとほかの可能性に思い当たった。「それとも、妹さんがいらしたからには、いまここで契約を終わらせましょうか？」

そもそも、そのつもりだった——契約を結んだとき、別れる際にまとまったお金をもらうことになっていた。それを逃亡資金にすればいい。完璧な計画なのに、いまアンの胸は氷のように冷えきっていた。二度と公爵に会えないのだ。

ばか。いつかこうなることは決まっていたでしょう。キャットがいっていたじゃないの——賢い愛人は、いつか関係が終わることを忘れず、心構えをしておくものだと。

「いや、終わらせる気はない」公爵が杖で床をたたきながら歩いてきた。「妹はきみに会いにここまで来たんだ——署名のない手紙を母に送った主にね」公爵がさらに近づいてくると、戦闘で鍛えられたがっちりとした体がのしかかってくるように感じた。

アンは急いで立ちあがった。「わたしに会いにいらっしゃったわけではないでしょう。閣下の胸に顔をうずめて、泣いていらっしゃったわ——」唇を嚙んだ。「ごめんなさい、盗み聞きするつもりはなかったんです。それに、閣下に黙ってお母さまにお手紙を送ったことも謝ります。でも、信じていただきたいの、悪気はなかったんです。お母さまが閣下のことをどんなに心配なさっているかと思ったら、気が気ではなかったの。わたしも愛する人を失ったことがあるからわかるんです、このままではお母さまが心配のあまりご病気になってしまうわ。だから、お母さまに閣下が元気にしているととりあえずお伝えしました。わたしのことは、あなたの——お友だちの友だちだと書きました」

公爵の返事を待っているのは、恐ろしかった。彼のなかでは怒りがくすぶっているはずだ。しばらくして、ようやく彼はいった。「そばにベッドがあるか？」

アンはまばたきした。「ええ。ベッドまでお連れしましょうか?」

「頼む」

アンは公爵の肘を取ってベッドへ連れていった。公爵はマットレスの端にどさりと腰をおろした。主に一度も使われたことのない——眠るという本来の目的には使われていない——ベッドに。

公爵は、アンの位置がわかっているかのように顔をあげた。アンの呼吸は速くなっていた。

「妹が泊まることになる。すくなくとも今夜ひと晩は」

「もちろんですわ。妹さんですもの」

「そして、どこの妹も自分の兄を独身区からさっさと追いだすことしか考えないものだ」公爵はうめいた。「きみが善意で手紙を書いてくれたのはわかるが、教えてほしかった」

「ええ、後悔しています。これからは、隠しごとはしない——」ばかげた言葉をいわないように、アンは唇を噛んだ。公爵のことが心配で、思わず口が軽くなってしまった。もうすこしで守れない約束をするところだった。

公爵の目に純粋な苦悩が覗いた。「キャロラインには、おれがどんなふうか伝えていないんだ。おれは悪夢の話はできなかった。戦闘の記憶も、怒りを抱えていることも話していない。キャロラインは大事な時期だからな。でも、話をしなければ。おれに不用意に近づいて驚かせてはいけないと、いっておかなければならない。あいつは身ごもっている——もし、おれに投げ飛ばされたら大変なことになる。だから、きみにここにいてほしいんだ、セリーズ。妹に危害をくわえないよう、おれを見張ってほしい。だが、それはできないのだろうな」

アンはそのとおりだと思ったが、胸がつぶれそうだった。「ここにいてはいけないのはわかっています。愛人のわたしがここにいては、妹さんに対してあまりにも失礼だわ。でも、閣下はけっして妹さんに危害をくわえたりしません。それはきっぱりといいきれるわ」

公爵の広い肩ががっくりと落ちた。「なぜそういいきれるんだ？」

「わたしは信じているの、閣下はどこもおかしくない。ご自分でも、どんなに変わったかおわかりでしょう？　お酒で記憶を消そうとしなくなった。それに、本を読んでさしあげたときも――」

「きみがここにいるからこそだ。セリーズ、きみがここにいて癒やしてくれなければ、妹を無事に帰せるかどうか、自信がない」

胸のなかで心臓が飛び跳ねた。けれど、ここにいるわけにはいかない。公爵のいったとおり、できないのだ。「妹さんに事実をお伝えすることです。そうしてはいけない理由はありません。あなたが戦闘の記憶に取り憑かれて、悪夢を見て大声をあげ、夜もろくに眠れなかったことは、手紙に書きました。だから、妹さんはもう知っています」

「なにもかも包み隠さず書いたのか？」

「ええ。ご家族に、なぜあなたが閉じこもっているのか理解していただきたかったから」

「きみはどうしておれが閉じこもっていると思う？」

「たぶん、ご自分からお母さまや妹さんたちを守るため。わたしにはそうおっしゃったわ――わたしを守るために追い払おうとなさったでしょう？　わたしは、お母さまたちのせいではないということをお伝えしたかった。閣下はご家族のために精いっぱいのことをしているおつもりなのだと」

「おれは賢明なことをしていたんだ」公爵は口もとを引き締めて応えた。

「閣下は妹さんに危害をくわえたりしません。とにかく、いきなり触れられたら暴れてしまうかもしれないと正直に話せば、妹さんも用心してくださるわ」

「くそっ、こんなひどい話があるか。おれを助けに駆けつけてくれたのに、あいつにとってはおれの存在そのものが危険なのか」拳を作り、驚くほど正確にベッドの支柱を殴った。天蓋が揺れた。アンは身震いした。

「なぜ助けにきてくださったのかしら？」アンはそっと尋ねた。ベッドにあがり、膝立ちで公爵の背後に移動した。彼の肩をやさしくもみほぐした。鉄のように凝り固まっている肩は、なかなかほぐれなかった。

「私的な理由だ」

「そう」

「くそっ、セリーズ、あいつに他言しないと約束したんだ」

「閣下は変わりました」アンは静かにいった。「いまはもう、お屋敷のなかを危なげなく歩きまわっていらっしゃる。最後にテーブルを投げたのはいつだったかしら？」

公爵はかすれた控えめな笑い声をあげた。「正直いって覚えていないな。だが、きみがいなくなったら、またものを投げるようになりそうだ」

「あなたがお望みなら、わたし――おそばにいます」だが、どこにいればいいのだろう。アンの知るかぎり、パトロンのいる女たちでも幸運な者は、立派なタウンハウスに住んでいる。ロンドンの高級娼婦はそうだ。けれど、この田舎では、どこへ行けばいいのか。

「村に宿がある。〈黒鳥亭〉というんだ。そこに部屋を取ってくれないか、セリーズ？　そばにいれば会いにいける。妹が帰ったら、ここへ戻ってきてほしい」

「きちんとした宿でしょう？」

「もちろんだ」鏡のなかに公爵が見えた――むっとしている。

「だったら、宿のご主人はわたしに部屋を貸したり、閣下がいらしたときに見て見ぬふりをしたりするのをいやがるのではないかしら？」そのとおりではあるが、宿の主人を引きあいに出したのはいいわけにすぎないと、アンは自覚していた。黒鳥亭は、ロンドンからの重要な街道の途中にある村の宿なのだ。マダム・シンが殺され、その直後にアンが行方をくらましたことは、すでに新聞沙汰になっているはずだ――ロンドンから来た人々がその記事を読んでいる可能性は高い。けれど、そのなかに、髪の色を変えたアンに気づく者がいるだろうか？　宿に泊まっている公爵の愛人を、殺人の疑いで追われているロンドンの娼婦と結びつける者がいるだろうか？

「いやがるわけがない」なんでも思いどおりにすることに慣れているのだろう、公爵は自信たっぷりにいった。「きみの身分は偽ればいい。きちんとした家の未亡人で、親戚《しんせき》を訪ねにいくところだということにするんだ。おれの名前を出せば、失礼な待遇を受けることはない」

ミセス・ウィンプルの店にはじめて行ったときのことが頭に浮かんだが、アンは黙っていた。村の宿だろうがどこだろうが、見つかるときは見つかるのだ。それでも、逃亡資金もなくロンドンへ帰るよりは、ずっと安全にちがいない。

「どうした？」不意に公爵が訪ねた。

アンはあわてて彼の肩をもんで気をそらそうとした。凝り固まった筋肉を指先でぐいぐい押すと、意外にも公爵は気持ちよさそうにうなった。「なんでもありません。ちょっと妹さんのことを考えていたんです。閣下に会えて、とてもうれしそうでしたわね」

公爵はうめき、うなだれた。アンはにわかに思い出した。公爵には、妹がどんなにうれしそうな顔をしていたか見えなかったのだ。腕に飛びこんできた妹の顔がどんなに輝いていたか。

「キャロを抱きしめたとき、ほんとうにあいつの顔が見たかった」公爵がいった。「最初は、どの妹かわからなかったんだ。それからキャロだとわかって、いまの姿を見たくなった。三年前の、最後に会ったときとまったく変わっていない妹を思い浮かべようとした。平静でいるためにはそうするしかない。でも、わかっていたんだ、変わっていないわけがない。それはそうだろう、妊娠しているんだからな」

　アンは公爵の首を抱いた。「どんなお姿か、説明しましょうか？　どこがどう変わったか、ふたりでならわかるわ、そうすれば、いまの妹さんを思い浮かべることができる。でも、なによりも肝心なことはすこしも変わらないわ。妹さんは閣下を心から愛していらっしゃる。そして、閣下も同じくらい妹さんを大事に思っていらっしゃるわ、わたしにはわかります。それがいちばん大事でしょう？」

「そうだな」公爵はアンの手を取り、指の一本一本に、ゆっくりといとおしそうにキスをした。「天使さん、自分の大声で目を覚ましても、きみに本を読んでもらえないのがわかっているのに、ちゃんと眠れるだろうか？　いや、心ならずもきみを抱いてほかのことをすべて頭から追い払いたくても、きみはいないんだ」

　アンはわざと茶化した。そうしなければ、泣いてしまいそうだったからだ。「わたし、あなたのいやがるようなことしかしていないと思っていました」

　公爵はにっこりと笑い、振り向いてアンの腰に腕をまわし、膝の上に座らせた。だが、その目に浮かんだものは、熱い欲望ではなかった。なにか、アンには読み取れないものだ。

「きみはじつに型破りな愛人だ、セリーズ。でも、そんなきみなしでは生きていけないんじゃないかと思いはじめているよ」

きみなしでは生きていけない。

村の宿で過ごした二日間、その言葉がアンの頭から離れなかった。自分も同じ気持ちではないかと、不安に思いはじめていたからだ。ずっと一緒に生きていけるわけがないのに。

震える手で紅茶のカップを包みこんだ。いまのところ、だれもアンを指さして「人殺し」と叫んだりはしていないけれど、いつそんな目にあうか、あいかわらず気が気でなかった。それこそが、イングランドにいられない証拠だ。不安を抱えたまま生きていけるわけがないのだから——正体に気づかれ、治安判事のもとへ突きだされるのではないかという不安、意図して犯したわけではない罪で逮捕されるのではないかという不安。少女を救うためだったとはいえ、罪は罪だ。殺人罪には絞首刑が科せられる。

アンは両手を震わせてカップを置いた。イングランドにいたい。それも、ばかげた理由で。公爵と離れたくない。二日間、公爵は会いにこなかった——妹をひとりにしたくなかったからだろう。つまり、アンがいなくても生きていけるということではないだろうか。それなのに、アンは公爵がひどく恋しかった。心配だった。彼がほしくてたまらなかった。

けれど、アンはたんなる愛人にすぎない。できるかぎり公爵のそばにいたいがために、絞首刑に処せられる危険を冒すわけにはいかない。そんなことはできない。それでも、逃亡するのにじゅうぶんなお金がもらえるのに、イングランドに残ろうかとばかなことを考えているのは、いったいなぜなのだろう？

廊下を急いで歩いてくる足音がして、部屋の前で止まった瞬間、アンは緊張した。すぐにびくつくのはおかしい――宿の使用人かもしれないのに。そっとドアをノックする音のあと、女の声が尋ねた。「お客さま、ちょっとよろしいですか？」アンはほっと力を抜いた。ほら、やっぱりメイドだ。「どうぞ」と大声で答えた。

ドアがあき、目を輝かせた若いメイドが、ちょっと腰をかがめてお辞儀をした。「お邪魔して申し訳ありませんが、マーチ公爵さまから、休憩室においでくださいとのことです」

そのことばに、アンはほほえんだ。「ありがとう。すぐまいりますと伝えてね」

「ああ、公爵さまはいまバーにいらっしゃいます。村の人たちが、戦果をお祝いしてるんです。戦争の英雄ですものね」

「ええ、そうよ」だが、メイドがいなくなり、化粧鏡のほうへ向いたアンは、公爵が英雄とまつりあげられるのに、どれだけ大きな犠牲を払ったか、そしてそのことがどんなに彼を傷つけ、変えたのか、思いをめぐらせた。そして、ドレスにさっと目を走らせた――これも、新しい日中用のドレスだ。身なりはこれでいい。公爵は部屋に来なかった。それがなぜか、アンは気になった。体面を気にしているのだろうか？

休憩室へ行く途中、アンはバーを通りかかり、ちらりとなかを覗いてみた。

ベンチに公爵が座っていた。彼の笑顔をひと目見ただけで、膝から力が抜けた。ドア枠に手をつき、ひたすら公爵を見つめた。ひたいに落ちかかっている髪を見ると、その髪を切ったときに細心の注意を払ったこと、公爵を鋏で傷つけないように、ごくゆっくりと作業したことを思い出した。彼が笑みを大きくするのを見ると、落馬したあとににやりと笑った顔を思い出す。彼が死んでしまったかもしれないと気をもんだのに、笑うなんてと腹が立ったことも。

公爵を見ていると、体のなかが熱くなってくる……ほかほかと蒸気をあげながらオーブンから出てきた焼きたてのパンのように。そのとき、公爵がジョッキを置き、こちらを向いた。アンが見えないはずなのに、見られているのを感じ取ったようだ。アンは顔をそむけ、休憩室へ急いだ。使用人が公爵にアンのことづけを伝え、連れてきてくれるはずだ。もうすぐ彼に会える。ふたりきりで。

ああ、期待で身震いが止まらない。胸が高鳴る。なんて声をかけようかしら。彼をはじめて誘惑しようとしたときでさえ、こんなに緊張していなかったのに。

それがなにを意味するのか、アンは無性に怖かった。愛人のくせに恋に落ちるのは愚か者だ。故郷をなくし、過去をなくし、両親をなくした自分が——心まで失う危険を冒そうとするのはなぜだろう？

「ここに来たのは、妹のことで話があるからなんだ」

それは、アンにとって予想外の言葉だった。公爵は、休憩室の暖炉のそばにあるソファにゆったりと座り、こめかみがずきずきしているかのようにもんだ。

「キャロにはだれにもいうなと口止めされたんだが、このままではおかしくなりそうでね」公爵はゆがんだ笑みを浮かべた。「きみにはどこもおかしくないとさんざん励ましてもらったのに、結局は妹のせいでおかしくなりそうだ」驚くほど頼りなげで、明らかに哀願するような顔を、アンのスカートの衣擦れがするほうへ向けた。「力を貸してくれないか。ほかに頼れる人がいないんだ」

「なにがあったんです？」

「キャロが来たのは、きみの手紙のせいじゃなかった。家出してきたんだよ。もうすぐ臨月なのに、家出してきたんだ」

メイドが紅茶のトレイを用意してくれていた。アンは公爵の話に驚きながらも、紅茶をついで、彼にカップを持たせた。「なぜ家出なんか？」

「こともなげに受け止めてお茶を出すとは、きみくらいのものだ」公爵はカップを置こうとしたが、アンは押しとどめた。

「とにかく、お茶を飲めば落ち着きますから」強引にカップを公爵の口もとへ持っていった。胸がどきりとした。スラムに流れ着いたあとも、母親は一杯のお茶が不安と貧困を埋めあわせてくれるかのように、同じことをいっていた。

アンにうながされ、公爵はごくりと紅茶を飲んだ。「キャロがいうには、結婚は失敗だった、心をずたずたにされた、もう自分を愛していない男の子どもを産まなければならない」

「愛していない？」アンは目を丸くした。「その方はきっと……愚かな方なのね。妹さんを愛していないなんて。ほんとうに、輝かんばかりに美しくて、もうすぐその方の子どもをお産みになるのに」

公爵はため息をついた。「どうなのかな。キャロからはまともな話が聞けない。ロンドンの家には、もう一分たりともいられないというんだ。ちなみに、キャロの夫はキャヴェンディッシュ伯爵だ。うちの家族はみんなそうだが、キャロも恋愛結婚だった」

「どうしてご主人の愛情がなくなったと思っているのかしら？」

「一軒家並みの体格になってしまったからだと思いこんでいる」

「そんなこと、ありえないわ」アンはきっぱりといった。「そんな浅はかな夫がいるの？」

公爵は苦笑を浮かべ、すこしアンのほうへ体を向けた。「男に対するきみの信頼は、もったいないくらいだな。おれは、奥方がひと晩じゅう出産の痛みに耐えているっていうのに、娼館にいた男を何人も知ってるぞ」

アンは返事ができなかった。マダム・シンの娼館にもそういう男が来ていたかもしれない。

「キャロは婚家を出て、マーチ・ハウスに帰った。母が住んでいるロンドンの家だ。まだ結婚していない妹、リジーとウィンもいる。でも、キャロはたった二日間で、そこも出てきてしまった。きみの手紙を読んで、我慢できなかったらしい——どうやら、うちの女たちはみんな、匿名の送り主に興味津々らしくてね」

「手紙のことは謝ります。でも、あのままみなさんを心配させるよりはよかったでしょう」

公爵は眉をひょいとあげた。「キャロは、母には自分の悩みを相談できなかったそうだ。おれのところへ来たのも、ほかに行くところがなかったんだな。それに、男のおれなら夫がなにを考えているのかわかるんじゃないかと思ったようだ。なぜ夫がもう愛してくれなくなったのか、どうすれば愛情を取り戻せるのか、教えてくれといわれたよ。ロザリンドを奪ったおれならわかるだろうって。だが、問題がひとつある——」

公爵の横顔が硬くなり、断固とした表情になった。「キャロをなだめることができなくて、キャヴェンディッシュがなにをしたのか、結局わからないままなんだ。たぶん、浮気をしているんだろうと思うが。やつは妹の心を傷つけた。おれとしては、キャヴェンディッシュを殺してやりたい。朝靄《あさもや》の野原に呼びだして、四十歩の距離で向きあって」

「とんでもない！」アンはあわてふためき、公爵の腕をつかんだ。「決闘なんていけません！　命を落とすかもしれないのよ。閣下がご無事でも、相手を殺してしまうかもしれない。そうしたら、妹さんはどうなるんです？」

「たしかにきみのいうとおりだ。ただ、キャヴェンディッシュの頭に分別をたたきこんでやりたいんだ」

アンは両親のことを思った――問題があれば、いつも話しあいで解決していた。「妹さんはご主人とお話をなさったのかしら？　真っ正面から問いただすべきです」

「それはわからない。いいかい、キャロは話そうとするたびに泣きだしてしまうか、恥ずかしがって黙りこんでしまう。おれだって、こんな話は恥ずかしくてたまらないんだ。だから、あいつがなにをいいたいのか聞きだせない」公爵はうめき、両手で頭を抱えこんだ。「妹は恋愛で結ばれたあげく傷ついている。だが、おれはどうすればいいのかまったくわからない。おれの場合は戦争へ行くことで解決しようとしたが、結果はどうだったか、きみはよく知っているだろう」顔をあげ、見るに忍びないほど悲しげな笑みを浮かべた。「おれにいえるのは、キャロは浮気野郎の愛情を取り戻したがっているが、おれはそいつをめちゃくちゃに殴ってやりたいってことだ。途方に暮れている。キャロは、意見を聞かせてくれというくせに、なにをいっても耳を貸そうとしない。しまいには、キャヴェンディッシュが悪いというと、怒りだした。なぜかおれが悪者にされてしまったよ」

彼の不満そうないい方に、アンは笑みを噛み殺した。

「酒のことできみといいあいになったとき、おれはキャロみたいだったな。尻を蹴飛ばされてもしかたがなかったのに、なぜきみは粘り強くおれを助けてくれたんだ？」

「閣下は助けてさしあげるに値する方ですもの」

「きみが頑固でよかったよ、セリーズ」公爵はかぶりを振った。「キャロにも、信頼できる相談相手が必要だ。でも、ここにはいない」

わたしがいるわ……アンはかぶりを振った。もちろん、公爵の妹と話すなんて許されない。自分は娼婦なのだから。それに、夫を愛するのがどんなことなのか知らないし、むつまじかった両親を見て育ったとはいえ、壊れかかった夫婦仲をどうすれば救えるのかわからない。

「まずは妹さんを落ち着かせましょう。時間をかけて、心をこめて話を聞いてあげるんです。それから、閣下の意見をいうようにしてみたらどうかしら」

「おれもなんとかしようとがんばってみたんだ。だが、自信がなくなった。戦地で敵に突撃するほうがよほど楽だ」

「ひとりでがんばることはありませんわ。いつでもわたしが相談に乗ります」

「いますぐきみが必要だ」公爵は、見まがいようのない欲望に瞳を燃えあがらせ、顔をあげた。「二日間、きみがいなくてさびしかった。ドアに鍵をかけてきてくれ。きみに飢えていたんだ」

アンも彼がほしかったが、噂になってはいけない。「ここで？　この休憩室で？」

「きみの部屋へ一緒に行くほうが目立つだろう」息が止まるような笑みが公爵の口もとに浮かんだ。「今度ばかりは、静かにしてもらわなければならないけれど」

「かしこまりました、閣下」

彼は首をかしげた。「デヴォンと呼んでくれないか。いいだろう？」

アンは息を止めた。ファーストネームで呼ぶのを許されるとは、思ってもいなかったほど深い関係になれたということだ。ふと、だれかとこれほど親しくなったのははじめてだと思った──悩みや相談事を持ちかけてくれた男は、ひとりもいなかった。自分の心の内を垣間見せてくれた男はいなかった。

力強い両腕で包まれてソファに座らされ、アンはささやいた。「ええ、闇──デヴォン」

「よかった。さあ、抱いてくれ、天使さん。きみの魔法をかけてくれ」

13

デヴォンというファーストネームで呼ぶのはもちろん、そんなことを考えただけでもおこがましいような、でも特別な感じがする。キャットでさえ、パトロンは敬称でしか呼ばなかった。

アンは宿の裏手へ通じる小道をのんびりと歩いていた――何度か曲がりながら、広々とした野原にまっすぐの筋をつけ、くねりながら森を抜けている小道をたどっていたのだが、そのうちおなかが鳴りはじめ、そろそろ帰ろうと要求しはじめた。朝から何キロも歩いたにもかかわらず、美しい景色も、息切れするほどの運動も、デヴォンを思うのをやめさせてはくれなかった。

いままで夢見ていたのは、自由と自立だった。それが、すっかりデヴォンに取って代わられてしまった。この三日間でデヴォンは六回も、きみがそばにいなくてさびしいといった。そのたびに、アンの胸は熱くなると同時に、きりきりと締めつけられた。彼の言葉に意味はないのだということを忘れてはならない。公爵たる人のことばを真に受けて、結婚や子どもといった、自分にとってまるっきり現実離れした未来をつむぐような、世間知らずの小娘ではないのだ。男はだれでも、最初は愛人に夢中になるけれど、熱い気持ちはいずれ冷める。頭を使って、気持ちを抑えていれば、自分を救えるかもしれない。

敷石の上で足踏みしてブーツの土を落とし、宿の玄関に入って手袋をはずした。

「ああ、やっと帰ってきてくださった！」メイドが駆け寄ってきて、ひょいと腰をかがめてお辞儀した。「お客さまが見えてます。休憩室でお待ちですよ」

きっとデヴォンだ。アンの心は抑えこまれるのを拒否して舞いあがったが、休憩室のドアをあけたアンが見たのは、薔薇の造花で飾られたボンネットと漆黒の巻き毛だった。衝撃で、アンはその場に釘付けになった。

公爵の妹が椅子の上でくるりと振り向き、紅潮した頬とすみれ色の瞳を見せた。「ああ、帰ってきてくださってよかった。会ってくださらなかったらどうしようと思っていたの」

アンは目をみはった。こみあげる狼狽のなか、この方はキャヴェンディッシュ伯爵夫人だとぼんやり思い出した。「驚きました、わたしに会いにいらっしゃるなんて」どういうわけか、礼儀作法が衝撃に勝ち、気がつくと深いお辞儀から立ちあがろうとしていた。ああ、わたしがあの方の愛人だということをご存じないなんてことがありうるかしら？

脈が速まった。きっと、公爵の妹を傷つけることになる。ゴシップにひそやかな冷笑。デヴォンが知ったら……妹に近づくなというはずだ。

アンは急いでドアを閉めた。「お知らせしなければならないことがあります。ほんとうに残念ですけれど、わたしが何者かおわかりになったら、ここにいたくなくなると――」

「デヴォンのいい人でしょう。知っているわ。トレッドウェルから〝レディのお客さま〟がいらっしゃるって聞いたもの。もちろん、兄はつっかえつっかえ下手な嘘をついたけれど、あの真っ赤な顔ですぐにわかったわ」

「奥さま、どうかお引き取りください。奥さまの名誉を傷つけたくないんです」

レディ・キャヴェンディッシュはひらひらと手を振った。「わたし、発見したのよ。堅苦しい習慣なんかよりもっと大事なものがあるわ。レディらしくしていれば、結婚はできるかもしれないけれど、夫をよろこばせることはできないってわかったの」意外なほどひねくれた笑い声に、アンの心臓は飛びだしそうになった――こんなにおきれいな方が、すれっからしみたいになるのはよくないわ。

レディ・キャヴェンディッシュはツンとあごをあげ、デヴォンにも見受けられる意地っ張りなところを覗かせた。「わたしを助けてくださるのはあなたしかいないと思うの。あなたは殿方を誘惑するすべを知りつくしているんでしょう。それを伝授していただきたいの」

「あの、いまなんておっしゃいました――」

「夫を誘惑する方法をどうしても知りたいの」

アンはつい驚きを顔に出してしまったらしい。レディ・キャヴェンディッシュの顔が急にくしゃくしゃになった。「わたしのことをばかな女だと思っているんでしょう？」両手で顔をおってしくしく泣きだした。

レディ・キャヴェンディッシュを――そしてデヴォンを――傷つけるような噂になるかもしれないという不安も、礼儀作法も忘れ、アンはソファに駆け寄り、伯爵夫人の肩を抱いた。

アンはデヴォンが来たときと同じように、紅茶のカップとソーサーをレディ・キャヴェンディッシュの手袋をつけていない手にしっかりと押し当てた。「召しあがって。気持ちが落ち着きますから」むろん、お茶で解決するわけではない。それでも、伯爵夫人はありがたそうに小さくほほえんで紅茶を受け取り、ひと口飲んだ。

伯爵夫人と自分が同じ部屋にいてはいけないのは承知しているが、レディ・キャヴェンディッシュには助けが必要だ。「お兄さまはあなたがここへいらしたことをご存じなのですか？」

「もちろん知らないわ。でも、わたしは切羽詰まっているの。兄があなたにのぼせあがっているのは明らかだわ。それで、あなたなら誘惑の技術を教えてくださると思ったの」

「教える、ですか？」アンはのろのろと繰り返した。「わ……わたしが、誘惑の技術を？」

のぼせあがっている？

「わたしは夫の愛を失ってしまったの、でもこれ以上は耐えられない」

デヴォンは妹がここに来ているのを知らない。いま、レディ・キャヴェンディッシュの相談に乗ったら怒るだろうか？　「どうして公爵に黙っていらしたんですか？」

「兄とは口をきいていないの。書斎に閉じこもってるんですもの。トレッドウェルから聞いたのだけど、兄は夜も眠っていないんですって。悪夢を見ているそうね。どうやら、あなたがいなくなってからますますひどくなったようよ」

　その知らせに、アンの心は沈んだ。眠るまで本を読んで聞かせたり、ベッドで楽しませたりしてあげられないせいで、彼はまた元の状態に戻ってしまったのだ。会いにきたときは、ひとこともそんなことをいっていなかったけれど。

「トレッドウェルには、村へ買い物にいくといってきたわ、もちろんね」ソーサーの上でカップがカタカタと音をたてた。「わたし、ばかみたいでしょう。兄が苦しんでいるのに、夫の愛情を取り戻すことしか考えていないなんて――」

「そんなことはありませんわ、奥さま」アンは、伯爵夫人のひたいにしわが寄り、目の下に隈《くま》があることに気づいた。「お兄さまは戦争の悪夢を見ていらっしゃいます。わたしは――悪夢を見ずにすむよう、お手伝いしてさしあげていたんです。いえ、せめてなんとかやりすごせるようにしてさしあげたかった」頬が熱くなった。これで、デヴォンと夜をともに過ごしていたのを認めたも同然だからだ。レディ・キャヴェンディッシュは結婚しているし、アンが何者か知っているのだから、いまさら恥ずかしがるほうがばかみたいだけれど。とはいえ、スラムに暮らしていたアンは、上流階級のレディの相談に乗ったことなどないのだ。

ふと、セバスチャンのせいで母親と家出をしていなければ、いまごろ子爵令嬢として、レディ・キャヴェンディッシュと似たような毎日を送っていたかもしれないと思った。結婚して、子どもを身ごもっていたかもしれない。

レディ・キャヴェンディッシュがカップを勢いよく置き、紅茶がソーサーとテーブルにこぼれた。アンの両手を握りしめた。「兄を助けてくださってありがとう。トレッドウェルから、あなたが兄のためにどんなことをしてくれたのか聞いたわ。不自由な目でどう生活すればいいのか、あなたが教えてくださったおかげで、兄も受け入れるようになったそうね」

伯爵夫人の瞳には、賞賛の光が輝いていた。アンはすこしきまりが悪くなり、もじもじした。「そんなすごいことをしたつもりはなかったんです。たぶん、時間がお兄さまを変えたのだと――」

「トレッドウェルはそんなふうに思っていないわ。あなたが母に手紙をくださったことも白状したのよ」

アンは謝ろうとしたが、レディ・キャヴェンディッシュに両手を握りしめられた。「お手紙のおかげで母はとても安心して、気持ちが落ち着いたわ。兄をほんとうに心配していたの。聞いているよりもずっとひどいけがだったかもしれない、ひどい傷が残ったかもしれない、いいえ、具合が悪いのかも、それどころか、おかしくなってしまったかもしれないって、気が気でなかったのよ」

デヴォンが心配していたとおりになっていたわけだ。

「兄が戦争に行ってからというもの、母は食事ものどを通らないし、夜も眠れなかったの。危ういくらいにやせてしまって。あなたの手紙のおかげで、母は元気が出てきて、妹たちにせっつかれて食事もしたの。部屋にこもることもなくなったわ。いままではずっと部屋に閉じこもって、何通も何通も兄に手紙を書いてばかりいたの。ほとんどは丸めて捨ててしまったり、破って暖炉で燃やしてしまったりしたけれど。あなたはほんとうにすばらしいことをしてくださったのよ」

「あ、ありがとうございます」アンの心臓は飛びだしそうだった。突然、デヴォンを家族のもとに帰さなければならないと悟った。彼は家族のそばへ帰らなければならない——。

けれど、もしそうなったら、デヴォンはここにいさせてくれるだろうか？　それとも、別れることになるのだろうか？　そんなことを考えている場合ではない。デヴォンが家族とふたたび一緒に暮らすようになり、心の痛みを癒やし、母親の痛みも癒やされること——それがなによりも大切だ。

「どうしたの？」レディ・キャヴェンディッシュがアンをじっと見つめた。「なんだか、考えこんでいるようだけれど」

「なんでもありません」

アンは、レディ・キャヴェンディッシュの真心のこもったやさしさに打たれた。上流階級の女はたいてい、アンを嫌悪するか、見くだすか、そのどちらかだ。けれど、レディ・キャヴェンディッシュは、いつもだれに対してもやさしく親切で寛大だったアンの母親を彷彿《ほうふつ》させる。

「夫とわたしを助けてくださる？　それとも、わたしはなにをしても無駄なのかしら、こんなにおなかが大きくなって、すこしも魅力がないから――」

「そんなばかな！」アンはとっさにそう吐き捨ててしまった。「あ――あなたはすごい美人じゃありませんか」アンはあわてて、しどろもどろにいった。レディ・キャヴェンディッシュがたじろいだ。自分の子どもを身ごもっている女性をそれだけで美しいと思わない殿方なんていません。ほんとうに、まばゆいばかりにおきれいなのに」

レディ・キャヴェンディッシュはゆがんだ笑みを浮かべた。「男がどういうものか、あなたもご存じでしょう。たしかに、夫は子どもが生まれるのを楽しみにしているかもしれないわ、もちろん男の子を望んでいるし。でも、わたしと二度とベッドをともにしたくないと、あの人のほうが思っているのよ……たぶん、ほかに女がいるんだわ」

伯爵夫人の頬がさっと赤くなった。「こんな話、だれにも相談できなかったの。兄だけよ、知っているのは。兄は激怒して、夫と決闘するなんていいだしたのよ！　わたしは夫を取り戻したいだけなの――夫を罠《わな》にかけた恐ろしい未亡人の手からね」

いきなりそういわれ、アンはなんとかついていこうとした。「未亡人？」

　レディ・キャヴェンディッシュは、巻き毛を揺らしてうなずいた。それから、急に体をこわばらせ、腹部に手を当てた。その顔が、痛そうにゆがんだ。

　アンは立ちあがった。「どうなさったの？　だいじょうぶですか？」

「しょっちゅう……こうなるの……」レディ・キャヴェンディッシュはあえいだ。「おなかが張るの。とっても……硬くなって」ぼうぜんとし、すこし不安そうに前方を見据えている。

　アンは彼女の腕をさすった。「娘の時分に……」スラムにいたころ、とはいえなかった。うっかり口をすべらせてはいけない。「何度かお産に立ち会ったことがあります」当時、やむをえず滞在していた売春宿で、母親が何度か出産の介助をしたことがあった。「覚えがありますわ、赤ちゃんが生まれるときが近づくと、お母さんのおなかが硬くなるんです。助産婦さんは〝練習〟だっていっていました。力を抜いて、ゆっくり息をしてください」

「力を抜くなんて！」レディ・キャヴェンディッシュは泣き笑いのような顔で叫んだ。

　レディ・キャヴェンディッシュを不安に陥れたり、伯爵夫人ともあろう方に不適切なことを口走ったりせずに説明するには、どうすればいいのだろうか。出産に何度か立ち会った経験から、〝練習〟のほうが本番よりよほど軽いことは知っている。「そのときが近づいているんです」アンは慎重にいった。妊婦が練習の痛みを訴えた直後にお産がはじまったということが、一度ならずあった。「ひとつだけわたしも知っていることがあります、いつお産がはじまるかは、だれにもわかりません。思ったより早くはじまるかも――」

「でも、家には帰れないわ！」レディ・キャヴェンディッシュは荒い息をしながら、はじかれたように立ちあがった。「家に帰れば、夫はいまどこにいるのだろう、いまごろあの女と一緒にいるのかしらって、気になってしかたがない――」

「お願いです。落ち着いてください」アンは立ちあがり、レディ・キャヴェンディッシュの腕に手をかけてなだめた。「つまり、ご主人を誘惑したいんですよね」とりあえず話しはじめた。早くも頰が真っ赤になっているにちがいない。けれど、この話をすればレディ・キャヴェンディッシュの気持ちをおなかの痛みからそらすことができるかもしれない。

「そうよ。もちろん、赤ちゃんを産んでからですけどね。高級娼婦の使う手管をすべて知りたいの。どうすればあの人をよろこばせることができるのか。どうすればあの人がふらふら迷わないのか」

あなたはレディですよということばが、アンの舌先まで出かかっていた。育ちのよいレディは、高級娼婦の手管など知らないほうがいい。ひょっとしたら、だから上流階級のレディは高級娼婦や体を売る女を避けるべきとされているのかもしれない――娼婦にあれこれ尋ねて誘惑の技法を覚えたいという衝動に駆られてはいけないから。マダム・シンの娼館でも、娼婦たちはいろいろとみだらな技を教えてくれた――男の一物をくわえるんだよ、そうすりゃそいつはもうあんたのものさ。そうじゃなきゃ、うしろからやらせてみな、すごく興奮するから。上流階級の女はそういうことさせてくれないもんね。

デヴォンの愛人になるために、あらゆる手段を使ったとはいえ、レディにどう説明すればいいのだろう？　それにしても、レディが性について詳しく知っていてはいけないのはなぜ？　男は妻が相手では満たされないみだらなことをしに娼館へ来るのに、なぜ女は貞淑にして孤独に耐えなければならないの？

レディ・キャヴェンディッシュが激しく呼吸しはじめ、おびえた顔になった。

「わかりました」アンはささやいた。自分はおかしいのだ。だが、レディ・キャヴェンディッシュはすぐさまおなかをさするのをやめ、アンに目を向けた。「では、最初にご主人がなによりよろこびそうなことをお教えしましょう。ご……」勇気が萎えそうになったが、興味津々の熱いまなざしと目が合った。「ご主人を口に含むんです」

「キスをしろということ？　以前は熱いキスをしていたわ。でも、結婚してからは、そういうささやかな楽しみに興味がなくなってしまったみたい」

「それは……殿方にはよくあることですわ。キ、キスは殿方にとって誘惑の手段だと思うんです。キスや前戯をしなくても、女性がベッドに入るようになったら、殿方はそういうことを省くようになるんです」けれど、アンは雨のなかでデヴォンと素敵なキスをしたことを思い出していた。あのときのデヴォンは、みだらなことをすこしも期待していないようにキスをしてくれた。

「まあ、がっかりだわ」レディ・キャヴェンディッシュは遠慮なく大きなため息をついた。

「だったら、どうすればキスをさせることができるのかしら？」

率直にいうしかない。「殿方は、ご自分の大事なところにキスをしてほしがるんです」

「あそこに？」レディ・キャヴェンディッシュは息を呑み、顔をしかめた。「わたしを怖がらせようとしているのね」

「いいえ、ちがいます。高級娼婦がどんなことをするのかお知りになりたいんでしょう、いまのはほんとうに高級娼婦が使う技のひとつなんです。殿方はとてもよろこびますわ。でも、育ちのよい奥方には、あんなこと頼めませんものね」

象牙色の頬がさっと赤くなった。「つまり、口をあけて、あの人のあれをくわえろということ？」

ああ、もう。「まあ、その……そういうことです。でも、殿方は、女性に……あれを吸われるのが好きです。摩擦と圧力が心地いいんでしょう。女性は……頭をあげたりさげたりするんです」もうだめ。そのとき、突然だれかがドアをノックした。ありがたい――いまなら邪魔が入るのは大歓迎だ。マダム・シンの娼婦たちは、うぶなレディに嬉々《きき》として知識を教え、豊富な経験を誇らしげに分け与えそうだった。けれど、自分はちがう。急いで答えた。

「どうぞ」

ノックしたのは、若いメイドのハティだった。ハティはひょいと腰をかがめてお辞儀をすると、口をひらいた。「公爵さまが――」ところが、公爵が軽く杖を振りながら、ハティの脇をすり抜けて入ってきた。

「さがっていい」胸のなかが荒れ狂っているのを知らせるような、妙に冷静な声でいった。

「こちらのレディはおれが何者か知っている」


妹は、セリーズに性の技術について教えを請いにきていた。

デヴォンには信じられなかった。支えになる杖を持っていたのは幸いだった。そうでなければ、キャロがいやいやながらも、とんでもないことを白状するのを聞いて、ひっくりかえっていたかもしれない。デヴォンはくるりとキャロのほうを向いた——やわらかなソプラノの声が、邪魔者の兄を声高に非難しているので、キャロがどこにいるのか正確にわかった。

「おまえはなにを考えているんだ？」きつく問いただした。「セリーズに相談に来たりしてはだめじゃないか。不適切だ。許されないぞ。廊下にメイドが集まって、おまえたちの話を残らず立ち聞きしようと耳を澄ませているのを知らないのか？」

セリーズがひとことも口をきかないのは賢明だと、デヴォンは怒りながらも思ったが、妹は引きさがるつもりはないようだ。「だって、しかたないでしょう！」キャロの叫び声に、結婚前の彼女が思い浮かんだ。男と一緒に乗馬や釣りや狩りに出かけるのが好きだった、元気いっぱいのおてんば娘のキャロ。しとやかで幸せな新妻に変わったように見えたが、そんなものは仮の姿だと、兄の自分ならわかるべきだった。瞳をきらめかせ、おさげを振り振り抗議するキャロを思い出し——デヴォンが友人と出かけるときに、ついてくるなというと、いつも怒っていた——胸に激しい痛みを覚えた。

セリーズのおかげで、目の見えない生活にずいぶん慣れたが、だからといって障害を受け入れられるようになるわけではない。二度と妹の顔を見ることができず、小さな姪か甥の顔も目にすることはないとわかっている以上は。ロザリンドと恋に落ちる前は、子どもなどできれば避けたいものでしかなかった。だが、幼子の笑顔を見ることは叶わない、もしわが子が生まれても、歯のない口でけらけらと笑うところさえ見られないのだと思うと……くそっ、殴られたような気分だ。

「聞いていらっしゃるの、お兄さま?」キャロがいった。「責められるべきはフィリップだといったのよ! あの人がほかのだれかを好きになったりしたから、わたしはここに来て、夫を取り戻す方法を学ぼうとしているんじゃないの。あの人がほかの女に色目を使ったりしたから——」

「そういう男を愛したのはおまえだ」デヴォンは指摘した。

「いまでも愛しているわ。でも、一方通行の愛では満足できない。むしろ、愛さ﹅な﹅い﹅ほうがましだわ」

美しくて耳に心地よく、やさしいけれどきっぱりとしたセリーズの声が、青みがかった灰色の空間に降ってきた。「落ち着いてください、レディ・キャヴェンディッシュ。たしかに責められるべきはご主人ですわ。でも、とりあえずお兄さまと一緒にお帰りになるのが最善かもしれません」

「わからず屋の兄とは帰りたくないの。もし帰っても、また戻ってくる――」

「だめだ！」デヴォンはどなった。「おまえが屋敷から行き先も告げずに出ていったせいで、おれがどれだけあわてたかわかっているのか？　その腹で？　ここにいるのをなんとか突き止めたが、この目では大変だったんだぞ。あげくのはてに、おまえが知ってはならないことを知ろうとしているのを見つけた。おれの愛人からな。しかも、バーではもう噂になっている」

「だったら大声を出すのをやめてちょうだい」キャロがぴしゃりといった。「イングランドじゅうのバーに聞こえるわ。わたしはそこまではしたないことをしているとは思いません。もう結婚しているのよ。舞踏会に出席して、あのイタチ女のレディ・ポムロイが夫にしなだれかかるのを黙って見てなきゃならない。最悪なのは、社交界の常識では無視しなきゃならないってことよ。あの女、最低のあばずれなのに――」

「キャロライン！」うう、頭痛がしてきた。

「閣下」冷静な声はセリーズのものだ。奇妙に冷ややかだ。そして、ずいぶん居丈高だ。悪いのはセリーズとキャロラインのはずなのに。愛人の分際で妹に近づいてはいけないといったのは、そもそもセリーズだ。くそっ、礼節なんかのために、セリーズを屋敷から出さなければならず、心を癒やしてくれる彼女がいないせいで、悪夢で眠れぬ夜を過ごすはめになるとは。礼節なんかのために、ひとりでひどくさびしい思いをし、セリーズの声を聞き、触れあいたくて、彼女がほしくてたまらなかったのだ。

「レディ・キャヴェンディッシュをどなりつけてはいけませんよ」セリーズの口調に、デヴォンはきかん坊の生徒になったような気がしてきた。「責められるべきはわたしです」

デヴォンはセリーズのほうを向いた。いや、セリーズがいると思われるほうへ。彼女はすこしも反省しているようではなかった。むしろ……怒っているようだ。「そんなことはない」

デヴォンは声をとがらせた。「だが、妹をすぐに帰すべきだったな」

「そうかもしれません。でも、ちょっとした助言をしてさしあげるのが、そんなにいけないことですか？　たしかに、わたしがあなたの愛人だという噂が立っているかもしれませんわ。でもこの宿のみなさんは、わたしは未亡人で、あなたのご家族の友人だと信じていたはずです。それなのに、あなたがいらして騒ぎ立てたせいで、ますます噂になってしまう」

「悪いのはおれか？」信じられない。妹と愛人が、寄ってたかっておれを悪者扱いするのか？「噂で妹を傷つけないよう、屋敷を出ていくといったのはきみじゃないか。いまこそ、そのことを考えてくれ」われながらばかみたいだ。セリーズは正しい――自分がここに来たせいで、セリーズに会いたい思いを抑えられなかったせいで、彼女がただの友人ではないと知られてしまった。いますぐ口をつぐんで、妹を連れ帰ったほうがいい。

ところが、キャロがわめいた。「考えてくださったわ！　もちろん考えてくださったわよ、このわからず屋！　わたしが帰らないとわがままをいったのよ。わたしが――」

キャロが急に黙った。「ああ」と、弱々しい、子どものようなささやき声がした。いったいどうしたのだろう？　メイドが入ってきたのだろうか？　いまのおどおどした小さな声は、いまデヴォンがやりあっているふたりの女のものではなさそうだ。

「どうなさったの、奥さま？」そう尋ねたのはセリーズだった。美しい声はひどく心配そうだ。あわてたような足音がデヴォンの背後を通り過ぎ、いかにも苦しげな女のうめき声がした。なにがあったのだ？　見えない目がいまいましい。取り乱した女の声に、懸命に耳を傾けた。

「わたし……びしょ濡れなの。これは――これはなに？　もしかして……出血したの？」

「たぶんちがいます」セリーズが急いでキャロを部屋のどこかへ連れていこうとしている――デヴォンには、どこかわからない。

「痛みはぜんぜんないのに……でも、スカートがこんなに濡れてる……」キャロのおびえた声が、デヴォンの胸を刺した。「わたし、なにかいけないことをしたの？　赤ちゃんはだいじょうぶなの？」

「シーッ」セリーズがやさしくいった。だが、デヴォンの心臓は大砲並みの威力で胸郭を打っている。「さあ、わたしに寄りかかってください。水が止まるはずです……どうですか？」

「どうしたんだ？」デヴォンは虚空に向かっていった。「なにがあった？」

「ほんとうだわ、セリーズ」キャロがささやいた。「止まったわ」

恐怖で心臓を締めつけられた。いまだに鼓動しているのが不思議なくらいだ。「なにが止まったんだ？」

「奥さま、わたしの見たところ」セリーズはデヴォンなどいないかのように、キャロに話しかけた。「破水なさったようですわ」

なんてこった。セリーズに無視されるのも当然だ。デヴォンは出産についてはなにも知らないにひとしいが、戦地のキャンプでも赤ん坊は生まれていた。従軍した民間人や、将校の妻が出産したのだ。破水したということは、まもなく生まれるのだ。どうすればいい？キャロを屋敷へ連れて帰るか？助産婦を呼ぶべきか？頭が爆発しそうだ。

そのとき、キャロがいかにも痛そうな悲鳴をあげ、デヴォンはその場で凍りついた。「ああ！痛い！」

「どうした？」デヴォンはあわてふためき、大声をあげた。妹を助けなければならないのに……どうすればいいのかわからない。

「だいじょうぶです、閣下。陣痛ですわ」セリーズの答えに、デヴォンの目の前はさっと赤くなった――変だ、目が見えないのに。どうしてセリーズはこんなに落ち着いていられるんだ？だが、なにもできない自分がじれったく、いらだっていた気持ちがおさまってきた。セリーズが冷静で助かった。われに返ると、セリーズがキャロに的確な指示を与えているのがわかった。かがんで椅子のアームにつかまって、猫のように背中を丸めてくださいと、きびきびした口調で指示している。

「生まれるのか？」デヴォンは尋ねた。

「おおお」キャロがうめいた。

「たいてい、はじめてのお産はゆっくり進むものです」セリーズがいった。そして、「ゆっくりと一定の速さで息をしてください」とキャロに指示した。

デヴォンも呼吸を合わせた。やがて、セリーズの声がした。「腰を押したら楽になりますか？」

「ええ」キャロがささやいた。感謝の気持ちがありありと聞き取れた。

デヴォンはゆっくりと呼吸するのをやめたが、セリーズの言葉を聞いて心臓がつぶれそうな気分になった。「ときどき、はじめてのお産でも急に進むことがあるんです。見たことがあります。まだ何時間もかかると思っていたら、ほんの何分かで生まれたわ。レディ・キャヴェンディッシュの陣痛の間隔が挟まったら、お産が進んでいるしるしです。さあ、奥さま、陣痛が来たらわたしの手に腰を押し当ててくださいね、こちらからも押し返します。ゆっくり息をするのを忘れないで」

「屋敷に連れて帰ろうか？」

「そうですね」とセリーズが答えたが、キャロはあえいだ。「いや！　動きたくない」

「助産婦さんかお医者さまを呼んだほうがよさそうです、公爵」

この村に助産婦はいるのだろうか？　デヴォンはどこがドアだろうかと思いながら振り返り、こんな緊急事態にももたもたし、すばやく外に出られない自分にいらだった。それでもなんとか廊下に出て、大声で人を呼ぶと、メイドが走ってきた。「レディ・キャヴェンディッシュの出産がはじまった。いますぐ助産婦を呼んでくれ」

デヴォンの後ろから、キャロが痛そうにうめき、セリーズにこういうのが聞こえた。「わたし、お産で死ぬかもしれないから、手紙を書いておいたの。わたしのこととか、この子を愛してたこととか、知ってほしくて」

デヴォンの胃袋がひっくりかえった。なんだってキャロは死ぬことなんか考えるんだ？　どういうつもりだ？

「だいじょうぶですよ」セリーズの声は静かで、きっぱりとして落ち着いていた。「もうすぐ、かわいい赤ちゃんをだっこできますよ。そうしたら、ご自分でお手紙を読んでさしあげましょうね。お産は楽じゃありませんよ、正直にいっておきますけれどね。でも、奥さまはとてもお強くて、しっかりしていらっしゃるわ、だからなにもかもうまくいきますよ」

すばらしい――セリーズはわかっていないだろうが、彼女がそういえば、デヴォンは本気で信じられる。セリーズはまれに見る女性だ。恐怖を追い払い、悪夢と闘い、戦争で心が麻《ま》痺《ひ》した男にやわらかな雨の音を聞かせ、陣痛でおびえている妊婦をなだめ、くすくす笑わせることさえできる。

デヴォンはぼんやりと、なぜセリーズはこれほど出産について詳しいのだろうと考えていたが、突然、命令された。「毛布とお湯を頼んできてください、閣下。奥さまに甘い紅茶もお願いします」

「わかった」デヴォンは応じ、またメイドを大声で呼びつけた。


デヴォンは宿のバーに追いやられ、キャロは八時間、陣痛に耐えていた。だが、助産婦が到着してからも、キャロはセリーズにそばにいてほしいといいはった。デヴォンには、その気持ちがよくわかった。ほんの数日で、デヴォン自身もセリーズを頼るようになったくらいだ。

デヴォンがバーにいる男たちに酒をふるまったので、ひとり残らず呂律《ろれつ》がまわらなくなっていた。デヴォンも男たちの輪にくわわり、何杯ものエールで不安を飲みくだしてしまいたかったが、酒はいけないとセリーズにいわれたことを思い出し、踏みとどまった。そんなわけで、石像のようにまったくのしらふのまま、キャロがどうなっているのかもわからずにいた。公爵なのに、出産の現場では役立たずと見なされたのだ。

実際、デヴォンはなんの役にも立たない。セリーズがここにいて取り仕切ってくれなければ、デヴォンは役に立つどころか、邪魔になっていただろう。戦地では、兵士の命を救おうと、飛び出たはらわたを押さえたこともある。仮設の病院となったテントでは、切断手術の助手をつとめた。けれど、いま休憩室で陣痛に苦しんでいる妹を見ずにすむのはありがたかった。

くぐもった悲鳴が聞こえた。助産婦がせかせかと動きまわる足音や、セリーズがキャロをなだめる声もする。それにしても、なぜこんなに時間がかかるのだろう。セリーズがいうには、一日では終わらないこともあるらしい。自分なら何日も耐えられないだろうが、キャロはどうだろうか?

「閣下」セリーズの美しい、豊かな声がした。その声は、戦地で身をすくめて長く寒い夜をやりすごしたあとの曙光《しょこう》のように降ってきた。不安に呑みこまれていたデヴォンは、最初は気づかなかった。だれもが知らせを待ち構えているかのように、バー全体が静まりかえった。

「レディ・キャヴェンディッシュが赤ちゃんをお産みになりました。とても健康で、ほんとうにお元気な……」

セリーズがなかなかその先をいわないので、デヴォンはうめいた。

「男の子です」発表したセリーズの声は、幸福とよろこびで輝いていた。

喝采《かっさい》がわきあがった。おめでとうございますと、男たちがてんでに叫んでいる。デヴォンは自分の義務を思い出した――安堵で足腰に力が入りそうになかったが、立ちあがって、手つかずのジョッキをかかげた。「わが妹、レディ・キャヴェンディッシュと、生まれたばかりのその息子に乾杯」歓声がバーを満たしたと同時に、デヴォンはエールのおかわりをふるまうよう注文してから、セリーズに導かれるがまま、廊下に出た。「妹はだいじょうぶか？　おれにできることはないか？　やけに時間がかかったな」

「それほどでもないし、妹さんも甥御さんも元気そのものです」

眉が天井にぶつかったような気がした。それほどでもない？　けれど、気がつけば、のどを詰まらせながらぼそぼそとつぶやいていた。「ありがとう、セリーズ。きみが助けてくれなければ……」

「お産はとても順調でした。レディ・キャヴェンディッシュはかわいらしい男の子に夢中で、もう痛みもお忘れになったわ、ほんとうよ」耳に快い笑い声に、デヴォンは聞き惚《ほ》れた。

「これが自然の摂理なのね。それはもう痛いのに、赤ちゃんの産声がしたとたん、お母さんは幸せで泣き笑いするんですよ」

セリーズに引っぱられたが、デヴォンは反対に彼女を抱き寄せた。速い息づかいが聞き取れ、汗ばんだにおいが嗅ぎ取れた。「礼節なんかどうでもいい。キャロとおれと一緒に帰ってこい。そばにいてくれ。きみが必要だ。きみはおれのそばにいるべきなんだ」

「ご主人さま、こちらが急ぎの便で届いております。それから、レディ・コーディーリアが応接間でお待ちです」

セバスチャンは従僕の手から封書をひったくった。差出人は、アンがいた娼館の用心棒、テイラーだ。手紙にすばやく目を通した。

アニーを発見しました。キャット・テイトという昔なじみの高級娼婦のもとに、何日か隠れていたようです。すこしばかり汚れ仕事になりましたが、その女からちょっとしたことを教わりました。アニーはある公爵の別荘に行き、その男の愛人になっています。おれはこれからアニーをつかまえにいきます。数日後には、あいつを連れて帰ってきます。金の用意をお忘れなく。すぐにアニーが手に入りますよ。

ミック・テイラー

セバスチャンが応接間へ急いで行くと、レディ・コーディーリアが窓辺で行ったり来たりしていた。彼女は立ち止まり、憔悴《しょうすい》しきった顔でセバスチャンを見あげた。「なにかわかりましたの?」

セバスチャンは、マントルピースの上の鏡に映った自分の姿に目をやった。金色の髪は完璧にととのい、クラヴァットの結び方は複雑かつ斬新だ。鏡を見ながら、親切そうな笑みを口もとに浮かべた。「じつはそうなんです。アンはロンドンを離れて、田舎の友人のもとに身を寄せているようです。さっそく、迎えをやりました」アンの曾祖母へ近づき、手袋に包まれた手を取り、指にくちづけした。

レディ・コーディーリアは、ほっとしたような笑顔になった。「ほんとうによくやってくださったわ、ノーブルック」満面の笑みだった。「ほんとうに、一生懸命アンを捜してくださったのね」

「絶対にアンを見つけます」それは本心だったので、正真正銘、熱のこもった声になった。

「アンはもうすぐ帰ってきますよ」

レディ・コーディーリアはセバスチャンの両手を握りしめた。「ありがとう。娘たちがあなたのようにやさしい方を夫に選んでいればねえ。ご存じでしょう、長女は公爵と結婚したのよ。わたしもこのうえない良縁だと思ったわ。でも、その公爵は手当たり次第に浮気をして、娘は失意のうちに死んでしまった……」

愚痴はだらだらとつづいた。セバスチャンはまったく聞いていなかったが、レディ・コーディーリアがささやいた。「あなたには、義理の息子たちよりよほど親しみを感じるの。もしアンがいなかったら、あなたに全部を譲ったんですけれどね、ノーブルック」

しまった、ちゃんと聞いていればよかった。たったいまこの年老いた魔女は、もしアンが死ねば、全財産をぼくにくれるといったんだ、とセバスチャンは確信した。

14

子ども部屋を見つけるのはわけなかった――デヴォンはただ、赤ん坊の甲高い泣き声がするほうを目指せばいい。キャロが出産してからまだ二日しかたっていないが、セリーズはその二日間で、独身男の住まいをすっかり変えてしまった。子守を雇い、小さな住人のための子ども部屋をととのえさせた。してみると、住みこみの家庭教師をしていたというのはほんとうなのだろうが、高級娼婦とは、泣きわめく赤ん坊の世話よりも、ドレスや享楽に興味があるものではないだろうか。

セリーズが泣いている赤ん坊をあやしているのが聞こえた。キャロが一階で眠っているからにちがいない。だれの話を聞いても、キャロの出産ははじめてにしては驚くほど短時間だったらしい――たった八時間、とのことだ。助産婦は、楽でしたね、といってのけた。だが、八時間もいきみ、痛みに耐え、うめき、泣くのが、楽とは思えない。

この世のなによりすばらしい音が聞こえてきて、デヴォンは足を止めて耳を澄ませた。デヴォンに本を読んでくれるときの、あのみずみずしくやさしい声で、セリーズが赤ん坊に子守歌を歌っている。

ところが、デヴォンがドアの前にたどりつくと、セリーズは歌うのをやめた。「あら、閣下！　どうぞ、いま甥御さんをそちらへお連れします」

妹がいるから、セリーズはまた閣下と呼んだのだ。デヴォンはため息をついた。「歌をやめてほしくなかったんだが。おちびさんの楽しみを奪うのは忍びない」やはり、小さいやつはまた泣きだした。

「お乳を飲んで、おなかがぱんぱんなんです。げっぷをすれば落ち着くと思いますわ」

「なぜきみはそんなに詳しいんだ？　子どもがいるのか？」

「まさか。子どもはいませんけれど、以前住んでいたところは女の人が多くて、母が何度かお産を手伝ったんです。お産って、素敵だけれど怖いでしょう。だからそばで見て、いろいろ知ったんです。生まれたばかりの赤ちゃんを傷つけやしないか、ひやひやしどおしだったけれど。お産を何度も経験した女の人って、赤ちゃんの扱い方が大胆なんですよ、びっくりしたわ。お乳を飲ませながら、食事を作ったり、家事をしたりするんです」

その声には、畏怖《いふ》と悲しみの念が聞き取れた。「きみはいつか自分の子がほしいと思っているのか？」

「わたしは――どうかしら。以前は、子どもなんて考えられなかったから、予防法を身につけたんです。避妊の方法を。でも……」

デヴォンはふと、そういえば自分もいままで考えていなかったと思った。もっとも、セリーズと契約書を作成したときは、彼女に指示して、これまでの愛人たちと同じように、子どもができた場合の条項を入れた。セリーズは避妊しているのだろうか？　いいよどんだということは、避妊していないのではないだろうか。「きみがおれの子を妊娠したら、きちんと面倒は見る。約束したとおりだ」

「ひょっとして、お子さまがいらっしゃるの？」セリーズが興味を惹かれたようすで尋ねた。

「いや。かならず気をつけていた」放蕩者の祖父は、愛人をはらませるのは精力にあふれているしるしだといっていた。庶子を何人産ませようが、しっかり面倒を見ているかぎり問題はなく、かえって男らしさの証明になるというのだ。一方、父親は、男たるもの自分の行動に責任を持ち、妻以外の女性とのあいだに子どもをもうけるべきではないと考えていた。デヴォンは、父親が正しいと認める気はなかったが、何度も繰り返しいいきかされた結果、愛人を妊娠させないように気をつけていた。

それなのに、セリーズとは気をつけていなかった。見えない目や悪夢のせいで、すっかり忘れていた。だがいま、セリーズが近づいてきて、赤ちゃんをお渡ししますよとそっといわれたとき、デヴォンは彼女がすでに身ごもっていてもおかしくないのだと思い知った。

やわらかな両手がデヴォンの手のひらにさっと触れたのち、セリーズはデヴォンの片方の腕におむつに包まれた赤ん坊の尻をのせ、胸に小さな体を、もう片方の腕に頭をあずけさせた。酸っぱいような乳臭いにおいがデヴォンの鼻孔を刺した。赤ん坊がどんなににおっても、女たちはすこしも気にしていないようだ。

デヴォンが甥を抱くのはまだこれで三度目で、値段のつけられないほど貴重な花瓶をおっかなびっくり抱えているような気分だった。だが、セリーズの意図はわかった。慎重に赤ん坊の頭のうしろに手を添え、温かな体を自分の肩にもたせかけた。

「赤ちゃんを肩からちょっと離してください。シャツが汚れないよう、布をかけてさしあげますから」

赤ん坊を抱きあげると、セリーズが肩に布をかけてくれたのがわかった。赤ん坊を抱きなおし、奇妙な形をした小さな頭に頬ずりしてみた。

「この子が見えたらなあ」あからさまにせつなそうな自分の声に、顔をしかめた。見えるわけがないのだ、いいかげんに受け入れなければならない。だが、腕のなかの小さな奇跡はほんとうに不思議で、触れてにおいを嗅ぐだけではものたりない。それだけではだめだ。

「頭の形は変わりますわ」セリーズがいった。

赤ん坊の頭頂部に触れると、まだやわらかく、もろそうだった。「それほどとがってはいないな」

「ええ、もうとがっていませんね。とってもお小さいけれど、もっと小さな赤ちゃんを見たことがあるわ。元気で健康で、お乳も大好きみたい」

デヴォンは笑った。胸が締めつけられるようで、ことばが出なかった。赤ん坊の頭のまわりをふわふわと取り巻いているらしい、頼りない髪をかきまぜた。セリーズも赤ん坊の髪をなでていたらしく、ふたりの指が軽く触れあった。その感触は悪くなかった。愛人とともに、げっぷをしそうな甥をなでていることが、なぜか不思議と自然に感じた。「顔をなでまわしても、どんな顔立ちなのかはわからないな。鼻は上を向いていて、ちっぽけなボタンみたいなのはわかる。それから、唇はキューピッドの弓みたいだ」赤ん坊の上唇をなぞると、がさがさした部分があり、デヴォンは眉をひそめた。

「吸いだこです」セリーズが教えてくれた。「赤ちゃんにはよくできるの」

耳のそばで、泣き声が空気を震わせた。赤ん坊の背に添えたデヴォンの手に、セリーズが手を重ね、赤ん坊をさすったり、とんとんと軽くたたかせたりした。しばらくして、デヴォンの背中がなんとなく温かくなった。

「赤ちゃんのランチが出てきたんですよ」セリーズが明るくいった。「幸い、お背中にかけたおくるみが受け止めたわ。ほら、もうおねむですよ。おじさまに背中をなでていただいて、気持ちよくなったのね。もうお目々が半分閉じてるわ……まつげが長くてきれいで、閣下そっくり」

肩にもたれた小さな体が、ふくらんだりしぼんだりしている。一定した呼吸に合わせて、赤ん坊の温かいおなかがゆったりとしたリズムでデヴォンに触れては離れる。とても心が安らぎ、デヴォンまで眠くなってきた。

「おかけになって、閣——デヴォン」セリーズが椅子まで連れていってくれた。幼子の寝息に耳を傾けながら、椅子に腰をおろすと、いまなにをしたいのかがわかった。甥をゆりかごに寝かせ、セリーズを抱きたい。妹が来ているので、もう何日もしていない。

だが、いま立ちあがれば、胸ですやすやと眠っている温かな塊が目を覚ますかもしれない。と、離れていく足音が聞こえた。「行かないでくれ」あわてていった。「きみがいなければ困る」

「メイドを休憩にやったから、赤ちゃんのシーツを替えようと思うんです」

デヴォンは、子ども部屋で子どもを抱いて座っている自分など想像したこともなかった。いまセリーズを抱きたいのはやまやまだが、シーツの交換をするあいだ、赤ん坊を抱いていなければならないのはわかった。あきれるほど所帯じみていて、声をあげて笑ってしまった。

「正直にいおう。きみがいなければ、おれはどうなるかわからない。きみが黒鳥亭にいるあいだ、いやというほど思い知った。きみが必要だ、セリーズ。こっちへ来てくれ」

セリーズがそばへ来たのが感じ取れた。「かがんで、天使さん」キスをし、ふっくらとした唇を味わった。「きみのような女性ははじめてだ」

「まあ」セリーズがささやいた。「わたし、正しい愛人とはほど遠いふるまいをしているのはわかってるんです。赤ちゃんの毛布を替えたり——」

「きみのその、なんでもてきぱきやるところは素敵だと思う」セリーズの心配そうな口調が、デヴォンの心に触れた。ほんとうに、セリーズはいままでの愛人のだれにも似ていない。ほとんどの女たちは、デヴォンになにをしてもらうか、そればかり考えていた。「それに、おれの面倒を見てくれたのと同じように、小さな甥の面倒を見てくれる。いままでいろんな女とつきあったが、きみは特別だ」

セリーズは黙りこくったまま立っている。そのとき、砂利が跳ね散る音と、ひづめの音がした。

「馬車だわ」セリーズがあわてたようにいった。

そのはきはきとした声の裏に一抹の不安が隠れているのを、デヴォンは聞きのがさなかった。甥を肩にもたせかけて立ちあがった。そろそろと部屋を突っ切ろうとしたとき、セリーズに止められた。「わたしが見てきますわ」セリーズはすぐに、眼下に四頭の黒い馬に引かれた馬車が到着し、その馬車から背の高い金髪の紳士が飛び降りてきたと説明した。

「キャヴェンディッシュだ」デヴォンがいった。「妹の夫だ」

上腕をつかまれた。「キャヴェンディッシュ卿と決闘なさるおつもりじゃないでしょうね? 妹さんはお産を終えたばかりですよ。決闘なんて申しこんではいけません」

「それはきみが決めることじゃない」とはいえ、いったい自分はどうするつもりなのだろう? キャヴェンディッシュはキャロを傷つけた。許せるわけがない。セリーズがデヴォンの声は鋭く、とげとげしかったので、赤ん坊の眠りを妨げたようだ。

肩にかけてくれた新しいおくるみの上で体を突っぱらせて泣きだした。不満そうな泣き声が、デヴォンの神経を鉤爪《かぎづめ》のようにひっかいた。デヴォンは思わず緊張して両手に力がこもり、暴れたくなったのを我慢しなければならなかった。赤ん坊を抱いているのだ。

「決闘はだめです」セリーズがはっきりといった。使用人にあれこれ指図しようが、勝手に屋敷の模様替えをしようがかまわないが、キャロを守る方法までとやかく口出しされたくない。ところが、デヴォンがぎょっとしたことに、セリーズはいきなり甥を奪い取った。デヴォンが怒りだすのではないかと思ったのだ。「どうなさるおつもりですか?」

デヴォンはふつふつとこみあげる怒りを鎮めようとした。ほんとうのことをいえば、セリーズが正しい。デヴォンがキャヴェンディッシュを撃ち殺しても、たとえめちゃくちゃに殴っても、キャロはよろこばない。将来、甥がなついてくれるわけではない。けれど、なにか行動を起こし、キャヴェンディッシュに報いを受けさせたくてたまらない。キャロに失礼なまねはするなと、思い知らせてやりたい。「わからない」デヴォンは正直に答えた。

「妻はどこだ?」

アンは薄暗い玄関の間で、開いたドアの隙間から、従僕に導かれ、杖をついて出迎えにおりてきたデヴォンに、キャヴェンディッシュ伯爵が突進するのを見た。

豊かな金髪に、背が高くがっしりとした体つきのキャヴェンディッシュは、怒りもあらわなしかめっつらで、復讐《ふくしゅう》の天使さながらだった。アンは赤ん坊が泣かないようにそっと揺すりつつ、前に進みでたデヴォンの冷静さに目をみはった。「キャロに会いたいのなら、まず落ち着け。キャロは子どもを産んだばかりで、ゆっくり休んでいるところだ――」

「子ども！　妻が自分の子を産んだというのに、知らされていなかったとはな」

伯爵の衝撃と苦悩はアンにも見て取れた。デヴォンも声に聞き取ったはずだ。デヴォンは義弟に歩み寄り、肩を抱いた。その許しのしぐさに、アンは驚き、ほっと力が抜けた。ところが、キャヴェンディッシュはデヴォンを押しのけた。「マーチ、なぜキャロラインがここに着いてすぐに送り返してくれなかったんだ？」

「そちらこそ、すぐに迎えにくるべきだったんだ？」

伯爵はビーバーハットをもぎ取り、金色の髪をかきあげた。「くそっ、迎えにいこうとしたんだぞ。マーチ・ハウスだろうと思って行ってみたが、行き先を告げずに出ていったといわれた。ご家族もぼくも、たぶん友達のところへ行ったのだろうと考えた。ここへ来ているとは、だれも思いもしなかったんだ。手紙が来なければ、いまも知らなかったところだ。ずいぶん心配したんだぞ。キャロラインを捜しまわっていたせいで、自分の子どもの誕生にも立ち会えなかった」

「すぐに迎えにきていれば、おれと一緒に宿のバーで、酒で不安を紛らしていたのに――」

伯爵が顔色を失った。「不安？　なにかあったのか？　だから、キャロラインはまだ床に

「そうじゃない。お産はわりに短時間で楽だったと聞いている。キャロは我慢強くて立派だったぞ。さあ、ご子息に会ってくれ、キャヴェンディッシュ」

アンはドアからあとずさりし、伯爵の息子を抱いて二階へ急いだ。レディ・キャヴェンディッシュが、ちょうど目を覚まして体を起こそうとしているところだった。彼女は息子を見てにっこりとほほえんだ。

「赤ちゃんをお連れしました」アンはいった。「まだ眠っていますけど、そろそろ目が覚めて、ディナーをほしがると思いますよ」赤ん坊を母親の腕に託した。かたわらで、メイドがレディ・キャヴェンディッシュの背中に枕を当てた。ほんの短い時間しか眠っていないのに、レディ・キャヴェンディッシュは美しく、片方の肩に黒い髪をたらし、すみれ色の瞳を輝かせ、眠っている赤ん坊をさすった。

アンはベッドの脇に片方の膝をついた。「奥さま――」

「ねえセリーズ、あなたとわたしの仲だもの、キャロって呼んでくださる？　あなたには、お産で大汗をかいてうなったりわめいたりしているところを見られたんだし」

そんなふうに存在を認められ、アンは胸がいっぱいになった。「ご主人がいらっしゃいました。デヴォンがこちらへ連れてきてくださいます」

「まあ」レディ・キャヴェンディッシュは青ざめた。すみれ色の目を見ひらく。「ああ！

なんてこと。どうしましょう？　会いたくない！　怒られるに決まってるもの」

「そんなことありませんよ。きっと、およろこびになるわ」

震える手が気まぐれな巻き毛をなでつける。「わたし、ひどい見てくれでしょう――」

「おきれいです」アンはきっぱりといった。新しい友人と目を合わせた。「ご主人と会って、お話しなさってください。おふたりとも、生まれたばかりの赤ちゃんがいるんですよ、幸せな家族を作ってさしあげなきゃ。ご両親が愛しあっているのを感じるのが、赤ちゃんにとってなにより安心することでしょう。恋愛結婚だったと、デヴォンに聞いています。きちんとおふたりでお話をすれば、わかりあえるわ」

新しい友人に、差し出口をきいてしまったかもしれない。ところが、意外にもキャロはうなずきながら、赤ん坊を胸もとに抱き寄せた。小さな拳が期待で揺れた。「わかったわ。あの人と話しあいます。ここへ通して、息子に会わせてあげて」

アンは、キャロの言葉をデヴォンに伝えてから、そっとしておくつもりだった。これは家族の問題だ。けれど、デヴォンは、キャヴェンディッシュと一緒にキャロの部屋へ来てほしいといって譲らなかった。部屋へ着くと、伯爵と夫人は無言で見つめあった。「おれたちの息子か？」と伯爵が尋ねると、夫人は「ええ」とだけ答えた。はじめてのキスに緊張していないふりをしている若い恋人たちのように、ぎくしゃくした雰囲気だ。

赤ん坊はその緊張を感じ取ったはずだが、母親の乳房を探しつづけている――キャロはレースの肩掛けで胸もとを隠した。赤ん坊が泣き声をあげたが、キャロはなだめることができなかった。

とうとう、アンは賭けに出た——デヴォンを怒らせ、伯爵夫人の友情を失い、追いだされるかもしれない賭けに。「キャヴェンディッシュ卿、キャロは心が傷ついているからこちらへいらしたんです。キャロは、もうあなたに愛されていないと思っています。あなたがなにをなさったのかは知りませんが、浮気を疑われるようなことがあったのではありませんか。おふたりで話しあうべきですわ！　おふたりとも、親になったのですよ。ごらんのとおり、お子さんは悲しみを感じ取っています」切り札としてそういったものの、キャヴェンディッシュがまじまじと赤ん坊を眺め、キャロが口に手を当てたとたんに悔やまれた。

「ほんとうなのか？」キャヴェンディッシュがのろのろと尋ねた。「きみ、傷ついているのか？　だから……出ていったのか？」

「だって、あなたはわたしに飽きたんでしょう」キャロは頬を染めて答えた。

「どうしてそんなふうに思うんだ？」

「当然でしょう？　あなたがハリエットとどれだけ親密になったか、ハリエット本人がいいふらしているのよ。わたしがそばにいるのを承知のうえで、あなたがベッドでどんなことをするか、レディ・フェンウィックにしゃべっていたわ」

キャヴェンディッシュは目を丸くした。「彼女には指一本触れたことがないぞ、キャロ。

なにをいったのか知らないが、全部嘘だ」

ふたりは早口でやりとりした。なにをいっても否定され、キャロはだんだんあわてるようすを見せ、気まずそうにしはじめた。キャヴェンディッシュはキャロのかたわらにひざまずいた。「なぜいままで黙っていたんだ、キャロ？　たしかにハリエットにはつきまとわれた。だが、やめるようにいったんだ。その気はないとはっきりいってやった。それなのに、なかなか聞き入れてもらえなかった。彼女にはいらいらさせられたよ。しつこくされればされるほど、うっとうしくなってね」

「ごめんなさい」キャロが泣きながらいった。「わたし、どうかしていたんだわ。もうあなたに愛されていないと思いこむなんて――」

「まさか。正直にいうと、おなかの子を傷つけるのが怖くて、きみに触れることができなかったんだ。白状しよう、ぼくは父親になることに怖気づいていた。ぼくの父は冷淡な人だった。だから、自分がどんな父親になればいいのか、くよくよ悩んで自分の殻にこもってしまっていた」

赤ん坊が乳を飲み終えた。アンは急いで布を取ってきて、キャヴェンディッシュ伯爵に渡した。デヴォンがにやりと笑った。「それを肩にかけるんだ」

アンはキャロから赤ん坊を受け取り、自分の肩に赤ん坊の体をかけるようにする抱き方を伯爵に教えた。それから、デヴォンと一緒に部屋を出て、静かにドアを閉めた。

「これで、あわて者の妹も早合点しないことを覚えたかな？」デヴォンが尋ねた。

「そうですね」アンは小声で答えた。「どう見ても、おふたりは心から愛しあっていらっしゃるわ」なぜこれほどわかりやすいことが――キャヴェンディッシュがキャロを深く愛していることが――キャロにはわからなかったのか、ほんとうに不思議だ。

キャロの張りつめた声が、ドア越しに低く聞こえた。「許してくださる？　わたしが家出なんかしなければ、あなたもこの子の誕生に立ち会えたのに――」

「どっちみち男は産室に入れないとデヴォンに聞いたぞ。ブランデーの瓶を抱えて、酔っぱらうしかないんだろう。もちろん、とうにきみを許しているよ。でも、これからはぼくの目の届かないところへは行かせないよ、かわいい奥さん。ところで、ぼくたちの息子の名前は決めたのかい？」

「それがまだなのよ！　セリーズに相談したら、あなたがいらっしゃるまで待ったほうがいいっていわれたの。セリーズは、あなたが迎えにきてくださるって確信していたわ」

「さっきのご婦人がセリーズか？　なるほど。きみがここにいるのを手紙で教えてくれたのは、たぶん彼女だ」

「義理の弟に手紙を送ったのはきみだな？」

キャヴェンディッシュが手紙のことを口にしたときから、アンはデヴォンに追及されるのを予期していた。大きな危険を冒しているのは承知のうえだった。幸い、手紙は功を奏した。キャヴェンディッシュが妻のもとへ駆けつけてこなかったら、幸せな解決はなかったのではないだろうか？「ええ」アンは短く答えた。

デヴォンが図書室のドアをあけた。その顔にはなんの表情もなく、アンはこの先どうなるのか見当もつかなかった。デヴォンに罰せられるのだろうか？直感は、彼の怒りを覚悟するよう警告している。愛人はパトロンの家族に干渉しないものだ。それはわかっている。とうとう、デヴォンを本気で怒らせ、追いだされるかもしれない。

彼は杖をついて長方形のテーブルへ向かった。テーブルに寄りかかり、アンの足音がするほうに向いた。「おれに黙っていたな」

「わかっています。出すぎたことをしました。わたしを罰するおつもりですか？」

「なかなかそそられるな」ゆるゆるとした笑みが彼の口もとに浮かんだ。「だが、なぜきみを罰しなければならないんだ？　手紙は役に立ったじゃないか。どうやら赤ん坊は、なによりも夫婦の絆を強めて、率直な話しあいをさせるものらしい。きみをここに連れてきたのは罰するためじゃない。妹たちが……忙しそうだから、きみに本を読んでもらおうと思ったんだ」少年のように期待に満ちた彼のようすに、アンの胸は熱くなった。

「もちろん、お読みしますわ！」それも、とびきり上手に。

「ぜひ読んでほしい本がある。『メイフェア館』という本だ。南側の棚のいちばん端、ちょうど窓際のいちばん上の段にある」

本棚のレールに沿って移動できる真鍮《しんちゅう》のはしごがあり、アンはそれを端へ押していった。デヴォンははしごがレールをすべる音を頼りについてきて、アンがはしごをのぼるあいだ、しっかりと支えてくれた。アンは並んだ本の背に指を走らせ、目的のものを探した。

突然、背後からスカートをめくりあげられた。「デヴォン――」

デヴォンはスカートを放したが、アンの腰をつかんでいた。「こっちを向いてくれ。気をつけて」

アンは胸を高鳴らせながら振り返った。ひたいに前髪をたらし、こちらを見あげているデヴォンは、まばゆいほど素敵だった。

「妹のお産を世話してくれたことに、まだきちんと感謝していなかったと思う」デヴォンは低くいった。「妹とキャヴェンディッシュがよりを戻すのにひと役買ってくれたことにも、お礼をしなければならない。それから、あいつの傷ついた気持ちを癒やしてくれたことや、ふたりが愛情を確認するのを助けてくれたことにも」

「そんな、お礼なんて――」

「まあ待て。礼などいらないかどうかは、おれが感謝し終わってから決めてくれ」

デヴォンはふたたびアンのスカートをめくり、腰のあたりまでたくしあげた。アンは自分のむきだしの脚やヘアを見おろし、息を呑んだ。怖くはなかった。ただ、デヴォンに太腿を抱かれ、ヘアにキスをされて、バランスを崩しそうになった。はしごにのぼっているので、ちょうどそこが彼の口と同じ高さになっているのだ。

「な──なにをなさるの？」アンはささやいた。

敏感な部分を舌でくすぐられ、アンははしごの上で震えた。すると、デヴォンは体を引き、これからアンを襲おうとしている海賊のように、乱れた前髪の下の瞳を輝かせた。「当ててごらん」

ふたたび舌がひだに触れた。デヴォンはアンの腰をつかみ、顔の前から動けないようにした。どこよりも感じやすい場所をしきりになめ、むさぼっている。段の上の足がじんじんし、脚がわななきはじめた。

ああ、デヴォンがしっかりつかまえていてくれてよかった。アンはデヴォンを信頼していた。彼なら落ちないように支えてくれる。

脚のあいだに顔をすり寄せているデヴォンの髪を指で梳いた。彼の舌が入ってきて、熱さで満たした。「デヴォン、このまま続けたらはしごから落ちてしまうわ」アンはいった。デヴォンは舌を使うのを中断して約束した。「絶対に落とさない」セリーズはかわいらしい。愛人にこれほど親しみを覚えたことはなかった。セリーズはじつに希有《けう》な存在だ。デヴォンに与えるばかりで、現に安全な避難所のほかにはなにも見返りを求めない。ロザリンドを除いて、セリーズのように心に触れてきた女はいなかった。二度と女に心を許すことはないと思っていたのに。

それにしても、男は愛人を本気で愛さないものだ。みっともないにもほどがある。そのことは忘れてはならない。体の関係だけで、快楽がすべてのはずだ。それ以上の関係になってはいけない。

デヴォンはセリーズをなめ、うめき声のひとつひとつを楽しんだ。快楽のやりとりだけをしていると安心する。セリーズがのけぞりはじめたので、デヴォンはけっして彼女をはしごから落とさないよう、しっかりと抱きしめた。けれど、セリーズにはよろこびに乱れてほしい。正直なところ、彼女を味わい、よろこばせ、感じさせるのがたまらなく好きなのだ。

「入れてください」セリーズがかすれた声で懇願した。

だが、デヴォンはまずセリーズをいかせたかった。自分の快楽に気を取られずに、彼女のオーガズムを優先したい。だから、顔をすり寄せ、甘く歯を立て、硬くふくらんだ粒を舌でしとどに濡らした。彼女は罪と情熱の味がして、ブランデーよりよほど癖になる。セリーズが腰を押しつけてきた。彼女の両手がデヴォンの髪をつかむ。

まもなく、セリーズは低くかすれたうめき声をあげて達した。彼女の秘所がデヴォンの口を強くふさぎ、叫び声が本棚に反響した。デヴォンは腕に力をこめてセリーズを抱きとめた。セリーズが肩で激しく息をしはじめたので、オーガズムが終わったのがわかった。彼女をはしごからおろしてやった。「本を持ってきてくれ。きみを抱きたいんだが、どうしても先にそれを読んでほしいんだ」

セリーズがかたわらにある背の高い椅子に腰をおろし、ページがめくれる音がしたあと、彼女が驚いてはっと息を呑んだのが聞こえた。「こんな本、わたしには読めません。いやらしい絵ばかりだわ！」

「やけに恥ずかしそうだな、天使さん」デヴォンは穏やかにいった。「きみの好きな絵を探して、それを説明してくれないか」

「そんな……そんなこと、できません」セリーズは恥ずかしそうにささやいた。

デヴォンは執拗《しつよう》に懇願した。しまいには、セリーズもため息をついた。「わかったわ、デヴォン。好きな絵を探して、説明します」

デヴォンの頭のなかで、いろいろな絵が次々と浮かんだ。セリーズはどれを選ぶのだろう？　性行為で感じたことはないといっていたが、夢想した経験はあるはずだ。なにを夢想したか探ることは、彼女の愛し方を知るための楽しい講義になるかもしれない。だから、彼女がどんなことを夢想するのか知りたかった。

男が女の秘所を舌で愛撫している絵を選ぶだろうか？　最初は楽しんでくれなかったことは知っている。でも、いまは気に入っているらしい。それとも、乱交だろうか？　ひとりの女が、男ふたりに快楽を要求する場面がある。いや、普通ではない場所で交わっている場面だろうか——馬上とか、ハイド・パークのまんなかに止めた無蓋の馬車の上とか、熱い湯でいっぱいのバスタブとか。セリーズはなににそそられるのだろう?

ほかの女なら、デヴォンが好みそうな場面を選ぶだろう。だが、セリーズはいわれたとおり、自分の好きなことを明かしてくれるような気がする。けれど、彼女がどんなことをとてもエロティックだと感じるのかはわからない。

「これがいいわ」

デヴォンの胸は高鳴った。「どこだ?」

「殿方が本心ではどんなことを想像するのか、まったく知らなかったの。この本はとても勉強になるわ。でも、いまのところこれがわたしは好き」

勉強になるとは、すばらしい。「どの絵か、早く教えてくれ」デヴォンの声はしわがれて耳障りに響いた。

「もちろん、ほんとうのことはいえない——」

「おいおい」どうしても聞きたい。これはそもそも遊びだったはずなのだが。セリーズがなにをいうか聞きたくてたまらず、いまにも自分から炎があがりそうな気分になるとは、思ってもいなかった。

「じつは四コマの場面からなる絵なの。伯爵の息子と、赤毛の高級娼婦の情事を描いたもののようだわ。男が女に震える欲望の塊にされてしまったの」

デヴォンは頬をゆるめた。「震える欲望の塊になりたくない男がいるか？」

「もちろん、この男は仕返しをするわ」セリーズは陽気につづけた。「女を膝の上にうつぶせにして、裸のお尻をたたくの」

セリーズの魅惑的な声でそういわれると、デヴォンの股間はたちまち硬くなり、鼓動が速まった。「おれたちみたいじゃないか。いまからきみにお仕置きをしようか？　きみもさっきそういってたし。おれの膝の上でうつぶせになるか？」

「なりたくないわ。痛いでしょう……お尻をたたかれるのは」

「遊びなら痛くないさ。約束する、きみに怖い思いや痛い思いはさせない。ほら、つづきを教えてくれ」

「う―ん。ひとコマ目は、この娼婦を熱烈に崇拝している伯爵の息子が下になっていて……あら、これは書斎の絨毯の上ね。スカートの下をのぞいているわ。女のドレスは小さすぎて――ボディスから胸がこぼれでている。ふたコマ目は――」

それ以上は、デヴォンの耳に入ってこなかった。セリーズを抱いたまま、絨毯の上に転がった。彼女をあおむけにする。床になにか重いものが落ちた――きっと本だ。セリーズの熱い唇と、温かい乳房のふくらみに、キスの雨を降らせた。それから、すっかり準備のととのった彼女の熱さのなかへすべりこんだ。そのまま寝返りを打ち、自分が下になった。デヴォンが突きあげるのに合わせ、セリーズが腰を落とす。彼女の両腕が首に巻きついてきた。セリーズのあえぎ声とデヴォンのうなり声がまじりあい、だんだん大きくなっていく。ついにセリーズがデヴォンの肩を強くつかみ、激しく跳ね、叫んだ。「いくわ」

息も絶え絶えのそのひとことに、デヴォンものぼりつめた。オーガズムがすさまじい勢いで全身を駆け抜ける。これほど強烈な感覚は味わったことがない。絶頂の雄叫《おたけ》びは、男がもはやこらえきれないよろこびを感じたときにあげるものだった。ようやく体のわななきがおさまると、絨毯の上でぐったりと伸びた。

「ああ」セリーズがつぶやいた。「あの本よりずっとすごかった」

アンは快楽の余韻で力が入らず、いまにもくずおれそうになりながら、デヴォンの上で震えていた。絨毯の上にすべりおり、デヴォンの隣に横たわった。声をあげて笑い、踊り、くるくるとまわりたい気分だった。けれど、力を使い果たして動けなかった。そしていま、デヴォンがあおむけになり、アンを上にしたがった理由がわかった。絨毯がちくちくするのだ。デヴォンが下になってくれたのは、とても紳士的でやさしいことだった。

「動いたほうがいいな」デヴォンが静かにいった。「ここで眠ってしまう前に」

「ここでもかまわない。あなたの隣で眠れればいいの」

その言葉がデヴォンを動かした。彼はさっと体を起こし、立ちあがった。アンもつづいた。厚かましいことをいってしまったと、いまでは後悔していた。「今夜、本を読んでほしいとお望みなら、よろこんでそうするわ。それとも、あなたがお好きな絵を説明してさしあげましょうか」

彼の笑い声はしわがれていた。「天使さん、きみはやっぱり天使だ。ほんとうにきみを手放したくなくなるよ」

胸がどきりとした。もしも――？　いいえ、殿方はいずれ愛人に飽きる。ごくりと唾を呑みこんだ。愚かにも、彼のやさしい言葉に目が潤んでしまった。だが、彼の手を借りて立ちあがりながら、まばたきして涙をこらえたとき、重ねた紙の束が目にとまった。よく見かける大きさの紙……。

ああ、あれは。新聞の束だ。ロンドンから届いた新聞。

全身の血が冷たくなった。そのせいで、動きがぎこちなくこわばった。それでも、デヴォンがズボンをはいているあいだに、思いきってすばやく、できるだけ音をたてないように、新聞の束に駆け寄った。

いちばん上の新聞は二日前のもので、二週間前からたまっているようだった。部屋のこのあたりはたいてい薄暗いので、アンはいままでここに新聞があることに気づかなかった。おそらく従僕が置いたのだろうが、トレッドウェルをはじめ、だれもデヴォンに読み聞かせることができないので、放っておかれたままになっているのだろう。いちばん上の一面に、娼館のマダムが殺され、犯人と目されている娼婦を捜しているという小さな記事があった。

胸のなかで心臓が激しく打っていた。この新聞の束を処分しなければならない。あとでデヴォンが書斎にこもり、使用人たちがうろうろしなくなったら、ここにこっそり戻ってくればいい。でも、なぜ新聞が全部なくなったのか、もっともらしい理由も考えなければ。デヴォンに目を戻した。ここ数日、キャロと赤ん坊の世話に明け暮れ、デヴォンのそばにいられるのがうれしくて、自分の正体をすっかり忘れていた。自分は逃亡者なのだ。

15

その夜遅く、アンは図書室の暖炉の前にひざまずき、六日分の新聞を炎のなかに投げこみ、灰になった紙を残らず火かき棒で崩した。あせりが手の動きを支配していた。火床でパチパチと音がするたび、背後で足音がしたような気がして、アンの心臓はびくりと跳ねた。すべてを燃やし終える前に、だれかが入ってくるに決まっている。絶対に見つかる。そうすれば、恐怖と罪の意識と狼狽で、ぼろを出してしまうにちがいない。

ところが、だれも現われなかった。最後の一枚がちりちりと焼けて灰になると、アンはぺたりとかかとに尻をついた。マダム殺しと、行方不明の娼婦——アンのことだ——の捜査に関する記事が載っている新聞は、これですべてなくなった。普通はここで安堵するはずだが、まだ安心できない。もしかしたら、死ぬまで安心することはないと、身をもってわかりかけているのかもしれない。

アンは険しい面持ちで火が消えるのを待ち、図書室を出てドアを閉めた。階段へ向かう。屋敷内はありがたいことに静まりかえっていたが、神経が張りつめているせいで、安心させてくれるはずの静けさにも、身震いが止まらなかった。デヴォンはキャロとキャヴェンディッシュを豪華な客用寝室に泊め、ふたりの息子は子ども部屋ですやすやと眠っている。デヴォンはいつも、主寝室に隣接した狭い化粧部屋の寝台で寝る。おかげで、アンは快適なベッドで眠れ、そのうえ彼が悪夢を見たらすぐに飛んでいってなだめることができる。彼はいまだに同じベッドで眠ろうとしない。

アンはそっと主寝室に入り、ローブを脱いで、ぱりっと乾いたシーツのあいだにもぐりこんだ。時間は刻々と過ぎていった。二度、あけはなしたドア越しに、デヴォンのうめき声が聞こえた。彼のそばへ行き、やさしくなでた。意外にも、デヴォンは目を覚まさなかった。アンになでられて、すぐにふたたび深い眠りに戻っていった。けれど、アンは眠れなかった。直感がいますぐ逃げろといいつづけている。これ以上ここにとどまれば、捕まるかもしれない。その不安は根拠のないものだ。けれど、愚かにもデヴォンのそばにいたくてぐずぐずするだろうと、心のどこかではわかっている。結局捕まることになりかねないのに。

翌朝、アンはデヴォンより先にベッドを出た。疲れていたが、眠れもしないのにベッドにいてもしかたがない。赤ん坊のようすを見に、子ども部屋へあがった。だが、キャヴェンディッシュ伯爵がとうに赤ん坊を連れていったと、子守に告げられた。赤ん坊を連れて、朝食をとりに一階へおり、食事が終わりしだい出発するそうだ。

「出発？」アンは鸚鵡《おうむ》返しに尋ねた。

「ゆうべお決めになったんですよ。急なお話ですね」

ふと思い当たることがあり、アンの背中に悪寒が走った。キャヴェンディッシュはロンドンから来た……アンがボウ・ストリートに追われている女だと気づいたのではないか？　いや――キャヴェンディッシュ伯爵夫妻が気づいているはずがない。気づいていれば、その時点でデヴォンに伝えたはずだ。アンは胸を張り、キャロに別れの挨拶をしようと彼女の部屋へ行った。上流社会のルールなどものともせず、友達になってくれたキャロに。

キャロの部屋には日差しが降りそそいでいた。三個のトランクが蓋をあけたまま床に置いてあり、繊細なレースに飾られた下着がこぼれでていた。ベッドにはドレスの山ができている。アンは咳払いをした。キャロが振り返り、アンに輝くような笑顔を向けた。ほら、だいじょうぶじゃないの。わたしが殺人者だと知らないから、キャロはこうしてほほえんでくれる。

荷造りをしているキャロとメイドふたりを手伝いに、足早に部屋に入った。忙しくしているほうがいいと思ったのだ。どこから見ても自然にふるまっている自信はあった。ところが、三十分ほどたち、キャロが手を止め、アンをじっと見つめた。「どうかしたの？　なんだかびくびくして、緊張しているみたいよ。さっき、メイドがうっかりトランクの蓋をバタンと閉めたら、あなたったら跳びあがりそうになったわよ」キャロの目が丸くなった。「お兄さまとなにかあったの？」

「いいえ。あの——よく眠れなくて。あなたがいなくなるのがさびしいの、キャロ。ほんとうに」

キャロはメイドたちをさがらせ、アンの両手を握った。心がこもったそのしぐさに、アンの胃は重くなった。「じつは、話があるのよ、セリーズ。でも、わたしの口からはいいにくくて」

まさか、殺人事件の話ではないだろう——ないはずだ。「どうぞ、おっしゃって」

「わたしたちみんな、お兄さまが結婚するのを望んでいるの。目が見えないから結婚しないといっているのは知ってるわ。でも家族みんな、お兄さまが考えなおすのを祈っているのよ」

「ええ。結婚なさるべきです。素敵な方と出会って、もう一度恋に落ちるべきだわ」アンは頬を赤らめた。「婚約者のレディ・ロザリンドのお話はうかがいました」

「お兄さまはあの方が大好きだったのよねえ！　お亡くなりになって、お兄さまは打ちひしがれていた。お母さまは、幸せな結婚がお兄さまの心を癒やして、よろこびをもたらす鍵だと信じているわ。でも、お兄さまが——」キャロはアンの両手を握りしめた。「お兄さまは、結婚したら愛人は作らないといっていたの。結婚する方とおつきあいしはじめたら、浮気はしないと誓ったのよ」

「まあ。つまり、わたしとは別れることになるのね」

「それが……あなたのことはほんとうに気に入っているもの。お兄さまのほうからあなたを手放すとは思えないの」

「でも、結婚するおつもりなら、もちろんそうなさるわ」

キャロは下唇を噛んだ。「いずれあなたをあきらめなければならないとなったら、お兄さまはますますご自分の義務から逃げて、妻を見つけようとしなくなるわ」

アンはなんといえばよいのかわからなかった。デヴォンが結婚する気になれば、花嫁探しを愛人に邪魔させたりしないはずだ。

「お兄さまはどうしても社交界を避けるの」キャロがいった。「すっかり元気になったみたいといったら、すべてあなたのおかげだといわれたわ。それに、結婚はできない、絶対に妻を傷つけるのがわかりきっているからって」

「閣下のお気持ちは知っているけれど、奥さまを傷つけたりしないと思うわ」

「ねえ、よりによってあなたにこんなことをお願いするのは変だと思うけれど、お兄さまに結婚すべきだってわからせてやってほしいの。わたしたちに代わって――お母さまと、わたしたち妹に代わって、やってくれないかしら?」

アンの胸は乱れた。デヴォンの幸福をひたすら願っている家族の望みを、どうしてむげにできるだろう?「ご家族のもとに帰って、社交界に復帰して、女の方と会うように説得してみます。閣下にもうだいじょうぶだと思っていただけるよう、できるだけのことをするわ」

その夜、アンはデヴォンとふたりきりになったとき、キャロに頼まれたことを話した。

「おわかりでしょう」きびきびといった。「妹さんがいらしてから、なにごともなかったじゃありませんか。もうご家族のもとへ帰れますわ」

「いや、まだだめだ」デヴォンの返事はそれだけだった。それからは、何度尋ねても返事は同じだった。

とうとう二日がたち、夜になってふたりで書斎で過ごしているとき、アンは『メイフェア館』を取りだすと、できるかぎり低くなまめかしい声で、紳士ひとりと豊満な高級娼婦ふたりのからみを描いた、とてもエロティックな絵について説明した。そして、それが終わると、ぱたんと本を閉じた。

「強情を張るのをおやめにならなければ、これ以上一枚だって絵の説明はしません。悪夢を見て妹さんをおびえさせるんじゃないかって心配していらしたけれど、そんなことはなかったでしょう。妹さんは怖がっていませんよ、お気の毒に思っていらっしゃるわ。キャヴェンディッシュ卿もそうです」

「天使さん、きみも頑固だな。おれが家に帰ったら、自分がどうなるのか考えたのか？　ロンドンには帰りたくないはずだが」

「たしかに、帰りたくないわ」アンは身震いした。デヴォンに見えないのは幸いだ。アンにとっては、デヴォンがずっとこの屋敷にいてくれるほうが好都合だ。けれど、助けてくれた彼には幸せになってほしい。「でも――でも、妹さんに、あなたをご家族のもとへ帰すって約束したの」

「そんなことを約束したのか？」

きみにはそんな約束をする権利はないと冷たくいわれるのを覚悟したが、デヴォンは首をかしげた。「そんなに社交界へ戻ってほしいのなら、いくつかの技術を学びなおすのを手伝ってくれないか」

「技術？　どんな？」

デヴォンは眉をあげた。「たとえば、サイコロ」

「サイコロ！」アンは甲高い声をあげた。考えつくかぎりの言葉で非難しようとしたそのとき、デヴォンの美しい口もとがかすかに笑ったのが見えた。「わかりました。賭博のお稽古ね？」

「そのとおり。賭けるのは服だ。負けたほうが一枚ずつ脱ぐ」

「いいでしょう。どうなったらゲーム終了なの？」

「どちらかが裸になったら」

デヴォンはルールを丁寧に教えてくれたが、どう見ても運まかせのゲームだった。なんの技術もいらない、もっぱら運が頼りのゲームに、男たちはよくも大金を賭けられるものだ。

ところが、アンはビギナーズ・ラックに恵まれていたようだ。デヴォンをズボン一枚にまでしたときに、突然トレッドウェルが書斎のドアを大きくあけた。

デヴォンはドアのほうへ振り向いた。「どうした？　いま服を一枚残らずはぎとられそうで、大変なときなんだが」

トレッドウェルはお辞儀をした。なにやら機嫌が悪そうなので、アンは椅子の上で縮こまった。どうしてあんなに怖い顔でにらむのだろう？　ああ、もしや治安判事が来たのでは？

「お邪魔してすみません、ご主人さま。アシュトン卿がいらっしゃったんです。ロンドンからご主人さまのために連れてきたとおっしゃって、ご婦人をひとりお連れです」

デヴォンは、セリーズが押し殺したような声をあげたのを聞き逃さなかった。まちがいなく恐怖のしるしだ、だがなにを怖がっているのだろう？

デヴォンはそっけなく尋ねた。「アシュトンが雇ったご婦人は、いま目の前にいるぞ」「トレッドウェル、なんの話だ？」

「アシュトン卿はちがうとおっしゃってます、ご主人さま。アシュトン卿とお連れさまは、客間にご案内しました」

「もうひとり女を連れてきたのか？　コレクションにくわえろというわけか」いかにもトリスタンらしい。いままで、女とは二週間ともったことがないトリスタンなら、ひとりよりふたり相手がいたほうが楽しいと考えそうだ。

「ちがいますよ。アシュトン卿は、先に女をよこした覚えはないとおっしゃってます。たったいま、はじめて連れてきたばかりだと。なかなかちょうどいい相手が見つからなかったそうです。ご主人さまがお気に召しそうな方を見つけるのに、ご自分で試さなきゃならなかったとのことで」

セリーズはトリスタンに送られてきたのではなかった。ああ、目が見えればいいのに。いま、セリーズがどんな顔をしているか知りたい。「セリーズ、どういうことだ?」にわかに緊張し、危険を察知したときのように、自分の体がこわばるのを感じた。

「あの――わかりました、正直にいいます。嘘をつきました」

「なぜだ?」セリーズの声は右側から聞こえたが、妙に遠かった。いつのまにかデヴォンのとなりから離れたのだ。あとずさっているのだろうか? 逃げるつもりで?「戻ってこい」デヴォンは険しい声でいった。「おれのとなりに座れ。きみがどこにいるのか、わからないじゃないか」

衣擦れの音をさせてセリーズが戻ってきた。おびえたような浅い息遣いが聞き取れた。

「あなたに話したとおりです、デヴォン。わたしは公爵の愛人になりたかった。あなたの愛人になれば、ロンドンのスラムから抜けだせる……娼館のひどい暮らしから逃げられるから」

「嘘をついたのはなぜか、それでは説明になっていない」

「こうするしかなかったの。アシュトン卿に送られてきたといわなければ、トレッドウェルはこの屋敷に入れてくれなかったわ。ほかに行くところがなかったから、そうしたの」

「あたしがまちがってました、ご主人さま」トレッドウェルがいったが、デヴォンは手をあげて制した。

「セリーズの言葉を嘘だと見抜けるわけがない。アシュトンが女をよこすつもりだと、おまえも知っていたんだからな。いまからセリーズとふたりで話をしたい。アシュトンと連れには、しばし待ってもらえ」

「かしこまりました、ご主人さま」

ドアが閉まると、デヴォンはずきずきと疼いているこめかみをもんだ。「アシュトンとは会ったのか？　きみも試されたのか？」

「いいえ！」セリーズが叫んだ。彼女が腰をおろしたとき、ソファがきしんだが、クッションが沈むのは感じられなかった。おそらく、デヴォンからできるだけ離れたところに、浅く腰かけたのだろう。

「では、なぜあいつの名前を騙《かた》ればここに入れるのを知ったんだ？」

「悪いことをするつもりはなかったんです、ほんとうよ、デヴォン。アシュトン卿は、わたしの友人に、あなたの愛人になってくれと頼みにいらした。でも、友人にはパトロンがいるから、アシュトン卿の頼みをお断わりしたんです。わたしはそのとき友人の家にいて、アシュトン卿との話を立ち聞きしてしまった。これ以上ないチャンスだと思ったわ。そして、だれにも知られないようにして、ここに来たんです。ええ、アシュトン卿の名前を騙《かた》って、トレッドウェルに通してもらいました。でも、そのあとあなたにお話ししたことはすべてほんとうのことです」

矛盾したところはない。セリーズはロンドンから逃げたかった、娼館の女以上のものになりたかった。底辺から這いあがり、安全な生活をしたかった。きちんとした家の娘だったにしろ、住みこみの家庭教師だったにしろ、スラムで生まれた貧しい娘だったにしろ、安全な暮らしをしたがるのは当然だ。けれど、なぜかデヴォンの直感はそれだけじゃないと警告している。「おいで」セリーズがどこにいるのかは、声でわかった。彼女の腕とおぼしきあたりをつかんだ。「アシュトンがわざわざ女を連れてきたんだ。贈り物はもう必要ないと、あいつにわかってもらおう」

突然、前方のドアのむこうから男の笑い声があがり、女の甲高い笑い声がつづいた。アンは体をこわばらせた。アシュトンが女を連れてきたのはちょっとした悪ふざけだとわかっていたが、騒々しい笑い声は、処刑台のまわりに集まった野次馬たちの嘲笑や歓声を思わせた。

デヴォンが足を止めた。「怖いのか。緊張しているのがわかるぞ」

腕に触れただけで、そんなことがわかるのだろうか？　なんて敏感な人だろう。「これから会う方のお名前を出して嘘をついたんですもの。きっとお怒りになるわ。あなたも」

デヴォンの手が伸びてきて、ぎこちなくアンの頰に触れ、親指が唇をかすめた。アンは恐怖に囚われていても、肌が反応してちりちりするのを感じた。嘘をついたのを認めたとき、すぐさま追いだされると思っていたのだが。けれど、どうやらまだここにいさせてくれるようだ。

彼の指先がそっとあごに触れた。すぐにおとがいを探りあて、アンの顔をあげさせ、すみれ色の瞳を見つめさせた。「きみが嘘をついたわけはわかっている。ほんとうのことを話したのなら、なにも恐れることはない」

ああ、デヴォンが感覚をとぎすませているのがわかる。アンの目をのぞきこみ、そこに罪の意識を見て取ることはできないけれど、きっと耳で聞き取ろうとしている。ほんとうのことを話したのなら。つまり、信じていないのだ。デヴォンはアンがひとつ嘘をついたのを知り、まだなにか偽っていると考えている。そのとおり、アンは嘘をついている。

「きみはおれのために尽くしてくれた」デヴォンは低くいった。「そのきみを追いだしたりはしない」

いいえ。いいえ、あなたはわたしを追いだすわ。そして、わたしが絞首刑になっても、すこしも哀れんではくださらない。なぜなら、わたしは人を殺《あや》めたから、人殺《ごろ》しだから。殺すつもりはなかったのに。だが、アンは震えながらもなんとか「ありがとう」といい、いまの声が怪しまれませんようにと祈った。

ドアに近づくと、花の香りが鼻孔をくすぐった。デヴォンが顔をしかめた。「香水か。アシュトンの贈り物は香水をつけすぎだ。そのほうがおれにわかりやすいと思ったのかもしれないが」

アンはちらりとデヴォンを見やり、彼の苦々しい笑みを意外に思った。気がついたときには、客間のまんなかに突っ立ち、かたわらでデヴォンが、先ほどアンが話したことをアシュトンに繰り返していた。アシュトンの顔はキャットの家で垣間見た――プラチナブロンドに濃いブルーの瞳の、天使のような顔をした男だ。連れの高級娼婦、ミス・レイシーは、とても豊満な体つきで、押しの強そうなブルネットだった。

「アシュトン卿、勝手にお名前を使って申し訳ありません。でも――」

デヴォンが片方の手をあげた。「ミス・レイシー、長旅でお疲れだろう。執事のトレッドウェルに寝室へ案内させるので、ゆっくり休んでくれ」

ミス・レイシーは寝室という言葉に勢いづいた。デヴォンとアシュトンに媚びた笑顔を向け、トレッドウェルのあとについていった。

デヴォンは手を振った。「つづけてくれ、セリーズ」

アンは深呼吸した。オーガズムの演技は、デヴォンには通用しなかった。今度は説得力を持たせることができるだろうか？　「わたしは娼館から逃げてきました。マダムに逆らって、それで――捕まって、ひどい目にあわされるのが怖かったんです。いいえ、マダムに盾突《たて》いたということで、殺されるかもしれませんでした。友人を頼っていくと、かくまってくれました。けれど、わたしがいると、彼女まで危険な目にあうかもしれません。マダムは娼婦にいうことを聞かせるために、乱暴な男を何人も雇っていたんです。自分たちの邪魔をしたとか、よけいなことまで知ってしまったとかで、罪のない女の子をためらいもせずに殺すような人たちです」

「その友人とはだれだ？」アシュトン伯爵に尋ねられ、アンはデヴォンから視線をそらした。

嘘はつけない——アシュトンは、だれに仕事を頼んだのか覚えているはずだ。これについては、ほんとうのことをいわなければならない。「キャット・テイトです」

「キャットか？」アシュトンは驚いたような声をあげた。「キャットがきみをかくまっていたのか？　たしかにキャットはすごい美人で、ベッドでもやり手だが、囚われの乙女を助けるような女だとは思いもしなかったな。マーチのこともよく知っているから、仕事を頼んだんだ」

「キャットとは……長いつきあいなんです」アンはいった。「ほんとうによくしてくれました。愛人とはどんなことをするのか、いろいろ教えてくれましたし。それから、マーチ公爵閣下のことも。パトロンとしては申し分ない方と評判だとか」

デヴォンから、低く不穏な笑い声があがった。「申し分ないといっていたのか？　以前、彼女のパトロンになる気はないといったとき、おれに磁器の人形を投げつけたんだぞ」ため息をつく。「天使さん、ほんとうのことを知りたい。きみはマダムになにをしたんだ？」

アンの心臓は凍りついた。どう答えよう？「わ、わたしは……」ああ、ほんとうのことよりほかに、なにもいうことが思いつかない。とにかく、真実の一部分だけを話そう。「わたしは、新しく来たばかりの女の子を助けたんです。まだ子どもで、マ、マダムはその子の純潔を競売にかけようとしていました」

「じつに立派で、勇敢なことじゃないか」アシュトンがいった。

デヴォンは片方の眉をあげた。彼が注意深く聞いているようすに、アンは心のなかの声をすべて聞かれているような気がした。「なるほど」デヴォンは静かにいった。「驚くことではないな。だが、それできみが殺されるようなことはないと思う。せいぜい、殴られたり、無理やり――」ふと口をつぐんだ。髪をかきあげる。「先に寝室へあがっていてくれ、セリーズ。おれもすぐに行く」

アンは部屋を出ていかなければならなくなった。けれど、自分がいなくなったあと、デヴォンとアシュトンはなにを話すのだろう？

デヴォンは両切りの葉巻のにおいを嗅いだ。「おもしろい」トリスタンがつぶやいた。「きみの愛人になりたくて、ぼくにいわれて来たといったのか」

セリーズの話に怪しいところはまったくなく、じつに気の毒だと思う。それなのに、戦闘で最初の砲撃を受ける直前のように、胃のあたりがきりきりと痛むのはなぜだろう？　くそっ、セリーズの恐怖がほんとうに嗅ぎ取れる。このかすかなにおいは、戦地でよく嗅いでいた。

「あの女は何者なんだ、デヴォン？　娼館にいたといっていたが、あれはただの娼婦じゃないぞ。上流階級の女みたいなしゃべり方じゃないか」

「家政婦の娘だといっている。田舎の大きな屋敷に住んでいたが、いろいろあって、ロンドンのスラムに流れ着いたそうだ。それも嘘なんじゃないかという気がしてきた。嘘かどうか、確かめるつもりだ」

「だが、魅力的な女だ」

「おれのものだぞ」デヴォンはすかさずいった。

トリスタンの心得たような短い笑い声がデヴォンに突き刺さった。「やけにあわてたな。心配するな。ぼくはここでは客だ。きみの領分を侵す気など毛頭ない」ソファにゆったりと座りなおしたようなうなり声をあげると、トリスタンはいった。「ところで、目が見えなくなってから女を抱くと、なにか変わったことはあったか？　つまらなくなったか、それとももっとよくなったか？」

こうもあっけらかんと目が見えないことを口にするとは、いかにもトリスタンらしい。

「暗闇で女を抱くのとちがうか？」

「ちがうね」デヴォンはぶっきらぼうに、そっけなく答えた。

「どんなふうに――」いいかけたトリスタンを、デヴォンはうなって黙らせた。とげとげしくいってやった。「ちがうに決まっているだろう。暗ければ、明かりをつければいい」

「ああ、明かりをつけたくないときもあるがな」

「おまえは女ならだれでもいいのかもしれないが、おれはちがう。でも、彼女がどんな姿をしているのかもわからない、ずっとわからないままだ」

「彼女？　ああ、セリーズか。ちなみに、彼女は美人だ。どうせ、手と口でさんざん確かめたんだろう？」

「ああ。だが、手触りや味やにおいではわからないことがたくさんある。とはいえ、この屋敷には、彼女がどんな姿をしているのか説明してくれと頼める相手がいない。自分の愛人のことをほかの男に訊けるか？」

「ぼくならよろこんで答えてやるぞ」

「だろうな」デヴォンは不機嫌にいった。「そしておれは、おまえの鼻に拳をたたきこみそうだ」

「彼女が何者であれ」トリスタンがいった。「彼女のおかげで、おまえは驚くほど変わった。このあいだおれが来たときは、おまえは髪もひげももじゃもじゃの不潔な男だった。こぼしたブランデーのにおいをぷんぷんさせて、陰気な書斎から出ようとしなかった。ところがいまでは、戦争へ行く前、ロンドンでつるんでいたころのおまえのようだ、そして――」

「ロザリンドが亡くなる前のおれか。変わったように見えるかもしれないが、中身はあのころと変わったとは思わない。それなのに、母上と愛人が一緒になって、ロンドンへ帰って花嫁候補を見つけろとせっつくんだ」

ガラスがカチンと触れあう音がした。トリスタンがブランデーをグラスに満たし、瓶をおろしたのだろう。デヴォンはその瓶をひっつかみ、ブランデーを飲みたくてたまらなかった。グラスに手を伸ばしたかったが、拳を握ってこらえた。一杯でいいから飲みたい。だが、一杯飲んだら、床に伸びてしまうまでやめられないかもしれない。

セリーズの話はもっともらしく聞こえた。彼女がここに来たばかりのときに嘘をついたことを、そこまで気にすべきだろうか？　詐欺や盗みを働くためにきたのではないことは明らかだ――そうだったら、いまごろ目的を果たしていてもおかしくない。だが、セリーズはひたすらデヴォンの世話をしているだけだ。キャロを助けたやり方や、赤ん坊が生まれてからの働きぶりはすばらしい。

それなのに、このじわじわと広がる疑念はいったいなんだ？　これはただの不安だろうか？　たえず禍《わざわい》が降りかかるのを待ち受けているようだ。戦地で〝突撃〟の号令を待つような、いや、最初の砲撃を待っているような。

セリーズの話に矛盾はないが、べつの方向から攻めてみれば、突き崩すことができるかもしれない。ロンドンに友人がいるのなら、安全な隠れ場所もあったはずだ。それに、キャットはロンドンで評判の高級娼婦だから、イングランドでも指折りの裕福な貴族にセリーズを紹介するつてを持っている。目が見えず、愛人を作る気などない公爵を口説き落とすという、わずかな望みに懸けてはるばる北へ向かうより、キャットのもとにいて、ロンドンでパトロンを見つけるほうが、よほど簡単ではないか？

「なにをぼんやり考えているんだ」トリスタンがいった。デヴォンは躊躇したが、トリスタンに打ち明けた。「なにを信じればいいのかわからない。彼女の話を額面どおりに受け取れば——ロンドンから逃げだしたくて、おれのところに来るのが、これ以上ないチャンスだと思ったというんだ——だったら、嘘をついたのもわかる。だが……」疑念を言葉に置き換えようとした。「それだけでは、わざわざここに逃げてくる理由としては弱い。キャットに頼めば、ロンドンでパトロンを探すことだってできた。貴族の愛人になれば、マダムの仕返しを恐れることもない」

「おまえのいうことにも一理ある。でも、真実を知っているのはセリーズだけだ」

ドアをノックする小さな音がした。デヴォンは、セリーズが部屋に入ってくるものと思い、さっと振り返った。彼女のしっかりとした足音、ほのかで自然なにおい、そして、お休み前に本を読みましょうかと尋ねるみずみずしい声を待ち構えた。

ところが、濃厚な香水のにおいがいきなり襲ってきて、デヴォンは吐き気をもよおした。

ミス・レイシーが、大げさな猫なで声でいった。「公爵さま、伯爵さま、おふたりが並んでいらっしゃると素敵な眺めですわね」

デヴォンはうめいた。いま思えば、セリーズは色っぽい高級娼婦のふりをしていたが、どこかうぶでぎこちないところがあった。この女のように、すれっからしな感じはしなかった。

「すまないが、公爵はかわいい愛人に夢中なんだ」トリスタンがいった。

「それは残念ですこと」ミス・レイシーのスカートが、ゆっくりと衣擦れの音をたてた。きっと、誘うように部屋を突っ切ってこようとしているのだ。「でも、おふたりを探しにきたのは、三人で楽しみましょうとお誘いするためだけではありませんわ。お部屋で休んだあと、下におりて、あの方のお話の最後のほうを聞いてしまいましたの。申し訳ありません。でも、黙ってはいられないんです。あの方は、娼館のマダムから子どもを助けたといいましたね。いまロンドンでは、娼館のマダムが雇っていた娼婦に殺されたという話でもちきりなんですのよ。たしか、アナリーゼという娼婦ですわ。火かき棒でマダムを殴り殺したんですって。いま逃亡中なんです。ボウ・ストリートがロンドンじゅうを捜しまわっていますわ、でもまだ見つかっていません」

ミス・レイシーのなまめかしい声に、勝ち誇るような響きが聞き取れた。「それはいつのことだ？」

「マダムが殺されたのは三週間前です」

デヴォンは不意に声を失った。なんてことだ。

「デヴォン、ここに新聞はあるか？」

「知るか。配達されているはずだが、おれには読めないんだぞ」

「トレッドウェル」トリスタンが大声で呼んだ。ブーツが容赦なく床を打つ音がし、たちまちあの特徴のある足音が聞こえてきた。「トレッドウェル、ここ三週間分の新聞は取ってあるか?」

「はい」トレッドウェルが答えた。「近侍がやめてからも取ってあります。図書室にまとめて置いてあるんです。すみません、ご主人さま。忘れてました。読んでもらってください」

アンは廊下の暗がりで縮こまっていた。胸のなかで心臓が激しく暴れていた。

アシュトンと話があるから先に寝室へあがるようにいわれたものの、じっとしていられず、服を脱ぐかわりに、デヴォンに本を読んでほしいか尋ねようと、下へおりてきたのだ。

ところが、書斎へ向かう廊下の入口で、奥へ歩いていく一団が見えた。アンは足音を忍ばせてあとをつけた。こっそりと近づくと、デヴォンとアシュトンが大股で前を歩き、トレッドウェルとあの豊満なミス・レイシーがうしろを歩いているのがわかった。ついていくと、四人は図書室へ入っていった。

だれかが新聞のことを思い出したのだと、すぐにわかった。アシュトンの声が聞こえた。

「マダムが殺されて娼婦が行方不明になったという記事はないな。だが、六日分ほどなくなっているようだ」

「ああ」デヴォンがうめいた。「ロンドンから逃げてくるのも当然だ。雇い主を殺したんだからな」

「それも、無慈悲にねえ」ミス・レイシーがつけくわえた。「逮捕してもらわなければなりませんわ」

知られてしまった。どういうわけか、知られてしまった……ああ、ミス・レイシーのあの得意そうな笑み。彼女が新聞記事を読んだか、ロンドンで噂を聞いたかして、真相に気づいた。そしてすぐさまデヴォンに伝えたのだ。競争相手を蹴散らすために。

なんてこと。デヴォンが捕まえにくるまで、あとどれくらい時間が残っているだろう？　おそらく、もうあとすこししかない。寝室に戻って身のまわりのものを取ってくる時間はない――ドレスはおろか、ボンネット一個、持ちだすことはできない。

アンはあとずさった。そして、くるりと向きを変えて走りだした。客間にたどりついたときには、すでに息があがっていた。テラスに面したガラスドアへ急ぐ。トレッドウェルがまだ鍵をかけていませんようにと祈りながら、震える手でノブをまわした。

祈りはかなえられた。ドアは大きくひらいた。勢いよく押したせいでつんのめり、敷石のテラスにまろびでた。スカートをたくしあげ、暗い芝生の庭をめざして灰色の石の上を走った。これからどうしよう？　どこへ行けばいいの？

どこでもいい。とにかく逃げなければ。

16

アンは身をかがめたまま芝生を突っ切った——コルセットのせいで苦しかったが、できるだけ低くかがんだ。雲が月をおおい、ベルベットのような闇がアンを完全に隠してくれたが、起伏が多くてあちこち思いがけないところに穴があいている芝生を、青黒く波打つ油断のならない海に変えてもいた。二度、穴に足をとられて膝をついてしまった。二度ともよろよろと立ちあがり、しゃにむに前へ走った。

心の奥底では、デヴォンに真実を打ち明ければ、マダムを殺めたのは事故だったのだと許してくれるかもしれないと信じたかった。少女を守るために必死でマダムを殴ってしまったのであって、けっして殺すつもりではなかったのをわかってくれるかもしれない。デヴォンならかくまってくれる、守ってくれる、助けてくれると思いたかった。けれど、デヴォンが人殺しをそうと知りながらかくまうだろうか？　少女たちを守るためだったとはいえ、罪を犯したのは事実なのだ。おそらく、デヴォンもそう考えるだろう。胸が締めつけられた。彼と親密になれたからといって、事態は変わらない。目の不自由さに対処するのを助けたことも関係ない。ああ、デヴォンは国王陛下と祖国のために命を懸け、視力を失ったのだ。法を犯したアンを助けてくれるわけがない。当然だ。

アンはライラックの繁みをよけ、全力で森へ走った。思いきって、ちらりと背後をうかがった。いまでは、屋敷の二階の窓のほとんどにあかあかと明かりがともっている。きっとデヴォンが捜しているのだ。いまにも外に逃げたと気づかれて……。

テラスで明かりがゆらゆらと揺れた。従僕がランタンを持って出てきたのだ。デヴォンはとうに気づいていて、従僕にアンを捜させていた。不意に明かりがわかれ、さまざまな方向へ流れていった。

アンは恐怖に小さな泣き声をあげ、焼けつくように熱く、震えている脚で駆けた。子どものころは男の子に負けないほど足が速かったのに、娼館に囚われていた年月にすっかり体力を吸い取られてしまった。マダム・シンの娼館から逃げたときは、いまより速く走った——曲がりくねった道をワッピングの桟橋めざして逃げた。しかも、三人の少女を引っぱって。ヴァイオレットとメアリーの手首を強くつかみすぎて、ふたりを泣かせてしまった。いちばん小さなロッティはアンの背中におぶさり、両腕で首にしがみついていた。

けれど、おびえた少女たちを救わなければならないという思いは、自分ひとりを助けるためよりずっと強い力を与えてくれた。いまは、吐いてしまうか、そうでなければ肺に火がつきそうだ。ついに森へたどりつくと、安堵ですすり泣きが漏れた。勢いがつき、木立のあいだを闇雲にジグザグに走った。木の根につまずき、石につま先をぶつけ、何度も足首をひねった。足もとで小枝が折れる音がしたが、警告の銃声のように大きく響いた。追いかけてくる従僕みんなに聞こえたにちがいない。

でこぼこの地面によろめき、暗い森で転びながらもひたすら突き進んだが、ついに立ち止まらざるをえなくなった。もうだいじょうぶだと感じたからではなく、両脚がひどく震えて、膝が折れそうだったからだ。

もうだめだ。これ以上、一歩も進めない。胸を激しく上下させ、できるだけ息を吸った。ここは暗い――鬱蒼《うっそう》と繁った梢《こずえ》の天蓋が月光をさえぎっているので、じっと音をたてないようにしていれば、だれにも見つからないかもしれない。もっとも、それはアンにも周囲が見えないということだ。森のなかはさまざまな音がした――葉擦れの音、小川のせせらぎ、骨が鳴る音にも似た、小枝が折れる音――けれど、背後のかなり離れたところで、男たちが大声でなにかいっているのはまちがいない。わなないている筋肉をふたたび無理に動かし、アンは走った。

小川のせせらぎがだんだん大きくなった。デヴォンにこの森のようすを説明したことがあるのに、いまどこにいるのかわからない。間隔の詰まった木立をすり抜けているうちに、いつのまにか小川のほとりに出ていた。前方に石橋がかかっていた。壊れた橋だ――まんなかあたりの石は、流れのなかに沈んでしまっている。渡るには、途切れたところを跳び越えるしかない。できるだろうか？　自信がない。だが、壊れた橋を渡ろうと思う者はいないだろう。この橋を渡れば、たぶん逃げられる。

ドレスなんか着ていなければよかったと思いながら、アンは流れのなかの石に足をかけた。もちろん、ブーツはひどくすべった。木の欄干の残骸につかまり、おぼつかない足取りで、水面から乱雑に突きでている石の上を渡った。

ああ、震えが止まらない。橋が途切れる手前の安定している石の上でいったん止まり、両腕を前に振りあげて跳んだ。恐怖のせいで、かえって闇雲に全体重を投げだすことができた。両足がむこう側の石に着いたが、その石はぬるぬるしていて、右足が大きくすべった。たちまちバランスを崩し、左足が流れにはまった。それでも、なんとか手すりをつかみ、体を起こした。

濡れてずっしり重くなったスカートがまとわりついた。左の膝がずきずきと痛む。進まなきゃ。絞首刑の痛みを想像しなさい。橋をあとにしてまっすぐ進んだが、左足を引きずっているせいで、のろのろとした歩みになった。いまではデヴォンの従僕たちが森に入っていて、さっき転んだときの水音を聞きつけたかもしれない——。

背後で、落ち葉を踏む音がした。

心臓が急に激しく鼓動しはじめ、アンは息ができなくなった。どういうわけか、愚かにも歩みをさらに遅くしてしまった。何者かの足音は速くなり、数メートルうしろで意地の悪そうな男の低い笑い声があがった。その邪悪なまでにうれしそうな声に、アンの血は冷たい油に変わった。

あの笑い声は知っている。けっして忘れられない。でも、本物であるはずがない。恐怖で混乱した頭が作りだした幻聴だ。

振り返ることができなかった。なぜか、体が振り返ってうしろを見ることを拒否していた。心臓が早鐘を打ち、ごちゃまぜの思考が合わさってひとつの命令になった。逃げて。逃げるのよ！

息もできないほどのどが渇いているのに、アンはスカートをたくしあげ、風のように走った。きっと、頭に取り憑いている幻のせいだ。デヴォンの従僕のだれかに決まっている——。ちがう。従僕なら笑ったりしない。

武器がいる。なんでもいい。折れた木の枝でも、石でもいい——。けれど、手頃な石が見当たらない。重たい足音がだんだん近づいてくる。

必死でスピードをあげたが、間に合わなかった。黒い影が目の前にさっと現われた。よけようとしたが、足にスカートがからまり、勢い余って革手袋に包まれた手のなかに飛びこんでしまった。攻撃者はアンの口を手できつくふさいだ。抱きあげられた次の瞬間には投げ飛ばされ、木の幹に激突した。背筋が堅い幹にぶつかり、肺の空気が一気に出ていった。頭からつま先まで痛みが走った。

悲鳴をあげたが、手袋をはめた手のせいで、金切り声もくぐもった音にしかならなかった。大きな体がのしかかってきて、わずかな明かりをもさえぎり、アンを漆黒の闇のなかに放りこんだ。「よう、アニーちゃん」男の声が楽しげにいった。「さんざん手こずらせてくれたな」目をあげると、見慣れたいやらしいにやにや笑いがそこにあった。禿《は》げかかった頭、鷲鼻《わしばな》、大きな図体が見えた。これが現実のはずがない。悪夢だ。アンは震えながら、マダム・シンの用心棒、ミック・テイラーの細く黒い目を見つめた。

「もう真相はわかったんじゃないのか?」トリスタンが問いただした。「彼女は殺人の疑いで追われていて逃亡した。罪を犯した証拠だろう」

デヴォンはあごをこすった。いまいましい杖を持っていたが、床に放り捨てた。直感では、セリーズは人を殺したのだとわかっている――あの不安そうなようすも、過去を語りたがらないことも、嘘をついたことも、夜の闇のなかへ逃げだしたことも、すべて説明がつく。ミス・レイシーにいわせれば、少女を救ったというアンの話も、マダムを殺した動機に一致する。「たしかにあの人がマダムを殺したんでしょうけれど、女の子じゃなくて自分を守るためだったんじゃないかしら」だが、デヴォンには、丁寧に髪を切ってくれ、親切に本を読んでくれ、甥にやさしくしてくれたセリーズが、冷酷な人殺しだとは、どうしても思えなかった。

「彼女にのぼせあがっているんだな」トリスタンが意外そうにいった。のぼせあがるということばは童貞の若者やさびしい老人に使うものであり、怒りを抱えた公爵が逃げた愛人にのぼせあがりはしない。論理的に考えなければならない。「罪を犯して逃げようとしていたのなら、ここに来た最初の晩になにかを盗んで、国外に逃亡する資金にするんじゃないか」ふたたび杖を取り、歩きだした。「厩へ連れていってくれ」

「厩？」驚いた声はトレッドウェルのものだ。

「役立たずのようにここに座って、彼女が連れ戻されるのを待っているつもりはない。彼女の口から真実を聞きたいんだ」


アンは、自分が粉々の破片に割れてしまわなかったことに驚いていた――まるで氷のように、体が硬く冷たく感じているのに。ミックがアンの口から手をずらしたが、こんどはのどをつかみ、かろうじて息はできるが逃げることはできないくらい、強く押さえつけてきた。

「おまえを見つけるのに、腹が立つほど時間がかかったんだぞ、アニー」ミックが陽気にいった。アンは五年間、この男を恐れながら暮らしていた。彼がどんなに凶暴か、よく知っている。ミックがこんなふうに機嫌よくしゃべるのは、決まって相手を痛めつけようとしているときだ。

ミックはアンを木立の奥へ引っぱっていった。何本もの巨木がふたりを取り囲んでいる。ここなら、ミックはアンにどんなことでもできる。落ち葉の上に死体を残しても、当分は発見されないだろう。

「ど、どうやってわたしを見つけたの？」アンの声はかすれたささやき声だった。ミックの顔ににやにや笑いが広がったとたん、アンは答を悟り、絶望でぐったりした。ミックの手に支えられていなければ、その場に崩れそうだった。「キャットね」

「そうともさ」ミックの唇がゆがんだ。「おまえのあばずれの友達から、ようやくのことで聞きだしてやったんだ」

涙が目を刺した。吐き気がのどもとまでせりあがってきた。「キャットになにをしたの？」

「たいしたことはしてねえよ。あの女、わりに早く降参したぞ。きれいな顔を二、三度平手で殴ってやったら、ぺらぺらしゃべりやがった」

「そんなこと信じないわ。キャットはそれぐらいじゃ負けない。もっとひどいことをしたんでしょう」

「おれだってそうしたかったさ、公爵夫人《ダッチェス》」ミックはあざけるようにいった。「だが、あの女はただの臆病者だ。顔とおっぱいに傷をつけられるのが怖くて、一発殴っただけで泣きだした」

そうかもしれない。いまの話がほんとうでありますようにと、アンは祈った。死ぬほど殴られる前に屈服してくれたほうがいい。すべて自分のせいなのだ。親切にしてくれた友達を危険な目にあわせてしまった。

「おまえが公爵の女になったといえば、おれもあきらめると思ったんだろうな。でも、おれはお上品な間抜け野郎なんか怖くねえ」

アンはデヴォンを思った——たくましい体、その強さ、そして彼を取り巻く、厳しく抑制された力のオーラ。ミックは図体こそ大きいけれど、デヴォンなら簡単に打ち負かすことができる——目が見えさえすれば。「マーチ公爵は英雄よ」アンは嚙みつくようにいった。「間抜け野郎なんかじゃないわ」ふと、こんなのは異常だと思った。デヴォンは、自分が常軌を逸していると思いこんで閉じこもっていた。家族に危険なことをするかもしれないと恐れ、実家に帰ろうとしなかった。けれど、ここにいるのは良心のかけらもない、まさに常軌を逸した男なのだ。

「やつはここには来ねえぞ、アニー。おれとおまえ、ふたりきりだ。二日前から屋敷を見張っていたんだ、おまえをさらう機会をうかがってな。まったく、いい気分じゃありゃしない。おまえのほうから飛びこんできてくれたことには礼をいうが、さんざんいらいらさせられたんだから、それだけじゃ割に合わねえ」突然、ミックはアンののどから手を離し、彼女の両腕を頭上で木の幹に押さえつけ、もう片方の手でアンの胸をつかんだ。

アンはもがいたが、ミックのほうがずっと力が強い。残酷な冷笑を浮かべ、乳房を握りしめた。

「やめて！　お願い」ミック・テイラーに懇願するなど、愚かなことだ。彼はますます調子に乗るだけだ。「どうしてこんなことをするの？」尋ねながらも、あいにく答はわかっていた。報復。マダムを殺されたことへの。

ミックの手が胸から離れた。「おまえをボウ・ストリートに突きだしてやろうか。ニューゲート監獄に入れられて、だんだん朽《く》ちながら絞首刑を待つんだ」大きな体がずっしりとのしかかってきた。膝をアンの脚のあいだにねじこみ、スカートを押さえた。ミックの重みに、アンは哀れな声をあげた。森のどこか遠くのほうで、かすかにざくざくという足音がする――きっとデヴォンの従僕たちが捜しているのだ。

ああ。ミックの胸板に乳房を押しつぶされ、口をきくこともできない。「殴るしかなかった。しかたがなかったのよ――マダムはヴァイオレットを撃ち殺そうとしていたんだもの」マダム・シンは、良心のとがめなどすこしも感じず、少女たちを従わせるために十四歳のヴァイオレットを撃とうとしていた。「マダムを止めようとして、一度だけ殴ったわ。腕をたたいて、ピストルを捨てさせるつもりだった。頭を殴るつもりはなかった。子どもを守るためにしたことなのよ」けれど、意図したよりずっと強く殴りつけてしまった。必死だったのだ。火かき棒がマダムの頭蓋骨に当たったガツッという音には、胸が悪くなった。「あなたは知っているはずだわ。あそこに――あの部屋にいたんだから」

「そうさ」ミックは含み笑いしながら低く答えた。「つまり、おれは重要な証人だ。おまえがあの魔女の頭の片側を火かき棒で殴ったのをちゃんと覚えてるぞ。それから、おまえがあの女を殺してないのも知ってる。おまえたちが窓から逃げたあと、マダムは意識を取り戻したんだ」

「わたし——」頭のなかで、いろいろな思いが飛びかった。「でも、マダムは死んだのよ。新聞に載っていたわ……でも……わたしが殺していないのなら、いったいだれが？」

「それは、おれにもわからない」

わたしは無実だった。ああ、よかった。マダムはひどい人だったけれど、殺してしまったと思いこんで、ほんとうに申し訳ないと感じていたのだ。ということは……犯してもいない罪の犯人だと疑われているのだ。無実なのに、絞首刑に処されるかもしれない。「ミック、ほんとうのことを証言して——」

「まったく、おまえはばかだな、アニー。おれがボウ・ストリートに行って、おまえが無実だと証言すると、本気で思ってるのか？　ちなみにおれもあの部屋にいて凶器をさわったんですよ、とかいうのか？」

恐怖で麻痺し、ミックのいったことがすぐには理解できなかった。「あなた——」もうすこしで口にするところだった。あなたがやったのね。「あなたは、自分がやったと思われるのを恐れているのね」これで、遠まわしに彼がやったのではないかといったことになる。けれど、ミックの凶悪な目が嘲笑するように輝いたとたん、アンは自分の考えがまちがっているのかもしれないと思った。マダムは用心棒代として、ミックに大金を払っていた。ミックには、マダムを殺す動機がない。

「おれじゃねえよ、ばかめ。だが、だれがやったのかは知ってる。そこで、おまえが役に立つってわけだ、このばか女」

ミックのその呼び方に、顔に毒を吐きかけるようないい方に、身がすくんだ。不意に、拳をつかまれた。懸命に手を振りほどこうとしたが、ミックのぼってりとした肉厚の手に、側頭部を殴られた。焼けつくような痛みが頭全体に広がり、目の前で星がはじけた。ぼんやりとした灰色の虚無のなかへ、ばったりと倒れこむ。ミックに抱きあげられ、肩にかつがれた。おなかが彼のがっしりした肩に当たったとたん、吐きそうになった。

「公爵の従僕連中が近づいてきた。だが、こっちは馬をつないであるんだ――」ミックは口をつぐみ、アンをかついだまま木立のあいだを足早に歩きはじめた。アンはミックの肩の上で弾んだ。ブランデーをひと瓶飲み干したかのように、めまいがして気分が悪くなった。ミックに殴られていまにも気絶しそうだったが、気を失うまいと必死に闘った。

永遠にも思える時間が流れたが、ミックが立ち止まり、地面におろされたとき、痛みはおさまりはじめていた。頭がくらくらしているうえに、乱暴に落とされたので、バランスを取ることができずに、どさりと転んでしまった。ミックに立たされ、なにか温かくてやわらかいものに寄りかからされた。それはびくりと離れた。馬が抗議のいななきをあげた。ミックがアンの肩をつかみ、馬にまたがると、アンの腋《わき》の下に両手を入れて引っぱりあげた。片方の手でアンを自分の胸に押しつけると、もう片方の手で手綱を取った。

ぼうっとした頭で、アンはようやく事態を悟った。恐怖のあまり、身をよじった。だが、ミックは大男だ。胸を締めつける腕は鉄の檻《おり》のようで、逃げようがない。

「おまえを捜したのは、ボウ・ストリートに突きだすためじゃねえよ」馬をギャロップで走らせながら、ミックが耳もとでどなった。「そんなことをしても、おれにはなんの得にもならないからな。とある紳士に雇われたのさ。おまえをボウ・ストリートから守るためだ。その紳士はおまえを生け捕りにしたがってる」

「守るなんて！」アンはあえいだ。「わたしは無実よ」

「ふん、おれの証言がなけりゃ、ボウ・ストリートは信じないぞ、アニー。どうやら、おまえはその紳士にとって、ものすごく重要な価値があるらしい。おれにとって、おまえは豪華な生活を手に入れるための切符だ」

ようやく、アンは彼がなにをいっているのか、はっきりと理解した。「紳士ってだれなの？」

「ノーブルック子爵だ。おまえを見つけたくて、スラムを捜しまわってた。だが、ああいう上流紳士ってのは、自分の手を汚したがらないからな。ひとりじゃおまえを見つけられなかった。それで、おれを雇っておまえを捜させたんだ」

セバスチャンが？　わたしを捜していた？　「あ、あの人は、娼館のことを、マダムのことを知っているの？」もちろん、ミックを雇ったのだから、知っているに決まっている。けれど、なぜミックを雇ってまでアンを捜したのだろう？　アンがどうなったか——娼婦になったことも、殺人の疑いで追われていることも知っているのならむしろ、いまさらかかわりあいになりたくないのではないだろうか。

ミックが身を乗りだし、アンの頬をなめた。それはとても不快で、アンの胸をむかつかせる、下手な愛撫の模倣でしかなかった。「いまでもおまえをご所望らしいぞ。いまとなっては、おまえが自分の命と引き換えに、よろこんであいつ専用の女になると思ってる」

なるほど。セバスチャンのいいなりになって、彼の望むことをなんでもしなければ、ボウ・ストリートに突きだし、人殺しだと告発するつもりなのだ。まだなにも知らない少女のころ、アンはいとこのセバスチャンがただただ怖いだけだった。けれど、生き延びるためにあらゆることをしてきたいまとなっては、セバスチャンに囲われると思っただけで、嫌悪と不快感で吐き気がしてくる。

ミックは馬の腹をひと蹴りしてさらにスピードをあげさせた。だが、アンには前方の道すらほとんど見えなかった。耳もとでミックが低く笑った。「ノーブルックのことを考えているのか？　あの男のものになって生きていくのはどうだ？　いいことを教えてやろう、天使ちゃん――」

天使。デヴォンもそう呼んでくれた。デヴォンの唇にのせればあれほどうっとりする響きがあったことばなのに、ミックの口から冷笑のこもった残忍そうな声でいわれると、胸がむかむかする。

「おまえが生きるか死ぬかは、おれの機嫌しだいだぞ、アニー」ミックがすごんだ。「おれのいうとおりにしろ、そうすれば生かしてやる。これからおまえをノーブルックに引き渡す。ロンドンまで何日かかかるが、そのあいだおれの機嫌を損ねないようにしろよ。マダムはおまえの味見をさせてくれなかった。金持ち連中のためにおまえを〝無垢《むく》〟なままでいさせたいとかいってね。今度はおれが分け前をいただく番だ」

アンは吐きたくなった。だが、このうえなく残酷なことを考えてもいた。わたしは娼婦――どんなにいやでも、男に体を触れさせるのが仕事だ。命がかかっているのなら、ミックに抱かれ、セバスチャンに抱かれるのもやむをえない。そうするしかない。

そのとき、なんの脈絡もなく、デヴォンとの契約が頭に浮かんだ。なぜいまさら、情事の条件を決めた契約書なんかを思い出したのだろう？　あの契約書に悲しくなったのを覚えている。あのときの自分は、なんて愚かだったのだろう。デヴォンはアンを守るために契約書を作ったのだ。自分の力を振りかざして、アンを追い詰め、おびえさせたりしなかった。殺人の疑いをかけられてさえいなければ、あの契約書はアンに将来への展望を、自立した生活という夢を与えてくれただろう。

ロープで首をつられるはめになっては、将来などない。選択の余地はないのだ。ミックのいいなりになって、セバスチャンを満足させて生き延びるしかない。

ああ、そんなことはできない。ミックにさわられると、何十匹もの蜘蛛《くも》が肌を這いまわっているようだ。男の手を――デヴォンの手を求めるのがどんなことか知ってしまったいまとなっては。ミックやセバスチャンに抱かれるなど、考えるのもいやだ。

「公爵が宝石をくださったの」アンは嘘をついた。

ミックは馬の胴をまたひと蹴りし、さらに駆り立てた。「そりゃよかった、アニー。ノーブルックのところへ行くまでの旅費と、おれがいただく手数料をそれでまかなえるぞ」

「わかってないわね」アンは懸命にいった。「公爵は、新聞記事でマダムが殺されたのを知ったのよ。わたしが殺人の疑いをかけられて、逃げなければならないことも知ってるわ。わたしはなにひとつ持ちだす余裕がなかったの。宝石を取りに帰らせてくれたら、全部あなたにあげる。使用人はいまごろわたしを捜しまわってるから、こっそり屋敷に忍びこむことができるわ。逃がしてくれたら、とびきり高価なダイヤやルビーがあなたのものになるのよ」

先のことなど考えていなかった。ただ、ミックやセバスチャンにもてあそばれるくらいなら、デヴォンにつかまって治安判事に突きだされたほうがましだということだけはわかっている。ひたすら生き延びるために、たくさんの罪深いおこないをしてきた。これ以上は無理だ。もう二度と、胸がむかつき、胃が痛くなるようなことはしたくない。二度と、忘れようとしても忘れられないようなことはしたくない。そういうことは、きれいさっぱり忘れられるものではないのだ。死ぬまでつきまとう。デヴォンが戦争と死の記憶につきまとわれているように。

欲がミックを動かしますようにと、アンは祈った。ミックが馬の向きを変え、屋敷に連れ戻してくれますように。そのあとは、どうなるかわからない。デヴォンに慈悲を請う？ この手で人を殺したと何日も思いこんでいたあげく、無実だとわかった。でも、デヴォンは信じてくれるだろうか？

ミックはアンの申し出について考えているらしく、馬のスピードをゆるめた。それから、馬の向きを変えはじめ――。

木立のむこうから新しい音がした。アンはそれまでその音に気づいていなかった。かすかだが、一定したひづめの音だ。ミックの馬のひづめの音と、自分の鼓動の音にかき消され、それまで聞こえなかったのだ。その音は、みるみるうちに近づいてくる。

「くそっ」ミックがつぶやいた。銀色の木の幹の合間に、すばやく動くものが見えた。ひづめの音と、男たちのどなり声が、大波のようにアンを呑みこんだ。ミックはもう逃げられない。

「静かにしてろよ」ミックがぴしゃりといった。「公爵に人殺しだと思われているのを忘れるな。公爵はおまえを絞首刑にしたがってるぞ。助けてもらえると思うな、アニー」迫ってくる一団のほうへ無理やりまた方向転換させられ、馬が鼻を鳴らした。

馬に乗った男たちの一団がはっきりと見えてきた。アンは緊張していたが、六人の男がだれかわかった。四人はデヴォンの従僕で、集団のまんなか、黒い馬に乗っているのはデヴォン本人だ。帽子はかぶっていない。シャツとズボンの上に、じかにオーバーコートをはおっているように見える。そのかたわらで、もっと優雅な身なりで月光に金髪を輝かせているのは、アシュトン伯爵だ。アシュトンの号令で、ミックとアンからほんの数メートル先で一団は止まった。従僕のうちふたりとアシュトンがピストルを構えた。三つの黒い銃口を向けられ、アンの心臓は激しく脈打った。

背中になにかがかすり、それは頭の脇で止まった。ミックの銀色のピストルに月光が反射した。銃口はアシュトンに向けられている。恐怖のあまり、鼓動の音がどくどくと聞こえた。デヴォンはこんなところへ来てはいけなかったのに――聴覚と、従僕やアシュトンの指示だけを頼りに、馬に乗ってきたのだ。それほどまでに、アンが嘘をついたのを怒り、犯したと疑われている罪におののき、アンを逮捕させるために追いかけてきたのだろうか？　いますぐ真実を教えたい。「閣――」とアンはいいかけたが、アシュトンがミックにどなった。「名を名乗れ」

アシュトンは返事を待ちながらデヴォンのほうへ身を乗りだした。その唇が動き、デヴォンの表情が険しくなるのを、アンは見ていた。

「なんということだ」デヴォンがあきれたようにいい、その低く威厳のある声は、その場の全員を凍りつかせた。「アシュトン、銃をおろせ！」とどなる。「おまえたち全員、ピストルをおろすんだ」

従僕たちはためらった。そのようすが見えないのに、デヴォンは声を荒らげた。「早くしろ。セリーズに銃口を向けるな。今度はそこの馬上のおまえだ。おまえがだれかは知らないが、おれはマーチ公爵だ。彼女を放して、こっちへ引き渡せ」

ミックは銃をおろさなかった。アンはミックに胸を締めつけられ、息が詰まりそうになった。「おれはミック・テイラーという者です。この女はロンドンで人を殺したと疑われてましてね。おれは、こちらのミス・アン・ベディントンに裁きを受けさせるため、捕まえにきたんですよ」

アン・ベディントン。ミックがその本名を告げたとき、デヴォンがはっと身を引いたのがわかった。乗り手の急な動きに、アベデネゴがそわそわと体を揺すり、地面を引っかいた。デヴォンが馬上でぐらりと揺れ、体勢を立てなおすまで、心臓がのどもとに引っかかったような気分だった。「彼女の名前はアン・ベディントンといったか？　べつの名前だと聞いていたが」猜疑心で、デヴォンの表情はあからさまに冷たく、目は暗い井戸のように細くなっていた。

ああ。またひとつ嘘をついていたのを知られてしまったからには、もはや真実を話したとところで信じてはもらえないだろう。でも、もうあとがない。なにも失うものはない。「嘘よ！」アンはデヴォンに叫んだ。だが、彼の顔つきは、悪夢を見たあとのように冷え冷えとして険しいままだ。「ミック・テイラーはマダムに雇われていたの。ボウ・ストリートの捕り手じゃないわ。わたしを治安判事に突きだしたりしない。お金をもらって――」アンは中断した。なによりも大事なことをいっていなかった。「わたしはだれも殺していません、閣下」彼を名前で呼ぶ勇気はなかった。「ミックが証人です。わたしがミセス・メドウズ、いいえ、マダム・シンを殺していないことを、この人は知っているの」

「それは裁判で決まることだ、ミス・ベディントン」背後でミックがいった。「おれは捕り手じゃねえが、雇い主を殺したやつが絞首台でぶらぶら揺れるところはぜひこの目で見てみたいね」

「彼女が有罪だとすればな」デヴォンが冷たく指摘した。

もはや絶望すべきなのか、それとも一縷の望みにすがるべきなのだろうか。控えめに見ても、デヴォンはアンが有罪だと決めてかかってはいない。「わたしは無実よ」アンは声を張りあげた。「三人の女の子をマダムのもとから逃がしたかった――その子たちは売られるところだったのよ。マダムはそのなかのひとりを撃つと脅したわ。子どもたちを逃がすために、わたしはマダムを殴った。腕を殴るつもりだったの、その子が撃たれないように。たしかにマダムは倒れた。でもミックは、マダムは死ななかったといったわ」支離滅裂だったが、あせってすべてをぶちまけずにはいられなかった。デヴォンを説得するのに与えられた時間はほんのわずかしかないような気がした。「ほんとうなのよ。わたしはマダムを殺していない。ほかのだれかが殺したの」けれど、いえばいうほど、やましげに聞こえるように思えた。

つかのま、張りつめた沈黙がおりた。それから、アシュトンがなにかいおうとしたが、デヴォンが片方の手をあげた。それを合図に、男たちは馬を静止させた。まるで、デヴォンの〝突撃〟という命令を待っているかのようだ。

「おまえが何者かはどうでもいい」ミックにそういったデヴォンの声は、妙に静かだった。だが、ひとことひとことが、細身の剣を振るように、あたりの空気を震わせた。「セリーズを、いや、ミス・ベディントンでもなんでもいい、彼女を引き渡せ。早く」

背後でミックが緊張したのがわかった。「恐れながら公爵閣下」ミックがどなった。「この女を引き渡すわけにはいきませんよ。治安判事に突きだしてくれるとは思えませんからね。この女は愛人だったんでしょう――」

「おまえはなにさまだ、テイラー。おれはマーチ公爵だ。彼女を連れていかせはしない。わかったか？　いますぐ彼女を引き渡すほうが賢明だぞ」

ミックの笑い声はざらつき、悪意に満ちていた。「女と銃はこっちの手の内にあるんですよ。どうしてそんなに強気になれるんですかね」

アンはピストルの台尻が頬をすべるのを感じ、衝撃で身震いした。あの邪悪な笑い声を聞く前から、ミックがなにをするかは、はっきりとわかっていた。「正直いって、弾は一発だけだ。そこにいる全員を仕留めるには足りねえが、追われている罪人を制裁するには一発あればじゅうぶんだ。マーチ、男たちをさがらせろ。この女は譲らねえ。おれのものだ。この女を捕まえて報奨金をもらうのはおれだ」

報奨金？　そんなものがあるわけがない。ミックの意図はわかっている。なぜ頑固にアンを連れていこうとするのか、もっともらしい理由が必要なのだ——セバスチャンとは関係のない理由が。

「おまえはどこまでばかなんだ、テイラー」今度はアシュトンが吐き捨てるようにいった。「彼女を放せ」

アンはひたすらデヴォンたちを見つめていることしかできず、悔しさで歯嚙みした。ミックはわたしを撃つだろうか？　撃つとは思えない——わたしが死ねば、セバスチャンのもとへ連れていくことができなくなる。なぜセバスチャンはここまでしてわたしを捕まえようとするのだろう？

正気の沙汰ではない。それなのに、こんなふうにじゃが芋の袋のように馬の背にじっと座って、ミックの盾になっているしかないなんて。デヴォンはアンを誤って撃たないよう、味方の男たちに銃をおろさせた。どうするつもりなのだろう？　彼になにができるのだろう？

デヴォンは流れるような動きで馬を降りた。アンが予想もしていなかったことだ。デヴォンは馬の胴に手を添えてどなった。「テイラー、最後のチャンスだ。彼女を引き渡せ」

ミックの馬が驚き、ひづめで地面の土を引っかいた。アンの心臓がのどまで跳ねあがった。デヴォンに来ないでと叫びたかったが、従僕やミックの前で彼に大声で命令するわけにはいかない。わたしにかまわず安全なところへ逃げて、といわなければならない。けれど、愚かな心が、恐怖にとらわれた心が、そうさせてくれない。

「手出しは無用だ」ミックが警告したが、その声は不安そうに引きつっていた。アンを撃つことはないだろう。でも、まさか、いくらミックでも公爵を撃つほど愚かではないはず。

アンは五年間、マダムとその手下たちのことをつとめて理解することで、身を守っていた。彼らの行動パターンを覚え、どんなときに怒り、暴力をふるうか予期し、予防してきた。ミックはデヴォンを撃つだろうか、それとも、なにか脅しをかけるだろうか？　すでにデヴォンは従僕たちの列から離れ、ミックは彼に狙いをつけている。けれど、デヴォンにはミックが見えない。危険をわかっていない。ミックの思惑どおりには動かない——。

「閣下、それ以上近づいてはいけません」アンは叫んだ。ミックが邪魔されると特に凶暴になるのは知っている。以前、ミックは娼婦を襲おうとして、抵抗した相手に引っかかれた。その後、機会をうかがっていたが……しばらくして、かわいそうなその女は、娼館の外でぼろぼろの死体となって発見された。ミックは強盗にやられたのだといったが、娼館の女たちはほんとうのことに気づいていた。

デヴォンは、アンが驚くほど冷静かつ大胆だった。もっとも、彼は戦闘の経験を積んでいる――殺意を抱き、銃弾や砲弾で武装した集団に突撃していたのだ。

わたしがミックに撃たれることはない。しびれるような恐怖に打ち勝ち、なにかしなければ。アンはあいかわらずミックに抱きすくめられていたが、両手は自由だった。その手でミックの手首を思いきりたたき、ピストルを捨てさせようとした。それから、ミックの目に当たりますようにと祈りながら、左手をやみくもに頭のうしろへ振りあげた。

「こいつめ」ミックがどなった。暴れているアンの手から逃れるように、腕を離した。

デヴォンが近づいてくる。小走りに、だがおぼつかない足取りで、黒い地面をアンのために突っ切ってくる。このうえなく険しく、容赦のない顔つきで。「テイラー！」

「この女はおれのものだ。こいつはロンドンへ連れて帰る」ミックが応じた。

突然、デヴォンの腕が弧を描き、ピストルを構えてミックの頭に狙いをつけた――ミックの声を頼りにしたのだ。

「まさか、そのざまで撃つのか！」ミックがあざ笑った。「目が見えねえくせに――まちがってアニーに当たるぞ」

じんじんと耳鳴りがしたが、アンにはデヴォンの短いどなり声が聞こえ、ミックがあわてて身をよじるのを感じた。黒い影があちこちの木陰から湧きでてきた。いくつもの拳が飛んでくるのが見えた――デヴォンの従僕たちがほかにもいたのだ。ひとりがアンの腕を強く引っぱったが、ミックは放そうとしない。もうひとりが右側からミックを襲い、棒きれを棍棒《こんぼう》のように振りおろした。ミックは自分の身を守るため、やむをえずアンを放した。ピストルはあるが、たった一発の銃弾を無駄にするはずがない。

「くそっ」ミックが吐き捨てた。「わかったよ、今回は勝ちを譲ってやるさ」

アンは背中を押された。馬からすべりおり、泣き声をあげながらだれかの腕に——デヴォンの従僕の腕に飛びこんだ。その従僕はすばやくアンを馬とミックから引き離した。

「彼女はどこだ？」デヴォンがどなった。

「わたしが確保しました」従僕が叫んだ。アンは従僕の腕のなかで、岸辺に打ちあげられた鰻《うなぎ》のようにもがいていた。視界の隅に、デヴォンの力強い腕で、従僕の腕のなかから彼の胸へ引き寄せられた。一瞬ののち、ミックの馬が後肢で立ちあがるのが見えた。長く強靭な前肢が宙を引っかく。アンは凍りつき、ゆっくりと降りかかってくる禍を見つめていた。まるで魔法の糸が馬を操っているかのようだ。デヴォンと一緒に、あの硬いひづめに踏みつぶされるのだ。

アンは頭が真っ白になり、声も出なかったが、だれかが声をあげた。男の叫び声がした。

「危ない、ご主人さま！」

デヴォンが突然、右に飛びすさり、アンを引っぱった。背中で着地した彼の上にアンが倒れこんだ瞬間、煙草《たばこ》のにおいのする息が、ヒューーッとアンをおおった。

従僕たちが大声をあげている。驚いたことに、デヴォンはアンを抱いてすばやく立ちあがった。アンが倒れこんだ衝撃で、胸がつぶれそうになったはずなのに、デヴォンはまったく動じていない。アンはなんとか立ちあがろうとした——だが、デヴォンがしっかりと手首をつかみ、さっと引っぱりあげてくれた。

「なんてことだ」従僕のひとりがいった。「申し訳ありません、ご主人さま、男を逃がしてしまいました。馬が立ちあがったので近づけなかったんです。あいつ、わざと馬を暴れさせたんですよ」

「二名でテイラーを追え。おれを脅したからには、どうするつもりなのか突き止めてやる」

「おれが追いかけよう」アシュトンがいった。彼と従僕のひとりが馬の横腹を蹴り、ミックを追いかけはじめた。

「あんなにスピードを出して」アンはあえいだ。「死んでしまうわ」ただし、ミックのほうが先に落馬するかもしれない。ミックが落馬して、首の骨を折ってしまえばいいのに——だれかの死を願ったことなどないけれど、ミックほど邪悪な人間はいない。

「その心配はない。アシュトンは乗馬が得意だ」デヴォンがそっけなくいった。「銃口を向けたりしてすまない。テイラーのいったとおりだ。あいつを撃つことはできなかったが、従僕たちに攻撃態勢を取らせるには、やつの気を惹かなければならなかった」

「うまくいったわ！　あなたの従僕がわたしをテイラーから引き離してくれた」アンの声は

感謝の念で震えていたが、デヴォンの顔は険しいままだった。「ありがとう」アンは息を切らしていった。「あなたのおかげで助かったわ」

デヴォンからは「ドレスが濡れている」という言葉が返ってきただけだった。

アンは、ドレスが冷たい万力のように体を締めつけていることに気づいていなかった。思ったより濡れていたらしい。だが、アンがぶるぶると震えていたのは、濡れたドレスのせいではなく、デヴォンの態度がひどく冷ややかなせいだった。「転んでしまったの、小川を渡ろうとして」

「木の葉のように震えている。屋敷に帰って、体を乾かして温めるんだ」

アンの頭のなかで、そのことばが渦巻いた。乾いて温まったら、治安判事のもとへ連れていくの？　きっとそうだ。助けてくれたのに、こんなに冷たいのだから。

「では、ほんとうのことを教えてもらおうか、セ――いや、アン・ベディントン。それがきみの本名なんだろう」

「ええ」アンは、しびれた頭で答えた。ほんとうのこと。洗いざらい話すつもりはある。でも、デヴォンが信じてくれるだろうか？

17

ブランデーのグラスを両手で持ち、アンはデヴォンの暖かいオーバーコートにくるまり、嗅ぎ慣れた彼のにおいに包まれた。デヴォンの書斎には、ふたりのほかにだれもいない——デヴォンが従僕をさがらせた。彼は慎重にブランデーをグラスにつぎ、黙ってアンに差しだした。アンがグラスを受け取ると、彼はむかいの椅子に座った。自分の分はつがなかったことに、アンは気づいていた。それだけは、アンが役に立てたことだ。

アンはグラスを唇につけ、ひと口飲んだ。おなかのなかにぽっと火がともったようだが、胸のなかの氷のような冷たさは消えなかった——その冷たさは、濡れたドレスとも、おりから降りだした氷雨《ひさめ》とも関係ない。雨は、はじめてデヴォンと散歩したときのことを思い出させ、アンの凍りついた胸を疼かせた。

デヴォンはアンがブランデーを飲みこみ、息を吐く音を聞いたのだろう。アンが手を止めたとき、顔をあげた。「きみをつかまえにきた男は知りあいか？」

やはり、その口調は表情と同じく、冷ややかで不穏だった。「ええ」アンはなんとかしっかりした声を出そうとした。アシュトンが空手で帰ってきたのは知っている。ミックは逃げおおせたのだ。「名前は、ほんとうにミック・テイラーというんです。マダムの用心棒で、怒った客とか泥棒とか、ほかのならず者たちからマダムを守っていた。マダムはひどい人だった。お金のためなら平気で人を傷つけたわ。たとえ、おびえた子どもが相手でも。十四歳の女の子を撃ち殺そうとしたのよ。だから、わたしはやむをえずあの人を殴ったけれど――」

「落ち着いて。順を追って話してくれ」デヴォンは怖いほど表情のない顔つきで、椅子の背にもたれた。アンは、自分は人殺しじゃないと何度も繰り返した――マダムを殺していなかったということに安堵し、ひどく興奮して、繰り返すのがやめられなかった。「なにがあったんだ、セ――」デヴォンはいいなおした。「ミス・ベディントン」

ついに、デヴォンの顔にある表情が浮かんだ。彼は……傷ついているようだ。アンは恥ずかしさのあまり、床を突き破って地中にもぐってしまいたかった。デヴォンに嘘をついたことが、ほんとうに情けなかった。こんなに親切にしてくれるのに。そして、話を聞いてくれるのに。けれど、いままでは嘘をつくしかなかった。マダムを殺したと信じていたから。

「いつか娼館から逃げだそうと、ずっと思っていたけれど、臆病で逃げられなかった。途中でつかまったらマダムやミックになにをされるかと思って、ほんとうに怖くなってしまったの。それに、マダムは部屋のドアにいつも鍵をかけていた。わたしたちは囚人みたいだった。奴隷みたい」

ああ、デヴォンがあんなに悲しそうな顔をしている。アンは、自分の顔が恥ずかしさで赤くなっているのを感じた。だが、デヴォンは静かにいった。「きみはほんとうにつらい目にあっていたんだな、天使さん」その言葉に、アンの胸は大きく揺れた。

「そんな生活を生き延びてきたきみは、ほんとうに強かった。子どもを助けたという話だったな。だから、とうとうマダムを攻撃してしまったのか」

アンは深呼吸した。「ええ。その一週間前に、マダムがミック・テイラーに子どもを誘拐させているのを知りました。みんな、田舎から仕事を探してロンドンへ出てきた子たちだった。全部で三人いたわ。わたしは、最後のひとりが娼館に連れこまれるのを見てしまった。わたしの部屋の窓から、玄関のそばに黒い馬車が止まったのが見えたんです。ミック・テイラーが馬車から麻袋を運びだして、その麻袋はもぞもぞ動いていた。でも、ミックが拳で殴りつけると、動かなくなった」いまでもあのときのことを思い出すと、胸が痛くなる——あの麻袋に、さらわれた少女たちが詰めこまれていると知ったときのことを。ミックは、身を守るすべのない小さな少女が抵抗したことに腹を立てて殴りつけたのだ。デヴォンの顔色が変わったのがわかった。

「わたしは娼館を上から下まで捜しました。屋根裏にいつも鍵がかかっている部屋があって、きっとそこに女の子たちが閉じこめられていると思ったの。ミックとマダムが——」話すのは簡単だが、あのときはつかまるのが怖くてびくびくしていた。「本名はミセス・メドウズというのだけど、マダム・シンと自称していました。マダムは子どもたちの処女を競売にかけようとしていた」

「それからどうなったんだ？　マダムを説得したのか？」

デヴォンの声はすっかり穏やかになり、アンの緊張はやわらいだ。「そのつもりはありませんでした。説得しても無駄だとわかっていたから。マダムには良心のかけらもなかった。わたしは、女の子たちを逃がそうと考えました。ふた晩、ヘアピンで鍵をいじったあげく、ようやくあけることができた」

「すばらしい《ブラヴォー》」デヴォンは低くいった。

「それから、部屋に入って——」おびえた三組の瞳を見て、彼女たちが悲鳴もあげられないほど怖がっているのがわかったとたん、マダムを殺してやりたいと思った。けれど、マダムに対する最大の復讐は、逃げることだと思った。

「最後まで話してくれ」

デヴォンの声はやさしく、すべてを吐露したくなる——この人なら信じてくれると思えるような声だ。

「とにかく、あの子たちを娼館から連れださなければならないと考えました。でも、三人はとてもおびえていて、動くこともままならなかった。かわいそうに、さんざん殴られて、恐怖で凍りついてしまったの。だから、無理やり部屋から引きずりだしたのだけど、時間がかかってしまって、外に出る前にミックに見つかってしまった。わたしたちは、マダムのもとに引っ立てられました」

突然、デヴォンがアンのグラスをくれといった。アンはとまどいながらグラスを渡し、デヴォンが指で量を確かめながらブランデーをそそぐのを見守った。そのあいだに、暴れる心臓をなだめることができた――すこし落ち着く時間が必要だったことが、デヴォンにはわかったのだろうか？

「マダムは激怒しました。わたしを罰し、女の子たちを死ぬほど怖がらせようとしたわ。わたしは……怒りと恐怖でどうかなりそうだった。マダムはわたしたちを事務所に入れて、ドアの鍵をかけた。部屋にいるのは、わたしたちと、マダムと、ミックだけ。わたしはあせった。それで――それで、とっさに暖炉の火かき棒を拾いあげたんです」

デヴォンが差しだしたグラスを受け取った。指が触れあい、ぎくりとした。デヴォンはその手を引っこめなかった――勇気づけてくれるそのしぐさがありがたかった。ブランデーは飲まずに、手のひらで包みこんだ。「マダムを威嚇したかっただけなの。わたしは、あの子たちを解放してと要求しました。マダムはせせらわらって、机の抽斗《ひきだし》からピストルを取りだした。わたしは火かき棒を振りあげた――マダムの手からピストルをたたき落とすつもりだった。でも、狙いがそれて、マダムはますますいきりたって、女の子のひとりに銃口を向けたの。そして、ほかのふたりに、いうことを聞かなかったらどうなるか教えてあげると脅したわ。マダムが引き金に指をかけたとき——」

「きみは、子どもが撃ち殺されるのを防ごうと、マダムを殴ったんだ」

「ええ、弾がそれるよう、マダムの腕をもう一度たたこうとしたわ。渾身《こんしん》の力で殴りつけた。そうしたら、マダムがいきなりわたしに突進してきて、火かき棒はあの人の頭に当たってしまった。事故だったんです。わたしは殺すつもりなんかなかった——」

「いとしい人《ラヴ》、子どもを守るためにしたことだろう」

いとしい人。「わたしは、マダムが死んでしまったと思った。自分が殺したんだと思ったんです。そして……胸がむかついたわ。でも、三人を助けなければならない——ミックがなにをするかわからなかったし。だから、ミックに取られる前にピストルをつかんで、彼に銃口を向けながら、三人を窓から飛びおりさせたんです。ちょうど窓の下に屋根があって、一度そこにおりてから、また地面におりました。最後のひとりを窓から出したとき、ミックが襲いかかってきたけれど、なんとか逃げられたわ」

「けがはしなかったか？」デヴォンは心配そうだった。

「ほとんど屋根の上に落ちた感じだったから。でも、膝小僧をぶつけて、肘をすりむいたわ」

「それからどうしたんだ？」デヴォンが身を乗りだした。「いまとなっては、ほんとうにきみのことを気の毒に思うよ」

気の毒に思う？　それはどういう意味なの？　助けてくれるということ？　それとも、当局に突きだすのが忍びないということ？　「ピストルをボディスのなかに突っこんで、女の子たちを連れて逃げました。ミックと何人かの男が追いかけてきたけれど、雑踏に紛れて、なんとかまくことができた」声が大きくなった。「でも、マダムを殺してはいません。森でミックにつかまったとき、あの人がそういったの。マダムは生きていたって」

デヴォンは長いことなにもいわず、そのあいだ、アンの耳のなかでは激しい鼓動の音がとどろいていた。

「三人を連れて、無事に逃げることができたのか？」

アンはまばたきした。「ええ。いちばん小さなロッティをおぶって、ほかのふたりの手首をつかんで走りました。まずキャットの家に逃げこんで、翌日女の子たちをキャットのお友だちのところへ連れていった。まちがいなく、それぞれを田舎のおうちに帰してくれる方たちのところに。手持ちのお金を旅費として三人に渡しておきました」

「それで、身ひとつになっておれのもとへ来たわけか」

「ええ。アシュトン卿が――キャットにいわせれば、あなたを〝癒やしてほしい〟と頼みにいらしたとき、そのチャンスに飛びつかずにはいられなかった。ロンドンから離れることができるわ。そのころには、自分がマダム殺しの張本人だと疑われているのがわかっていました。それに、ほんとうに殺したと思いこんでいたわ。あなたのそばに置いていただければ……住む場所と安全は確保できる」

「マダムはきみに殴られて死んだのではないと、テイラーがいったということだが」

「ええ。あれからずっと、わたしが殺したとばかり思っていたのに。でもちがうのよ！」

デヴォンは眉をひそめた。もちろん、証拠はない。ミックがそういっただけで、彼は消えてしまった。デヴォンの次の言葉に、嘘をついていると思われているのではないかと、アンは不安になった。「ミス・ベディントン、きみがマダムを殺していないのなら、なぜ彼女は死んだんだろう？」

「わたしが女の子たちと逃げたあと、だれかがもう一度マダムを殴ったんだわ。雇われていた娼婦のひとりかもしれないし、客のだれかかもしれない。わたしはミックだと思ったけれど、あの人にはマダムを殺す動機がない」

「ほかに、怪しい者は？」

アンは頭を絞った。「わかりません。マダムが、お客に女の子たちのことを話してあるとミックにいうのを聞きました。お客のだれかが、楽しみを取りあげられて腹を立てたのかもしれない」

「それはどうかな」デヴォンがやさしく反論した。「だったら、べつの娼館へ行けばすむだけのことだ。だが、マダムが前払いで大金をもらっていたなら、逆上した相手に殺されたということもありうる」だが、そういいながらも、自分の仮説を疑うかのように顔をしかめている。

アンの胸はむかついた。われながら、説得力のない話だと思う。マダムが生きていて、偶然にもあとでほかのだれかに殺されたなどという話をだれが信じるだろう？　自分ですら、人殺しになってしまったという恐怖から解放されたことが、いまだに信じられないのだから。

「おいで、天使さん」

アンははっとして立ちあがった。なぜわたしを呼び寄せるの？　つかまえて、治安判事のもとへ連れていくため？　胸の鼓動が激しい。もし治安判事に突きだされたら、この近くの監獄に閉じこめられて、それからロンドンへ送り返されることになるのだろう。

デヴォンのそばへ行くと、彼は両手をアンのウエストに添えた。それから、ひらいた両膝のあいだへ引き寄せた。「きみはいったいだれなんだ、アン・ベディントン？」

アンはバランスを崩しそうになった。「だれって？」

「たとえば、出身は？　どこで生まれたんだ？　なぜスラムで暮らすようになったんだ？　なぜ娼館に？」さらに両手で引き寄せられ、おなかにデヴォンのあごが当たった。「きみが語ったことのなかに真実はなにひとつなかったのかどうか知りたい」

「すべてが嘘だったわけではありません」アンはしびれた頭で答えた。「明かせないことは隠したかった。マダムを殺したと信じていたから。ほんとうは、わたしは貴族の娘なんです。でも父が死んだあと、母と屋敷を出ていかなければならなかった」ごくりと唾を呑みこむ。「わたしをどうなさるの？　無実だと信じてくださる？」

その質問に返事はなかった。デヴォンはいった。「テイラーは、きみが無実だと知っているのだから、きみを当局に連行する理由がない。それなのに、なぜきみをつかまえにきたんだろう？」

思いがけないことに、デヴォンはアンを抱き寄せ、右の膝に座らせた。アンの腰の下で、彼の膝は張りつめ、岩のように硬かった。「隠しごとはしないでくれ。助けがほしいのなら」

助け。ああ、デヴォンは助けてくれるのだ。けれど、その顔つきは険しい……そのときふとひらめいた。「まさか、わたしがミックと共謀したと思っていらっしゃるの……わたしはミック・テイラーを心の底から嫌っているのよ。あの人は、報復しにきたのではなかった。わたしのいとこに雇われて、わたしをつかまえにきたんです」

デヴォンの手に力がこもった。「そうか。きみのいとこは？」

「セバスチャン・ベディントン。父が死んだあと、ノーブルック子爵になりました」

デヴォンの眉があがった、「きみは子爵令嬢だったのか？　きみの話は嘘だったのか？」

「ええ」アンはみじめな思いで認めた。

「だから、きみのふるまいや話し方はレディそのものなのか」デヴォンが眉をひそめた。「きみたちはいとこに追いだされたのか。そこがよくわからないんだ。きみの母上には、寡婦財産を相続する権利があったはずだが」

彼の口調は、とても冷静で論理的だ。怪しまれているということだろうか？　アンは、十五歳のとき父親が心臓麻痺で急死し、爵位継承者であるセバスチャンが家に入ったことを説明した。「セバスチャンは、最初はわたしたちに出ていかなくてもいいといいました。わたしたちが寡婦住宅に移る必要はないって。でも、ひと月もたたないうちに、このまま屋敷に住みつづけたいのなら、わたしと……結婚させろといいだした。いかにも得意そうだったわ——わたしたちを支配しているつもりだったのよ。でも、母は拒否した。すると、セバスチャンは母を中傷する噂を広めたの。浮気性だの、不貞を働いていただの、みだらなパーティをしていただの。セバスチャンは一見、愛想のいい紳士だから、父の親族をみんな味方につけてしまった」

「母上の親族はなにをしていたんだ？」

アンはかぶりを振った。「わたしはだれひとり知らないんです。母方の祖父が、親の意思にそむいた結婚をして、勘当されたから。母は、自分の祖父母にもおばたちにも会ったことがないの」

「セバスチャンはそれほどきみと結婚したかったのか——どんな手を使っても？」

「ええ。正気の沙汰とは思えないでしょう？　でも、いまとなっては、わたしと結婚する気はないと思います。ミックは……わたしの体が目当てだといっていたけれど」アンは身震いした。

デヴォンの表情がやわらぎ、口角がさがった。「きみのいとこは悪党らしいが、きみと母上は結婚の申し込みを断わったときからそのことを知っていたんだろう。なぜ知っていたんだ?」

デヴォンの飲酒をやっきになって止めたのに、アンはブランデーをがぶりと飲んだ。ほんとうのことを話すと約束したものの、この話だけはしたくなかったのだ。「わたしは……あの人が嫌いでした。母が結婚の申し込みを頑として受け入れなかったら、しまいに腹を立てて……無理やり結婚を成立させようとしたの。力ずくで」

アンを抱くデヴォンの腕に力がこもり、こめかみの血管がひくついた。「犯されたのか?」

「いいえ。寝室用の便器を投げつけて、しみひとつないシャツとズボンを汚してやりました。あの人のわめき声で、母と使用人が駆けつけてくれた」

「便器で身を守ったのか」デヴォンに抱きしめられそうになったが、アンはあのときのことを思い出し、体がこわばっていた。

「あの夜、母はわたしを連れて出ていこうと決めたんです。だから、追いだされたというのは正しくないわね——わたしたち、みずから逃げだしたのよ。そして、ロンドンへ来た。母は縫い子の仕事を見つけたけれど、無理をして体を壊してしまった。それを境に、だんだん弱っていったわ」

こんないい方では、あのつらさや悲しさを表わすことはできない。母親が麻痺した両手をさするのを見守るのがいたたまれず、どんなに胸が痛んだか、どうすればいい表わすことができるのだろう？　とぼしい蠟燭の明かりのもとで縫い物をしつづけたせいで、母親の目がだんだん見えなくなっていき、そのためにやり場のない怒りを抱えていたことは？　母親が守ってくれたおかげで、泥棒や売春といったつらい仕事を免れていたことに対する罪の意識は？

「それで——どうして娼館で働くことになったんだ？」

「ある人に連れていかれて、たまっていた支払いのかわりに売られたんです」

「だれだ？」デヴォンが声をとがらせた。「その男の名前は？」

「どうでもいいことです。わたしは——その人がパトロンになってくれると思っていたのだけど、世間知らずのおばかさんだったわ。たしかに、その人は何週間か養ってくれました。その人にもらったお金で、わたしは母にできるだけのことをしてあげられた」

「そのとき、きみはいくつだった？」

「その男の人を信じてはいけないのがわかる程度の年齢でした」

「いくつだったんだ？」デヴォンは語気を強めた。

「十八でした」

「おれには妹が四人いるから、十八の娘がどれだけ世間知らずでうぶか、よく知っているつもりだ。そいつの名前を教えてくれ。これほどだれかをめちゃくちゃに殴りたい気分になったのははじめてだ」

「もういいの。もう死んでしまったわ。何年か前に心臓発作で」アンは彼の怒りを鎮めようと、あわててつけくわえた。「わたし、あなたに会ったことがあるんです。五年前に」

「どこで？　舞踏会か？　パーティかなにか？」

「いいえ、ぜんぜんちがいます。はじめて体を売ろうと決心した夜のことよ。最初に声をかけたのがあなたでした」

デヴォンは急にうつむいた。「つまり、おれがはじめての相手だったのか？　おれがなにも知らず、きみの純潔を奪ってしまったのか？」

「いいえ。こんなことはするなといってくださった。なにもしていないのに、ソヴリン金貨を二枚くださって、きみはきれいだ、家族のもとへお帰りとおっしゃったのよ」

アンの耳もとで、デヴォンの胸が拍動していた。「よかった、きみを……傷つけていなくて」

「あなたは――あなたは、わたしの救いの主だったのよ。結局は、またドルリー・レーン劇場の前に立たなければならなくなったのだけど」

「それで、きみを売った男に会ったんだろう？　おれは救いの主にはなれなかったんだな」

「でも、こうして――」胸が詰まった。「あなたはわたしを助けてくださった。でも、いまわたしを追いだしても、当然だと思います」

「やめろ、セリーズ。きみは地獄を見てきたんだ。それがどんなことか、おれにはよくわかる」

「自首しろとおっしゃるの？」なぜなら、無実を証明するには、裁判を受けなければならない。ミックの証言がなければ、ボウ・ストリートは無実を信じてくれないだろう。

「今夜はきみをどこにも行かせない」

今夜はここに泊まっていい。最初の晩、デヴォンはそういった。デヴォンにすべてをあずけ、さしあたって安全が保証されたのはこれで二度目だ。そして今度も、明日になったらデヴォンがどうするのかはわからない。


デヴォンは書斎のなかをうろうろしていた。ブランデーの香りは悪魔の誘惑だ。だが、なんとか耐えていた。

セリーズは――いや、アンは、いろいろな面で、目の見えない生活に対処する方法を教えてくれた。デヴォンがそれまで頼りにならないと思っていた感覚を目覚めさせてくれた。

アンを寝室に送り、ドアの外に護衛をふたり置いた。アンがまた逃げだすかもしれないからだ。それにしても、アンをどうすればいいのだろう？　このままここにかくまうか、それとも治安判事のもとへ連れていき、無実を申し立てるか？　そうすれば、逮捕されて、裁判まで勾留されることになる。

そもそもアンは無実なのだろうか？　マダムを殴ったことは認めている。だが、同じ夜にほかの人物がマダムを殺したなどという話は信用できるのか？　マダムはアンに殴られても死なかったと、ミック・テイラーがいっていたというのだが。しかしそれが嘘なら、そもそも殴ったことも否定するのでは？

けれど、ミック・テイラーの証言がなければ、ボウ・ストリートはアンのいいぶんを信用しないだろう。では、陪審は？

デヴォンとしては、アンがマダムを殴ったのはやむをえなかったと思う。彼女がそうした理由は理解できる。むごいことをしなければならないと決意するのがどんなことか、デヴォンはよく知っている。ウォータールーで戦闘の真っ最中、フランス人の少年兵にライフルを向けたときに、不意に知ったのだ。あのときは、自分が引き金を引かなければ、部下が殺されてしまうかもしれなかった……。

頭のなかで、ひとつの思いがこだましていた。これ以上、アンを愛人にしておくわけにはいかない。彼女は望んで娼婦になったわけではない。レディとして生まれ、心ならずも娼館へ連れていかれた。いまとなっては、アンがデヴォンの愛人になったのは、そうするしかなかったからだとわかる。だが、それではあまりにも申し訳ない。

だれかがドアをノックした。「ご主人さま」トレッドウェルの声だった。「テイラーとかいう男が来てます」

なんということだ。ここへのこのことやってくるとはずうずうしい。「いったいなんの用だ？」アン・ベディントンを連れ戻しにきたのなら、絶対に引き渡すものか。

「人殺しのことで話があるそうです」

この手でテイラーをたたきのめしてやりたい。だが、必要なのは、アンが無実だというテイラーの証言だ。

デヴォンはあらためて、アンが屋敷内を自由に歩けるようにしてくれたことに感謝した。ミック・テイラーと対面するために、つかつかと書斎へ入った。テイラーの姿は見えないが、トレッドウェルに特徴を聞いておいた。頭は禿げあがり、鉤鼻に鋭い目、筋骨隆々とした体格。男女かまわず気に入らない相手を痛めつける乱暴者の典型だ。

暖炉のあたりから衣擦れの音がした。デヴォンは頭のなかで歩数を数えながら、机まで歩いていった。杖にはナイフを仕込んである。いざとなったら、聴覚を頼りにテイラーと一戦交えるつもりだ。とはいえ、慎重にしなければならない。「アン・ベディントンを連れ戻しにきたのなら、引き渡すわけにはいかないぞ、テイラー。知ってのとおり、彼女は無実なのでね」

「閣下、それはおかしいんじゃありませんか。あの女は人殺しですよ。鎖につないでボウ・ストリートに突きだすべきだ」テイラーのざらざらした声は、嘲笑するように響いた。

「そんなことはさせない。ミス・ベディントンに話は聞いた。おまえは、マダムが死ななかったといったそうだな。ミス・ベディントンはマダムを殺していない」

ミック・テイラーは鼻を鳴らした。「マダムは死にましたよ。アニーが火かき棒でマダムの頭を殴ったのをこの目で見たんです。アニーを追いかける前に、ちゃんと脈は調べました。もう止まってましたよ。マダムは死んでたんです。全部この目で見たんだ、誓ってもいい」

「だったら、おまえがミス・ベディントンに話したことは嘘なのか？　マダムが火かき棒で殴られたあとも生きていたというのは？」

「真っ赤な嘘ですよ。おれはそんなことといってません。ボウ・ストリートに、アニーがやったと訴えます」

デヴォンは了解した。テイラーは、アンがおとなしくついてくるよう、真実を告げたのだ。ところがいま、そんなことはいっていないと否定している。デヴォンに警告しているのだ。自分を捕らえたり、脅したりしても無駄だと。彼の証言ひとつでアンは有罪になるのだから。

くそっ。ほんとうにミック・テイラーを殴ってやりたいが、この悪党は必要な情報を持っている。「ミス・ベディントンのいとこのノーブルック子爵のかわりに、彼女を引き取りにきたのではないのか？」

「ノーブルック？　アニーがそういったんですか？　まさか、ちがいますよ」返事がやけに早く、声も大きかった。あわてすぎだ。

「ノーブルックが関係しているのはわかっているんだぞ」デヴォンはなに食わぬ顔ではったりをかけた。

「ノ、ノーブルック卿なら、たしかにアニーを捜して娼館へ来ましたよ。アニーは家出したんですからね。アニーが娼婦になって、しかも人を殺したと知ると、あきれて帰っちまいました」

いまの言葉がなにをほのめかしているかは明らかだった。つまり、堕落した女であるアン・ベディントンをかくまうのは勘ちがいしたばか者のすることだといっているのだ。デヴォンの忍耐は切れた。「出ていけ、テイラー。いますぐだ。おれが杖からナイフを抜いて、おまえに突き刺す前にな。これ以上、おまえの汚らわしい嘘など聞きたくない」

「でも――」

デヴォンはさっとナイフを抜き、その手を机におろした。「おまえを治安判事に突きだして、ミス・ベディントンの誘拐未遂で逮捕させてもいいんだぞ。なぜここへ来たのか、尋ねられるだろう。今度うちの領地に足を踏み入れたら、立ちあがれないほど痛めつけて監獄送りにしてやるからな」

テイラーがあとずさっているのだろう、ブーツが床をこする音がした。「忘れないでくださいよ、閣下」吐き捨てるようにいった。「おれが目撃したことをボウ・ストリートで話したら、アンは処刑されるんですからね」

デヴォンは鋭い声で、テイラーを引きずりだせと従僕を呼びつけた。

「帰りますよ。でも、人殺しを屋敷にかくまうとは変わったお人だ。あいつは保身のために閣下を殺すかもしれない女なんですよ！　おれに引き渡したほうが身のためだ」

「まあ！　ミック・テイラーが戻ってきたの？　なにが目的でした？」

ミス・ベディントンの声がほんとうにおびえていたので、デヴォンの胸は痛んだが、彼女がほんとうは有罪だったら、もし先ほどのミック・テイラーの話が事実だったら、おびえるのも当然だろう。「きみだ」

「あ、あの男はなにを話したんです？」

狼狽した彼女の声を頼りに、デヴォンは部屋を突っ切った。杖でベッドを探り当て、アンのかたわらに腰をおろした。

「きみがマダムを殴り殺すのを目撃した、脈が止まっているのを確かめてからきみを追いかけた、といっていた」

「嘘です。マダムは死ななかったと、わたしにはいったんです！」

「あいつにはきみを渡さない」戦争はデヴォンの直感を研ぎ澄ました——敵の動向を見抜けるようになった。その直感が、アンはほんとうのことをいっていると告げている。テイラーのようなならず者のことばを信用して、デヴォンを助け、キャロを助けてくれたアンを疑えるわけがない。

「どうすれば無実を証明できるの？　証拠がなにもないのよ。証人は嘘つきのミックだけ」

デヴォンはアンに両腕をまわしたが、彼女は身をまかせてくれなかった。先ほどと同じように体を硬くした。デヴォンは腕をおろした。あらためて、アンは望んで娼婦になったのではないことを思い知らされた。

アンは逮捕され、告発されるだろう。公爵のデヴォンには、それなりの権力がある。だが、アンを救えるだろうか？「ほかにも証人はいる。三人の少女だ」

「マダムが生きていたことは知らないはずです。窓の外に逃げていたのだから」

「だが、三人のうちのひとりを守るためにきみがマダムを殴ったことは証言できる」

「でも、そのためにロンドンへ呼び戻したくないんです。あの子たちの名誉が傷つくわ」

「だからといって、絞首刑になってもいいのか？」

一瞬の沈黙があった。そして、アンがささやいた。「かまいません」

そのとき、デヴォンは彼女ほど立派な女はほかにいないと思った。「きみの無実を証明するには、マダムを殺した真の人物を見つけることだ。セリーズ――」いいよどんだ。「どっちの名前で呼ぼうか？　セリーズとアンと」

「どうしましょう。セリーズという名前は自分で考えたの。アンは、生まれてずっとこの名前だった」セリーズは、新しい人生のための新しい名前のつもりだった。愚かにも、以前の人生から抜けだせると考えたのだ。

「では、アンと呼ぼう。そう呼ぶのに慣れなければな」

アンは、もう一度デヴォンが抱きしめてくれたらいいのにと思った。さっきは、またセバスチャンのことを思い出して緊張してしまった。いまはデヴォンに抱きしめてほしいという思いに呑みこまれそうだ。

デヴォンの手がアンの頰を包んだ。アンはデヴォンのほうを向かされ、彼の唇が近づいてくるのを見た。一瞬、デヴォンが止まり、ふたりは熱い吐息を交換した。だが、デヴォンは身を引いた。「すべて聞かせてもらったから、きみがここに来たのは切羽詰まったからだとわかっている、おれはいやがる女に無理強いしたり、力ずくで服従させたりしたことはない」

アンはまばたきした。デヴォンはベッドの支柱に寄りかかり、両手を頭上に掲げて堅い柱をつかんだ。以前、彼は娼館に行ったことがあるといっていた。娼婦たちが金のために進んで体を売っていると、本気で考えていたのだろうか？　もっともデヴォンのような若く美しい貴族と、変わった嗜好を持ついやらしい老人と、どちらかを選べといわれれば、デヴォンを選ぶかもしれないけれど。

「わたしは、無理強いされているとは思っていません。あなたは一度も無理強いしていない。わたしはいつだってあなたに抱かれたかったのだから」最初はそうではなかった。どんな男にも抱かれたくなかった。デヴォンが素敵だから、魅力的だからではなく、たんなる避難所として利用しただけだ。急に不安が襲ってきた。デヴォンがいままでのような関係をやめたいと考えているのなら、もはや守ってもくれないし、アンを助ける理由もない。

アンはデヴォンの胸に手のひらをあてた。「わたしはいつだってあなたに抱かれたかった。

はじめて会ったときから」そうささやき、両手を肩へすべらせた。胸の鼓動が激しい。さらに両手をすべらせ、デヴォンの首の強靭な筋肉を包みこんだとき、ほんとうにこうしたいのだと実感した。もう一度、つながりを感じたい。胸が疼くほどに。

娼館にいたころのように、だれひとり頼る者のない孤独は感じたくない。

アンはそっとデヴォンの胸にキスをした。デヴォンは麻のシャツとズボンしか身につけていなかった。クラヴァットは締めず、シャツの胸もとはあいたままになっている。唇を温かい肌につけ、そのまま胸板へすべらせた。唇から全身へ、ちりちりするような感覚が広がった。デヴォンのそばにいると、いつもこうなる。もはや、なにも感じないように自制することはできない。

デヴォンの胸は、アンを救出すべく捜しまわったときに汗をかいたせいで、しょっぱかった。

彼が体を引いた。「きみが困窮して体を売っていたのを思うと耐えられないんだ。それがどんなことか、想像するのもつらい。ほんとうは、おれのような男を憎んでいるんだろう」

「いいえ」アンはむきになってささやいた。「はじめてドルリー・レーン劇場の前で会って、こんなことをするんじゃないといわれたときから、わたしは——あなたが好きだった。あなたのことは知らなかったけれど、両親の愛情と一緒に、あなたのことばを胸にしまっておいたの。おかげで、いままで生き延びることができた」

それは嘘ではなかった。娼館で暮らすようになってからも、心のなかで何度も再現した

——まばゆいほど美しい、漆黒の髪の紳士にあごを持ちあげられ、きみはきれいだといわれたときのことを。自分をもっと大切にしろということばを。デヴォンの戦果を報じる新聞記事で彼の似顔絵を見て、あのときの紳士がマーチ公爵だったと知ったのは、ずいぶんあとのことだ。

アンはデヴォンの膝にまたがった。両脚を広げ、勃起した一物の上に腰をおろす。一気に安心した。わたしだけではなく、彼もまだわたしを求めてくれるのだ。

デヴォンはそれまで自制し、ほとんど反応していなかった。だが、いまはアンの髪に手を突っこみ、顔を引き寄せた。口をあけ、むさぼるようにキスをする。キスをしながらも、飢えたようにうなっていた。いつものとろけるような技法はない——目がくらみ、気が遠くなりそうだ。けれど、すばらしい。むきだしの欲望に、アンは彼の膝の上で混乱していた。

彼の右手がアンのボディスを荒々しく引きおろした。縫い子の仕事がまずかったのか、縫い目が裂けてしまった。シュミーズに包まれている乳房を口に含む。激しく貪欲なキスに頭がぼうっとしていたが、乳首をしゃぶられたとたんに体が舞いあがったような心地がした。深く強く吸われているうちに、アンはすすり泣きとうめき声を漏らすのが精いっぱいの、とろけた塊になっていた。

デヴォンはアンのウエストをつかまえ、驚くほどたやすく抱きあげた。それからアンをベッドにどさりとおろし、揺れがおさまるより先にのしかかった。

アンはいまにも欲望で火がつきそうだった。ふたりとも服を着たままだったので、アンはぎこちない手つきでデヴォンのズボンの脇あきをあけた。デヴォンはアンのスカートをまくりあげようとしたが、生地はふたりの体に挟まれている。アンはなんとかズボンのなかに手を入れ、熱くいきりたったものを握った。アンは焦燥でうめき、デヴォンはよろこびにうなった。

彼の指がアンをまさぐり、じらしている。アンはデヴォンの一物に手のひらをすべらせた。それはますますふくらみ、アンの手ではつかめないほどになった。「まあ」アンはつぶやいた。「とても大きくなったわ」

「きみのせいだ。きみがほしくて、いつもより大きくなった。いますぐしないと、爆発してしまいそうだ」

「わたしも」嘘ではない。敏感な粒をなでられ、うめき、もだえるのがやめられない。デヴォンの美しい指に腰を押しつけ、ほとんど達しそうになっていた。

ふたりは指をからめ、ともにデヴォンの一物をアンのなかへ導いた。彼は奥まで突きこみ、下腹をぴったりと合わせた。アンは両腕と両脚できつく彼に抱きついた。ふたりは完全に一体となった。最初のひと突きにアンは声をあげた。感じやすいところを容赦なくなでられたのだ。デヴォンがかすれた笑い声をあげたのをきっかけに、ふたりは一緒に動きはじめた。アンはデヴォンをよろこばせることすら考えられなかった。突かれるたびに、めくるめくよろこびを味わうのが精いっぱいだった。

ふたり一緒に激しく腰を揺らした。アンは、デヴォンが信じられないほどのよろこびをあげたかった。純粋な快楽と苦悶《くもん》の叫び声をあげながら達してほしかった。

「きみに感じてほしい」デヴォンが息を弾ませながらつぶやいた。「純粋なよろこびできみをとかしたい」

アンは笑ってしまいそうになった。できるかぎりデヴォンと体を密着させた。ふたりして同じことを考えていたのだ——ふたりともがむしゃらに、たがいによろこびを与えようとしていた。そのとき、デヴォンの腰が持ちあがり、一物が疼いている粒をやさしくなで、彼の先端がアンのすばらしく感じる部分に触れた。快感がはじけた。アンはのぼりつめ、叫び、むせび泣いた。やがて、デヴォンもしわがれた大声をあげた。アンを呼んでいる。アン。エンジェル。

体のわななきが止まり、叫び声が止まると、デヴォンは寝返りを打ち、アンを胸に抱きしめた。アンは涙があふれるのを感じながら、そのまま横たわっていた。いままで気づいていなかったことに気づいていた。いや、たぶん、その感情はずっと前から心のなかにあったのだろうが、それが危険な感情だということはわかっていた。

わたしはこの人を愛している。これは愛にちがいない——心を押しつぶし、魂をばらばらにしているこの感情は。

デヴォンがアンをそっとなでた。「きみのことは全力で助ける。残念ながら公爵とて法は守らなければならないが、きみが無実だと信じているからには、無実を証明するのを支援したい。まずは、ロンドンへ行くぞ。きみをかくまうことはできる。だが、マーチ・ハウスはだめだ。母が妹ふたりと住んでいるからね。でも、なんとかしてきみを救いたい」

デヴォンに救ってもらってはいけない。

アンは音をたてないように注意しながら、デヴォンの机の抽斗をあけた。デヴォンはいつものように、隣の部屋へ休みにいった。あいかわらず悪夢を見てアンに危害をくわえるのを恐れている。いまでもそんなふうに気にかけてくれるのはなぜだろう？

でも、彼が思いやってくれるのも、目を覚まして、アンがなにをしたのか知るまでのことだ。

デヴォンがロンドンの家族について触れたとき、アンは彼に助けを求めてはいけないと思い知った。噂になったら、デヴォンとその家族の名誉を傷つけてしまう。友だちになってくれたキャロを傷つけることなどできない。デヴォンには四人の妹がいて、そのうちふたりはまだ嫁入り前で母親と暮らしている。兄が殺人の容疑者をかくまっているなどと知られたら、ふたりにふさわしい結婚相手が見つかる可能性はなくなる。それに、デヴォンの母親も心を痛めるだろう。家族にしてみれば、デヴォンが……たかが娼婦のためにそこまでの危険を冒すのは、とてつもない打撃だろう。デヴォンに守ってほしかった。でも、彼を守らなければならない。だから、出ていくしかないのだ。

アンは手早く服を着た。ずっと前から自立した人生を築くのを夢見ていたけれど、今夜、ほんとうは孤独になりたくないのだと気づいた。けれど、選択の余地はない。

最後にもう一度だけデヴォンの姿を見ておきたかった。二度と会えない、すばらしい人の姿を。

こっそりと隣の部屋へ入り、デヴォンの寝顔を眺めた。触れる勇気はなかった。デヴォンは敏感で、すぐに気がつく――触れれば、目を覚ますだろう。彼の服をこっそり借りるのは泥棒のようだし、どんなに困っても盗みだけはしないと誓ったつもりだった。けれど、いまから彼の服を借りなければならない。

「愛しています」アンはささやいた。デヴォンは眠っている。聞こえていない。だから、口に出してもだいじょうぶだ。急いで主寝室へ引き返し、廊下に出るドアへ向かった。やはり鍵がかかっていた。廊下側に護衛がいるが、いままでそのことを忘れていた。

とりあえず、デヴォンの濃い青の燕尾服をはおった――これで、白いシャツが隠れた。それから、急いで髪をまとめ、衣装箪笥《だんす》から帽子を取りだした。片方の手で帽子をつかみ、窓辺へ急ぐと、ぎこちない手つきで窓をあけた。枠によじのぼり、固唾を呑む。まだこぬか雨が降っていて、おまけに霧がかかっていた。地面までかなり距離があるが、下は庭園で、やわらかな土があるから、飛びおりてもけがはしないだろう。
勇気が萎える前に、アンは飛びおりた。

18

アンはふたたび、胸を締めつけられているような思いで、肩で息をして走っていた。デヴォンの服を着ているおかげですこしは走りやすいが、激しく空気を吸うそばから、デヴォンの豊かな香りが鼻孔を、意識を、心を満たした。それはまさに拷問だった。借りた服はかならず全部返そうと、アンは誓った。

曙光が空を明るくしていたが、雨が濃い朝靄を運んできてしまった。何層もの靄が芝生の上をただよい、木々のあいだに立ちこめている。ゆうべと同じように、アンはひたすら、やみくもに走った。

今度は、もっとましな逃げ道が見つかればよいのだが。森まで走り、ゆうべとはべつの方向に進んだ。村へ向かう広い道に出るはずだ。森のなかの小道をたどるより、ずっと早く移動できるだろう。濃い色の男物の服を着ているので、人目を惹くこともない。

突然、アンの背後、灰色の霧のむこうで小枝が折れる音がして、胸のなかで心臓がびくりと跳ねた。

またミックだったらどうしよう？　屋敷を見張るのはあきらめたと思うのだが。アンがすっかり公爵のものになったと勘ちがいし、屋敷を見張るのをやめていればいいのだが。

小枝を踏む音がいつまでもついてくるので、アンは思いきって振り返った。朝靄と、そばの木々しか見えなかった。視線をすばやくさまよわせるたびに、黒々とした幹がめちゃくちゃに揺れて見えた。ゆうべのように、小道をそれて森のなかを走った。もしミックだったら、今度こそつかまってしまう。デヴォンだったら――。

不意に、右足が着地しなかった――どこまでも落ちていく。驚きのあまり、声すら出てこなかった。左足のブーツがすべり、尻餅《しりもち》をついた次の瞬間には、谷底の濃い靄に向かって斜面を転がり落ちていた。思わず悲鳴をあげ、その声があちこちにこだまするのを聞いた。

バシャッ！　両足が水を打った。たちまち、ブーツの靴紐の穴から冷たい水が染みこんできた。背中はハンマーで殴られたように痛み、両手は石で引っかかれて傷だらけだった。急いで水面から脚をあげたものの、とたんに痛みが走った。いまいましいことに川に落ちてしまったのだ。

「アン？　どこだ？」

デヴォンだ。ミックではなかった。安堵で頭がぼうっとしたが、声はあげなかった。逃げなければならない。デヴォンに助けてもらえば醜聞《スキャンダル》に巻きこみ、彼の名誉を傷つけてしまう。

靄でくぐもった足音が近づいてきた。「アン？」沈黙。「テイラー？　テイラー、おまえもいるのか？　アンをつかまえたのなら、いますぐ返せ。撃つぞ」

デヴォンの声は怒ってはいなかった。狼狽し、張りつめている。

ああ、デヴォンが走ってくる。靄のむこうから聞こえてくる足音が速くなった。アンの頭上を跳び越えそうな勢いだが、そんなことはありえない……。そう、デヴォンはアンが来た道を走っている。見えないのに。このまま走りつづけたら、デヴォンは崖っぷちにたどりついて――。

「やめて！」アンは叫んだ。「止まって！　崖から落ちてしまうわ！」

だが、手遅れだった。男の叫び声がして、ドサッという大きな音がした。それから、デヴォンが急峻《きゅうしゅん》な崖を転がり落ちていく、バタバタという恐ろしい音がつづいた。そして、アンのすぐうしろで、大きな水音があがった。

あわてふためいたせいで、痛む体も動いた。振り返り、足を引きずりながらもデヴォンのもとへできるだけ急いだ。谷底には靄がたまっていて、すぐ先も見えない。木の枝に頭をぶつけて、やっと木に気づく。石につまずいて、やっと石に気づく。ああ、デヴォンにとって、世界はこうなのだ。彼が見えない世界を憎むのも当然だ。それなのに、対処する方法を学んだのだから、なんて強い人だろう。

灰色の靄のベールを透かして、ぼんやりとした白い人影が見えた。急にはっきりとした頭で、アンは目の前のものがなにか理解した。白いのはデヴォンのシャツだ。川の流れに、さざ波のように揺れている。デヴォンは、アンのように水面にすべりこんだのではなかった。全身が川にはまり、うつぶせた顔は水につかっている。

アンは流れのなかに駆けこみ、懸命に脚を前へ動かした。デヴォンのもとへもがきながら進むあいだにも、どんどん時間はたっていく。水の流れがデヴォンを引っぱっているが、彼は動かない。両腕と両脚が四方に伸びているのが見えた。水がデヴォンのまわりに流れこみ、体を洗っている。

ようやくアンはデヴォンのそばにたどりついた。胸から落水したようだ。頭を大きな平たい岩にぶつけていた。なめらかな岩の表面に、頬をあずけるようにして横たわっている。唇は水面すれすれのところにあった。

顔全体が水に沈んだわけではなかった。望みはある。けれど、意識を失った彼の顔色は、蠟のような灰色だった。どうか、大きなけがは負っていませんように。

娼館で少女たちを見つけたときも、殴りつけたマダムが倒れるのを見ていたときも、ミックにつかまったときも、恐ろしくてたまらなかった。だが、いまの恐怖とはくらべものにならない。

ずぶ濡れで体のあちこちが痛んだが、よろよろと立ちあがった。デヴォンの体はひどく重かった。もう一度、今度は渾身の力で引っぱった。力なくひらいた彼の口に、水がかかっていたからだ。

デヴォンが身動きした。つるつるした岩の上から頰がすべり落ちたが、アンはまだ彼の体を持ちあげられずにいた。ああ、デヴォンの頭が沈んでいく……。

頭がおそろしく痛い。なぜ全身がずぶ濡れなんだ？ デヴォンは目をつぶったまま、痛む頭に両手をあてた。まるで、頭蓋骨を剣で突き刺されたようだ。いや、銃剣か？ ここはどこだ？ 戦闘の真っ最中か？ ちがう、ここはイングランドだ。そうじゃないのか？

頭のなかで、ある光景がひらめいた。銃剣が、灰燼と悲鳴の充満した空気を切り裂き、目の前に迫ってくる――。

「デヴォン！」戦慄《せんりつ》に満ちた女の声がただよってきた。アン・ベディントンの取り乱した声が、頭のなかの戦争から現実に引き戻してくれた。いつものように。羽のようにやさしい手が肩に触れた。アンが嗚咽《おえつ》をこらえようとしているのが聞こえ、頰に温かなものがかすめた。彼女の吐息だ。「よかった」アンがつぶやいた。

デヴォンもそういいたかった――アンに追いついてよかった。ところが、それがいえずに咳きこみはじめた。脇腹を下にし、咳と一緒に水を吐きだした。口のなかで川の味がして、唇がぬるぬるした。あいかわらずきつく目を閉じたまま、アンに尋ねた。「おれはどうしたんだろう？」

「靄のなかで、わたしを追いかけてきたのよ。そして、わたしと同じ目にあった――崖から落ちて、川に落ちてしまったの」

一気になにもかも思い出した。寝室のひらいた窓から流れこんでくる、ひんやりとした夜の空気のにおい。動揺といらだちに駆られ、使用人を呼び集めもせず、まっすぐ森へ向かった。そして、アンのたてる物音を聞きつけた。アンは静かに移動していたが、デヴォンはあらゆる音に耳を澄ますことに慣れている。それからしばらくして、アンの悲鳴が聞こえたのだ。「きみはだいじょうぶなのか、セ――ミス・ベディントン？」目をあけてたしかめようとしても無駄だ――どうせ、彼女の姿は見えないのだから。

「ええ、だいじょうぶよ。わたしは尻餅をついてすべりおりたから」

「ということは、最初はおれを癒やそうとしたきみが、今度はおれを殺そうとしたわけだ。いったいどうしてまた逃げたりしたんだ？　おれが裏切ると思っているのか？」

「あなたはきっと助けてくれるわ、それが怖かったのよ。そんな――そんなことはお願いできません」

わけのわからないいいぐさに、デヴォンはふと目をあけた。とたんに、視界が明るい灰色の光で満たされた。あまりに強烈で、痛みが頭を突き抜けた。目が……くらむ。頭のなかが真っ白だ。ふたたびきつく目をつむった。

心臓がものすごい勢いで拍動していた。ショック状態なのかもしれない。いや、自分はもう溺れ死んでいて、ここは燃えさかるような灰色の光で満たされた煉獄《れんごく》で、アンの声が永遠につきまとってくるのだ。

「どうなさったの？　どこか痛いの？」

痛い。頭のなかが。「おれはどこに落ちたんだ？」しっかりと目を閉じたまま、しわがれた声で尋ねた。

「岩の上に」

ロンドンの眼科医たちが、頭蓋骨のなかのごく小さな骨の破片が動けば視力が戻るかもしれないと話していた。「おれは頭を打ったのか？」なぜもう一度目をあけようとしないのか、自分でもわからない。なんだか怖がっているみたいだ――頭を強く打ったのに、やはり目が見えないとわかるのが怖いのではないのか。とにかく、衝撃で骨の破片が動いたとしても、死ななかったことはたしかだ。

「たぶん。あなたを見つけたとき、岩の上に頭を横にして横たわっていらしたわ。落ちたとき、岩で頭の横を打ったのではないかしら」

左のこめかみを押さえられ、デヴォンは痛みで思わずうめいた。アンはすぐに手を引っこめた。デヴォンはアンの前で弱いところを見せた自分をののしり、目をあけた。

頭上に濃い緑色の梢が広がり、木の幹のあいだに靄がもやもやと漂っていた。あせた茶色、漆黒、そしてところどころ黄色くなった葉が見えた。視界の隅に小川が見え、水流が岩にぶつかって白く泡立っているのがわかる。昇りはじめた太陽が靄を払った。さらさらと揺れ、日差しを受けて輝いている木の葉が見える。周囲のあらゆる色、あらゆる形が、さまざまなものの細部が、どっと目に入ってきた。全身はずぶ濡れで、頭はずきずきと痛むが、こんな……奇跡のような光景を見たのははじめてだ。

なによりもすばらしい奇跡が、腕のなかで待っていた。アンだ。思いのほか荒っぽくアンを引き寄せ、自分の顔の前に彼女の顔を持ってきた。はじめてアンの顔を見たとたん、すみずみまであまさず見届けようとしているかのように、自分の目が大きくなるのを感じた。

アンの大きな瞳がデヴォンを見おろしていた。ツタの葉のように深くつややかな、魅力的な緑色の瞳。心配そうに――デヴォンを心配そうに見ている瞳。濡れてくしゃくしゃに乱れた髪も見えた――シニョンが崩れ、赤みがかった金色の絹のカーテンのように、ほつれた髪が背中をおおっている。卵形の顔に、意志の強そうなしっかりとしたあごがついている。大きめでふっくらとした唇はとても官能をそそり、いますぐここで彼女を抱き寄せ、キスをしたくなる――。

だめだ、まずよく見ろ。

アンは……デヴォンの想像とはまったくちがっていた。これほどうら若く無垢な姿だとは思ってもいなかった。まっすぐな鼻は先がほんのすこし隆起し、鼻梁《びりょう》にはそばかすが散っている。琥珀色《こはくいろ》の長いまつげ。肌は真珠のようで、傷痕ひとつない。レディそのものだ。娼館でもてはやされていたのもうなずける。くそっ。

デヴォンはアンの頬に手を伸ばした。目的のものへまっすぐ手を動かし、見たものに触れることができるというのは、なんという奇跡だろう。子どもでも簡単にできることだ。けれど、デヴォンは畏敬の念で満たされた。自分の口もとに笑みが広がるのがわかった。

「どうしてわたしをそんなふうに見るの――？」アンの目が皿のように丸くなった。両手を口に当てる。長く優美な指のついた、きれいな両手。デヴォンの頭に、奔放な想像がひらめいた。あの指がデヴォンの胸をなで、勃起したものを包みこむさまが。

「美しい」あまりにも多くのものが一度に見え、頭がずきずきしたが、デヴォンはいった。刺激が強い、強すぎる。それでも、目を閉じたいのをなんとかこらえた。

「目が見えるのね」アンがささやいた。

アンの瞳の驚きが徐々に消え、顔じゅうに笑みが広がるのが見えた。「見える」デヴォンは低くいった。アンの全身に視線をさまよわせた。酔っぱらいが最後の一滴を飲み干すように、アンのすべてを頭のなかに取りこみたかった。デヴォンが抱き、デヴォンを癒やしたのは、この女なのだ。すぐにわかったことがあった。「おれの服を着ている」そして、もっと早くわかったこともある。「シャツがずぶ濡れじゃないか」

アンは自分の体を見おろした。デヴォンが視力を取り戻したことに、頭がぼうっとしていた。濡れた麻の生地はほとんど透けていた。燕尾服の前身頃のあいだで、丸い乳房ととがった乳首にシャツが張りついている。なにも身につけていないも同然だ。「勝手にお借りしてごめんなさい。スカートでは走れなかったから。かならずお返しするつもりだったの。どうにかして……」そのとき、デヴォンが顔をしかめてこめかみをこすった。アンはあえいだ。「頭が痛いの？」

「医者にはこうなるかもしれないといわれていた――頭を強く打てば、視力が戻るかもしれないと」

「すっかりよく見えるの？　完全に？」

「たぶん。でも、まだ刺激が強すぎる」デヴォンはうめき、ぬかるんだ地面からやっと体を起こそうとした。まだアンの手を握ったままだ。「屋敷に帰らなければ。その濡れた服を替えないと。これで二度目だな」

アンはデヴォンに握られた手を引っこめた。「ごめんなさい。でも、行かなければならないの」

デヴォンからあとずさった。デヴォンを岸に引きずりあげたときに、気力を使い果たしてしまった。水を飲んでいるかもしれないので、脇腹を下にして彼を横たえてある。ずっと、彼の目が見えるようになるのを祈っていた。でも、一緒に屋敷へ帰ることはできない。

あせってもう二歩あとずさった。デヴォンがこっちをじっと見ている。立ちあがろうとしているが、崖を転がり落ちたときにどこかを痛めたらしく、そのうえ靄を透かして差しこんでくる曙光がまぶしそうだ。手を貸すべきだが、そうすれば二度と逃がしてくれないだろう。
「わたしを信じてくださってありがとう、デヴォン。でも、これ以上わたしをかくまって、マダム殺しの真犯人を捜してくださいとお願いするわけにはいかないの。騒ぎになるわ。それだけではすまないかもしれない。あなたも逮捕されるかもしれないのよ。わたしをかくまった罪で。ごめんなさい」早口でまくしたて、勇気が萎える前に走りだした。

あの人のけがはそれほどひどくない……もう目も見えるようになった……だから、だいじょうぶだ。アンは何度も心のなかでそう繰り返し、自分を説得しながら森のなかを走った。目が見えるようになったのだから、デヴォンはもうだいじょうぶ、幸せになれる。愛する人を見つけられるはず。あの人にふさわしいものをなんでも手に入れられるはず。

ほんとうは、きびすを返し、デヴォンが無事かどうか確かめたかった。デヴォン、どうか無事でいて。

背後で怒りの雄叫びがした。それから、ドサッという音。ああ、デヴォンが追いかけてきたのだ。アンのなかで安堵と不安が衝突した。走れるのなら、大けがはしていないということだ。いまでは目が見える。だから、アンに追いついてもおかしくない。でも、なぜかいつまでたっても追いついてこない。

アンはやみくもに森のなかを駆け抜けた。両脚がゴムのようにぐにゃりと曲がり、転びそうになった瞬間、雄鶏《おんどり》の鳴き声、犬の吠え声、人間の声が聞こえてきた。夜が明けて、村全体が目を覚ました音だ。

そのとき、それが見えた。前方に農家があり、その脇の小道に、林檎のかごを満載した荷馬車が止まっていた。アンは荷馬車に駆け寄り、かごのあいだに無理やり割りこみ、荷台のうしろのほうへ這っていった。窮屈で、かごのささくれにあちこちを引っかかれた。けれど、身を隠すことはできた。

しばらくして、男が荷馬車を揺らして御者台に乗りこみ、大声でポニーに進めと命じた。荷馬車は大きくひと揺れし、発進した。


いったい、アンはどうやってふっつりと姿を消したのだろう？

デヴォンはぬかるんだ道に立ちつくしていた。そよ風がすっかり靄を吹き散らしたので、道も麦畑も遠くまで見渡すことができた。よく見えすぎて、頭が痛むほどだった。

けれど、アンの姿は見えなかった。

あの愚かな女は、いったいどうして逃げるんだ？　答はよくわかっていた。アン・ベディントンは、砲弾や銃弾の雨をくぐり抜けてきたこのおれを守ろうとしているのだ。

降り注ぐ陽光に道全体がまぶしい帯となり、デヴォンは両目を細くせずにはいられなかった。日差しは三カ月のあいだ視力を失っていた目を焼いた。

アンはどうやって逃げたのだろう？　正直なところ、目が見えるようになったせいで、かえって足もとがおぼつかなくなり、まごついていた。ここまで走ってくるあいだも、森でいまいましい木の根に何度もつまずいた。目が見えなかったころよりもひどい。それでも、アンをつかまえられたはずなのだが。

デヴォンはその場でくるりと一回転した。ひらけた場所に出ると、無防備な気がして、つい警戒してしまうのだ。あきれてかぶりを振った。これも戦争の後遺症だ。いまの自分は、頑固に助けを拒む窮地の乙女を追いかけようとしているところではないか。周囲で葉擦れの音がする。右手には石造りの農家がひっそりと立っていて、そのむこうの丘の斜面には、ぽつぽつと羊がいる。農場のどこもかしこも、怪しげに見えた——長い年月のあいだに角が取れた石材、金色の草葺《くさぶ》き屋根、壁を伝う遅咲きのピンクの薔薇。反対側には、森の先に牧草地があり、斜面をおりていくと村だ。

たったひとつ、見えないのは、濡れたシャツとぴったりしたズボンといういでたちで、道か牧草地か麦畑を走っていく華奢な女だ。

農場には隠れ場所がいくらでもあるだろう。デヴォンひとりで捜すのは無理だ。いったん屋敷へ帰るしかない。従僕を何人か連れてきて、農場と森と、麦畑を隅から隅まで捜させよう。それから、村の宿にも使いをやらなければならない——アンがそこまで行き、頭を隠す帽子を手に入れて男に変装できれば、乗合馬車に乗ろうとするかもしれない。ただ、その場合は切符を買う金が必要になる……。

胸のなかで、心臓が妙に強くドンと脈打った。アンは娼館で働いていた。彼女の美しさは、いまではよくわかる。どんな男でも彼女をほしがるだろう。もしアンが、あの濡れて透けたシャツのまま男に近づけば、その先は決まっている。

その想像は、視力を取り戻したばかりの目を襲った大量の色と形よりも、デヴォンにひどいめまいを起こさせた。


二日後、デヴォンは待たせてある二頭立て二輪馬車まで玄関の階段をおりた。厩番が、デヴォンの馬のなかでも足の速い二頭の手綱を握り、ベケットが小さなトランクを馬車に積みこんでいた。

「頭を打ったばかりなのに、ほんとうにひとりで行くのか?」

さっと振り返ると、トリスタンが高級娼婦を連れて階段をおりてくるところだった。女の派手なボンネットの羽根飾りが風に揺れている。「デヴォン、おれたちと一緒に来ればいいじゃないか」

「二輪のほうが四輪より速い。おれはもうすっかり元気だ」元気だが、いらいらしている。

二日間、捜しまわったものの、アンは見つからなかった。あの短時間で、ひとりで脱出計画を立てたことになる。たいした戦略家だ。ウェリントン公顔負けではないか。あのナポレオンを破った鉄の公爵もアンの抜け目のなさをほめちぎるにちがいない。

「やっぱり、彼女はあとかたもなく消えてしまったのか？　トレッドウェルに聞いたが、彼女がロンドンへ行ったと考えているそうだな。おれは、なにがあってもロンドンだけは避けると思っていたが」

「話せば長くなる」

トリスタンはにやりと笑った。「手短に頼む。彼女がどんなふうにおまえを出し抜いたのか知りたい」

デヴォンは顔をしかめた。村では、林檎の荷馬車から〝紳士〟がこっそり降りるのを見たという少年に会った。だが、その〝紳士〟の行方はその後まったくわかっていない。もっとも、きちんとたたまれたデヴォンの服が、黒鳥亭の厩の裏で見つかっている。それまでは、トリスタン同様、デヴォンもアンがロンドン行きの乗合馬車に乗ったとは信じられずにいた。

だが、それがまちがいだったのだ。

デヴォンは手短に、トリスタンに説明した。「黒鳥亭のメイドがたまたま話したことを聞いて、やっとアンがなにをしたのかわかった。そのメイドは、ドレスを一着と古い麦わら帽子が簞笥から消えているのに気づいたそうだ。宿のあるじに尋ねると、案の定、質素なドレスを着た女が、二日前ロンドン行きの乗合馬車の切符を買っていた」また、従僕にミック・テイラーも捜させたが、こちらも行方をくらませていた。

「切符を買った？　その金はどうしたんだ？」

デヴォンもずっとそのことを考えていた。デヴォンの知らないことを知っているらしい。

「追跡するのか?」

「もちろんだ」

トリスタンは腕を組んでにやにやと笑った。デヴォンの知らないことを知っているらしい。

「なぜ彼女を追いかけるんだ、デヴォン?」

「それは——」デヴォンはことばを切った。それは……追いかけるのが当たり前ではないのか。「金もないし、危険かもしれないだろう。彼女を見捨てるわけにいかない」

デヴォンは御者席にひらりと乗りこみ、手綱を取った。使用人たちにも、トリスタンとミス・レイシーにもほとんど目をくれず、馬をトロットで発進させた。アンはロンドンへ向かった。なぜだ? デヴォンが——そしてほかのだれもが、ロンドンには捜しにこないだろうと考えたのだろうか? それとも、キャットのためか? アンは、ミック・テイラーがキャットをひどい目にあわせたことに心を痛めていた。

あのセリーズなら、そうするかもしれない。命を懸けてもキャットの安全を確保しようとするだろう。

広い道に出ると、デヴォンは馬をギャロップで走らせた。アンから遅れること二日、もはや追いつける見こみはない。だが、なぜか急いだほうがいいような気がした。

目が見えるようになったのに、自分自身の姿はまだ一度も見ていなかったということに今朝やっと気づいた。そこで、寝室の鏡に自分を映してみたのだが、戦地へ赴く前とはずいぶんちがうのがわかった。あのころはロザリンドを亡くし、悲しみに暮れている最中で、表情は険しく空虚で、やつれきっていた。

いまでは、喪失の悲しみや戦傷の痕が顔のあちこちに見られた。頬には銃剣の傷痕が走っている。騎馬から落ちたときに鼻も折った——だから、鼻筋は曲がってしまった。あごやひたいにも、刃で傷つけられた白い痕がいくつもある。二日間ひげを剃っていなかったので、黒い無精ひげが顔に陰を作っていた。まるで……地獄から帰ってきたような顔だった。

アン・ベディントンも、彼女の地獄を生き抜いてきた。家を失った。両親を失った。そして、娼館へ売られ、そこで魂を吸い取られる生活を余儀なくされた。

それでも、アンは幽霊のようではなかった。純粋さと美しさを保っていた。むごい目にあい、いやなことを強いられていたのに、どこをとってもレディそのものだった。地獄に耐えてきてもなお、あの純粋さを守ってきたのだから……彼女がどんなに強かったのかわかる。けれど、ロンドンでデヴォンから隠れつづけていられるほど、強く賢いのだろうか？

いや、絶対に捜しだしてみせる。デヴォンとて、だてに連隊長を務めていたのではないのだ。

二週間前のように、アンは路地からキャットの家の裏にこっそり近づき、木をよじのぼって黒い塀を越えた。家の裏手にあるキッチンへ忍び寄り、ゆっくりと裏口のドアを押しあけた。料理番のぽっちゃりしたミセス・ブラウンが、ストーブの前でさっと振り返った。「ミス・ベディントンじゃありませんか。さあ、上にあがって、奥さまに会ってくださいよ。ずっと心配なさってたんですよ！」

心臓がのどもとにせりあげてきたような気分で、ミセス・ブラウンに案内されて居間へ向かった。なにが待っているのか、知るのが怖かった。ミセス・ブラウンが大声で告げた。

「ミス・ベディントンですよ。無事にお帰りになりました」

キャットがゆっくりと椅子から立ちあがり、振り向いた。アンのなかで、ミック・テイラーへの怒りが燃えあがった。「なんてこと、キャット！」キャットの頬もあごも痣だらけだった。ミックに殴られて切れたのだろう、唇にかさぶたができている。それなのに、キャットは両腕を広げて歓迎してくれた。

アンは大切な友人を抱きしめた。「ああ、キャット、ひどくやられたの？」

「それまでだってさんざんな目にあってるから平気よ。でも、ごめんなさいね、アン。我慢しようとしたけれど、だめだった。テイラーに、あなたが マーチ公爵の狩猟用の別荘へ行ったとしゃべってしまったの。あなたに手紙を送ったのだけど、手遅れだったんじゃないかって心配してたのよ。テイラーに見つかったの？」

「ええ。話せば長くなるわ、キャット」胃袋が大きな音をたてた。

キャットは眉をあげた。「食事をしながら、詳しく話して」

アンは、おいしいステーキとキドニー・パイを食べながら、合間に早口で説明した。マダムを殺したのはアンではなかったことなど、新しい話が出てくるたびに、キャットの大きな茶色の目が丸くなった。「マーチ公爵がミックから助けてくれたの？」

アンはうなずいた。「わたしを助けるといってくださった。わたしをかくまって、そのあいだに真犯人を捜すというお考えだったのだけれど、わたしのためにそんな危険は冒してほしくなかったの」

「きっとあなたのことをとても心配しているから、そこまでしてくださるのね」

「あの方が視力を取り戻すまで、いろいろお手伝いしてさしあげたから、わたしを助けなければならないと思っていらっしゃるのよ」

「ボウ・ストリートに行くとして、無実を信じてもらえるかしら？」

「わからない。ミックの証言がなければ、証明できないでしょう？　たぶん逮捕されるわ。そして、ミックは真実を隠して、わたしに不利な証言をする。そうしたら、わたしはまちがいなく絞首刑だわ」

キャットはワイングラスを置き、眉をひそめた。「アン、あなたは子爵令嬢でしょう！　あなたのいとこが黙っちゃいないわよ。絶対に助けてくれるわ。苦労してあなたを捜していたのよ——よほど、あなたに帰ってきてほしいのね」

「それが怖いのよ。ああ、キャット、わたしはずっといとこが怖かったの」アンは唇が震えるのを感じた。気力をかき集めた。「イングランドを出ていくしかないわ。なんとかしてお金を用意しなければ。船の切符を買うの」

キャットがさっと立ちあがり、アンに駆け寄って、抱きしめた。「わたしがお金を出すわ、アン」

「キャット、だめよ——」

「だめなもんですか。お金なんか、大事な友だちを助けるのに使わなくていつ使うの。あなたのお母さまへのご恩返しにもなりゃしない」

キャットはかつて、スラムでアンたちと同じような、狭く陰気な部屋に住んでいた。困窮したあげく、キャットはようやくドルリー・レーン劇場のステージに立つようになった。ある晩、公演から帰ってきたキャットは、男に襲われそうになった。悲鳴を聞きつけたアンの母親が外に走りでて、フライパンで男を追い払い、キャットを助けたのだ。

「いいえ、キャット」アンは静かにいった。「あなたはわたしの命の恩人よ」

19

「これはおいくらになります？」アンは、外套のポケットから小さなベルベットの袋を取りだしながら尋ねた。ダーウェント・レーンの小さな店のウインドウは手垢《てあか》で汚れていた。この店は、盗品だろうがなんだろうが、あらゆる品物を買い取る。アンはネックレスを二本、袋から出した。小さなルビーをほどこした地味なものと、洋梨形のサファイアのついたもの。キャットが譲ってくれたのだ。いつか、なんとかして、キャットに恩返しをしなければ。

アンは、いまにもボウ・ストリートの捕り手が現われるのではないかと気が気でなく、そわそわとドアを見やった。

カウンターのむこうで、やせっぽちのミスター・ティンブルが、用心深く感情を隠した顔つきで、まずルビーのネックレスを取った。じろじろとネックレスを眺め、うなった。それから、買値をいったが、アンはがっかりして息を呑んだ。「もっと価値があるはずです」と抗議する。

「これが精いっぱいだよ、お嬢さん」

「もうひとつはどうですか?」

ティンブルは、二本目にもやはりひどい安値をつけたが、それでも船の切符を買い、異国で慎重に新しい生活をはじめるには、じゅうぶんな額になった。

「それで結構です」アンはネックレスをカウンターのむこうへ押しやった。

ティンブルは、アンの前に薄い札束を置いた。五ポンド紙幣が数枚——大きくて色鮮やかで、アンがもう何年も目にしていないものだ。紙幣をバッグにしまい、店を出た。霧のかかった通りで貸し馬車をつかまえ、御者にワッピング埠頭《ふとう》までと伝えた。


キャット・テイトはいかにも優雅なポーズで、豊満な体をギリシア風の長椅子にあずけた。

「閣下、おいでくださるなんて、ほんとうにうれしい驚きですわ。あいにく、身支度するひまがありませんでしたの。絹のローブの下はなにもつけておりませんのよ」

デヴォンは目をぐるりとまわした。キャットのやり口はわかっている。みだらなパーティに出入りしていたころから、キャットのことは知っている。当時はまだロザリンドに出会う前で、何人もの愛人がいた。キャットのなまめかしい態度は、デヴォンの気をそらし、時間を稼ぐ手段だ。キャットは興味深そうにデヴォンを見つめている。デヴォンは国道沿いの宿で馬を換えただけで、休まずロンドンまで馬車を走らせ、母親のいる屋敷に顔も出さずにまっすぐキャットの家に来た。服が土埃で汚れ、あちこち乱れているのは承知のうえだ。

「きみの姿がはっきりと見えるよ、キャット。ミス・ベディントンのおかげで、視力を取り戻したんだ」

コール墨で縁取られたキャットの目が丸くなり、澄んだ笑い声があがった。「すばらしいわ！　やっぱり、アンの情熱が閣下を癒やしたのね。でも、アンはどこにいるのかしら？　閣下とは長くおつきあいしたがっているものと思っていましたわ」

キャットが芝居をするとすぐにわかる。「わからないんだ、キャット。きみなら知っていると思って、ここに来たんだが」

「わたしにもわかりませんわ、閣下。アンが閣下を誘惑しにいってしまったあとは、会っておりませんもの」

「嘘だろう」

「いいえ」キャットは甘ったるい声でいった。「アンが出ていって以来、一度も会っておりません」優美な指が、青白いのどから赤い絹の――緋色《セリーズ》の絹だ――ローブの端をたどり、豊満な乳房の谷間のかげりで止まった。キャットの努力は無駄だった。デヴォンはアンのことしか考えられなかった。これほどひとりの女に取り憑かれたことは、かつてなかった。

キャットのような高級娼婦は、デヴォンにとってもはや過去のものだ。デヴォンはようやく、自分の求めているものがなにか、なにが自分をここまで駆り立てたのか思い知った。アンのいる未来がほしい。アンを取り戻したい。目は見えるようになったが、アンに本を読んでもらいたいし、また雨のなかをともに散歩し、遠乗りしたい。そばにいてほしい。アンを助けたいのではない。ただただ、彼女を自分のものにし、手もとにとどめておきたいのだ。そのことが、デヴォンを怖じ気づかせた。アンを自分のものにしたいという衝動は、親友だったジェラルドからロザリンドを奪ったときと同じくらい強い。

「どうかなさいました、閣下？」

デヴォンはわれに返った。「上手に化粧で隠しているが、ミック・テイラーにそうとう殴られたようだな。アンを裏切るまでに時間はかかったのか？」

念入りに化粧をほどこしたキャットの茶色い瞳に、悲痛な思いがのぞいた。「アンを裏切りたくなかったわ。我慢しようとしたけれど、あの男は怪物だった」

「なぜアンをかくまったんだ、キャット？　競争相手でもあるほかの娼婦のために危険を冒すとは、きみらしくないな」

キャットは優雅な手を振った。「アンのお母さまに命を助けていただいたんです」

デヴォンはキャットの顔に視線を据え、そのあごがひくついているのを見て取った。「キャット、テイラーがアンを追っているのに、彼女が安全だと確信が持てなければ、もっとうろたえるんじゃないのか。そんなふうに落ち着いてはいられないだろう」

キャットは長椅子の上でぎくりとした。「テイラーは、アンのいとこに雇われたんです。アンに危害をくわえるとは思えませんわ。いとこの方だって、アンを危ない目にあわせたくはないでしょうし――」

「だったら、テイラーにアンの居場所を教えてもかまわなかったはずだ。なぜ殴られるまで黙っていたんだ？」

キャットは目を見ひらき、脱出口を探すかのように目を泳がせた。デヴォンは手を伸ばしてキャットの手首をつかみ、逃がさないと言外に伝えた。

「しかたありませんわね」キャットはため息をついた。「ミック・テイラーと、あの異常ないとこが、アンに危害をくわえようとしているんです」

デヴォンは、手荒なまねはしたくないと思いつつも、キャットの手首をきつく握りしめた。

「なぜ異常などというんだ？」

「まだ子どものいとこを膝に座らせて、気持ちの悪くなるようなさわり方をする男は異常に決まっているでしょう？　アンのいとこはそういう男なんです。そういうことをはじめたのは、アンがまだ八歳のころ、その男は二十歳でした。アンにしつこくつきまとう、異常な男です。ほんとうのことを申しあげますわ、閣下。アンはもう、ここには帰ってきません」

「現に帰ってきたじゃないか。キャット、おれはきみを痛めつけて白状させたりはしないから、信頼してほんとうのことを話してくれ。長いつきあいだ、おれがアンを悪いようにはしないのはわかっているだろう。アンだっておれを怖がってはいない」だが、アンのいとこのことを知り、胃がむかついている。

「それはわかっていますわ！　でも、アンは閣下の助けを求めていないんです。とにかく逃げたいだけ。もちろん、アンは閣下に恋をしています。あなたの愛人になった女は、ひとり残らず心を奪われるという噂ですわ」

デヴォンは眉をひそめた。「そんなことはない」

「わたしもあなたをお慕いしていましたけれど、とうとうベッドをともにする機会はありませんでしたわね」

「きみがおれを？　キャット、おれは――」

「ええ、でも閣下に拒絶されて、わたしは傷心を抱えておりましたのよ。なぜわたしが閣下に磁器の人形を投げつけたとお思いです？」キャットはデヴォンに向かって指を振った。「よくお聞きくださいね。アンは、閣下やご家族の名誉を醜聞で傷つけたくなかったんです。閣下を守るために逃げようとしているんですよ。だから、行かせてあげてください」

だめだ。金もなく、無防備なままのアンを行かせることはできない。これまで尽くしてくれた彼女には、大きな借りがある。「アンはどこへ行くつもりなんだ？」

「閣下には知られたくないでしょうね。なぜそこまでアンをつかまえることにこだわるんです？」

ミック・テイラーに襲われたキャットを脅すのは忍びなかった。「アンは殺人の疑いをかけられていて――」

「まさか、ボウ・ストリートに突きだすおつもりじゃないでしょうね？」キャットが叫んだ。「アンは絞首刑になるようなことはしていません！　マダム・シンは冷血な人でなしだったわ、もしアンが火かき棒であの人を殺したとしても、わたしはあんな女、殺されて当然だと思いますわ」

「アンは無実を訴えている」デヴォンはキャットの目を見つめた。キャットは信じるだろうか？

「無実に決まってます」だが、キャットの声には不安がにじんでいた。

「どちらにしろ、おれならアンを助けることができる」デヴォンはいった。「だが、居場所がわからなければなにもできない。おれは別荘からここまでまっすぐ、アンを追いかけてきた。腹は減ったし、くたびれているし、あちこち痛むし、アンを追いかけているあいだに頭を岩で打って、まだずきずきする。ほんとうのことを教えてくれ、キャット。教えてくれるまでは帰らないぞ」

「ただの愛人でしょう。なぜ行かせてやらないんです？」

「キャット、アンのことを気にかけているのなら、おれに彼女を助けさせてくれないか。友人の人生をおれにあずけてほしい」

キャットは唇を噛んだ。

「ボウ・ストリートかテイラーに、先まわりされたいのなら話はべつだ」

「アンは船でイングランドを離れるつもりです」キャットは白状した。「旅費にしてほしくて、ネックレスを二本あげました。わたしがアンに手を貸さないわけがありませんわ。わたしに用心しろというために、つかまるのを覚悟でロンドンに帰ってきたんですよ」

「行き先はどこだ？」

「存じあげません。アンもまだ決めていないと思います。とにかく逃げることしか考えていませんでした。お忘れにならないで、たぶんアンは閣下とお別れしたのを悲しんでいます――女ならだれだって、そんなときはまともにものを考えられないものですわ」


もう手遅れなのか？　アンは行ってしまったのか？

ワッピング埠頭は、死んだ魚や汚泥、腐った木や、風呂に入っていない船乗りたちのにおいがした。デヴォン自身、たいして変わらないにおいを発散しているのを知っていた。やっきになって馬を駆ったために、シャツと背中のあいだに汗が膜を作っている。ビーバーハットの下の髪も、しっとりと濡れている。

デヴォンは、ワッピング・ハイ・ストリートのパブに馬をつなごうとした。パブの若者がエールのジョッキを持って、急ぎ足で出てきた。デヴォンは一気にエールを飲んで渇きを癒やし、店員にコインをやると、にぎやかな波止場のほうへ歩いていった。

アンはどこだ？　水面には何十隻もの船が浮かび、数えきれないほどの船乗りがたむろしている。女もいた。地味なドレスの人妻に、けばけばしい格好の娼婦たち。アンは、宿のメイドのドレスと帽子をまだ身につけているのだろうか？　それとも、質素な茶色のウールのドレスで変装しているのか、それとも娼婦らしい赤い絹のドレスに着替えたか？

突然、デヴォンは思った。おれにアンがわかるだろうか？

わかるはずだ。アンの顔は短いあいだしか見ていないが、大きな瞳、みずみずしい口もと、そして美しい卵形の輪郭は、脳裏に焼きついている。道中、宿があればかならず寄り、アンの特徴を話して、見かけなかったかどうか尋ねた。そして、ロンドンまであと三キロの地点で、ようやくアンを見かけたという男と出会った。その厩番は、アンが酔っぱらった男に口説かれ、苦労して追い払っているのを見たという。デヴォンの心臓は氷のように冷たくなったが、それもアンが相手の股間に膝蹴りをくらわせたと聞くまでのことだった。男は地面に倒れこみ、アンはその隙に逃げたそうだ。

海運会社の事務所を見つけ、アンの特徴を説明し、そのような女が切符を買わなかったかどうか尋ねた。若い事務員はかぶりを振った。

デヴォンはさらに何人かに話しかけてみたが、成果はなかった。桟橋にたたずみ、船乗りたちがタラップから樽を運びこむのを眺めていた。ひょっとしたら、アンは個人から切符を買ったのかもしれない。アンの頼みを拒める船長などいないはずだ。

アンが行き先に選びそうなのはどこだろう——残りの人生を自由に暮らせるのは？　わか

らない。それが問題だ。愛人だった娼婦、セリーズのことをほとんどなにも知らない。そして、アン・ベディントンのことも知らない。セリーズという女のどこまでが演技だったのだろう？　彼女の強さや決断力、過去の思い出話を——祖父と一緒に雨のなかを散歩したとか、祖父に本を読んであげたとか——デヴォンは信じていたが、それはほんとうのアンの一部だったのだ。

それでも、アンがどこへ逃げようとするか、見当もつかない。温かなそよ風の吹く西インド諸島か？　異国情緒あふれるインドだろうか？　それとも、アメリカで運を試すか？

デヴォンは険しい顔で酒場をまわりはじめた。錨亭《いかり》という天井の低い店で、明日の引き潮に乗って出航するという船の船長に出会った。白髪まじりの金髪に、険しい目をした大酒飲みだった。「女の乗客？」船長はじっと考えこんだ。「別嬪にボンベイ行きの切符を売ったかもしれん。ちゃんと思い出せねえな。一杯飲めば、頭がはっきりするんだけどな」

くそっ、なぜこの男がアンに切符を売ったのか、よくわかるような気がする。アンをひと目見てよだれをたらしそうなやつだ。

胸の大きな女のバーテンダーが、いやみな笑い声をあげた。「たしかにそうだろうね、ロジャーズ」

デヴォンは船長にジョッキ一杯のエールをおごってやったが、船長が口をつける前に手首をつかんでジョッキを取りあげた。「まずおれの質問に答えろ。そうすれば、ゆっくり飲ませてやる。おれが捜している女は、赤褐色の髪に緑色の瞳で、体つきはほっそりしている。年は二十三」

船長は、つかまれた腕を見て顔をしかめた。「そうだよ、その女だ。ただし、髪は黒っぽかった――黒い巻き毛だ。外套《がいとう》のフードをかぶってたが、髪は見えた。髪以外も見てみてえな――」

デヴォンの拳が船長のあごに命中した。船長は一瞬のけぞり、横ざまに倒れ、ベンチからべとついた床にずるずると落ちた。デヴォンは、取りあげたジョッキを置いた。

アンは赤毛だった。だが、髪の色など変えられる。かつらか染料があれば簡単だ。船長のいった女がアンにちがいない。あらかじめ、船がいつ出航するのかわかっていてよかった。船長は、すぐには意識を取り戻さないだろう。

いったんロンドンの家に帰ろう。それから、アン捜しを再開する。今夜、もしくは明日、アンが乗船する前につかまえるのだ。

「お母さま、ほら！　お兄さまの馬車が私道を走ってくるわ！　帰っていらしたのよ！」娘らしい甲高い声に、デヴォンは家に帰り着くたびに馬車が止まる前から四人の妹のおしゃべりが聞こえてきたころに引き戻された。

心臓が暴れていたが、マーチ・ハウスの前の砂利道で馬車を止めた。馬車から飛び降りると、従僕が歓声をあげて集まってきた。戦争へ行ってから、ここへ帰ってくるのははじめてだ——従僕たちは、デヴォンが戦争の英雄とたたえられていることを祝った。デヴォンはそんな肩書きなどほしくないし、ふさわしくもないと思っているのだが。

「お兄さま！　やっと帰っていらしたのね！　どうして前もって教えてくださらなかったの！」

甲高い歓声をはじけさせながら、ふたりの妹が玄関の階段を駆けおりてきた。リジーとウィンは、未婚で実家に住んでいる。ふたりの頬は涙で濡れていた。その涙が、デヴォンの心を包み、握りつぶしそうだった。黒い巻き毛を揺らしているリジーは、数日前のキャロとおなじようにデヴォンに飛びついてきた。キャロに似て、子どものころからかなりのおてんばだった。そのリジーが、こんなにエレガントな——そして襟ぐりのあいた——ドレスを着るようになったとは。

ウィンは青い瞳を輝かせ、デヴォンのまわりでぴょんぴょん跳ねている。最後にウィンと会ったとき、彼女はまだおさげ髪だった——こんなふうに、輝く金色の巻き毛をきれいに結いあげてはいなかった。

「お兄さま……ぜんぜんお変わりないのね！」リジーが叫んだ。

ウィンが目もとをぬぐった。「わたしたち、心配していたのよ。お兄さまが二度と帰っていらっしゃらないかもしれないって、とっても心配していたんだから」小さな声でいった。

デヴォンも正直なところ目が潤んだ。「長いこと待たせてすまなかった」リジーが離れると、今度はウィンが抱きついてきた。やわらかな腕がデヴォンの首に巻きついた。すみれの香りがした。子どものころから病弱で、いつもはかなげだった。「ウィン、あんなに走ってはだめじゃないか」デヴォンは心配し、たしなめた。「リジー——すっかりおとなになったな」リジーは甲高いよろこびの声をあげた。「お兄さま、目が見えるのね！　ああ、ほんとうに見えるの？」

「ああ、見えるよ、トカゲちゃん《リザード》」いたずらっぽく、明るく返した。「視力が戻ったんだ」ウィンがデヴォンを強く抱きしめた。「よかった」息を弾ませていった。「こうなったら、お母さまはお兄さまを大急ぎで結婚させるわよ。これ以上、孫の誕生を待たされるのはいやだっておっしゃるわ」

「視力が戻ったのは奇跡だ」デヴォンはやさしくいった。「だが、あいにくそんなに早く子どもを作れるものじゃないからな」

ライラックのように明るいリジーの瞳が、茶目っ気たっぷりに輝いた。「お母さまは、いますぐお兄さまにお嫁さんを見つけられると思ってるわ。みなさん、議会が終わって領地へお帰りになるまで、こちらにいらっしゃるもの。パーティやミュージカルや、ハイド・パークのお散歩に連れまわされるわよ。お嫁さん探しはもうはじまったも同じよ」

若いメイドが、うやうやしく短いお辞儀をした。「奥さまは子ども部屋にいらっしゃいます、閣下。キャヴェンディッシュ伯爵夫妻が、ペリグリンさまを連れていらっしゃいました」

デヴォンはメイドにうなずいた。それから一段飛ばしで階段をのぼった。三年がたち、ついに母親と会い、自分が無沙汰をした結果に向きあわなければならない。もし母親に見放されても、しかたがない。やはりアンは正しかった。帰ってくるべきだったのだ。

最上階に立ったとたん、子ども部屋のむっとするにおいにまじって、母親の香水の香りがした。デヴォンは子どものころ、母親を崇拝していた。母親は太陽のように輝く存在だった。明るく、温かく、まばゆかった。美しい声、激しい情熱を秘めた気質、一流の知性。どんなときも、まさに公爵夫人そのものだった。父親とは恋愛で結ばれた。

デヴォンはドア口に立ちつくした。母親は白いブランケットの塊を抱いていた。窓辺のベンチに座っていて、青い絹のスカートが足もとに水たまりのように広がっている。日差しがブロンドの髪をなで、すくなからずの白髪を浮き立たせている。デヴォンは母親を取り巻く色彩に見とれた。胸を殴られたかのように、後悔と痛みに襲われた。母親があまりに安らかで静かな表情をしているので、デヴォンは背中を向けて立ち去りたくなった。

「デヴォン、そこにいるのは知っていますよ」母親が、小さいがきっぱりとした声でいった。

「こそこそ逃げないで」

頬が熱くなり、きっとばつの悪そうな顔をしているにちがいないと思いながら、デヴォンは部屋に入った。

母親のひたいにも口角にも、深いしわが刻まれていた。三年しかたっていないのに、十歳は年を取ったように見える。母親の腕のなかで、丸々とした甥のペリグリンが眠っている。

母親から届いた最後の手紙に涙の痕があると、アンがいっていた。家族の反対を押し切って戦争に行ったので、デヴォンは帰っても歓迎されるかどうか不安だった。目が見えなくなったのをいいわけにして、確かめに帰ろうとしなかった。いま、デヴォンは母親のかたわらへ行き、片方の膝をつくと、甥の小さな腕をブランケット越しにそっとなでた。ほほえんで孫を見おろす母親の青い瞳は、うれしそうに輝いていた。

「ほんとうなの、デヴォン？　どうやらほんとうなのね。目が見えるようになったのね」

デヴォンは真剣に母親の声に耳を傾けた――音楽のようなリズム、かすかにためらうような、そして悲しそうな響き。ことば以上に、それまで聞き取れなかったものが聞こえた。アンのいうとおりだ。母親は、大きな不安と痛みを隠そうとしている。いまそれがわかった。

「申し訳ありません――」

「なぜ謝るの？」

「いろいろなことです」デヴォンは認めた。「帰ってこなかったこと。母上にご心配をおかけしたこと。戦争でこの身を危険にさらしたこと。母上と父上を不安にさせ、悲しませたこと。父上に止められたにもかかわらず、ロザリンドを追いかけ、騒ぎを起こしたこと」

「戦争に行ったのを後悔しているの?」

その質問には、かぶりを振らざるをえなかった。われながらおかしいと思う。ほんの数時間で何千人もの兵士が死ぬのを目の当たりにし、視力を失い、大勢を殺め、妻から夫を、子どもから父親を奪うような決断をくだすより、イングランドに残っているほうがよかったと思えないのはなぜだろう? 「それが使命でしたから。そして、祖国のために戦うのが戦地にいた者の使命でした。悲しいことも悔やむようなこともたくさんありすぎて、うまく整理できないんです。それでも、あのときは行かなければならなかった」

母親は立ちあがり、赤ん坊の頭を肩にもたせかけた。目の縁が赤くなっていた。「あなたが、ぶ、無事に帰ってきてくれて、ほんとうによかった」二粒の涙がこぼれ、頬を伝った。

母親がデヴォンの前で泣くのははじめてだった。彼女はよく、公爵夫人たるものはいつも強くあるべきだといっていた。公爵夫人が自分に泣くのを許せば、一族全体がだめになる、と。

デヴォンは、眠っている甥を起こさないように気をつけながら、母親に両腕をまわした。生まれてはじめて、母親がデヴォンの胸に顔をうずめて泣いた。正直なところ、母親の背中をさする手つきはぎこちなかったが、とにかく慰めた。そして、もうなにも心配はいらないと、きっぱりいった。

ただし、そのことばは嘘だ——アンを助けるために、殺人者を捜さなければならず、ふたたび醜聞になるかもしれない。

母親が顔をあげた。口もとに微笑が浮かんでいた。「わたし、こそごめんなさいね。せっかくあなたが帰ってきたんだから、泣き顔ではなく笑顔で迎えなければならないのに。あなたはつらい目にあったんだもの」

「母上もですよ。おれが戦争に行ったあと、父上が亡くなって」いまその話をしていいものか、よくわからなかった。一年前のことだ。「もし母上がつらくなければ」ためらいがちにいった。「父上の最期はどうだったか、話してくださいますか」

母親はあごをあげた。「よくわからないのよ、デヴォン。従僕が書斎でレジナルドを見つけたの。かわいそうに、最初は椅子でうたた寝なさっていると思ったらしいわ。やっと勇気を振り絞ってレジナルドを揺り起こしたのだけれど、目を覚まさなかった。心臓発作だったのでしょう。ちょっとひと眠りするつもりで目を閉じて、そのまま逝ってしまわれたと思いたいの」

悲しげな笑みを浮かべたが、母親は気丈に見えた。先ほど、デヴォンの胸で泣いたときより、ずっとしっかりしている。

「どうしてそんなに強くいられるんですか？」デヴォンは尋ねた。「父上をあんなに愛していらしたのに。ロザリンドが亡くなったとき、おれはおかしくなりそうだった。どうすれば悲しみを止められるのかわからなかった」子ども部屋のなかを見まわした。壁沿いに、小さなベッドが五台、きちんと並んでいる。父親とこの部屋で遊んだのを思い出した。あのころ父親がとても大きく見えた。子ども用の椅子に腰かけ、デヴォンが積み木で城を作るのを手伝ってくれた。デヴォンの人生の大きな部分を占めていた人が——やさしく、ときには小言をいい、大声をあげて暴れる息子と本気で喧嘩《けんか》した人が——もういないとは、いまだに信じられない。

「たしかに悲しいわ。この悲しみはずっと消えないと思うの、デヴォン。だから、愛を求め、幸せをたたえて、よろこびを見つけるのが大事なのよ」母親は赤ん坊を見おろしてほほえんだ。

「幸せそうな子ですね」デヴォンは静かにいった。「泣くのはすぐに腹を満たしてもらえないときだけだ」赤ん坊は、夢のなかでデヴォンのことばを聞きつけ、お乳を飲んでいるかのように口を動かした。

「この子が生まれたのは、ほんとうに幸せなできごとだった」母親はそっといった。「わたしたちみんなを明るくしてくれて、悲しみや悩みを忘れさせてくれたわ」

デヴォンが原因の悲しみや悩みを。

「わたしは家族にもっと幸せを知ってほしいの」母親はきっぱりといった。「これからお祝い事がつづくわよ。シャーロットの赤ちゃんも聖ミカエル祭の前に生まれるわ。来年のシーズンには、絶対にウィンとリジーを嫁がせるつもりよ。それから、あなたも——」

デヴォンは両手をあげたが、母親はつづけた。「あなたも幸せな結婚をするのよ、デヴォン。そして、家族を持つよろこびを知るの。さあ、わたしも忙しくなるわ——あなたにお嫁さんを探して、その方と恋に落ちるのを見守らなくちゃ。幸せなあなたを見せてほしいの」

久しく幸せなど感じたことはなかった。アンが人生に入りこんでくるまでは。アンが懸命に力づけてくれなければ、心を軽くしてくれなければ、素直にキャロラインに会い、生まれたばかりの甥に会えただろうか？　アンには大きな借りがある。彼女に安全な暮らしを保証するのが、借りを返す唯一の手段だ。

母親の声が、デヴォンのもの思いを破った。「……ふさわしいお嬢さんたちよ。六月に戦勝をお祝いしたとき、あなたが帰ってくるとわかって、ほかの方からの結婚の申し込みは受けないって決めたお嬢さんが何人もいるわ」

「おれは失明したのに？」デヴォンはあきれて尋ねた。

母親はためらった。「最初はお知らせしなかったの。もちろん、いまとなっては問題ないでしょう」

デヴォンはかぶりを振った。「おれは以前のおれじゃないんですよ、母上。扱いのむずかしい令嬢と結婚できるとは思えません。悪夢を見て、眠ったまま暴れたりどなったりするんです。これでもおさまったほうですが、育ちのいいお嬢さんをおびえさせるのはまちがいない。それに、ご自分の子どもには義務ではなく愛のために結婚してほしいとお考えではなかったのですか」

「それはそうよ。愛はすばらしいと、心から信じているもの！　あなたにも難なく見つけられると思うの。手はじめに、なにをすればいいのかもわかっています。リッチモンド公爵夫人が舞踏会を――」

舞踏会。三年前、ある舞踏会場の人込みのむこうにロザリンドを見つけ、その瞬間に周囲はすべて暗闇に消えた。あらゆる音がごうごうという耳鳴りに変わり、デヴォンは足早にダンスフロアを突っ切ってロザリンドに近づいた。だれかにぶつかったことも、あわてて人がよけたことにも気づかなかった。「もう二度と、舞踏会場でひと目惚れすることはありませんよ」低くいった。

母親が眉をあげたので、デヴォンは説明を試みた。「父上がいうには、恋に落ちるとは、男がぼうぜんとしてその場に立ちつくすと、その男の人生でだれよりも大事な存在になる女性が、不意にほほえみかけてくれ、それを境に世界が永遠に変わってしまうことだそうですよ。そんなことは二度とありえません」

「そうね。わたしは恋愛はすばらしいと思うけれど、ひと目惚れは信じていないの」

デヴォンは、自分の体がうしろに揺れるのを感じた。「父上とはどうだったんです?」

「ひと目惚れではなかったわ。それどころか、最初はあの人のことをなんとも思わなかった。でも、レジナルドはとても熱心で、わたしもすぐにあの人がほかの殿方とはちがうと思うようになったわ。あの人に惹かれていって、だんだん愛するようになったのよ」

だんだん。「焼けつくような情熱ではなかったのに、どうして恋愛だとわかったんですか?」

やわらかな笑みが母親の唇に浮かんだ。父親との恋愛を思い出すと、たちまち幸福な気持ちが呼び覚まされるかのようだった。「いろいろよ。いつのまにか自分が変わるのよ。相手と会うたびに笑顔になっていることに気づくとか、隣にその人がいないベッドで目覚めるなんて想像もできなくなるとか、その人なしの人生なんて考えられなくなるとか」

「もう一度、人を愛する覚悟ができるかどうか、自信がないんです。一度目が、あまりにもつらかったから」そういいながらも、母親にこんな話をするのは愚かだとわかっていた。母親は最愛の人を亡くしたにもかかわらず、悲嘆と心痛に耐えた。女をここまで強くするのはなんだろう?

「だからといって、二度目もつらいものになるとはかぎらないわ」

「そうかもしれません。でも、舞踏会には行きませんので。人捜しをしていて、そのためにロンドンへ来たんです。目が見えるようになりましたし」

「人捜し?」母親が繰り返した。「だれを捜しているの?」

デヴォンは母親に語った。自分が救えなかったタナー大尉の妻子が行方不明になってしまったことを。「調査員を雇って、ふたりを捜させています。数日前から、なんの報告も来ていない。状況を確認しなければなりません。それに、愛人も捜しているんです」

「愛人?」母親は孫を注意深く見つめながら、足早にゆりかごへ向かった。赤ん坊をおろし、毛布でしっかりくるんだ。

　そして、デヴォンが驚いたことに、母親ははにかんでいる少女のように、ドレスの襟ぐりにほどこしたレースをいじりはじめた。しばらくして、勇気をかき集めるように深呼吸した。

「キャロラインから聞いたわ、わたしの孫はちょっと変わった状況で生まれたって。あなたの愛人が、お産の前からずっと助けてくださったそうね。それから、夫を誘惑する方法も教えてほしいとお願いしたって――」母親の顔が真っ赤に染まった。

　デヴォンはうしろによろめいた。キャロは母上にこんな話をしたのか？　くそっ、アンに聞いたことをどこまで話したんだ？　いや、知りたくない。こんな話はしたくない。

　母親も同じように感じているらしい。デヴォンから離れて裏庭を見おろす窓辺へ歩いていった。「キャロはあなたの愛人をとてもほめていたわ、デヴォン。お友だちになったといっていた。わたしにお手紙をくださった方ですってね。あなたが書かないから、その方が書いてくださったのよ！　ほんとうに、あなたにはあきれたわ」

　デヴォンは謝るつもりだったが、口から出たのは謝罪にはほど遠いことばだった。「怒らないでください。おれの愛人は貴族の娘――子爵令嬢だったんです。あんなにすばらしい、勇気のある女性には会ったことがありませんよ。では、失礼して彼女を捜しにいきます。殺人の罪を着せられているんです」

また本が読める——なんとすばらしいことだろう。デヴォンは図書室で、大きな革装の本を取りだした。『ディブレット貴族名鑑』。ページをめくり、アン・べディントンの家系を見つけた。ああ、この目で見ることができてほんとうによかった。だが、正直にいえば、アンがあの美しい声でこの名鑑を読んだら、味気ない事実の羅列でさえ官能をそそる響きがするだろうと思わずにいられない。

ページに指を走らせていくと、探していたものがあった。ノーブルック子爵家の創設は一七〇〇年代のはじめにさかのぼる。デヴォンは名簿をたどり、アンの父親の名前を見つけた。第四代ノーブルック子爵、一七六八年生、一八〇七年没。一七八九年、ルイーザ・マリア・ド・モーネイと結婚。子、アン・マリア、一七九二年生。

アンの名前に、デヴォンの手が止まり、胸の鼓動が急に速く激しくなった。危機でもなく、みずから危険を冒してもいないのに、こんなふうに鼓動が激しくなることがあっただろうか？　思い出せるのは、すべてロザリンドが一緒のときだ。はじめてロザリンドがためらいがちにデヴォンと目を合わせ、ほほえみかけてきたとき。はじめて彼女の手に触れたとき。はじめてのキス。デヴォンは十五のとき以来、性体験を重ねていたが、ロザリンドはほほえむだけで、ほかのどの女よりもデヴォンの胸を高鳴らせた。だが、いま、アンの名前を見ただけで、心臓が早鐘を打っている。

もう一度、ノーブルック子爵家の記述を見つめた。ド・モーネイは、ロスシャー侯爵家だ。

アンの母親は侯爵家の出身なのだろうか？　だったら、スラムに暮らさなくてもよかったはずだ。アンの邪悪ないとこである現ノーブルック子爵の住所は、ブルック・ストリートになっている。

デヴォンは馬車でその住所へ赴き、従僕にドアをノックさせたが、ノーブルックは留守だった。シニョール・アンジェロのフェンシング・クラブへ稽古に出かけたという。

デヴォンは御者にアンジェロのクラブへ向かうよう命じた。デヴォンもそのクラブの会員だった。もう一度、剣を取るのも悪くない。

20

アンのいとこは、ひと目でいやなやつだとわかる男だった。デヴォンは心底、あの鼻を殴りつけてやりたいと思った。

だが、殴るかわりにシャツとベストを脱ぎ、剣《フルーレ》を取ると、シニョール・アンジェロに打ち勝とうと、うなり声をあげて汗をかいているノーブルック子爵のほうへ大股に歩いていった。広々とした稽古場で、紳士たちがたがいをつつきあいながらも、デヴォンのほうをじっと見ている。これで、デヴォンが視力を取り戻したことはロンドンじゅうに知れ渡るだろう。ノーブルックと競りあっている最中のアンジェロでさえ、驚いたようにデヴォンを見やった。

ノーブルックは、年長のアンジェロのパッド入りチュニックを剣の先で突いた。「ファースト・ブラッド」勝ち誇ったように叫んだ。彼は波打つ金髪を、わざと乱れたように念入りにととのえている。そして、黒い心を隠した、典型的な〝ブロンド美青年〟の顔。

「弟子が師匠を負かしましたよ」ノーブルックが声を張りあげた。そして、ようやくアンジェロが自分の肩のうしろを見つめていることに気づいたのか、眉をひそめた。せっかくの勝利を軽んじられたことに腹を立てたようすで、さっと振り返った。とたんに、あわてて一歩あとずさった。「閣下」すばやくお辞儀をした。「こんなところでお会いするとは驚きです。戦争で失明なさったとうかがったが――」

「そのとおりだ。だが、幸いまた目が見えるようになってね」

突然、アンジェロが大声で祝いのことばをいい、フルーレを脇に挟んで進みでた。「閣下、よくいらっしゃいました」

「ありがとう、アンジェロ。ノーブルックと手合わせを願いたい」アンのいとこを尊大に見やった。「あなたのいとこについて、話がある」

ノーブルックが唾を呑みこみ、のどが動いた。「結構ですよ。勝負しながら、あの強情ないとこについて話をしましょうか」ノーブルックは、デヴォンだけに聞こえるくらいの低いうなり声でいった。「わが一族の堕落した女、アン・ベディントンのことですね？ ぼくはアンを救いにきたのに、なんと彼女は娼婦になっていた。閣下が別荘でアンの奉仕を受けていたことも存じております。アンは堕落してしまった。汚れた淫売になってしまったんです」

デヴォンはすぐさまフルーレの先端をノーブルックののどに突きつけた。さげすむべきはノーブルックなのに、自分のほうが悪者にされたような気がして、腹が立った。「今度、彼女のことをそんなふうにいったら決闘を申しこむ」

フルーレの先端からあとずさるはめになったノーブルックの目は、憤りで燃えあがった。

だが、デヴォンの見たところ、腰抜けのノーブルックは怒りを持続できないようだ。「事実をいったまでですよ、閣下。ぼくのいとこの過去はご存じでしょう。薄汚いワッピング・ハイ・ストリートの娼館で、数えきれないほどの男の相手をしていたんです」

「それはあなたのせいだ。あなたのせいで、彼女は実家を出ていくしかなかった」

「ちがいますよ。ぼくがアンと結婚することは先代との約束だったのに、彼女の母親が拒んだんです。あの女は娘を連れて逃げたんですよ。だいたい、破廉恥な女だった——浮気や乱交、猥褻《わいせつ》なパーティまで、やりたい放題でした。だから、母親の親族も手を差しのべなかったんです。ぼくはちがいます。アンを捜したんです。残念ながら、見つけたときには手遅れでしたがね」ノーブルックが剣を構えて突進してきた。

「なかなかおもしろい話だ」デヴォンはノーブルックの剣をかわし、反撃した。そして、静かだが殺意をこめた声でいった。「おれの聞いたところでは、あなたは彼女が八歳のころからいやらしく体に触れていたそうだが」

ノーブルックはふたたび突進してきて、デヴォンの心臓を狙った。だが、デヴォンはたやすくノーブルックの剣をはじいた。右側に剣を突きだし、ノーブルックの手首をひねると、彼はひるんだ。

つま先で跳ねながら、ノーブルックは退いた。「閣下、それは真っ赤な嘘です。どこでお聞きになったんです?」そんな中傷は心外だとばかりに、突撃してきた。

デヴォンは、せわしなく動くノーブルックの剣を苦もなくはじきつづけた。そして、足もとに落ちている馬糞を見るような目で、自分より背が低くずんぐりしたノーブルックを見おろした。「真実を知っている者からだ」冷たく答えた。

「だれです？　まさか、ぼくのいとこですか？　ご自分専用の淫売にしたあの女が、そんな嘘を？」

小さな声だったが、まじりけのない悪意にまみれていた。デヴォンは罪の意識で体がこわばるのを感じた。「ちがう。おまえがよこした乱暴者の手から彼女を救ったあと、おれは無理やり事情を聞きだそうとした。だが、彼女は黙っていた。はっきりいおう、おれはミス・ベディントンがほんとうはだれなのか知らなかった。だが、おまえは知っていた――彼女を堕落した暮らしに追いやったおまえは」くそっ、なぜこんな人間の屑《くず》に弁解しているんだ？　アンが子爵の娘であるのを知らなかったのはたしかだが、貴族の出身ではないかと、ずっと疑っていた。それなのに、彼女とベッドをともにするのをやめられず、高級娼婦のように扱うのをやめられなかった。

アンがそう望んだからでもある。だが、それはいいわけにならない。

ノーブルックはにやりと笑った。勝利の笑みを満面に浮かべ、デヴォンに剣を突きつけた。

「あなたこそアンの堕落にひと役買ったのではありませんか」

「おまえは彼女を襲っただろう」デヴォンはなまくらな剣など放り捨て、みずからの拳でノーブルックをほんとうに痛めつけてやりたくなった。だが、この怒りはノーブルックに対するものだろうか、それとも自分自身に？　アンはもはや属していた世界に戻ることができない。娼館で穢されてしまったために。デヴォンの愛人だったために。「ミック・テイラーは、おまえがまだ彼女を自分のものにするつもりだといっていた」デヴォンは低い声で返した。

「自分のせいで落ちぶれたいとこに対して、じつに寛大じゃないか」

「テイラーは娼館の使い走りですよ。そんな男のいうことなど信じられませんね。たしかに、あの男に金をやってアンを捜させました。ただ、アンを助けたかっただけだ」青い目が警戒している。ノーブルックがそわそわと唇をなめた。

デヴォンは剣を突きだし、ノーブルックを後退させた。「アンはおびえていた。おまえの意図がよこしまで汚れたものだとわかっていたからだ」アン自身はそういっていなかったが、ノーブルックのことを話すアンが震え、目を伏せていたことは覚えている。

ノーブルックの憤りはますますふくらんだ。口角に泡がたまっている。「なんの権利があって、ぼくをそこまでおとしめるんです？」典型的な卑怯者《ひきょうもの》らしく、声を低くしたまま突っかかってきた。やみくもに剣を振りまわしているが、デヴォンはすでに勝負の主導権を握っていた。「アンを汚したのはあなただ。ぼくはアンに住む場所を提供するつもりだった。穏やかに、恥ずかしくない暮らしができるようにしてやろうとしたんだ」

そのことばの棘《とげ》は、ノーブルックが意図したよりもデヴォンの急所を鋭く突いた。罪悪感にどっと襲われたが、デヴォンは逆上すまいと懸命にこらえた。油断すると、罪の意識にかられてノーブルックを半殺しにしかねない。「おまえの愛人としてか？」

「あなたの愛人になるよりはましだ」ノーブルックが吐き捨てた。だが、震えている。「アンが人殺しでも手もとに置いておくおつもりか？　そのことをご存じなのか？　アンは雇い主を殺したんですよ、火かき棒で頭を殴りつけて。それでもアンがほしいのですか？」

「ほしい」デヴォンはどなった。その怒りに満ちた声に、室内は静まりかえった。剣がぶつかる音がやんだ。いくつもの顔が振り返った。「彼女は無実だ」デヴォンは静かにいった。すばやく二度、剣を振った。ノーブルックが叫んだと同時に、払われた剣が大きな音をたてて床に落ち、使い手を丸腰にした。

ノーブルックは、恐怖と純粋な憎悪が入りまじった目をしていた。「アンに会いたい」あえぎながらいった。「アンがどんな罪を犯したにしろ、ぼくのいとこだ。彼女はどこにいるんです？　教えてください。彼女を助ける方法があるかもしれない」

デヴォンは冷淡に眉をあげた。「アンは会いたがらない。そして、おれはおまえを虫けらしくたたきつぶすつもりだ」

ノーブルックの頬に、赤い斑点が浮きあがった。震える手で、落とした剣を拾いあげた。

「アンはぼくのいとこだ。ぼくの助けを必要としている。ぼくは悪意に満ちた噂からアンを守り、アンが娼婦だったのを知って群がってくる連中から守り、静かでまともな暮らしを与えてやれる。あなたにまかせたら、アンはどうなる？　殺人罪で絞首刑になるでしょうね。それとも、金と地位にものをいわせて、アンの自由を買いますか？　そのあと、アンはどうなります？　いずれあなたに捨てられる。愚かないとこに伝えてください。あなたと一緒にいれば、いつかぼろぼろにされて路上に捨てられるとね」

ほかの者にも聞こえるほど、大きな声だった。デヴォンの耳のなかはごうごうと鳴っていた。威圧するように一歩踏みだすと、ノーブルックはあわててあとずさったが、それでも胸を張ろうとしていた。

視界の隅で、アンジェロが歩いてくるのが見えた。ノーブルックのふるまいはまったく理解しがたかった。最初はアンが穢れたと悪意たっぷりに非難しておきながら、今度は寛大ないとこを気取って援助を申しでている。

アンジェロがお辞儀した。デヴォンは会釈を返した。「アンジェロ先生、帰る前にお礼を申しあげなければなりません。長年にわたって、剣の技術を授けてくださったことに感謝しています。戦地では何度も命を助けられました」

ふたたびアンジェロはお辞儀し、怒った足取りで去っていくノーブルックをちらりと見やった。「閣下はいつも自慢の弟子でした。わたしの腕などとうに超えておられる。しかしながら、いま一度ルールを思い出していただかねばなりません――ここは、個人的な争いをしたり私怨を晴らしたりする場ではないのです」

「二度とこんなことはいたしません」そう、今度ノーブルックに個人的な戦いを挑むときは、遠慮なくたたきのめせる場所を選ぶのだ。それにしても、ノーブルックをどうするか？　あの男はアンをあきらめるだろうか？

まずはアンを捜して、逮捕されないようにしなければならない。そのためには、真犯人を見つけるのが最善だ。そのあとはアンをどうすればいいのだろう？　アンがほしい。だが、彼女がだれなのか知ったいまとなっては、愛人としてそばに置いておくことはできない。

ボウ・ストリート十番地に、治安判事裁判所はある。デヴォンは裁判所の入口から、判事の執務室に通じるドアへ歩いた。いくらもたたないうちに、現治安判事ジョン・ローレンス卿とむかいあわせに着席していた。ジョン卿は、デヴォンの父親の旧友で、髪には白いものがまじっているが、注意深く抜け目ない。

ジョン卿は、二個のグラスに少量のブランデーをつぎ、一個をデヴォンに渡した。デヴォンはグラスを手のひらで包みこんでまわしながら、じっと見おろした。アンが使用人たちにブランデーを出すなと命じてからというもの、この飲み物には触れてもいない。アンによってどんなに世界を変えられてしまったか、苦笑する思いで実感した。つい考えてしまう――アンがいなかったら、あの別荘にひとりきりで飲んだくれ、朦朧《もうろう》としたまま一生を過ごしたのだろうか？

「放蕩息子の帰還に」ジョン卿がグラスを掲げた。「イングランド屈指の戦争の英雄に」

「父に」デヴォンもグラスを掲げて返した。父に乾杯するためにほんのすこしだけブランデーを口に含み、悲しみに胸が詰まるのを感じた。ジョン卿に、正直にいった。「父と最後に会った夜、喧嘩をしたのを悔やんでいます」

ジョン卿が椅子に背中をあずけると、木がきしんだ。「マーチ、父上は心底きみを誇りにしておられた。きみは責任感と知性があり、愛された将校だった。上官や部下だった人たちから、きみは尊敬されていたと聞いているよ」

「父のことは勘ちがいなさっているのではありませんか。父はおれが戦争へ行くのを認めてくれませんでした。跡継ぎのくせに、自分勝手で無責任だと責められました」

ジョン卿はかぶりを振った。「父上は、ほんとうにきみを愛しておられたし、誇りに思っていらっしゃったんだよ」

デヴォンは、ジョン卿のことばをたやすく信じられればよいのにと思った。

ジョン卿がふたたびグラスを掲げた。「もう一度、乾杯だ——今度は、医学の奇跡に、というべきかな。こちらの医師の治療で目が治ったのか？　ロンドン眼科耳科診療所で診てもらったんだろう？」

「ええ、でも医師の治療で治ったわけではないんです」そう、ひとりの頑固な女のおかげだ。

「岩で頭を打ったんです。頭を強く打てば、視力が戻るかもしれないと、医師にもいわれていました」そろそろ本題に入らなければならない。「ジョン卿、ここに来たのは、あなたが捜している女のことで話があるからなんです。ボウ・ストリートは、彼女が雇い主を殺したと見ているようですが」

治安判事はグラスを置いた。「閣下はこの件に関してどうお考えかな？」

「デヴォンで結構です。おれは、彼女は無実だと確信しています」慎重にいった。「有罪を示す証拠は？」

ジョン卿は片方の眉をあげたが、答えてくれた。「彼女が雇い主、つまりミセス・クララ・メドウズという名の腹黒い女と口論していたと証言している者が複数いる」

デヴォンは唇をゆがめた。「たしか、ミセス・メドウズはマダム・シンと自称していたはずですが。現場を目撃した者はいないんですか？　アン・ベディントンが、致命的な一撃でミセス・メドウズを殺したところを目撃した者は？」

ジョン卿は眉をあげた。「アン・ベディントン？　ミック・テイラーに聞いたのは、アナリーゼ・ブラックという名前だったが。この件について詳しいようだな、デヴォン」

アンは娼館でも本名を使っていなかったのだ。親族を守るためだろうか――自分を守ってくれなかった親族を？　それとも、娼婦に身を落としたことをだれにも知られずに、いつかは以前の暮らしに戻りたいと願っていたからだろうか？「ミス・ベディントンがミセス・メドウズを殺したことを示すたしかな証拠か、証人はいますか？　おれは、ミセス・メドウズは気を失っただけで死んではいなかったと考えています。だれかほかの人物が、その夜のうちに殺したんです」

「わたしとて、ミス・ベディントンが有罪だと根拠もなく決めつけたわけではない。うちの者たちが、娼婦や使用人全員に尋問したが、ひとり残らず当時は現場以外の場所にいたことが証明されている」

「娼婦もですか？」デヴォンは反論した。「夜のあいだは、たいてい男と部屋にこもっているはずです。こっそり抜けだして、ミセス・メドウズを殺すのは簡単だ。使用人だって同じでしょう。もしくは、娼館の客がやったのかもしれない」

ジョン卿は顔をしかめた。「客に尋問するのは慎重にしなければならない。みんな紳士で、半分は貴族だ。デヴォン、娼婦たちはあの晩ずっと、客と一緒にいたと証言している。もちろん、客のほうもひと晩じゅう、すくなくともひとりの娼婦の目の届くところにいたと証言しているんだ」

「娼婦は金をもらえばどんな証言だってしますよ。だれか嘘をついているはずだ」

「それはそうだろう。問題は、それを証明することなんだ。デヴォン、きみは多くのことを知っているようだから訊くが、ミス・ベディントンがいまどこにいるのか知っているか？」

「いいえ。いまのところは」これはほんとうだ。

「デヴォン、きみは陛下と祖国のために命を懸けて戦ったんじゃないか。この事件に、個人

的に首を突っこむべきではない。ミス・ベディントンを見つけたら、わたしのもとへ連れて
くることだ。逃亡者をかくまうくらいなら、われわれに真実を解明させてくれ。わたしはき
みの父上を兄弟のように思っていた。もしアン・ベディントンを殺人罪で起訴し、犯人の逃
亡を幇助《ほうじょ》した罪できみを起訴しなければならないとしても、きみの地位にも、きみのご家族
に対するわたしの気持ちにも、職務を邪魔させるわけにはいかないのだよ」
「キャット、どうしたの？　わたしがここにいるのがよくわかったわね」アンは狭く薄暗い部屋にキャットを招じ入れ、しっかりとドアを閉めた。それから、かんぬきもかけた。キャットに会えるのはうれしいけれど……。「もう二度と会えないっていったでしょう、危ないじゃないの！　まさか、ミックがまた来たんじゃないでしょうね？　わたしの居場所を知っていると思われて、また乱暴されたらどうするの」
「アン、落ち着いて。わたしはだいじょうぶよ。なぜあなたがここにいるのがわかったかというと……」キャットは木の椅子に腰をおろした。「ここに戻ってくると思ったのよ。結局、わたしたちはこのあたりをよく知っているわ」室内に目を走らせた。「お金ならあるでしょう、アン。こんな部屋にいなくてもいいのに」
「明日の朝になれば出ていくもの」母と一緒に暮らしていた安宿にくらべれば、ここは豪華だといってもいい。細長い部屋をロープで区切っただけではなく、独立した部屋にベッドが

あるのだから。

「今日、マーチ公爵がうちに来たわ。ここまであなたを追いかけてきたのよ。一目散に馬車を飛ばしてきたんですって。アン、あの方はあなたを助けたがってるわ。あの方なら、あなたを助けられるかもしれない。この際、頼ってみたらどうなの？」

「だめよ——」デヴォンを危険や醜聞に巻きこんではいけない理由をことごとく並べ立てようとしたが、キャットは片方の手をあげて制した。

「アン、あなたは殺人容疑から逃げているの、それとも自分の心から逃げているの？」

「わたしの心から？　どういう意味？」どういう意味かは、たぶんわかっている。キャットは、アンがデヴォンに恋をしていると思っているのだ。「愚かな片思いをしているだけなら、わざわざ世界のむこう側へ言ったりしないわ、キャット。失恋から立ちなおればいいだけだもの」

「望みのない恋をやめなければ、立ちなおれないわよ。あなたは、やめられないのが怖いのよ」

「とにかく、わたしは行くわ、キャット」テーブルから一枚の紙を取った。「いとこに手紙を書いたの。明日の朝、投函《とうかん》して港へ行くわ。セバスチャンのもとに手紙が届いたときには、わたしは無事、船の上。手紙にはボストンへ行くと書いたの。わたしがもうイングランドにいないとわかれば、あの人もあなたに手出ししないわ」

「公爵は、マダムを殺した真犯人を捜そうとしているのよ。あなたを自由にするために」

「わたしはけっして自由になれない。セバスチャンがあきらめてくれないかぎり」

「あなたがいとこになにをされたか、公爵にもすこし話したの」

アンはぞっとして目が丸くなったのを感じた。「そんな！　あの方には知られたくなかった――」

「どうして？　ノーブルックがどんな怪物か、公爵もよくわかったはずよ」

「だ、だって、恥ずかしいわ。あんなこと、許してはいけなかった。わたし――」

キャットはきっぱりとかぶりを振った。「あなたは悪くない。子どもだったし、いわれたとおりにしただけでしょう。信じて、わたしはあなたがどんなことに耐えていたのか、よくわかるわ」

「セバスチャンは……実際には、さほど悪いことはしなかったのよ。もっとあとになって、ある晩、寝室に入ってくるまでは。それまでは、あの人の膝に座らされて、体をさわられたりキスをされたりしただけ。あの人は、たしかにわたしと結婚しようと――」

「アン、やめなさい！　いやがるあなたにさわるなんて、やっぱりあの男が悪いのよ。悪いのはノーブルック、あなたじゃない」キャットはやさしくほほえんだ。「それから、公爵があなたの心を傷つけるとは思えないの――あの方はあなたをあきらめないわ。むしろ、あなたがあの方の心を傷つけるかもしれない」

ボウ・ストリートを出て、デヴォンは雇った調査員、ウィンターの事務所へ行った。そこで、タナー大尉の妻子の捜索について報告を受けた。それから、アンの特徴を教え、翌朝、港を数人で見張ってほしいと頼んだ。その後、アンが五年間囚われていたワッピング・ハイ・ストリートの娼館へ向かった。

建物には、性と阿片のにおいが染みついていた。壁は緋色の幕でおおわれ、玄関の奥へ進むと、巨大な油彩のヌード画に迎えられた。実物大の乳房がこちらを向いていた。

デヴォンはここへ来たことがなかった。アンがここにいたころ、すぐそばで女を買っていたとすれば、いまここでたまらなくいやな気分になったにちがいない。

だが、似たような娼館に行ったことはある。アンにとって娼館は地獄だったが、デヴォンは快楽を求めて娼館を訪れていた。このような場所に出入りするようになったのは、放蕩者だった祖父に、そのようにしつけられたからだ。男たるもの、精力の強さを証明すべきであると。いまのデヴォンには、自分がいかに愚かだったかわかる。かつて父親は、肉欲を満たすだけならどんな愚か者にもできると語っていた。人を愛し、ベッドのなかでも外でも妻をパートナーとするよろこびを味わうのは、賢人でなければできないというのが、父親の持論だった。

デヴォンは、快楽を求めることしか頭にない金持ち貴族を装いながら、サロンへ入った。奇妙なことに、いまではどうすればそんなふうに見えるのか、さっぱりわからなかった。

広いサロンのソファで、何人かの男がくつろいでいた。ほとんどが酒のグラスを手に、愛想笑いを浮かべた半裸の女を膝にのせている。

アン。ロザリンドを失って以来、はじめて胸が疼いた。

なにかが突然ウエストに触れ、デヴォンはぎょっとした。見おろすと、ふたつの手がデヴォンの腰をなでまわしていた。「素敵な方ね」女が甘ったるい声でいった。片方の手がすべりおり、股間をつかんだ。「あたしとベッドに行きません？」

デヴォンは女の手を払いのけ、振り返った。女が思いのほか近くにいたので、手が乳房に当たってしまった。女を冷たく追い払いたい衝動に負けそうだった。なんとか、けだるくほほえんでみせた。「また今度お願いしよう。今夜は、あるご婦人に会いたくてきたんだ。たしか、アンという名前だったかな？」

女がさっと体を引いた。「アニーのこと？　まあ、知らないの……」口ごもった女を、デヴォンはじっと見つめた。「アニーはもうここにはいないのよ」

「いないと予想はしていた」デヴォンは紙幣を一枚取りだした――五ポンド紙幣。雇い主のために自分が稼いだ現金すら目にしたことのない女にとっては大金だ。「殺人の罪を着せられて、追われているからな。そのことで、知りたいことがある」

女は、おびえた目でさっと周囲を見まわした。「なぜ……なぜ知ってるの？　ボウ・ストリートも知ってるの？」

「いや、いまのところは。だが、すぐに知るところとなる。あの晩、ここでなにがあったのか、詳しく教えてくれないか？　教えてくれれば、ここを出ていくのにじゅうぶんな金を払おう。人生をやりなおすために、なんでも好きなことをすればいい。ここのご婦人のだれでもいい。ミセス・メドウズを殺した真犯人を見つけるのに役立つ情報をくれた者には、礼金をはずむ」

女が深呼吸し、深い襟ぐりから乳房がこぼれでそうになった。「旦那さん、ボウ・ストリートの人？」

「ちがうよ。おれは公爵だ」

女は息を呑んだ。「だったら、あたしの部屋に来てくださいな、閣下。もうひとり、あの晩なにがあったのか知ってる娘がいるんです。その目で見たんですよ。ほんとうにごほうびをくださるんなら、その娘に全部話すよう、説得してあげます」

胸の大きな娼婦は、寝室にやせた少女を入れ、背後をすばやくうかがってからドアを閉めた。「閣下、娘のスーキーです」

なんということだ、デヴォンの目の前でぶるぶる震えている少女は、せいぜい十六歳くらいだ。ひと目でわかる——四人の妹の成長を見守ってきたのだから。「なぜお嬢さんがここにいるんだ？」

「ほかのどこへ行けっておっしゃるんです？　この子は十三のときからここで働いてます」

デヴォンは寒けを感じた。アンが無垢な少女たちを助けようと無茶をしたのも無理はない。危険を冒したのも当然だ。アン・ベディントンには恐れ入るしかない。デヴォンはスーキーにやさしくほほえみかけた。「お母さんに聞いたんだが、マダム・シンが殺されるところを見たそうだね」

「話しなさい、スーキー」母親がうながした。「閣下に全部お話しするんだよ。閣下が助けてくださるからね。ごほうびをくださるんだ――あたしたちふたりでこんなとこ出ていって、なんでも好きなことをやれるんだよ」

デヴォンはスーキーの手を取り、ベッドの端に座らせた。スーキーはベッドによじのぼり、浅く腰かけた。シュミーズしか身につけていない。「だれかがマダム・シンの部屋で大声をあげてるのを聞いて、覗いてみたの。そうしたら、アニーがマダムを火かき棒で殴るのが見えた。それから、アニーは三人の女の子を窓から逃がして、自分も最後に飛び降りたわ。そのあと、ミックがドアのほうへ来て、あたしは怖くて逃げちゃったの」スーキーは言葉を切った。「お話しするだけでいいの？　なにかご奉仕しなくていいの？」

「いいんだよ」ああ、だめだ。デヴォンはさっと立ちあがり、ベッドからカバーをはいでスーキーの体にかけてやった。「それにくるまりなさい、いい子だ。そんな格好では風邪をひいてしまう」それから、たいして期待はしていなかったが、念のために尋ねた。「ほかになにか見なかったかい、スーキー?」

スーキーは何度もうなずいた。「ミックと下働きの人たちがアニーを追いかけていったわ。そうしたら、サリーが、マダムが死んでるっていいにきたの! あたしはマダムの部屋に引き返してみたわ。でも、サリーの勘ちがいだった。マダムは床の上でもぞもぞ動いてて、うめき声をあげてた。そして、ぱっと目をひらいて、あたしを見たの」

「それから、きみはどうしたんだ?」デヴォンはやさしく尋ねた。心のなかでは安堵で舞いあがっていた。

「マダムを介抱してあげたら、やさしくしてくれるようになるかもしれないって思ったの。よくいうことを聞く子には、ごほうびをくれてたし」

そのとき、このかわいそうな子どもは、ここで暮らすよりほかの人生があるのではないかと考えたこともないのだと、デヴォンは思い知った。この子も母親も、逃げようとは思わなかったのだ。勇敢なアンとちがって。

「それで、介抱してあげようとしたら、マダムが立ちあがって、あたしを平手打ちしたわ。すごく怒ってた。髪をなおすのを手伝って、打ったところに氷を当てろって、あたしに命令した。大事なお客さんが来るからって。それから、あたしを部屋から追いだしたの。あたしは下におりて、廊下で男の人とすれちがった。誘ってみようかと思ったんだけど、その人まっすぐマダムの部屋に行っちゃった」

「その男がだれか知っているかな？」

スーキーはしきりにかぶりを振った。「知らないわ。マダムが〝閣下《マイ・ロード》〟と呼んでるのが聞こえたけど。その人、マダムにどなってた。そうしたら、マダムがあたしの名前をいうのが聞こえたから、こっそり逃げたの」

「男の顔は見えたか？」

スーキーはうなずいた。「こっちを向いたの。すごく気味が悪かった！　怪物かと思ったわ。でも、よく見たら仮面をつけてた。ヴェニスのお祭りでつけるようなやつ。真っ白だったわ」

「なぜミセス・メドウズはきみの名前を出したりしたんだろう？」

「あたしをその人に売ろうとしたんだわ。あたしが処女だっていってた。そうしたら、その人ますます怒っちゃった。アニーのために金を払ったんだ、買ったものをよこせって。マダムは、アニーが逃げたって白状した。でも、その人は信じなかったの。火かき棒を拾って、いますぐアニーをよこさなければ殺すって脅したわ。マダムは泣きだした。そうしたら、その人がマダムを殴ったの。すごい力で、恐ろしい音がしたわ。マダムは倒れた。今度は、ぜんぜん動かなくなった」

「ありがとう、スーキー」デヴォンはとっさに決意した。「きみはこれ以上ここにいなくていい。ここはきみのように年端もいかないお嬢さんがいる場所じゃない」

「え……」スーキーはぽかんとしてデヴォンを見つめた。「あたしに愛人になれってこと？」

デヴォンは、まさに同じことをして自分の身を守ろうとしたアンを思い出した。愛人になれば、生き延びて救われると信じていたアン。「いや、そうじゃないよ」スーキーの母親に目をやった。「スーキーは犯罪の目撃者だ。この子に危険が迫らないようにしたい。いまからおれと一緒に来てくれ。スーキーとふたりで、さしあたって住む部屋を用意しよう——小ぶりなタウンハウスでいいか？」

「タウンハウスですって」母親があぜんとした。「ええ、もちろん結構です」

スーキーはわけがわからないようすで母親とデヴォンを交互に見やった。「母ちゃんがいってたのって、こういうこと？　いつか紳士があたしを気に入って、母ちゃんとふたりでぜいたくな暮らしをさせてくれるって」

21

あともうすこしで自由になれる。それなのに、なぜ脚が動こうとしないのだろう？

アンが乗船するソーシー・ウェンチ号が波間に揺れ、もやい綱を引っぱっている。アンは深呼吸した。船は、きっとインドはこんなふうだろうと思わせるにおいがした――めずらしい香料の香りが、木材の隙間に染みこんでいるかのようだ。

母親とみじめな暮らしを余儀なくされるようになって以来、こんな毎日から抜けだしたいとずっと切望していて、やっといまその願いが叶いそうなのに。船に乗れば、投獄から逃れ、何年も夢見ていた自由を手に入れることができる。それなのに、船に向かって駆けだすべきなのに、立ち止まっている。

イングランドを離れ、デヴォンから離れるのが、どうしてこんなにつらいのだろう？　そうするしかないとわかっているのに。アンは最後にもう一度イングランドを目におさめたくて、船に背を向け、祖国とは思えない、騒々しく混雑した世界のほうを向いた。スラムはけっしてふるさとではない。娼館もだ。ロングズワースは遠い昔にあり、もはやおぼろな夢のようだ。これからはインドが祖国になるはずだ。いや、もしかしたら、ふるさとという特別な感じがするような場所は、もう二度と持てないのかもしれない。愛情も、安らかな暮らしも、家族も——。

そのとき、彼が見えた。青い上等な上着に黒いズボン、そびえたつビーバーハットの男が、人込みを縫って歩いてくる。人々が道をあけた。だれでもひと目でわかるのだ。彼が公爵であることは。

「アン！」デヴォンが駆けだした。埠頭をどんどん突き進み、アンのほうへ近づいてくる。アンは鞄をつかみ、よろめきながらもタラップめざして走った。だめだ——船に乗る前に追いつかれてしまう。でこぼこした木の桟橋のうえで、アンは追い詰められた狐《きつね》のような気持ちで方向転換し、走りつづけた。船乗りや女たちをよけて逃げた。周囲のものがゆさゆさと揺れ、目がかすんできた。

船からデヴォンを引き離し、混雑した埠頭でまくつもりだった。ワッピング埠頭という迷路で彼を迷わせてから、船まで引き返せばいい。

どうか出航に間に合いますように。

アンを失いたくない。アンは必死に逃げようとしているものの、鞄とスカートに邪魔されており、その一方で、デヴォンはアンに追いつかなければ命がないとばかりに、混みあった埠頭を突っ走っている。

デヴォンは煙草を吸っている船乗りの一団を押しのけた。木箱の山を跳び越え、タラップへ樽を運びこもうとしている男たちの列をよけた。騒々しい足音をたて、大股で走った。大柄な男たちの群れがいきなり目の前に立ちはだかり、人間の壁になった。くそっ。あんな連中を味方につけるとは、アンはいったいどんなふうに頼んだのだろう？　それとも、船乗りとはいつも追っ手から逃げようとしている美人を助けるものなのだろうか？

別荘の外の森でも、アンに逃げられた。今度こそ逃がすものか。

全速力で突進すると、壁を作っていた男たちが迫ってきた。格闘には慣れているので、ひとりの船乗りの肩をつかむと、勢いよく押してひざまずかせ、その上を跳び越えた。つかのま、男たちが立ちすくみ、その隙にデヴォンは数メートル距離を稼ぐことができた。だが、たちまち男たちが追いかけてきた。埠頭の船乗りをひとり残らず敵にまわしたようだ――けれど、デヴォンはなにがあってもアンをあきらめるつもりはなかった。

十五メートルほど先で、アンが木の樽の列のほうへ走っている。デヴォンはスピードをあげた。足音が近づくにつれて、アンがあわてふためき、足もとがおぼつかなくなっているのがわかった。アンの帽子が飛んだ。赤い巻き毛がばさりとおりた。やがて、なびいている髪がつかめそうなくらい、ふたりの距離が縮まった。デヴォンは残った力を振り絞り、アンのウエストをつかんだ。

「やめて」アンが叫んだ。デヴォンの指をはがそうとした。

デヴォンは地面には目もくれずアンだけを見ていたので、アンがもがいた拍子に、木の板につまづいた。そのはずみで、アンをつかまえたままころんでしまった。とっさに、アンをかばわなければと思った。両腕で暴れるアンを抱きしめ、地面に倒れる直前に体をひねった。背中が堅い木の板にぶつかった。倒れこんできたアンの両肘が容赦なく脇腹にめりこみ、尻に下腹を強打された。彼女の頭にあごを殴られ、デヴォンは気を失いそうになった。

だが、怒りは大きく、そう簡単に気絶するわけにはいかなかった。歯を食いしばり、自分がまだアンをしっかり抱きかかえていることに気づいた。

「放して!」アンがもがき、やわらかな尻が跳ねた。打ち身だらけで、そのうえくたびれはてているのに、あきれたことにデヴォンは興奮していた。

「あきらめろ」デヴォンはアンの耳もとですごんだ。「今度こそ逃がさない」アンのあごをつかみ、手のかかるいまいましい彼女にキスをした。

キスをしながらアンを見たのははじめてだった。デヴォンがはすかいに唇を重ねると、ピンク色の唇がわかれ、ツタの葉のような瞳が大きく見ひらかれた。デヴォンはアンをじっくりと眺めながらキスをした。頭を打ったところがずきずきし、一瞬また目が見えなくなるのではと思った。だから、キスをやめてアンの頬をつかみ、青ざめた顔をじっと見おろした。

「ど、どうなさったの?」アンはあえいだ。「なぜそんなふうにわたしを見るの?」

「見えるからだ」デヴォンはぼそりと答えた。ああ、アンはきれいだ。腹立たしいが、美しい。男たちが周囲に群がっているのが、視界の端に見えた。船乗りたちがアンを助けようと集まってきたのだ。デヴォンは顔をあげ、男たちを傲慢ににらみつけた。「おれの女だ」低くすごみのきいた声でいった。「おまえたちには関係ない」片方の腕をアンのウエストにしっかりと巻きつけたまま、上着の前をあけ、ズボンのウエストに挟みこんだピストルを見せた。

船乗りたちはあとずさり、雑踏のなかへ散っていった。野次馬たちも、ふたりをじろじろ眺めるのをやめた。デヴォンとアンを騒々しい埠頭のまんなかに残し、のろのろと仕事に戻っていった。「〝おれの持ちものだ〟とどなればよかったのに」アンが声をとがらせた。「放してください」

「全身痣だらけで頭痛がするのに、昨日から食事もとらずにきみを捜していた。ゆうべはひと晩じゅう、スラムを捜しまわった。そして結局、この埠頭までやってこなければならなかった。なにがあってもきみを放すつもりはない」

「捜してほしいなんて頼んでいないわ！　あなたに迷惑をかけたくなかったのよ。頭を強く打ったばかりなのに、田舎から馬車を飛ばしてくるなんてとんでもないわ」大きく息を吐いた。「あなたを守るためにこうしたのがおわかりにならないの、閣下？　いまさらわたしになんの用ですか――ボウ・ストリートへ連れていくの？」

「ちがう。それからおれを閣下と呼ぶのはよせ。きみのおかげでさんざんな目にあったんだ、おれのいうとおりにしてもらおう。おれのことはデヴォンと呼べ」

アンの肩が震えていた。恐怖で？　それとも憤りで？「あなたはわたしを地方判事に突きださなければならないわ。そうしなければ、あなたが捕まるのよ。ああ、冤罪《えんざい》で絞首刑になるなんて、考えただけで腹が立って吐き気がして、怖くてたまらない。でも、あなたがわたしを助けたせいで逮捕されるなんて耐えられないの。あなたが逮捕されるくらいなら、罪を認めたほうがましだわ」

アンはデヴォンのためなら犠牲になるというのだ。デヴォンは戦地で〝猛烈少佐殿〟と評判だった。ほかの者をかばうため、無茶な戦い方をしていたからだ。だが、デヴォンを守るためなら犯していない罪も認めるというアンは――これこそ本物の無茶だ。デヴォンはアンを引っぱりあげながら立ちあがった。

「あなたとはたしかに契約を結んだわ」アンは激しい口調でいった。「でも、魂までは売っていません」

「そんなのは当たり前だ」デヴォンはぴしゃりと返したが、アンの目がおびえているのを見て取り、胸がむかついた。アンのおびえた目は、さらにいやな記憶をよみがえらせた。「ボンベイでなにをするつもりだったんだ？」穏やかに、冷静にいおうと努力した。ほんとうは、あごが砕けそうなほど歯を食いしばりたかったのだが。「軍人の愛人にでもなろうと思っていたのか？　それとも、東インド会社で儲《もう》けた金持ちの情婦になるのか？」

周囲はあいかわらずあわただしくにぎやかで、港らしい活気に満ちている。だが、まわりが見えていても、デヴォンはひたすらアンの返事を待ち、なにもない空間に閉じこめられているような気がした。

なぜアンが他人の愛人になると想像しただけで腹が立つのだろう？　どうしてこんなふうにアンを独占したくなるのだろう？　アンは国を出ていきたがっているし、自分は結婚しなければならない。そのうえ、あなたの持ちものではないと、たったいまアンにはっきりいわれたのだ。それに、結婚するなら愛人は作らないと決めている……。

「わ、わからないわ」アンがようやく、口ごもりながら答えた。「でも、新しい生活をはじめるのにじゅうぶんなお金はあります。自立した生活を。わたしは自立した生活を求めているの。夢見ているのよ」

つまり、デヴォンはアンの夢をつぶそうとしているのだ。ああ、アンはどうしてこんな仕打ちができるのだろう？　こっちが悪者のような気分だ。「馬車が待っている。今日は船に乗るな、アン。絶対に行かせない」

デヴォンはひどく怒っている。

アンにはわかっていた。デヴォンは一見、落ち着いた表情だが、アンを見たら手をあげてしまいかねないのか、顔をそむけてずっと窓の外を見つめている。地味な黒い馬車は、ワッピング・ハイ・ストリートをがたがたと走り抜けていくが、荷馬車や馬に行く手を阻まれてなかなか進めず、アンは怒った男と一緒の空間にいつまでも閉じこめられるはめになった。だが、そのうち、デヴォンが背後を気にしていることに気づいた。

「だれかがつけてくるの?」

「昨日、ボウ・ストリートの治安判事と会ってきた。きみが無実だと考えていることを伝えて、きみに不利な証拠があるのか、ほかに容疑者はいないのか、探りにいったんだ。治安判事は父の友人だった」

ああ、いけない。「ご家族のお友だちよりわたしを取るの?」

デヴォンはさらりといった。「おそらく、治安判事はボウ・ストリートの連中におれを監視しろと命令したはずだ。尾行されていないか気をつけてはいた。だから、この目立たない馬車に乗ってきたんだ。夜明け前に出発して、港まで遠まわりしてきた。だが、油断は禁物だ」

自分のせいで、デヴォンに家族の友人でもある治安判事を裏切らせてしまった。けがをした彼を森に置き去りにしてしまった。自分が彼になにをしてきたか、考えるのはいやだった。馬車のなかの氷のように冷たい雰囲気もいやだ。

怒った公爵はなにをするだろう? ボウ・ストリートに引き渡しはしないといった。だが、スラムで過ごした数年間は、アンに最悪の事態を覚悟する癖をつけた。デヴォンがほかに罰する方法を考えていたら? ありえない、彼はデヴォンなのだ。デヴォンはけっして手をあげたりしない。別荘では、誤ってアンにけがをさせはしないかと、いつも気をつけてくれたではないか。「わたしをどうなさるの？」

「きみを助けたい」デヴォンはぼそりと答えた。「きみを助けると、おれは死ぬ目にあうらしいがね」

彼の頑固な決意をくつがえしてやらなければならない。わたしには逃げるよりほかに方法はないのだと、わかってもらわねばならない。皮肉な状況に、笑ってしまいそうだ。逃げるために彼を誘惑することになるとは。手はじめに、この氷を割らなければ。

アンは震える指でデヴォンの膝をそっとなでた。岩のように硬い筋肉を、指先がこすった。デヴォンはどうするだろう？　たじろぐだろうか。離れるだろうか。

デヴォンは脚を動かさなかったが、振り向いて、まぶたをなかば閉じてアンを見つめた。まつげが長くなり、先端が豪華にカールしているように見える。アンはおどおどと、さらにわかりやすく愛撫した。デヴォンのぴったりとしたズボンの表面に手をすべらせ、太腿の内側に触れた。のどが詰まり、ほとんど息もできなかった。

彼の脚のつけねを軽くくすぐった。デヴォンは止めようとしなかったが、その気になっているようには見えない。平然とした表情のままだ。

指先の愛撫だけで、デヴォンを誘惑できるわけがないのだ。危険な賭けをしなければならない。デヴォンとは二度と会わない覚悟で、ボンベイへ行くはずだった。けれどいま、すこしでもまちがったことをすればますますデヴォンを怒らせ、永遠に失うのではないかと恐れている。

勇気を振り絞り、左側の膝をさすった。引き締まった尻とベルベットの座席のあいだに手をもぐりこませ、ぎゅっと握った。ウールのズボン越しに、やわらかな一物を見つけ、大胆になでた。デヴォンが息を止めた。目を閉じ、アンの愛撫を受けつづけた。

勝利のよろこびを感じるはずなのに。心はむなしい。

最後にデヴォンと愛をかわしたときはすばらしかった。貴いひとときだった。特別だった。デヴォンに抱かれ、嘘偽りなく感じたのだ。それなのにいまは、はじめて彼を誘惑したときと同じだ——体のなかに空虚な穴があり、なにも感じることができないような気がしている。デヴォンのものをつかんだ。それがぴくりと動き、手のなかで起きあがるのを感じ、アンは安堵した。大理石の彫像のような表情とは裏腹に、体はアンの愛撫に反応している。デヴォンの別荘で、抱きあうたびに興奮が高まり、それが甘美で大地を揺るがすような体験になっていったころに戻りたい。

ズボンのボタンをはずした。絹の下穿《したば》きを硬くなった一物が押しあげていた。勃起しているのに、冷ややかな態度は変わらない。なにか、ほかのことをしなければ。デヴォンが抵抗できないようなことを。ゆっくりと唇をなめ、彼の股間へ顔を近づけた。

「やめろ」

デヴォンは立ちあがり、アンを見おろした。両手でアンの肩をしっかりと押さえた。ズボンのあいた部分から、そそりたった一物がアンを指している。「ほんとうにこんなことがしたいのか？」デヴォンはかすれた声で尋ねた。「それとも、おれの気を惹くためか？」

「ごめんなさい……」困惑もあらわな彼の顔が正視できなかった。「同じ馬車に乗っているのに、あなたとのあいだに氷の壁があるようだわ。でも、その壁を築いたのはわたし！　自分で壁を壊したかったの。わたしは汚れた女よ。ほかに、どうすればあなたの怒りを解くことができるのかわからないの」

「きみはいままでおれの怒りを恐れたことなどなかったじゃないか。おれの強情で愚かなところを打ち壊そうと、何度も挑発してきたくらいだ」彼はアンの手を持ちあげ、人差し指にキスをした。「きみは汚れてなんかいない。自分をそんなふうにいうな。きみにはもっと値打ちがある。おれの悪夢を止めようとしてくれただろう」

中指を吸った。「雨の音に耳を澄ませることを教えてくれた」

アンの薬指で自分の唇をなぞった。「おれの妹を助けてくれた。おれがどんなにばかなまねをしても、癒やそうとしてくれた」

デヴォンに触れられ、アンは身震いした。彼のやさしいことばに、望みが持てた。たぶん、誘惑がうまくいったのだ。思いきって身をかがめ、揺れている一物の先端にキスをした。素朴でかすかにすっぱく、美味だった。口をあけ、彼をすっぽりと含んだ。目を閉じ、デヴォンをよろこばせることだけに集中した。

デヴォンは欲望に満ちたうめき声をあげた。「きみがおれのベッドから逃げだしてまだ三日しかたっていないのに、何十年もたったような気分だ。耐えがたいほど心配しただけじゃなく、頭からきみの姿が離れないまま、ロンドンまで来た。股間を立てたまま馬に乗るのがどんなにつらいかわかるか？」

ますますふくらんでいくものを口に含みながら、アンはかぶりを振った。

デヴォンが息を弾ませるたびに、それは脈動した。「アン、きみが無事かどうか、ほんとうに心配したんだぞ。ミック・テイラーか、いとこにつかまったんじゃないか。逮捕されたんじゃないか。きみが危険な目にあっているかもしれないのに、きみを抱くことばかり考えているおれは人でなしじゃないかと思ったり。きみをおとなしくさせておく方法はひとつしかないと思い知った。四六時中きみを放さず、いつも抱きあっていればいい」

彼はいきなり腰を引いて、アンの口から抜いた。「仕事や義務でこんなことをしてほしくない。おれ以外のことを忘れさせてやる。めちゃくちゃに興奮させて、快感でぐったりさせてやる。ちょうどいま、おれがそんな感じだ。アン・ベディントン、きみのせいでおれはおかしくなりそうだ、お返しをしたい。でもその前に、きみの家に行く」

「わたしの家？」アンは繰り返した。

「きみの家を借りたんだ。住む場所が必要だろう。バーリントン・テラスにあるんだ」デヴォンはやさしくほほえんだ。「メイフェアの端だ。おれの屋敷から馬車ですぐだ」

家を借りてくれた。彼の愛人になれば、そんな暮らしができたのだ。「メイフェアに近いところには住めないわ。新聞がわたしのことを書きたてているのに」

「ミセス・オズボーンの名前で借りておいた。未亡人だ。きみの見た目なんか、また簡単に変えられるさ」


デヴォンが借りてくれたタウンハウスが見えたとたん、アンは泣きたくなった。通りに面して左右対称の玄関が整然と並び、窓はダイヤモンドのように輝いている。それぞれの区画は黒い柵できちんと仕切られ、ポーチ階段の上のドアはどれもつややかだ。

美しい通りだった。けれど、見るからに上流階級の人々の住む場所だ。「わたしが娼婦だと知ったら、ご近所のみなさんはどう思うかしら？　腹を立てるかもしれないわ」

「隣人のことなんか気にしているのか？」デヴォンは信じられないといわんばかりにかぶりを振った。「きみの嫌疑を晴らしたら、ここはきみのものだ。おれのもとに残るかどうかは、きみが決めてくれ」

わたしが決める……逮捕される心配がなくなったら、どうすればいいのだろう？　いままで逃げることしか考えていなかった。

デヴォンは馬車から飛び降り、アンに手を差しのべ、ステップから歩道へおろしてくれた。

それから、急いで買っておいたベールをアンの帽子の上からかぶせた。レースのベール越しに、アンはかろうじて前を見ることができた。デヴォンも帽子を目深にかぶった。玄関ドアの前では、アンの背後に立ち、広い肩で通りからの視線をさえぎり、鍵を出した。

アンはドアの鍵をあけ、足早になかへ入った。デヴォンの寛大さに打たれ、玄関の間で立ちつくした。まわりのものがなんとか目に入った。つやのある大理石のタイル。そよ風に揺れる大きなシャンデリア。上品なアン女王様式のベンチ。のどもとに心臓を詰まらせ、アンは部屋から部屋へと移り、そのたびに部屋がぜいたくになっていくような気がした。応接間には、大きなピアノフォルテがあった。アンは興奮で笑いがこらえきれずに駆け寄った。

「これをわたしに？」

デヴォンはほほえんだ。「弾くのか？」

「以前は。ずっと前のことよ」

「この家は気に入ったか？」

い、い、気に入った？「わたし……わたし、びっくりして。感激しているの。とても素敵。ここに……」ここにお母さまを連れてくることができたら。ロングズワースからここのような家に移ることができていたら、どんなによかったか。そうだったら、お母さまはいまごろまだお元気で、そして……。

パトロンがいなければ、こんな家に住めるわけがない。たぶん、ぐずぐずと貞操にこだわっていたのがいけなかったのだ。けれど、母親は、たとえ食い詰めても体を売ってはいけないと、いつもいっていた。そのいいつけは守れなかったけれど。

「きみにふさわしい家だ、アン。もうすぐ、なんの心配もせずにここに暮らせるようになる。ゆうべ、ミセス・メドウズの娼館に行ってきて――」

「あそこに行ったの？」

「手がかりがあるかもしれないと思ったんだ」

ということは、デヴォンにかつての暮らしを知られてしまった。恥ずかしさに顔が熱くなった。なぜこんなにみじめな気持ちになるのだろうか。デヴォンとて娼館に行ったことがないわけではない。以前、娼館に閉じこめられていたと告げた時点で、デヴォンはアンがどんなことをしてきたか、すべて了解したはずだ。そのとき、いまデヴォンがいったことの意味が頭に入ってきた。「手がかりって、なんの？」

「マダムを殺した真犯人の手がかりだ」

希望がふくらんだものの、すぐにつぶれた。「手がかりは見つからなかったのね。見つかっていれば、とうに話してくださるはずだもの」

「ワッピング埠頭できみを追いまわすのに忙しかったのでね。じつは、目撃者を見つけた――娼館の娘だ――ある客が娼館に来たところを目撃したそうだ。その客は、どうやらきみが目当てだったらしい」デヴォンは、その娘が見たことをすべて話した。ヴェニス風の仮面で顔を隠した貴族らしい男。アンを買おうと金を払ったのに、アンに逃げられたと知り、逆上してマダムを殺したという。

「その男に心当たりはあるか、アン？」

「いいえ。それほどわたしをほしがるのは――？」

「きみのいとこだ」

「まさか！　わたしのために人を殺すなんて……信じられない。どうしてそんな恐ろしいことまでして、わたしを手に入れようとするの？」恐怖で体が震えた。

「それはわからない。ノーブルックではないかもしれないが、とにかくボウ・ストリートに知らせるつもりだ。真実を明らかにしなければならない。きみを守る最善の方法は、真犯人を突き止めることなんだ」

「だれがあなたにその話をしてくれたの？　その人が危ないわ！」

「スーキーという娘だ。母親と一緒に娼館から連れだした。安全なところにかくまっている」

スーキー。あの無邪気なかわいい子。ああ、スーキーが無事でよかった。デヴォンはほんとうに親切だ。「その男がだれか、たしかな証拠がなければ、治安判事はわたしが無実だとは信じてくれないわ」アンは暗い声でいった。「あなたがスーキーを買収して、嘘の証言をさせたと思われるかも――」

「そうなったら、おれがなんとかする。さしあたっては、この家をゆっくり探検してくれ。

それから、出ていく前に寝室を見せてくれないか」

「寝室？」アンは繰り返した。「ええ、もちろんどうぞ」しばらく前は、デヴォンから逃げたくて誘惑した。それなのに、セバスチャンが自分のために人殺しも辞さなかったかもしれないと知ったいま、衝撃で身震いが止まらず、デヴォンを抱きしめ、放したくない。

この気前のよい贈り物に感謝するためにもデヴォンをよろこばせるべきだけれど、アンにとって、彼に抱かれるのは返礼でも愛人の義務でもなくなっていた。デヴォンが必要だった。

今度は、この大切なひとときは、アンが感じるのをこの目で見たい。そう思うと、デヴォンの欲望はさらに高まった。まるではじめてのときのように、最初からやりなおすのだ。いや――はじめてのときのようではないほうがいい。あのときは、デヴォンは怒りを抱え、しぶしぶだった。今度は、なんにも邪魔されず彼女のすべてを味わうことができる。彼女の服すら邪魔ではなかった。ドレスとコルセットを手早く脱がせ、紐をゆるめたとたんに丸い乳房が弾むさまを楽しんだ。

ほんとうは、こんなことをしてはいけない。アンは子爵令嬢だ。生まれながらのレディだ。だが、やめられなかった。「きみのパトロンになろう、アン」デヴォンは低くいった。「贅沢な絹のドレスを着せてあげる。ダイヤモンドで全身を包んであげる。ここも――」豊かな髪を持ちあげ、うっすらと汗ばんでいるのどもとにキスをした。「ここも」今度は手首に。舌を這わせると、アンはうめいた。

「とくに、ここも」シュミーズをまくりあげながらひざまずいた。太腿の内側にキスをする。すべすべとして美しい。金色の繁みになかば隠れたなめらかなひだは、まさに誘惑だ。

「そんなところにダイヤモンドはつけられないわ」アンがたしなめた。

「おれは公爵だ。愛人を好きなように飾るくらい簡単だ」そっと脚をひらかせる。いますぐやめるべきなのに。アンを愛人などにしてはいけない。それに、くそっ、名門の娘と結婚するのがおまえの義務だろう。それでも、そんな思いを押しやった。アンが必要だ。ほんとうに必要なのだ。アンの腰の下に手を入れ、かわいらしい股間を口もとへ持ってくると、なめては吸い、アンがよろこびに身もだえし、のけぞるのをじっくりと眺めた。

アンはデヴォンの肩をつかんだ。彼の舌がゆっくりと股間をなめまわす。ああ、なんてすばらしい心地。自分の太腿に挟まれた彼の黒い髪、腰を支える日焼けした両手、広い背中の筋肉が動くさま、どれも素敵な眺めだ。そして、いまでは彼もすべてが見えている。デヴォンの手がさまよった。ズボンをあけて勃起したものを取りだし、みずから太い軸をこすった。そんな彼を見ていると、アンも芯《しん》まで興奮してきた。デヴォンが自分自身に触れるやり方は、アンとはまったくちがう。きっと、長年の経験の差だ。彼の熱い視線が脚の上のほうへついてくるのを意識しながら、シュミーズをまくりあげた。太腿のつけねの濡れた繁みに手が触れた瞬間、心臓の鼓動が速くなった。そのまま、なめらかなひだのあいだにするりと指が入り、アンは――。

くすくすと笑った。緊張して。恥ずかしくて。デヴォンはウインクすると、片方の手で軸の根元を包み、反対側の手で張りつめた先端をなでた。「完璧だ」

アンはみずからを駆り立てながらデヴォンを見つめ、デヴォンもアンだけを見ていた。緊張がほどけた。ともにうめき声をあげながらも笑みをかわした。デヴォンは自分自身を握りしめ、拳のなかに突きこんだ。「こんなに興奮させる光景は見たことがない。きみがいくところを見せてくれ。きみがどんなふうにいくのか、夜ごと想像していた。さあ早く、この目で見たい。いまにもいきそうなんだろう？」

あえぎながら、アンは思った――なぜわかるの？　そのとき、愛撫する指が火をつけ、夏の雷雨のように、突然クライマックスが訪れた。純粋な快楽がアンを呑みこんだ。目の前で、デヴォンが低いうなり声をあげて一物をきつくつかんだ。彼がのけぞった瞬間、握り拳から液体があふれた。

アンは震えながらよろめいたが、デヴォンがさっと立ちあがり、抱き止めてくれた。「まあ、あなたの手を汚してしまったわ」

豊かな笑い声が部屋を満たした。「天使さん、そんなことを考えるのはきみだけだ」頭のてっぺんにキスをされた。「すばらしい眺めだったよ、アン」

デヴォンはハンカチを取りだして手を拭いた。それからベッドを指さした。主寝室にふさわしいベッドだ——ダークウッドで金色のカーテンがかかっている。隣室には、アン専用となる、白地に金箔をほどこした美しいベッドがある。「試してみないか?」

「もう?」ちらりと見れば、デヴォンはすでにふたたび硬くなっている。「よろこんで」

デヴォンがアンのおとがいを持ちあげた。「ここにいてくれるか、アン? 逃げて、一生不安を抱えて暮らすか、それともおれを信じて、一緒に真相を突き止めるか、きみが選べ」

真の殺人者が見つかれば、アンはイングランドに残ることができる。デヴォンのそばにいられる……いいえ、だめ。デヴォンの妹に、結婚相手を見つけるよう彼を説得すると約束したのだ。そうなったら、別れなければならないのは承知のうえで。約束は取り消せない。

「ここにいます」小さくささやいた。

でも、いずれは出ていかなければならない。ロンドンにいれば、デヴォンがほかのだれかと結婚するという知らせをいやでも耳にするだろう。

そのとき、デヴォンにひょいと抱きあげられた。アンは驚き、くすくす笑いながらベッドへ連れていかれた。

デヴォンはアンをひとり残し、調査員のウィンターに会いにいき、次にボウ・ストリートを訪れた。ジョン卿と会談したあと、ホワイツへ向かった。このクラブには、父親と口論して戦地へ出発する前から、久しく顔を出していない。ここでトリスタンに会い、カーゾン・ストリートの賭博場へ誘われた。誘われるままに行ってみたものの、ゲームに集中できなかった。しまいには、トリスタンとワッピング埠頭の近く、アンをつかまえた場所から目と鼻の先にある酒場に行き着いた。

「どうしたんだ、デヴォン?」トリスタンが尋ねた。「さっきからウイスキーグラスをまわしているだけじゃないか。一滴も飲んでいない」

「あることを考えていた」もうすこしでアンを失っていたことを。調査員のウィンターがスラムでタナー大尉の妻を発見したが、息子は行方不明のままだということを。ひとつくらいは悩みを打ち明けなければ、銃身の詰まったライフルのように暴発しかねない。デヴォンはアンの話をすることにして、娼館で得た情報の要旨をトリスタンに話した。「ヴェニス風の仮面にビーバーハット、マントの襟は立てていたそうだ。だから、男を特定するような特徴はわからないままだ」

「ひとつもないか?」トリスタンはウイスキーを飲み干した。「たとえば、足が不自由だったとか、義足だったとか、右足を引きずる癖があったとか。特徴のある上着とか、杖とか。そいつがなんの手がかりも残さなかったとは、あんまりじゃないか」

デヴォンは不機嫌にトリスタンを見やった。「たぶん、アンを買えずに怒った客とは、彼女のいとこのノーブルック子爵だ。そうだとして——」

「きみの愛人は子爵のいとこなのか?」

デヴォンは短くうなずいた。

「ということは、もとはレディなんだな。おもしろい」

いまでもレディだといいたくて、舌が焼けつくようだった——そのことばの意味からすれば、アンはどう見てもレディだ。「そうだとして、動機はなにか考えていた。アンが買えなかったからといって、普通は人を殺すほど逆上するだろうか?」

トリスタンは苦笑した。「きみがいうか。ロンドンへすっ飛んできてワッピング埠頭で彼女を追いまわしたとは、正気の沙汰じゃないぞ。彼女に異常なほど取り憑かれているな」

「そんなことはない」デヴォンはぴしゃりといった。「彼女を守っているんだ」

「でも、自分から彼女を手放す気はないんだろう。彼女の望みどおりにさせてやればいいじゃないか——たっぷりと手切れ金をやって、船に乗せてやればいい。ぼくだけではなく、きみだって知っているはずだ、女に入れこむのは愚か者のすることだと」

「とにかく、札束を渡して追い払うことなどできない。どこへ行けば安全なのかわからないんだぞ。ノーブルックが人殺しもいとわないほど彼女をほしがっているのなら——」

「だが、ノーブルックが人殺しをしたかどうかはわからない」

「ほかにだれがいる?」デヴォンはうなった。ノーブルックはアンがほしくてたまらなかったようだが、その欲望は人殺しも辞さないほどか?　なにかが引っかかる。「ボウ・ストリートは証拠もなしに子爵を逮捕したりしない。見張りをつけるのも渋った。だから、おれは自前で調査員を雇ったんだ。だが、自分でノーブルックと対決するしかないようだ」

「ひとりでは行かせないぞ」

「おまえを連れていけば、ノーブルックは白状しない。もちろん、おれひとりで行く」


デヴォンがアンのために借りた家に帰ってきたのは、真夜中すぎだった。メイドがドアをあけたが、アンも玄関の間に急いで出てきた。若いメイドをさがらせ、デヴォンの帽子と上着を受け取った。

「デヴォン、お疲れのようね。こんなに遅い時間にいらっしゃるなんて。三日前に頭をひどく打ったばかりなのに」アンは両手でデヴォンの肩を軽くさすった。信じられないほど心地いい。

思わず頬がゆるんだ。アンのこういうところが好きなのだ——母鶏のように世話を焼くところが。アンはデヴォンの手首をしっかりと握り、応接間のソファに座らせた。少量のブランデーをそそぎ、蠟燭の火でグラスを温めた。

デヴォンは興味をそそられてアンを眺めた。「なにをしているんだ?」

「愛人がすべきことですわ。ディナーの用意もいいつけておきました。なんといっても、こんなに居心地のよいおうちはわたしだけのものではないのよ——あなたがいらしたときに、楽しんでいただかなければ」アンは眉をひそめた。「お顔の色が悪いわ、ほとんど灰色」

デヴォンは疲れていた。疲れ、罪の意識に引きずられていた。「今日、ボウ・ストリートの連中と話してきたが、証拠がなければ、きみのいとこをどうすることもできないといわれた。だから、ノーブルックと直接対決しにいったが、昨日の夜、田舎に行ってしまったそうだ。どこへ行ったのかは教えてもらえなかった」

「まあ」アンがささやいた。

「心配するな。かならずつかまえてやる」

アンはふたたびデヴォンの肩をさすった。気持ちがよくて、デヴォンはうめいた。「できることはすべてしてくださったのね」

「いや、まだある」デヴォンは短くいった。突然、先ほどトリスタンと一緒のときに感じたように、だれかに話をしたくてたまらなくなった。「ボウ・ストリートの捕り手だったウィンターという男に個人的な調査を頼んでいて、今日会ってきたんだが――」

「ええ。その方のことならお聞きしたわ」

「きみにまだ話していないことがたくさんあるんだ。タナーという大尉がいた。戦死して、あとに妻と子どもがひとり残された。だが、親子は家賃が払えなくなって追いだされてしまった。ウィンターを雇ったのは、ふたりを見つけて、援助しようと思ったからだ。ウィンターは奥さんを見つけたが、息子のトーマスの行方はいまだにわからない。どうやら、スラムの路上で誘拐されたらしい。ウィンターは、娼館に連れていかれたと見ている」

「まあ！　その方は娼館を捜したの？　ブラックバード・レインには行きました？」

「いや、まだどこにも行っていない。ブラックバード・レインには阿片窟しかないと思っていた」

「有名ですものね。でも、マダムのところで噂を聞いたんです。阿片窟のなかには、売春もするところがあって——若い男娼がそろっているって。逃げられないよう、ベッドに鎖でつながれているらしいわ」アンはすばやくまばたきした。その目は涙で光っている。「いつも考えていたの、キャットのようにお金持ちになれたら、そういう子どもたちを助けてあげられる。なんとかしてそんなひどい店をつぶして、子どもを売買するのをやめさせたかった」

デヴォンは驚いた。アンこそ辛酸をなめてきたのに、やさしい心を失っていない。世をすねた、意地の悪い女になっても不思議ではないのに、アンはちがう。ボウ・ストリートといとこに追われていても、娼館に囚われている子どもの窮状を思って涙を流す。軍の大将すら恥じ入る強さと勇気ではないか。

アンはデヴォンの首に腕をまわした。「あなたはひとりじゃないわ、デヴォン。わたしはスラムをよく知っている。一緒に捜しましょう。きっとお役に立てるわ。ボウ・ストリートがいつ逮捕しにくるかと気をもんでいるくらいなら、なにかしたいの」

22

デヴォンは、アンが黒髪のかつらとフードのついた外套で変装するのを手伝い、一時間後にはふたりで馬車に乗っていた。馬車は、ホワイトチャペル・ハイ・ストリートから、丸石で舗装された、曲がりくねった細い路地をゆっくりと進んだ。スラムの奥へ入っていくにつれ、馬車の窓に顔を押しつけていたアンの息が、浅く速くなっていった。

「どうした?」デヴォンはやさしく尋ねた。

アンは窓からさっと振り返った。唇がわななき、両手は拳を握りしめている。埠頭でデヴォンが追いかけたときでさえ、こんなふうにはならなかったのだが。アンはいまにも興奮して泣きだしそうだ。デヴォンはアンを抱きあげ、膝に座らせた。

「大勢の子どもたちが街角でさらわれて、娼館で働かされている。この手でそんな店をめちゃくちゃにしてやりたい。子どもをさらう悪党を殺してやりたい——」アンは口を両手でおおった。「こんなことを被告席でいったら、だれも無実だと信じてくれないわね」

「天使さん、売春で儲けている連中に憤るのは自然なことだ」

アンは唇を噛んだ。「正直にいえば、マダムを火かき棒で殴ったときはかっとして、けがをさせてもかまわないと思ったの。殺そうとは思わなかったけれど、痛い目にあわせてやりたかった。ほんとうは、わたしが人殺しにならずにすんだのはまったくの偶然なのよ」

「殺意を持ったことに罪悪感があるのか」

深い緑色の瞳に苦悩が覗いた。「ええ。わたしもあの人と同じだという気がしてくる」

デヴォンは思わず苦笑した。「きみとあの女とでは、天使と悪魔ほどにちがう。火かき棒を振りおろしたときに、きみが感じた気持ちは――」ため息が出た。デヴォンは何度も同じような経験をしている。「もう忘れろ。それが、戦地で学んだことのひとつだ。疑念も後悔も抱かずに行動し、あとは忘れるんだ」

「そんなこと、あなたは学んでいないわ。悪夢にさいなまれていたもの」

「賢いやつは忘れるんだ。だからこそ、戦争で生き残って、正気を失わずにいる者も大勢いる」

「あなたは正気を失っていません」断固としたいい方が、デヴォンの胸に刺さった。すると、アンははっと口をあけた。「目が見えるようになったのに、いまだに悪夢を見ているのね」

デヴォンは肩をすくめた。「いつまでたってもそうだろう。この目で見たものは忘れられない。とにかく、おれのいうとおり、あまり自分を責めるな。きみはマダムを殺さなかった――きっと、きみの良心がそんなに強く殴りつけないよう制御してくれたのさ」

アンはデヴォンのことばを信じたかった。自分は無実だ、マダムを殺してはいない。けれど、うしろめたいのは、マダムが死んでもかまわないと思ったからだ。デヴォンはいまでも悪夢に取り憑かれているという。彼の目が見えるようになれば、恐ろしい戦争の記憶が消えるなどと、どうして考えたのだろう？「撃たれる夢は見ないんでしょう？ 兵士を殺さなければならなかった場面を夢に見るのね」

うまくいえないけれど、アンは理解していた。「無理やりさせられたことは忘れられないわ、わたしもそうだもの。でも、デヴォン、そういう兵士は敵だったのよ。あなたは敵を撃たなければならなかった。やむをえなかったのよ——味方を救い、イングランドを救うためには」

デヴォンの笑い声はしわがれ、自己嫌悪に満ちていて、アンの血を凍らせた。

「デヴォン、戦わなければあなたが殺されていたわ。臆病者だったら殺されていた」

「天使のアン、勇敢な男が十五の子どもを撃つか？」

アンは言葉に詰まり、なすすべもなくデヴォンを見つめた。なんといえばいいのか。どう感じればいいのか。「それはどういう意味？ あなたは子どもを撃ったの？」

「子どもとはいえ兵士だったんだ、アン。フランス軍は大勢の兵士を失って、穴埋めにやっきになっていた。そのうち、子どもを徴兵しはじめた。イギリス軍だって同じだ——海軍には十二歳の兵士すらいた——だが、そんなことを知っていても、引き金を引かなければならないと承知のうえで、子どもの顔に銃を向ける恐ろしさは変えられない」

アンはデヴォンの腕に触れた。それは張りつめ、鉄のように頑丈だった。「そのことが忘れられないの？　子どもを撃たなければならなかったことが——？」

「おれは撃たなかった。ためらっているうちに、その少年兵がタナー大尉を撃った。止めようと飛びだしたときには遅かった。だが、だれかに肩を撃たれて、おれは銃撃戦のなかで倒れた。そのとき、少年兵に銃剣で頭を刺されたんだ。そのせいで失明したが、それはどうでもいい。肝心なのは、おれが引き金を引いていれば、トーマスの父親はまだ生きていたということだ」

なんということだろう。デヴォンは少年兵を殺せなかったこと、そのためにトーマス・タナーの父親を死なせてしまったことで、自分を責めている。けれど、もし少年兵を殺していたら、死ぬまで自分を憎んでいたこともわかっているのだ。

「トーマスを救わなければならない」デヴォンは静かにいった。

アンは、なぜデヴォンがここに来たのかを理解した。救えなかった男の家族を救い、自分の魂を再生させようとしているのだ。どんな決定をくだしても待っているのは地獄だと知りながら、むごい選択をしてきた自分を許そうとしている。アンはとっさに、彼の冷たく引き結ばれた唇にキスをした。唇はゆるまなかったが、彼を責めていないことを知ってほしかった。

「絶対にトーマスを助けましょう」アンは窓を見やった。煉瓦の壁が危険なほど窓ガラスに迫っていた。ガス灯が壁の看板を照らしている。ブラックバード・レーン。「ここだわ」

その娼館は一見、ほかの建物と変わらないように見えた——しんと静まりかえっている。窓には鎧戸《よろいど》がおりていた。たった一個のランプがともっていたが、玄関からは離れていて、訪れた者は薄暗がりのなかでドアをあけなければならない。胸のむかつく光景だった——ここでは、少年たちがどんな恐怖に耐えていようが気にする者はないのに、紳士の名誉を守ることには細心の注意が払われている。

馬車を飛びだしてドアを壊したいという気持ちを察したのか、デヴォンはアンの腕に手をかけた。「ここは慎重に行こう。いきなり乱入して、トーマスを渡せというのはまずい。怪しまれずに入ったほうがいい。きみはここに残れ」

「一緒に行きます」

「天使さん、おれはもう目が見えるんだから、ひとりでだいじょうぶだ。それに、紳士はこういう娼館にレディを同伴しないぞ」

彼がアンをレディといった。今度は深く考えもせずに。「お願いだから、お手伝いさせて」

デヴォンは眉根を寄せた。「玄関からは入れないな。裏口から侵入するぞ」

悪臭の漂う路地の暗がりから、アンはデヴォンがたやすく闇に紛れて裏口へ歩いていくのを見守っていた。男がひとり、壁に寄りかかっている。ボウ・ストリートの手入れが入りそうになったとき、警告を発するための見張りだろう。デヴォンが音もなく男に近づくのを見て、彼が黒ずくめの服装をしてきた理由がアンにもやっとわかった——黒いシャツに黒いズボン、クラヴァットは締めていない。この姿なら、すっかり夜陰に溶けこめる。

アンは息を詰め、デヴォンが壁際の暗がりにすべりこみ、なにかを見張りの頭越しに放るのを見た。それは、暗い地面に音をたてて落ちた。

見張りはすぐさま音のしたほうを向き、デヴォンに背中を向け、「だれだ？」とどなった。デヴォンの動きは敏捷《びんしょう》で、アンが気づいたときには、見張りは意識を失ってぐったりとし、彼に抱き止められていた。見張りを地面に横たえる手つきは思いのほか慎重だった。アンは裏口の階段で待っている彼のもとへ急いだ。裏口は鍵がかかっていなかった。「当局の手入れが入ったときに、紳士をすばやく逃がすためだ」デヴォンが声をひそめていった。

アンはデヴォンにしっかりと手を握られ、明かりのとぼしい廊下を進んだ。「どうすればトーマスは見つかるかしら？」やはり、玄関から入って、倒錯的な気晴らしを求めているカップルのふりをしたほうがよかったのでは？

「部屋を片っ端から覗くしかない」デヴォンが廊下の突き当たりにあるドアをあけた。その先は、暗く狭い階段だった——使用人用の階段だ。幸い無人で、階段は二階に通じていた。おそらく客室のある階だ。アンは、だれかが下からやってきて自分たちに気づく前に走りだしたくなったが、デヴォンは時間をかけて廊下を調べた。

デヴォンはアンの手を引き、薄暗い廊下を渡って、ドアがあいたままになっている部屋に入った。そこは、使われていない客室だった。じっと待っていると、どこかの部屋のドアがあいた。男が出てきて、足早に廊下を歩いていく。

「ここで待っていてくれ」デヴォンがささやいた。「念のためにこれを」ポケットからピストルを取りだした。

「弾はこめてあるの?」

「こめてなければ役に立たないだろう」デヴォンはそういいのこし、足音を忍ばせて廊下を横切った。小さな悲鳴がして、また静かになり、ドアが閉まる音がした。しばらくして、デヴォンが帰ってきた。「部屋にいた子に尋ねてみた。トーマスの特徴と一致する少年がいるそうだ。上の階のどこかに閉じこめられているらしい――階段からいちばん遠い部屋だ」

アンの心臓は落ちこんだ。トーマスもかつての自分と同じように囚われの身となっている。しかも、彼のほうがずっと年下だ。なんてかわいそうな子だろう。

デヴォンは一段ずつ怒りを燃えあがらせながら階段をのぼった。アンがついてきた。上の階は、カーテンで半分おおわれた窓越しに差しこんでくる月光に照らされているだけで、あちこちが闇に沈んでいたが、デヴォンは暗闇に慣れている。暗いとかえって落ち着くな、と思った瞬間、恐怖に満ちた少年の叫び声がし、つづいて年配の男のものらしき鋭い罵声《ばせい》が聞こえた。

憤りと、いますぐ行動しなければという思いに目がくらむほど駆り立てられ、デヴォンは走りだした。前腕からアンの手がすべり落ちた。廊下を駆けながら、二丁目のピストルを抜く。ひと蹴りでドアをあけた。

大柄な男がびくりとベッドから体を起こした。知っている、と思った——この半裸の太った男はオーストン伯爵だ。そして、やせた少年が乱れたベッドに手足を縛りつけられている。

ここが目当ての部屋で、あの少年がトーマスにちがいない。デヴォンはふたたび目が見えなくなったのかと思った——視界が真っ赤な霧に変わったのだ。少年兵を撃つことができなかったせいで、この子の父親が死ぬのをただ見ていなければならなかった。オーストンは、つかのまの快楽のために、この子を犯そうとしている。

殺してやる。両肩をつかまえて、意識がなくなるまで床に頭を打ちつけ、たるんだ胸から心臓をえぐりだしてやる。

デヴォンは部屋のなかに突進した。オーストンは女のような悲鳴をあげ、よろよろとベッドのむこうにおりると、太った兎《うさぎ》のように、反対側の壁にあるドアへ逃げた。デヴォンは縛られた少年のほうへ走ったが、そこにはもうアンがいた。「あなたはトーマス・タナー?」アンがささやいた。少年は答えなかったが、名前を呼ばれて驚いたように、びくりと身を縮めた。アンがボディスにしまった鞘《さや》からナイフを取りだし、トーマスにもうだいじょうぶと声をかけながら縄を切りはじめた。

デヴォンはベッドを跳び越えた。オーストンの肩をつかむと、胸から壁にたたきつけた。伯爵は痛みに悲鳴をあげた。だが、デヴォンがほんとうにしたいのは、この程度のことではない。

オーストンをくるりと振り向かせ、たるんだ腹に拳をめりこませる。あごにアッパーカットを食らわせると、彼の頭が壁にぶつかり、その部分の壁土がへこんだ。オーストンはずるずると座りこみかけたが、デヴォンは立ちあがらせた。「この野郎」とすごむ。「相手は子どもだろう。それに、いやがってるじゃないか」

「知らなかったんだ……いやがってるとは……」

「知らなかった？　そんなはずがあるか、顔色は真っ青、頬は涙で濡れて、縄で縛りつけられているんだ、ひと目でわかるだろう」

「きみには関係ないことだ、マーチ」

デヴォンはオーストンののどを両手でつかみ、親指をのど笛に押し当てた。戦地では、敵兵を殺すのは不本意だった。だがいま、この男を殺してやりたくてたまらない。簡単だ……あとすこし力をくわえれば……。

「デヴォン、やめて！」アンが叫んだ。「殺してはだめ！」デヴォンを引き離そうとした。

「さがってろ」デヴォンはどなった。「やらせてくれ」

だが、アンはオーストンとデヴォンのあいだに割りこんだ。その目は恐怖で見ひらかれていた。「やめて！　いくら公爵でも、こんなことをしたら絞首刑になるわ。自分を憎むことになる。決闘しても、ボウ・ストリートに突きだしてもいい。でも、殺してはだめ」

デヴォンはあえぎながらうなだれた。オーストンののどから手を離すには、力がいった。太った伯爵は、すすり泣きながら壁をずるずるとすべりおちた。

アンが、気持ちを落ち着かせる言葉をつぶやきながら、両手でデヴォンの腕をさすった。まるで、興奮した手負いの獣をなだめようとしているかのようだった。


デヴォンの拳が止まったので、アンはトーマスのそばへ引き返さなければならない。かわいそうに、トーマスは両手両足をベッドの支柱に縛りつけられている。右手の縄はもう切り終えた。そのあいだじゅうずっと、トーマスは逃げ場を探す動物のような目をさまよわせながら、アンを見ていた。アンは彼の右手を自由にすると、もうだいじょうぶ、ここから連れだしてあげると、やさしい声で伝えた。だが、恐怖はすこしもやわらがなかったらしく、アンの手がたまたま口もとに近づいたとき、少年は歯をむきだして嚙みつこうとした。

アンは急いでトーマスの縄を切りに戻った。手早くすませたかったので、声はかけずに作業を再開した。トーマスは、十二歳にしては小柄だが、金色の巻き毛が美しい子どもだった。

ボディスに忍ばせて持ってきたナイフを握りしめ、ピストルは、やむをえずそばに置いてあった。左手の縄を切ると、トーマスはすばやくあとずさった。アンは足首の縄に取りかかった。少年の薄い胸が激しく上下しているのを意識しながら、最後の一本にナイフを入れた。部屋のむこう側では、客の男がデヴォンに見逃してもらおうと、知っていることをまくしたてていた。デヴォンはトーマスとアンを見ている。トーマスを連れてきた悪党がだれなのか、できるだけ急いで知りたいのだ。その目がまだ殺意で輝いているのが、アンには気になった。

縄が切れ、アンがさっと体を起こした瞬間、視界の隅でなにかが動いた。枕が顔の横に当たり、アンは倒れた。デヴォンの叫び声がし、なにかが手首をつかんで強く引っぱった。トーマスだ。アンは顔から枕を押しのけた。トーマスがかたわらにしゃがみ、ナイフをつかんでいる。刃をアンののどに当てた。鋭い刃がわずかに食いこみ、アンはひるんだ。「トーマス、やめて」とささやく。「わたしたち……助けに……きたのよ」

デヴォンの心臓は暴れていた。トーマスはおびえるあまり、相手かまわず攻撃しようとしている。戦地でこういう兵士を何人も見た——戦闘でパニックを来し、近づいてくる者すべてを撃とうとする男たちを。少年がアンののどにナイフを当てている。その手をすこし動かせば、アンは死ぬ。

トーマスを止めなければならない。止めて、ナイフを取り戻さなければ。どう動くか、少年にどう近づくか、デヴォンは考えようとしたが、頭にはひとつの恐ろしい想像しか浮かばない。恐怖に駆られたトーマスの手がナイフを動かし、ゆっくりと床に倒れこむアン。恐慌にわしづかみにされ、デヴォンはあらがえない。トーマスの父親が殺されたときのように、このまま待っていればアンは死ぬ。いますぐむこうへ動かなければ。

「来るな」トーマスが叫んだ。「こっちへ来るな」

「トーマス」ナイフをのどに突きつけられているのに、アンの声は穏やかでやさしく歌うようだった。「あの方はマーチ公爵よ。信用してもだいじょうぶ」

「アン、しゃべるな」デヴォンは警告した。ナイフが小さな切り傷を作った。血が盛りあがる。

アンはデヴォンを無視した。「トーマス、公爵閣下はあなたのお父さまと一緒に戦っていらしたの。ウォータールーで」

もちろん、トーマスの信頼を得るためにそんなことをいったのだ。だが、トーマス本人はまだ知らないが、デヴォンが彼に憎まれる理由はそこにある。トーマスは用心深くアンからデヴォンに目を移し、そのせいで手が動いた。幸い、アンをそれ以上傷つけることはなかったが、彼女の目は見ひらかれ、必死に冷静さを保とうとしているのがわかる。

「トーマス、その人を放しなさい。われわれはきみを助けにきたんだ」デヴォンはもう一歩前に出た。

「あいつらもそういった。お金をあげるから、母さんを助けてあげろって。いやだっていったら、ついてこなければ母さんを痛い目にあわせるっていったんだ」

部屋を突っ切る足音がして、真っ青な顔をしたオーストンがあえぎながら廊下へ出ていった。突然の物音に、トーマスは驚き、アンののどの前面で刃を動かした。デヴォンはその場で膝を折りそうになった。アンは目を閉じたが、倒れはしなかった。なんとか体を引き、それ以上切られずにすんだ。だが、トーマスはまたナイフを当てなおした。

「トーマス」デヴォンは懇願した。「その人を放してくれ。その人のかわりに、おれにナイフを当ててもいい。おれのことは怖がらなくてもいいんだ」ズボンの背中側に二丁目のピストルを挿してあるが、それを抜けばトーマスを逆上させてしまう恐れがある。くそっ、子ども相手に銃など使いたくない。

「公爵閣下はお父さまの上官だったのよ」アンがささやいた。「お父さまがどんなに勇敢だったか、よくご存じだわ。あなたを助けにいらしたの、お父さまをとても尊敬していらしたから」

だめだ、アン、その話はするな。

「父さんはウォータールーで死んだんだ」少年の目に涙がたまった。手が震えている。

それでも、アンは気丈にも穏やかに話しつづけた。「ええ、トーマス。立派な最期を遂げられて、たくさんの兵隊さんの命を救ったのよ」

そのときのことを詳しく知りたいといわれたらどうするんだ？　デヴォンがみすみす父親を殺させてしまったことを知ったら、その子はどうする？

「父さんが死んで、母さんはすごく落ちこんだ。あいつら、母さんをひどい目にあわせたくなかったら、ついてこいっていった」

「きみの母上は無事だ」デヴォンはいった。「いまも護衛をつけている。ナイフを置いてくれ、母上のところへ連れていってあげるから」

「行けないよ」少年の声は震えていた。

「あなたはなにも悪いことをしていないわ、トーマス」アンは、疑念を挟む余地がないほどきっぱりといった。「ああいう男の人たちがなにをしようが、あなたのせいじゃない。お母さまだって絶対にあなたを叱らない。お父さまも、きっとそう。ふたりとも、あなたが無事でよかったって、およろこびになるわ。わたしを放して、公爵閣下のお力を借りなさいっていうでしょうね」

アンの声で催眠術にかけられたかのように、トーマスはすこしずつアンののどからナイフを離した。デヴォンがすばやく少年の両腕をつかむと、ナイフは絨毯の上に落ち、アンは助かった。

「なにも心配はいらないよ、トーマス」デヴォンはしわがれた声でいった。「母上のもとに帰してあげるからね。母上のことはまかせてくれ。父上は立派な兵士だった——母上には、安楽に暮らしていただかなければならない。おれがきみたち親子を援助する」

トーマスは、恐怖と猜疑心《さいぎしん》に満ちた瞳でデヴォンを見つめた。援助を申し出る者すら怖がるとは、この少年はいったいどんな恐ろしい目にあったのだろう。デヴォンはアンを見やった。トーマスには安心させてやることが必要だと彼女がわかっていなければ、デヴォンはふたたび、人ひとりを見殺しにするのか、それとも子どもを撃つのか、選ばなければならなかったはずだ。

「いったいなんの騒ぎだ？」

デヴォンは二丁目のピストルを、ドア口に現われた身なりのよい男に向けた。三十代くらいの、イタチのような目をしたやせっぽちの男は、威嚇するように杖を振りあげた。だが、ピストルに気づいて動きを止めた。「動くな、撃つぞ」デヴォンはどなった。「武器を捨ててひざまずけ」

「そいつも仲間だ」トーマスが叫んだ。「ぼくを誘拐したやつらのひとりだ」

男は銃口に目を据えたまま杖を落とし、すぐさまひざまずいた。「撃つな！　おれのせいじゃない。しかたなかったんだ！　悪いのはセンプルだ。おれはやつに使われてるだけなんだ」男がたてつづけにまくしたてるので、デヴォンは懸命についていこうとした。男はアーサー・ベヴィスという名前で、少年をさらってこの娼館を経営している男がセンプルだった。

「ベヴィス、絞首台にあがりたくなければ」デヴォンは語気を鋭くした。「センプルのもとへ案内しろ」

「わかった」ベヴィスは、隠し廊下を通って広い事務所へ三人を連れていった。センプルはデヴォンのピストルを目にし、とっさに銃を抜いた。デヴォンはすぐさま発砲し、センプルの手から銃をはじいた。デヴォンはさっさとふたりの悪党を取り押さえて縛った——彼らがかわいそうなトーマスにしたように。

アンは、震えているトーマスの体を毛布で包んでいた。デヴォンはそっと声をかけた。「このふたりはうちの者に監視させる。おれはボウ・ストリートへ行って、ふたりを逮捕して子どもたちを保護してくれと要請してくる。そのあと、トーマスを母親のところへ連れていこう。きみは家に送っていくから、おれが行くまで隠れていてくれ」

アンは不安そうにトーマスからデヴォンに目を移した。「この子のお世話をしたいの」

デヴォンが罪の意識と戦争の記憶でおかしくなっているせいで、無防備な子どもを傷つけるかもしれないと恐れているのだろうか？「おれは絶対にトーマスを傷つけたりしない」デヴォンは苦い思いでいった。「この子がきみにあんなことをしてもだ」

アンの緑色の目が丸くなった。「そんなこと、思ってもいません！でも、トーマスがどんな目にあっていたか、すこしはわかっているつもりです。わたしも囚われの身だったもの」アンは不意にデヴォンの腕に触れた。「デヴォン、だいじょうぶ？」

デヴォンの両手は震えていた。アンがそっといった。「あなたもつらかったでしょう。戦地にいたときと同じ、恐ろしい選択を迫られて」

いまいましいことに、震えが止まらなかった。「どうすればいいかわからなかった。きみたちふたりを救えるよう、祈るのが精いっぱいだった。どちらかを選ばなければならないとすれば……きみを死なせたくなかった。死ぬまで苦しめられても、きみを見殺しにはできなかった」

「デヴォン、トーマスは無事でしょう。わたしも無事。今度はいい結果に終わったのよ」

そのことばは魂に届いたが、アンが無事だとはまだいいきれない。

「デヴォン、わたしがこの子のお母さまのところへ行って、無事を伝えてくるわ。あなたはあとで、ボウ・ストリートからこの子を連れてきてください。わたしは貸し馬車を使えばいいもの」

「貸し馬車？」デヴォンは大声をあげた。「危ないじゃないか」

「デヴォン、わたしはだれにも守ってもらわずに、この近所に何年も住んでいたのよ。身を守る方法は知っているわ」

アンがどんな生活に耐えてきたか、よくわかることばだった。口もきけないほどおびえているトーマスを見て、デヴォンはアンの強さをあらためて思い知った。

トーマスを連れてきたデヴォンをミセス・タナーに紹介することができて、ほんとうによかった。ミセス・タナーがよろこびに嗚咽しながら息子に駆け寄り、ひざまずいたとき、アンの胸はよろこびでいっぱいになった。デヴォンを見やり、ほほえんだ。のどを何カ所か切った甲斐があったというものだ。デヴォンは気をもんでいたが、アンはまったく平気だった。だが、母親に抱きしめられたトーマスが、体をこわばらせていることにも気づいていた。トーマスは母親の首に腕をまわさず、胸に顔をうずめたり、体をあずけたりもしなかった。もう十二歳だから子どもっぽくしてはいけないと感じているだけかもしれないが、アンは気になった。

ミセス・タナーは涙にくもった目でデヴォンを見あげた。息子を抱きしめた彼女は、何歳か若返ったように見えた。顔色が悪かったのが、いまでは血色が戻ってきている。「公爵閣下……ほんとうに……ほんとうに、なんてお礼を申しあげたらいいんでしょう?」かがんで頰を息子の巻き毛に押し当てた。かわいそうに、トーマスは母親を見たくないかのように、ずっと顔を傾けている。ミセス・タナーがささやいた。「夫だけではなく、この子も失ったものと思っていました」

デヴォンは、息苦しそうにクラヴァットをいじった。「ミセス・タナー、お話ししなければならないことがあります」しわがれた声でいった。「おれの話を聞けば、礼などいいたくなくなるかもしれません」

ミセス・タナーの顔に、一瞬とまどいが浮かんだ。アンは小声でいった。「やめましょう。話してもしかたのないことだわ」

「話さなければならないんだ」デヴォンは低くいった。「憎まれるとしても、潔く受け止めたい」

「そんなことをしても、なんにもならないわ」アンは返した。「おふたりとも傷つくだけよ」

ミセス・タナーが息子の顔を見おろしたとき、デヴォンはアンに耳打ちした。「憎む相手がいたほうが、ミセス・タナーは救われるかもしれない」

アンは反論しようとしたが――無茶ないいぶんだ――デヴォンはかがんでトーマスの髪をくしゃくしゃになでた。「この子は休んだほうがいい。ミセス・タナー、この子が落ち着いたら、話をしましょう」

ミセス・タナーが息子をベッドへ連れていくと、アンは必死に反論した。「あなたはトーマスを助けたのよ。ミセス・タナーをよろこばせた。もう罪の意識なんか感じなくてもいいでしょう？　いまさら――」口をつぐんだ。ミセス・タナーが戸口で手をもみあわせていた。

「閣下、お話ってなんでしょう？」

「ミセス・タナー、どうぞおかけください」デヴォンは、彼女が震えながら腰をおろすまで待った。それから、すべてを語った。タナーの戦いぶりが勇敢で立派だったこと、尊敬されていたこと、そして最後に、自分が選択を誤ったこと。デヴォンは苦しげな表情で、うろうろと歩きまわっていた。「躊躇したんです。いいわけにはなりませんが、おれは一瞬ためらって、その子を撃つことができなかった。その瞬間、タナーは彼に撃たれたんです」

「閣下、よくわからないのですが――」

「率直に話すのをお許しください。タナー大尉が撃たれたのは、おれがその少年兵を殺すことができなかったからなんです。それがおれの義務なのに」

ミセス・タナーは両手で顔をおおい、すすり泣いた。

デヴォンの顔が灰色になり、その表情が冷たい自己嫌悪にこわばるのを、アンは見ていた。まるで、彼が目の前で石に変わってしまったようだった。

「閣下を許してさしあげてください」アンはいった。「もし可能だったら、ご主人の命を救っていたはずです。閣下は恐ろしい選択をしなければならなかった。ご主人の命を奪ったのはフランス軍で、閣下ではないんです」

ミセス・タナーは涙をぬぐった。「夫がどんなに恐ろしい目にあったのかはわかっています。閣下が引き金を引けなかったわけもわかります。わたしにも息子がいますもの。人間なら、どこかの母親の息子を撃ち殺すなんてできません。きっと……きっと、わたしも同じことをしていたと思います」

デヴォンは、谷川に転落したあとに意識を取り戻したときと同じ顔をしていた。ありがたいことに、ミセス・タナーは思いやりと良識を備えた女性のようだ。

「あなたはほんとうに寛大な方だ」デヴォンがゆっくりといった。「あなたとご子息を援助させていただけませんか。ご主人には大きな借りがある。あなた方を支えるのはおれの義務です」

ミセス・タナーは胸を張った。「ほどこしは結構ですわ、閣下。トーマスを助けてくださったことは心から感謝していますけれど、あの子も帰ってきたことですし、わたしたちふたりでやっていけます」

デヴォンはさらに説得しようとしたが、公爵すら誇り高い頑固な女には勝てないようだ。アンは、ここは自分の出番だと察した。デヴォンには味方が必要だ。ミセス・タナーの両手を握り、正面から向きあった。「わたしも同じ立場でした——母が家から追いだされて、売春宿に住まなければならなくなったんです。母は誇り高い人でしたから、ほどこしを拒んで、無理がたたって死にました。プライドよりも、あなたとトーマスが健康で安全に暮らせることのほうがずっと大切ではないかしら。亡くなったご主人のために償うことが、ご自分の義務だと思っていらっしゃるんです。閣下は、これはほどこしではありません——犠牲になってくださったタナー大尉へのご恩返しですわ」

「でも、わたしたちは自分たちの食い扶持《ぶち》くらい稼いできたんです」ミセス・タナーはいいはった。

ミセス・タナーは、なにをいっても納得してくれなかった。アンはトーマスの内に閉じこもったようすや、親子の将来を案じながら、デヴォンと一緒に家を出た。振り返って親子の簡素な家を見ていると、デヴォンがウエストに腕をまわしてきた。「礼をいうよ」彼は穏やかにいった。「おれをかばってくれて、トーマスを見つけるのを手伝ってくれて。あのふたりを援助する方法はないものかな？」

「そうね。考えてみます」

デヴォンはアンの手を取り、手のひらにとろけるようなキスをした。立派な馬車やキスに目を丸くしている通行人を意識し、アンの頬は熱くなった。「ありがとう」デヴォンがいった。「ミセス・タナーと同じで、きみにはどう感謝すればいいのかわからない」

「オーストンは？」アンは尋ねた。「あの人はどうなったの？」

「二度と子どもをなぐさみものにしないよう、たっぷりと脅しつけておく」

デヴォンのこの断固とした目には、オーストンもきっと震えあがるにちがいないと、アンは確信した。デヴォンの馬車で家に帰りつくと、アンは彼を誘った。玄関ドアの前で、おずおずと尋ねた。「あの、よろしかったら——泊まっていらっしゃいませんか？」ああ、デヴォンの愛人としてふるまおうとすると、急に舌がもつれてしまうのはなぜ？　アンはドアを押しあけた。「すぐに夕食を用意させるわ、デヴォン。応接間でブランデーでも召しあがります？　温めてさしあげるわ、それから……それから、もちろんあなたの好きになさって」

デヴォンは低く笑った。「食事もブランデーもいい。おれとしては、早くきみを抱きたい。きみがあの娼館を知らなかったら、いまごろトーマスがどんな目にあっていたのか、ずっと考えていたんだ。あの子を助けて、親子を助ければ、自分の気持ちもおさまると思っていたが、とてもそんな気分じゃない。ますます悔やまれて、むなしくなるばかりだ。だから、きみに触れなければいられない」眉根を寄せ、アンの首に触れた。「だが、きみはけがをしているから……」

「いいえ、もう痛くないのよ、ほんとうに。ぜひお入りになって」

馬車が次々に通るなか、デヴォンは身をかがめてアンにキスをした。見た者はだれでも、アンが何者か知っただろう。でも、かまわない。肝心なのは、デヴォンを慰めること。彼の気持ちを思うと胸が痛い。「どうぞ。わたしのベッドへ」アンはささやいた。「わたしのなかへいらして」

アンは目を覚ました。ベッドのなかにいるのは自分だけで、たちまち申し訳なく思った。熟睡していて、デヴォンが起きたことにも気づかなかった。ローブをはおり、隣の部屋を覗いてみたが、そこにも彼はいなかった。家のどこにもいない。使用人に尋ねると、夜が明けてすぐに出ていったという。

寝室に戻り、メイドを呼んで着替えた。乱れたベッドを眺めていると、ふたつの疑問が頭に浮かんだ。デヴォンは朝まで一緒にベッドにいたのだろうか？　悪夢の種が消えて、ゆうべは安らかに眠れたのだろうか？　いや、戦地でつらい決断を迫られたことを追体験して、ますます悪夢がひどくなったのでは？　デヴォンが帰ってくるまではわからない。不安を紛らすために、アンはタナー親子を訪ねることにした。

トーマスが母親に口をきかず、恥じ入っているように身を硬くしていたことが気になっていた。危険だが、変装して出かければいい――メイドの日中用のドレスを着て、黒い外套をはおり、黒いかつらをつけた。身を守るものも持ったほうがいい。かさばるピストルはいやだったので、ナイフを鞘に入れ、ボディスの内側に忍ばせた。

だが、タナー家に着き、トーマスがひとりで居間に座っているのを見たとたん、なんと声をかければよいのか、さっぱりわからないことに気づいた。トーマスはぼんやりと前方を見つめている。ぼろぼろのシャツとズボン。なぜ母親がほどこしを拒んだのかはわかる――アンの母親もそうだったから。けれど、この子の将来がかかっているのに。トーマスが安全に、健康に暮らすことのほうが、プライドよりよほど大事ではないだろうか？

「あんな目にあって、まだ怖いのね？」アンはやさしく訪ねた。

「怖くなんかない」トーマスはむっつりと答えた。

「恥だと思うことはないわ。あなたはなにも悪いことをしていない」

そのことばに、トーマスはさっと顔をあげた。「ぼくは犯されてないよ、もしそういうことをいってるんならね」挑戦的にアンの目をにらんだ。アンをひるませ、怖気づかせて、追い返そうとしているのだ。けれど、これくらいでアンはひるまない。スラムで起きていることには、もはや驚かない。

「そう、よかった」アンは穏やかにいった。「でも、なにかされたでしょう。あなたがいやがることを」踏みこみすぎていなければいいのだが。トーマスは薄い胸を激しく上下させているが、とにかく耳を傾けてくれている。

「あなたを娼館に連れていった男たちは、気持ちの悪いやり方であなたの体をさわったかもしれない。でも、それはその人たちの罪であって、あなたが悪いのではない。あなたは被害者なのよ、トーマス」

トーマスの頬が紅潮した。「あいつら、ついてこなかったら母さんをひどい目にあわせるっていったんだ。だから、怖くて逃げられなかった。ひとりはぼくのお尻を握った。そのうち、そういうことが好きになるっていった。ぼく、戦えばよかった。あんなやつ、蹴飛ばしてやればよかったんだ。そうしたら、逃げられた——」

アンはトーマスの薄い肩を抱いた。彼は逃げようとしたが、アンはきっぱりとささやいた。「悪いのはあなたじゃないわ。逃げられなかったからといって、自分を責めないで」最後に、小さな声で認めた。「わたしもそうだった。いやがったのに、娼館へ連れていかれて、働かされたの。母が亡くなったばかりで、お金もなかった。囚人みたいに閉じこめられていたのよ。わたしは十八で、あなたよりずっと年上だったけれど、それでも逃げられなかった。自分の身を守るために抵抗することもできなかった。長いあいだ、なにもできなかった自分に腹が立っていたわ。でも、わかったの、自分を許さなければならないって。あなたはお母さまを守ろうとしただけ、それはとても立派なことよ。これからは、マーチ公爵がお母さまを守ってくださるわ。ほんとうよ」トーマスの髪をなでた。「あなたには責められるべきところなどひとつもない。わたしは、あなたの強さを誇りに思うわ」

「ぼくを誇りに思う？」

「もちろん。あなたのお母さまもそうよ」

トーマスの表情が希望で明るくなった。アンは立ちあがり、彼の手を取ると、小さなストーブの前で働いている母親のそばへ連れていった。トーマスがたつくテーブルでビスケットを食べているあいだ、アンはごく小さな声で、彼の不安について説明した。「お母さまからも、あなたが誇りだといってさしあげてください。そうすれば、お子さんもこのことを忘れられると思うんです」

ミセス・タナーは青ざめた顔でうなずいた。「帰ってきてから、ずっと機嫌が悪かったんです。わたしを責めているのだと思っていました」

「トーマスは自分を責めているんです。お母さまの愛情と励ましが必要ですわ。それから、トーマスのためにも、マーチ公爵の援助をお受けになって。トーマスの将来がかかっているんですよ」

ミセス・タナーはますます青ざめ、アンは寒けを感じた。母親の健康を心配していたころのように、体が震えていた。女というものはどうして頑固なのだろう？　ささやかなほどこしを受けて、なにがいけないの？　数年前、アンはマーチ公爵からコインを受け取り、おかげで体を売らずにすんだ。まちがったことをしたわけではない。

母親のことを思い出したせいで、アンはとっさに尋ねた。「お裁縫《さいほう》は得意ですか？」ミセス・タナーが得意げにほほえんだので、アンは仕事を見せてほしいと頼んだ。ミセス・タナーの腕前はすばらしく、アンはひと目で満足した。縫い子の仕事は厳しく、賃金は安いけれど……いや、縫い子にならなくてもいいのでは？　ミセス・タナーの腕があれば、店を持てるのでは？　共同経営にして、賃仕事ではなく、生活していくのにじゅうぶんなお金を稼ぐのだ。そうだ、デヴォンから贈られた馬車を売れば、もっとたくさんの女の人たちに、自分の店を持たせてあげられる……。

ミセス・タナーを援助する方法が見つかった。ほどこしではなく、機会を与えればいい。アンは思いついたことを説明した。「わたし、あなたのお店に投資します、そして利益もいただく。これなら、ほどこしにはならないわ」

彼女は唇を噛み、ほつれた金髪を顔からどけ、ようやくほほえんだ。「ありがたくお話をお受けします」

安堵と希望で胸をいっぱいにし、アンはタナー家を出た。決意をみなぎらせて階段を足早におりた。

背後で、重たい足音がした。

アンは振り向き、貴重な一瞬、動きを止めてしまった。現実とは思えないものが目に入った一瞬。禿げあがった頭。鷲鼻。勝ち誇ったような目。ミック。

くるりと前を向いて階段を駆けおりた。足がすべり、思わず手すりにつかまった。ミックが階段をおりてくる足音が響いた。大声で助けを呼んだ。

けれど、ここはスラムだ、助けてくれる者などいない。女が悲鳴をあげていようが、危険に巻きこまれるのを恐れて、だれも助けようとはしない。

あと一階分おりれば、玄関のドアはすぐそこだ、馬車に逃げこめる。転がるようにがたつく階段をおりた。なぜミックはアンがここにいると知ったのだろう？　つけてきたにちがいない。でも、住処《すみか》を見つけたのなら、なぜ押し入ってこなかったのだろう？

ばか。もちろん、ひとりのときをねらったのだ。アンはトーマスを怖がらせないよう、ひとりで来た。ミックは、アンがこういう愚かな行動をするのを待ち構えていたのだ――。

なにかが背中に当たった。階段を踏みはずしたとたんに、服をつかまれた。ミックに荒っぽく引っぱられ、彼の胸にぶつかった。ミックの腕が、アンをがっちりとつかまえた。

ナイフをこっそり抜けないだろうか。抜かなければ。助かるには、そうするしかない。けれど、ナイフでミックを脅すだけではだめだ。たぶん、刺さなければならない。怖がっているように見えますようにと祈りながら、外套の襟をつかんだ。じわじわとボディスのなかに手を入れていくと、ナイフの柄に触れた。これでミックを刺したら、彼は死ぬかもしれない……。

だめだ、できない。人を殺すことなどできない。相手がミックでも。

「歩け、アン」ミックがすごんだ。「子爵がお待ちだ」

ミックはアンをひらいたドアのほうへ引きずっていった。アンの心臓は沈んだ。べつのドアから連れだされるのだ――玄関ではなく。そうすれば、アンの御者も、あと数分は女主人が消えたことに気づかない。数分あれば、ミックはアンを連れて逃げられる。

とにかく、ミックを威嚇しなければ。

強く引っぱると、ナイフが出てきた。恐ろしいことをしようとしているのを自覚し、恐怖にためらいながらも、アンは腕を突きだした。けれど、手つきがなっていなかった。ナイフは突き刺さるどころか、ミックの上腕をかすめただけだった。

ミックが吠えた。「手を焼かせるな、アニー。このばかな淫売め」

そのことばに魂を嚙まれ、同時に手首を容赦なくひねりあげられた。なんとかナイフを離さないようにこらえようとしたが、意志に反して、指はひらいていく。ナイフが音をたてて床に落ちた。ミックに激しく揺さぶられ、頭のなかで脳味噌がかきまぜられたような気がした。白いものがいきなり目の前に現われた。アンは顔をそむけようとしたが、ミックにぶつかっただけだった。濡れた布でぴしゃりと口をおおわれ、甘ったるいにおいに吐き気がした。だんだん体が麻痺していくのを感じながらも、必死にもがいた。急に視界が暗くなった。どこか遠くで、勝ち誇ったような笑い声がする。足もとの床が消え、アンはぐるぐると闇のなかに落ちていった。

23

　突然揺さぶられて、アンは目を覚ました。ふたたび、ずきずきしている頭のなかで、脳味噌が暴れているような気がした。「やめて……」しわがれた声でいった。揺さぶるのをやめてほしくて……きっとミックだ……必死に手を伸ばそうとしたが、動いてくれなかった。どんなに両腕を突っぱろうとしても、びくともしない。混乱した頭が、すこしずつはっきりしてきた。うしろ手に縛られているのだ。

　ミックは背後に立っているのか、姿が見えなかったが、蠟燭が置いてあるようだ。大きな光の輪が周囲を照らしている。アンは両手両足を縛られ、床に転がされていた。うしろから、人影が不気味に伸びてきた。

「逃が……して」唇が腫れぼったく、ほとんど動かすことができなかった。「ミック――」

「ミック・テイラーではないよ」

　その声にはっとしたが、逃げることはできない。「セ……バスチャン」彼のほうへ振り向こうとした。だが、頭がずきずきと痛んだ。何度も唾を呑みこみ、吐き気をこらえた。

「まったく、あのばかなテイラーはきみを殴りすぎだ」セバスチャンの指が頬に触れ、アンはぞっとした。ひりひりしている部分にさわられ、息が止まった。

「痛いか？ きみがひどい目にあったのは、ぼくをいやがったからだ。きみの母親が、きみとぼくの結婚を拒んだからだ」セバスチャンの指はデヴォンと同じように優美だが、触れ方は……ひどい。まるで、頬の痣を楽しんでいるかのようだ。

「家を——出たときは、十五歳だった」アンはかすれた声でいった。「あなたが——怖かった」ミックにかがされた薬のせいで昏倒《こんとう》し、いまだに頭のなかは霧がかかっている。いとこの膝に座らされて、鳥肌の立つような気持ち悪いさわり方をされ、無力に泣いていた女の子のような声だった。いとこに寝室用便器を投げつけてしまい、仕返しをされると気づいて凍りついていた女の子。怖くてがんじがらめになっていた、あの古い感情がどっとよみがえってきた。

その感情は、アンから強さを奪うものだった。麻痺させるものだ。はじめてマダム・シンの娼館に連れていかれたときにも感じたのを覚えている。セバスチャンの視線に感じていたものと同じだと、いまはじめてわかった。だから、マダムから逃げる勇気を持てなかったのだろうか——セバスチャンにまつわる古い感情に囚われていたから？

心の奥深くに押しこんでいた記憶が、堰《せき》を切ったようにあふれでてきた。脅迫。幼いころ、セバスチャンに脅された。彼はアンの気に入っていた人形を壊してキスを迫ってきた。だれかに告げ口したら、べつの人形を壊すと脅した。父親の死後、セバスチャンが家長になると、胸をさわらせなければ母親を痛めつける、屋敷から追いだすと脅した。アンは服従した――母親を守るために。それはたった一度のことだったが、以来、セバスチャンは寝室に入ってきて、寝ているアンにおおいかぶさるようになり、アンは……彼にそうすることを許したのは自分だと感じていた。それからしばらくして、母親が屋敷からアンを連れだしてくれたのだ。記憶の奔流に押し流され、いまにも深い闇のなかへ、狂気のなかへ引きずりこまれそうだった。デヴォンが恐れていたのは、こういうことだったのか。

戦争の記憶に支配されたデヴォンがなにと闘っていたのか、いま理解した。彼が最悪の夢と直面したのは、トーマスを救出したときだ。子どもを撃つか、それともひとりの命を救うか、どちらかを選ばなければならない悪夢。デヴォンが耐えられたのだから、自分も耐えられるはず。

アンは勇気を振り絞って声をあげた。「なにが目的なの?」ミックは、セバスチャンがアンを愛人にしたがっているといっていたが、こんなふうに縛ったということは、セバスチャンはアンがけっして同意しないのを承知しているはずだ。「わたしを――わたしを犯すの?」

セバスチャンは公園を散歩しているかのように、のんびりとアンのまわりを歩いた。アンは首を伸ばして彼のブーツを目で追った。だんだん頭の霧が晴れてきて、目も暗さに慣れてきた。ここはどこだろう? セバスチャンの屋敷ではない。床は荒削りな木の板で、壁土はところどころはげ落ち、湿っぽくかびくさいにおいが肺を満たしている。使われていない倉庫のようだが、虫食いだらけのマットレスが片隅に置いてある。

「きみを犯す？」嘲笑を含んだ、辛辣《しんらつ》な声だった。その声だけで、アンは動けなくなってしまう——麻痺しないよう、床の上でもぞもぞと体を動かした。親指になにかが刺さった。木のささくれだ。鋭い痛みのおかげで、考えることができた……そして、希望がわきあがった。セバスチャンは前に立っている——アンが背中のうしろでなにかしていても見えない。アンは、そろそろと手首の縄を床のささくれにこすりつけはじめた。

ブーツが顔のそばまで近づいてきたので、アンはしかたなく動くのをやめた。見あげると、セバスチャンの冷たいブルーの目がこちらを見おろしていた。彼の姿を見るのは八年ぶりだ。以前は、体つきがたくましく、金髪に明るいブルーの瞳、愛想のいい笑顔の彼は、美青年だった。だが、内に隠れた怪物に気づいてからは、アンにとって彼はまさに怪物にしか見えなかった。

この八年のあいだに、怪物はずいぶん外に出てきたようだ。筋肉は脂肪に変わりつつある。上着のウエストが窮屈そうに見える。ひたいと口角にはしわが刻まれている。あごはたるんでしまった。

セバスチャンがしゃがんだ。嘲笑で顔がゆがんでいる。「娼館で男たちのなぐさみものになったきみを？　マーチはほかの男の残り物でもかまわないんだろうが、ぼくはちがう。それにしてもアン、きみはあんなところにいたのに、あいかわらずきれいだな」

アンはセバスチャンを憎んだ。暴行しようとしたのはあなたでしょう、そのあなたがわたしを憎んでいる。こんな……普通じゃない。異常だ。

なぜ、こんなところに連れこみ、手足を縛ったのだろう？　愛人にする気がないのなら、なにが目的だろう？　理由を探した。「わたしに用がないなら、解放してください。二度と会いませんから」

「悪いね、アン、それはできないんだ」セバスチャンはくるりとむこうを向き、大股で歩いていった。

「どこへ行くの？　わたしを自由にして！」

ところが、セバスチャンは蠟燭を取り、ブーツできしむ床板をカツカツと踏みつづけている。アンはなんとか寝返りを打ち、セバスチャンのほうを見た。ここに置き去りにして、じわじわと飢え死にさせるつもり？「セバスチャン！　こんなの理不尽だわ。わたしがなにをしたの？」

「なにをした？　きみのおかげでひどい迷惑をこうむったんだぞ、アン・ベディントン。いや、アニー・ブラックと呼ぶべきかな。あの薄汚い娼館ではそう呼ばれていたんだろう。アニー」あろうことか、セバスチャンのほうが、おぞましいといわんばかりに身震いした。

「きみを見つけるのに苦労した。何年も、あのむかつくスラムを捜しまわったんだ。そして、きみを買い取るために、売春の元締めマダムと取引するはめになった。いろいろな意味で、きみのためにこの手を汚したんだぞ。だから、もうすぐほしいものが手に入るってときに、きみを手放すわけがないだろう?」

つまり、セバスチャンは、アンをマダム・シンから買い取ろうとしたことをみずから認めたのだ。けれど、マダムを殺してまで手に入れようとしたアンを、なぜいまここに置き去りにしようとするのだろう? この異常な男の心に訴える手段はないのだろうか? 「あなただって人間でしょう、わたしを自由にして」

返事はなく、ブーツが遠ざかる音しか聞こえなかった。ドアが閉まる低い音とともに、蠟燭の明かりが弱くなっていく。アンを手に入れるために人を殺めたのなら、セバスチャンは人間ではない。いなくなってくれたほうがいいかもしれない。自分の力を頼るべきだ。

ドアが閉まり、周囲が急に真っ暗になった。なにも見えなくなったとたん、恐怖がよみがえった。スラムの建物は鼠だらけだ。いやだ、なにも見えないのはいやだ。でも、デヴォンは目が見えなくても耐え抜いた。対処するすべを学んだ。それは、この自分の助けがあったから。きっと、冷静さを失わないで、助かる方法を思いつくはず。

アンは床の上を手で探りながら、すこしずつ体をずらした。ふたたび床板のささくれが見つかった。今度は、手首の縄を猛烈にこすりつけた。

しばらくして、自分の荒い呼吸の音にまじって、どこかでガラスの割れる音がした。だが、しんと静まりかえったまま時間がたつにつれて、幻聴だったのかもしれないという気がしてきた。そのとき、たしかに音が聞こえた――奇妙などなり声。ツンと鼻を刺すにおいが漂ってきた。そのにおいが肺に入ったとたんに咳きこんだ。

かつて、アンは田舎で暮らしていた。乾いた夏の日、森に落雷があったり、調理の火が手に負えないほど燃えあがったりしたらどうなるか、よく知っている。このにおい、この音は知っている。火事だ。

なぜ？　どうして？　アンは床にどさりと頭をつけた。どういうわけか、もっと煙を吸いたがっているかのように、呼吸がどんどん速くなる。落ち着かなければ。取り乱してはいけない。でも、まさにいうは易《やす》し、おこなうは難《かた》しだ。

暑い八月の夜、ロングズワースの近所の厩が火事になったことがある。炎が高くあがり、月をもなめそうな勢いだった。火が止めようもなくあっというまに広がったさま、行く手にあるものすべてを残らず容赦なく呑みこんでいったさまは、いつまでも忘れられない。

これが偶然であるわけがない。セバスチャンがこの建物に火をつけたのだ。アンを愛人にするのをあきらめ、生きたまま焼こうとしている。それほど憎まれているのだろうか？　寝室用便器を投げつけ、結婚を拒んだから？　娼館の女《い》になったから？

おかしくもないのに笑い声が漏れた。人生をだいなしにし、希望と強さを奪ったような場所にいたからといって、セバスチャンはほんとうに、報復としてアンを罰そうと――殺そうとしているのだろうか？　頭のなかは混乱していたが、あるひとつの感情がほかのすべてをたたきつぶした。激しい怒り。わたしが進んでマダムの店に入ったというの？　ふしだらだから、娼婦になったというの？

わたしを裁こうとしているあの男は何者？　彼の罠に閉じこめられたまま死ぬのはいやだ。脱出して――彼を見つけて、ボウ・ストリートに彼が犯人だと訴えて、すべての悪行の償いをするのを見届けなければ。

怒りのおかげで新たな気力がわき、アンはさらに縄を床板のささくれにこすりつけた。手袋が破れ、小さな棘が肌を引っかいた。肩は痛みに悲鳴をあげている。力をこめすぎて、手の甲を切ってしまった。痛みが走ったが、縄が切れた。ああ……でも、手首はひりつき、両手は麻痺し、縄をほどくのに貴重な時間を使ってしまった。

煙のにおいが強くなってきた。水が激しく流れるような、妙な音がするが、おそらく炎が木造の建物をどんどん侵食する音だろう。アンは足首を縛っている縄の結び目に取りかかった。いまいましいほど固い。床板を手で探り、裂けてめくれた部分をめりめりとはがした。そして、はがした破片で足首の縄を懸命に切りはじめた。しばらくして、縄はすれて細くなり、やがて完全に切れた。

立ちあがると、両脚はがくがくした。縛られていたせいで、足首から下は感覚がない。方向もわからないほど暗く、バランスを崩して転びそうになった。煙たい空気を吸い、咳きこんだ。強烈なにおいと音がするから、炎は近くまで迫っているにちがいない。

本気で殺す気なら、セバスチャンはもっと近くで火を放ったはずだ。ドアのむこうの廊下は火に包まれているかもしれない。ああ。ほかに出口は？　窓は？　部屋が蠟燭の明かりで照らされていたとき、なにか見ていなかっただろうか？　むかい側の壁に、板が何枚か打ちつけてあった……板でふさいだ窓にちがいない。

でも、いまはどちら側にあるのだろう？　アンはおそるおそる前に進んだ。もっと急がなければならないけれど、見えないのでむずかしい。デヴォンはよくこの状態に慣れたものだ。彼の勇気はすばらしい。

アンはやみくもに前へ走った。壁にぶつかり、手で探ると、やがてささくれた板の端に触れた。板をつかんで引っぱったが、釘でしっかりととめられていた。壁に手を這わせて、すべての窓を試してみた。希望は潰《つい》えた。どの板も、びくともしない。

黒い空間がアンとドアを隔てているが、アンはデヴォンの自信に満ちた歩きぶりを思い出した。部屋のむこう側へ走り、無事に反対の壁にたどりつくと、手探りでドアを探した。幸い、セバスチャンは鍵をかけていなかった。ノブは熱くなっていない——よい兆しだ。ドアをあけ、急いで外に出ると、そこは長い廊下だった。突き当たりから光が差しこみ、周囲がよく見える。きっとそのあたりにふさがれていない窓があるにちがいない。アンは走りだした。

突然、廊下の突き当たりから大きな音がして、熱風がアンを押し戻した。とっさに伏せると、頭上に煙が押し寄せてきた。床に頬をつけたまま、アンはじっとした。ああ。どうしよう。すこしずつ顔をあげてみた。

廊下の先で、むきだしになった天井や床板を炎がなめていた。壁土が不気味に波打っている。アンは立ちあがり、スカートの裾を持ちあげると、全力で炎と反対側へ逃げた。だが、角を曲がったとたんにぴたりと足が止まった。前方の壁は、さらに激しく燃えている。セバスチャンは二カ所に火をつけ、アンを閉じこめたのだ。

負けるものですか！　絶対に出口はある——。

炎のなかから、翼を広げた黒い鳥のようなものが走ってきた。とうとう正気を失いかけているのか、それとも、煙に思考力を奪われかけているのだろうか。いや、あれはこちらへ走ってくる男だ、頭から毛布をかぶっているのだ。炎がうしろから男を照らしているが、顔が見えない。セバスチャン？　まさか、戻ってくるわけがない。ミック？

毛布がばさりとおりた。黒い髪、煤《すす》にまみれた美しい顔、愛していたけれど二度と会えないと思っていた顔を、アンはむさぼるように見つめた。たぶん、もうすぐ気を失うのだ、これは夢だ——。

「アン！」彼はしわがれた声でいい、咳きこんだ。デヴォンだ。本物のデヴォンだ。彼は駆け寄ってきて、アンを毛布でくるんだ。濡れたウールが背中にぴしゃりと当たった。彼は炎をよけるために毛布を濡らしてきたのだ。アンの頬を手で包み、くるおしそうにキスをした。

それから、アンの手首をつかんで引っぱった。「こっちだ。おれは窓から入ってきた。まだ火の手がまわってなければいいんだが」

アンは安堵のあまり脱力してささやいた。「どうしてここにいるとわかったの?」

「ノーブルックが出席することになっていたパーティに、調査員を行かせた——オーモンド公爵夫人のハウスパーティだ。ノーブルックは病気で起きられず、〝近侍〟が看病しているという話だった。だが、その近侍は前科者だったんだ——ウィンターの知っている男だ。ノーブルックはひそかに屋敷を出て、ロンドンへ戻っていた」

「ロンドンにいないふりをしたのね」アンはかすれた声でいった。「田舎にいたと見せかけるために、いったん田舎に帰って、こっそり戻ってきたんだわ。でも、なぜあなたは——」

こらえきれずに咳きこんだ。なぜデヴォンはここにアンがいるのがわかったのだろう?

デヴォンはアンの肩を抱く手に力をこめた。「ウィンターがノーブルックを尾行すると、ここにたどりついたんだ。おれは、ウィンターからの伝言で知った。ちょうど、きみが家に帰っていないと聞いたばかりだった。おれがここに来たときには、ノーブルックは馬車で逃げたあとだった。いま、ウィンターが捜している——おれたちは、ノーブルックがきみを連れて逃げたとばかり思っていた。ところが、街角に立っている娼婦に気づいて、話を聞いたら、彼女は一部始終を見ていたというんだ。赤い髪の女——つまりきみが、ゆうべこの倉庫に忍びこむのを見たと」

「ち、ちがうわ。わたしはミックに捕まって、殴られて気絶したの。目が覚めたらここで――」

「シーッ。わかっている。早くここから出よう。それから、きみのいとこの始末をつける」

廊下は煙が充満し、アンは目がひどく痛み、前を見ることもできなかった。デヴォンにつかまり、導かれるがままに進んだ。デヴォンをどこまでも信頼しているのだ。生まれてからいままで、信用できる男は三人しか知らない。父親、祖父、そしてデヴォン。

背後でものすごい音がして、アンは悲鳴をあげた。

「屋根の一部が落ちたな」デヴォンが低くいった。

いつ建物全体が崩れてもおかしくない。このままでは逃げられず、炎に呑みこまれてしまう。「わたしのためにあなたが死んでしまう。わたしはただの愛人だもの。命を懸ける価値はないわ。わたし――」

デヴォンはそっとアンを揺さぶり、しっかりと手首をつかんで走りはじめた。「いいや、天使さん、おれたちふたりとも生きてここを出るんだ。こんなところで死ぬために、戦争を生き延びたんじゃないぞ」

動かなければならない――建物のこちら側の天井は、ぎしぎしときしみ、揺れている。デヴォンは息ができず、めまいがしてきた。アンはもはや口もきけず、デヴォンに引っぱられ、よろめきながらついてくる。光が差しこまず、煙が充満しているせいで真っ暗だが、デヴォンは何週間もこの状態で生活していたのだ。見えなくても、曲がりくねった廊下を来たとおりに引き返すことはできるはずだ。アンを死なせるものか。戦闘で視力を失い、命さえ失いかけ、魂を失った——そう信じている。ロザリンドと父親を失った。だが、アンを失うことには耐えられない。生きていけない。

外に立っていた娼婦に話を聞いて、アンがまだ倉庫のなかにいるのを知った——女は、ノーブルックがひとりで出てきたのを見ていた。デヴォンは建物のまわりをめぐり、ふさがれていない窓を見つけた。そして、ガラスを割って入ってきたのだ。早くあの窓まで戻らなければ。それにしても、こんな熱さは味わったことがない。炎、爆発音、視界をおおう灰は、戦地のようだ。敵に突撃するのは地獄に飛びこむようなものだと思っていた。それは、まちがいだった。無防備な女を連れて砲撃や銃剣に向かって走ったことはない。これは、ここは、いまは——これこそ地獄じゃないか。

ふたりの頭上で、建物がひどく揺れた。両脚から力が抜けたかのようにアンが転び、デヴォンは抱き起こした。ぐったりとした彼女を肩に担ぎあげ、腰をしっかりと抱いた。アンはきっとだいじょうぶだ。

ドーンッ！

背後で、天井の大部分がすさまじい音をたてて落ちた。炎の熱は焼けつくようだった。出口の窓まであとすこしだとわかっている。ちろちろと迫ってくる火が前方を照らした。肺のなかには空気が残っていないが、デヴォンは前に飛びだした。あそこだ。窓がある。アンを外に出さなければ。アンさえ助かればいい。

デヴォンはそっとアンを窓枠におろした。アンは目をあけ、なにかいおうとしたが、咳きこんだ。とたんに、その目が恐怖で見ひらかれた。デヴォンは体をひねり、アンが自分の背後になにを見ているのか確かめた。炎が床に転がっている男の体を照らしていた。禿げあがった頭が、不気味な赤い光を反射している。

アンが窓枠からおりようとしている。命を懸けて燃えさかる建物のなかに戻り、テイラーを助けようとしているのだ。

「きみが先だ」デヴォンはアンの耳もとでささやいた。「おれはあいつを見てきて、きみを追いかける。外に出たら、走って建物から離れるんだ。おれもきっと行くから。ただ、おれが出てこなかったら、建物が崩れる前に逃げるんだぞ」

「いや――」アンがいいかけたが、デヴォンは彼女を窓の外におろし、強く押した。アンはよろよろと建物から離れた。建物が長々と苦悶のうめき声をあげた。「逃げろ、アン」デヴォンはどなった。アンがふらつきながら走っていく。ミック・テイラーのそばへ駆け寄り、しゃがんだ。できるだけ急いで脈を探した。なにも感じられない。そのとき、テイラーの頭の脇に黒いものが見え、そこに触れてみた。血だまり。テイラーは撃たれて死んでいた。いまさら彼を外に引きずりだしてもしかたがない。窓へ走って戻り、枠をつかんで跳び越えようとした瞬間、建物が悲鳴のような音をたてた。炎と木片が雨のように降ってきて、なにかひどく重いものが背中に当たり、デヴォンは床に倒れた。

24

デヴォン。アンが振り返り、窓のなかにデヴォンの姿を認めたとき、恐ろしい轟音《ごうおん》がして、建物の壁が崩れた。埃と煙が、目つぶしのように顔に吹きつけてきた。それはもうもうと舞いあがり、すべてを隠した。デヴォンは埋まってしまったの？　押しつぶされてしまったの？　のどをやけどし、ほとんど息もできなかったが、かまってはいられない。空気が足りないのと怖いのとで頭がくらくらしたが、灰と炎のほうへよろよろと近づいた。デヴォンを外に出さなきゃ。周囲に人々が集まってきた――スラムの火事は野次馬を引き寄せる。アンは人だかりを押しわけて歩いた。熱を感じるほど建物に近づいたとき、だれかに肩をつかまれ、引き戻された。

「危ないぞ」男の声がどなった。

知らない男だった。アンはがっちりとつかまえられてあらがった。「放して。デヴォンが……助けにいかないと――」

「見ろ！」だれかが叫んだ。「煙のなかからだれか出てくるぞ！　あんなところで、よく生きてたな！」

涙があふれた。涙が頬に触れたとき、ひりひりと痛かった——顔もやけどしているにちがいない。アンは肩を押さえている手を振りほどき、走りだした。脚が折れそうになったとき、デヴォンが目の前にいた。力強い両腕で胸に抱きとめられ、アンは彼のにおい、そして煙と汗のにおいを吸いこんだ。安堵の涙がたちまち彼のシャツを濡らした。「死んでしまったと思っていたわ。わたしのせいで、あなたを失ったと思っていた」

「きみのせいじゃない」デヴォンはアンを抱きあげ、燃えさかる炎から離れた。半鐘が鳴っている。デヴォンの無事を知ったいま、アンはようやく周囲が見えるようになった。男たちがまわりの建物への延焼を防ごうと、バケツを持って走りまわっている。そのうちの一軒から男が飛びだしてきた。赤ん坊を抱いて立ちすくんでいる女をせきたてている。アンは恐怖に身震いした。これはすべてセバスチャンが引き起こしたことなのだ。彼が狂気にとらわれているのはわかっていたけれど、ここまで恐ろしいことをするとは。「セバスチャンを」しわがれた声をあげた。「あの人を止めなければ——」

「シーッ」デヴォンは、アンの憎むべきいとこをたたきつぶすという決意をみなぎらせていた。まずは、アンの安全を確保したい。群衆のなかをほんの何メートルか進むと、御者と従僕に会えた。アンを馬車へ連れていくと、手早く座席に座らせた。従僕のひとりに指示を出し、御者に大声でいった。「ハーリー・ストリートだ。医者に診せろ」

「もう行くの？」アンがささやいた。「ここで待って、だれかに……セバスチャンのことを教えなくてもいいの？」

「きみを医者に診せたい。それに、どうやら火事はこれ以上広がらないようだ」デヴォンはやさしくいった。「昨日は雨が降っただろう。どこもかしこも濡れているから、火は広がらないさ。近所の人々も全員、避難したようだし」馬車が大きく揺れた。デヴォンはアンの頬をなで、煤をぬぐった。「おやすみ、アン」

「建物が崩れたでしょう……あなたの上で……どうやって逃げたの？」

「崩れてくる壁より、おれのほうが速かったってことだ」デヴォンは涼しい顔でいった。アンにけがはないか、骨折はしていないか、全身をなでて確かめた。手首に擦り傷があった。

馬車の窓をちらりと見やった――デヴォンに嘘をついた娼婦を見つけたのは、従僕だった。デヴォンは女を説得し、金髪の男――ノーブルックに、金をもらって嘘をついたことを聞きだした。最初は、ノーブルック、ノーブルックが自分に容疑がかからないよう、工作したのだと思っていた。だが、それならどうして、女に金を払ってまで、アンを見たといわせたのだろう？　だが、火事のあと、女の証言があれば、アンが焼死したという証拠になる――。

くそっ。火事で焼かれた死体は、焼け焦げて顔もわからなくなる。娼婦の証言は、アンが焼死したという証明をするためのものだった。デヴォンは必死に冷静さを保ち、頭を働かせた。ノーブルックはなぜこんなことをしたのか？　アンが死ねば、ボウ・ストリートはマダム・

シンの殺人事件の捜査を打ち切ると考えたのだろうか？

論理は焼けて灰となり、あとには燃える怒りだけが残り、心と魂を炎のようにごうごうとなめつくしていった。動機など知ったことか。ノーブルックを殺してやりたい。「まずボウ・ストリートへ行こう。それから、ノーブルックを捜す」

「ボウ・ストリート！　わ、わたしは行けないわ」

「きみは無実だし、危うく悪党の犠牲になるところだったじゃないか。きみはおれが守る。約束するよ、アン」

ノーブルックを見つけたら、どうしようか？　理性を失わず、確実にノーブルックが監獄送りになるよう、自滅に追いこむか？　それとも、いま全身を駆けめぐっている憎悪に屈服し、あの男を堂々と八つ裂きにしてやるか？

「あの人はここにいるの？」アンは、セント・ジェイムズ・ストリートに面したブードルズ・ジェントルマンズ・クラブの優雅な玄関の前で、おぞましさに目をみはった。目がくらむほどの怒りがわきあがった。「よくもこんなところへ。ミック・テイラーを殺して、燃えている倉庫にわたしを置き去りにして、紳士ぶってクラブへ来るなんて」

すぐさま、デヴォンがアンをなだめるように抱き寄せた。「あの火事を起こした張本人だとは、絶対に疑われない自信があるんだろう。悪魔のようなやつだが、まもなく不愉快な驚きに見舞われるはめになるさ」

声は静かだったが、口調は厳しかった。デヴォンは、ボウ・ストリートの治安判事、ジョン・ローレンス卿のほうに目をやった。あの白髪まじりの、見るからに鋭そうなジョン卿と執務室で対面したとき、デヴォンが隣にいてもどんなに怖かったか、アンはけっして忘れられないだろう。そして、デヴォンが真剣にアンを弁護し、アンが無実であり、真犯人はセバスチャンであると判事に納得させせたことも。

最初は、デヴォンはセバスチャンを捜すより先に、アンを家に送り届けようとした。休まなければならないというのだ——大量に煙を吸ったうえに動揺しているだろう、と。たしかにアンはひどい気分だったが、一緒に行くといいはった。もうセバスチャンを恐れて尻込みするのはいやだ。殺されかけても生き延びることができたのは、古い恐怖に支配されるのを許さなかったから——。

いや、ほんとうは、デヴォンが助けにきてくれたからだ。燃えている倉庫に飛びこんできてくれた。あのときは、たかが愛人のために紳士がそこまでするだろうかと思った。でも、デヴォンならだれのためにでも命を懸けるだろう。本人は戦争の英雄ではないと思っているけれど、それは思いちがいだ。彼はあらゆる面で英雄なのだ。

デヴォンに首をやさしくさすられ、なだめられていると、クラブの従僕がドアをあけた。正真正銘、危険な男であるセバスチャンとこれから対決するのに、デヴォンはわたしのことを心配している。

マーチ公爵を愛していることは、ずいぶん前から自覚していた。けれど、あとで傷つかないように気持ちを抑えることはできないと、たったいまわかった。

デヴォンはアンの手を取り、紳士らしくキスをした。「ここで待っていてくれ」

「いいえ！　あの人なんか怖くないわ。あなたと一緒にいたいの、あの人があなたに危害をくわえないように」

「約束するよ、なにも心配いらない。フランス軍だっておれを殺せなかったんだぞ、きみの人でなしのいとこだってなにもできないさ。ただ、きみが来てはいけない理由は、レディだからだ。レディは紳士のクラブに入れない」

「わたしはちがう――」

「いいや、きみはレディだ」デヴォンはきっぱりといった。「残念ながら、公爵だろうがきみをクラブのなかまで同伴することはできない」ジョン卿をちらりと見やる。「ノーブルックを誘《おび》きだしますので、目立たないように人を待機させておいてください。アンにした仕打ちの仕返しに、やつを破滅させます」

デヴォンがドアを押しあけたとき、ジョン卿が警告した。「マーチ、私情に走ってはだめだ。セント・ジェイムズ・ストリートのどまんなかでノーブルックを殺せば、きみといえども逮捕しないわけにはいかないぞ」

神経をすり減らすような十分間が過ぎ、アンは突然クラブの大きなドアがあくのを見た。デヴォンが大股で出てきた。ノーブルック子爵の襟首をつかんで引っぱってくる。そこらじゅうに優雅な紳士がいた——歩道をのんびりと歩いている者、馬車から降りようとしている者。そのだれもがぴたりと動きを止め、デヴォンがノーブルックの鼻に拳をたたきこむのを見つめた。痛そうな悲鳴と血しぶきがあがり、デヴォンの焼け焦げた上着の袖つけがビリッと裂ける音がした直後、ノーブルックは通りにあおむけに倒れた。

アンは馬車から飛びだした。わたしのために逮捕なんかされないで！　スカートを持ちあげてデヴォンに駆け寄った。野次馬たちが笑い声をあげているのがぼんやりと聞こえた。かまうものですか——かまっている場合ではない。「デ——」急いでいいなおした。「閣下、いけません、おやめください！」

アンの懇願を無視し、デヴォンは通りに飛びだすと、セバスチャンの肩をつかんで無理やり立たせた。セバスチャンがデヴォンのあごを殴りかえすのを見て、アンは悲鳴をあげた。デヴォンがうしろによろめいた瞬間、セバスチャンが袖からナイフを抜いた。

アンはいとこに駆け寄った。「その方に手出ししないで、この化け物！」

セバスチャンがさっと振り返ったそのとき、アンは彼がいまはじめて自分に気づいたのを知った。彼はぽかんと口をあけ、みるみるうちに色を失っていった。「アン……そんな、ありえない。きみがここにいるわけがない。きみは――」だが、そこでわれに返ったようだ。「きみは無事だったのか。よかった。ずっときみを捜していたんだ、捜しだして――」

「お黙りなさい！」セバスチャンのナイフに目もくれず、アンは叫んだ。「わたしを火事で焼き殺そうとしたくせに。ミセス・メドウズを殺して、ミック・テイラーを撃ち殺したのもあなたでしょう。ボウ・ストリートのジョン卿に、すべて話しました」

セバスチャンがナイフを振りあげて襲いかかってきた。アンはとっさに動けず、デヴォンがセバスチャンに体当たりして、歩道に倒した。セバスチャンの腕をうしろにねじると、ナイフが落ちた。「ここでこのつづきをするか、それともボウ・ストリートへ行って、治安判事とふたりきりで尋問を受けるか？　逃げようとしたら殺す。こっちは三年も戦地にいたおかげで、おまえなどには想像すらできないような殺し方を知っている」

数時間前、アンの前でにやにや笑っていたセバスチャンが、デヴォンにつかまえられて震えている。「とんでもない、いいがかりだ」嚙みつくようにいった。だが、ボウ・ストリートの男たちが物陰から姿を現わしたとたん、追い詰められたように目を見ひらいた。進みでたジョン卿に、セバスチャンは訴えた。「ジョン卿、こんなばかげた話など本気にしないでください。この女は娼婦で――」

デヴォンの拳が、セバスチャンに尻餅をつかせた。ちょうどそこには、むっとするにおいの泥があった。デヴォンは威圧するように腕組みをし、冷ややかなすみれ色の瞳でセバスチャンを見おろした。「おまえはいくつものまちがいを犯したな、ノーブルック。全部あげてみせようか？　ジョン卿もいらっしゃることだ、そうしよう。おまえは口を挟むんじゃないぞ」デヴォンはセバスチャンをあざけっている。アンは、いとこがこれほど怒りに顔を紅潮させるのを見たことがなかった。彼はなんとか泥から立ちあがり、威厳を取り戻そうとしている。ところが、デヴォンにブーツで胸を押され、また尻餅をついた。「まず、おまえは倉庫でいとこを焼き殺そうとしたとき、ミセス・メドウズが殺される前に娼館を訪れたことを認めた。おまえがロンドンを出たころ、おれはおまえの取引先の銀行幹部と会っていた。いつもは守秘義務に忠実な男だが、おれがその銀行から預金を全部引きだすと告げたら、気の毒に、やむをえず事実を教えてくれたよ。おまえは多額の現金をおろしていたそうだな」

「賭博で負けたんだ」セバスチャンが小声でいった。見物人たちが耳を澄ませても聞こえないくらい、ふたりの声はごく小さかった。それに、ボウ・ストリートの男たちが見物人を遠ざけていた。

「おまえは賭博をしない。ミセス・メドウズの口座を調べると、おまえが銀行から金を引きだして数日後に、同じ額が振りこまれていた」

セバスチャンは不安そうにジョン卿をちらりと見た。「ミセス・メドウズの店を利用したことは認めます」

「ミセス・メドウズの下で働いていた女たちに聞き込みをすれば、おまえは客ではなかったことがわかるはずだ。いとこを捜していたんだからな。おまえは、ミセス・メドウズがいとこを隠していること、大金を払わなければけっして手放さないことを知った。ミセス・メドウズが殺された晩、いったいなにがあったのか？　おまえのいとこが逃亡した。おまえは残金を支払いに娼館へ行ったんだろう？　やっといとこを買い取れると期待して。ところが、金を払ったあとに、ミセス・メドウズが嘘をついていたことがわかった――いとこはとうに逃げていたんだ。おまえがミセス・メドウズと会い、彼女を火かき棒で殴ったところを見た者がいる――」

「やめろ。もうたくさんだ。こんな話は人前でしたくない。ボウ・ストリートへ行こうじゃないか」

デヴォンは声を険しくした。「なぜいとこを殺そうとしたのかい え。彼女を捜すのに、ずいぶん骨を折ったようだな。そこまでして殺そうとしたのはなぜなんだ？」

アンは震えながら返事を待った。いますぐ逃げてしまいたい――セバスチャンがなんというか、聞きたくもない。紳士たちがじろじろと値踏みするようにこっちを見ている。煤で汚れたドレスの上に外套をはおり、フードで顔を隠しているけれど、自分がセバスチャンのいとこであることは、この場のだれもが気づいている。娼館で会った男もいるかもしれない。

デヴォンはセバスチャンを手荒に立たせた。セバスチャンは怒りで震えていたが、抵抗はしなかった。「彼女を傷つけるつもりはなかった。ほんとうに、ぼくは放火などしていない。

あの火事は悲惨な事故なんだ」

「嘘をつくな」デヴォンはぴしゃりといった。セバスチャンを突き飛ばすと、ボウ・ストリートの男がふたり進みでた。セバスチャンを逮捕し、ボウ・ストリートへ連行するのだろう。どうしてこんなことになってしまったのか？　どうしてセバスチャンはこれほど大きな罪を犯してしまったのか？　アンを捕まえようとしたのか？

じっといとこを見つめていたアンは、彼の手が上着のポケットにすべりこんだことに気づいた。銀色のものが輝いた。「デヴォン」アンは叫んだ。「彼はナイフを持ってる――」

それはナイフではなかった。小型のピストルだった。デヴォンは銃を捨てろとどなって飛びだしたが、セバスチャンはこめかみに銃口を当て、一瞬で引き金を引いた。小さな爆発音が空気を裂き、細く煙があがり、次の瞬間、セバスチャンはこめかみから血を流しながら地面に倒れた。

アンはふらついた。デヴォンが駆けつけ、支えてくれた。ジョン卿とボウ・ストリートの捕り手たちが、セバスチャンを囲んだ。アンはデヴォンに抱きかかえられるようにして馬車へ向かいながら、肩越しに振り返った。いとこは顔をこちらに向けていたが、その目にはなにも映っていなかった。彼は行ってしまったのだ。自身の地獄へ。

これからどうなるのだろう？

タウンハウスの温かいベッドのなかで、アンはデヴォンに寄り添った。彼のすらりとした強靭な体から伸びた腕が、所有欲もあらわにアンの胸を抱いている。セバスチャンは死に、ジョン卿は彼がミセス・メドウズを殺した真犯人であると断定した。アンの嫌疑は晴れた。デヴォンのおかげでもうだいじょうぶだ。いま、彼の腕のなかで、あらためてそう実感した。彼を真剣に愛している。将来のことなど考えたくない。彼がこのベッドを出ていき、二度と帰ってこなくなる日のことは。

「泊まっていってくださる？」アンはささやいた。「今夜はわたしのベッドにいて」

デヴォンはアンのひたいにキスをした。「いや、やめておこう。まだ戦争の夢を見るんだ。あいかわらず寝ながら叫んだり、ベッドから飛びだしたり――」

「わたしはあなたがそうなっても怖がらないわ、デヴォン」アンはそっといった。「でも、自分がどんな夢を見るかと思うと怖いの」

そのことばに、デヴォンははっとした。なぜいままでそこに思い至らなかったのだろう？いつものように、今夜もアンをひとりで眠らせるつもりだった。だが、アンの指はデヴォンの手をきつく握っている。彼女に必要とされているのだ、逃げてはいけない。彼女に危害をくわえないようひと晩じゅう起きていなければならないのなら、そうすればいい。

デヴォンはアンをそっと抱きしめた。「そばにいるよ、アン。心配しないでいい。おれはきみを守る。これからもずっと」彼女の髪をなでた。入浴をすませたものの、ほんのかすかな煙のにおいが残っていた。

「ありがとう」アンは眠そうにつぶやいた。

「もうなにも恐れなくてもいいんだ、アン。きみは自由だ」デヴォンはアンにキスをした。先のことなど考えたくなかった。結婚のことなど。アンと別れたくない。そういえば、彼女はあらゆる意味でレディだと思ったことがあった。

家族はずっと前から、デヴォンも愛のある結婚をするべきだといっていた。アンを抱き寄せる。いま、こんなふうにアンを抱いていると、ほかのだれかと結婚することなど想像もできない。

アンの髪に頬を寄せ、デヴォンは目を閉じた……。

数時間後、デヴォンはふたたびぼんやりと目をあけた。アンを抱いていたことは覚えている。そして、温もりに包まれ、すっかりくつろいでいたことも。いつのまにか眠っていたのだ。

デヴォンはさっと起きあがった。アンが小さく寝言をいい、また眠りに戻っていった。

夢を見ていない。まさか。毎晩、悪夢を見るのに、今夜は見なかった。

ゆうべ、アンを風呂に入れ、寝る支度を手伝っているあいだ、彼女がトーマス親子を援助する方法を考えついたと話してくれた。アンのおかげで、タナー大尉への義務を果たすことができたと感じた。だから、悪夢を見なかったのだろうか？　それとも、アンの容疑を晴らすことができたせいか？　彼女はもう逮捕されることはないと安心したから？　いや、けっしてアンを手放さないと、心が決まったせいだろうか？

ロザリンドにはひと目惚れだった。恋は暴走する馬車のようにデヴォンを襲った。あまりにも激しい衝撃に、文字どおり倒れそうになったほどだ。アンはちがう。たえず彼女を思い、いつも一緒にいたくてたまらないのはたしかだ。戦地で砲撃や銃撃や剣に立ち向かうより、彼女を失うことのほうが怖い。

アンとの出会いは、ひっくり返りそうなほどの衝撃ではなかった。けれど、与えてくれた力はもっと大きい。デヴォンをひっくり返すどころか、自分の足でしっかり立つために必要な支えになっている。世界をひっくり返しはしなかった、アンが世界そのものになったのだ。

デヴォンはいま、かつて母親がいったとおりの恋をしていた。


温かく濡れたものが乳房の上をすべっているような気がして、アンは目を覚ました。

びっくりして目をあけた。デヴォンが左の乳首をやさしく吸っていた。ゆるゆると円を描く舌のそばで、心臓が跳ねた。彼はひと晩じゅう、このベッドにいてくれたのだ。「すこしは眠れたの？」アンはそっと尋ねたが、彼の髪は乱れ、目は明るく澄んでいるので、よく眠れたようだ。

デヴォンは顔をあげ、まばゆい笑みを浮かべた。「ああ、とてもよく眠れた。きっときみのおかげだ」

アンの心は舞いあがった。デヴォンにあおむけに横たえられたとたん、興奮もさらに高まった。勃起したものの先端がアンの下腹をつつき、彼が求めているものがなにか、はっきりと伝えている。ところが、デヴォンは中断した。「あんなことがあったばかりだ、やめておこうか——」

「いいえ。あなたがしたいのなら、わたしもしたいわ」アンは目を閉じ、彼の手や口や、密着した美しい体がもたらすよろこびだけを考えた。

デヴォンは手と口でアンを満足させ、アンがまだすすり泣いているうちに奥深くまで貫いた。今度はほんとうによろこびが爆発した。めくるめく快感で、まるで部屋がぐるぐるとまわっているようだった。

そのあと、デヴォンはやさしいキスをしてくれた。信じられないほど甘美なひとときだった。

しばらくして、デヴォンは心残りのあるようすでうめいた。「しばらくきみをひとりにしなければならない。なにも問題がないかどうか、ジョン卿に確認したほうがよさそうだ。それから、家族に会ってくる。きっと、もう噂は聞いているだろうからね」

アンは急に申し訳なく思った。「ええ。あなたがけがをなさったと思いこんでいらっしゃるかもしれない！　みなさん——」

「母には、心配いらないと手紙を送っておいた。心配はしていないだろうが、なにがあったのか、根掘り葉掘り訊かれそうだ」デヴォンは首をひねった。「外はすばらしい天気だ。なんでも好きなことをすればいい。馬車で出かけて、好きなだけ買い物をしておいで」

「せっかくだから、お日さまを浴びながら散歩をするわ。ハイド・パークを散歩してみたいって、前から思っていたの」

「ハイド・パークに行ったことがないのか？」

「ええ」これ以上、このひとときをだいなしにするようなことはいいたくなかった――ここ何年かは娼館に閉じこめられていたし、その前は貧しくて、上流階級の人々にまじって公園を散歩することなどできなかった、とは。

デヴォンがもう一度、長いキスをしてくれた。アンの目を、申し訳なさそうなまなざしで見ていた。過去のことを尋ねてすまなかったと思ってくれたのだろうか？　その後、デヴォンは明るく話しながら服を着た。いろいろな計画があるという――プライベート・ボックス席を持っている劇場に行こう、美術館に行こう、テムズ川でボート遊びもいい。戦術を立てるのと同様に、アンにロンドンの娯楽のすべてを体験させる計画を立てているかのようだ。

アンは笑い、両膝を抱いた。「聞いていると、息切れしてくるわ」

「きみにふさわしいことをようやくしてやれるんだ、おれもはりきるぞ」デヴォンはほほえんだ。「なんといっても、契約書でいろいろ約束しただろう。そろそろ実行しなければね」

正式なお辞儀をされて、アンの胸は痛くなった。デヴォンは出ていった。

彼の広い肩や長い脚がなくなると、ベッドはやけにがらんとしているように感じられた。

アンはベッドの端から足をおろして飛び降りた。それから、ベルの紐を引っぱった。

メイドにドレスを着付けてもらうのに一時間かかった。手持ちのドレスが少ないので、午前中はボンド・ストリートでショッピングすることにした。デヴォンのために美しく装うのは義務だ。それに正直なところ、美しいものは大好きだった。長いあいだ、美しいものを持つことを夢見ていた。

ショッピングのおかげで、セバスチャンのことを考えずにすんだ。もうすこしで焼き殺されるところだったことも、デヴォンを失っていたかもしれないことも。それから、ガンターズでアイスクリームを食べた。これも、スラムで貧しい生活をしていたころに空想していたことだ。アイスクリームはほろ苦いおいしさだった——母親に食べさせてやりたかった。それから、馬車をハイド・パークに向かわせた。付き添いなしで、ひとりの時間を過ごしたかったので、メイドたちを先に帰し、ひとりで美しい公園の門を入った。

日光が低く斜めに差しこみ、サーペンタイン池のさざ波だった水面がきらめいている。想像していたとおりの美しさだった。デヴォンのロンドンの屋敷であるマーチ・ハウスは、この公園の近くにある。公園に臨む豪壮な邸宅群のなかの一軒だ。もちろん、そこまで行ってみるつもりはない。訪ねることなど許されない。ここから歩いてすぐのところにあっても、世界の果てのように遠く感じる。

アンはかぶりを振り、心にまとわりつく思いを払った。わたしは自由なのよ。デヴォンの愛人にしてもらおうと決意して、別荘に行ったのは三週間前のことだった。なんとしても逃げよう、自立した生活を築こうと決意して。それがすべて叶ったのだ。

背後で男たちの笑い声があがり、人々が馬車道に使っているロットン・ロウの砂を踏むひづめの音がした。アンは振り返った。日差しが馬に乗っているふたりの男の輪郭をくっきりと浮かびあがらせ、アンの目をくらませた。紳士たちは馬を止め、ひとりがもうひとりに競走しようと持ちかけた。そのとき、彼の視線がアンにとまった。「モートン、見ろ。あれはマダム・シンの店で働いていた、うるわしきアナリーゼじゃないか。なかなかいい女だろう？　今朝の新聞に載っていたが、マダム殺しの嫌疑が晴れたそうだ。どうやら、マダムの頭を殴って殺したのはノーブルック子爵らしい。セント・ジェイムズ・ストリートのどまんなかで自殺したんだと」

「衝撃的な事件だ」相手の男がいった。からかうように、アンに帽子を持ちあげてみせ、意味ありげに低く笑う。アンは、頬がちりちりするのを感じた。この男のことは知っている。娼館で、何度か相手をした。二カ月のあいだ、決まって水曜の夜に来ていた。

挨拶をすべきだろうか？　礼儀正しくするには、挨拶が必要？　アンは迷い、その場に立ちつくした。上流階級の慣習では、娼婦と以前の顧客が再会したらどうするのだろう？

声はかけたくなかった。過去などなかったことにしたかった。胸がむかついた。ふたりの紳士にくるりと背を向けたとき、最初の男の声が聞こえた。「噂では、マーチ公爵が彼女を愛人にしたそうだ」

「それはうらやましい」ふたり目がゆっくりといった。アンは、彼が過去をにおわせるようなことをいわなかったのを意外に思った。なぜかわからないけれど、とっさに振り返ってしまった。男がにっこりと笑った。視線はあからさまにアンの胸もとに向いている。そして、わざとらしくウインクした。

アンの頰はたちまち紅潮した。できるだけ足早に、公園の正門を目指した。日差しを浴びながら公園を散歩することも、楽しいとは思えなくなってしまった。

いつまでたっても、娼館の女だった事実は消えない。いつまでたっても娼婦扱いなのだ。男たちは好色な目つきで胸もとをじろじろ眺め、性欲むきだしでアンを品定めし、いくらなら出してもいいか考える。

もういやだ。デヴォンが婚約者を決め、この関係を清算したら、二度とパトロンは作らないようにしよう。ほかの男に触れられるなど、デヴォンではない男の相手をするなど、想像するのもいやだ。それに、デヴォンが悪夢を見ずにひと晩眠れたということは、心の傷が癒えてきて、戦争の記憶から抜けだそうとしている証拠だ。もう結婚してもだいじょうぶ。それが彼の義務でもある。

なによりも、デヴォンには愛する人と出会い、幸せを見つけてほしい。彼はトーマスにとてもやさしかった。生まれたばかりの甥をいとおしそうに抱く姿も覚えている。デヴォンは父親になるべきだ。

そのとき、とんでもない考えがふと頭に浮かんだ。公爵が愛人と結婚することはできるのだろうか？

ああ、なにを考えているの？　できるわけがない。娼館にいた過去がなかったとしても、デヴォンの妻になるなど、想像してもいけない。公爵は子爵の娘なんかとは結婚しない。もっと爵位が高い家の娘を望むものだ。

いずれにしろ、デヴォンに結婚を持ちかけられたことはない。それどころか、今朝、契約したことを実行できるようになってうれしいといわれたばかりだ。アンを楽しませようとしてくれるけれど、愛人という扱いだ。

心に引っかかるものがなにか、アンはいま悟った。結局、自分はすこしも自由ではないのだ。けっして自由になれないかもしれない。傷心を抱えて生きていくだけではない。たぶん、このままずっとデヴォンを愛するのをやめられないだろう。望みもないのに。キャットがいったとおりだ。

25

母親は、デヴォンの頭のてっぺんからつま先までじろじろと眺めた。「たしかに、けがはしていないわ。そして、わたしの聞いた話は大げさだというのね——愛人を助けるために、火事で死にそうになったというのが？」声は低かった。ふたりがいるのは子ども部屋で、ゆりかごで小さなペリグリンが眠っているからだ。だが、母親は青ざめていた。

「ゴシップとは誇張したものと決まっているでしょう？」デヴォンは軽い口調でいった。アンと一緒に燃える倉庫から脱出したときのことを話しはしたが、逃げだす直前に建物が崩れた場面は、たしかにわざと省略した。

「そうね。でも、あなたのことはよくわかってるわ、だから……」母親はペリグリンのおなかを上掛けの上からくすぐった。赤ん坊の口もとにかすかな笑みが浮かんだ。もっとも、父親のキャヴェンディッシュは、そんな笑顔はおならと同じで生理現象だといっていたが。

「とにかく、あなたが捜していた方たちが見つかったのだから、もうお嫁さんを決めることに集中できるわね」

これに関しては、ずばり単刀直入に話したほうがよさそうだ。「母上、おれにはいつも愛で結ばれた結婚をしろとおっしゃいますが、もしおれが結婚相手としてはふさわしくない人を愛していたらどうします？　上流階級では結婚が認められないような人を。もしおれが、その人に結婚を申しこもうとしていたら、どうしますか？」

母親はまばたきした。いきなり質問を連発したが、母親はあっぱれにも落ち着いている。「結婚相手にふさわしくないとは、どんな方なの？」

「おれの愛人です」デヴォンは母親の手を取ってキスをし、眠っている赤ん坊から離れた場所へ連れていった。そして、すべてを打ち明けた。アンが実家から逃げ、スラムに流れ着いたこと、以前ドルリー・レーン劇場の前で声をかけてきたが、デヴォンは断わったこと。それから、アンが娼館に閉じこめられていたこと。その彼女が、どんなふうにデヴォンの人生に入りこんできたか。どんなふうにデヴォンを癒やしてくれたか。「彼女以外の女性とは結婚したくありません。おれはアン・ベディントンを愛しているんです」

母親は色を失った。「きっと、同じくらい愛せる方がいるわ――」

「いいえ、いません」

「ロザリンドのかわりはいないと、ずっと思いこんでいたじゃないの、でもその人に出会った。また素敵な方に出会えるわ、デヴォン」

母親はずっと愛を信奉していたが、どうやら醜聞を恐れる気持ちのほうが強いようだ。デヴォンはかぶりを振った。「おれはロザリンドよりずっと強くアンを愛しているんです」

衝撃で、母親は目を見ひらいた。「あなたはひたすら強情にレディ・ロザリンドを追いかけて、醜聞にもかまわず婚約者から奪った。なにをいっても、あなたの気持ちは変わらないのでしょうね」

三年間の悲しみと後悔が、どっとよみがえってきた。父親との最後の口論も思い出した。

「二度とあんなことはしたくない。母上を傷つけたくないんです」

「わたしは醜聞など乗り越えられるわ。あなたがロザリンドをお友だちから奪ったときも、それは大騒ぎになったもの。わたしは一生懸命、ゴシップをもみ消そうとしたのよ、デヴォン、ロザリンドのためにね。ひどいことをいわれたり、後ろ指をさされたり……ロザリンドは傷ついたわ。あなたが愛人と結婚したら……わたしが傷つくかどうかは関係ないのよ、デヴォン、わたしには耐えられる強さがあるもの。でもね、あなたの妹たちを傷つけることは許せない。あなたが愛人を娶《めと》ったりすれば、ウィンとリジーがよい方と結ばれる見こみはないも同然だわ」

自分がくだした選択のために、妹たちがつまはじきになるという、上流社会のばかばかしさを思うと、怒りと冷たい痛みがわきあがってきたが、母親のいいぶんが正しいことはわかっている。三年間も妹たちを心配させ、悲しませてしまったのだ。これ以上、迷惑はかけられない。「母上はいつも愛を至上のものとお考えでしたが、現実には、愛がすべてを凌駕《りょうが》するのではないんですね」

母親の口角に、深いしわが寄った。その瞬間、母親は一気に老けこんだようだった。「また愛する人に出会えるわ、デヴォン」小さな声でいった。「きっと」

デヴォンはかぶりを振った。「そうは思いません。結婚して、跡継ぎをもうけるのはあなたの義務よ。あなたはまだ若いわ、妻も子どももなく、たったひとりで愛のない人生を送ったりしないで」

「デヴォン、結婚はしなければなりません。結婚するなら——」

トーマス・タナーを安心させようとすばやく抱きしめ、彼の誇りを傷つけないよう、屈辱をやわらげるよう、一人前の男に接するように話しかけていたアンの姿が思い出された。デヴォンは男だから、十二歳の少年が自分の男らしさをあのような体験で傷つけられたと感じるかもしれないとは、思いもしていなかった。アンはすばらしい母親になるにちがいない。いったい、この自分はどうすればいいのだろう？　アンと結婚して家族を傷つけてはならない。とはいえ、義務だけで結婚するのはいやだ。

「もしあなたが戦死したとして……」母親が言葉を切り、震える息を吐いた。「いまわの際にどんなことを後悔していたと思う？」

「最後に父上と口論したことでしょうね。それから、母上を悲しませたこと——」

「あなたはきっと、将来を奪われたこと、もう一度だれかを愛せなかったことを後悔していたと思うの。でも、あなたは帰ってきたわ、デヴォン。可能性を捨てないで。お願いだから」震える手がデヴォンの手首にかかった。デヴォンは、母親を傷つけたくなかった。でも、アンを深く強く愛しているのに、どうして義務で結婚できるだろう？

ハイド・パーク。にぎやかな時間帯。九月に入っても、上流階級の人々は公園へ社交にやってくる。デヴォンはレディたちに倦《う》んだ目を投げかけ、顔をしかめた。どれも同じに見える。似たようなドレスを着て、レースのついたパラソルをくるくるとまわし、そっくりのしとやかな表情をしている。

アンを追いかけてくる前、別荘の衣装箪笥に、アンの緋色のドレスを見つけた——アンがはじめて別荘に現われ、デヴォンを誘惑したときに着ていたものだ。きっと、あれを着たアンはすばらしくあでやかだっただろう。ドレス姿でも、ズボンをはいていても、なにも身に着けていなくても、アンは息を呑むほど美しかった。アンのような魅力のある女はほかにいない。

「やれやれ、きみがなぜここに来たがったのか、やっとわかったぞ」トリスタンの驚いたような声に、デヴォンははたと振り返った。「奥方候補を探しているんだな」

「母にそうすると約束したんだ」娘を持つ母親たちと談笑している母親のほうをちらりと見やった。そのそばで、リジーとウィンが娘たちとくすくす笑いあっている。母親がデヴォンの出征中にほとんど人と会っていなかったことは、すぐにわかった。

母親が閉じこもっていたから、ウィンとリジーも未婚なのだ。デヴォンが戦地にいた三年のあいだ、三人とも生きていなかったも同然だ。キャロとシャーロットはちがう。赤ん坊がその証拠だ。でも、ウィンとリジーから奪った三年間を、どうやって償えばいいのだろう？

デヴォンは向きを変え、トリスタンと歩いていった。何十人もの母親たちが柄のついたオペラグラス越しにこっちをじっと見ているのを感じる。母親のため、義務を果たすためにここへ来たのだ。そうしなければ、母親を悲しませてしまう。とはいえ、まったく乗り気になれなかった。

「デヴォン？　妙齢のお嬢さん方にぜんぜん興味がないようだな」

デヴォンはうめいた。せっかく目が見えるようになり、イングランドのきれいな令嬢たちの姿が見えるようになったというのに、まったく目に入らない。彼女たちは背景の一部であり、ひらひらしたドレスやパラソルの群れにしか見えない。目に浮かぶのは、アンの大きな緑色の瞳、きっぱりとした表情、美しい笑顔だ。

あのくすくす笑ってばかりいる上流階級の小娘たちの無意味なおしゃべりに、えんえんとつきあう気はない。なによりも大事な質問ができないとわかっているのだから。

きみは娼館に突入して子どもを救出できるかい？　目の見えないおれのひげを無理やり剃ったり、ブランデーを取りあげたりすることができたか？　雨のなかを歩きながら、葉擦れの音に耳を澄ませることを教えてくれたか？

だれかの手が肩をつかみ、あざけるような深い声がいった。「人殺しの女は、ベッドではどうだ？　マダムにしたように、火かき棒で殴りつけてきたんじゃないか？　よくもまあ、場末の娼館の女なんかを愛人にするね」

デヴォンはさっと振り向いた。いまの言葉は、砲弾の導火線に火をつけたようなものだ。デヴォンの腹のなかで火花があがっていた。挑発してきたのは、ダンケアン伯爵だった——学生時代の天敵だ。彼もまたジェラルドの友人で、ロザリンドを奪ったデヴォンをますます憎むようになっていた。

「やめろ、ダンケアン」デヴォンは歯を食いしばってうなった。

「床上手なのかどうか知りたいだけさ、マーチ。マダム・シンは、へたくそな女を鞭でお仕置きしていたそうだからな」

「黙れ」

「黙らなかったらどうする？　決闘か？　娼婦のために？」

「そうだ」デヴォンはぴしゃりといったが、そのとたん、ダンケアンの拳が飛んできて、顔に当たった。デヴォンは鼻を折られないように顔をそむけていたが、それでも血が噴きでた。戦闘本能が一気に目を覚まし、右の拳をダンケアンの腹にたたきこみ、左の拳であごを殴りつけた。戦争はデヴォンをさらに強くしたようだ。ますます強烈なパンチを繰りだせるようにもなった。ダンケアンはどさりと倒れた。

女たちの悲鳴があがった。繊細な令嬢たちが失神し、男たちが抗議の声をあげた。社交の場で紳士が紳士を殴りつけて気絶させるなど、普通はないことだ。

「まったく、どういうつもりだ？」トリスタンが、モノグラムの刺繡《ししゅう》が入った白いハンカチをデヴォンの鼻先に突きだした。デヴォンはそれで切れた唇を押さえた。明日までに、唇はいつもの二倍に腫れ、変色しているにちがいない。アンにキスができないくらい痛むだろう。

ダンケアンの取り巻きたちを押しのけ、かたわらにしゃがんだ。一応、殺してはいないことを確認しておきたかった。幸い、ダンケアンは息をしていた。ありがたいことに伯爵のあごを折らずにすむくらいには怒りを抑えることができたようだ。

トリスタンに引っ立てられ、人だかりの外へ連れていかれた。ひとけのない場所まで来ると、トリスタンは非難がましくいった。「わかってるのか、きみは愛人の名誉をめぐって喧嘩したんだぞ、デヴォン」

デヴォンはもう一度、ひりつく唇をハンカチで押さえた。離してみると、それは真っ赤な血で濡れていた……赤い軍服は血で汚れても目立たないが、白いシャツならはっきりとわかる。白いシャツがものの数秒で血に染まるのを、何度見たことだろう？

アンを思うと、戦場の記憶が薄れていった。「自分のしたことはわかっている」

「デヴォン、愛人に本気で入れこむのは愚かしいぞ。これほどみじめなことはない。きみにはわからないかもしれない――きみのご両親はたがいにべた惚れだと有名だったからな。ぼくの父は野良猫程度の道徳心しか持ちあわせていなかったから、母はさんざんつらい思いをした。そのせいで、母はいつも機嫌が悪くて、怒りっぽい人間になってしまった。たとえば摂政の宮はどうだ？　メアリー・フィッツハーバートと無理やり結婚したが、それで幸せになったか？　結局、いまの妃殿下と結婚させられて、婚礼の晩は書斎でひとり飲んだくれてたそうじゃないか。デヴォン、聞いているのか？」

聞いていた。だが、トリスタンのことばはほとんど頭の上を通過していった。アンを愛しているのだ、もはや愛のない結婚に甘んじる気にはなれない。家族を傷つけずに、大切なアンと結婚する方法があるはずだ。

アンは緊張して、ハンカチをもみしぼっていた。公爵家の馬車で、隣に座っているデヴォンをちらちらと見やった。三日連続、アンは朝食を戻していた。デヴォンには黙っていたが、それがなにを意味するのかはわかっていた。彼の子を身ごもったのだ。デヴォンに打ち明けるべきだろうか？　それとも、彼のほうから気づくのを待つべきか？たぶん、まもなく気づくだろう。すでに乳房は大きく敏感になっている。おなかはまだ平らだが、すぐにふくらんでくるはずだ。

勇気のある女なら打ち明けるところだ。どの道、デヴォンの結婚が決まれば別れなければならない。彼にも子どもがいると知る権利はある。契約では、デヴォンが子どもの養育費を払うという取り決めになっている。おそらく、子どもはどこかの家族にあずけられるのだろう。貴族が庶子を他人にあずけるのはよくあることだ。愛情深い両親に、実子のように育てられ、子どもの真の父親が養育費を払う。アンは二度と子どもに会えない。もちろん、それが最善だ。子どもは娼婦の子という恥辱に耐えなくてもいい。

「着いたぞ」デヴォンがアンのほうの窓へ身を乗りだした。

とまどいながら、アンも窓の外をのぞいた。馬車は、そのブロックの半分を占めているほど豪壮な邸宅の前に止まっていた。ずらりと並んだ窓ガラスが日の光を反射している。なだらかな階段の上には、大きな両びらきのドア。黒光りする錬鉄の柵が、邸宅全体を囲んでいる。アンはしきりにまばたきした。この邸宅は、遠い昔に見たことがあるような気がする――まだ両親が元気なころ、母親と一緒にこの前の通りを歩いた。家族でロンドンへ来て、セバスチャンが相続したタウンハウスに滞在したときのことだ。

アンはさっとデヴォンのほうを見た。「なぜわたしをここに連れていらしたの？　ここは曾祖母の屋敷だわ。ここには入れません！　曾祖母は祖父を勘当し、母に会おうともしなかったのよ！」

デヴォンは身をかがめ、正気を吹き飛ばされるような、官能を疼かせるけだるいキスをした。ここ数日で、アンはデヴォンの新しい面を知った。罪の意識がやわらぎ、悪夢を見ることも少なくなっていた。眠ったまま戦ったりもしなくなった。それに、意外なほどやんちゃだった――ベッドのなかでも外でも、しょっちゅういたずらを楽しんだ。キスのあと、デヴォンはそっとアンのおとがいを持ちあげた。その手つきはやさしいながらもしっかりとしていて、アンはすみれ色のまなざしから逃れることはできなかった。「昨日、ここへ来て、きみのひいおばあさまとお話しさせていただいた」デヴォンがいった。「ひいおばあさまは、ほんとうにきみに会いたがっておいでだ」

なぜかわからないけれど、アンは早くこの場を離れたかった。デヴォンを拳でたたきたくてたまらなかった。なぜこんなことをするの？　あの人には会いたくない。胃はむかついていたが、ちょっと訊いてみたいだけだといわんばかりに、さりげなく尋ねた。「曾祖母は、祖父の結婚に腹を立てて勘当したのよ。なぜいまさらわたしに会いたがるのかしら？」

馬車のドアがあいたが、デヴォンは従僕に、もうしばらく待てと命じた。アンは屋敷に入るつもりはなかった。そんなことをしてなんになる？「セバスチャンがわたしに手を出したときでさえ、曾祖母を頼ることはできなかったわ。母がだめだといったの。あの人はわたしたちを助けるくらいなら野垂れ死にさせるって」

アンはやみくもに両手を振りまわし、腹立ち紛れに空気を切り刻んでいた。そして、自分の……不安を。ほんとうに、曾祖母には会いたくない。じかに拒絶されたくない。デヴォンに手首をつかまれ、アンは放してもらおうともがいた。彼は無理強いしている――なだめる気すらないのだ。いつでもデヴォンを満足させると契約したけれど、もはやかまっていられない。「なにもかも話したの？　わたしがなにになったかも？」

デヴォンは、いまいましいほど冷静に片方の眉をあげた。「どうしてレディ・コーディーリア・ド・モーネイのひ孫だと教えてくれなかったんだ？　貴族名鑑で調べたんだぞ。きみのひいおばあさまは、イングランド屈指の伝統ある名門の方じゃないか。たぶん、この国でもっとも裕福な女性のひとりだぞ」

「だから、母とわたしを助けたがらなかったのよ」

「それはちがうよ」

「家を出たときに、母がなぜ親族を頼れないのか話してくれたの。助けてくれないのを知っていたのよ。曾祖母は、自分の息子――つまり、祖父が結婚した相手が気に入らなくて勘当したの。祖父は、ドルリー・レーン劇場の踊り子だった祖母と恋に落ちた。ふたりは駆け落ちしたわ。祖父のほかに、母方の親戚に会ったことはないの」

「失明なさったというのは、そのおじいさまか？」

アンはうなずいた。母親が親族に拒絶されてどんなに傷ついていたか、はっきりと覚えている。たった一度話を聞いただけだが、母親のなかに悲しみと屈辱が深く根付いていたことはけっして忘れられないだろう。レディ・コーディーリア・ド・モーネイは、祖父が――コーディリアの実の息子だ――失明したときですら、見舞いにも来なかった。思いやりも慈悲も見せなかった。

「ロングズワースを出なければならなくなって、母は切羽詰まっていた。でも、親族がだれも助けてくれないのはわかっていたわ。親族の人たちはみんな曾祖母のいいなりで、祖父も祖母も、当然わたしのことも嫌っていたもの。あの人がレディではなかったからよ」

「ひいおばあさまは、ご自分のなさったことを悔やんでおられる」デヴォンはやさしくいった。「三人のお子さまがいらした。息子がひとり——きみのおじいさまだ——それから、娘がふたり。三人ともすでに亡くなり、娘さんはふたりとも子どもがいなかった。きみはたったひとりの曾孫なんだ。しかも、ひいおばあさまもおひとりでいらっしゃる。結婚に反対だったからといって、あんなふうに縁を切るのは愚かだったとお気づきになったそうだ。二年前、きみと母上に会って和解しようと、ロングズワースを訪ねられた。だが、きみたちふたりはいなくなっていた。すると、きみのいとこが捜索を申しでた」

「どうして？　なぜセバスチャンが曾祖母のためにわたしたちを捜したの？」

「ひいおばあさまの財産が目当てだ。生きている親族はきみひとり、つまりきみは遺産相続人なんだ。ノーブルックはきみを捜しだして結婚し、ひいおばあさまの富を自分のものにしようとしたわけだ」

アンはぼうぜんとした。けれど……これで、セバスチャンがなぜ自分に執着したのか、理解しやすくなったような気がする。お金のためだったのか。「わたしを殺そうとしたのはなぜ？　娼婦とは結婚できないわ、それで財産が手に入らなくて、わたしが憎らしくなったのかしら？」

「きみを捜しているあいだに、彼はひいおばあさまにすこしずつ取り入ったんだ。紳士的で親切だったから、ひいおばあさまも彼を頼るようになった。そして、つい最近、ひいおばあさまは、いつかきみが見つかったら、財産はすべてきみに譲る、だがもしきみが亡くなっていた場合は、ノーブルックに財産を譲るという遺言を書いた」

デヴォンはそっとアンの顔に手を添えた。「きみが目の見えなくなったおじいさまをとても上手に助けていたことを、ひいおばあさまに話したんだ。ひいおばあさまは感激していらした。ご自分の傲慢さを捨てるのに、長い時間がかかってしまったとおっしゃった。いまはどうしてもきみに会いたいそうだ」

「いやです！　どうしてわたしが？　あの人はわたしのことをなにも知らない。わたしがあなたの愛人で、元は娼婦だったと知ったら、受け入れるどころか、会おうともしないはずよ」

「アン、きみの母上がご病気で、きみたちはほんとうにお金に困っていたこと、そしてきみが無理やり娼館に連れていかれたことも、もう話してあるんだ」

心臓が激しく胸郭を打った。「なぜそんなことを？」

「きみたちがどんなに苦労したか知ってほしかった。ひいおばあさまのなさったことが、きみたちをどんなに苦しめたか、わかってほしかった。だから、もうすべてご存じで、そのうえできみに会いたいとおっしゃっているんだ」

信じられない。「いいえ。怖いわ――」

騎士が高貴なレディにうやうやしくキスをするように、デヴォンはアンの手を口もとに持っていった。「天使さん、きみはおれの知っているなかで、だれよりも怖いもの知らずだぞ」

怖いもの知らずにはほど遠い。デヴォンはアンの親戚を見つけた。あの冷淡で傲慢な曾祖母に、アンと会うよう説得した。たぶん、曾祖母の気が変わったのはデヴォンのせいでもあるのだろう。けれど、レディ・コーディーリア・ド・モーネイは、気位の高さゆえに多くの人々を拒絶してきた――底辺まで身を落とした人間に、心をひらくはずがない。馬車のドアの取っ手を握ったアンの手は、不安で凍りついた。ドアを押してあけるか、それとも閉めたままでいるべきか、自分でもわからない。「このことにどうしてこだわるの、デヴォン？」

「おれにとって家族は大切な存在だ。きみに家族がいないとは思いたくない」

「わたしにはあなたがいるのに。けれど、彼と一生をともにできるわけではないのを忘れたわけではない。「わたしは家族なんていりません。いずれはひとりで自立した生活を送ろうとずっと考えていたんだもの。そうすべきだとわかっていたわ。だからそうするの、わたしたちの……契約が終わったときには」

「とにかく、結論を急ぐ前にひいおばあさまと会ってくれ」

一度も会ったことのない、謎の曾祖母とはどんな人なのだろう？　アンは胸のなかの怒りを鎮めることができなかった。おばあさまとお母さまを見捨てるなんてひどすぎる。おばあさまとお母さまほど素敵な女性には、会ったことがないくらいなのに。

先ほどアンとデヴォンを屋敷に入れたのは、お仕着せを着た従僕だった。いま、その従僕が戻ってきた。「奥さまは応接間でお会いになるそうです」お辞儀をして、ふたりを案内した。デヴォンはアンの背骨のつけねに手を当て、従僕についていくよう促した。彼はなぜこれほど曾祖母と会わせたがるのだろう？　普通、パトロンは愛人の私生活にさほど関心を持たないのでは？

ふたりは、どこもかしこも真っ白な部屋に通された。ぎょっとするほど白い。床は大理石のタイルで、壁は白い絹におおわれ、菓子職人が作るアイシングのようにくるくると丸い連続模様の繰り形も白い漆喰《しっくい》だ。調度はすべて白と金箔だった。

アンはデヴォンをちらりと見た。この強烈に明るい部屋はどうも悪趣味な気がして……自分が彼の支えを求めていることに気づいた。これではまるで、ただのパトロンと愛人ではないかのようだ。母親が父親をよくこんなふうに見ていた。そして、それ以上に父親が母親をこんなふうに見ていた。

大理石を靴のかかとがたたく音がした。二枚の白い衝立《ついたて》のあいだで、青い絹が動いた。アンは固唾を呑んだ。そのとき、見たこともないほど優雅なレディが目の前に現われた。レデイ・コーディーリア・ド・モーネイは杖をついていたが、背筋は伸びていた。部屋と同じくらい真っ白な髪は凝ったスタイルに結いあげられ、かすかに輝いている。純白と金色だけの明るい部屋のなかで、彼女のドレスははっとするほどあざやかだった――ほっそりした体にまといつくまばゆいサファイア色の絹のドレスはみごとな仕立てだ。瞳はアンとそっくりの、ツタのような深い緑色。

突然、レディ・コーディーリアが前に飛びだし、アンを抱きしめた。「かわいそうに、なんという苦労をしてきたんでしょう。わたしは愚かだったわ。ほんとうに愚かだった！」

気がつくと、アンは応接間の奥、張り出し窓のそばに置かれた小さな円テーブルを前に座っていた。曾祖母が震える手で紅茶を淹《い》れてくれた。「あなたのおじいさまを勘当したのを、心から申し訳なく思っているの。お母さまがわたしを頼ってはいけないと信じていたことも、わたしが悪かったんだわ」しわのよった顔に、深い悲しみがよぎった。

「わたしは子どもに多くを求めすぎたのね」小さな声でいった。「だから、あなたのおじいさまは踊り子と駆け落ちした。わたしは二度とこんな過ちを起こさないと決意して、娘たちはわたしの決めた相手と結婚させたの。ひとりは公爵家に、もうひとりは侯爵家に嫁いだわ。次女は、夫が賭博場に入り浸っているあいだに、病気で逝ってしまった。わたしもだんだん、自分がしでかしたことがわかるようになった。子どもの人生を支配して、結局だめにしてしまった。そして、この先は孤独な毎日しかないと気づいたの。残っている親族は、あなたのお母さまだけだった。わたしは愚かなふるまいを許してもらいたくて、お母さまを捜したの、でももう亡くなっていた。だから、あなたを捜したのよ」

「母は、ひいおばあさまが会ってもくださらないと信じていました」アンはいった。「手持ちのお金もなくロングズワースを出たときも、ひいおばあさまのもとへ行こうとはしませんでした。行っても無駄だと思っていたからです」

レディ・コーディーリアは長いため息をつき、うなだれた。「あなたのおじいさまが一度娘を連れてきたことがあったわ――あなたのお母さまね。たしか、お母さまは十二歳くらいだった。わたしは依然として、自分にそむいた息子に腹を立てていた。そして、二度と来るなといってふたりを追い返したの」顔をあげた彼女の濃い緑色の瞳は、涙に濡れていた。「あなたがどんな目にあったか、公爵閣下にすべて聞きました。あなたが苦労してきたのはわたしのせいだわ。息子夫婦に背中を向けてはいけなかった。もしあなたのお母さまが頼ってくれれば、あなた方を受け入れていたわ。でも、お母さまは、子どものころに怒りにかられたわたしにいわれたことを覚えていたのね。きっと、わたしは血も涙もない女だから、また追い返されると思ったんだわ。たしかに、わたしは冷淡だった」

うなずいてもいいのだと、アンは思った。仕返しに、この老女を傷つけてもいい。けれど、いまとなってはこちらもプライドを捨て、怒りを水に流すべきかもしれない。「でも、いまではわかってくださった。それがなにより肝心ではないでしょうか」

「セバスチャンのことも聞きましたよ。わたしはばかだと思うでしょう？　あの男の軽蔑すべき正体に気づかないなんて」レディ・コーディーリアはアンの手に手を重ねた。アンは最初、体をこわばらせたが、過去の悲しみを忘れて未来へ進もうと決意し、力を抜いた。

「やっとあなたを見つけたわ」曾祖母がそっといった。「いいえ、公爵閣下が連れてきてくださったのね。許してほしいなんてお願いはできないわ、アン。でも、お願い、お願いだから、もう一度チャンスをちょうだい。わたしはあなたがひ孫だと広く知らせたいの。もう何年も社交界から遠ざかっているけれど、また戻らなければね。わたしたち、ふたりでしなければならないことがたくさんあるのよ！」

「しなければならないこと？」アンは、デヴォンにほほえみかける曾祖母と、笑顔を返すデヴォンをぽかんと見やった。ふたりとも、アンの知らないことを知っているようだ。「どんなことですか？」

「もちろん、あらためて社交界にあなたを紹介するのよ」

アンは手を引っこめた。「とんでもない。貧しさのためにわたしがなにをしてきたか、なにになったか、ひいおばあさまもご存じでしょう」

「ええ」レディ・コーディーリアは顔をしかめた。「わたしはあなたの人生を変えると決めたのよ、アン」

「無理です」

デヴォンが身を乗りだした。「無理じゃないぞ」

「いいえ。わたしは娼婦だったのよ。それはなかったことにはできないわ」ハイド・パークで会った男たちを思い出した。あの厚かましい視線といやらしい笑い。「もう手遅れなんです。わたしはもうレディじゃありません。二度とレディにはなれないんです」

「きみはレディだ」デヴォンが真剣にいった。「それは変わらないよ、アン」

「いいえ。わたしは前に進みたいの、戻るのではなく。自立したいのよ。わたしにはその道しかないとわかっているし、それで満足なの」体の震えが激しく、粉々に砕けそうだった。デヴォンは怖いもの知らずだといってくれたけれど、不可能なことを可能だと信じられるほど向こう見ずではない。アンは勢いよく立ちあがり、その拍子に優美な椅子をひっくりかえした。ふたりにくるりと背を向け、当てもなく逃げだした。

アンは玄関の間でデヴォンに追いつかれた。レディ・コーディーリアの使用人の前だが、デヴォンはかまわずアンの腰をつかみ、ひょいと抱きあげた。「今度こそ――」とうなる。

「逃がさないぞ」

デヴォンにすばやく体の向きを変えられてめまいがし、大理石のタイルと丸天井がぐるぐるまわった。彼はアンを抱いて大きなドアから外に出た。息を呑む音やくすくす笑う声が聞こえた――無表情な使用人たちも、男の独占欲を見せつけられることには慣れていないようだ。

「なにをするの？」アンは声をとがらせた。「おろしてください。これはわたしが決めることだわ」

意外にも、デヴォンはそっとおろしてくれた。アンの足が地面に着いたとたん、彼がいった。「きみがいつまでも見くだされたままだとは思わない。強力な味方がいれば、社交界に戻れる。ひいおばあさまは助けてくださるつもりだよ。それに、おれの母は社交界の人気者だ。このふたりは大きな影響力を持っているぞ。ふたりがきみを受け入れれば、だれひとり、きみを追い払うようなまねはしないさ」

「でも、あなたのお母さまは？　お母さまにそんなことをお願いできるの？」

「キャロが味方してくれる。もうひとり嫁に行った妹のシャーロットも当てにしていい。ちなみに、シャーロットの夫はクルー公爵で、摂政の宮の親友だ」

どうしてここまでしてくれるのだろう？　希望を持ってしまうではないか。けれど、アンはかぶりを振った。彼の断固としたまなざしから心を守るように、両腕で自分の胸を抱いた。

「無理よ。わたしが社交界に戻れるわけがないでしょう。令嬢たちは、堕落した女とはつきあわないようにといわれているわ。まるでわたしは病気持ちみたいに――堕落がうつったらいけないから、絶対に近寄ってはいけない存在なのよ」

デヴォンの燃えるような目がすっと細くなった。「きみがそんな扱いを受けるいわれはない」

「そうかもしれないわ、でもほかの人はわたしをそういうふうに扱うのよ」アンは公園で紳士のふたり組に会ったときのことを話した。最後に、ほんとうはいやだったが、そのうちひとりが娼館の客だったことも明かした。そうすれば、デヴォンが放っておいてくれると思ったからだ。ところが、デヴォンはさらに一歩詰め寄ってきた。

「これからは、ハイド・パークでだれもきみにいやな思いをさせない。この前、おれはきみの名誉をかけて喧嘩した。おれをまた怒らせるのを覚悟できみをおとしめる輩《やから》はいない、それは保証する」

「な、なんですって？」

「ダンケアン伯爵をたたきのめした。残念ながら、こっちもいいパンチを食らったが」デヴォンが鼻に触れた。

「だから、そんなふうに腫れて痣ができたのね。うっかりした事故とおっしゃったのに」

「そのとおり、うっかりしていたんだ。あいつにみすみす顔を殴らせるとはね」にやりと笑ったとたん、あごの痣が引きつれて顔をしかめた。「きみはいろいろな面でおれを助けてくれただろう。きみにふさわしい敬意を払ってどこが悪い？」

「デヴォン、上流階級の人々の見方は、なにをしても変わらないわ」

「おれはフランス軍相手に戦闘を生き延びたんだぞ。偏見だらけの気取った貴族の連中をひとり残らず敵にまわしても、生き延びる自信があるんだ」

「公園で喧嘩すれば勝てるでしょうけど、ほんとうに勝つことはできない——世間の見方を変えることはできないわ」

デヴォンは拗《す》ねた子どものように下唇を突きだした。「じゃあ、きみはひとりで田舎に一軒家を借りて、それから……どうするんだ？　田舎のジェントリーの愛人になるのか？」

いま、自分はひどいことをしようとしている。デヴォンに、彼の子を身ごもっていることを隠している。でも、妊娠は勘ちがいかもしれないし、そうでなくてもおなかの子が流れてしまうかもしれない——なにも確定していないのに、話してもしかたがないのではないか。

「まとまったお金をいただけるんでしょう、デヴォン。そのお金で、学校を建てたいの。女の子たちが売春に走らずにすむように。わたしも大忙しになるわ。それに、話し相手を雇ってもいいし」デヴォンがあきれたように目をまわすのを見て、アンは肩をそびやかした。

「とてもいい考えだと思うわ。わたしは田舎が好きだもの。ささやかなよろこびに楽しみを見いだせる。ずっと温めていた夢が叶う幸運な人はほんのひと握りでしょう。自立した暮らしができれば、わたしの夢は叶うのよ」

「では、もうおれの愛人でいたくないのか」

「わたしは——」身ごもっているとすれば、上流階級の一員になることは不可能だ。曾祖母や公爵夫人でも、ひと目見て妊娠しているのがわかる高級娼婦を社交界に受け入れさせることなどできない。妊娠していれば、いつまでも隠しておけるものではない。あとほんの何週間かだろう。「それがいちばんいいと思うの」結局は、傷心を抱えることになる。ほんとうに勇気があるなら、傷つくことを恐れてはいけない。「どちらにしても、あなたの結婚が決まれば、わたしたちの関係は終わることになっていたわ。つまり、あなたが奥さまにすると選んだ方に求婚することになったら」

「きみは愛人を持つこともできるだろう」

「わたしはほかの殿方とはおつきあいしません。だれも愛しません、ほかのだれも——」アンは口をつぐんだ。なんということをしでかしてしまったのだろう？　彼を愛していると告白したも同然だ。

デヴォンは気まずい顔をするだろうか？　そうしたら、どうすればいい？　女が男に愛を告白したあとに、ふたりの関係はただの契約だとわかっているなどといっても、あまりにも説得力がない。

「おれはこれから求婚するつもりだ」デヴォンがそっといった。「これで、魅惑的な愛人とのぼせあがったパトロンというおれたちの関係が終わる」

「のぼせあがった？　まさか。あなたはほとんどいつもわたしにいらいらしていたんでしょう」愚かな心はもう傷つきかけていたが、アンはなんとかぎこちない笑みを浮かべた。「あなたによい方が見つかって、わたしもうれしいわ」

デヴォンは、はじめて会ったかのような目でアンを見た。「だれかがほかのだれともちがうと気づくには時間がかかるものだと、おれはよくいわれた」

きっと、きみはほかの愛人とはまったくちがうといいたいのだろう。頑固で従順ではなくて、口うるさくて……。

デヴォンがアンの唇をなぞった。大地が揺さぶられるように、アンの体に震えが走った。「はじめてきみが雨のなかへ連れだしてくれたときのことは忘れないよ、アン。最初は、妙な女だと思ったが――」

「そうでしょうね」アンはささやいた。「そう思われるだろうとわかっていたわ」ああ、この人と別れたくない。手放したくない。

「きみはぼくの目をひらかせてくれた。音を手がかりに空間を感じることを教えてくれたおかげで、絶望していたおれが希望を持てるようになった。いろいろなことで、おれに希望を持たせてくれた。きみはすこしずつ、おれの心をひらかせてくれたんだ」

そして、心から愛する人ができたというのだ。これから別れを切りだすのだ、アンがそうすべきだといったように。デヴォンは思いやりがあるから、できるだけやさしく伝えようとしてくれるけれど。

「タナー大尉が戦死したことで罪の意識にさいなまれていたが、きみのおかげで克服できた。悪夢を見ずに朝まで眠ることができるようになった。きみが愛人だった日々をなつかしく思うようになると思うよ、アン・ベディントン」

アンは固唾を呑んで待った。いまこそ強さを試されるときだ。別れ方は優雅に。涙はいけない。彼の幸せを願って。心から愛しているのだから、彼の幸せとよろこびを願うしかない。

「愛で結ばれた結婚をすべきだというのが、うちの家族の考えなんだ。両親にとって愛はなにより大事なものだった。キャロは、愛していない公爵とより、愛する伯爵と結婚するようすすめられた。だからアン、きみを愛していることに気づいたとき、おれは結婚と愛のどちらかを取らなければならないと思った」

デヴォンはアンとはすかいに唇を合わせた。アンは、キスをされたことにもほとんど気づいていなかった。現実とは思えない短い言葉が、アンの全世界になっていた。きみを愛している。

デヴォンが唇を離した。「おれの屋敷で、なにか特別なことをするつもりだったんだ。バイオリントリオの演奏が流れるなか、薔薇の花で飾ったあずまやへきみを連れていくとか。でも、どうしてもいましたい。いまここで」オーバーコートのポケットをごそごそと探った。

「くそっ、出てこない」

アンは神経質な笑い声をあげることすらできなかった。笑うには息をしなければならない。

デヴォンはベルベットの箱を取りだした。それをあけ、なにかをつまみだすと、箱を放り捨てた。ひらいた手のひらのまんなかには、深紅の石がのっていた――太陽の光をとらえるファセットを何面も持つ、ハートの形をした大粒のルビー。

「赤くて印象的なものにしたかった。きみはおれにとっていつもセリーズだから。大胆で、魅惑的で、勇敢なセリーズ」デヴォンはアンの前で片方の膝をついた。アンの左手を取り、指先で指輪をはめた。黒い髪の奥から、意外なほど自信なさげにアンを見あげた。

「結婚してくれ、アン」

デヴォンは沈黙のなかで途方に暮れた。静けさが長引くにつれ、まるで氷水に全身を突っこまれたかのように、冷たいものが肌をさっとおおい、じわじわと血管を凍らせていった。

「アン？　どうしてすぐに承諾してくれないんだ？」

「あなたが――」アンの美しい声がわななないていた。デヴォンは目が見えなかったころのように、彼女の口調に耳を澄ませていたので、衝撃を受けているのがわかった。「あなたが曾祖母を見つけてくれたのも、上流社会にわたしを戻そうとしてくれたのも、わたしと結婚したかったからなの？」

「そうだよ」

アンは、デヴォンの差し延べた手と指輪から、よろよろとあとずさった。「まさか、本気で求婚したわけじゃないでしょう。ほかにふさわしい令嬢が何人もいる――」

「ほかの令嬢に興味はない。本気で求婚しているんだ。きみに」

「デヴォン、だめよ。ええ、あなたとは結婚できません」

だめ？「結婚しないというのか？」わけがわからない。結婚したがらない愛人がどこにいる？

「ええ。つまり、お断わりしなければならないということよ」

「そんな。きみを愛しているのに」くそっ、これでは拗《す》ねた子どもじゃないか。

「わ、わたしたちの気持ちは関係ないのよ。とにかく、許されないわ。結婚はできません。あなたが幸せになれない。そして、結果的にわたしも幸せになれない」

「なるほど。おれがどうなるか、わかるのか」

「もちろんわかるわ、わたしたちの結婚はあなたのご家族を傷つける。あなたはご家族を大切にしているわ、でもわたしは、傷ついたみなさんをどうすることもできない。そのうち、あなたはそんなわたしを厭《いと》うようになる。妹さんのレディ・キャヴェンディッシュはとてもやさしくしてくださった。わたしを友だちだといってくださった。あなたとわたしが結婚すれば醜聞騒ぎになるわ。レディ・キャヴェンディッシュを傷つけるようなことになったら、この胸は張り裂けてしまう。お母さまも、これ以上悲しませてはいけない。それに、結婚前の妹さんがふたりいらっしゃるのでしょう。わたしの汚れた経歴は、おふたりの名誉を傷つけるわ」

まさに母親がいったとおりのことを、アンもいっている。「やってみなければわからない」

デヴォンは強情にいいつのった。「きみが上流階級に戻れば――」

「お断わりしなければなりません。とにかく、だめなんです。なにをおっしゃっても、わたしの気持ちは変わりません」

「おれを愛しているといってくれたじゃないか」

アンはたじろいだ。「あなたはすばらしい方だわ、でも――愛してはいません。もうどなたも愛することはないと思います。わたしは自立したいの、デヴォン。心からそうしたいのよ」

過去に傷ついていて、もう心をひらくことはできないというのか？　「アン、愛することを恐れないでくれ。おれがそうだった。きみのおかげで、おれは一生、悲しみと恐怖に引きこもっていてはいけないとわかったんだ」

「ああ、あなたはおわかりにならない！」

デヴォンは、スカートをひるがえしてドアへ駆けだしたアンを見ていた。追いかけるべきだが、脚が動かなかった。求婚した瞬間には、五分後には婚約した男になるのだと思っていた。

まさか、混乱した男になるとは。

26

一八一六年五月

いくらひとりの生活とはいえ、もうすぐ子どもが生まれるとなると、いろいろと変化を強いられるものだ。

春が来てムーアはいきいきとよみがえり、アンはほほえみながら自宅までの小道を歩いていた。これが変化のひとつ。近くのプリンストン村から、早足で帰ることができなくなった。しばらく歩いては立ち止まり、息を継がねばならない。いまでは、体が家並みに大きくなり、おなかは丸々と張りつめている。足首はむくみ、食べても食べても空腹がおさまらない。それでも、望みはすべて叶っている。いまの生活は満ち足りている……ただ、心のなかに大きな痛みがあるけれど。傷はすこしもかさぶたになっていない。ひたすら痛む。

郵便局で曾祖母からの手紙を受け取り、ポケットに入れておいた。レディ・コーディーリアは、アンが出産するまで人目につかない場所で静かに暮らしたほうがいいと賛成してくれたが、定期的に手紙をかわしていた。この点では、デヴォンのいったとおりだった。家族がいるのは幸せだ。歩きながら、おなかをそっと抱えた。「あなたも大きくなったらわたしを許してね、ちびちゃん。許してくれないかもしれないわね。わたしがあなたなら、許せないかもしれない。でも、不自由はさせないと約束するわ」これはほんとうだ。デヴォンはアンの拒絶が理解できないようだったが、とても寛大だった。あんなふうに……いきなり逃げてしまったのに。

ホワイトチャペルのスラムで学校をはじめたころ、デヴォンは契約で取り決めたとおりに手切れ金を送ってきた。そのうえ、多額の寄付までしてくれた。そのおかげで、アンは教師を雇い、広いタウンハウスを学校と生徒の寮に改修することができた。

そして三カ月前、このムーアに小さな一軒家を借りた。ウエストが高くたっぷりとしたスカートのドレスを着ても、もはやふくらんだおなかは隠せなかった。ゴシップの種をまくわけにはいかない。学校と生徒の名誉を傷つけてしまう。

とはいえ、学校の活動に積極的に関与することはもうできないだろう。赤ん坊を里子に出さないかぎりは。そして、そうするつもりはない。ただ、いつか子どもが、自分の母親が公爵の求婚を断わったために、嫡出子としての富も特権も奪われたのを知ったらどうするだろうという不安はある。

でも、これでよかったのだ。デヴォンの妹のリジーは美男子の伯爵と婚約し、いまロンドンのゴシップ紙はマーチ公爵の最新の噂で持ちきりだ。五日後にマーチ・ハウスで盛大な舞踏会がひらかれる。そのときに、公爵が婚約を発表すると噂されているのだ。相手の令嬢がだれか、何週間も前から憶測が飛びかっているが、いまだに謎のままらしい。それでも、五日後には、デヴォンはだれかのものになる。

小道がのぼり坂に差しかかり、大きな岩やハリエニシダの繁みのあいだをゆるゆると曲がりくねりはじめた。羊があちこちで食べられる草を探している。アンは一歩一歩ゆっくりと足を踏みだすたびに、息を切らしながら思いを口に出した。「これで、よかった、のよ」

顔面の黒い羊が顔をあげ、うさんくさそうにアンを見つめ、メェーと泣いた。

ムーアのゆるやかな丘には、樹木が一本もない。自宅の一軒家がよく見える。未婚の妊婦なので、人目は避けたかった。この冬はずっと、ほんとうに孤独だった。長い夜は赤ん坊のものを縫ったり、本を読んだりしてやりすごした。けれど、本を読めばデヴォンがなつかしく思い出されて――。

自宅へつづく道を、一台の馬車がごとごととのぼっていく。ドアの紋章が日差しに輝いた。馬車が止まり、ドアがひらいた。馬車を馬で先導していた従者の手を借り、上品なレディが降りてきた瞬間も、まだアンは息をするのも忘れていた。レディ・キャヴェンディッシュだ。彼女のうしろから、さらにふたりのレディが馬車から出てきた。

陰になった馬車の入口から、白い手袋をはめた手がすんなりと伸び、ふたたび従者たちがきびきびとその手を取った。もうひとり、従者の手を借りながら、薔薇の花飾りのついた帽子をかぶった優雅なレディが馬車のステップをおりてきた。デヴォンのもうひとりの妹だろうか？　いったいなにをしにきたのだろう？

レディ・キャヴェンディッシュはアンの両手を握り、次に抱きしめた。それから、ふたりの若いレディを手招きした。「妹よ。リジーとウィン。こちらは——」レディ・キャヴェンディッシュが振り返ると、背の高いレディが優美に進みでた。「母のマーチ公爵夫人」デヴォンのお母さま？　アンは、公爵夫人に手を取られながらまばたきした。デヴォンの母親はもちろん美しく、金髪とあざやかな青い瞳の持ち主だった。悲しげな笑みが、美しい唇の両脇を持ちあげた。公爵夫人はそっと尋ねた。「息子の子を身ごもっているのね？」アンは口もきけなかった。なんとかうなずいたものの、顔が焼けるように熱かった。それから、腰をかがめてお辞儀をしようとしたが、公爵夫人に止められた。「あの子には話していないの？」

良心がひどくとがめた……妊娠したことをデヴォンに伝えなかったことに。「これ以上、ややこしいことにしたくなかったんです。せっかく求婚してくださいましたけれど、もちろん結婚など許されません。それに、閣下にこの子のことを打ち明けたら……」声がだんだん小さくなり、途切れてしまった。

「絶対に結婚するといって聞かないかもしれないと思ったのね」

アンは、自分の手を取って家のほうへ引っぱっていく公爵夫人の顔をぽかんと見やった。

「さあ、お宅でゆっくり話しあいましょう」

アンはあわてた。「いけませんわ、奥さま。こんな狭い家で。ほんとうに粗末なところなんです」

音楽のような笑い声が風に乗って踊った。「そんなことありませんよ」

キャロが近づいてきて、耳打ちした。「お母さまがあなたに会いたいから迎えにいこうっていいだしたのよ。お兄さまはあなたにふられてからずっと、椅子に座りこんで壁を見つめてばかりいるわ。楽しそうな顔をするのは、あなたの学校を訪ねるときだけよ」

デヴォンが学校に？　意外ではなかったが、深く胸にしみた。ホワイトチャペルの貧しい娘たちの学校へ来てくれた公爵は、きっとデヴォンだけだ。

家に入ると、アンは急いでストーブに火をつけ、やかんをかけた。公爵夫人に椅子を出そうとしたが、その椅子は取られて、アンのほうへ運ばれてきた。「あなたがおかけなさい」

公爵夫人に笑顔でいわれ、アンはのろのろと腰をおろした。「なぜわたしたちがここに来たのか知りたいでしょう、ミス・ベディントン。わたしたち、あなたが考えを変えてデヴォンの求婚を受け入れるよう、説得しにきたのよ」

これは夢？　アンは腕をつねり、痛みに声をあげそうになったのをこらえた。「わたしなんかが義理の娘になるわけにはいきません。わたしは汚れた――」

「あなたは息子と別れたあと、ほんとうにきちんと暮らしているじゃないの。貧しい子どもたちを助けようと、すばらしい事業をしているわ。デヴォンはあなたの名前を口にするたびに顔を輝かせるのよ。誇らしげで、ほんとうにあなたに感心しているのね。でも、あなたを愛しているからでもあるわ。わたしはずっと、デヴォンに愛のある結婚をしなさいといってきたの。あの子には、あなたを愛していることを認めてくれといわれたわ。最初から認めてあげられなくてごめんなさい。いまになってわかるの、あの子はあなたなしではだめだって。戦地から帰ったばかりのあの子がどんなだったか、トレッドウェルから聞きました。悲しみに暮れて、自分を見失っていたそうね。あなたはそんなあの子を助けてくれた。もう一度、助けてやってほしいの、もしあの子を愛しているのなら。正直に答えてね。あなたは、あの子を愛していないから求婚を断わったの？」

公爵夫人の話に、アンはひどくとまどっていた。「い……いいえ……心から愛しています。お断わりしたのは、あの方と、みなさんの名誉をお守りするためですわ！　あの方を悲しませるためではありません」まさか、ほんとうにわたしのせい？　婚約発表を控えているのに、どうして？　アンは立ちあがった。「いますぐお助けできればいいのに」

「そうでしょう、だから、あの子と結婚してほしいの」公爵夫人がいった。

黒っぽい髪のリジーが飛びだしてきた。「わたしたちの名誉が傷つくとか、もう心配なさらないで！　キャロとシャーロットはすでに結婚しているし、一カ月後にはわたしも結婚します。わたしたち、義務的な結婚に耐えるお兄さまなんか見たくない、幸せになってほしいの。お母さまだって、お兄さまがあなたを真剣に愛しているのに、ほかの方と結婚させたりしないわ。そんなことをしたら、不幸を呼ぶだけ」

「でも、婚約を発表なさるんでしょう？」アンは尋ねた。

公爵夫人がうなずいた。「愛してもいない方との結婚を決めたのかしらねえ」

デヴォンの末の妹らしいウィンが、さかんに蒸気をあげているやかんへ急いだ。「わたしはアシュトン伯爵と結婚するの。ご本人はまだご存じないけれど。だから、お兄さまがあなたと結婚しても、アシュトンさまはだいじょうぶよ、ミス・ベディントン」

「アシュトン伯爵とは結婚させませんよ」公爵夫人がすかさずいった。そして、ため息をついた。「あの子はあなたを愛しているのよ、ミス・ベディントン。そして、あなたもあの子を愛している。わたしはほんとうに、なんとかしたいの。さあ、息子と結婚してくださる？」


デヴォンはきつく目をつぶった。マーチ・ハウスの書斎にこもっていたのだが、アンの家を訪問していた母親と妹たちが帰ってきたらしい。レディ・コーディーリアから、アンがムーアの一軒家に住んでいると聞きだしたのだ。

そのままずっと、目を閉じていた——なんという皮肉だろう、いまになってなにも見たくないと思うようになるとは。だが、キャロは放っておいてくれなかった。つかつかと近づいてくる。その足取りに、抱かれているペリグリンが揺られ、甲高い笑い声をあげるのが聞こえた。

「わたしたち、戻ってきてお兄さまと結婚してほしいって、アンを説得してきたの」キャロがはっきりといった。「でも、会ってみたら無理だってわかったわ」

「無理?」デヴォンは目をあけ、椅子の上でさっと体を起こした。「なぜ無理なんだ? ほかに相手がいるのか?」緊張のあまり、思わず立ちあがり、書斎の絨毯の上をうろうろしはじめた。「キャロ、アンがおれの求婚を断わったのは、おまえたちの名誉を守るためじゃ——」

「だから、わたしたち全員で行ったのよ——お母さまとリジーとウィンとわたし。リジーは婚約したし、ウィンはアシュトンと結婚するつもりだし、もうなにも心配することはないでしょう」

「ウィンはアシュトンとは結婚させないぞ。それに、おまえの夫はどうなんだ、キャロ。それにシャーロットも」

「なにをおっしゃるの、お兄さま。シャーロットにはもう訊いたでしょう! なにも問題はないんだから——」

「怖がってるのよ!」振り返ると、ウィンが書斎のドアから駆けこんできた。「もう一度求婚して、また断わられるのが怖いんだわ。わたしたちのお兄さまは、愛されていなくて断わられるのを怖がってる」

キャロがやさしくいった。「アンはお兄さまを愛しているわ。だからこそ一度目は断わったんでしょう」

デヴォンはたじろぎ、顔をそむけた。「わけがわからない。それに、本人の口から愛していないといわれた」

「女がだれかを愛したら、そのだれかを傷つけないようにするものよ。アンがお兄さまを愛していないっていったのは当たり前。だって、別れなければならないと思っていたんだもの。でも、アンは身ごもってるのよ、お兄さま」

デヴォンはくるりと振り向き、キャロの厳しい視線に気づいた。「お兄さまの子よ。どう見ても、もうすぐ生まれそうだった。ペリグリンは早かったでしょう。お兄さまも、さっさと結婚しないと間に合わないかもよ」

「そうそう！」リジーがドアから顔を覗かせた。「迷ってる場合じゃないわ、お兄さま。アンのところへ行かなきゃ。急いで急いで！」

キャロは妹を追い払った。デヴォンはかぶりを振って、また口をひらきかけたキャロを制した。「アンは自立したいといっていたんだ、キャロ、結婚はしたくないと」

「アンはお兄さまの子を身ごもってるのよ！」

「義務や責任で結婚しろと迫るのか?」

「それでアンが納得するならそうすればいいわ。アンがお兄さまを愛してるのはわかりきってるわ。おいとまする前に、アンに尋ねたの。お兄さまが父親になる機会を奪うのは正しいことだと思うかって」

デヴォンはまばたきした。こんなに率直で厳しいキャロははじめてだ。「アンはなんと答えた?」

「アンはなんて答えればいいの? 冷静で、揺るがないふりをしていたわよ。いろいろいいわけしていたわ。でも、本心では、どんな理由があろうと、お兄さまとふたりで素敵な家族を築く機会を捨てるのはまちがっているってわかっていたはずよ。お願い、アンのもとへ行って、お兄さま。リジーとウィンと決めたの、お兄さまが行かないなら、寄ってたかってお兄さまを一生悩ませようって」

デヴォンは片方の眉をあげた。「どうやって?」

「お兄さまがわたしたちをどうやっていじめていたか覚えていらっしゃる? ベッドにイモリを入れた。わたしの白粉《おしろい》に小麦粉を入れた。リジーがはじめて買った香水瓶に変なにおいのする液体を入れた。わたしたち、お兄さまにもっとひどいことをするわよ。アンと結婚しないなら、くすくす笑う若い女の子をぽんぽん投げつけてやるわ、お兄さまの気が変になるまで」

い、気が変になる。十カ月前は、自分はおかしくなりかけていると思っていた。みずから進んで闇に閉じこもろうとしていた自分を、アンが引きずりだしてくれた。それなのに、いまアンのほうが隠れている。

「まだアンを愛していらっしゃるの？」

「死ぬまで愛しているさ、キャロ」

「だったら行って！　愛する人と結婚するのよ、お兄さま。いままでつらかったでしょう、幸せに終わらせてほしいの。わたしたちみんなそう思ってる」

キャロは正しい。だが、訊かずにはいられなかった。「なにを終わらせるんだ？」

「独身生活を終わらせるのよ。それは、もっと豊かですばらしい人生のはじまりになるわ、保証する」

「保証はいいよ、キャロ。おまえを信じる」


デヴォンは低い軒の下に頭を突っこみ、ドアをノックした。すこし待ったが、なかから物音はしない。もう一度、ノックした。激しくたたきすぎて、革手袋の指の縫い目が裂けてしまった。「アン！　いるのか？」

悲しげにうめくような風の音しかしない。イングランドのムーアの春らしい天候だ――雨がオーバーコートをぐっしょりと濡らし、風がうなじを鞭打つ。だが、デヴォンの血が凍ったように感じるのは、ムーアの天候のせいではない。手遅れか？　アンはどこだ？

デヴォンは恐慌に囚われた。戦地でいつもつきまとっていた恐怖と緊張。なにかがおかしい。ほとんどめまいをもよおすほどだったが、デヴォンはなんとかこらえ、石造りの厩へ行った。一頭のポニーが乾し草を食《は》んでいる。ずかずかと厩へ入っていくと、馬の世話係の少年にぶつかりそうになった。

「きみのご主人はどこにいるんだ？」頼むからお産ですと答えないでくれ。万一のことが起きていたら、どうすればいいんだ？「おれはマーチ公爵だ」デヴォンはぎこちなくつけくわえた。「友人だ」

「奥さまは小道を散歩してます」少年は、丘をのぼっている細い道を指さした。「丘のてっぺんまで」

そのとき、彼女が見えた。小さな人影が、ゆっくりと小道をのぼっていく。歩いている。ひとりで。かなり離れているのに、おなかがすっかり丸くなっているのがわかった。キャロは、いつお産がはじまってもおかしくないといっていたが。

デヴォンは気がついたら小道を駆けのぼっていた。「お兄さまったら、できるだけ急いで追いつかなければ。家を出てくるときに、リジーに叱られた。「愛してるなら、あきらめるのが早すぎるのよ！」ウィンがたたみかけた。「愛してるなら、振り向いてくれるまで踏んばって、けっしてあきらめちゃだめよ」まったく、イングランドで一、二を争う夢見る乙女だ。だが、ふたりは正しい。アンが振り向いてくれるまで踏んばるべきだったのだ。七カ月間、イングランドじゅうの名門の令嬢を紹介されたが、案の定だめだった。アンのように心をとらえる女はいなかった。アンを追いかけようともしなかったせいで、妊娠している彼女と一度も会えなかった。おなかの赤ん坊が育つにつれて、輝きを増していくアンを見ることができなかった。

「アン！」デヴォンは叫んだ。「止まれ！」

アンは止まり、のろのろと振り返った。雨に打たれながら。「デヴォン？」

デヴォンはアンに駆け寄り、いきなり抱きあげた。だが、おなかを押さえつけられたアンが甲高い声をあげ、デヴォンはすぐさま彼女をおろした。「すまん」おれはばかだった。戦地でこんなにあっさりあきらめたか？　ほんの数メートル進むために何時間も苦労したじゃないか。それなのに、一生に一度の恋をすんなりあきらめるとは。彼女を無理やり自分のものにしたくなかったのはたしかだ。愛していたから、彼女の望むものを与えたかった。たとえそれが、デヴォンのいない人生であっても。そこが妹たちにはわかっていない。

男がだれかを愛したら、そのだれかを肩に担ぎあげて寝室へ無理やり連れこむことなどできない。ロザリンドにしてしまったように、犠牲を払ってでも女を追いかけていいというものではないのだ。愛とは、自分が傷つくことになっても相手の選択を受け入れることではないのか。

とにかく、ここは踏んばってみるが、また拒絶されたら、あきらめるしかない。

「デヴォン、どうしていらしたの？　三日後に婚約を発表なさるんでしょう」

「そんなのは根も葉もない噂だ。だけど、できれば今日、婚約したい。ここで。いますぐ。アン、おれにはきみしかいないんだ」

アンの顔が青ざめた。「わかった。ここじゃだめだ。その体で散歩なんかしちゃだめだ。まったく、」突然、彼女はおなかに触れた。デヴォンは彼女を抱きあげ、小道をおりはじめた。

嵐の日に岩だらけの道をたったひとりで散歩するとは、とんでもない」

「あなたこそ、わたしを抱きかかえて歩くなんて。ふたりで転んだらどうするの」

デヴォンのまなざしがやさしくなった。アンは固唾を呑んで見つめた。このまなざしが、女の心を盗むのだ。この人を愛している。七カ月たっても、その気持ちはすこしも変わらない。息もできないほど、この人を愛している。いつまでも。どうしようもないほど。

「せっかくきみをさらいにきたのに。またおろさなければならないのか」デヴォンはおろしてくれたが、アンの手を自分の肘と体で挟みこんだ。「いつものように、きみのいうとおりだ。きみをさらって、おれの望みどおりにさせるわけにはいかない。一度、そうしようとしたことはあったが――きみを無理やりひいおばあさまのところに連れていって、上流社会に戻れと迫った。きみがほしくてたまらなかったんだ。残念ながら、あのときのおれは戦地にいたときの兵士にすっかり戻っていて、軍事作戦のようにきみを勝ち取ろうとした。でも信じてくれないか、おれは失敗から学んだ。何年か前は、好きな女は自分のものにしなければならないと思っていた。いまは、愛するということは、相手に選ばせることだとわかってる。おれはきみがほしい、でも有無をいわせずさらってはいけない。もう一度、求婚して、きみが承諾してくれるのを祈るしかないんだ」

公爵たるデヴォンが〝失敗から学んだ〟といったとき、アンの膝は砕けそうになった。

「愛している、アン。家族全員の承認を受けて、きみを追いかけにきた」にやりと笑う。

「承認どころじゃないぞ。さっさと行けと命令された」

その言葉を信じたかった。かつては自分も貴族の令嬢で、ロマンティックな恋を夢見ていた。けれど、その後の暮らしで現実的になった。デヴォンを愛しているからこそ、いずれ後悔するような選択をしてほしくないのだ。「妹さんたちは、わたしは結婚の障壁にならないとおっしゃったわ。でも、やっぱり醜聞になって、みなさんを傷つける。わたしは娼婦だったもの」アンははっきりといった。「わたしが公爵と結婚して、公爵夫人になれるわけがありません。わたしはけっして受け入れてもらえない。それに、この子のこともあります。わたしの過去は、この子にも影響するわ」

「信じてくれ、アン、上流階級の連中は二度ときみを――」

「デヴォン、まさかハイド・パークでまたどなたかを殴り倒したんじゃないでしょうね？」

「そんなことはしていない。おれを挑発するような間抜けはいないさ。おれの妻になれば、みんなきみに敬意を払う」

「しぶしぶね。でも、慇懃《いんぎん》さの裏に悪意が隠れているわ。いくら隠しても、そういうものは表に出てくるものよ」

デヴォンは立ち止まり、アンを自分のほうに向かせた。顔色は真っ青で、濡れた髪に風が容赦なく吹きつけている。「アン、他人にどう思われようがいいじゃないか？　きみの過去なんかおれは気にしないし、上流階級の偽善おばさんたちがどう思おうが、屁とも思わない。おれはありのままのきみを愛しているんだ。七カ月間、きみが学校をひらき、この世を変えようとがんばっているのを感心して見守っていた。きみはおれが知っているなかでだれよりもすばらしい女性だ」頭をひょいとさげた。「それとも、結婚しないといいつづけるのは、こんなおれではきみにふさわしくないからか？」

「デヴォン！」

デヴォンはおずおずと手を伸ばした。ふたりに挟まれた大きなおなかの頂点に、そっと手を当てた。「この子には、おれの正式な子になってほしい。おれたちの子をきみと一緒に育てたい。そうさせてくれないか、アン。よき夫、よき父親になると約束する。きみが自立したいのはわかる。でも、おれを信じて、きみとこの子を幸せにさせてくれないか」

アンの胸は張り裂けそうだった。もちろん、デヴォンと結婚できればどんなにいいだろう。彼はここまで飛んできてくれたのだ、結婚したいと正直に答えるべきだろう。「わかりましたと申しあげたいわ、でも――」

急におなかが強く張り、アンはなにもいえなくなった。デヴォンの手のすぐ下で、おなかを押さえた。口で息をしなければならなかった。デヴォンがアンの肘をつかみ、支えてくれた。太腿のあいだを、たらたらと水が伝った。「ああ！　ひとりで散歩していたのは……スラムの助産婦さんたちがいつもいってたからよ、早く産むにはまめに動くことって。待ちきれなかったの！　でも、ちょっとがんばりすぎたみたい。たぶん破水したわ。赤ちゃんが生まれる！」

陣痛の間隔は狭まっていた。デヴォンは、牧師がまだ居間にいますようにと祈った。使用人に助産婦と牧師を呼んでこさせたものの、アンの家は驚くほど質素だった。ストーブで湯をわかし、その湯でアンの顔をふいた。それから、汗にまみれた髪をなでつけてやった。一度は彼女を手放したわけだが、よくもまあそんなことをしたものだ。

「わかっています、上流階級がどんなものか」アンがささやいた。「罪のない人たちを見くだす人たちだわ、大嫌い。男に利用されただけの女の子を〝汚れた〟なんていうのは許せない。わたし、上流階級の方々とはうまくやっていけないわ。あなたは公爵でしょう。賢くて、話し上手で、人気のある方を奥さまにしないと――」

アンが口をつぐんだ。また陣痛が来たのだ。デヴォンは助産婦に教わったとおりに腰を押してやった。「おれがほしいのは、一日じゅうおれを夢中にさせるような妻だ――才気にあふれて思いやりがあり、強くて奔放な妻がいい。おれを夢中にさせるのはきみだけだ、アン」

「ゴシップに負けないほど強くないかもしれない」アンはだんだん強くなる痛みに顔をしかめた。デヴォンの手にぐいぐいと背中を押しつけた。「上流階級に戻ったら、自分は意気地なしだってわかるだけだわ」

「きみはおれの知っているなかでだれよりも勇気があるぞ。それに約束する、おれはいつもきみのそばにいる。これからずっと離れない」

「たしかに——いまもわたしのそばにいてくださる」また痛みが襲ってきて、アンを黙らせた。息が浅く速くなり、デヴォンがずっと励ましてくれた。今度は痛みの小休止がなかなか来ない。助産婦は、間隔が短くてとても強烈な痛みが来たら、ほんとうにいきむ仕事がはじまるといっていた。

普通、貴族は妻が出産しているあいだ、書斎で酒を飲んで過ごすものだ。だが、デヴォンはアンのそばでやさしく声をかけ、勇気をくれた。怖いからといって、彼を本物の父親にさせないなんてまちがっているのでは？　娼館の毎日は怖いことばかりだったけれど、耐えてみせると決意していた。かわいそうな少女が囚われているのを知って怖くなったけれど、ちゃんと彼女たちを救いだした。マダムやミック・テイラーにくらべれば、上流社会の人たちなんか怖くないはず。

ほんとうは過去を恥じているから怖いのだろうか？　デヴォンはちがう。気にしていないといってくれた。最悪の過去を知っているのに、それでも愛してくれた。彼は命懸けで戦争を生き延びた。それにくらべれば、このすばらしい人に望みどおりの家族を持たせてあげることくらい、よほど簡単なのでは？　この完璧な人の愛を受け入れられないなんて、意気地なしにもほどがあるのでは？「ああ」アンは叫んだ。「わたし、ほんとうにばかだった――」

さらなる痛み。ああ。ぼんやりした頭に、デヴォンの真剣な声が聞こえた。「きみはばかじゃない、アン。きみが怖がるのも当然だ。おれも目が見えなかったころは家にも帰らず、人前にも出なかった。隠れているほうがよかったからな。だからわかるんだ。でも、これ以上きみを傷つけないから」

「わかりました。わたしも……あなたと結婚したい。結婚します！」息切れし、声は途切れ途切れだったが、不安のせいで心臓が氷のようになっていた。「遅かったかも。遅すぎたわ！」

「だいじょうぶだ」デヴォンが請けあった。アンのひたいにキスをする。髪が汗でべとついていた。デヴォンは寝室のドアをあけ、ひとりの男を引っぱりこんだ。アンは目をむいた。村のホワイト牧師だった。デヴォンは牧師の目を手でおおいながら、枕もとへ引っぱってきた。

「いますぐ結婚の誓いをいえます」デヴォンがいった。出産中に結婚するのはよくあることであるかのような口ぶりだ。「でも、おわかりですね、急がなければなりません」

ホワイト牧師は真っ赤な顔でしどろもどろにいった。「たしかに。そうですね、閣下。急ぎましょう」聖書を手のひらにのせ、不器用にページをめくった。アンの上で言葉が流れはじめた。「われわれはここに集いました」牧師がいかめしくいった。アンは我慢できなかった——くすくす笑いが止まらなくなってしまった。だが、陣痛が来ると笑いはぴたりと止まり、アンは激しく呼吸してやりすごさなければならなかった。痛みがやわらいで、ふと見ると、ふたりの男が気まずそうにこちらを見ていた。

「フルネームを教えてくれ」デヴォンがささやいた。

「アン・マリア・ベディントン」アンは小声で返した。

「アン・マリア・ベディントン、汝《なんじ》はこの男を……」

子宮の収縮の痛みで、残りは聞こえなかったが、アンは叫んだ。「はい誓います。誓います」

「もっと急げませんか?」デヴォンが尋ねた。

気の毒な牧師は努力したが、デヴォンの長ったらしい名前にはどうしてもつまずいてしまった。デヴォン・ウィリアム・ジョージ・スティーヴン・オードリー。息を切らしながらの質問が終わると、今度はデヴォンが答えた。「誓います。なにがあっても、この女性を妻にします」

「では、あなた方が夫婦となったことをここに宣言します」牧師が締めくくった。「では、できるだけ急いで結婚証明書を作成しますから、おふたりとも署名してください」

牧師が小さな書き物机の前に座ると、デヴォンが助産婦を呼び戻した。助産婦はスカートを持ちあげ、足早に入ってくると、ひと目見ていった。「そろそろ頭が見えるわ」

アンは顔をしかめた。「わたし、おかしいんだわ、こんなにぎりぎりまで決心できなかったなんて」

だが、デヴォンはアンの手を取ってキスをした。「もうすんだじゃないか。きみはおれの妻だ。もう逃げられないぞ」

赤ん坊の頭が出てきたとき、アンはもうすぐ終わると思った。だが、どうやら頭はまた引っこんだようだ。お産の本番ははじまったばかりだ。アンはいきみ、息を吸い、叫び、こらえた。痛みと疲れと不安でめまいがした。こんなに長くかかるはずがない。もうそこまで出てきているのに。ところが、どんなにいきんでも終わりが見えない。痛みが最高潮に達したとき、助産婦はいきみたくてもこらえろといいはなった。アンは、全身に力を入れてこらえた。デヴォンに手を握られ、やさしく力強い励ましを聞きながら、なんとか我慢した。なぜデヴォンが戦場で信望を集めていたのか、いまさらながらよくわかった。デヴォンに励まされると、なんでもできるような気がしてくる。

「その調子よ、ミス——」

「じつは」デヴォンは上品にゆっくりとした口調で助産婦に訂正した。「ミス・ベディントンはおれの妻で、マーチ公爵夫人なんだ」

「公爵夫人?」助産婦は青くなった。「あらまあ。ああ、奥さま、思いきりいきんでください」助産婦はアンの脚をつかみ、自分の腰に足を押し当てた。アンは懸命にいきんだが、助産婦はもっといきめという。やがて、デヴォンがいった。「アン、頭が出たぞ」

アンはくたびれてことばが出なかったが、よろこびに笑い声が漏れた。

「もう一度いきんだら、肩が出ますよ」助産婦が励ました。

そのあと、つるりとした感触があり、つづいて産声が室内に響き渡った。「健康そのものですよ」助産婦が勝ち誇ったように、やさしくいった。

アンも勝ち誇った気分で、よろこびがこみあげ、笑いが止まらなかった。

「毛布をお願いします、閣下」助産婦がいった。しばらくして、毛布にくるんだ赤ん坊をアンのもとへ連れてきた。

「男の子ですか、それとも女の子?」アンはどちらかわからず、デヴォンに尋ねた。

デヴォンはまばたきした。「確かめるのを忘れていた」

アンは安堵と幸せにぼうっとしながら笑った。「公爵は息子を待ち望むものだと思っていたわ」

「おれは娘もほしいよ。だが、母親に似たら、おれはみるみるうちに白髪になりそうだ」デヴォンがそっと毛布をかきわけ、ふたりでのぞきこんだ。

「まあ、よかったわね」アンはくすくす笑った。「男の子だわ」よかった、デヴォンと結婚するだけの勇気と分別があって。これで、この子は公爵の跡継ぎになれた。それに、デヴォンがほんとうに辛抱強く待ってくれる人でよかった。辛抱強く追いかけてきてくれてよかった。

助産婦がへその緒を切って、端を結んだ。アンは、お産がまだ終わっていないのを知った――それからしばらく、容赦なくおなかをもまれ、後産《あとざん》をした。出血の心配があることはすっかり忘れていたが、助産婦は満足そうにうなずいていった。「出血はもうおさまりかけていますよ。とてもいいしるしです。なんにも問題はないと思いますよ」白髪まじりの助産婦はベッドの脇でせかせかと動きまわり、アンが赤ん坊に乳を含ませるのを手伝った。

「ああ」ようやく小さな口が乳首に吸いつくことができたとき、アンはデヴォンに――夫に、いった。「もっと簡単に、自然にできることだと思っていたわ」

「ふたりでいろいろなことを研究するのは楽しいぞ」デヴォンがいった。「おれの大事な奥さん」

ふたりのあいだにできた息子は、驚くほど大きな目でアンを見あげながら乳を飲んだ。肌はしわくちゃで、頭はとがり、すみれ色の瞳はまん丸で、老紳士のようだった。デヴォンそっくりの瞳。黒っぽい巻き毛が、後頭部を薄くおおっている。「大変な旅だったわね、ちびちゃん」アンはやさしくいった。それから、デヴォンを見た。「だっこしてみます？」

「夢が叶ったよ」まばゆい笑みを浮かべ、デヴォンはいった。「きみがぼくの夢だ――夢が叶った」

かわいそうに、デヴォンは四週間、初夜を待たなければならなかった。アンは気をもんだが、デヴォンは気にしていないようだった。ゆっくり休んで回復してくれとアンにいい、ほとんど一日じゅう、デヴォンの父親とアンの父親の両方にちなんでウィリアムと名づけた息子のそばにいた。

そしてついに今夜、アンはもうだいじょうぶだと思った。金色の部屋着をまとい、髪をたらしたまま、姿見の前に立った。髪は元の色に戻り、腰まで届いていた。ほかにも変わったところがある。ウィリアムを産んだことで、すこしふっくらした。乳房は大きくふくよかになった。鏡に映った胸を見ているだけで、乳で張りつめてきて、アンは顔をしかめた。漏れてきませんようにと思いながら、サテンの生地を引っぱった。

デヴォンの部屋に通じるドアを見つめた。ここは四カ所ある領地のうちのひとつ、エヴァーズリーだ。普通、初夜は夫が妻のもとへ来るのだろうか、それとも妻が夫を訪れるべき？いままで尋ねようとも思わなかった。デヴォンと会ったばかりのころは、しつこく彼に迫った。そうしたら、彼が迫ってくるようになった。ロンドンへ、ムーアへ、隠れるのをやめて幸せを探そうと説得にきてくれた。今度はどっちがどっちに迫る番？

けれど、もっと心配なことがあった。彼は妻になにを求めるのだろう？愛人になるために大胆に誘惑したけれど、妻となったからには慎み深くしたほうがよいのだろうか？普通、公爵は経験のない令嬢と結婚する。あまり奔放に乱れたら、過去を思い出させてしまうのでは？

デヴォンはアンの過去など気にしないといってくれた。愛しているといってくれた。そのことばに嘘はないと、アンにもわかっている。心からの愛がなければ、あんなに迷惑をかけたのに我慢してくれるわけがない。けれど、やっぱり初夜になにをすればいいのかわからない……。

勇気をかき集め、デヴォンの部屋のドアまで歩いていき、さっと引きあけた。同時に、ローブをはおったデヴォンのたくましい胸板にぶつかった。ふたりとも、ちょうどまんなかではち合わせたのだ。

デヴォンはにやりと笑ってアンにキスをした。だが、アンははじめてのときのように、ぎこちなく体をこわばらせていた。震えながら、正直にいった。「どうすればいいのかわからないの。どんなふうにすればいいのか……妻として」

彼はアンに両腕をまわし、自分の寝室へ引きこんだ。「そのままのきみでいい」

「でも、妻というものは……貞淑にするものでしょう」

デヴォンは笑った。アンは顔をしかめた。こっちがこんなにやきもきしているのに笑うなんて。「おれはきみの奔放なところが好きだよ、アン」デヴォンが安心させるようにいった。「それはすこしも悪いことじゃない。きみが罪深い女だということにはならない。妻だからといって、おれの下で板きれみたいにかちこちになって、楽しんではいけないなんて決まりはないんだ」

アンも思わず笑った。いまのようなことをいわれると、心配したのが……ばかみたいだ。

「愛しているよ、公爵夫人のアン。おれはきみに夢中なんだ。おれときみはたがいの伴侶だ――ベッドのなかでも外でも」

そのことばを証明するかのように、デヴォンはアンを巨大なベッドへ連れていき、そっと横たえた。そして、優美な物腰でアンにおおいかぶさると、股間に口をつけた。アンの頭の両脇を彼の膝が挟み、目の前で勃起したものが逆さまに揺れている。アンは体を起こして彼を口に含んだ。濃厚で素朴な肌のにおい、彼がどんどんふくらんで脈打つ感覚がたまらない。デヴォンはキスをやめて低くうめいた。ふたりは伴侶同士、たがいをなめては吸い、甘く歯を立て、激しい快感へと駆り立てた。

アンはすすり泣きながらのぼりつめ、ふわふわと恍惚の雲に乗って漂いつつ、ぐったりとベッドに倒れこんだ。

「完璧な初夜だ」デヴォンがつぶやいた。向きを変え、アンと顔を並べてキスをした。アンは彼の唇に自分の味を感じ、自分の唇も彼の味がするのだろうと思った。デヴォンはたちまち元に戻り、アンのなかにすべりこんできた。

「おれのものだ」デヴォンが口もとでささやいた。「いつまでもおれのものだ」

「そして、あなたはわたしのもの」

アンが愛人だったころのように、デヴォンはすっかり積極的になっていた。どうやら殿方はどんなときもみだらな楽しみが好きらしい。アンは何度もオーガズムに達し、しまいにはあえぐことしかできなくなった。

　ようやくデヴォンがアンの上で崩れ、腕で体を支えた。「きみになにもかも吸い取られてしまった」

　アンはデヴォンに両腕をまわし、ふたりでぐったりと横たわった。デヴォンがうなった。

「あとひと月はできそうにない。おれの精力が戻ってくるまでそれくらいかかりそうだ」

　アンが心配になったとき……デヴォンが笑った。耳たぶを噛まれ、彼の吐息が温かい。満ち足りて眠たくなり、彼の腕のなかで心地よく体を丸めた。

　デヴォンがささやいた。「ウィリアムが生まれてひと月たったし、きみをロンドンへ連れていこうと思う。みんなが田舎へ帰ってしまう前に、おれたちの結婚を披露する舞踏会をひらきたいと、母がやる気満々なんだ」

「ロンドン？」アンはたちまち不安になった。やはり自分は隠れていたいのだと、不意に気づいた。けれど、デヴォンの妻となったからには、いつまでも隠れてはいられない。一生ロンドンに近づかないわけにはいかない。「お義母《かあ》さまをがっかりさせたくないもの。もちろん、行きましょう」

デヴォンはアンのひたいにキスをした。それから、鼻に、唇に、そしてずきずきと疼いている両の乳首に。「母はいつもおれに愛のある結婚をしろといっていたが、それは正しかったよ。きみでなければ、おれは幸せになれなかっただろうな」

ロンドンに行けば、かならず醜聞に立ち向かうことになる。

アンは醜聞を恐れていた――デヴォンと家族が傷つくのが怖かった。案の定、デヴォンとの結婚は、衝撃と反感を呼び、大騒ぎになった。どの舞踏会でもサロンでも音楽会でも、女たちはひらいた扇の陰でゴシップをかわした。デヴォンはあらゆる陰口をけっして許そうとしなかった。冷たく傲慢な公爵らしい態度で周囲を睥睨《へいげい》した。すこしでもアンを値踏みするような目で見た男には脅しをかけた。そして、ウィリアムを乳母車に乗せてよく散歩した。普通、公爵とはそういうことをしない。社交界では〝乱心公〟と呼ばれていた。きっと深く傷ついているはずだが、それもすべて自分のせいなのだとアンは思っていた。

今夜、デヴォンの母親が舞踏会をひらく――ひと月前、デヴォンがムーアへ行ってしまったため、延期になっていたのだ。先代公爵夫人は盛大な会をひらいて、義理の娘を社交界に紹介するつもりだった。アンは、突撃してくる軍勢と砲弾を待ち受けるような気分だった。デヴォンの母親とキャロにロンドン一の仕立屋へ連れていかれ、今夜はツタのような深い緑色の鈍く輝くドレスを着ている。髪には小さなエメラルドをちりばめた。

階段の上まで来ると、デヴォンが玄関広間で待っていた。アンを見たその瞳が輝いた。

「とてもきれいだ」低くいった。「われながらいい選択をした」

「それはわたしのこと？」アンはとまどって尋ねた。

「そう、それからこれもだ」デヴォンはポケットから細長い箱を取りだした。なかには、大粒のエメラルドのネックレスが入っていた――コマドリの卵ほども大きい石が何粒も連なっている。デヴォンはネックレスを取りだし、箱を捨ててアンの背後にまわった。石はひんやりとして重く、アンの肌を背景に輝いた。デヴォンが留め金をとめ、うなじにキスをした。たちまち、アンの体はほてってってきた。

「さあ、アン、きみがおれにとってどんなに大切な存在か、みんなに見せつけさせてくれ」

それがどういう意味かよくわからなかったが、アンはあごをあげ、デヴォンと一緒に舞踏会場へ入っていった。彼のとなりに並び、二百人の客を出迎えた。そのあと、デヴォンはアンの手を取り、ダンスフロアへ導いた。もっとも官能的とされているワルツに合わせて、大勢のカップルがくるくると踊っていた。ところが、デヴォンは足を止めた。「きみとワルツを踊りたかった。でも、残念ながらしばしおあずけだ」

「おあずけ？」アンはオウム返しにいった。「どうして？」

デヴォンはアンを抱き寄せるかわりに、向きあって片方の膝をついた。ほかのカップルはふたりをよけなければならなかった。多くはぴたりと踊るのをやめた。アンは、見物人たちの端にデヴォンの母親がいることに気づいた。その瞳はよろこびに輝いている。

デヴォンがアンの顔を見あげた。「愛するアン、わたしの妻になっていただけますか？」

音楽が急にやんだ。だれもが首を伸ばしてこっちを見ている。なぜなら、デヴォンがアンに求婚しているからだ。もう一度。アンはどうすればよいのかわからず、デヴォンをまじまじと見ていたが、彼はただ満面に笑みを浮かべている。

「もう一度最初からやりなおさせてくれ。アン、きみを愛している。きみは世界一美しい。だれよりもやさしく、だれよりも寛大で、なによりも――おれの愛する人だ。一度結婚を申しこんだら、きみは断わっただろう――」

その言葉に、周囲でざわめきが起こった。

「でも、次に申しこんでくださったときはお受けしました」アンはいいかえした。

「だったら、今回もそうしてくれ。おれはきみを愛していることをみんなに知らせたいんだ」

だれもが答を待って耳を澄ませた。

「わかりました」のどに塊がこみあげてきたが、アンはささやいた。「わたしもあなたを愛しているわ、デヴォン」

デヴォンは立ちあがり、アンを抱きあげてキスをした。びっくりしている二百人の観衆の前で、アンは……夫と婚約した。周囲のおしゃべりが聞こえた。公爵ともあろう方が高級娼婦と恋愛結婚ですって。なんてみっともない。なんて不潔な。

なんて完璧な、とアンは思った。デヴォンは人前で求婚し、アン以上に人々をぎょっとさせたのだ。やっぱりこの人を愛している。どんなに愛しているか伝えたくてたまらない。

「ここを抜けだせないかしら?」と耳打ちする。「いますぐ」

「もう一度、初夜をやりなおすか?」

「お祝いしたいの、わたしたちの……ええと……型破りな婚約を。でも、こんなに大勢のお客さまをほったらかしてはいけないわね。わたしたち、きちんとしなきゃ——」

「天使さん、おれたちふたりともきちんとなんかしていないぞ。根っから奔放だ。だから、奔放にやろう」デヴォンはにやりと笑い、アンをおろした。人々があきれて息を呑むのもかまわず、ふたりは手に手を取ってドアへ向かって舞踏会場を駆け抜けた。将来へ向かって。光に満ちた将来だとアンは思った——それは、ふたりが甘美で型破りな出会いをした瞬間にはじまっていたのだ。

訳者あとがき

シャロン・ペイジの官能ヒストリカル・ロマンス『赤い薔薇は背徳の香り』をお届けします。

一八一五年、イギリス。娼婦のアン・ベディントンは、ロンドンからレスターシャーにあるマーチ公爵デヴォン・オードリーの狩猟用の屋敷へ押しかけてきた。公爵は戦傷がもとで失明し、数カ月前からここに閉じこもって隠遁者のように暮らしている。アンは、なんとしても彼の愛人になるつもりだった。そうしなければならない理由があるのだ。公爵の書斎に通されたアンは、文字通り命をかけて誘惑を開始するが……。

冒頭だけ読めば、娼婦がヒロインという設定にたじろぐ方もいらっしゃるかもしれません。でも、いま本書を買おうか迷っていらっしゃる方も、途中まで読んでやめてしまおうとしていらっしゃる方も、どうか最後まで読んでみてください。意外にも、ほっこり温かな読後感の残る作品なのですから。

ヒロインのアンは、もともと子爵家の令嬢でしたが、十五歳のときに事情があって母親と家を出なければならず、ロンドンのスラムで暮らすようになりました。その後母親が病死し、ひとりぼっちになってしまったアンは、娼館へ売られることに。けれど、いつか自立することを夢見てなんとか生き延びてきました。

一方、マーチ公爵デヴォンは、戦争の英雄とたたえられながらも、視力を失い、トラウマを負いました。それだけではなく、戦闘中に自分がくだした一瞬の判断によって、ある母子を不幸にしてしまったという罪の意識にもさいなまれています。

アンは、最初こそ自分の身を救うためにデヴォンに近づいたのですが、まもなく本心から彼を助けたいと思うようになり、献身的に仕えます。やがてデヴォンも、そんなアンに心をひらき、彼女なしではいられなくなるのです。

そこにアンを執拗に追う悪党の存在というサスペンスが加わるのは、前作『罪深き夜の館で』と同様ですし、やはり主人公のふたりがさまざまなシチュエーションで情熱的にからみあうシーンはシャロン・ペイジの真骨頂でもあります。ただ、それだけがペイジ作品の価値ではありません。

もともとシャロン・ペイジは、エロティック・ロマンス専門の電子書籍出版社エローラズ・ケイヴからデビューしました。数年のキャリアを経て、はじめてメインストリームのロマンスに挑戦したのが前作ですが、さっそくロマンス小説書評紙『ロマンティック・タイムズ』のセンシュアル・ヒストリカル部門で最優秀賞を獲得するなど、好評を博しました。たしかに前作は、それまでの過激な性描写が主眼だった諸作にくらべ、主人公たちが愛情をはぐくみ、強く結ばれていく過程に重きを置いた作品でした。そして本作では、その傾向がますます強くなっています。

特筆すべきは、登場人物たちの魅力でしょう。まず、ヒロインのアンは、底辺の暮らしに甘んじながらも純粋な心と思いやりを失わず、デヴォンと会ってからは、ひたすら彼を励まし、勇気づけます。ときには、厳しい家庭教師を思わせるような毅然とした態度で公爵たるデヴォンを叱りつけることもあり、一本芯の通った女性でもあります。

さらに興味深いのがデヴォンというキャラクターです。以前は名うての放蕩者で、狩猟用の屋敷で乱交パーティまでしていた男が、親友の婚約者にひと目惚れして強引に奪うも、彼女は病死し、傷心を抱えて軍に志願。ところが、負傷して失明し、トラウマに悩まされて酒浸りに……と、なんとも壮絶な過去を背負っているのですが、どうにもかわいいとしかいいようがないところがあります。アンをどこまでも追いかけていくようすは大きな子犬さながらですし、母親と妹たちにはめっぽう弱く、乱交パーティをするときは、壁にかかった妹たちの肖像画を裏返しにしていたというエピソードも。ベッドの上にブランコまで作るような好色家が見せるこのギャップには、思わず頬がゆるみます。

また、デヴォンの母親や妹たちは心から彼の幸せを祈っていて、ふたりを結びつけるのにひと役買います。とくに妹たちは、いかにも育ちのよいレディらしく、かわいらしく無邪気に兄の恋を応援するのです。アンとデヴォンという、まさに地獄を見た者同士がたがいを癒し、癒されるだけでは、おそらく深刻で重たすぎるストーリーになってしまったでしょうが、彼女たちの存在が明るさと軽さを添えているように思います。

もちろん、身分ちがいもはなはだしい恋ですから、すんなりとはまとまりませんが、それだけにふたりだけの希望に満ちたラストには、心から祝福したくなります。

いかがでしょうか。もしまだためらっていらっしゃるのなら、もう一度お願いします。ぜひ読んでみてください。訳者も担当編集者も自信をもっておすすめするこの一冊、楽しんでいただければ幸いです。

二〇一二年三月

ザ・ミステリ・コレクション

赤《あか》い薔薇《ばら》は背徳《はいとく》の香《かお》り

著者　シャロン・ペイジ

訳者　鈴木美朋《すずきみほう》

発行所　株式会社 二見書房
東京都千代田区三崎町2-18-11
電話 03(3515)2311 [営業]
03(3515)2313 [編集]
振替 00170-4-2639

印刷　株式会社 堀内印刷所
製本　株式会社 関川製本所

ISBN978-4-576-12048-5
http://www.futami.co.jp/